新编戊戌六君子集

刘光第集

上册

张玉亮 整理

浙江古籍出版社

图书在版编目(CIP)数据

刘光第集 / 张玉亮整理. —杭州:浙江古籍出版社,2022.1
ISBN 978-7-5540-1884-2

Ⅰ.①刘… Ⅱ.①张… Ⅲ.①中国文学—古典文学—作品综合集—清代 Ⅳ.①I214.92

中国版本图书馆 CIP 数据核字(2020)第 247527 号

刘光第集

张玉亮 整理

出版发行	浙江古籍出版社 (杭州市体育场路 347 号　邮编:310006)
网　　址	https://zjgj.zjcbcm.com
责任编辑	刘　蔚
文字编辑	周　密
封面设计	吴思璐
责任校对	吴颖胤
责任印务	楼浩凯
照　　排	北京西席文化传媒有限公司
印　　刷	浙江全能工艺美术印刷有限公司
开　　本	850mm×1168mm　1/32
印　　张	23　插页　8
字　　数	557 千字
版　　次	2022 年 1 月第 1 版
印　　次	2022 年 1 月第 1 次印刷
书　　号	ISBN 978-7-5540-1884-2
定　　价	138.00 元(全二册)

如发现印装质量问题,影响阅读,请与市场营销部联系调换。

ISBN 978-7-5540-1884-2

9 787554 018842 >

刘光第肖像

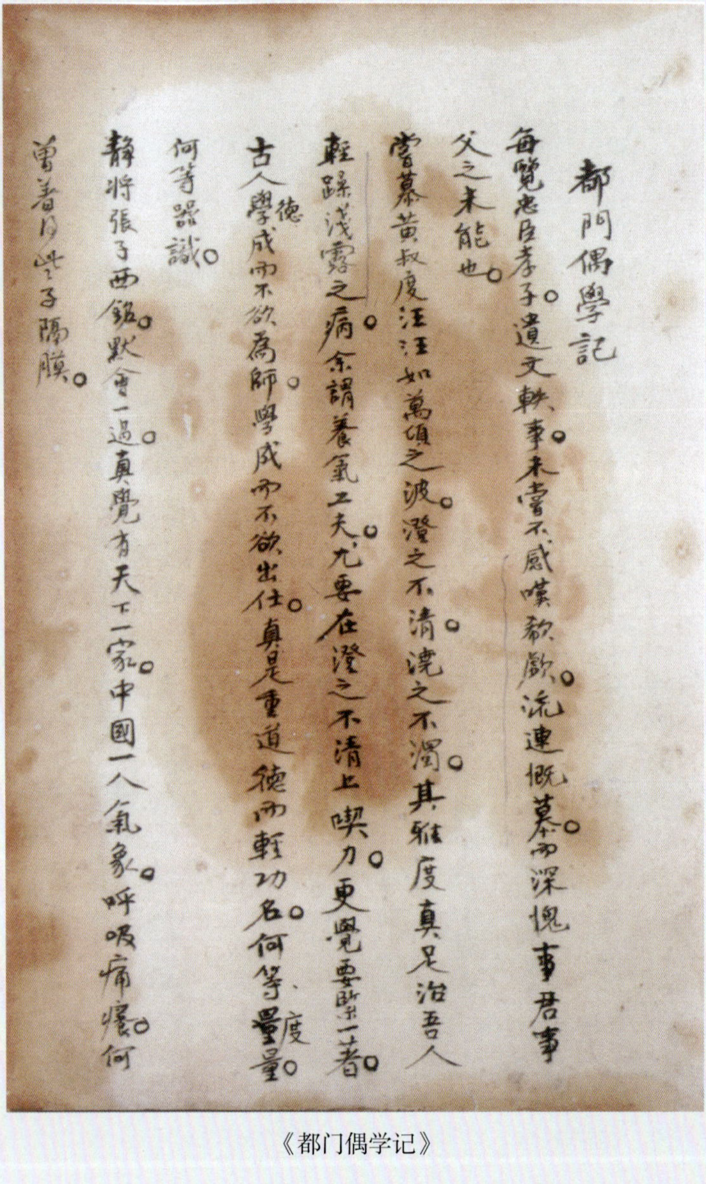

都門偶學記

每覽忠臣孝子遺文軼事。未嘗不感嘆欷歔。流連慨慕。而深愧事君事父之未能也。

嘗慕黃叔度汪汪如萬頃之波。澄之不清。淆之不濁。其雅度真足治吾人輕躁淺露之病。余謂養氣工夫。尤要在澄之不清上喫力。更覺要緊一着。

古人學德成而不欲爲師。學成而不欲出仕。真是重道德而輕功名。何等度量。何等器識。

靜將張子西銘。默會一過。真覺有天下一家。中國一人氣象。呼吸痛癢何曾着得些子隔膜。

《都门偶学记》

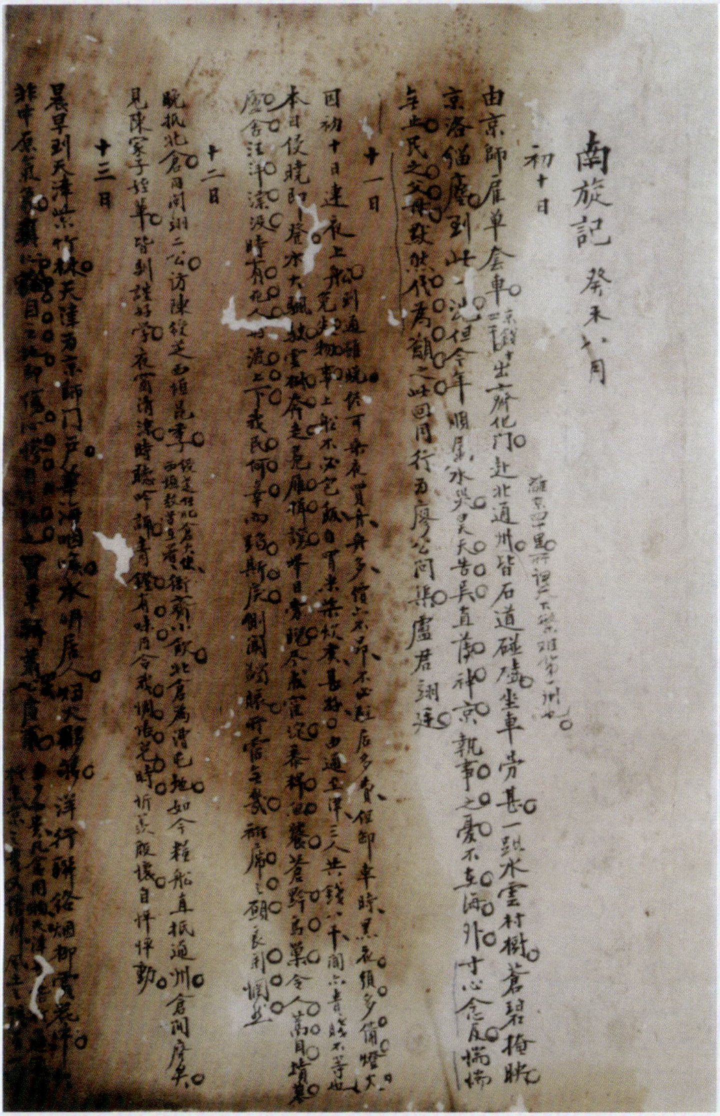
南旋記　癸未六月
初十日
十一日
十二日
十三日

《南旋记》

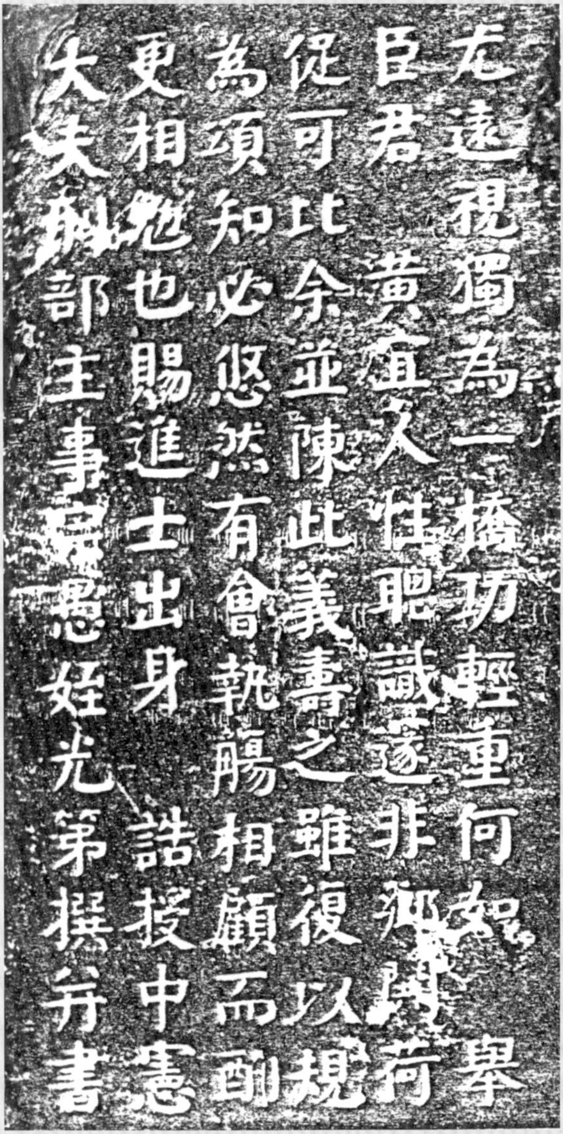
左遠視獨為一擔功輕重何如舉
促可比余並陳此義壽之雖復以規
為須知必悠然有會執觴相顧而酬
更相勉也賜進士出身誥授中憲

刘光第手书拓本

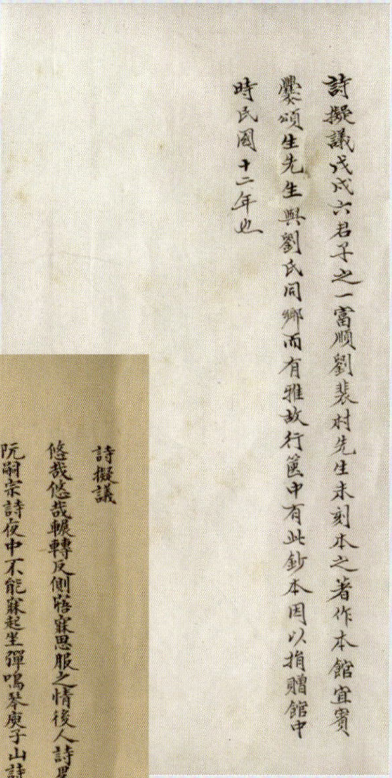

詩擬議戊戌六君子之一富順劉裴村先生未刻本之著作本館宜賓
燮頌生先生與劉氏同鄉而有雅故行篋中有此鈔本因以捐贈館中
時民國十二年也

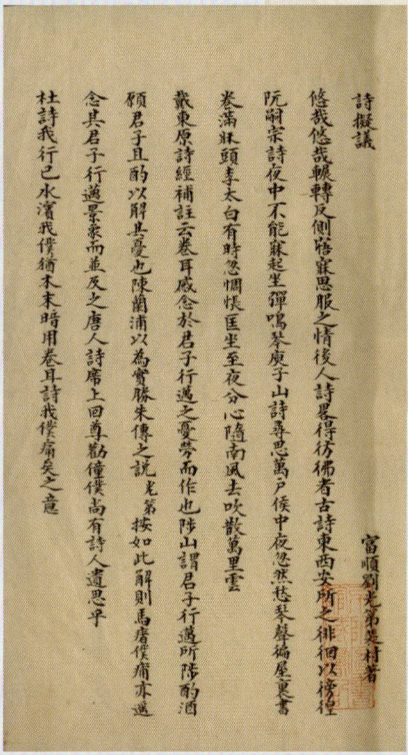

富順劉光第裴村著

詩擬議

悠哉悠哉輾轉反側寤寐思服之情後人詩畧得彷彿者古詩東西安所之徘徊以彷徨
阮嗣宗詩夜中不能寐起坐彈鳴琴庾子山詩尋思萬戶侯中夜忽然愁琴聲遍屋裏書
卷滿牀頭李太白有時忽惆悵匡坐至夜分心隨南風去吹散萬里雲
戴東原詩經補註云卷耳感念於君子行邁之憂勞而作也陟山謂君子行邁所陟酌酒
願君子且酌以解其憂也陳蘭浦以為實勝朱傳之說光第按如此解則馬瘏僕痡亦遙
念其君子行邁景象而並及之唐人詩席上回尊勸僮僕尚有詩人遺思乎
杜詩我行已水濱我僕猶木末暗用卷耳詩我僕痡矣之意

《诗拟议》钞本及识语

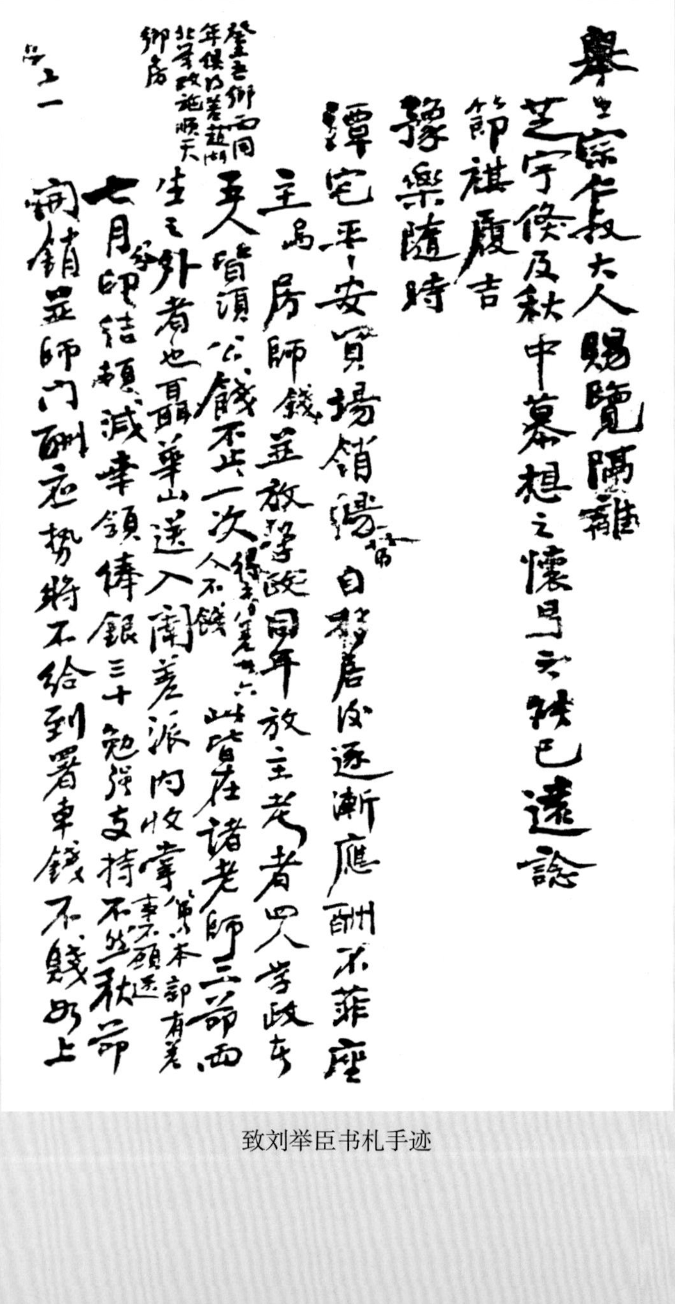

舉臣宗叔大人賜覽：隔離
芝宇，倏及秋中，慕想之懷，与日俱積。遠諗
節祺履吉，
豫樂隨時。
潭宅平安，賢揚鋪帶。自移居以後，逐漸應酬不菲。座
主、房師錢並教習、同年、放主考者四人，學政本
吾人皆須公錢，不止一次，得差者六人不錢，此皆在諸老師三節兩
生之外者也。聶華山送入闈差，派内收掌（本部有差，東不願送）。
七月分印結頓減，幸領俸銀三十，勉強支持。不然，秋節
衙銷並師門酬應，勢將不給。到署車錢不錢以上
登老鄉西同年係以差赴湖北學政，施順天鄉房
第二

致刘举臣书札手迹

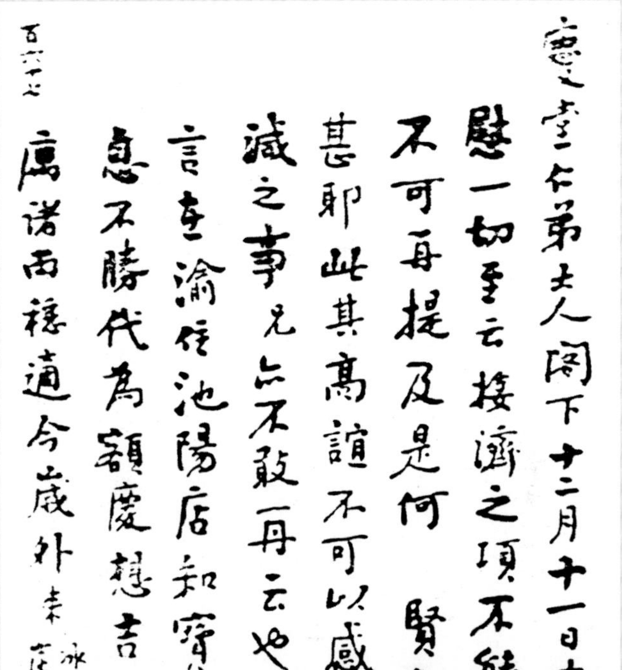
百六十七

慶堂六弟大人閣下：十二月十一日奉到十月初四來函，祈
懇一切，至云接濟之項不能議減，且囑兄以後
不可再提及，是何 賢叔嫂及吾 弟愛我之
甚耶！此其高誼，不可以感謝名矣。議罷議
減之事，兄亦不敢再云也。昨見蕭函告孝廣
言，委諭往池陽店，知寶歸一二月間頗獲利
息，不勝代為額慶，想吉人天相，語必不謬也。索
廣諸函稔，適今歲外來 冰 茝賞精多 於前年而

致刘庆堂书札手迹

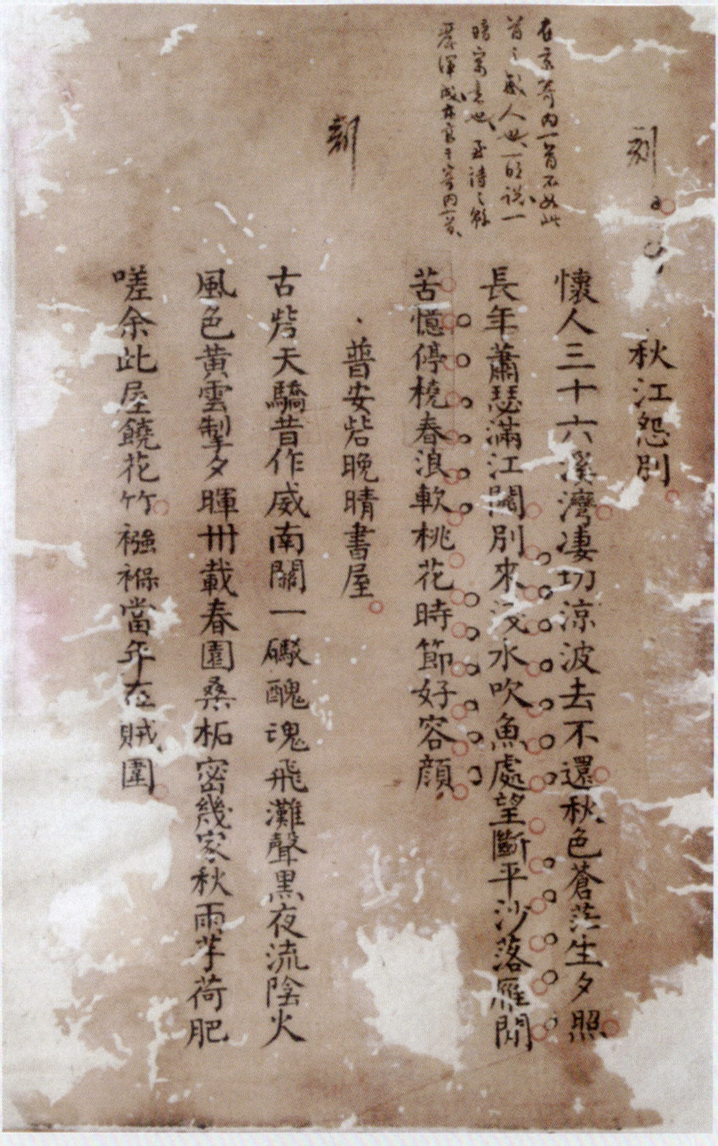

秋江怨別

懷人三十六溪灣淒切涼波去不還秋色蒼茫生夕照
長年蕭瑟滿江關別來沒水吹魚處望斷平沙落雁間
苦憶停橈春浪軟桃花時節好容顏

普安砦晚晴書屋

古砦天驕昔作威南關一嚇醜魂飛灘聲黑夜流陰火
風色黃雲掣夕暉卅載春園桑柘密幾家秋雨芋荷肥
嗟余此屋饒花竹襁褓當年在賊圍

《裴邨诗钞》卷上

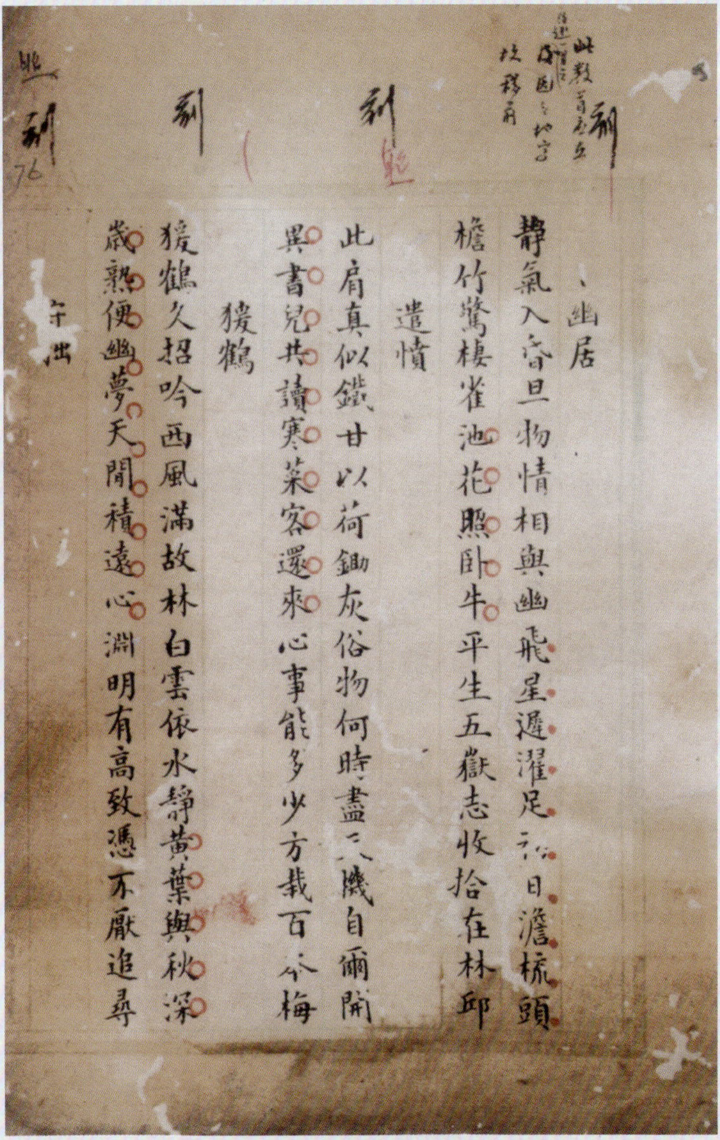
刪

幽居

靜氣入窗旦物情相與幽飛星遥濯足〻日澹梳頭檐竹鷺棲雀池花照卧牛平生五嶽志收拾在林邱

刪

遣懷

此肩真似鐵甘以荷鋤灰俗物何時盡〻機自爾閒異書兒共讀寒菜客還來心事能多少方栽百本梅

刪

猨鶴

猨鶴久招吟西風滿故林白雲依水靜黃葉與秋深歲熟便幽夢天閒積遠心淵明有高致憑不厭追尋

刪

《裴村诗钞》卷下

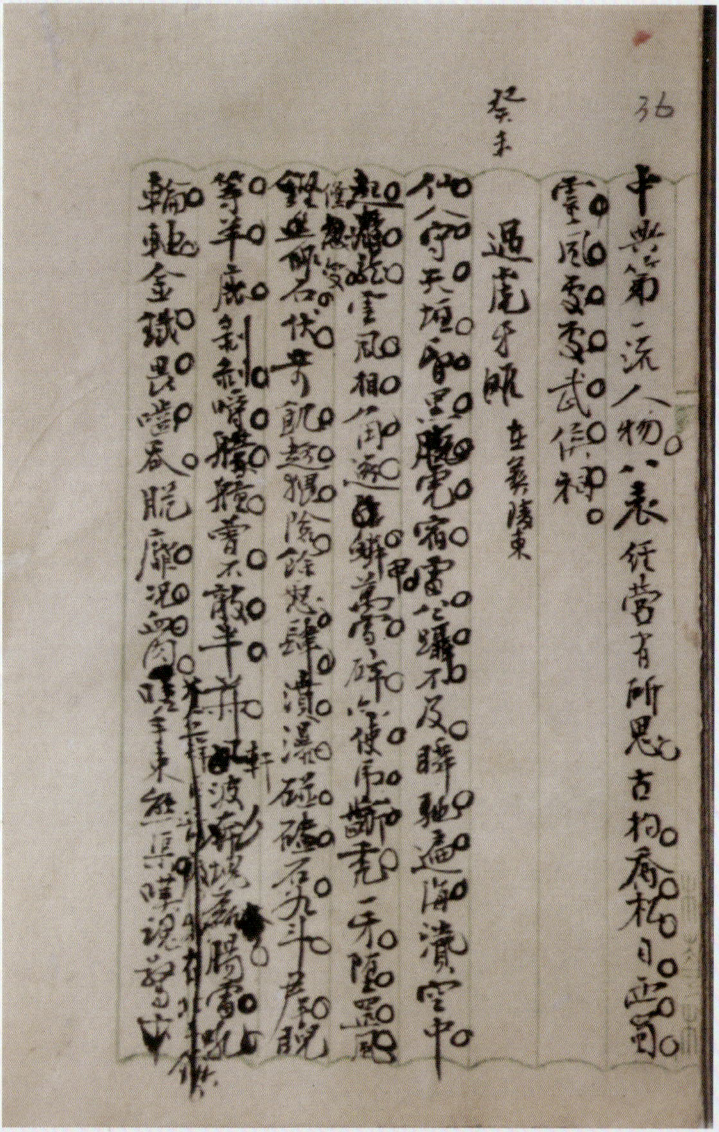
中興第一流人物，八表經營有所思。古柏喬松日西蜀，
雲風雲雷武侯神。
癸未
過虎牙灘　在義陵東

《古愚室诗钞》

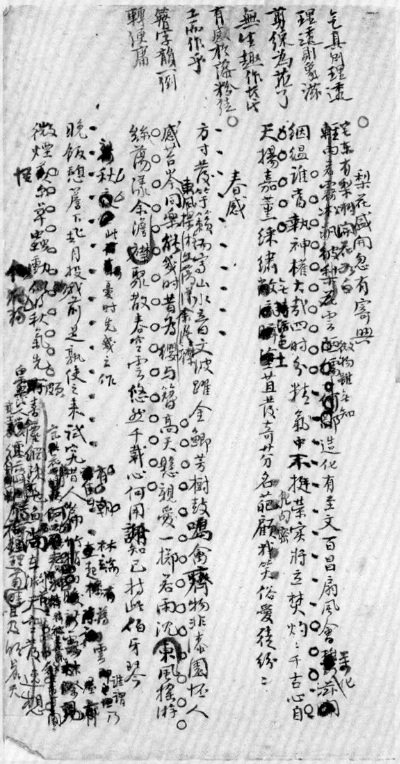

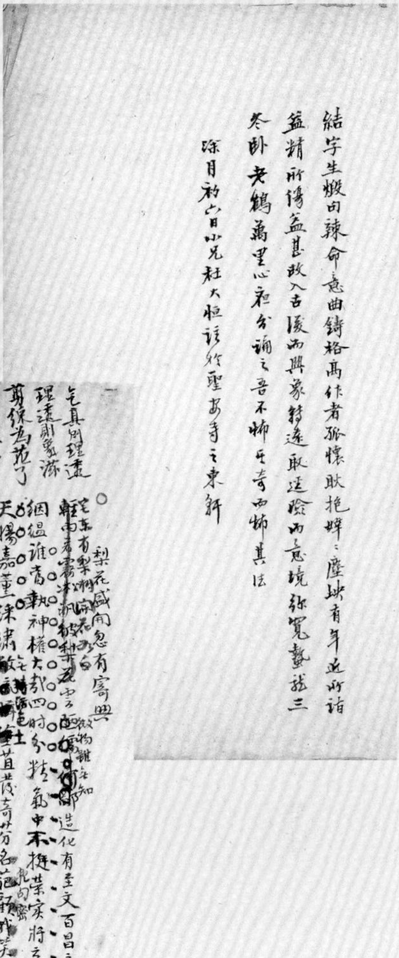
結字生僻句辣命意曲鑄格高作者孤懷耿抱蟬蟬塵缺有年近所詣
益精所得益甚故入古陵而興象轉遠取徑險而意境彌寬蓋兹三
冬卧老鶴萬里心和分誦之吾不師乎奇而師其法
涂月初六日小兄杜大恒識於聖安寺之東軒

国家图书馆藏《介白堂诗稿》及卷首杜大恒识语

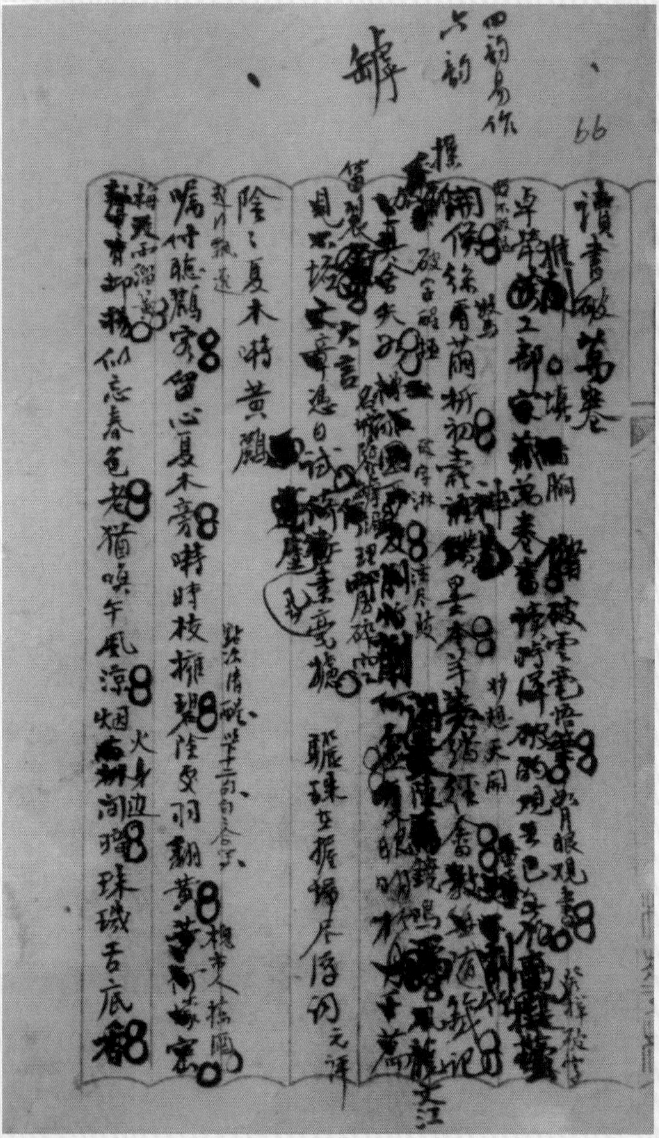

刘光第试帖诗稿本

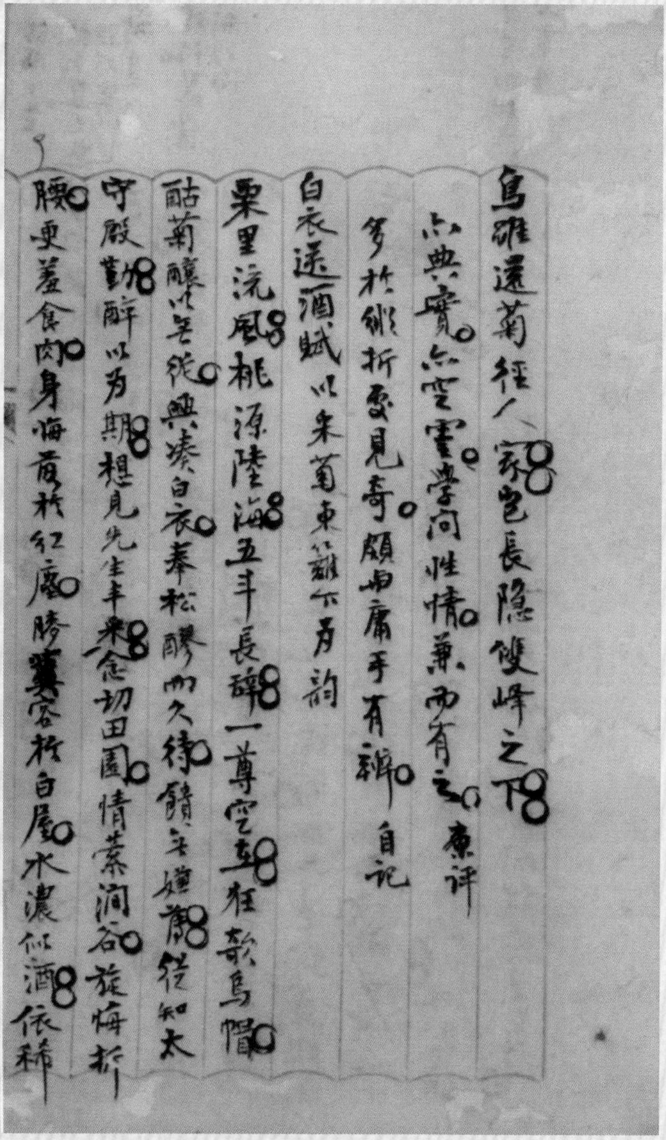

烏雅還蜀經人家，邑長隱雙峰之下。
亦典實，亦空靈，學問性情兼而有之。康評
多於纖折處見奇，頗與庸手有神。自記
白衣送酒賦 以采菊東籬下為韻
栗里流風，桃源隆海。五斗長辭，一尊空在。狂欹烏帽。
酤菊釀以無從，興湊白衣。奉松醪而久待，饋[illegible]廚。徒知太
守殷勤，醉以為期。想見先生采采，念切田園。情縈澗谷，旋悔折
腰。更羞食肉，身悔荷於紅塵，勝[illegible]容於白屋。水濃似酒，依稀

刘光第赋稿本

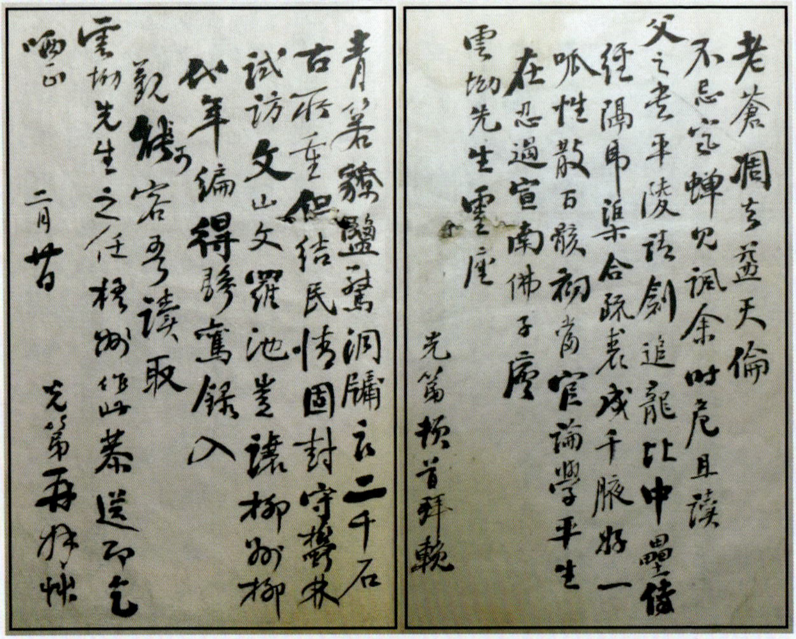

刘光第诗手迹

目　　录

集外文

自京师与自流井刘安怀堂手札

一八八八年

一八八九年

一八九七年

一八九八年

衷圣斋诗集

五言古诗

七言古诗

七言古诗未刊稿补钞

五言律诗未刊稿补钞

七言律诗未刊稿补钞

七言绝句

七言绝句末刊稿补钞

试帖诗

赋

附　录

前　言

戊戌变法作为中国近代史早期“八大事件”之一，不仅在学界受到相当重视，也是较早走近普通民众的近代重要历史事件。一般认为，这一事件在普通民众中知名度相对较高，很大程度上与影视作品的演绎有关。演绎需要传奇，戊戌变法过程中，君臣遇合、帝后党争、密谋与告密、政变与牺牲……无不充满传奇性。这传奇性不仅吸引了普通民众，也吸引了大批历史学者。目前所见关于戊戌变法研究最热之点，恰恰在于戊戌政变。即便是以人物研究为主的学术成果，其焦点也大多是在戊戌变法（或进一步限定在戊戌政变）历史事件中的活动。甚至有学者认为，一些人物在实际历史事件中的实际作用远不如其所负盛名，故此研究价值也有限。研究历史人物，主要研究其在重要历史事件中的作用，固然无可厚非，但走出被重要事件条块化分割的视域局限，对人物之生平经历、主要交游、著述与思想等相对全面、完备之研讨仍有必要。这也是我们不避冷门，勉力进行近代人物基本文献整理出版的初衷。本书所收录的，也恰是“戊戌六君子”中最无甚传奇色彩的刘光第的著述。

一

刘光第(1859—1898),字裴邨,四川富顺县赵化镇人。咸丰九年己未(1859)出生,于“戊戌六君子”中年齿居第三。其出生时杨深秀11岁、杨锐5岁。

刘氏先世为福建武平人,明末清初迁至四川富顺,至刘光第已五代。刘家数世“奇贫”(高楷《刘杨合传》),自光第幼时,就对先辈所受贫困有过深刻体会:“光弟之生尚幼,即熟闻先大人之受困也。其为人也,面长而肌瘠,隆冬犹衣败絮。寒不可支,则竟日负邻家铁炉坐不去。面目黧黑,亲故至不可识。饥则断莱服叶蘸于青椒之臼而嚼之以代饭。”租住的闽馆公房因不能按时交租,曾被拆墙撤瓦,“每天阴欲雨,举家愁叹,相向而悲”。虽然光第伯父、父亲成年以后学习经商,一度改善了家庭环境,然而好景不长,其父盛年早卒,一家人再度陷入困境。母亲王氏独力支撑门户,抚育子女,在生活极度艰难的日子里,毅然拒绝了亲友让光第弃书从商的建议,并云:“刘氏忠厚之日久矣。今家门当否塞。是儿颇不恶,不读书发志,其曷承先志哉!儿父在日命之矣。”耕读传家是客家人的优良传统,少年刘光第在这样的家庭熏陶下发奋读书,于光绪四年(1878)应童子试,县令陈锡鬯(洛君)奇其才,力排众议拔置案首。

光绪八年(1882),四川乡试中举,北上应会试,翌年中癸未科殿试二甲第八十八名进士,授刑部候补主事。任京官期间,虽生活清贫,但廉洁自律,一尘不染,敬业勤慎,政绩甚佳。公余闭门读书,不事权贵。光绪十一年(1885)三月,光第之母王氏病逝,光第服丧守制,家居三年。期间光第出游泸州、宜宾等地。光绪十四年

(1888)，光第服阕，北上入京销假就职，从此开始了十年京官生涯，时年30岁，距其初授刑部主事，已经过了五年。除了母丧守制以外，导致其未能早些履职都门的一个重要原因是，基层京官开销过大，远非光第家境所能承担。后来，同县宗亲、盐商刘举臣愿资助光第每年二百两银子，当年力排众议青眼相加的县令陈锡鬯亦愿年助百两，光第这才有游宦京华的经济基础。刘举臣为自贡盐商，堂号安怀，为光第同乡族叔。他自光绪十四年(1888)至二十四年(1898)从未间断地对光第进行资助。十年间，光第与举臣、庆堂父子留下大量信函，保留了珍贵的史料。

甲午战后，刘光第见国难当头，每自忧虑，筹思救国救民之策，曾上条陈备述改革弊政、力行新政，未得上达。光绪二十四年，光绪诏授其与谭嗣同、杨锐、林旭四人四品卿衔，在军机章京上行走，参预新政。后政变爆发，军机四卿与康广仁、杨深秀先后被捕，于八月十三日(9月28日)被杀害于菜市口，史称“戊戌六君子”。先葬于四川省富顺县赵化镇，后迁葬于富顺县城五府山。

二

关于刘光第的生平，王夏刚先生《戊戌军机四章京合谱》(中国社会科学出版社2009年6月版)考辨最为翔实，兹不赘述，仅概述如上以符合前言体例对作者生平的最低要求，节省下篇幅来讨论一个较少被关注的问题——

在一些论者眼中，刘光第的性格端严稳健，是光绪提拔作为维新派官员中的“压舱石”。但其实，他的性格果真如此吗？这需要结合他所处的环境和留下的著述来分析。

刘光第任职于刑部。刑部在六部之中，灰色收入较少，特别是比之户部和工部，相去甚远。有学人通过对李慈铭《越缦堂日记》的爬梳，整理出其任户部郎中时的收支情况，虽然俸银与禄米加在一起也没到二百两，但其年度支出高达两千两，弥平这相差十倍的数字的，大多数是灰色收入。刘光第就没这么幸运了。他自幼清苦，在其记述长辈、家世的文章中有所体现。即便科举高中，也无力赴京任职，幸得家乡的地方官陈洛君赏识，以及同乡刘举臣、刘庆堂父子解囊，才能成行。而且这种资助不是一次性的，而是每年都有。惟其如此，在致刘氏父子的信件中，刘光第屡次道及对方的资助之恩情，以至于用魏象枢初为京官时贫甚、幸得亲戚接济而渡过难关终成名臣的例子，向对方道谢。甚至连获得寄自家乡的土产豆瓣酱，刘光第都感念异常，并大开脑洞赋予丰富的物外之受益：

> 承赐豆瓣一罂，拜谢拜谢！且闻系出婶母亲造，尤当顿首遥拜而后敢食之也。抑兄之意更有感者，豆为谷类，其勉我安于薄淡乎？椒有姜桂之性，其戒我蹈于甘软乎？其物历久迁地而性味不变，其诏我守道固志而不渝乎？然则一物之微，不惟拜嘉厚贶，其饱德多矣，远胜锡琼瑶而赠币帛也。（第二十八函）

从这段文字折射出的，与其说是他自律甚严的道德修养，毋宁说是长期受人恩惠而形成的习惯性的感念与谦卑。除此之外，刘光第在信中还多次表表现出对价格的异常敏感：

> 前承雅托购买鹿茸，因局中新货腊月廿边始到得齐，第已与参茸局说明，拟于明正买一关东上好黄毛为妙。庆弟所说纱补挽袖，亦已于荷包巷（凡针黹金线作物等都在此街）向来熟识店中看好（挽袖花样虽多，都是白缎，青缎是叫他现作），

但诸货均好，其价已出六数之外；惟余数第当任之。论来此等物件，理该买送，何至尚动来数。只因京中景况，钱米艰难，任是节省，亦须许多用度。加以腊正之交，银贱（现换十四千几）物贵，（百物涨价而银独跌价，即如车钱一项，常时拜客，一天不过京钱七八吊之谱；正月拜客，则贵至十六七吊一天，他物称是）。年节各师门酬应并衙门酬应，而冬腊印结，向来不旺（前十月甚至分到四两零），京师风气，新到者一二年中，不能久拖久欠，是以仅仅敷弄得过。前月家中信至（是亲戚处信），言第名下欠帐尚有七八十钏，都是历年积累的。写信通知，虽是亲戚情重，不好明索；惟第自思：既在官场，无论穷富，岂可久拖乡中亲戚，只有在京中寓所减衣缩食，撙节得多少，还他多少，已于鹿苹处打兑数十金还帐；所以京中愈无余数，实实力量绵薄，以致此等货物不能买送，诚可愧恨！惟恃老叔仁爱聪明，必能见谅，不致介怀，曷胜惶恐之至！

在现存54通函件中，光第与刘氏父子所言最多的就是，算账与筹钱。这些记录并非如一些研究中所说，只是反映刘光第十年京曹生计艰啬、洁身自好而已，其中很多细节值得重新认识。

关于“印结”。第一函云：“路上盘费共用一百七八十金之谱（有家眷真不容易）。到京置买家业、送各老夫子代土仪耗数十金。且喜今年尚有印结可分，多少不一，多每三四十金、少十余金甚或无。明年停捐，便不行矣。”第三函云：“七月份印结顿减，幸领俸银三十，勉强支持。”第六函云：“今年印结共得六七十金（正月带腊月卅金，二月八金，三月卅四金），勉足敷用。”第八函云：“六、七两月印结无几（六月七两、七月四两）。好得五月尚好，不然几至断菜。”第十一函云：“兄今年京中尤窘迫非常，六、七、九、十月份印结均坏，以致连厨手都不能请了。”

关于“交游”。不少关于刘光第的文字言其不事交游，但细考各函，实不尽然，光第对一些官员调动事宜还是很关注的。当然，其程度远远达不到交游广泛，而且内中不乏关心家乡地方官员任免、为资助他的安怀堂刘氏父子等收集情报因素。如第一函中就记载：“昨见张子青师（即张之万中堂），询及富顺风土人情，并问地方官，第略述洛君先生治状，师大加赏叹，以为难得（第与洛师信中亦言及此事）。又问洛师的家世渊源，赞美不置。”“见徐荫轩师，言及长安居大不易（言京师之难处也）。第即对以有本家资助，师问是亲房否，第对以虽非亲房，其关心之切、望我为好官报朝廷之意却甚过亲房。袁师亦诧异久之。”第三函又云：“弟自移居后，逐渐应酬不菲：座主乌、房师钱并放学政，同年放主考者四人、学政者五人……”

由此可见，刘光第并非一介不取，也并非不事交游。相反，他对印结的关注度和需求程度甚至远远高于人之常情，这无非因为其家境贫寒——价格敏感换做一个字来形容就是穷。其交游之寡，也很大程度上出自经济实力的不允许。然而正是在这样的处境之下，其耿介与拒绝，就显得更为难得，这种拒绝不是严谨稳健，而是一种疏离于其所处大环境的异端。

也正因为这样，尽管他在入职之处还向资助者汇报自己的工作情况和所谓前景：“本司印、稿（掌印、主稿）两郎中颇相得（老夫子处，都加分送，所以相得），事事肯说，第又虚心领教，故到司即派看公事。大抵今年可得谳审，明年即得帮办主稿矣。”但相处日久，他的秉性中的正直还是令他与上司产生分歧：

即如八月间，部司里分得一案，系福中堂斋中老妈子将人致死，老妈子却又为原告（即在步兵统领衙门告的），言死者系抢他儿子银两，他报厅上将死者看押病故，而九门提督又命仵作出结，言实系病死。我们以案情可疑，即饬步军校传尸亲不到，并传原告亦不到，情愈可疑。乃传厅上官人来责打，彼言原告母子均避在福中堂斋中。我们乃言，尔可持票同看街兵直向福中堂斋指传，回明定要将人交出，况系原告，何必怕耶？乃不二日，刑部堂官嵩（名申，从前四川崇将军之子，新升刑部尚书）特到署中告左堂薛（名允升，左侍郎），求转告我们司中，此案原告可以不传了，案便不办就是了。司中掌印唯唯受命。兄乃力争于印稿之前，言案关人命，何得含糊了结，我们即不调人另验，亦当传原告到案，细究情形；况尸亲日后有人出头，且恐为别人说话，后来堂官司官均有处分，堂官必定加恩留任，司官何所抵耶？于是持稿不办，又去面回薛左堂（系他当家），左堂亦知究里，但攒眉嚾嘴，摇头数回，总劝我们是与他办稿算了。我们言，如果日后云云，左堂言，且待日后有人举发再说。此明明谓福中堂神通广大，巧于弥缝，保定日后无事，然而此一条人命遂白送矣。（第十函）

不止是具体的刑部任内工作，对于时局朝政，刘光第在信中也多所抨击，前辈学人多有征引，此不具录。惟从收信者的态度中，亦可略窥其言辞之激烈。在“自京师至刘安怀堂手札”的第十三函中，刘光第回复刘举臣关于慎言的叮嘱，援引“中兴”名臣胡林翼“指斥当时要人”，“初不以为是可以贾祸而有害者而不敢言也”。不仅长辈刘举臣如此叮嘱，其平辈刘庆堂也叮嘱刘光第“清勤之外，更须于慎字留心”。即便如此，他还是在此后的书信中屡屡针砭朝政，如对人才之摧抑：“故纷纷挂朝笈者不下数千，而国家隐有乏才之叹。不知人才时时俱有，惟不用之，则不见耳；且更摧折之，愈不见矣。而细求其所以然，则在独揽乾纲之一人。上而英明，则大小臣工，靡不战兢奉职，无敢不公，无敢不敬。乃都下纷传，今上不甚管事，以致魁柄下移。其弊在圣学不讲之故。"（第二十四函）政务之废弛："此皆由于捕务废弛，各衙门均不认真，以致盗贼公行，肆无忌惮，徒令旁观者太息痛恨而已。"（第二十五函）政治之腐败："要之，一人一家之事，何足萦怀，所虑者，时势痿痹，已大成麻木不仁之症。加以讳疾忌医特甚，空令志士仰屋太息，而贪位固宠者，方且处堂而嬉，了不为计。"（第二十六函）而且，这种直抒胸臆针砭时弊并非仅仅在给刘氏父子的书信中才有流露，他在给其他师友的信件中也往往口无遮拦："现在司中人数较多，而真能以公事为家事者，亦不多觏……兄近来志事心期，可看与洛师书，便悉梗概。"（第二十二函）甚至在刚刚考中回乡途中，见到时方家居的湘军名将鲍超大修府第，居然以诗劝谏："将星耿耿钟夔岳，世局艰难待枕戈。臣子伤心在何处，圆明园外野烟多。"可见，即便先不讨论刘光第的具体思想倾向和政治观点，仅看他书信中反映出的屡屡放言不吐不快的性格，也很难说他是一个稳健派。

除了在书信中痛陈时弊之外，刘光第还借助诗歌抒发对现实的不满。刘光第在名家辈出的晚清诗坛，也占得一席之地，于汪辟疆《光宣诗坛点将录》中，被点为"天异星赤发鬼刘唐"。然而得到如许评价的，多是其纪游诸作。学衡派健将胡先骕在《评刘裴村介白堂诗集》一文（刊《学衡》1924 年第 34 期）中，尽管出于对时局的失望、对戊戌变法的评价不高，并谓："关于介白堂刺时之作，时过境迁，后人或淡然视之，而其刻画山水之秀句，则在中国三千年所为诗中别开生面者，中国文明一日尚存，介白堂诗终可流传于天壤间也。”但从这些被淡然视之的刺时之作，恰可看出刘光第的性格。胡先骕甚至认为，“戊戌谭复生说袁世凯率兵围颐和园之密谋，彼实不与。此言固信，然谓裴村不疾视西后、疾视朝政、欲为澈底之改革，或能知几待时、明哲保身，则其诗适以证其不然”，列举了诸如“阳刚抱龙德，阴气散乾坤。主山遭厄圮，五岳噤不言”“妲己倾有商，褒姒灭宗周。天意信遐邈，女祸亦因由”“海军且扬威，嬉此明湖曲。仙人且弄姿，媚此西山绿”等诗句，证明“戊戌政变，裴村虽不与谋，而心必不非知也”，认为许多措辞“大非臣子所宜出者”。尽管“心画心声总失真，文章宁复见为人”，人物研究中对于诗文创作中表露的倾向当加警惕，但文学作品与友朋书札两相结合，在联系其家世背景、生平履历，对反映作者性格的可信度应该说相对就比较高了。

基于上述分析，可以给刘光第一个大致的画像：他家境贫寒，自幼苦读，考中后又因为贫困无力赴京任职，幸得地方官和同乡族亲的资助才得以成行；京官本就“入不敷出”，他所就职的又是灰色收入更少的刑部；惟其如此，他是一个对价格极端敏感的京官，无论是物价还是他的灰色收入的“收成”，在信中不厌其烦斤斤于是；但尽管如此，他也在“正常的灰色收入”之外，不事夤缘攀附，并且为了信念与正义敢于拒绝、甘于清贫，宁可在与同乡的书信中一再哭穷告贷；他对具体工作和朝政时局有着自己的清醒认识，且不吐不快，其性格正直、耿介，但却不乡愿、懦弱，甚至不乏激烈。

三

众所周知，在革命史观的研究范式下，维新运动与戊戌变法作为三大高潮八大事件之重要组成部分，是符合“潮流”的，那么，在此过程中呈现出的激进程度，在相当程度上被与“进步”画上等号。在此架构之下，对刘光第（也包括杨锐）之所谓“稳健”的辩护，就成为为其历史功绩、地位与评价“赋能”的重要方式之一。其实，这种套路在戊戌变法之后不久就出现过。反对维新的胡思敬在《戊戌履霜录》中记录了杨深秀“八旗宗室中如有徐敬业其人，我则为骆丞矣”之语，作为其“狂肆”之罪状。对刘光第之“稳健”的辩护，可谓异曲同工。另一方式则为对维新人士中激进举措的批评，通过批评躁进而赋予稳健更大的价值。如王炎谓：“实践是检验真理的标准，也是评判历史人物的重要依据。导致维新运动失败的‘激进’与力挽危机的‘稳健’，孰高孰低，不言而喻。”（《从珠岩山人戊戌诗三首看杨锐、刘光第与戊戌变法》载《杨锐刘光第研究》，巴蜀书社 1989 年 11 月版，第 37 页）

这里无意于对上述观点进行驳正，只是想指出，脱离了历史情境，以今人的后见之明来考校前人的功过得失，具有怎样的现实意义不好说，但至少不是值得信赖的治史路数。陈寅恪在《冯友兰中国哲学史上册审查报告》中的观点，至今仍有意义，因此不惜篇幅，恭录如下：

> 凡著中国古代哲学史者，其对于古人之学说，应具了解之同情，方可下笔。盖古人著书立说，皆有所为而发。故其所处之环境，所受之背景，非完全明了，则其学说不易评论，而古代哲学家去今数千年，其时代之真相，极难推知。吾人今日可依据之材料，仅为当时所遗存最小之一部，欲藉此残余断片，以窥测其全部结构，必须备艺术家欣赏古代绘画雕刻之眼光及精神，然后古人立说之用意与对象，始可以真了解。所谓真了解者，必神游冥想，与立说之古人，处于同一境界，而对于其持

论所以不得不如是之苦心孤诣，表一种之同情，始能批评其学说之是非得失，而无隔阂肤廓之论。否则数千年前之陈言旧说，与今日之情势迥殊，何一不可以可笑可怪目之乎？

治哲学史如此，治近代史亦当如此。比如，刘光第的书信中保留了大量关于灾异的记述。如第五函：“今年腊月十五夜，贞度门不戒于火，竟将太和门延烧（是九重第五重，为紫禁城内正大门）。至十六日下午火始扑灭。将来元旦朝贺并大婚时，拟搭彩棚为门，有心者窃忧之，以为此非佳兆也（从前康熙、乾隆中，大内起火，皆主兵兆）。第以为天降灾警，此时为君为臣者总当力加修省，着实见诸施行，不徒以空言了事，其庶几乎。”第十函云：“方今时事多故，天变非常。去年太和门灾，非常矣，今年天坛祈年殿又为雷火所烧。此殿形如圆亭，高约九丈，覆以青琉璃瓦，系祈年时列祖列宗神牌配天之所，今乃为雷火延烧，论者私谓此似上天之心、祖宗之意有大为告警者。窃思明末，但雷震郊坛，而明祚不永，今更有甚焉。噫！天心果何如耶？”……又有谁会苛责于他的封建迷信呢？这里若结合刘光第本人思想形成的过程、当时知识分子的阅读史与知识结构来分析，或许会有更具价值的发现。研究者比之当事人，更加科学完善的知识储备和上帝视角，固然可以避免“不识庐山真面目，只缘身在此山中”的视域局限，但也往往容易陷入以今绳古的误区，简单得出“今不如古”“历史局限”等即便正确却也无甚意义的判断。

时下晚清史研究的热点集中于清政府方面对时代变局的因应，也涌现出一大批优秀的学术成果。但同时，戊戌六君子的研究似乎已过早地透支了研究者的兴趣。茅海健先生根据康梁以外的大量档案文献，研究戊戌变法的“另面”取得了卓越的成就，令人钦佩。而学术界关于戊戌六君子的研究，很大程度上连本面的许多重要问题都尚未厘清，比如，这六君子的性格是分别是怎样的，他们之间的分歧和矛盾究竟如何，等等。或许这并不重要吧——一种观点认为，戊戌六君子的出身、年龄、籍贯、政见、性格各异，其被集成为一个群像，很大程度上是因为保举、任职和政变中被杀害等偶然因素，并不具备集中研究的价值。但我们依然认为，他们以自己的生命为代价在近代史上留下印迹，理应对其进行带有了解之同情的复原，首先要了解他们是怎样的人，经历过什么，为什么会有如此的言论和举措，其行为逻辑和情感逻辑是怎样的。只有在此基础上，我们才能进一步回答，为什么各自情况差异如此巨大的六君子，共同成为了当时中国最高当权者必欲除之而后快的危险分子，这说明当时的国家染上了怎样的病状，爱国而正直的知识分子为何不约而同地选择了后世一些聪明的论者认为极不可取的举措，清政府古老而陈旧的权力运行机制有没有给他们留下什么其他途径和空间，维新派的"操切""躁进"之举与后来作为推动社会进步的革命力量相比有何相同与不同，为何一些论者对暴力革命尚能肯定却对他们的"操切""躁进"如此不以为然……

对比充满后见之明的观点，张灏先生的谭嗣同研究中对其"苍然之感"的深刻把握与精微剖析，及由此反映出的对研究对象的了解之同情，显得那么难能可贵。虽不能至，心向往之。我们决定先从基础文献做起，于是有了新编戊戌六君子集。

四

具体到刘光第生平著述的刊行与流传情况大致可分为写本、刊本与铅排本三类。

写本包括：

《古愚室诗钞》，绿格，四十五叶，半叶八行、行约二十八字，墨笔草书，有墨笔圈点及勾抹涂乙，当是手稿本。后有无格纸半叶。现藏富顺县档案馆，有影印本，见《刘光第手稿及研究》，四川人民出版社2015年版。

《裴邨诗钞》上部，无行格，二十二叶，半叶八行、行二十一字，墨笔颜体楷书，天头有行书"刻"字，当是预备付梓之清稿本。有朱笔、墨笔圈点，有改动，有墨笔评语。现藏富顺县档案馆，有影印本，见《刘光第手稿及研究》，四川人民出版社2015年版。

《裴邨诗钞》下部，绿格，四十二叶，半叶八行、行二十一字，墨笔欧体楷书，天头有行书"刻"字，当是预备付梓之清稿本。有朱笔圈点，无改动，无墨笔评语。现藏富顺县档案馆，有影印本，见《刘光第手稿及研究》，四川人民出版社2015年版。

《介白堂诗稿》，无行格，十七叶，半叶十一行、行二十八至三十字，墨笔行草，有墨笔圈点及勾抹涂乙，当是手稿本。天头有评语。现藏国家图书馆，有影印本，见《清代珍惜稿抄本丛刊》，国家图书馆出版社2018年版。

《介白堂诗集》，红格，钞本二册，上册八十三叶、下册三十叶，半叶九行、行二十一字。墨笔行楷，有墨笔圈点。天头、行间皆有评语，量颇多。上册卷末署"廿六年六月一日爨颂生先生赠送"，下册卷末署"清光绪间宜宾爨氏传抄本"。现藏国家图书馆古籍馆，索书号29728。

《衷圣斋文集》，朱丝栏，钞本二册。墨笔行草，半叶十行、行二十五至三十字不等，版心有"藜光阁"三字。末署"宜宾刘氏藜光阁传抄本"十字。现藏国家图书馆古籍馆，索书号29726。

这批写本保留了丰富的出版史信息，特别是其中的点评。这些点评分布在页面天头、篇首题后、篇末以及正文字里行间（即夹评），有的无点评者署名，有的署名，署名有宋、芸子、杜、惺斋、城南、国宾等。一些未署名的评语从口气可判断为作者刘光第自评。对于这些评语的研究，可参看本书附录的论文。

二是刊本：

《介白堂诗集》二卷，为目前可见最早的刘光第诗文公开发行的本子，光绪癸卯年（1903）宜宾俪峰书屋刊本，其中有识语曰：

> 右裴邨刘先生诗二卷，吾师杜先生之所次也。诗旧分四体，自题衷圣斋。先生殁后，乡人在京者传逡写之，盖先生所尝用以示人者也。吾师初得写本后，自其家取所有真草诸本以校，大抵同，以为此先生所手定，过去非宜，乃用编年之法比之，而易之曰"介白堂"云。鉴窃闻之人，先生尝曰："余与杜某论诗最合，他人不能及。"吾师与先生交最深，论诗又最合，其为订其遗诗，固先生之志也。独惜昊天不吊，写录未成，哲人遂殒，其意旨无由达之人人为可喟也。九原可作，吾将起吾师而问之。光绪癸卯三月爨心鉴识。

此识语的作者爨心鉴，正是前述国图藏《介白堂诗集》钞本的传抄者宜宾爨氏。从中也可看出前本之来历。不过值得注意的是，虽然识语中说写本为"先生所手定，过去非宜"，但实际上此刊本仅存诗 251 题，较各写本保存之数为少。而此刊本亦有他本未见者，如五古《偕隐斋》，刊本有爨心鉴所加按语："此诗为写本所无，故杜先生编次时亦不及。鉴从他草本得之，以其骨力气味与前无异，仍复录之。亦以见先生自为去取之严云。"

此外，尚有《衷圣斋文集》（国图索书号 110189），署"光绪癸卯刊于宜宾”，半叶九行、行二十一字，行款与前之《介白堂诗集》同。此本较前述之国图钞本，多所刊落，笔者曾撰《略论刘光第衷圣斋文集钞本的文献价值》予以揭载，此不赘述。

三是铅排本：

《刘杨合刊》，民国三年（1914）昌福公司铅字排印本。此本汇集刘杨二家著述，流传甚广，新中国成立后《续修四库全书》所收即此本。前有沈宗元癸丑（民国二年，1913）《刊缘》和《校余》各一篇。

《戊戌六君子遗集》，商务印书馆民国六年丁巳（1917）铅字排印本。是书为商务印书馆编译所所长张元济张元济主编，所收刘氏著述，以刻本《介白堂诗集》《衷圣斋文集》为底本。

本书所收内容及版本情况如下：

1. 文集，以国图所藏钞本《衷圣斋文集》为底本，参校昌福本、木刻本、《遗集》本；

2. 集外文，收录《都门偶学记》《南旋记》《游嘉峨日记》《方言记》《富顺赵化镇山水志》《诗拟议》《楚辞拟议》《诰封奉政大夫刘公举臣六十暨配黄宜人五十寿序》《甲午条陈》和《校邠庐抗议》之签注等，皆据原件或影印件整理。

3. 自京师与自流井刘安怀堂书札，据影印件整理。

4. 诗集，以国家图书馆藏抄本《介白堂诗集》为底本，因其存诗最多且保留的作者自评和师友评语最全，以《裴邨诗钞》上、下部和《古愚室诗钞》《介白堂诗稿》、木刻本等参校，并补录底本所无的评语。

5. 赋与试帖诗，以稿本影印件为底本整理。

6. 关于刘光第文集钞本中新见佚文的史料价值、诗集写本及其评语、刘氏著述刊行情况的地缘因素等，别撰论文附后，以供参考。

本书的整理，得到了诸多师友的帮助。张维欣女史协助调阅国图藏本并亲笔抄录刘氏佚文多篇；王承军兄慷慨分享了刘氏手迹、张秀熟先生关于中华版刘集的书札等珍贵资料；所附论文，曾在两届华中学术传播论坛上宣读，感谢会议召集人华中师范大学范军教授和评议人张三夕教授等前辈的帮助与赐教；感谢四川省社会科学院谢桃坊先生及《国学》集刊编辑部同仁，使我不成熟的学习札记得以发表；感谢大连大学王夏刚教授，我在整理和研读过程中每有疑惑相扰，他都谆谆教诲毫无保留；同时，感谢四川师范大学汪宏亮教授的鼓励与支持，使本书整理过程中的心得得以作为四川省社会科学重点研究基地中国近现代西南区域政治与社会研究中心的项目成果先期刊布。本书的不足之处所在多有，希望得到批评指正。

衷圣斋文集

赵化镇牛痘局记代[①]

来海外一星火，焰焰不熄，沿及华裔，财烬而人焦，天下甘之，十而三四，洋药是也。为之倾汉唐以来数千年入自夷国、散转内地之金银，随涛波去乎海外，而人心趋便利、乐奇巧，天下方十九好之，洋货是也。传其术中国，先后遍各省，六七十年无异，天子用之，大臣疆吏劝之，府州县董之，天下信行十已七八，乡曲僻陋尚或疑之，洋痘是也。

洋痘者，牛痘也。牛痘之言曰，昔洋有先医，智及知牛。爰取其痘之浆，而刺种人身。巧窥[②]其穴，实维消泺、清冷渊二穴之间，主乎三焦。三焦者，一身关要之府也。从皮毛血脉，肌肉经络，直传而入，下从肾藏直引而出。见红三日，灌浆三日，结痂三日，十二日而成功，儿如常无所忌。即再试，不复出。

又曰：痘之证，肾重而脾轻。脾属土，牛土畜，职此之由。犹有疑者，曰：此法出洋人，殆不可种；即种，十年当复出，仍当传染天行；更有种牛痘误毙者。

呜呼，异哉！是何怪数年前民之讹言"身瘇烂，衣洋布"也。生人至不可解之事，惟安于习熟见闻者，至老死而不怪。狗吠摄影，

① "代"，昌福本无。
② "窥"，昌福本作"规"。

羊毛出膺，彘肉发痫，鼠骨生齿，假若传由外国，其不摇首闭目而去者几希矣。今之牛痘万全如此，视昔之塞苗嚏鼻，周委五藏，风寒秽浊，饮食禁忌，一不慎而祸至；或逢坏证惨变，黑如炭、蓝如靛、紫如炙豚，不可睹其形；乃至独子孤儿，为之父母者，当此之时，唤天而塌地，思与并命而不可救。酷烈之痛如彼，孰得孰失，宁烦智者而决乎？

某某去乡久矣。官闲多暇，凡京师首善诸义举，都人士主持之，亦尝一二窃随其后。见夫种牛痘者，岁则何啻万家，为欣慰焉。

乃得舍弟某某书，言里则有局，旁及邻集，越十二年而人尚有疑，然亦岁得数百小儿。今将勒集资者名，且谋善后。于是致诸君子意，请记其事，兼为谓此不信者告。

某某既喜吾乡小儿女，长得保肌肉之玉雪也。复敬乡之人有卓识，猛于为善，风俗厚；即吾弟悬悬同之，有足嘉者，乃为记之，而略陈天下大概，俾拘墟而护前者悟焉。

嗟乎！吾中国之通商外洋也，受其害而不知，犹可言也；受其利而不知，不可说也。夫既不免受其利害，即听其自利自害焉，无道与为权，安所收其利而制其害哉？将无并其利亡之，而但承其害，害奚极也。吾于有利无害之牛痘，而已为此懔懔也。

曾大父家传

吾武平刘氏，自入蜀来，居富顺县东三十里之卢家嘴。百余年而迁观音滩，去卢家嘴四十里；又二十年而迁赵化镇，去观音滩三里。其间居卢家嘴者二世，自吾太高祖始；观音滩一世，自曾大父；赵化镇今且三世，自吾大父始。曾大父讳祖湖，即徙观音滩者也。世勤陇亩，年六十八以卒，葬观音滩西二里母猪石焉。光第五岁时，先父即携之展祭其墓。乱[①]观音崖津口踏沙路行，见为瓦茅相次之屋隐隐林树中，当门刺竹数十本，大如儿腰，其高五六十尺。先父指而谓光第曰："此正北瓦屋，吾先大父所手葺者也，汝伯及吾及汝大姑实生于是。竹树，大父之所植也。迤西为新屋基，即今之夷为麦土者是也，汝二姑生焉。记吾为儿时，夏水涨，江舟接门前竹根之下。吾偶逃学，藏瓜棚中，夜不敢归，吾父及诸父然火照江，望流而叹：岂斯子遂当为水漂去耶？吾从瓜棚中望见之，遽出。而吾父殊不见责。今忽忽四十年，回忆瓜叶自蔽时，若前日事也。"又指竹间桐树曰："此树道光中忽生一木刀，长可半丈，远近聚观，其兆滇匪之乱乎？"又过江边沙渚而笑，徐而指之曰："吾少与诸兄弟浴于此，吾次妹方一岁，抱而浴焉，坠水，幸不死，即此地矣。当是时，吾家六房同居，人繁，浣晒衣服日尝十数竿，舟人过者，群指呼吾屋左为晾衣湾云。凡此皆居观音滩时事。然吾之生也，已不及吾大父之存，但传其性刚疾恶。伯父中有吸烟叶者，年长矣，辄命长跪予杖。吾闻大父性情落落如是，但恨不得一见大父之颜色也。"

呜呼！先父此言，今亦何可再得哉！因念吾高祖卒之十二年[②]而大父始生，曾大父卒之一年而吾父始生；光第之生，去吾大父之卒亦十二年；光第之子，乃更生在吾父之卒之十八年矣。凡四世之孙，皆不得见其大父，四世之为大父者，亦皆身后有孙而生前无孙，

---

① "乱"，刊本、昌福本作"亂"。

② "十二年"，刊本、昌福本作"十三年"。

古所谓含饴分甘之乐，盖若斯之难乎？亦足伤为人孙子思亲之心者矣！光第往来道涂间，见彼七叶五世之坊，乃往往而是也。

先大父家传

光第之生尚幼，即熟[①]闻先大父之受困也。其为人也，骨长而肌瘠，隆冬犹衣败絮，寒不可支，则竟日负邻家铁炉坐不去。面目黧黑，亲故至不可辨识。饥则断莱菔叶蘸于青椒之臼而啖之，以代饭，其穷如此。然性耿介，不肯少有乞借。或为至戚担水，给以直则受之，此外不可纤芥与也。于是吾先伯先父乃发愤去习为贾人事甚力，家以渐康。然大父竟用枯槁卒矣。

初，大父之赁屋赵化镇西街也，贫，给值[②]不以时。其屋闽馆公产也，执事者凉而横，告缓纳焉，不可；请待有所而迁焉，不可；俄率众至，撤其屋壁以去。不得已，架朽篾而遮迾焉，则又至，并屋上之瓦撤去。每天阴欲雨，举家愁叹，相向而悲。此事先父末年尝向光第歔欷而道之，光第痛焉，以迄于今。爰纪其事，俾我子孙读之，犹当有伤心垂泪者矣！

嗟乎！吾刘氏自先人忠于宋，耻仕元，由江西瑞金避地汀洲，居长汀者一世，迁武平者十六世，大半席丰，饶有余财以济人。即志昭公父子入蜀，亦颇自占土田，安居而乐业。及吾曾大父，始因各房析产，失先畴之畎田，徙观音滩。然是时赁田之钱犹七百千，

---

① “熟”，原作“孰”，据刊本、昌福本改。

② “值”，原脱，据刊本、昌福本补。

亦曷[1]乏衣食。至吾先伯、先父，服贾致赢，遂有田舍。光第蚤孤，中间稍稍窘矣，不过支绌而已，启视吾甑中，无日则不有白粲。而今光第得窃禄于朝，自奉且尤厚。而吾大父乃独丁其穷，晚年殊酷，曾不得少待须臾，获一日之饱食而后死也，伤哉！昔之人疑造物者之有无久矣，何父子祖孙间而不平若是？此宜吾先伯存时，对孙鲜衣甘食辄凄怆太息，悲泣不自胜也。或曰，子克自立，今朝廷荣名之宠，固以慰先人于身后者也，昔之人亦尝荣之。呜呼！果何救于其生前饥寒之苦也哉？

先大母事略

吾先大母之没二十一年，其时去吾大父之卒则已二十四年，光第十二岁矣。光第三岁免母怀，即居大母之室，对床而寝，大母绝爱怜之。然老多病，时闻呻吟之声。每夜一灯荧然，家人易侍，如是数年，竟弃养。光第幼无似，嬉戏不灵，但知分食大母甘旨而已。及长，乃稍稍闻其轶事而识之，亦未随时存录，致大母之行不尽著，不仁不孝，罪将奚逭。然终不可令大母之贤不传于后嗣也。

龚氏大姑之见告也，曰："始吾母家贫时，饔飧尝不给，日已亭午，柴灶寂然。吾与汝二姑饿不支，吾惨不语，二姑幼小则哭，惟汝父嬉笑如常，若已饭焉也者。斯时汝大母数数睨吾曹，颇为好语慰藉，中实迫也。久之，过[2]邻家借少米作粥以饭吾曹，而己则托故不食，何知以忍饥阴受病乎！"大姑言至此哽咽。光第闻而伤焉，心酸

---

① "曷"，刊本、昌福本作"曷常"。

② "过"，原脱，据刊本、昌福本补。

楚、泪交颐也，不忍卒听。大姑曰："然汝大母善蒸米为红曲，鲜新能一升米易二升米，他人为之不及也，以此颇得少助云。"大姑则又曰："昔有戚媪言：'吾赴邻家茶果之约屡矣，贫无以报，又不能不往，终惭，奈何？'吾母笑曰：'我则不尔也。我过人家，尝不食而携以归，托言食儿女子，实未尝食儿女子。如此积三五家，则可烹茶召客矣。'其处至困，善经营，多此类者。"

大母弟妇钟之言曰："自吾抚两儿，穷则刺骨矣。吾良人在时，议鬻吾者亦数矣。吾支篾篷于沙湾，纺绩而易米，朝不谋夕。而吾终不改节者，吾盖视吾刘大姑。先贫时，亦有劝其改适者，怒不应。竟得儿女[1]成立，有田园房屋；今且有孙读书、作官。虽吾两子前死无后，然吾一老寡妻，一日不死，则廖氏一日不绝。吾死无惭刘大姑矣。"

堂伯宗寿年八十矣，告光第曰："少吾在杜快铺，即闻族老言观音滩四婶贤。既而见之，果贤也。去今且五十年矣。后吾拜四婶于普安砦，四婶抱汝出，汝时方一岁而大头，吾甚奇之。今亦且三十年，汝今颇[2]能记大母否？"光第闻之，泫然泣也。

族兄光琳屡告光第曰："吾不幸十岁而吾父出吾母，吾无恃，即邀吾族祖母之惠，饮食教诲于吾父子，吾父子依族祖母以居，其时若宗绪、宗朝诸叔亦依以居，亦得饮食教诲之，皆获长大，各成家然后去。惟吾族祖母之惠，终身不敢忘，然吾不告，弟则焉知？"凡光第所闻而可颇述者仅如此。呜呼！今日之光第其何以自克乎哉？

光第五岁时，尝冬夜起溲，立灯檠下，剔残焰自照，未敢惊大母。大母随起，光第止之。异日大母见家人及诸亲戚辄遍告之，

---

① "儿女"，刊本、昌福本作"儿子"。

② "颇"，刊本、昌福本下有"犹"字。

称:“吾孙大解事,昨言‘大母请无动,恐招凉致疾’。”斯语也,多日犹言之,喜见于色云。

先伯泉溪公家传

公讳宗汇,字泉溪,光第世父也。少贫废学,学贾。积居逐时,家日渐丰。以捐赀议叙①从九品职衔。尝痛父穷死,对好衣甘食辄泣下,曰:“安得起吾父墓中而衣食之乎!”母年老善病,公尝拜北斗,诵观世音为祷,病以获瘳。

富顺之刘,自武平迁居者百余年矣,而宗祠未立、谱未修。公每叹谓无以收族,思有事焉,而未得遂,至死犹念之。

犹子光第方六岁,公偶携以他出,因指视道里之数。光第叩以“道里何尽?”曰:“尽天边。”曰:“天边为数几长短,且数亦岂无尽时,今欲究其尽,用何法?”公笑而不答,归大呼家人曰:“速将锄头来,是儿问人,直须掘得根子去也。”由是酷爱光第,颇购书籍焉。光第得窥陈编,以略识圣贤之意,公实开之。且时举故明佥宪公事相勖勉。佥宪公讳隆,永乐甲申进士。以御史巡浙时,监课②太监黄金肆虐,青田民潘孟吉等杀之。成祖震怒,欲屠青田,公疏争之,仅诛首恶,民立石颂焉。是为光第之十七世祖也。然公没时,光第才十岁耳。又十五年而光第官京朝,益知厉志向学,思欲为世用③,显扬先人,以无负公,而公顾不得见矣!用国覃恩赠如光第官。

---

① “议叙”,原脱“叙”字,据刊本、昌福本补。

② “监课”,刊本、昌福本作“董课”。

③ “为世用”,刊本、昌福本作“为世有用”。

公须眉森秀，望之有威，赤手成业，才气阔达。咸丰中滇匪之变，首逆李短塔塔，由石灰溪连败，窜八角寨，溪中浮尸几满。公出赀命人捞收，狸蜡甚众。其他趋义嗜善之为，弗得而记矣。喜读《三国演义》书，每言遭世变乱时，持此书定[1]天下有余耳。闻者或笑之，公曰："此殆非若所知。"然公是时，初不知我朝曾译是书作兵法有效。常欲有所建树，把酒向天深叹，悠然以远，以体弱多病而止。其平时则好称司马徽、徐元直之为人也。

赠中宪公家传

公讳宗准，号永茂，联桂公之次子也。童时豆菽无饱，嬉笑不介于怀，落落如也。稍长，随兄泉溪公习贾于市。里中油坊火，公急归视母，冒火道而趋，忽栋瓦飞堕[2]，击去其履，而足不伤。又尝坠水，弗死。以此于人世一切纷靡，淡然中不动。安步寡言，与物无忤。里人相争，辄就以钱解之，多愧谢以去。市鬻权概，出赢入缩，乡里至今传为美谈[3]。有担鬻芥油于我者，阴以牛粪实器中，图多重力，众觉，斥之；公怜其贫，竟舍之。佣赁为欺盗，或告之，则曰："君不闻'米筛不漏，鸡雏不[4]活'乎？"人竞迂之，不顾也。每好阴行善，不使人知。公卒之后，里人贾慎斋告光第曰："石王溪跳磴坏，令先人曾独力修之。"呜呼！微贾君言，光第并此事将不得

---

① "定"，刊本作"之"，昌福本作"治"。
② "飞堕"，刊本、昌福本作"崩堕"。
③ "美谈"，刊本、昌福本作"笑谈"。
④ "不"，刊本、昌福本作"弗"。

闻乎？

公于岁时，必具钱布米肉遍致贫亲。更虔于祭祀，于扫墓尤勤敬，一日之间，徒步去来百里，非甚病，无弗尔者。堂弟宗和、宗桢皆朴不涉书，于祭扫也皆无少怠慢，彼诚有感于公。公族子某不肖，墓祭辄检尤近者，罄焚[①]香楮去，而告曰："尔先人居地下，亦当往拜地下先人，盍为我转致之。"公每笑斥其语，戒族人，族人往往颇知祭先也。于族卑幼，则时与谈闽汀地俗传于高曾祖父者，用示不忘本云。

生平最善父母，事兄泉溪公尤谨。泉溪公性烈，公年四十，犹被挞斥，噤不敢声，移时笑语如故。然性方严，亲故久狎者，未尝见其一睨妇女。即母廖赠恭人，亦每乐称人言"刘四娘儿，行路目不旁瞬"语，以自喜慰。

公好阅稗官书，积数十种。时举古忠节义烈事，坐室中对王恭人数之。光第时尚幼，亦知扶床而听焉。

尝病痔，几殆矣。诸亲好视疾者，咸劝吸洋烟可疗。公曰："吾即死耳，决不以吸烟活矣。"且举祖湖公斥叶烟事却之，竟绝不食。又数年，然后卒。卒后五年，而王恭人病复亟，亦有劝吸烟者，即举公语以却之，亦竟绝不食。又十年，然后卒。

公年三十七始有子，深怜之。光第兄弟有过失，从未加以重罚。女幼裹足，泣不能兴，公蹙然悯之，引[②]而负之背，绕庭行，且行且语，甚称此事为敝。

初，公尝从容谓王恭人："人生何必多财，但得有勤读书儿，则

① "焚"，原作"禁"，据刊本、昌福本改。
② "引"，原无，据刊本、昌福本补。

乃是活宝矣。”由是督光第兄弟[1]读甚力。

光第岁腊游市中，买一假面具，怪恶可玩，弗离于手。公突然见之，夺而蹴焉，屈指击额而训之曰：“吾与汝伯父，少从村塾读，学钱不满千，师严甚，吾夜不敢寝，读书而家贫，不得一年辄弃去[2]；读《四书》才至《梁惠王》，吾终身以为憾。今汝曹学资，视吾乃逾十倍，顾无所欠缺[3]，足办汝读书，当何如？”光第谨志之勿敢忘。

光第十二岁，偶书宋人语满壁。一日王恭人见诲曰：“汝父见汝壁上书，颇喜动色，以为汝知好学；且又徐[4]举俗语云：‘家无读书子，官从何处来？’岂非自知修德有素，将于汝焉食报乎，汝其勉之！”光第亦谨志之勿敢忘。

惟念公承先人累世忠厚，积行半生，未能受人子一日之养；且多恺悌，不撄其神，宜将寿考[5]。乃因感寒疾，误药不起。光第少，罔识医，不知慎，罪则不可逭。及光第通籍时，公见背已十二年矣。伤哉！

公卒年五十。同治壬申十一年五月初二日也。葬虎头城对岸刷榜山。配王恭人。

公以光第官，诰赠中宪大夫刑部主事，加四级；王恭人，诰封恭人。

---

① “由是督光第兄弟”，昌福本乙作“光第由是督兄弟”。

② “弃去”，原脱“去”字，据刊本、昌福本补。

③ “欠缺”，刊本、昌福本作“歉缺”。

④ “徐”，原无，据刊本、昌福本补。

⑤ “宜将寿考”，刊本、昌福本作“宜得寿”。

王太恭人家传

太恭人姓王氏，世为富顺五间楼人。考讳宏泰。母舒，生女子三人，恭人其季也。来归时年十六，奉先公敬谨，事先大母尤挚。大母尝谓恭人曰："吾勤汝至矣，后时当得孝顺汝者报于余乎？"世父无子，抚堂兄光赞为子。是时恭人亦未有子也，拊之爱有加。光赞之事恭人，殆若过所后焉。视犹子妇如宾如客[①]，于女子[②]也，顾复殊至。然小不谨，必有挞谪。先公既见背，恭人理家操作无遑晷。顾性不喜近利，于经营拮据中，每多闲远意思。好莳花木玩味。谓每日见之，生意辄新。亦喜视牲畜，凡鸡、猪、鹅、鹜、狸奴、鹦鹉之属，咸溢其分而畜之，若婴幼焉。

门有乞食者，必命急与之，而加蔬于饭，恐其食无味，且谓待久而中不耐也。其中病恶疡者，病足、病瘇者，咸命光第药之，多愈。警慧者斥其执业，少资之，就业者数人。于是恭人之病也，丐子知之，傍门泣，诵佛求延生者不下十余曹，卒而来哭者尤众；即他人可知矣。恭人临终时，犹诏光第兄弟："当念贫窭人死无以为葬。他人死，必作佛事；我死，必无作佛事，而以其资造施棺材。且吾生平为善大愿，力俭多不能酬，汝兄弟勉为之，以终吾志。"光第兄弟泣志之，居丧不作佛事，为士者或称之，由恭人之教也。

恭人识字不多，而最喜儿子读书，知书不深，而所语所行多暗合。自奉啬，而济人则力避寒俭。持躬洁且峻，而论人务掩其瑕

---

① "视犹子妇如宾如客"，刊本、昌福本作"视犹子妇如宾，视子妇如客"。

② "女子"，刊本、昌福本作"子女"。

疵。其资感于先大母、先公乐善之诚甚深，亦其慈祥恻怛之怀，有性成不易者。然而其用情也恕，其赴义也勇，光第殆不能测焉。

吾宗人某曾见毁，恭人实亲闻之，及其贫老也，更周恤之，死而备棺敛焉。痛外祖母[1]无后，厚其族之亲者，疏亦濡昫不一家；其谬而反噬者，不与校也。

里有暴横子，过我门而犬啮其衣，于是登门而诟，里人胥不平之。恭人则命光第出谢之，持其衣入，亲为纫缀之而去。其他用情之恕，多类是者。

先公卒之年，堂叔某窥薄产，先藉事来舍，遂留不去，继复[2]非礼诱逼，恭人大哭詈，疾号邻舍，某急逸远飏。十余年归，复来扰。恭人扶病力挞之，遁去，莫知所终。恭人终身尝用愤愤，切齿痛恨不休。

仲弟光竺读书里门外，被窃，访得主名，恭人命无追。忽来村媪二人，贫且病，扶杖偻进，泣恭人拜不起，请曰："某某诚猾贼，今闻得盗贵家物，彼能白日入吾等室，强掠衣被去，日犹畏其至，闻将不究，愿得予究之，害庶可除乎？以终余年。"恭人悯焉，遽命光第悬购之，获而治之官，患顿除。

里有谋昏光第者，意良厚。恭人称其母再醮妇，女虽美，却之。恭人有堂姊，贫将去其夫，恭人厚周而力阻之；不得，遂绝之，终不令其踵得及门。其他赴义之勇，多类是者。

闲居辄令光第诵说《列女传》《女诫》诸书而听焉。论其情理，悉中肯会。至说义烈事，则泪涔涔下不可忍。一日，光第正理书而说之，光第之妇抱幼女才一岁，侍坐于旁，见恭人泣，则亦泣，幼女

① "外祖母"，刊本、昌福本作"外祖 "。
② "复"，刊本、昌福本作"忽"。

亦泣以号。光第乃至废书，不能竟说，哽咽，至今未能忘此情也，此尤可得恭人之概矣。

恭人生于双鹿铺，以道光十八年五月二十一日；卒于赵化镇西街里第，以光绪十一年三月二十日。生子三人：长光第，癸未进士，刑部主事；次光竺，从九品职衔；次殇。女子三人：长适廖，早寡；次俱殇。光绪十三年十月，与先公合葬刷榜山之兆，诰封恭人。恭人目光如点漆，发柔润若丝，虽久病，一茎不堕。

先妣述略

先妣卒之三年，既葬，光第已敬谨为家传，登诸乘矣。逾年，光第将服官京师，往辞墓归，乃中耿耿不自释，于是复即先妣恩勤之悯，教子为善之诚，缀拾纪之，以志吾痛焉。

犹记光第生五岁，先妣命学书，日得数十字，辄煮盐腌鸡子啖之。时为谈古故事，自言幼小时，闻于外曾大父者。光第则坐半尺几，颔触先妣之膝，深听不知厌倦，扳手乞再三告，先妣更为缕陈，喧聒无所惮，其言至今在胸臆间。光第又时好与弟妹等为迷藏，抢地作狮子吼戏，先妣辄不禁，至为急衣带，恐跌而啼，惊大母也。爱光第特甚，最难谯诃。然偶不勤学，或与人争，即理直，挞扑不少贷，必长跪言知悔，然后免。先考病，先妣吁以身代，时于无人处掩泣，光第窃窥之，曰："汝父恐不起矣！"则愈哭，光第亦哭。先妣终怜爱儿，恐伤小子心，而强慰之曰："疾尚可为也。"此语即都不成声。先考见背，先妣过恸成疾，复伤于忧。不数月而堂兄光赞随卒，于是教子成人之心愈亟矣。

光第十四岁，从管先生读书里中。先妣命必归宿，尝夜分瞑坐榻上以待。值秋宵大雷雨，街心水深尺，风灭灯火，光第折油素衣书册而挟之，短绔赤骭，践电以行，眉发皆湿。归则姜汤已暖而沸，急与易干衣，问无冻否，且慰摩，且犹必叩今夜课几书几文不倦。管先生功课严，光第三更归来，鸡初鸣，必起温书，先妣尝按时呼之，无一误，以为过早拂儿寐，次日无精神读书矣。当是时，家经变故多，支用绌，入不敷出，食常不买生菜。两三月一肉，不过数两。中厨炭不续，则弟妹拾邻舍木店残杈剩屑以炊，则堂舅之所贳也。每用三钱买豆花，举家判①朝夕食以为常。先妣尝指谓光第曰："记吾产汝之前夕，颇梦怪异，汝父曾言之，后汝须贵。若果然，其无忘今日啖豆花时乎！"豆花者，吾乡呼菽乳之未压者也。此时光第十七岁矣，读书家益窘。先妣于是半年病，屡濒于危。戚好见怜者，咸来相劝勉，谓光第渐长大，不如习贾便。先妣不然，辞曰："刘氏忠厚之日久矣，今家门当否塞，是儿颇不恶，不读书发名，其曷承先志哉？儿父在日命之矣。"

岁己卯，光第应督学试，发出复落。归入门，上堂拜而起，默默立。先妣顾笑曰："已闻汝被落，不过迟一年秀才，益勉读书耳。"是时家乃愈窘，先妣至卖屋而买书焉。次年，光第得入学，充附生，即命挈弟光筑游学成都。岁夕归省，以江浅期误，先妣寤叹在床，然疑多端，合目而不成寐者连十四夜。及见而转悲，光第由是不敢远出矣。无何举壬午乡试，先妣顾心欢，无别离可怜之色，驱光第北上试礼部。而光第蒙先人之泽，遂得登进士，官刑曹。于斯时也，先妣年未五十，有两妇以为服役，两孙女足供笑乐，家用亦渐康，亲

① "举家判"，三字原脱，据刊本、昌福本补。

党之誉日益,视前时气象稍稍别矣。光第私窃喜之,以为遂养之日自此始。乃请假归省,而先妣体益瘠,咳疾有加,中更十有五月,而遽弃不孝之养。呜呼!天之酷哉,斯人复何限,独使余无父,又使为无母之人乎?回念入学以来,两年在省,一年在京,求禄之情切,养亲之意疏。形声不接,方疾病而不知,欲求侍奉无状,犹复不得。嗟乎!古亦岂无谋禄养之人哉?然而宦学日月,庭帏晨昏,以彼易此,何得何失,椎心刺胸,每悔靡及。不可言也!不可言也!

堂兄襄廷君事略

堂兄光赞,字襄廷。同治十一年病故,年二十六。呜呼!兄本堂伯宗耀子,充吾伯父泉溪公后子。十余年娶而生五子,胥不育,终竟无子以卒,岂非天哉!

兄秀骨超挺而有劲力。少时,屋左黄蛇出竹间,吞雀觳,入穴方半,兄手交其尾而中断之,掷其半地上,蜿腾有声,血洒然。光第旁睹骇甚,而兄诩然谓"今日得除此恶物矣"。由是颇讲练力易筋之法,能勾指击壁,即成凹痕。光第深慕羡之,时扳其演示,相顽嬉焉。而兄受书殊善诵,楷法近唐人。尝从塾师过乡田间,师即景举"新秧初出水"命属对。兄举唐句应云:"深竹暗浮烟。"师颇赏之。为诗文辄压其曹。

时于夜分,开帙读《大清律例》,缄庋甚严。光第怪焉。兄举谚云,"民不藏律"。光第一日窃发[①]之,笑谓兄曰:"是书中不有讲读

① "窃发",刊本、昌福本后有"而读"二字。

律令一条乎？兄谩我。”兄喜，于是尝共读之。伯父多病，命兄弃学，治贾人事，而兄胸中已积磊落奇伟之气，因不得大喷泄，但时时自语，竟用早丧，惜哉！

同治初，滇匪初平，富顺东南路各场盐枭数百人，持械淫掠，吾里人练同心团御之，匪以是不敢窥赵化镇，率成禽，竿匪首里门外，团练之力为多。练勇百人，兄即其一也。

尝酒酣发兴自诧曰：“吾足迹东西南北不得逾百里，如何览天下形胜，交天下豪英？”颇用是自恨。时又自悼曰：“吾既不能到金门玉堂，作为文章，发挥本朝之事业，便当跃骏马，驶楼船，杀贼沙场江海间，报天子大圣，宁国息民，一吐男儿之气，而今复不得。今年逾弱冠，志思郁伊，殆将终死市廛乎？吾命何不幸！”盖青山岭雄奇突兀，横高障天，合气于沱江，林石险峻，云物怪变，兄生产其下，得其地气然欤？何埋没闾井间，志气开远如此也。

先君之病也，卧起出入，咸兄背负之。最后兄延一医来，用药少误，先君猝不起。兄大痛悔自责，欲以身殉；死移时，以救而苏。不数月，遂以微疾卒。卒之前数日，犹勉光第学曰：“吾无似，不幸失学蚤，未能光大门业。今此责当在弟，弟其无忘兄言。若弟学复不成，告弟知之：兄死，兄不瞑目！”言次泣。到今二十二年矣，而光第学不加进，每忆此言，未尝不若新入于耳，鼻酸而泣下，心痛不能休。故谨追记其意气志事可昭示吾后人而起偈促颓靡之习者，次为传箸家乘焉，亦以策余也。

爨翁家传

光第居京师，则闻宜宾北乡农家爨氏，待其塾师杜先生忠且敬，过士大夫家。于曾兵部树椿、梁大令亨吉云。杜先生惺斋，光第之执友也，来京主余，乃益闻爨君天玢贤，凡蹈礼趣义之为，唯杜先生是正。天玢者，爨翁正元之子，敬礼师儒，世有家法，故能名闻缙绅①间。既而天玢子心鉴，寄其先祖之状，因惺斋以请，属光第次而传之。

翁字其由，别字莲仙。十二岁时，闻其家鬻产，则哭泣不食。稍长，为童子师数年，辄弃去，治穑事勤甚。尝自灌田，烈日焮背起疿疱，不顾也。为人强忍而坚卓，由是渐康，数有新田。忽然叹曰："吾则贻地癖讥耶?"乃大出财为治道、成梁诸费，行德惠其乡。尝以家量粜米，心鉴料量平，无浮出，翁怒责曰："吾少时，持汗点易颗粒，视吾下概乃何如？若曹须知贫人多一口食，即若曹多一分福。"此言心鉴识诸概也。

又能睦姻其族亲。从叔国成老而沉饮，然无所得食，几殆矣。则迎养于家，夜奉一斗酒，终其身。犹子天宇幼孤，抚而教之，寝食必偕，卒获成立。舅妗子善织布而苦无资，厚资之，更为筑室而居焉。

尝以先人困苦，不及享丰赢为憾。故生平无美食，衣必弋布，一旃帽数十年，杂布缘之几满，见者以为窭贫人也。

心鉴曾因吊人丧，裂丈素为唁语，乞里中一士书之，其人儇薄而有时名。翁知之，抵丈素地上曰："如此人书，则不如无书!"呜呼！是可得其子崇重杜先生之故矣。

刘光第曰：爨氏之兴自翁始，然亦乃能得人，当翁之为佃户也，岁歉，田主必取盈焉，悉纳之，室无鼓储。方虑诸庸赁不得饱饭，而

① "缙绅"，刊本、昌福本作"荐绅"。

两庸争相谓曰："何必饱饭，但得有齑粥贮吾侪腹中足矣，要在兼功自厉耳。"于是此庸每先鸡鸣起，阴牵牛出之野，不使彼庸知；彼庸知之亦然，而爨氏殷饶矣。惺斋云，欲为此两人作传也。自古得人则兴，不得人则败，岂直一家然哉？

胡恒豫君家传

君字恒豫，讳臣启，姓胡氏。先楚人，元末徙蜀，居富顺之天洋坪。明一代甲科数人，国朝无显者。曾祖某，祖万玿，父忠富。忠富徙居琵琶场，而以君后万正子忠佐，居赵化镇治贾焉。

君失恃怙蚤，祖墓在富顺隆昌之界，去家几百里。营兆变迁，无宗老邻旧可问。岁时节序，独君睘睘操麦饭、豚蹄，遍祭荒垄间，仰天泣先人不辍，道旁观者咸泣下，终竟不得辨识。而君胞兄臣超，以时不利走四方，犹不足给，长大未成家。君寻兄归而告之，继之以泣曰："万玿、万正之后，七房存者二人，今我兄弟是也，不自成家立业，其奈先人血食何？"愈益泣。兄感亦泣，不复出门行。乃赞兄娶而力资之，有五子焉。又尝治盛馔，长跽[1]请戒兄洋烟。兄殊感之，而未得绝也。

君自负善交人，尝述语云："灼见我心真我友，直言吾过是吾师。"以此咸往来忠直之士，重意气，亦皆乐君受尽言。里中儒学长者，远来寒畯，胥致敬礼。待儿子师严信过己。爱子廷楷能劳之，未十岁，遣数十里外就傅。廷楷新婚不数月，即命走内江读书。及

① "跽"，昌福本作"跪"。

归省，而君以善饮病遂卒，光绪元年九月二十七日也[①]。廷楷言君死前一时，有室火者告君，急命千钱、数领衣、厚棉被一与之，曰："如是庶可御冬也。"属纩时目已就瞑，犹喃喃念为所亲某嫠妇[②]募守节之资不置，善力坚固如此。

君配伍，有慈淑名，后君五年卒，与君皆四十四岁，合葬长滩坝北岸仙鹅山。子一人，廷楷，县学附生；女三人。廷楷以甲申三月遘危疾，惧其死而君轶事将无闻后裔也，伏枕涕泣顿首言，促光第为传之，以登诸乘而藏之家。光第，廷楷总角交也，悉君甚至。凡扶节仗义之举，灼在人口者，未易可毛算。独怪君幼时读村书一年耳，晚阅《国志》《纲目》诸编，乃皆通晓文义。每当执友谯醉、酒酣耳热，亦或教子弟、值夜阑灯灺时，谈及张睢阳、岳武穆一辈人，辄奋髯抵掌呼天，嘘唏俯仰，若有余愤，英风毅色，使人兴起。又尝称宋太祖好读书，汉高尚武可鄙，其尊崇文治之意蔼然。扶世教，正人心，与古尚德君子同志。呜呼，远矣！

光第童时，与君同舟，溯虎头城上石狗滩时，秋色昏黑，君必欲行，风涛汹涌，乱石牙角，舟失势触之，几危矣。光第竦然默坐不敢动，而君方拥被卧，鼻息鼾齁声，与风水声相杂也。

刘光第曰：以余所见今之士夫，剽官饵禄，视王家事等草芥，隐酿世道忧，伤矣！里闬肥猾，溷渎名器，淟涊败类，乃在韦素之流，何论列廛民知窜志蠡利。君挺身出尘壒间，迹不越市井，心游义府，得超逸远致，耻纳粟之入官，黜私盐之舞贸；耸英翘秀，隐隐持世教大权；名理之争，岂择儒末。至于敦实拥朴，君亦重焉，而倜傥麾霍，抑君余矣。乃君殁不十年，仅一嗣子，又罹危疾，将不起，报

① "光绪元年九月二十七日也"，昌福本脱。

② "嫠妇"，昌福本作"嫠"。

施恒理，容岂爽然。或蓄闷诚厚，远泄大昌，安非造物微意？要以盛衰动感，怅触今昔[①]，予盖愧太上哉！

敖水娃传

敖水娃，荣昌人，敖蛮子子。世操小舟为业。水娃生九岁，丧父。弟又病足瘵，以故读书未二年，辄弃去，入江为人刺船佣。然性喜文人，或缙绅来买舟，必乞谈古今治乱、天时人事得失，能明白也。贫苦附载不与计。值江间匪人名送客者，尝用五六人先后入舟，相约赌，伪具骗行客，客以是倾装橐、褫衣裳，往往有自尽者。水娃尝载一渝商，商素朴，半路来附舟者数人，不知其送客者也。俄见聚赌，辄斥之。数人者咸以诡言对，此时水娃年十五六，默无以应，初不识其骗局。既而渝商负，装立罄，数人者中路起，多与水娃金钱，水娃犹未知之也。商徐悟，大悔而泣。水娃乃与对泣，且戒之后无得堕匪人彀。商抵岸，衣已垂尽，无论船资，水娃尽以所得数人钱而与之，悼恨别去。

余在简州赁水娃船，闻其说而敬之。夜听余读《三鱼堂文》，多晓其意。与他船户言，亦未尝见其不作庄语。余谓若不辍读，必当蚤岁闻道。哀斯世善人不常有，有又沉晦之，使失学不上达，于水娃者，慨之矣，为之传。

刘光第曰：天下称黄河舟子甚桀悍，其他江淮间每有凶人潜伏，驯善亦罕矣。而吾沱江之信可美也。水娃幼少读书，而通大

---

① “盛衰动感，怅触今昔”，昌福本作“盛衰感动，枨感今昔”。

义，好恶皆能当理，今之士夫抱阴鸷之性，口谈仁义藏奸者比比而是，其资质诚不及水娃，抑岂非招之者可侪耶？又闻荣昌敖氏多名人，水娃其屈哉！水娃其屈哉！

署保宁游击李公墓表

公讳定国，字春林，富顺武生也。同治中，陕甘捻回之乱，吾邑之起戎行、树功绩者数人，皆官参将、游击，公其一也。先是，公以乡勇剿滇匪，屡捷，发名于本县。而吾赵化镇人，尤颂公不衰。

咸丰之末年，滇匪巨股来，声言必破普安砦。镇人皆在普安砦，则恐，乞援于邻砦。廪生萧公镛，镛杀贼故有名，贼中呼“小萧兵”，以别于湖南萧壮果之师，而呼壮果兵“老萧兵”。至是部乡勇数百来护砦，公为其前锋。越日，贼漫山至，砦人大恐。镛登楼观之，命洞开南门。贼徐偪，对山而阵。镛麾其勇门焉，呼然炮，吾里人用生铁铸炮无法，炮炸，伤毙萧勇数人，砦人愈益恐。而贼见有大炮，顾少却，公率勇趋，因击之。贼知其萧兵也，遽引去。公独追贼至铁炉坳，弗及而还，于是去砦数里矣。砦中人乃皆咋舌壮公殊有胆，而益感萧公。夫公生平喋血陷阵，濒危险，过于此者多矣。岂不以承平久，闾里不见兵革，闻贼至，惊犹鬼神。然忽[1]睹吾人敢与搏斗，斗且胜，便骇愕不可名状。又利害且切身，而公他血战又皆未得亲见，故独震异之如此欤？是时，光第方孩童，在怀抱，亦居于砦中，然幼未之知也。及长，乃时时闻里父老道公往事，云滇匪

① “然忽”，刊本作“忽然”。

平，公随巡抚刘公蓉赴陕，转战同、朝[1]、绥、保间，累官至游击，赏换花翎，锡以励勇巴图鲁名号，而以母疾，隶归四川督标候补。光绪六年，委署崇化营都司，金川五屯之一也。

公厉精核实，悯营卒贫弱，为筹六季之饷而训练之。革橐书、易斗纪、振穷乏、息争讼，不半年，民夷大悦。而总督丁公常独居深念曰："金川地故[2]产金，苟得官为开办之，利必大，其不足以肥我国家？"乃遂令某提督驰赴林卡之黄金寺，查勘金场。而土司、夷目滋不服，集木号夷人可二万，围提督寺中，阻其渡河。黄金寺本章谷、崇化交界地，文武吏来会者三十余员，皆恐，且虑激变。赖夷人素德公，公出开谕之，始乃稍稍散去。丁公亦暂辍不规金矿事，然心未尝一日忘也。是役也，微公，夷人其反。

公之去也，兵民有涕泣者，夷人聚众阻公不得行，号呼言："李公吾父母，吾乃不知有新任。"欲逐新任。公曰："诚是，是祸我也。新官胜我。"泣而婉导之，乃得行。夫偏裨分阃任，苟心存利物，其及于人者且如此。

公后历署平蕃守备、龙安都司、保宁游击，皆能清俭有德，惠于戎政，而以积劳卒于保宁，光绪十七年十月二十九日也。云南普洱府知府萧公镛，前公卒则已十年矣。自公移居赵化镇，镇人咸思萧公，愈爱公也，而公今亦死矣。

公沉毅善射，喜近文人，低声而雅步。光第游学成都，常相见焉。

里有贫士某，失职不得归，公挈之归，推己骑乘之，而徒行随其后。性尤孝友，母病痢，中裙厕牏，必亲浣之。侍老父能孺慕，待兄

---

① "朝"，昌福本作"地"。

② "故"，刊本作"固"。

子必上己子。子某，女几人，孙几人。

公之婿方莲炬寄公行状京师，属为表墓之文。光第既追怀旧知，而乡先辈相次①零落可念，谨纂公之行义，表而树诸墓左，以谂乡人。俾知鄙夫立志，则可保庐井而宁国家，是宜为生多故之时者自处者也。

户科给事中洪公墓志铭

户科给事中黄冈洪公之卒也，士大夫无识不识，咸叹惋之。盖近今数十年，台谏名能其官者推湖北人，而公及孝感屠仁守眉君、麻城吴兆泰星阶为尤著。吴、屠二君，因言事相继去。惟公在职最久，建白亦最多。竟以时事日非，发愤欲一出人所不敢道，歔欷流涕，结稿已数千言。几上矣，忽然病，遂卒，不伸其志，悲哉！

公讳良品，字右臣。其先自饶州乐平迁黄冈，遂为黄冈人。祖恩峻，贡生。考钧，庠生，军功议叙六品，皆赠中宪大夫。祖妣蔡氏。妣陶氏、鲍氏，皆赠恭人。

公少端嶷②，嗜书。旁舍施伎乐，独读不一往视。避贼山中，挟策哦松石上自若。一时老宿惊畏其文，所交尽知名士。同治三年，举于乡。七年，成进士，改庶吉士，授编修。十年，典试山西。光绪十一年，充顺天乡试同考官，能得士。由御史历户科，终始十八年。挺挺棘棘，守刚不阿，纠回排奸，无择强克。曾因星变劾当路者，有旨命王大臣传诘宗人府。朋知皆为公危，有咎公者。公曰："君爱

① "相次"，刊本作"先后"。

② "端嶷"，昌福本作"端凝"。

我，朋友私情；我忧国，君臣公义。皆是也。吾判舍一官去矣。”及说帖上，王大臣殊伟之，当路者竟罢。累奉命稽查仓储，剔核严密。劾督场大臣，去之，弊稍铲刮。然以食其弊者众，至今未得除。刑部狱有滥，已论矣。公于报囚时，疏擿其失，更两劾其曹及主持大吏所当不应法，咸得罪，冤滥以雪，天下乃知刑部失刑也。中日役兴，言者锋击北洋，公尤力掊之，督师及枢臣亦被指斥，有罢者。他劾奏尤众，直声烁然。京师频岁大水入国门，公请修直隶水利及石景山石堤，并特简王大臣督理之，水患于是顿息。

时有议都关中者。公言：“关中形势隔绝，不如择山西营建陪都，以燕京为堂，太原为室。或有警，乘舆暂幸，缓则往自井陉，从容而逾岭。急则入自居庸，咫尺而闭关。而且疏汾晋之水，可利转输；掘沟洫之险，可御炮火。”疏入，留中。又疏：“今之榷关司事，皆汉人啬夫之职，宜易之以士人。幕职一门，汉唐皆以功曹丞椽为之。请复其制，即以今候补人习焉。”虽皆格不行，天下韪之，庶几后有改为者。然公守旧殊力，累疏阻修铁路。有请立孙星衍所辑《尚书马郑[①]注》，更请以本朝儒臣所撰经疏送国子监颁发者。公先后驳之，俱不果行。江南学臣某，请跻顾炎武、黄宗羲从祀，公拟疏罢之，因部已议驳而止。有以能伪经自喜者，公悯其自信过甚也，摘其所著之书辨正之。

凡国有战事，尤必致诚，慎竭谋虑。论俄事，谓和不如战。法事起，奏陈方略，谓宜急救越南，以战为和。且谓戎大事，宜弛漏泄之禁，而萃诸臣廷议之，遂得数会议。和议成，复疏沮偿兵费。言我不敢募兵，以无饷耳；敌敢于用兵，以饷将索诸我耳。给以兵费，

---

① “马郑”，昌福本脱“郑”。

是为代敌自攻，他日四夷构衅，皆将于我取偿。是我不能筹饷以攻敌，专能筹饷以自攻，失计殊甚。越十年，日本复衅我，果大创。公疏益数十上。然是时事与前绝异矣，皆不报。

公尝与美人李佳白书，往反论教案事，复疏陈之，几弭后患而未得也。于是独居深念，愤呼发狂，痛诋时人伈伣之态；或申旦寤语，不能自已，其切人不媚如此。顾尝有高致，往往偕诸名士为文讌，夷使能赋者，亦与唱酬往还焉。

家事一不訾问，尤勇著书。于《尚书》特尊古文，伸孔氏学，历斥元明以来疑经诸人，而于国朝标置汉学家尤厉。博辩严断，务锄其荄。折角箴肓，群喙尽堕。病时，自检书目有《古文尚书辨惑》十八卷《释难》二卷《析疑》一卷《商是》一卷、《古文孝经荟解》八卷《别录》二卷、《孔子家语验诬记》二卷、《新学伪经考商正》二卷、《经说征是》一卷、《古韵缓》二卷、《燕京五朝城池考录》一卷《五朝宫禁考录》二卷、《葵园奏议》六卷、《龙冈山人文钞》十卷《诗钞》十八卷《诗续钞》二卷、《槲庄咫闻》一卷、《惊巢野录》一卷、《团练事宜》一卷、《游渝拾闻》一卷、《巴船纪程》一卷、《东归录》一卷、《北征日记》一卷、《春明述闻》一卷、《皇华日记》一卷、《读志问答》一卷、《武闱琐记》一卷、《半亩园笔记》一卷、《西山游记》一卷、《户垣退食录》二卷、《历年录》四卷、《古榆阁荟谈》四卷，《诗谈》四卷、《古今称谓考》四卷、《教家药言》二卷、《诵诗择要》十卷、《课孙夜诵诗录》九卷、《楹帖偶存》一卷，都若干类，分授其子婿，惟《古文尚书》各种，印于上海。盖清河王寿萱郎中钦其书，为传之，初不识公。《古文孝经》，门人王裕宸印以行，余俱藏于家。

公老而勤其官，仍学不辍，虽不得尽陈善格非之功，而随事自纳其忠悃；虽不尽为切己复性之学，而颂经证圣，卫道真、辟邪说，肫然有系于人心，不可谓非豪杰之士已。

卒时年七十一。配邹氏，继配王氏，各赠封为恭人，皆前公卒。子九人：定经、定权、定宣，四川试用知县；定守、定衡、定中，后公弟洪壁，世袭云骑尉；定述，两淮试用盐经历；定铸。今存者，定权、定宣、定述。女一，适丁文诚公孙、刑部主事道津。孙七人：国勋、国长、国琛、国寿、国永、国纪、国典，世袭云骑尉。

定宣将以公之丧反葬，介吾友杨锐叔峤来乞铭。叔峤，旧公所荐士，喜而以诗自贺者也。

公卒未一年，而德人①占踞我胶州湾。旅顺口、威海卫遂连畀于俄国、英国。前竟罢者，复当路其间，御史迭有获咎者，而学术亦几裂矣。铭曰：

洪震番阳，枝叶硕蕃。忠孝文章，赫其名门。其先秘书，耳聋心了。忠宣忤桧，三文克绍。才不隐时，时遘靡夷。家乎国乎，实兼喜悲。维楚有材，又七百岁。酷肖其先，亦感斯世。埋幽诏显，我文其阿。光黄异人，先生非耶？

女秋姮圹铭

女秋姮之生也，其母号呼累日，势至危，仅乃得免；而其死则风疾瘛疭，一昔而瞑，然余皆未之见焉。夫其生之难如彼，闻其状，不惊而不可得也；死之易如此，闻其状，不痛而不可得也。其在余怀，略得半年，睹其秀惠资质，虽不爱怜亦不可得。呜呼天乎！既使余

① “德人”，原作“法人”，据刊本、昌福本改。

惊,复使余痛,然则必使余爱怜,何也?

光绪七年八月秋姮生,余在成都。九年十一月,余至自[1]京师,其九月秋姮死,死以三岁。铭曰:

汝生何宇,天妃宫前。何地瘗汝,禹庙之偏。汝骨之脆,槁壤则填。汝性之慧,环诵诗篇。汝魂何依,汝语犹传。当汝母之几与汝并命,汝父则且欢然而欣然。

子长安圹铭

长安,刑部主事刘光第之第三子也。生于京师,以光绪十八年又六月三十日,死以十二月二十日,越二日瘗于北线阁四川新园。呜呼长安,今则瘗此矣!

长安之为数月儿,则喜仰面送高鸟、观空天,最久,抱之入室辄啼。光第心异之,谓斯子也后必有远志,行天下,好奇无穷尽[2]。盖当其生时,光第方读《司马子长书》,悲哉!铭曰:

自汝之有身,敝衣破绔,若乞人子。以为福基,而竟殇矣。殇冢累累,西城之址。汝年最幼,有幼于尔。宁汝其间,哀庶遄已。

湖广总督张公六十寿序

光绪十九年三月,俄太子来游历中国,转海入江,履粤及鄂。

---

① "至自",昌福本乙作"自至"。

② "无穷尽",刊本、昌福本无"尽"字。

湖广总督张公迓以军舰，声炮致敬，而出会于舟次。太子年少英武，见则叩两湖治具民风甚悉。公一一对之，乃大惊服，言："吾闻公文章政事，震烁中外，为国家干事之臣，今益知不虚。然地狭不能尽公才，内公政府，岂不更善？"越日，燕于汉阳晴川阁，赋诗赠之，极欢去。

昔延陵季子历聘诸夏，至郑，见子产如旧交，且谓："政必及子，子为政，慎以礼。"后卒如其言。持以校今俄太子事，古今人才识岂相远耶？公治南服几遍，非蕞尔郑所得比。然恭敬惠义，树先王之道教而支拄之，经纬润泽，不辱大国，于子产抑岂有异也。虽然，子产听郑国之政，能行其志而尽其用。公则其督两广也，越南之役，法人攻台湾急，且有北驶之意，公拟请调南北洋师船会香港，截其运道。或言，如是则广东必丛攻。公自忖战备略具，卒上其议，格不行。继由公所荐将，与法人战而胜，而忽议和。公力争之，执奏至二三十，屡被严旨不恤。于督两湖也，中日之役，以无谋主之故，军屡失机。京外咸引领望公入政府，上亦有旨促公北来，忽中止，命公督两江。公仍不以得保一隅自幸，先后奏密计甚多，皆关大局，然亦往往格不行。于是复移两湖，则举一切维新之政，古所谓器师、贾师、田师诸官，愈益推设精究，应变要时，先理而动。盖公为世儒宗，所至必兴学，所成就多通材。而以时事日迫，于为将帅使绝域之选尤亟亟焉。岂非命世先觉，真识时务俊杰，中国神智人哉！

荆州古称咽哽地，治否为天下低昂，用公镇之固宜。然尝观周之盛时，召公治西方[①]，巡行乡邑，甚得民和。及入为三公，恐成王

---

① "西方"，刊本、昌福本作"四方"。按《史记·燕召公世家》："其在成王时，召公为三公：自陕以西，召公主之；自陕以东，周公主之……召公之治西方，甚得兆民和。"

年少,不留意治民之事,为诗戒之;复作诰勉王,以其疾敬德;且时周德方盛,乃言祈天永命以警之。及周之数世,卫武公能文章,听规谏,作抑诗以自儆。既言绍先王明政刑矣,又必修其车马弓矢,戒戎作而逷蛮方。说者谓是时中国微弱,故戒将帅之臣,以治军实,当用此备兵事之起,治九州外不服者。其后入为王卿士,凡所谓手携耳提、告之话言者,必更能谆谆切切,无有已焉可知也。宣王中兴令辟,内修外攘,而《沔水》诗规之曰:“嗟我兄弟,邦人诸友。莫肯念乱,谁无父母。”又曰:“我友敬矣,谗言其兴。”言诸侯有敬其职者,谗人犹兴言毁恶之。是时尹吉甫作诗而美仲山甫曰:“古训是式,威仪是力。衮职有阙,惟仲山甫补之。”又曰:“仲山甫永怀。”后人以为大臣以主德为重,驰驱王事,系心阙廷是也。又曰:“仲山甫徂齐,式遄其归。”殆言大臣不可久于外也。今之世,视周成王、宣王时何如?如是而望有进规、补衮、格非心、引当道,自比于召公、卫武、仲山甫之伦,舍公其谁哉?一旦吾天子念祸乱之萌,鉴谗毁之兴,慨然思得忠诲之士为画策臣,讦谟远猷,用以延我圣清之命,舍公其谁哉?夫公以道事君,岂以内外为加损者。然而海内望治之夫,忧时之彦,咸谓非公不足以云道济天下,而天下必溺,而今公年则已六十矣。

今秋八月为公诞辰,公前视蜀学所授业诸弟子官京朝者各赋诗以乐之,而属光第序焉。光第少愚鄙,未获列公门,然由公故知读书,时时想闻风采。去岁,以游东南山水过鄂,乃一谒之,纵谈名山及当世人事,公不以为狂,且出过许之语,序其不得以辞。公须发虽苍然,而降神同甫,精满八极,必有神明之寿,追召公之百余岁为国黄耇焉。若卫武公年九十，犹[1]诏国人曰："无以老耋而弃予。"公亦必有臻其年而修学愈密者，故敢杂条诗书之义而陈之。以明公虽在外，不忘王室，王室其终赖以振焉。而俄太子之言，将与延陵同信，斯则吾人所朋祝者尔。

抑犹有说焉：今时瀛海大通，万国咸会，有能赞辅吾君，力行周孔之教，修明礼乐，使吾仁让居敬之学，遂以流出中国，而化及敷天，尤为不朽盛业。其寿与天无极者，公亦倘有意欤？

诰封奉直大夫补用州同彭君子文寿序[2]

彭秩阶孝廉，寄籍昭通，举于乡而北来也，因宜宾贺少九而请为其尊人子文君寿言。既而秩阶再来谒，奉事略以进，意殷且专。光第弗获辞，乃敬而序之。

秩阶之称曰："吾父六岁而孤，即聪谨能得大母欢，友爱吾叔也，至老而弥笃，待宗族昆弟甚厚。为先人卜葬地，弗惮劳艰，以获佳壤。其他恤穷困、振荒饥，或独筹巨款，或阴散碎金，多不可计。其懋迁云南也，川商首之。当是时，回乱未靖，方用兵，民贫饷竭，镇府委办商捐。乃日登众商之门，晓以大义，忠愤见辞色，皆愿助金，解饷至万一千有奇。其后岑襄勤公剿贼镇雄，饷复竭，劝捐昭通。镇道因前事，复委办捐，集款至万三千有奇。而吾父告吾母曰：'自吾董劝捐，而同业者皆奋，吾甚慰焉。吾欲竭力输金，而奚若？'吾母亟赞成之曰：'此大义，复奚疑者。'于是吾父独捐千七百

① "犹"，刊本、昌福本脱。

② "诰封奉直大夫补用州同"，昌福本无。

金，而前则已捐千三百云。凡吾母之赞助吾父者，皆类是。事平，奏以州同补。同事筮仕者数人矣，吾父独不出。襄勤公再三敦促之，终不出。或劝之曰：'吾岂不爱官哉，诚恐败德而害民也。'好以书自随，多玩先儒语录，而尤服膺《呻吟语》一书。尝曰：'吕叔简，吾师也。'盖生平志事如此。今岁乙未，吾父年六十有一矣，吾母则亦□十□矣。耀宗无似，谋欲治觞为寿，而思得吾子辞之。"

光第维《呻吟语》一书，本朝收入《四库》，钦定《提要》，称其不侈语精微，虚谈高远，而笃实践履，绝无朱、陆末流放浪迂腐之病。当时如陈文恭、栗忠勤诸老，皆极力彰美，序而传之。时至于今，以余所见士夫中，究心此书者希矣。甚至膺民社之寄，托蒸黎之命，天子与共天下，而短浅怐愗有不能举是书之名者。即或有之，亦徒资口耳。正如今时一巨公，自饰读《传信录》有年，忽然冒不韪为国祸首，比附奸桀，以忠直为非，尤不可解。而子文君托迹市廛，朝夕佣贩相接，乃独潜体密玩，实能见诸行事，久且不变，岂惟市人，学士、大夫实愧之。

昔者治篾叟、卖酱翁之讲《易》也，而二程子、袁道洁实与往还焉。若明王心斋则以盐丁而师事王阳明，朱蕴奇则以网巾匠而师事冯少墟，皆能奋起庸末间，亲炙大师，成就德业，垂名于身后。君无所禀承，以布商而私淑吕氏之学，谢绝荣禄，毅然得所宗师，且俾天下人人知圣人之道无人不可以为，而可撤汉以来专指此学为经生文人之业之蔽，而为效次复卓卓，将必有观感而兴焉者，其有功吾道岂浅哉？吕氏所称，"混迹五浊之场，逃名六合之外，是曰市隐"者，殆不足以尽君。秩阶归去时，试敷斯义以为寿，亦庶几非世俗鄙谄之辞乎？

抑余更有说焉：国朝陆清献公有《呻吟语疑》，各条辨驳严核，诚为吕氏功臣。亦间有原书并未涉及程、朱，而以牵涉为疑者，似犹微存道学人门户之见。然要之二公皆较然不欺,学术事功,的确可信。秩阶介寿余闲,并奉吾说质之子文君为何如也①。

近廉刘君寿序

近廉刘君,习贾于市,能以业自豪。令子助桢,与光第同岁补弟子员,又同学相得也。甲申之某月②,为君七十寿辰,助桢谋制锦陈词以为寿,而丐光第文之。光第辞,不得辞。

光第最善君,当日遘滇逆之变,能识大计,不可及矣。方蠢孽萌动时,君力招亲好入砦自保,咸不听,以为非计。贼至始纷然来投,屋舍饮食诸费,一君焉依,全活者甚众。嘻!对异人,规同计,鲜不愕眙且疑且骇者,自古皆然也。

国朝武功最盛,平发、捻之前,以勘定教匪为巨,办贼者七八年,费帑几二万万,始将罢师老,而贼氛方炽。睿皇帝元年,玉亮德楞泰奏言村堡御贼之法,上恐扰民,未即行。又数年而知贼资粮于民,民助伍于贼。官军纵贼而实养骄,乡勇藉贼而便虏掠,不先安民,何以办贼?此龚海峰太守"坚壁清野、四难十利"之议行,而冉、王、高、马诸逆乃得草薙而禽猕之者也。夫以庙谟之神算,将略之优长,群天下谋臣策士之摹画,至六年而始召三省行之,世以太平。迄于道光、咸丰间,川之民不睹兵事者又数十年。贼一旦发难,其平教匪时砦堡又皆在巴、达、夔、巫,我川南之民方群笑筑砦为自困地,奔江窜山,而卒不免于虏胁,悲夫!

---

① "也",原脱,据刊本、昌福本补。
② "某月",刊本作"某日"。

昔或人说沛公据函谷关，三老董公说沛公师出当有名，宜先声项羽罪。虽其得天下，龙虎功先[①]，扼始实基此焉。君未读经世书，而力持筑砦之议，令生当平教匪时，纵弗得遮辇要说，而进谋额德勒诸贤，一发而制贼之死命，以克迅奏肤公，安知不功首吾乡之杨、罗，而媲古之或人董公欤？

匹夫有重于社稷，一策之得，天下赖之。人之[②]智识在贤不贤，而非在贵贱也，果矣。请持此义寿君，而希众宾咏歌以侑，可乎？但近今之患，又不在潢池中矣，君必更有胸中奇著[③]，尚庶几一吐之。

庆芳翁寿序

距湘坑湖二里，山益高，云木深秀，道旁老松参错，若古衣冠丈人十数辈，苍颜静气，拱而肃客然者。余则竦立起敬，悠然念此树殆数百年，自吾先人未入蜀前，出入经过，至此必尝仰睇俯摩焉。第不知当时为树几何、高几丈、大几围，惜吾宗人鲜好事，未有如昔人纂修村镇志者，纪其道树井石，令后得有考也。村口公王祠左，老杉一，五巨于松，贼斫焉，至今根柢檗檗然，余甚惜之。

俄见溪桥林屋间，白鬌朱颊老人，缨冠补服，花袍绛縩而首诸人，步村口来迓。诸人多衣襕[④]衫，温温如也；老人踌踌如也。余则

① “龙虎功先”，刊本、昌福本作“龙虎功多，制先”。
② “人之”，刊本无。
③ “著”，原作“者”，据刊本改。
④ “襕”，原作“烂”，据刊本、昌福本改。

趋而拜之，导而遍谒诸祠。礼毕，又一一遍拜之，然后饮于祠，道欢乐焉。

夫以西徙七千里之宗，时越五世，断音息者百数十年，曰归而不得一归者，亦已数十年也，而忽归。庄生云："去国数日，见其所尝见者而喜；旬月，见所尝见于国中者喜；及期年也，见似人者而喜矣。"况乎昆弟亲戚之謦欬其侧者乎？余之一旦得归接吾宗老族人之謦欬也，喜可知也。老人聪而健，筑室湖村之首。独深爱余，无数日不见，见必殷勤以语，语绝亲。往往邀至其家饭，或乘他往归，迹[①]必遮于路，延坐小楼中，暖酒蒸凫，笑容温语，如有非常之乐，是惟族祖庆芳翁，即前日迓余白鬌朱颊者是已。

翁神明强固，厚德人也。恒以身不读书为憾。见士必礼，待师儒敬有加。命其子楚珍先生服儒服为诸生，绍乃祖之名业，尤拳拳焉。

湘坑湖在武平大湘亭里万山之上[②]，近天而气清，群峦攒绕，有空[③]如凸，雨则漫溢，成大港流，为古文"上"之形。自吾始祖二夫公元时避地居此，五百年来，吾族代有文学祭酒，耆儒大耋，蝉嫣相承，为武邑之望。

咸丰中，发贼蹂汀洲，蹿武平，北踞于湘村。吾宗人率丁壮以南，隘[④]洋畲，而不虞贼之他道掩至也，相惊窜，摧陷颇众。迨贼平而人物创残甚，山中藏书俱烬，文献荡然，老辈流风少替矣。一二远图之士为此惧，于是力崇文学，寻理坠绪于劫灰兵燹之余，又若

---

① "迹"，刊本、昌福本作"亦"。

② "大湘亭里万山之上"，昌福本作"大湘亭万里山之上"。

③ "空"，原作"室"，据刊本、昌福本改。

④ "隘"，刊本、昌福本作"溢"。

千年,而后茂材异等,始复赓续骆驿,见称于时,而庆芳翁即乃力崇文学之一人,尝为余道变乱后时事如此。

余独怪一祖之衍支分脉擘州族而居,或则遇[1]乱翦刈,若村口之杉然者;或则免于寻斧,复睹太平而跻考寿[2],若村外之松然者,此其间乃有幸不幸欤?将造物者果有所计校于其际欤?则孰使翁之得为松之人而免于为杉之人也,可幸也。

余尝系屣从翁后,往探鹧鸪地祖墓,蹊术斗峭,荆蕨拂人,田塍避足不肯受。翁夷然大踏去,登山不屑扶杖。墓在山颔,既趋而拜之,更导余造颠顶,高瞩石峰之上,徘徊且久。于时北风起,劲甚,势欲仆人,即余几不自支,翁弗觉也,领余徐徐蹑山尻而下。此时翁年则七十七矣,昔沈文悫公七十五岁时,尚游黄岳,陟天都峰,赋诗以归,其后年近百岁。以翁视之,当何如?

余之将返也,楚珍先生豫以翁八十寿言见属于余,谓翁精神殆不止百岁,而其崇绍斯文之意,得后人光大流衍焉,则寿莫寿于此耳。

抑吾闻之,过乔木而趋,商容之言也;欲知其地,视其草木,斯孔子之言也。公王祠今有杉径尺矣,道旁群古松所以表一乡者,今亦少见损矣。愿吾楚珍先生遍告我宗人,当皆宝爱而护养之,令杉得永坚其节,而无使松之刳其腹而刓其膏也,抑有合于扶树道教深心者焉。

---

① “遇”,刊本、昌福本作“遭”。

② “考寿”,刊本、昌福本作“老寿”。

余淑人寿序

余以戊子之夏重来京师，寓居绳匠衚衕。其时吾县之士官京朝者七八人，而居最近余，则为王郎中抡三吏部。始而比户，继以对宇，去皆不过百步。昕夕过从，讨论文史，或与盱衡扼腕，痛抉时事利病，至夜分不忍罢。维时吏部君长子岱云，或偶来侍坐也。岱云不喜读书，犹颇有少年子弟之过。吏部君终不言，然窥其意甚恨；且微闻岱云之母余淑人绝爱怜之，余亦默尔相惜而已。

余与吏部君居相接，志相乐也，无出三日不见者。而余妻则固甚，与吏部家同巷而处数年，未尝有一介女婢以通往来者。妇人之行不出闺门，故于淑人之德性，未有闻焉。

癸巳春，吏部君病亟，邀余偕廖太史鹿苹属后事，犹日坐宾馆共食。岱云来侍饭，乃频频顾之，欲有说而终竟无言以卒。时则岱云之为，犹未即于道也。余淑人曾命奴来乞余往切之云。其秋，岱云扶柩将家而归。吏部君在时，尝要余以身后之文，余诺之，而至今未得以为，忽忽已六年矣。

今年岱云复来京，未至，吾乡士之计偕者群口之不绝，咸谓岱云力农务本，非复前日之为人。余乃窃喜，以为吾友之有后也。及至而谒余，始知以其母六十之寿来乞余文，归将召客①而赋诗焉。且将用其时成子昏礼，俾新妇入门，为老人欢。于是亲纪淑人生平，略千余言，甚厚知要，似读书识大义者之辞。余读之，喜愕欲

① “客”，昌福本作“宾客”。

涕，曰："子竟能为是耶？惜哉！安得子之先君在日而睹斯作乎！"

其略言："泰常之母年十七，归吾先大夫。当时吾曾大父母、大母[1]咸在，于吾母无不喜也。吾叔四人、姑二人，无不以吾母为勤而有惠也。先大夫少贱且贫，逐末违时，动与命迕。昼而卖买，夕而讲贯，惟吾母辛苦以辅之。先大夫病，吾母割臂疗之而瘳，迹若椀然，儿辈不忍视也。尝谓：'吾与汝父少时，每三更不寝，一灯荧荧，机声书声相和也，至今如在耳者。'滇匪之乱，三岁堡居，养亲育子，唯母是职，而先大夫课文以自润焉。先大夫甲子举于乡，仍岁不给，又十二年成进士，积官吏部郎中，掌印于选司，铨衡通简，不牵势利。吾母亦力远浮华，与先大夫比德。今泰常幸得伏处田间，治穑事以养吾母也。泰常无状，不能扬诗书之泽，负我先人，惟是力于家者，谨礼明让，日即种植畜牧之理而研讨之，骨肉调合，庭室洁清，竹蔬挺滋，猪鱼肥美，子孙勤勤，以耕以读，吾母顾之，庶几乐而忘老乎。然非得先生文之，将无以慰吾母之怀而少伸人子区区之意，请先为寿吾母之文焉。"

余于吏部君谊厚，寿其配固当。且感其子之能贤，远以求吾文，岂得以辞。然使余言之，亦何过岱云之言也。

末世人心竞敝，伦秩乖违。京曹挈家者，往往濡染污习，崇其口体，纵其嗜欲，骄其心志，以陵轹其侪偶。或则呼朋结会，张华镫，敷绮席，博戏以饮，笑声达于阃外。为之夫者，弛而不纲，至有甘为佣奴受唾斥，一闻虎妇之声，辄变色而栗，忍视其搏噬，伤己天亲而不敢视[2]。甚者香车绣幰，奔走权门，结欢要人妻妾，或致孝于其母，尽殷勤，务生其爱；阴藉靓妆炫服，甘言善睐，以当丐攘富贵

① "大母"，刊本、昌福本作"大父母"。

② "视"，刊本、昌福本作"救"。

之具。传说怪骇，不可究诘。一朝有故，当返乡里、持淡泊，则涕泣不肯归去。此其关系岂浅鲜①哉？货利声色之故中于人心者既深，由是风俗之败，先见闺门，而包羞无耻，寖以及国，乃不可问矣。使皆如淑人焉，敦素而守礼，尚何世道之可忧耶？岱云之易其非以从道，吏部君惜不见之，而犹幸淑人得见之以娱暮年，此可贺也，自此而孙曾之乐无涯已。

余方羁迟京国，日蹙百里，空抱窜忧，而复日睹乡人士以利相角，求为吏部君时亦邈不可得矣，于岱云之归，其能以无羡乎！

冯母张太宜人八十六寿序

余友吴季清大令之门人冯君书臣，诚志士。大令需次京师，与余居同巷，户相向也。书臣以会试来主其师寓，余因而识之。其后季清得选缺西安，余方南游归，复遇之武昌。季清请假，将还②蜀寿其母罗太恭人，而乞余言。适偶触余孤露之怀，却而不忍作也。

今年书臣复来京，由古人身言之科获知县，引见掣发广东，同辈有为欣幸者。书臣独诣余，自言殊迕素志，诚欲得简瘠之区为之，庶稍试吾儒学道爱人之术。且闻粤俗侈而悍，又夷讧盗横其间，自料才分短绌，虑无以称上意。余则大韪之而告之曰："君既克念此，必能尽职，有益于人。且时存一利物之心，即才当③练而愈出。勖哉！今之世，为万物吐气者，必君辈矣。"既而书臣奉事略，

---

① "鲜"，刊本、昌福本作"小"。
② "还"，刊本、昌福本作"返"。
③ "当"，昌福本作"富"。

多丐觞辞都下，亦不遗余，余辞亦不见听。盖承命于其尊人，而为其祖母张太宜人八十六寿之所作也。

太宜人早寡立义，频遘变故，复厄于族豪，而三丧卒赖以举。减缩衣食，积赢以施，而灾黎无萎莩之虞，全活者甚众。年逾六十，病目矣，尤勤纺绩，以课家人。时时拄杖行，听诸孙读书声自乐，曾孙男女群绕膝承欢笑。或教以算术星家言，为永日之娱。族戚子姓[①]来候者，必庄饰而以成人之道诲之。今年且九十，有子一人，孙八人，书臣其第四孙也，曾孙十三人，元孙[②]一人。嘻，盛矣！

书臣又言其高祖思明公，当乾嘉时，教匪煽乱，以善火器，里人共推之为洞长。贼首鲜大川，猝以众至，公连发枪击之，毙数人，众寡非敌，遂及于难。子姓被裹胁者十余人，后皆得脱去，一日而归，殆若天所相云。

余维太宜人以苦节之贞，得旌于朝，以振饥故，复得赐“乐善好施”之坊。独思明君以忠节死义，当时未蒙显恤。星流岁改，烈迹销沉，盖不百年而世无知之者矣。

在晋常氏纂《华阳国志》，纪一方人物，凡属节义之伦，往往其时守长，图形府庭，立石铭表，亦云彰矣。乃道将之书流传至今，而巴郡士女赞独阙，读者憾焉。今则俗益媮，风化亦愈替，为官师者，不复知旌别为何物，虽有奇行懿德，自非其子孙力行张显之，诚有如昔人所叹，忠魂义骨与尘埃野马同没于邱原者，盖亦多矣，岂不惜哉！然吾闻忠义之后必昌，则夫古今史册所载，功名位业，炳赫一时，安知其先非多抗义守节，埋灭于杳冥阒寂之人。名虽不传，而其理要可意会而得，冯氏之门，亦究观天道人事之林也。

---

① “子姓”，刊本、昌福本作“子侄”。

② “元孙”，原作“元生”，据刊本、昌福本改。

冯氏，巴州冠族也，其地连达县；吴氏亦达县冠族也。季清之母有贤行，与太宜人俱为女宗，异时有著书续《巴部[1]后贤志》者乎？吾将举思明君及二母与之。书臣惟当益勉为良吏，报朝廷，不隳其家世，以求志事足传，斯可矣。

常《志》称王敬伯恺悌德惠，民为立祠。又述其祖母性严，子孙虽见官二千石犹杖之，妇跪受罚。颇闻太宜人平居遇诸孙有过，辄加怒斥。然则书臣今虽服官，其亦有栗栗自危者乎？书臣其将余此文归报贤尊人之命，陈之寿母之前而乐之，且写寄大令西安，俾知余意而愈厚于自待焉。

武平钟母八十寿序

余家之居蜀富顺，盖自余太高祖始。太高祖九十余，身后藏于钟氏之山，钟氏与刘氏世交，亦由武平来迁蜀者也。

武平自军兴后残缺，文采风流稍益歇弱，陵夷至于今时[2]。其周县则无一人偕计吏者。而其人出由外籍跻仕途，以余所知，余同年中已有兴安谢端甫大令、中江王苹珊编修，其先尽武平人也。端甫曾浮[3]海道潮阳还武，拜其家祠陇，谒其父老，识其乡人子弟风俗，尝为余言之。即余与苹珊，亦甚思得数月请，急一游先人旧区，蹈端甫之为，而皆以京朝官资程羁绊不得为，遂为恨。

去年，武平谢幼翘茂才来，余识之端甫大兴县署中，数数叩其

---

① “部”，刊本、昌福本作“郡”。

② “今时”，原作“今春”，据刊本、昌福本改。

③ “浮”，原作“游”，据刊本、昌福本改。

山川物产及里中贤豪长者，而尤乐闻其乡谈，效之以寄其想慕。盖余为儿时曾听之，自余祖母后，余家无复能有作武平话者，至是去其乡五世，百有余年久矣。幼翘之归也，余思作文赠其行，以比于唐欧阳生喜往复善自道之义，而不果。今年乃两得幼翘书，盼余南来意甚至。且为举其里锺母邱太宜人贤。幼翘诚笃不妄语，其言当可信。其称曰："钟君缵汤，镇平人。三岁失怙，依母以居。幼而督读，长而勖贾，胥惟母是赖。及其为武平人也，转纸自占，本业日隆。以入资授同知衔，得封母太宜人。古来益货之家，起富自微者，咸用纤啬。太宜人知素封之不可独擅也，爰命钟君为其伯父置尝田，岁入租石十八。悯外祖父母未葬而葬之，费金四十。其他佽善之金：乌游山茶亭四十，荣上乡石桥五十，古墓湖三省亭二十，饶家排茶亭二十，为首建羊子湾石桥也，则二百三十。此外睦族恤邻、排难周急之需，不可胜算，罔不一禀太宜人之训，是勉是加，无敢或坠。今年太宜人八十有一，钟君谋觞祝，而亲交献辞为寿诗，因风年请子之文序之。"光第重道远书不易，无所获辞。又先人数百年居处之邦，睹其乡邑名号，皆为情亲，乃敬而序曰：

昔司马子长传货殖，若卓氏、程氏，皆由赵国远之临邛，筹策致富，倾巴蜀之民。而巴寡妇清，能守业用财自卫，秦皇为筑女怀清台。而乌氏倮，以奇缯①物易戎王畜，畜至谷量马牛。而宣曲任氏，折节为俭，富至数世。今钟君自粤迁汀，地无赵蜀之悬。太宜人抚孤子，致殷饶，务为善，过巴寡妇远甚。令甲，费资盈千者，朝廷则赏乐善之坊，殆无异怀清台焉。

闽粤诸纸物，或远载销南洋诸岛，岁获金钱多，奚翅马牛。钟

---

① "缯"，昌福本作"绘"。

君为勤俭，取而能予，保富必长，援古证今，甚彰白也。且闻钟君为富人能近士，慕文章，其必有贤子孙，读书崛起，光门闾，大之且光武平。而太宜人尤当膺孙曾荣名之宠，顾而乐之，颐养以至百岁无疑矣。异时光第还武平，必介幼翘访钟君，登寿母之堂而拜之，归见王、谢二君，将为道吾武平士女，有钟氏之贤母焉。不知富顺之钟，于居镇平者为何别也？

杂说一

桀犬与羸犬搏。羸犬左辟，桀犬右拒之；右亦然。是则无地无辟而已矣。叫然起，批耳而迎之。距突喙裂，血渍毛捓，转地翻复，以身相救而不能得。尾帖帖然①，尚知命乎？群狗簇之矣，逐而奔，岂能脱难而已乎？童子桀石觑焉，蹶然中其桀犬，而不知群狗之何地也。

两虎苦斗，樵牧处其皮；鹬蚌相持，渔人利之。跋疐而授人以隙，智者不为，为之者危。

杂说二

龙，至神至灵者。气而云，不知其几千万里也；鬣而雨，不知其几亿万顷也。屈而伏岩穴，敛光景②，泥虫沙豸侮之而不校；怒而

① “帖帖然”，昌福本作“帖然”。

② “光景”，昌福本作“光影”。

飞，风云合沓，一鳞一爪，歙吐造化，露没苍昊，虽极之妇人孺子，无不知其至变至幻而然矣，而又奚能乎驯而豢也？彼亦不知刀砧之肆陈乎？葅之醢之，削皮斫骨，杂虾蚌肉。龙非至神至灵也，蠢也；非至变至幻也，凡也。凡与蠢岂龙之性哉？非凡与蠢，而抱其神灵变化之质，而甘为鱼肉焉。非有欲，孰能絷之。

夫惟圣人无欲，有欲者龙之人而已矣。

杂说三

索然而长者曰蛇，蝈然者曰蛙，侈然多足曰蜈蚣，皆有毒物。其气相克也，蛇食蛙，蛙食蜈蚣，蜈蚣食蛇。其相克何也？天也。

好事者聚而处之，又各相救。蛇见蜈蚣，不敢食蛙。蛙见蛇，蜈蚣其免。蜈蚣不敢食蛇，去蛙忌。其相救何也？人也。是夺其天也。

蛇先食蛙，蜈蚣喜。蛙食蜈蚣，立见蛇自贺[1]。蜈蚣食蛇，蛙鼓目笑。先发者亡，后动者昌，时实为之，靡所藏也。

离而弗使相见，见又形隔之。蛇欺蛙、畏蜈蚣，不能食蛙、亦不能为蜈蚣食。蛙、蜈蚣亦然。此非时也，事也。孰谓人事为无权哉？

故知天可恃，不可恃，人可恃；时可凭，而有时无凭，以事为其凭。天时人事之间，乌可苟哉！乌可苟哉！

---

① “自贺”，原作“自货”，据昌福本改。

杂说四

天下厚利，不可久居，纵欲必至亡身。

蜚与蚤问虱矣。蚤曰："我决起而跃瞬电，子行瑟缩，不能遽及寸；蜚之腹，彭亨多所容，子衷何褊也？"

虱嘻然而笑曰："咄！之二虫戋戋耶？我不言之，尔终梦焉。蚤！尔腾掷而去来，其失躁，脂膏之润，诚不偿其气力。我则窟襦穴裩，从容而享血食之奉且久，尔不如我。蜚！尔更何言耶？尔随时隐显，出伏甚疾，咀噬之利，畏人而不敢久处，且人一身多迹不及，尔不如我，夙昔亲炙，醉安饱逸，一发一肤，惟所欲据，间及词赋，聪明福利。之二虫，尔不如我远甚。"蜚、蚤嗒然若丧。

桅桁拆，裀絮绝，汤沐具，形影毕。厚利①自雄者，濯种涤族，曾无杪忽救，而后蜚、蚤始皆笑其后也。然而吊蜚、蚤者至矣。

送陈洛君先生序

今国家，其时势而合需才者孔棘。富顺蜀繁治，来治者不老疲，惮其剧，率多用利薮便也。

新城陈侯吾洛君先生，以光绪戊寅任。除秽锄豪，百治以振。始民詟其烈，继用大颂。前大府丁文诚巡武，戾兹土，告以令君西

① "厚利"，昌福本作"利欲"。

蜀无双。在绅耆是时，民未睹新政，将疑信半。竟十年，化洽而民服，语乃至此验也。戊子调署成都，群情怳怳，若有亡失，举不自知若此何心。

光第，先生县试首拔士，谬蒙期推，以训以养。自通籍而归，服阕将赴京任，先生犹在富。行有日，以光第得望精光，亲炙久，曷得无言请益，而蒙自隐之诮。

成都非全川所首善邪？土沃民侈，尚文学。其贤者温容都雅，缓步低声而兢[1]养望；不肖饰虚伪、攻佻薄、翘子衿，乃长盟匪焉，习则相踵矣。令其邑，非巧营曲合上者，即多太息为劳大夫，俗化一诿于上，上又非与民近也。比闻附郭近郊数见劫案，固知先生德威，将有闻风凛遁者。然昔武侯用何祗为成都令，发奸摘伏，人无敢欺，议者犹或非之，教养之缺有间矣。方今海内凋素朴，贵珍怪，堕人弱我之术，贾生云："国已屈矣，盗贼直需时耳。"齐桓侯无疾，扁鹊以为在骨髓。是以圣人豫知微，蚤从事。匪上医，将奚为疗未然乎？宋嘉定十五年，蒙古入西域四十余国。道路传西藏似有夷警，虽在幺幺，不足比数。《传》曰："其安易持，其未兆易谋。"矧今非琐琐无似者例耶？又人满而武不满者，周潢池行省二十一皆是也。无论异教滋蔓，其术不振，而终必蹄趹，恶驱除而后驯焉；或竟不得制焉，忧直隐隐大哉。

成都数十百万口，文弱则追江南。曩者滇逆窜省虚闻偪，阖城汹汹，羸稚相向哭，则杀牲判醉饱，陈宝玩，撰诀言[2]，甚有促妻子为自尽者。幸乃寇未至，获安堵无恙，而又相喜，欢呼为笑，乐罔极也。周官六乡六遂之教纵泯焉，伯子晋城得精兵，阳明弭盗南赣，

---

① "兢"，昌福本作"竞"。

② "诀言"，昌福本作"诀绝言"。

似亦今所急务。加以去年通奉特旨，整饬保甲，岂无贯以实心，因法行德，暗进于成周尚功纠力之治欤？斯必非如朝买一船，夕购一炮，鳃鳃以为武备之法意也。

嗟乎！宦途趋避闪铄，何止万端。一托诿于大局，大局州县之积耳。匹夫发愤，精气动天地，矧乃负英略、抱①忠志自强之士，而肯为婾苟以图名位乎？才亦少乏矣。亲民吏，又耳目之所不隔者，诚得留心良实，陶成而甄出之，何卿威虏之材，姚孙御戎之吏，固成都所不借焉者也。今日公家之谊，亟在得人而自强。不得其人，则教与养、守与变皆将有名无实，而国乃愈弱。

抑有说者：近代胡、沈之于陶、林，秉则独丰，其磨淬而发之，异矣。刘中丞有功蜀人，配享骆祠者也，先生岂有意乎？时命难言，志士堪自图；世固需才，才将安出？此诚难为奉文守法，规规焉参验稽决者道哉。抑岂可闻于平流徐进，从容吟楷之子者乎？唯先生幸更教之。

其诸善政，在吾富，他仕路重迂阔繁难，终不肯一二为，为焉而无诚，卒鲜成者，父老耄耋，咨嗟涕泗，叹以为二百年来未之有也。士民翕颂，将俟他日竟用其请祠名宦时，胪上功德。而簪笔者书之，藏在史院，摘之登诸邑乘，无俟门下士赘言也。

昨侍②先生言犹多未尽之心。今将送先生成都，以先生社稷之器，而大贤之后，方望溪之期高素侯、责李安溪，又平日尝语光第者也。故敢奋发狂直，揭今时势所急，必其人而可吐者，因地论列而以献。

---

① “抱”，昌福本作“握”。

② “侍”，原作“俟”，据昌福本改。

赠曾玉舫序

黄君镜湖，余与遇彝陵之次，友焉，同北上。镜湖宜宾人，善时文家。杜君悝斋，余同学锦江友，又同年举于乡。悝斋宜宾人，善时文家。之二子皆不弃余，顾余时文乃远不若二子。二子之友余，亦非取余时文也。然余得二子时文之益颇深。

甲申之春，来成都，识曾生玉舫，尝相过从；且偕览花潭、草堂诸胜，相乐也。玉舫好学，辄举时文见询。嗟乎！玉舫视余，岂知时文者邪？

玉舫生长宜宾，抱敏秀之质。其去黄、杜二子，远不过二里，近或与望衡而居。其平日相与切劘，必有十倍于余者。其斟酌挹注，将更有在二子外者，而何询于余耶？悝斋与余，在省在京，聚皆不过半岁，镜湖数阅月耳。而余所受益二子若宏以多，是岂余取善之诚，无亦二子者言论识鉴之精，实克渐之深而感之速，余则私幸哉！夫以余与二子相去远，相知甚新，又处甚暂，获其益若此。则夫久焉、近焉、朝夕相见焉，吾知其必有得也，而何询于余耶？然吾尝闻镜湖云："时文佳者，不自时文来也。"此语余识之，愿为玉舫诵之。

悝斋居平闻人朗吟时文，辄掩耳走，作欲呕状，故晨与[①]夕未一见其肆及，然悝斋文乃时时益工。此事余伟之，不愿玉舫效也。要之，今日之时文，苟科目一日未变，而有志于斯途者，断不能[②]不作者也。然而薄时文者夥矣，是当求乎不可薄之数也。玉舫归，试语

---

① "与"，刊本、昌福本作"若"。

② "断不能"，刊本、昌福本作"万不能"。

二子，二子其更有进我者乎？

隆兴寺肖普贤像序

释子之教，圣世无之。自井田不能胜其养，学校不能胜其教，而游惰邪僻者众焉，盖释氏兴矣，亦将出其力为朝廷分教养之权者也。蒋心余说。①

立饿夫，乞百钱，无应者；庄严资福，檀施累矣。加冥顽刑戮，罔惧者；狱堂苦乐，忏悔矣。向非主持劝善，消纳于无形，引导于不觉，迫饥寒为盗贼奸宄回邪，抑又何所不至。古硕儒辟之，为吾道防也。今虽圣王不废焉，以克少佐吾教养之遗也，亦相与安之。士之诡者，窃儒旨作经偈，世顾崇之，愚矣。其徒不肖，惑俗渔利为世害，又非释氏之罪也。盖自滥觞有周以来，滋汉衍唐，骎骎乎今兹为巨浸矣。本朝巨公佞佛者众，乡里驯愿并夫豪虣者胥稽首焉，斯亦圣道之穷悉乃致之，然未尝不阴辅王化也。

吾里唐君玉山，今之周孝侯也。中岁改行修志。玉山不读阙里书，而崇敬师儒；不谙维摩宗旨，而顶礼奉持不倦。为母祈寿，走峨眉者数年。又定子午卯酉之年，与同志为普兴香甲会，肖普贤像，供里中隆兴寺经楼，以文殊、观音配之。各行其志、尽其心而已。儒者笑之，农工商贾疑之，奉他教者嗤之。余曰：此不广大矣。

天下大教四：孔教、佛教、回教②、天主教，皆生亚细亚州，而佛教最广。中国奉佛，尚已；此外如蒙古等部，西洋、南洋诸国，东洋

① 夹注，昌福本皆无。

② “回教”，昌福本作“回回教”。

之日本、琉球，罔不奉之。外此三教，皆不如其广焉，而惟师孔教者最少。盖非中州清淑之区不能行习，异彼粗者，殊俗异姓[①]皆得范围，故佛之所及尤广尔。

以吾观二千年来，中土佛教咸不敌儒教，讵非风气欤？吾方恐奉他教者隐滋世变，殃及佛力；又悯农工商贾愚者恣肆，靡于忌惮；尤伤霿儒阴贼险狠，饰令言而行，反为释者笑，斯诚世道之忧也。适玉山来乞序，并此感书予之。

湖州道场山重建万寿寺记代[②]

吾州山水清远甲天下，而道场山最有名。余尝造览其颠，震泽之烟水，洞庭之云月[③]，咸会于怀，有超世出俗之意。登极颠，小憩于[④]山之万寿寺焉，而识寺僧法磬，心异之。去岁余还京师，黄尘莽荡中，念家山清景，何可得也？今年法磬以请藏经来入都，诣余求记，余不克辞。

按山之辟，始唐中和间。故多虎，僧如讷过之，坐石上，虎伏其侧，三宿不去，遂支茆焉，所称“伏虎道场”是也。吴越时，始建寺，名正真。宋仁宗世，乃易今名。洎明初而寺毁于兵，僧正印建之。我朝咸丰中，粤贼陷湖州，寺又毁。同治初，僧正顺重建之，而法常、法磬继焉。于是寺盖三为矣。自吴越至明，四百有余岁。由同

① “异姓”，昌福本作“异性”。

② “代”，昌福本无。

③ “云月”，刊本、昌福本作“云木”。

④ “登极颠，小憩于”，原作“登颠小极，憩于”，据昌福本改。刊本作“登顿小极，憩于”。

治逆数之，至明初亦四百有余岁。然则自今以往，兹寺之与世相遭者，事变虽寻于无穷，而苟扩前迹而循之，兹寺也，乃如神僧古德，才及呱乳，而后此之庞耆硕耋，住室逾千之数，正未有艾，岂非其可幸欤？

今有巨室焉，其大不可数计于兹寺。阅时既久，故敝而欹，重造改为，无有托延。而顾安受其敝，坐令千门万户，漂摇于风雨，钻蚀于蚁虫①，斯燎于家爨，坼鬻于他人，而决不肯求材以自救，则何不若之寺之僧之力新其所住持也，吾安能无所感也。

然余观兹寺，净土庄严，像设森焕，而山之乔木多无存者，非所谓美犹有憾邪？法磬之志卓且坚，凡有益于寺，无不力以致。其于林木也，闻吾言，必且培壅而护惜之，待其雄茂深秀，壮山灵而滋水脉，晖佛日而阜民财，宁止苍苍郁郁然，红亭白塔，隐映如画，助发诗人逸兴而已。

异时余之归也，青鞋布袜，扁舟小帆，泛碧落湖傍浮玉之滨，策杖而登伏虎之崖，犹当挟持磬公，遍览林壑，扫叶烧笋，而话无生，与世相忘，可乐也。

破 车 记

破车必配以羸马。士夫之乘破车，非甚贫，则必有激而始为。性乐乎是，与好为啬者焉寡矣。因而利之，未或闻之也。

吾尝舍车而徒矣，徒不可以久也。雨过则泥没踝，风刺头则似

① “蚁虫”，刊本、昌福本作“蚁蠹”。

锥，则又有眯目之尘沙，虽复利习勤，而奚可以久？徒为华其轩，镂其毂，漆其鞍，玻瓈互其窗户，高轮而大马，轻举若飙风，而捷驶如流波，无有不便者矣。石道坏，洼凸阻焉，击磕乃不堪，等等乎如欲开吾骨之节而绝藏之系也。然则车非不美也，亦有害若是者，吾亦偶乘之。而破车之于石道也，蹇钝而安迟，殊胜美者。然则亦有利，因乘之者利之欤？

吾之始乘车也，美者与恶者，未尝不易而观也，是犹待校量。渐乃一视而无成心焉。

顾或谓车材窳恐覆，乘羸马行缓不及事。更有甚者，帷则敝而幕已坏，偃落之状，无论贻知交笑，弗壮路人观，即中心实自耻之。

噫！覆者可以防也，缓者可以策也。耻于其中，则害其心，患非止缓焉、覆焉，没踝，眯目，刺头，未有若斯之可痛也，破车云乎哉！

湘坑湖记

湘坑湖，在山顶，环拱四五秀峰。喘山而上，有碎石路三，皆十里。至则山屏地砥，划然中开，雨乃漫为湖荡，实非湖也。南风至，墙屋皆汗味之潮，盖若数百里外海气遥蒸万山之上。而吾刘氏实居焉。为时，以日计得二十万；为户，得千数百；为丁，以指计可得十万。湖内无以容也，散落湖外。

四周为田庄，所三十，其田以石计者数万。湖之东：八里冈子，下十里湖洋，背太阳前二十五里大坝，三十里店厦。湖东北：三里邱地，十里泉坑。湖之南：五里洋畲，七里凹上，十里大湘坑，二十里罗坑。湖之西：二里白竹壁，下三里上邱坑，五里彭屋冈，七里石井，八里高畲燕，上十五里黄屋塘，二十里雁鹅塘，五十里赤高坑。湖西南：五里桐树坑，三十里桃里塅。湖西北：五里石坑。湖之北：四里少芬，五里高员地，十里长坑角，十二里林禾地，二十里湖岭，二十五里上塅，四十里濯田。皆吾族人居之。或数家，或十数家，或数十百家，或百数十家，惟湖内多至四百余家。

湖之内为祠五，总祠一，支祠四。总祠祀三郎公，为元始迁祖。支祠祀六世祖兄弟四人，为各房分支之祖：曰伯聪、伯盛、伯达、伯瑛。湖东二里曰水口下坪，三郎公之始迁，实居于此，继乃徙湖中尚屋。尚屋者，当时同迁者盖十余姓，今皆转徙绝灭无存者，独刘氏存。刘氏则可幸也，他姓则可悲也。虽然，湖内居地尚多名其人之姓焉。名伯聪公祠所以田屋[1]，田氏之所居也；名伯盛公祠所以下廖，以别于上廖，则皆廖氏之所居也；名伯达公祠所以夏屋，夏氏之所居也；名伯瑛公祠所以尚屋，尚氏之所居也，即刘氏始迁地，五传而分授伯瑛房者，镰公祠亦在其地，实为伯瑛之曾孙；名英用公祠所以池屋，池氏之所居也，实为伯盛公七世孙，其又支祠之小焉者也。

湖内复有地曰黄屋、江背者，皆以人姓名，而他姓无考焉。湖内之地，又有曰墱上，曰天嶝子下，曰莲塘角，曰竹下，曰山下，曰下湖坑，曰砦崠，曰砦前，曰砦背，古盖砦其地，今夷矣。

山之腰腹脊膂，人家分栖之，烟云复缭，鸡犬声清以远闻。

湖中有田，有池，有井，有园，有溪，有桥，有村，有廛，有市，有庐。有砚者，犁者，钼者，镰者，斧者，刍者，摊者，担者，量者，权者，

---

① “田屋”，原作“田姓”，据昌福本改。

刀者，尺者，鬻酒者，饭者，肉者，烟者，肩米、肩纸者，肩木油者，无炊石炭者，多煮松明火者，多老寿者；亦有博塞者、烧洋药而欲者，然无为盗者，无睹胥徒签票者；求婿归妻，无不计花边洋圆者，然少淫者；惩发逆[①]之追，无妇女裹足者；多项银环者，多雏姬幼女樵汲者；无老弱咸擎五寸碗饮纯酒者。其俗尤重邱墓祠庙族谱。族谱自明来五修之，然近渐芜俗，无治之者。好追写先人图影，多不似者。而尚武，有争墓以械斗焉死者。其地丰山而弗啬于水，饶材木、竹林、纸铁。其树多松、杉、楠、栭、楮、橡、栟、榈而少柏。其谷晚稻，稜禾，少菽麦。其蔬多冬笋、蔓菁、薯、芋，少菘、韭薤、莱菔、葵。其果栗、橘、梅、桃、李。其花瑞香、栀子、兰蕙。其于畜也，重鸡而轻鹜，奇羊而易豕，贵鱼而贱兔。有犊牛，无水牛。其山有虎，有豺，有獭，有狼，有狐狸，土蝓，而少豹。有野猪，多有豪猪射人。有雉。亦多虎，难食人。野猪酷害种植，亦伤人，然不食人。

光第，伯盛公十七世孙也，入蜀之世盖六。少时，每闻族老相传说湘湖名字，辄欣然想见之，愿一往以为幸。然自吾祖吾父时思欲一归省视祠墓者数矣而不得，光第得耶[②]？且闽省[③]天悬，迁徙隔绝之日久，又生长于蜀者，综各房殆数千人，无得一归者。而光第则乙未脱然由京师航北海以达南海，而竟安归乎湘湖也。则岂徒光第一人之幸，乃上以慰吾祖[④]泉下，下以告吾子孙，而以答蜀中诸伯叔兄弟东望冀一归闽而不得者；又以欢闽中诸伯叔[⑤]兄弟西望冀

① “发逆”，刊本、昌福本作“发贼”。
② “得耶”，刊本、昌福本作“则可得耶”。
③ “闽省”，刊本、昌福本作“闽蜀”。
④ “吾祖”，刊本、昌福本作“吾祖父”。
⑤ “诸伯叔”，“叔”字原脱，据刊本、昌福本补。

一知蜀[1]而不得者。

湘坑湖，其于城市也皆远：北去长汀县百二十里，西去会昌县百二十里，西北去瑞金县百四十里，而在武平县东北十里[2]。其别地名同而不湖者，则有大湘坑、小湘坑。大湘坑多何姓，小湘坑则王姓。

南郭看竹记

京师卖竹，载小车，腾呼遍闾巷，杂卖花声中，甚可听。余为买数个植阶下，楚楚有致。询竹人，言厥园在右安门外数里，无非竹者。

一日，天雨方霁，买车往。将出郭，人家渐稀。稚苇青苍，满洼横直如棨戟，荒坟若釜若笠，贴野花红白成碎锦。谯楼召云气相吞吐。环城柳碧波青[3]，草深马肥。沙岸群鸭大皆如凫雁，不避人。西山欲飞来与人揖让。

驱车行碧草上里许，人家多傍竹居，泉甘壤疏，培溉甚力，种皆坚质，能敌寒雪。寻径入，野鸟迎客，藤萝碍衣，翠雨乱落，着人肩如露珠，京洛缁尘为之涤焉。其劲枝媚叶，高情逸致，若伟丈夫掀髯慷慨而论当世事，若仙女乘鸾在烟雾[4]，若古衣冠大儒正立而不倚，若孙登、陶潜远举出世，殊不可即，仿佛古淇园里。

① “蜀”，原脱，据刊本、昌福本补。
② “十里”，刊本、昌福本作“百十里”。
③ “青”，刊本作“清”。
④ “烟雾”，昌福本作“烟露”。

犹记少时见有竹处，便流连永日，不食不饥也。吟啸不辍，神气洒然，自谓过魏晋间人。著《爱竹说》一篇以见志。今兹枨触，旧绪一新。

然余复有说者。每慨京秩闲曹，日营营趋利禄，不暇谋妻子，究美衣粱肉，奔走权势，犹以为不可及，竞羡人富贵，热中薰心；抑或征逐浮薄，藉诗酒相趋奉；否则妄立名字，假声誉欺当世自欺；甚有摭拾是非以为宠利，苟苟碌碌，别亲弃戚友，而来此作汩没生意，陆沉知觉，国艰民隐，杳无提警，余甚惑之。求谓顿出尘嚣，渐清神志，以蕲入道者，匪不屑，亦不暇也。

余岂敢游览自多，但当繁扰场中，抽身片时，亦得清凉不少。愿澄怀观道者，偶一领略，慨乎其有奋兴焉，知必不作一游观也。附识于兹以自厉，并贻与同好君子焉。

开砚海记

有砚海，墨渍牢不可开，易数手皆无能为力。阅四五日，且执之而叹，以谓难开矣。耐性复揭之，随手即起。始悟用猛力者鲜奏功，无成心者多得意。然非忍耐得过，亦何从得好处。忍耐二字，真无穷受用哉！试观古来圣贤豪杰大学问、大事业，何一不从忍耐中出。今人一不称意，便发躁舍去，焉有成熟之时乎？我辈为学，当切戒之。癸未四月八日。

感旧记

□□性忠鲠，而情甚殷厚，神明强固，颇以善善恶恶为己任。时或训课人家子弟，皆恺切称善人，人皆化之。程子曰：动之以至诚，则人自化。不诬哉！余成童时，即相拜识，先生时来过赵化镇，余必趋候，讨论当世人情物理，乐亲其丰采。先生亦拳拳不衰。犹记余二人往复辩难，于时先生发声如洪钟，目光闪闪过炬，鬐指耳热，一语无稍假借，又怡然而笑，寂然默对久之。旁人方切切以为怪，而余此时不知余之幼，先生又宁觉先生老哉？

岁丁丑，余读书在外，一日先生来，登堂谒余母甚恭，慰问极至，自谓："我辈老朽，无裨于世，郎君英毅有材气，必为世用，无挠其读书，转瞬沟壑昂霄矣。我辈愧死愧死。"余自念近年攻苦，全赖吾母扶病理家政，无一毫事相绊，固吾母之贤，亦先生一时之语，默启潜助而不少也。似今日人心风俗浇薄浅鄙，徇世情不敦古义，如先生者，亦磊落自立之人豪哉！

今之别又四五年，先生身其康强，念仍如旧，独恨余不加进，而忝通朝籍，无以自问于心，即何以副先生殷望？每一念及，弗胜战栗。因为志于此，以当严师之督。癸未八月廿六日金陵舟次。

联檐谱志感

余癸未会试三场，联号为长沙黄君敦孝，相问讯甚欢。未下题时,余见其和易湘农题号舍中《金缕曲》词一首,颇有意。既乃出《联檐谱》一册,书余籍贯年貌甚悉。自言其先大父曾于场屋中两遇伟人。盖一为曾文正公,一为胡文忠公也。此谱法系其先世所留,但记左右紧邻两号。余谓号中闲时足有一日,有心物色,不妨多记几号。且述其先大父云:“尔等莫谓矮屋联肩,偶然邂逅,正可留心物色人才。犹记余与胡公连号时,公方盛年,好使气,詈号军。余戒其须善养气,公便欣然订交。余又深服其度量宏远,后来竟作许大功名。尔辈慎无[①]轻量天下也。”余闻此言,嘉其予善之勤,复愧赋材之陋,惭赧之极,继以感愤。

黄君又谓余:“子能文者也。”呜呼!余岂真能文者哉?余又仅不能文乎[②]哉?书之以志愧,且时时恐负黄君也。

李根愈公家传跋

癸未冬,余自京师南旋,威远李君茗山,方治贾于渝,见示其大父根愈公家传,为酆都徐琴舫太史撰书,且恳余跋厥后。

刘子受读而拜言曰:世称有隐德者,其后必昌。根愈公敦本饬行,所生无忝,当时何尝计及后人表章哉,而茗山勤勤以光前为志尚矣。

天下好名者,每伪饰先人阴行,弗足取信矣。而茗山之微显其世德,不诬也,得诸市廛尤难耳。余问俗过武汉间,时见士人珍护此传,并啧然赞太史书不置也。

---

① “无”,昌福本作“勿”。

② “乎”,昌福本作“者”。

读玉溪生诗书后

嗟乎！其忧谗畏讥之志，与忠君爱国之心，远影近譬，隐露默伏，词婉而章，意微而讽，信乎言之者无罪，闻之者足以为戒也。后人以香屑重之，抑又嗤之，胥失之尔。当时虽与温段齐名，而读是诗者，又得以飞卿、柯古概哉？

赖义士传书后

乙未之秋，余自京师来闽，次上杭之峰市。武平赖君以正，奉其族祖赖义士传，为杨戒所撰者，请即其后而书之。余之先，武平人也，于义殆不可让。

传称，义士名崧，字维申，武平高吴乡人。故明诸生。性耿介。国朝定鼎，遁居白云山石岩，日食双凫卵以自给。因不薙发，漳南张镇司①亲临劝谕，誓死不从。后竟为乡黠谢汉仲指为长毛贼而害之，挈其头献监司。监司悯焉，给葬金其妻，以杀人责谢几毙云。余反复读之，俯仰增叹而流涕焉，以谓王天下之难也。

夫揖让之风尚矣。后世易代之际，其正大者，乃皆出于征诛。然自汤武革命，应天而顺人，已不免有十一征，灭国五十之劳。纠纷扰攘，几历岁时而后定。岂圣人举事，犹有不惬于人人之心者

① “张镇司”，刊本、昌福本作“监司张参政”。

欤？将非前代君德入之已深，久安于服教畏神，而其末世即有殴民之主，遇从如归市之王，亦有所不能遽变其志欤？或其顽者竟不可化欤？抑更有互持其是非，如伯夷、叔齐其人欤？举世非之不顾欤？然则谓"一夫不获，时予之辜"，亦只用以明白圣人之心迹。而即商周盛时，尚犹未极其功能也。

春气至和也，百昌茂豫，而松柏于此时独不增其秀。秋气至肃也，群物凋落，而荣鞠于此时独得有其芳。然而和煦者，不因松柏之不秀而不春也；肃杀者，不因荣鞠之有芳而不秋也。是故松柏荣鞠者，天地之间气，莫逃乎造化，而与造化敌者也。

明有天下几三百载[①]，风俗最为近古。其取士之途甚隘，而士气之烈，上凌千载。其间屡被暴君、奸相、逆阉、流寇之祸，分裂夷灭之穷惨酷毒，九死而不悔。即我大清之入关，於烁神武，溥海咸謷。迄于天下大定，而所谓成仁取义之伦，无上下、贵贱、老弱、妇女、佣保、乞丐，十余年后，犹然自分以必死者，所在相望不绝，为前世未见。岂天之生是节烈，独私于一代哉？上专以孔、孟、程、朱之道教人，下之服习者深而且广；是以耳目口舌四肢百骸之间，皆被有礼义廉耻之气，蒸濡浸灌，相习而忘，故能衽席于砧斧，寿考于糜碎。无他，其心之所安一也。

尝谓圣人之道销毁歇绝千有余岁而大显于宋，又推衍之数百岁而昌于明。显于宋而孔孟之道大著，昌于明而程朱之教大行。固由运会使然，抑岂非主持世教者择术正而知所重，以得[②]大收儒术之效至于此也[③]？然而卒之无救于灭亡，何也？则以其庙堂黜陟

---

① "载"，刊本、昌福本作"年"。

② "以得"，昌福本作"得以"。

③ "至于此也"，昌福本作"哉"。

之非，袭洪、永之遗毒，而复乖迕暴戾，遂至无所与立，而天地且由此崩坏，可不为大哀乎？然而松柏荣鞠果无有多于有明者也。

或谓义士执区区一发之节，以丧其元；头之不存，发于何有？不知去其元而心之本体全，存其元而心之本体亡。志士仁人，念之熟矣。国初薙发之令厉矣，然与之为抗者二焉：抗之于有形而至死不变者，孙文正、鹿忠节而后诸人是已；抗之于无形而逃之他者，熊鱼山、方密之诸人是已。义士之死而杀人者不得抵其罪，其于圣王一夫不获之本怀，得无少伤乎哉？然吾以知义士之无所于悔也必矣。

王者改正易服，所以易天下之视听，与之更新而一其俗，而遽不能回志士仁人之心，即三代已然。则惟愈修其德而感之，俟其自化。其有变者，不以加戮，徙之于远，无使乱俗，斯王者之极功也。

墨晶眼镜铭

目可视千里，无睹其睫，翳圆黝玉。天可与回，易雪以曦。知己之真，所见眉与颊。明则通，重之瞳。

竹舆铭

南墙绝济，朔坯断逵。猿路飞栈，蚕丛俯漪。谅彼笋舆，沉举挽推。无水犹泛，匪云而驰。油幢花幔，朱盖绣旗。敝席破帷，碎竿折枝。荣悴致殊，各亦命之。行窠稳称，吟阁斯基。践迹乌循，覆辙焉亏。匪趋斯趋，良便可思。

为胡正之题主赞

浊世之芸芸，而得是子。皦如日，直如矢。士林之翘也，曾不禁乎刁刁之调调，使人之意也消。

为欧母刘孺人题主赞

坤仪乾运[①]，钟气凌兢。蔚为阴范，茂昌庐陵。清淑天承，懋熙寿宇。静贞[②]安吉，拱揖陈古。植本诣极，壅朴惟微。万狃和履，以肇家肥。奕叶膏流，浊尘清漱。琪树见宝，楚楚翘秀。我数过门，未拜帟帷。仰睇松筠，如或见之。渺彼朝露，溘逝无止。蒙冒蒙冒，思曷能已。隐封其懿，幽有烈光。凡百家壶，式兹令扬。

后汉三十二功臣赞有序不能寻稿矣[③]

皇皇天汉，承运陶唐。水精既颓，火德重光。群雄骛[④]散，真人

① “乾运”，昌福本作“斡运”。
② “静贞”，昌福本作“静真”。
③ “有序不能寻稿矣”，昌福本脱。
④ “骛”，昌福本作“鹜”。

龙骧。云气舂陵，雷雨昆阳。虬奋虎跃，来赞来襄。谷玒珠玉，条择凤凰。我文曰修，我武维扬。功成身退，令闻永臧。彼其之子，而寿而康。

元侯弱岁，游学汉京。跌宕豪杰，脱略簪缨。走马河北，仗策从征。瞩云追龙，随波骋鲸。关辅响应，寰宇澄清。侯服而终，以显以荣。

斤斤忠侯，独载厚质。负贩燕蓟，思翊王室。移檄渔阳，勇鸷孰匹？堕马裹创，椎牛力疾。腾踔朔风，沐濯巴日。维玉韫华，蔚为天瑞。维彼朴呐，差强人意。无赦一言，永光史笔。

贾君少时，客占豹变。被羽挽强，迅风掣电。御驾褒绩，帝姻示眷。戢敛武功，从容儒彦。公卿参议，邓李同荐。

好畤决策，乃比淮阴。摧枯拉腐，群孽成禽。旗鼓十郡[1]，韬钤累簪。何嫌何疑，而有惧心？朱紫盈门，葆厥徽音。

子翼儒雅，酂侯比肩。关中馈饷，河内屯田。幡旗温野，竹矢淇泉。酒醪释怨，乡校兴贤。伊彼颍川，借君一年。

君然英英，扬州震慴。贳歆降鲔，收犨下叶。浮桥斗楼，飞炬利涉。雷奋飙驰，拔枝扫叶。武阳庙貌，蛮歌蹀躞。

公孙纵横，拔自困顿。际会风云，赞襄尺寸。大树有阴，孟侧同愿。回溪风恶，渑池羽健。惟禹及恂，肤公协献。父子比恩，何猜何怨？

都哉仲先，帝之旧臣。布衣讲学，以爱以亲。维凤之狎，维龙之驯。日角进奏，天颜不春。绩富战功，赐蜜紫宸。

弟孙温文，投壶歌雅。隅弗刓圭，合非矜瓦。英姿栗寒，素风

---

① “郡”，昌福本作“部”。

倾写。直而不刚，儒而自雅。身没名思，帝泪永下。

孙卿突骑，峻厉恢宏。模才范智，驰功骋名。静资坐镇，动必成城。官从旧封，夜不绣行。

巨卿八尺，雅善鸣镝。劲弓乌号，修矢猿慼[①]。才与力并，识随胆激。割麦睢阳，陈牢沛壁。豫谋竹帛，恐湮瓦铄。

次况矜严，志义蕴蓄。金革衽身，警趆瞋目。击贼射犬，摄帻巨鹿。期门犯颜，帝为回轴。

伯山识微，举族来归。毁舍发义，联兵助威。被甲绾符，郡人依依。信著卫地，闻风解围。

君翁悍挚，沉朴寡言。爰渊爰嘿[②]，在旅道存。涤我潢池，固我墙垣。方凯西兵，又议北辕。诏宗黄石，永沛殊恩。

阳虚武勇，雹骤星驰。督盗自嘲，掾史何追。气雄而峻，语醉而规。以斟以酌，左右宜之。

元伯宗室，金枝玉条。言溯其先，抒忠王朝。帝乡帝城，载奏天骄。方褫玉符，旋弭金貂。麓陵[③]树绩，桑榆匪遥。

君迁步伐，从帝道奢。江淮既平，武都回车。屯彼中山，以备夷华。风色扬旗，边声杂笳。隔阕汉云，澄清胡沙。全椒食邑，用善厥家。

阜成为令，名应赤符。野王既拜，司空建谟。箕关鸣剑，桃城弯弧。旅力既愆，乞骸归趋。

子昭强弩，满阳建猷。五校既破，帝叹无忧。鼙鼓渔阳，印绶列侯。河内贼殄，济南地收。设旄建节，民歌士讴。

---

① “慼”，原作“感”，据昌福本改。

② “嘿”，昌福本作“默”。

③ “麓陵”，昌福本作“麓冷”。

骠骑来归，助王涣号。沛郡西防，厥名鸟噪。乃俾聚屯，用斓转漕。驴车运粮，雁门建櫜。降将如婴，备胡似盗。方免复封，崇仁削虣。枯枝再华，瘗潦重导。

昆阳迎军，襄城未复。竭而股肱，伤及骨肉。珠埋玉焚，天惨地黩。京密旌麾，江东甲伏。徙封芜湖，厥子陆陆。

合肥习苦，武库鳌军。孤绝宛城，炽彼恶氛。南拒邓奉，北当董䜣。藐兹战躬，已委吾君。

淮陵慷慨，文法世承。以孝作忠，是亦扬鹰。劲草疾风，大河坚冰。济事以权，定器以澄。和亲开漕，识远而凝。

阿陵忠厚，称善乡里。问日[①]独勤，从云不訾。弱启帝心，强羞[②]贼齿。驰檄巨鹿，载谕恩旨。变迫须臾，于焉定止。

中水弼亮，公尔忘家。义以为干，礼以为华。学校乡饮，奏课独嘉。气宇宏整，蜚英迩遐。

君游识时，违昏向昼。鸟谛乔柯，骥贡灵囿。信都造义，河北腾茂。任李之间，楚楚翘秀。

伟君沉毅，争议于廷。决策俄顷，游精杳冥。坐得先机，患弭无形。理隐功著，著于丹青。

昌城游说，真定来从。刘杨既降，郭后始封。手麾陨马，舌卷雌龙。击筑为叹，谈笑雍容。观津浮阳，用以酬庸。

颜卿聚徒，绿林争长。俊骨森发，奇目高(朔)〔朗〕。思奋风雷，削除草莽[③]。赍志竟成，海珊归网。

李通自微，婉恋我皇。家之何辜，而俾灭亡。福兮祸倚，菀以

① “问日”，昌福本作“向日”。

② “羞”，昌福本作“差”。

③ “苇莽”，昌福本作“草莽”。

枯偿。天衢翮展,凤巢卵伤。时厄运殛,永慨昆冈。

巧哉窦融,天隙善投。蠡测帝后,蝉蜕王侯。智珠在怀,操之以柔。厥德不回,善终其休。相时为杰,堪式御珀。

至于子康,作宰明允。蝗不食禾,马能解纼。宛宛诗礼,抵兹剑盾。封闾立馆,湛恩靡尽。

峨峨群英,一遇千古。葳蕤皇路,杂遝天宇。海汇群龙,风啸众虎。笙磬同音,鸳鸯并谱。炳哉云台,藻绘毛羽。群策纷拏,百灵起舞。宏济天纲,汉德永辅。

诰授奉直大夫举臣刘君五十寿文

天生宇宙,万汇熙熙。腾跃驰驱,惟圣贤豪杰,实生之养之,知之览之,经营纲纪之,以俾厥众克得所。

家举臣君,其姿近圣贤,其志量豪杰。第尝侨居其家,其处家朴厚,接物诚,殊叹财富奥区,骛夸尚侈,积□以伺人,乃丛莽独翘秀矣。鳏寡孤独老病者,无时颂厥德,知其异悭奴也。穷鸟毒龙,各笑以泣,非嘘枯摧暴,曷能此?古之人盗恐知名,群小戒勿犯,争直枉造其庐受直。向颇疑史诬,信且深今日矣。贤有司称其急公而好义,士林寒畯荷其助,井里豪猷罔不帖然服,斯岂龌龊无用,斤斤少所材干哉?于是善人之名噪乡邑矣,君方皇然不敢居之。

乙酉孟春,为君五十寿辰,诸戚好谋制锦为寿,丐第序焉。观节略,乃知孝友最重。先是,君父天顺公,以君出继荣贵公亡子昌礼为后,是时年甫十一岁,事老人咸得其欢,甚至割股以疗病,梦神感灵,诚至则天可动欤?

本生家綦贸，故又多变，君弥缝而匡植之，有所予必焚告先人始敢行。盖是时日君已娶，而荣贵公已终矣。

本厚者枝长，源远者流光，不诬尔，然尤有感焉。当第在自井时，方有重大公件，渺小寸目者，固夷然不计，即强鸷有身者，亦将脱然为事外人。君独与二三急公流，昼夜筹备，蕲免患事。成否在天，而君心力瘁矣。夫此岂一人一家事？独乃先众人忧之，使今天下食朝廷之禄，逃闲局外，与夫贪诈婾鄙、苟图利禄者，闻君之风，而惕息，而汗僵，而皆兴起焉，未必非摩钝厉俗之教也。独惜君以乡人老耳。脱令出身加民，为圣天子抚内地、绥远人，其尽心王事，鞠躬竭力，不当与古大臣同风并流、彪炳万禩哉？

然而千世之量，各存乎人，遭遇虽殊，此理自在。方今时孔棘矣，但令敬王事者胥如君之竭蹶于公事焉，于安内攘外乎何有。即请以此寿君，君或是其意，而无以言之不文也而弃之，幸矣。

秋 雨 赋

入夜初上灯，有声自楼外芭蕉上来，和檐瓦声，琤琤作金石响，少顷风起点密，空阶清溜发焉。凉气逼人叵耐，余笑谓客曰：小楼雨声，吾辈听惯，春与夏无此凄清也，想其凄凄切切，潇潇淅淅，为幽崖咽泉，断桥泻流，而如断如续也。如帝子之夜至，鸣鸾铿锵相和也。其檐溜森阴，灯光晃射如水帘，近在庭户也。打铁蕉，战黄竹，则千万雄师之掩至也。秋耶雨耶，雨即秋而秋即雨耶？且夫秋雨何为者哉？洗莲塘之丽艳，送梧院之清凉。红树浣而乍赤，篱菊濯而翻黄。感淋铃于蜀道，思度曲于潇湘。浇鬼磷而明灭，惊客梦以徬徨。亦既作秋声、助秋凉矣。矧其润吟宾之研席，催征戍之衣裳。碎可人之心绪，滴怨女之愁肠。乃知秋景雨添，秋色雨洗，而秋思亦因雨而弥长。客笑而不答，但闻涓滴渐稀，寒螿鸣砌，开门看雨而新月一钩，初不知其奚来奚适。

挽田母王宜人文为童载之作[①]

今上甲申之四月，乃诰封宜人，外祖母王太宜人升举[②]之辰。厥外孙童某滮女蕻之新，割刑朊之陈，霫毕罗之腆，羹膗臓之珍，于挹辟掷，气坟以堙，犕仿《大招》，隐质微伸[③]，以泣而豜，辞曰：

生暨死其奚异兮，心忱抑于厚慈。惟冥穹之罔吊兮，情不匡乎郁伊。上高垶裂而易色兮，下蟠颓址而嵚巇。巽薰怒余聋震兮，羲娥鞭声而莫追。哀余情其信悲以憯兮，拟骨縈之相离。思淑爱余将何以埒兮，余惟嘿心以寄慕。缅辉吉于祁国兮，匪榆榰之所谕。质本缠绵于诗礼兮，意干玢豳于灵素。奋笲云之高足兮，迈驰览乎皇步。毚屈濒颣胥维援止兮，跻灵域以永数。淑人之娸奷兮，理坤结而佐乾互。朝警误虫之吉语兮，夕收陨鹜之大弦。异觊啬而殖丰茂兮，不敛领而积殷填。掺余握盈而罔趚趄[④]兮，常噩噩以正笾。恐高明被鬼瞰兮，无旭旭跻跻之竞妍。扫米盐之琐喙兮，亦精撰乎庐田。惟神思之静以阏兮，振鸿业而启庞延。螽斯之衍密兮，富维

---

① “为童载之作”，昌福本无。

② “升举”，昌福本作“升舆”。

③ “伸”，原作“呻”，据昌福本改。

④ “趚趄”，昌福本作“趄趚”。

飑于梦绕。立珠斗之精铓兮,莘金仪与玉表。使葭树毕蒙辉缦兮,斯岂犹嗛乎骙褭。蔗出藕曼群嬉以翔兮,孙枝旁引而夭娇。羌醋比以怂愉兮,各分甘以提挢。奇樾之子杰兮,岂不配己而甄陶。恶骊夙夺蚌灵之巨珠兮,泣尘海乎滔滔。惨冰帏长鼜夜悲兮,伤瞋菌以结牢。握小珠其透爪兮,夫亦风雷[①]之所弢。仲氏胡儵奄忽兮,青冥衔愧乎抑搔。蔚一门之丰节兮,甘冰蘖如饴膏。树坤极之端则兮,竞女贞之梀槮。皇舆小丑兮,负化光而跳肆。逞趚骘而央亡兮,苍黔蹻厉而夺避。洪内算以构防兮,托高深以寄智。尘坌息回眄天险兮,落红崖之苍翠。划基扃之固护兮,营山绵亘而静邃。方姑幕[②]之须丸兮,庶安堵而宁寐。寨居悠忽十春历兮,懔粥粥于法家。愋谅殷其保泰兮,时简黜乎窳华。迁故落蓄念怀旧兮,孕地灵之秀嘉。结室轩露宅纡轸兮,中调停乎俭奢。莫督纺织兮,夙又课乎桑麻。聆鹌鸱促布袴兮,绎庞降敦日斜。丹凤衔[③]天语兮,绛云应而征寿。皇风温吉褒正节兮,膸灵共保兹祥妇。念区区之懵懂兮,浚宅相其逋负。戒谖哎恐口悬兮,饬讹伣俾心牖。联余祖之窀穸兮,择里同乎孟母。令阴飙变和吹兮,舞白杨以苍柳。岂文武之不远兮,夫何悱恻而忠厚。祝慈云长庇峙兮,少稽固于婺台。悲风夏冽凄以惋兮,塍波蹳踊而生哀。魂乎归来兮,东方巴蝮多蛇虺兮,西有嚼铁之兽吞童孩兮。魂乎归来[④]无南无北兮,弥天瘴雾与夫灰尘兮。归来归来兮,享余之忱无褎裒兮。

① “风雷”,昌福本作“雷风”。
② “幕”,昌福本作“慕”。
③ “衔”,原作“御”,据昌福本改。
④ “魂乎归来”,原作“魂归乎来”,据昌福本改。

萤火赋

玉钩斜外晚风雨，美人香帐停歌舞，可怜红豆碎芳心，犹化秋磷夜深吐。时则金飙暂起，璧月初昏，鸳瓦流碧，虾帘欲温。弄光辉于花蕊，问身世于竹根。

疑碧疑丹，若隐若见。金粉隋宫，玉阶汉殿。惹暗恨于缃裙，别秋风于罗扇。放灯雨露之台，剪彩锦华之宴。夜深如闹，秋嫩可炼。

别有兰闺寂，梧院清，蟾魄醉，蜡心倾，光焰耀，影纵横，煜朱槛，爚翠甍。点绳床之悄思，逗锦幌之离情。绿纱儿女语，瑶阶蟋蟀声。

至乃豆花篱脚，枫叶枝头，坯云墨拥，碧血花羞。此时照影疏帘夜，小劫前身腐草秋。初避笼纱客，斜掠曝衣楼。然复然兮雨濯，闪复闪兮星流。

彼夫塞黑林青，云低野旷，惊沙自寒，宿莽相望。空山则苦雨人稀，凄焰则秋坟鬼唱。星星林炬高低，点点湖灯滉漾。使人睹幽窈之情，羡光明之状。

若其胆瓶煨冻，背灯隐风，蛾惊彩误，蚋照形工。光著草而烘绿，影偎葩而暖红。炙怨笛兮歌蚓，翦诗烛兮吟蛩。熣熺门所，萤转囊中。秋心烧不断，纤腕弄未空。莫不画屏点缀，银烛西东。

歌曰：池馆悄兮碧磷满，轻罗扑兮红袖短。时时抱赤心，著人殊冷暖。

又歌曰：晚来出爝闪墙阴，瘦慩寒螿冷不禁。胜有红喧兼紫闹，多情然尽玉人心。

拟陆平原文赋并序　原韵

余每观风水相遭，辄悟文意，夫摅思展情，良多故矣。第自吮笔，试学为文，乃知兴象所到，物无遁情，刻搜所及，事无留迹。凡夫妍媸美恶，可识其倪焉。因拟文赋，以步先士之后尘。亦以见重规叠榘，先型宛在，而因心之变，非可言诠，盖其所模范者尔。

超宏域以远想，猎古色于皇坟。逐光景以驰骤，览物态而缤纷。抽凉绪于劲秋，吐华言于和春。心袅袅以如烟，情轩轩而薄云。撑绣肠之芒角，散珠唾之芳芬。发性花于顷刻，瞀古藻之璘彬。翳盛□与宏业，聊播之乎斯文。

其始则渺虑澄思，息辞绝讯。海汇百川，壁削千仞。其至也，情镜底而逾昭，义竿头而更进。调六籍之笙簧，吸百家之鲜润。鞭岱石而云纷，汲虞渊而日浸。于是精思鼓荡，若灵鳌跋钓而翻溟渤之宽；飞藻陆离，若苞凤舞箾而下云霞之峻。抱蠹简之坠遗，擅鸾笺之风韵。谢晚菊于已餐，掇晓兰于将振。通象教于三神，藐鸿钧于一瞬。

然后尘襟俗涤，霞帔仙班，万灵飞舞，百响奏禅。究马图于水精，探鸟道于河源。笔无花而梦幻，杨有叶而穿难。或豹变而隐雾，或龙飞而趁澜。簇芳鲜而目炫，除芒刺而背安。澈秋水以凝思，柄卓鉴而立言。会风云于腕下，泻造化于毫端。初茹古以聱齿，终腾天而刷翰。典抱质以秀发，辞联跗而蕊繁。石裂秋而照胆，花羞春而破颜。思写欢而笔舞，将描哀而墨叹。或旋风而迅甚,或戛石而铿然。

伊载道之为贵,固德音之孔钦。翦汉云而附景,杂琚玖而成音。倾肺腑于尺素,范天地乎寸心。干摧之而力劲,英含之而味深。戏兰茗之翡翠,耸松柏之阴森。岂窳雉乎文囿,殊起鸷于翰林。

斟酌万殊,浅深异量。纷繁景物,杂遝形状。步天府于艺林,造海楼于史匠。期鹫鹭之扬辉,顾鹬蚌其奚让。虽破觚以为图,实披图而尽相。故夫如兰者气清,薰芗者情当。石介者言坚,璧圆者辞旷。诗摛藻以清奇,赋呈材而弼亮。碑奥喆而贞珉,诔萧槭而云怆。铭竹帛而韵古,箴佩服而语壮。颂华美以英流,论芒寒而条畅。奏批鳞而雅正,说汗流而奇诳。惟正雅之在兹,亦桑濮之宜放。要奏刀而理解,故纸短而音长。

其树骨也,如秋鹰之劲;其形情也,如春鸟之迁。其离合也,如罗浮之幻;其绰约也,如姑射之妍。俪韶濩其错音,若衮龙之相宣。虽形貌之无定,固嵚奇而匪便。苟依境以顺化,犹滥觞而泛泉。如迷谬而失次,将强弩以续颠。控八荒而调骏,齐五味而烹鲜。

或雕纂之过巧,或缛艳之无章。或轮囷而绳废,或拳曲而斧妨。制之则锦不美,割之则刀亦伤。宿海雕于□渺,析霜隼于毫芒。苟匠石之经纶,固无舛其有尝。

或金喧铁鸣,笳来角适。万幕沙环,千炊火益。树片帜于雄辕,立一军之警策。虽戈戟以如林,必旗鼓之奏绩。摄呼吸其相逢,拉枯朽而甚易。

或细腻熨贴,密粗沈緜。度以鸳谱,杂以鹍弦。错金银于玉琯,灿丹粉于瑶篇。虽杼轴于予怀,虑着鞭之我先。苟窃珠而剽玉,终髦弃而扇捐。

或持秀孤妍，超类异致，荃宰谁攀，匏星绝系。送环佩于天风，仰璇玑于星纬。羌析心于鸿毛，愿在首如象缔。山插笏而云高，海浮金而月媚。彼蒙密之可删，乃独翘乎苍翠。俪无言于夷光，夫何齐乎纤伟。

或寄情于小品，将逐趣而思兴。供胆瓶而花插，安拳石而苔承。惟独弦之哀歌，度清籁而靡应。

或托辞于潦倒，期尽出乎浮华。杂瓦砾以为质，累琮琥而成瑕。拟正平于骂座，愿少进乎平和。

或游思于幽春，竞搜僻而逐微。心枯槁而不春，情放荡而何归。照孤蝥而月冷，助鸣马而风悲。

或姿媚以谐俗，争态娇而容冶。隔罗袜于波间，倚翠袖于花下。彼时格之纷争，又多乖于大雅。

或精微而洁净，常厌繁而避滥。遗大帛之古装，拟素琴之清泛。虽阒寂而萧疏，殊感均乎顽艳。

若夫深浅之故，正变之形，因时擘绪，触物抽情。或须弥而匪重，或毳末而匪轻。或回文而水漾，或结体而冰清。或一挥而剑厉，或百炼而金精。譬犹磁石遇介以相引，洛钟逢山而应声。是盖象罔之所不得察，郢斫之所不能精。

期谐臬而协律，□余身之佩服。但兰情其信芳，岂蕙心之不淑。流玉响于风声，混珠彩于鱼目。彼菲史而枕经，若帛布以粟菽。扇大块之奇姿，启河山之孕育。肆万变之情状，胥握之乎一掬。患寒虫之疾号，占变虎其奚属。非颠踬于坦夷，即觳缩于纡曲。感惋惜而操觚，志踌躇而未足。但缶击而瓦鸣，遑贡金而论玉。

纷沓无穷，趋赴难纪。物方自来，具不可止。性瑟才铿，情钟暂起。值抽刃而断棼,何茧丝之不理。卷蕉碧于凉心,漱卉芳于寒齿。杂香色以纷缛,妙化工于比拟。刮丹青之凡目,洗筝琶之俗耳。

及其思风偃滞,意境迟留。琢以顽石,挹以腐流。堕苦空而索解,罄精魄而剔求。心已灰而木槁,毫尚在而丝抽。是以或望洋于海若,或阻风于石尤。虽高下其在心,匪人力之所戮。俯仰浩叹,兴废何由。

伊兹文之为物,固万象之所因。鼓橐籥于大化,通宝筏于迷津。缅遗规于作者,留正轨于后人。感风云而飞谲,同日月之不泯。正群言之冠冕,统四域而弥纶。系坠绪于帝王,穷色相于鬼神。顾有志乎斯道,咸去陈而出新。

苦雨纪怀偶书在京作[1]

连日大雨如注,京师毁垣夷灶相望。东省此时河患正剧,民间田庐尽为泽国。当事拮据,上下忧劳,怃然念及,不觉饮食为减,寤寐靡宁。办赈办捐,财力告竭。矧昨年南边濒患大水,东南数省民不聊生,致损国家元气不少。幸而人心颇静,变故未乘。只有默祝昊穹,俯矜黔首。又愿具悲悯者出大力援之,俾凋敝余生,渐还元气,是则鄙衷所严切者尔。

然更有说者。凡是天灾水患,一切患气之来,必有所以召之。当局者尤须急于猛省,不可但恃补苴,弥缝了事。有国家者,其可

① “在京作”,昌福本无。

忽诸！

报友人书

吾人为学，凡一切声色货利，可以害吾身心者，譬诸敌国，直须作劲敌当前，偪近临危，窥探侦伺，我有一毫罅隙，少不提觉，即为所乘。故既筹备御之方，尤先资杜遏之力。思患预防，弭祸未萌，庶几可潜消隐慝也。

与王定熙甫书

别来半月，时念于怀。夜灯涨红，辄有书味。只恨近年来南帆北辙，未得与弟等畅谈斯道。风潇雨晦，孤负实多。窗下用功，不拘形迹。但求实有心得，卓然为有用之学，庶非玩物丧志者可比。

经史之功，无日可辍。八股学问，十日两课，亦可为之。宜学名家，不得入俗，如有志大成者，不为亦①听。

弟等年将弱冠，时乎不再，知音难遇，正学希逢。是大志人，应无待多为策厉也。

---

① “亦”，原作“一”，据昌福本改。

与菜根香馆同学书

馆中同学兄弟无恙：

相别浃旬，眷缅殊切。日来所作功课，以收拾放心为第一要着，浮名虚誉，切忌关怀。摩厉品行，涵养道德，总须从谨言慎行起步，最有把握，最易考验。不可虚混时日，悠忽[①]自将，是为至望。

近日实学者少，名都大邑，谫陋龌龊，不闻道者甚多，殊为可叹。诸君胥有美质，苟能屏去浮华，笃志斯道，是不惟一人一家之幸，天下万世之幸也。往圣昔贤，风流未坠，伏维自爱，大作基址，不徇流俗苟安小成，则豪杰之士矣。

鄙人无识，不知所教，仅窃前人诸[②]论，用当士箴，百祈留意精进不宣。

与门人唐晋渊书[③]

唐子晋渊以朱子《小学》《近思录》《四书章句》请余题署，从其尊人玉山君命也。

玉山曩曾问余当读何书，余曰：《六经》《四子》尚矣。《六经》，群书之扃钥；《四子》，《六经》之权衡也。此外当先读者，则莫如宋

---

① “悠忽”，昌福本作“忽悠”。

② “诸”，昌福本作“绪”。

③ “与门人唐晋渊书”，昌福本作“书赠唐晋渊”。

五子书，而朱子又集大成者。以朱子为入道之基，犹以四子为入德之门。由四子入，而群经有所折衷；由朱子入，不惟可款周、程、张、邵之关，其后之有见于四子也，亦倍亲切。主敬存诚以为本，而为学之要，作人之方，上以肩圣贤道统之传，下以开宇宙太平之福。天不变，道亦不变，此脉之留，自在天壤。圣贤教人，无非欲其体认躬行，以驯至乎其极而已，曷尝有他道哉？

今正学不讲久矣。道统[①]茫茫，一线几坠。斯民不幸，中庸鲜能。学校以利禄相趋骛，缙绅以文酒为旷达。龌龊之辈，墨守故封；华藻之徒，甚至害义。吾人今日为学，止有闭户读书，澄心观理，不夺于邪说，不摇于俗尚，沉潜反复，涵养既深，驯至道明德立，然后徐出所学，以与海内同志相质证。德必有邻，朋来自远，乐[②]何如耶。独善兼善，一视穷达；天爵人爵，无贰古今。要在自修以为己，无流为小人儒，斯善矣。

晋渊勉乎哉！苟进而窥濂洛关闽之全，尤当有异。吾嘉晋渊有志于正也，将徐徐觇后来读书大验，如有所得，其必有以告我也。

与车继武书

旅馆春寒，得足下常惠然来，风雨谈谳，甚惬羁趣。

前闻足下留心小学，数月间已得其要领，且多心得，甚善甚善！既微窥足下意，似因试途坎壈，将藉此为捷径，弋子衿，窃为足下不取也。夫科名得失，何关荣辱，内有足重，外者自轻，吾人为学，尽己而已。舜禹之心，天下无与；展氏守介，三公不易。愿足下孥心

① “道统”，原作“道绪”，据昌福本改。
② “乐”，昌福本作“荣”。

砥力,既由汉之小学通训诂之微,更以宋之小学补蒙养之缺。通儒纯儒,一举皆得,讵不懿欤?

命运之学①,向来不足为凭。美者不可自恃,恶者不宜②自弃。况夺命工夫,全在此心一转移间,便当运方寸而回造化。先师罕言,厥旨微矣。有志君子,宜益勉于自修。临别依依,促迫作此。伏维努力不宣。

在京与正之书

正之足下无恙:

自去腊来函,便未晤面,惆怅之意,令人曷已。顷闻闺中弦绝,于邑久之。芳树蚤凋,双雏犹稚,不幸何如!

老弟学业近年当更长进。想家计倥偬,屡遭③殷忧,此时抢攘万状。彼苍玉汝,豪杰自知,此中琢砻正复不少,惟在有志之士,坚忍前修耳。

吾邑岁试当在七、八月间。镇中同学诸君子,知必奋争青云,追摩天衢,以应一时地脉之盛。第懈弛者成风、优游者踵武,如欲齐知向学,使蒸蒸风气日趋于上,怂恿提唱,舍老弟外,似难其人。昔人云:风气之变,在一二人转圜之、维持之而已。吾省近年文运、官运大为减色。南皮学使去后,朴学渐开,但真能上进者亦属寥寥,实为可叹!吾镇后起之辈,天资清绝者乃亦不乏。苟得人焉,

① “学”,昌福本作“说”。
② “宜”,昌福本作“可”。
③ “遭”,昌福本作“遘”。

力策而善扶之，期以远大，将来成就必克，处为纯儒，出为名宦。区区鄙意，欲为吾省振刷痿疲，勃而兴之，请自一乡始。此系为公义起见，商诸同学，当有齐心。并非为人，止求尽己，两心千里，可为印证。

不才秋杪便可归来，出处分际，明岁再商。总愿吾乡读书者先立大志，而后加以果力。明强之论，先师不诬，凡我同人，不妨尝试。

至我拙弟华，性踌学驳，人多不理，惟望老弟善加裁训，时相督率，代摅别者友于之爱，是为至幸①。

此书可与诸乡先生言之，俾愈竭其养中养才之力，且以知爱才如命，劝人骛学者，用心甚苦也。

宜昌与华弟书

兄第言：

前上海寄书谅已收到。现在天寒，母亲旧咳犹发否？兄拟在渝购建燕窝，此物最能治咳。成都陈黻臣在武昌时，送兄於潜野术数两。前已在京买得真高丽参数两、鹿角胶二斤。可惜关东北口鹿茸均未买成，心中随时抱歉。但后来作京官，此物甚不难得。吾弟居家奉侍，切须凉燠得宜，饮食有节。家中巨细事，一切禀承堂上，无轻动其气。兄上年触怒事，慎勿学，悔矣。无违之旨，最宜体念。

---

① “至幸”，原作“至性”，当系笔误，据昌福本改。

吾弟近歌燕尔，新妇教诲，贵在初来。百年阃范，数世家声，此焉哉基，系关非细。固戒夫妻[①]反目，尤贵明哲保身。厉阶垂鉴，雅诗弗谖；妇言是用，周书有训。弟素来深明大义，必不出此。现届[②]岁余，愈征进业。学问之事，止在切身日用伦常，而声闻不与。惟望吾弟先立大志。圣贤事业，皆己所当为、己所能为；非如名位爵禄，凭人予夺，己持权不得也。

兄今年虽得释褐，自顾仍然寒畯。时局方艰，惴惴患立，反觉学问渐能鞭辟著[③]里，惟此差堪自信。至浮名虚誉，兄自视之虽不能如过眼烟云，但终觉于我不甚轻重。志士苦心，所期远大。读书明理，征效治泽，推诸位育，无非本体。但我等中材以下，欲求复初，不可一日无学耳。

明弟诵经[④]，应又加一二部。须教以孝弟忠信诸大端，以培其本。多读经书，多讲究宋人理学书，文章诗赋可不必作，非但废时，亦先拨其本也。

龚姑想已抱孙？张姑处当亦均安无恙？虎师尚能善饭？八世弟犹读否？霁师已有师母否？八世弟应明白矣。凡诸亲友，胥为致意。道我此行虽获成名，并未进德，惭甚惭甚！

九月三十日到宜昌。大约月尾可到重庆。仲冬初旬当可抵里。家中诸务，较中举时尤须减省[⑤]。盖此行措资，兄熟计之，进者不加，而出者弥重，将来负累或巨。仕而愈贫，何以为养？一概虚夸，悉宜屏黜。待兄便道归来，再作斟酌。

---

① “夫妻”，昌福本作“夫妇”。

② “届”，昌福本作“居”。

③ “著”，昌福本作“近”。

④ “诵经”，原作“送经”，据昌福本改。

⑤ “减省”，昌福本作“减损”。

一路山川名胜、都邑情形、民风土俗、人事天灾,耳目所及,兄皆志之,有《南旋记》一册、杂诗若干首,归时再阅可也。

严冬风雪,宜加珍卫,诸多不宣。

在上海与华弟书

兄大约在念八、九日可到汉口。闻川河水尚未消,到宜昌时,起旱坐船,亦俱未定,容到重庆再发信可也。

此回兄已与二亲请得四品封典。母亲凤冠霞佩,朝衣蟒裙,补服朝珠,一一齐备。人子显扬之愿,尚未稍酬万一。尤望贤弟继起扬名,重加诰命,是所深念。有志者切勿因循自误,不加愤勉。

但兄伤心之处,须对弟言:父亲若在,亦才六旬,尽可受儿子供养,奈何去世今已十有二年,不得亲见五花官诰,躬膺四品顶戴也。为儿发籍之日①,不为不早;父亲去世之日,乃更不为不早也。悲哉悲哉!一念及此,涕泗横下,真是莫可如何!

吾弟向来素有大志,趁此时母亲尚健,昼夜攻苦,以副高堂之望,是非区区笔墨所能策励者尔。加餐加餐,相忆相忆!书不尽怀。

---

① “之日”,原无,据昌福本补。

在省与华弟书辛巳三月

前家信来，言弟已于正月二十八日去常考师馆上学，深慰深慰。但念弟天资太低，近年虽岁岁读书，实与未读书者无别。兴言及此，良用恻然。弟今年得此良师，尤宜倍力前进。时乎不再，忽忽已十九龄矣。人一己百，人十己千，此其候也。吾为弟酌量一番，今宜于先生课程努力做清，不令有一毫留滞。至于读经而外，不必多看杂书，总择其有益于身心德性世道人伦者，潜心玩之，当自有得。宋五子书，都宜随时放在眼前，看《四书》后便可细阅二三页，不可多。总须识得人之所以为人者安在，由是得汰其气质之偏，以循合乎义理之正，一言一动，俱不可苟，存心既正，□种子便先不坏矣。然后充之以学问，成大成小视乎其量，要不失为一个好人而已。故弟今日读书，吾不望弟能诗能文，但望弟谨言、敏事、养心。在馆之中，可以一年不作诗文，不可一日不读四书五经，弟虽性拙，但能养得心纯，亦易于记诵。因脚子催迫，仓猝作此，未悉倾罄，然循是用功，甚简当也。晋维珍爱不宣。

别陈黻臣书[①]

癸未秋与成都陈子黻臣遇于武昌，订为友，临别赠言。余不

---

① “别陈黻臣书”，昌福本作“武昌书陈黻臣”。

佞,复不文,而不可辞,书一首为赠。

犹记辛巳、壬午之间,余游学锦城,获益[1]成华人士。尊经、锦江,又考全蜀而为隽。成都人强半聪颖,省垣首风气,大过家乡[2]僻邑;浮华者亦往往习虚侨,其病乃为他邑所无。锦江承故事,尊经高材生明敏好学者不乏,惰弛者不足责,因而骄蹇且倾轧者,是自弃自贼材。惟心知向学,不求乎实用,拘文牵义,摘句而寻章,按格而就局,唾拾[3]乾嘉以来余习,侈然方谓所据乃[4]千秋之业。噫!学仅如是已哉?

川省朴学绝数百年矣。国朝师学相承最盛,又以僻远,风气不得开。又由五方来杂处,无一线文献,汉、唐、宋、明之踪迹,渺不可追。本朝士夫道德经济文章,又不足薰炙而使奋。近今人才,中外咸以川省为殿。黻臣成都人,出外游数年尔,成都朴学渐开,黻臣应闻之,宜为吾省贺也。今闻吾语〔成〕都人士学问流弊至是,又当为隐忧。嗟乎!士之修于乡者如是,他日献之廷,安得不如是。

黻臣与余,今均登仕版矣。吾乡近来仕宦,真令人感愧哉!先前一二当路,可援拔人才,殊弃绝不一顾,并不少提倡孕育。其反是者,又未免徇私情滥保,非爱人以德,不视其才器而玉汝之。

京秩诸公,日谋温饱不暇,或因趋势陨败,或稍假事权便自大,欺人自欺;且渔利,利便捆载归,不复出。否则亟亟求改外,不安清苦。一有小利害,即缩首捷足,去恐不速,终身不复问国家事。噫!此吾乡之京官,不知吾君何为而设京官也!

---

① “获益”,昌福本作“获交”。
② “家乡”,昌福本作“穷乡”。
③ “唾拾”,原作“唾食”,据昌福本改。
④ “所据乃”,原作“乃所据”,据昌福本改。

膺外任者,州县则以为此财窟,吾田宅衣服舆马此焉增出。府道则自顾家已康,曰:“今吾可归矣。乡之中其有名宦,乡之愚夫妇,其涎羡我也。”甚者至于贪墨骄纵,抑或清廉,又残刻无状。噫!此吾乡之外官,不知吾君何为而置外官也!

今日外官之弊不独吾乡,京官则吾乡为最。间有克自树立,思欲奋兴,而多早丧,或竟忧去,或一蹶终不起。论者咸谓省运使然。嗟乎擨臣!真省运使然耶?抑不尽省运然耶?今之读书如此,今之服官如此,余与擨臣所志所学,其果有殊于此否?其流弊或更甚此否?其后之遭遇,又有异同于此否?天意不可知也,抑不必问也。吾尽吾心、竭吾力,道合则幸矣。脱其不幸,夔门剑阁,青鞋布袜,单车小帆,手持《归去来》一篇,岂不乐甚?

行矣擨臣!无多言。时方艰亟,努力努力!

在京与厚弟书

厚弟安好:

又一半年不见汝书来,焦盼无似!不知汝所作何为,何以忍不写一字来,岂以前兄训斥汝而负气邪?

前见宋芸子电,骇闻沱江大水。同乡京官公议,将上年筹赈所余银二万两电汇回川,交成都府刘及署藩司按属分赈。然有川东在内,恐川南所分无几也。不知井上曾在办赈否?日来见庆堂否?此次灾情,连封数处最重,渠此回亦当必大作好事也。

昨日于九愚处见其家信云:富顺城中之水,涨至城隍庙前,新河二街,所剩不过数椽。牛佛渡一场只有一二十间,资阳全城俱没。不胜骇叹之至！深恐朱家滩及挂榜山两处先茔被水淹浸。闻是六月十八日涨水。若然，到今已四十余日，乃不见汝作一字来，亦何大意乃尔！见信速写信来使放心。岂心中全不念及京中人耶？

今年收成何如？切当依我前次之信办理，不可如你去年的办法。聂耀庚现拟到兄城外学堂去住，又在兄处借银数两以开零帐。前伊已在九愚处借银四十余两。渠目下似梦醒矣，但烟犹未轻减。你在家中，总须将老脾气自医好。兄今始悟穿，此断非别人能为力者，你年近四十，尚看不透乎？天灾频警，收拾万命，即为大劫，只忠正、孝慈、廉俭人可免耳。你心中尚艳浮华耶？亦可谓不谙天道矣。

兄于七月十二日为湘抚陈论荐，共十数人。同乡有杨叔乔侍读、王雪澄观察、薛次申观察，薛现丁忧。奉旨均预备召见。叔乔十六日、兄十九日，均蒙召见询问，兄对颇详直。即于二十日得被恩命："赏四品卿衔，著在军机章京即俗呼小军机也上行走，参预新政。钦此。"此同杨锐、谭嗣同、林旭共四人，不过分看条陈时务之章奏耳。因有"参预新政"四字，遂为嫉妒者诟病，势如水火，将来恐成党祸。

本拟明岁节省得余钱为买山之资，便可归田。乃无端被此异遇羁绊，且又人情不定，新旧两党，互争朝局，好在兄并无新旧之见，新者、旧者均①须用好人，天下方可久存。兄实寒心，惟圣恩高厚，急切不忍去耳。

向来雅澹，弟所深知。但目下用度顿添，异常艰窘。城外学堂亦打算顶与别人，兄租不起了。隔数日须往颐和园住班。老骡不行，又要买马，又要添皮衣，非狐皮不行，且定要貂褂。乾隆中，钱南园先生即在军机处值日无衣，冷病死的。又要添人，至少亦当用四五百金。而现在印结渐差，纷

① "均"，原脱，据昌福本补。

纷请停捐，明年不知有印结否。兄又不分军机处钱一文，他们每年可分五百金之谱，贪者数不止此。又不受炭别敬，方写此信时，有某藩司送来别敬，兄以向不收礼，璧还之。如不当多时，所赔犹小；如尚不能辞脱，则每年须干赔五百金。除庆堂二数外，此三数从何出邪？洛师又不得到任，如到任，可作书与借一二。看来只暂局耳。

现在皇上奋发有为，改图百度，裁官汰冗，节费练兵，改科举之文，弛八旗之禁，下诏求言，令州县市民均得上书言事，决去壅弊①，民气大振。但学术不明久矣，条陈上书者多可笑，且有讦告恶习，斯为流弊耳。汝于交游中，如见有欲上书者，必须真有建白方可，否则不如其已也。盖目下条奏既多，即好者亦多与人雷同，便无足观。

汝前欲为医学，今京中已奏设医学堂讲求医学，中西兼习。汝如已有子，似可来京学习数年，亦大有用，即无子似亦可携家，但要先写信来商酌妥当，且须看兄之行止定夺。总胜却你此生作闲人、吃闲饭也。

兄二日一班，每日须于三更后入直，忙迫极矣！

草草作此数页，汝见即速复书，详细照覆为盼。

家中人均安否？

兄光第顿首　八月初一日

秋夜怀张吉安事②

癸未会试，雅州张子吉安，名太成，清溪县人。辛酉选拔，丙子乡榜。与余遇于渝，同舟至彝关。初见余，即深相许，谓是表里莹澈，脱然畦封；虽落

① “弊”，昌福本作“蔽”。

② 本篇他本未载，录自昌福本。

落有世外意,然英气见眉宇,终当远道。余闻之惭悚无似,感随愧生。

吉安年五十有五,呼余为小友,过蒙眷慕。在京余寓外城羊肉胡同,吉安寓内城东岳庙。余时时过访,必留共饭,父子亲治具。余素不饮,而吉安善醉,斟酌尽兴,余亦为之饱啖,六七添饭,甚相乐。语间必谈古今天时人事、兴衰治乱之由,所以望余者甚厚。然余出言小有过失,或笔墨间偶一失检,吉安必努目正色切戒之曰:“不可! 不可如此!”未尝少假丝毫。余方凛然如对严师,不敢慢。吉安时或作谐语,殊皆动中名理,渍涌磅礴而出,余又为之狂笑极欢。所最异者,吉安向余,必作英杰语。每夕阳在树,出门告别,必相送不舍。余一再辞,始伫望余去,虽暂别,脉脉如欲泣者,乃更似儿女子态。余则掉头去,疾走不一返顾也。

都门聚首,未及三月,不知后会又在何处。富、清两邑悬隔千五百里,雅云江雨,两心相印。秋夜无聊,眷彼有道师友难得,因循可畏,特抒怀柔翰,以志不忘。

集 外 文

都门偶学记

自　序

学何可以偶也？邓析谓子产曰："郑国之治，偶耳，非子之功也。"然则余之学亦偶耳①，非余之功也。终食无违，一息无间，君子自强不息，偶奚事？亦正病余之以偶为事也。颜子三月不违仁，其余则偶至焉。余视日月至者而瞠乎后矣，而余犹得以偶自勖也。余之恃偶，非也，抑并不偶焉，又奚可以言学也？昔之乾行者，至诚不已②；偶不可于学。

夫以古今不学之人③，视古今之学之人，则偶而已矣，余奚乐此偶为乎？余无乐乎偶，而得君子焉，令余非不得至于偶也，非以偶域也，余之学庶几不偶然也。

都门，偶学之地也，记之，令偶者不偶也。余方恐虚愿空谈非学，且害学也。

光绪癸未季冬月　光第识

---

① "余"，原作"予"。据稿本改。

② "不已"，原作"无已"，据稿本改。

③ "夫以古今"，原作"然以今"，据稿本改。

一

每览忠臣孝子遗文轶事，未尝不感叹欷歔，流连慨慕，而深愧事君、事父之未能也。

二

尝慕黄叔度汪汪如万顷之波，澄之不清，淆之不浊，其雅度真足治吾人轻躁浅露之病。

余谓养气工夫，尤要在澄之不清上吃力，更觉要紧一着。

古人德成而不欲为师，学成而不欲出仕，真是重道德而轻功名，何等度量！何等器识！

三

静将张子《西铭》默会一过，真觉有天下一家、中国一人气象，呼吸痛痒，何曾着得些子隔膜。

四

综观已往，熟察当今，谨言是第一要义。乃往往情不自禁，多获愆尤，事后追思，懊悔无及，直堪痛恨！盖此关必破，工夫始得下手处也。

五

每进食时，觉有饱意，便可不食。始未尝不如是想，乃一当食半，辄不可节制，必过饱然后止。此亦血气所关，少年多不能克，必待德性坚定时，庶能受之以节。先儒云：能尽饮食之道，始能尽男女之道；能尽男女之道，始能尽死生之道。其系岂浅鲜哉！

六

近日颇觉“闻人有善，若己有之；见人有过，若己有之”。此中大有受用处，咸以虚而能受，是大舜若决江河气象。“兑”因“说”以取义，是孔子“不怨天，不尤人”气象。余谓即此以处今之世，尤宜。

七

交友之道，酒食游戏征逐者无论矣。以势利交者，势去则乖；以声华交者，声销则败，以文字交者，文胜则多伪；以血气交者，气衰则寡终。惟以性情交兼道义交者，为能淡而弥永，久而无敝。

八

每逢极高兴事，便自欣喜难禁，拂意者反是。虽是人情，然能从此处淡得几分，毕竟还留得些道气。以孟郊之贤，而忧喜于一第之得失，致人讥讪，可慨也。

九

青蝇绕鬓，拂去还来，心中遽著烦躁。即此便不是与物相忘气象。

一〇

近来京中士夫，多好言变故，甚至张大其辞，悚骇人听。察其意，并不求弭乱之道，亦非有忧世之心，道听途说，惟冀以惊愚惑俗，大是恶习，吾人须切戒之。

一　一

许鲁斋云："学者须以治生为急务。"细思此语，亦只为中下之材说法。

一　二

程子谓："一命之士，苟存心于利物，于人必有所济。"按此念在得位时，尤宜刻刻不忘。后世功名势力身家妻子之念重，其存此念者几希矣。须知此念不存，便一切经济学问，都做不出去。

一　三

连日读《程子遗书》并《汤子遗书》，启发不少，愧愤不少。

一　四

今人但有过举，并不认错，甚有巧寻先正中偶有似此者，强自解说，以欺当世而自欺，不惟诬人，实且丧己。余也不才，当力戒之。要知先正偶有一二及此者，终是他不可学处，我辈切莫学他这点，那可学处正多也。

一　五

某日入太学，观御碑，恭读御制各文，皆斟今酌古，不为剿说。仰见圣主因时制宜精意，能令泥古之徒，豁然深省；且以见尚论者，必求诸实在可行，而后无愧服古也已。

一　六

魏伯子云："情者万物之胶黍。"余谓："礼者人情之桢干。"

一　七

义利之辨，精细茫渺，微乎其微，有毫厘千里之势。然只先责成一个心，故又自极有把握。

一　八

古今无无遇之君子，古今断无有遇之小人。源头一一错，遂判霄壤，可忽哉？

一　九

兵者，圣人不得已而用之；刑者，圣人不可已而用之。

二　〇

人情在圣王所不禁，天理在小人所不绝。

二　一

近今时势之变，仕途太坏，士风次之。此等实在关系国家元气，非极力振刷，加意洗革，深恐孽芽已伏，一朝溃败，便不可治。气运视人心为消长，有志斯世者，何以图之？

二　二

偶与友人论“律意”“律心”之说。大抵明于五刑，以弼五教，非但使无一不当之罪，是谓“律意”；刑期无刑，辟以止辟，并欲使无一犯罪之人，是谓“律心”。

二　三

凡文字自然入古者，初未尝必要他古。苦要他古者反是。

二　四

文字到真处，真觉有必不可无此文，必不能不有此文者。胸中所积，喉间所吐，渍溢楮墨，欻然而止，不知其起讫之由。真是大自在，真是不可思议。

二　五

少年文字多秋冬气，乃是才思不浚发处；老年人有春气却佳。

二　六

学《史》《汉》而流为偏枯、横梗、决裂、秃率诸弊，不如其读唐、宋。学唐、宋而蒙瞽捕索，或趋步钩拓，汩没灵性，不如其看近人。辛苦斯道者，必不以此言为过也。

二　七

文能含蓄，古今至文。余谓言能含蓄，斯为至言。辞达而已矣，要知达中正自有含蓄在。尧之咨舜，舜之命禹，何等含蓄。后人乃千万言说不尽。

二　八

澄之不清，挠之不浊，大海之度；斟之不盈，酌之不虚，大海之量。令人何处著狭隘心！

二　九

平日见人有善，便极力称他，见人有恶，便极力贬他，虽自行其是非之公，称心而出。然称他处却类献谀，贬他处最易招祸。今世人情，献谀颇少所责，但招祸而已矣。士君子宏奖风流，乐道人善足矣，盱衡浩叹，亦何幸而得危言危行之地哉。

三　〇

因过危险之桥，偶有所悟：如处境者亨后遇屯，从一路平稳算来，直是福中一厄，正要小心稳挨过去，再到好地也。

三　一

大凡处家庭骨肉之间，或有耗费之处，如疾病、颐养等事，皆不可稍有吝惜，必智竭能索以经营之。万一不测，后悔无及，即有些小缺陷，终身念之，心上常有不安处，慎勿以其在而忽之也。要知财货无而可以复有，骨肉死则永不复生。

三　二

胸中私意，恁是难除。细究其源，多是自利之见，本体便不大了，如何说得学道？真是痛恨痛恨！

三　三

“海阔从鱼跃，天空任鸟飞。”操切人念此便宽恕。“高阁客竟去，小园花乱飞。”豪华人念此须淡寂。“水流心不竞，云在意俱迟。”能令营逐者忙中得闲，闲中息忙。“风定花犹落，鸟鸣山更幽。”此集句。能令学道者静中有动,动者仍静。可知流连光景之辞,有心人遇之,便处处不曾放过去。古人无地无时无非学,即词赋小技,谁谓无关大道哉?

三　四

侈谈道学而漫无真意者,其性灵肫挚,乃不及词赋远甚。三代上人,本出一源,三代下人,遂分二致,学者幸勿为耳食也。

三　五

偶阅《溺女文图说》,其后附有《戒溺女歌》八首,但中间三首颇无意,其余五首,则人人可知可悟,人人可泣可歌。恻恻含悲,殊有乐府遗意。亟登入《韵言闻拜录》中,以警人之溺女者。

三　六

杜鹃鸣于天津桥,而宋帝遂南;杜鹃鸣于上都,而元祚不永。今北京虽未闻杜鹃,而豆、菽、蔬、果、蜘蛛、蚊蚋之属,上年所并未有者,悉皆生焉,地气之转变可验矣。自南而北。有心经世者,不能无隐虑于此。古人忧盛危明,而况星变、地震、水灾、夷患之显而可惧也。

三　七

近来士大夫多讲套数,虽是官场通弊,然足见务外者众,亦今之学者之一端也。

三　八

自到京师,友人辈作狭邪游,余不往。或问颇动念否,余答以未谙其乐,故亦无动于中,自然不作往游之念,并非有秘巧工夫也。如余素不饮酒,未知其趣,故亦能见酒不思耳。

三　九

留京诸公,戏园观剧,玩时愒日,甚至淫荡。此风明代已甚,王文成曾戒及之。余自来京,每暇辄思往观,不可自禁;及入园,坐不移时,又以虚废时光为念,急急欲归。甚有方才入座,戏钱甫收,而已倦游返矣。奋然而去,嗒然而来,固知涵养未纯,亦见凡高兴者之并无真乐也。

细思:只是绝迹戏场为妙,绝之于初次,尤觉省力。

四　〇

方今学徒,五经未毕,其父若师,即岌岌以作八股为急务,噫!是已将其子弟陷害终身矣。其子弟而终身不能文,害犹浅;其子弟而终身不得闻文,害更深也。其子弟能作八股以弋取科名,固云有利;其子弟而仅能作八股以弋取科名,未见其无害也。其子弟能由时文上溯而古文、而史、而子、而经,因文见道,尚有可救之方;其子弟乃聪明浮薄,剽窃割裂,至有为八股之害者,真不治之症矣。

抑余更有慨者,顾亭林云:"八股出而六经亡。"犹谓学者悖谬经意,有害乎道。今之时,又将并八股而亡之矣,有志文教者,可重其末而轻其本哉?

四　一

余初入京,见时论所称一切酬应,皆有套数诀术,有谓必不可如从前居乡时者。此亦似做官归来者,见诸同学,辄谓吾人一入仕途,前此书生面目，纯用不着，闻者无不窃笑。余颔而不言。近阅《江右文钞》胡大鸿辑，载邹忠介公《答方凤轩民部书》，颇有感发，为全录于此：

“近世之士，卑者无足论，即高明者亦有住著处，何者？未闻道故也。足下来书云：‘肩头要树得起，脚根要站得稳，口头要守得定，心肠要洗得净。’弟则以为只在一处作功。吾侪顶天立地，只靠得一个心，心肠一净，肩头自树，脚根自稳，言语自定。孟轲氏曰：‘先立乎其大者，则其小者不能夺也。’此之谓矣。不然，千派万路，应酬之所撼震无穷，而功夫之所料理者有限，顾此失彼，其将能乎？此集义、义袭之所由分，惟足下教之。弟入长安，亦已三月，在稠人中，不善作便佞趋承之状，众皆木石视之；又其下仇雠视之矣。弟恬不为意，时而用我，必竭尽驽力，以答清时；时不我用，芒鞋蓑笠，匡庐彭蠡，何处不投足也。独弟见今时士气太卑，无论大关系大节目，闪烁万端；即纤若毛发，色动神疲。国家气运，全系此辈，今若此，殊可悯心。”忠介名元标，字尔瞻，吉水人。

四　二

偶阅《广舆记》，所引昔贤宦迹，慨然有感于今，援笔论次，共得六条，以为吾党在官者勖，由其用以窥其体焉：

“郑当时字庄为大司农，戒门下，客至无贵贱，无留门者。廉不治业，仰俸赐以给贫交。每见上，未尝不推毂贤士。”愚按：戒门者一条，不独今时始然，而今为尤甚。昔人云，士大夫不禁阍者收受门包，毕竟是贤者之累。况近来内外大僚，每有因阍者需索而被参劾去者，是以事实论，亦有不利。不知达官显者，何以受欺蒙祸，乃如此其近也。如欲悉禁需索杂款，不妨多给工资，预为嘱明，再有不从，也便惩逐。

"李沆治第封邱，门内厅事前，仅容旋马。或言其太隘，沆笑曰：'居第当传子孙，此为宰相第诚隘，为太祝奉礼厅事已宽矣。'"愚按：此与范晞文不治园宅，所言不同，而各有精意。今人作官好饰美宅者，可以为鉴。至若范公以己宅充苏州学舍，则又一举动间，悉能规其远大者矣。

"冯京知开封，不诣相府，韩琦以为傲。京，富弼婿也，弼使见琦，京曰：'韩公方执政，不妄造请，乃所以重公，岂傲耶？'"愚按：属僚万无不见长官之理，此大约是不去私见。不妄造请，不私见也。后世则长官有望其来供奉者矣。属员于照例循分应酬之外，尚可问耶？其实止是自私自利一点心，除去此心，非公不至可也。

"杨砺字汝砺，真宗时为司理。真宗尝问何年及第，砺唯唯不答。后知其唱名第一，自悔失问，谓砺不以科名自伐，心重之。"愚按：此等情节，在古人不为高谊。然以疗吾人鼎甲自命，状元自称，与夫大僚以蟒玉骄人者，真一剂清凉散矣。

"李若谷赴长社主簿，自控妻驴，故人韩亿为负行李。将入境，谓韩曰：'恐县吏迎至！'箧中只有钱六百，以其半遗韩，相持大哭而别。"愚按：县官京选，驺从喧哗，处士宦游，牛车络绎，甚至豪奢相尚，而苍头衣绿鞲，亲戚乘安舆。贻讥识者，见绝有道。以古相况，能勿爽然。

"刘东山公，自户部侍郎予告归，戴笠乘驴，萧然布素，平生不通请托，薄田仅供衣食。尝言：'财货须务农服贾，凡力得者，获用其余，易致之物，终非己有，子孙视之，亦不甚惜，况官货倍入者乎？'"愚按：吾人方登乡举，或侥幸得一第，便诸事变作，惟恐或蹈故常，侈然谓今非布衣可比。噫！朝廷之需士者何心，吾党之自命者何在？方恐不能稍副一二，而顾忝颜以荣禄自异，且以骄人，姑勿问其所养，其自立何等哉？观东山公之行，亦可愧愤也矣。

四　三

近日京官所重，多在写字作诗，盖人才由此黜陟，人才遂由此升降矣。辅治必多储材，而上之所以取求，下之所以摩厉，止皆如此，值兹需才之世，脱有盘错，其将何以应哉？

南旋记

光绪九年　癸未八月

初十日

由京师雇单套车京钱十四千出齐化门，赴北通州，离京四十里，所谓"天下繁难第一州"也。皆石道碰磕，坐车劳甚。

一路水云村树，苍碧掩映，京洛缁尘，到此一洗。但今年顺属水灾，昊天告异，直薄神京。执事之忧，不在海外，寸心念及，惴惴无止！民之父母，默然代为吁之。

此回同行，为廖公问渠、卢君翊廷。

十一日

因初十日连夜上船。到通虽晚，尽可乘夜买舟，舟多，价亦不昂，不必驻店多费。但卸车时，黑夜须多备灯火，免失物事。上船不必包饭，自买米柴炊煮，甚好。由通至津，三人共钱八千，闻亦贵贱不等也。本日侵晓即发。水大帆驶，云树奔走，凫雁揖让。举目旁睨，尽成泩淀，黍稗鱼饕，苍黔鸟巢，令人蒿目。坟墓庐舍，汪洋漂没，时有死人，与波上下。我民何辜，而蹈斯戾？侧闻蠲赈，所需无几，衽席之愿，良用惘然！

十二日

晚抵北仓。同问、翊二公访陈绶芝、西垣昆季，绶芝任北仓大使，西垣教学在署。衙斋小饮。北仓为漕屯地，如今粮船直抵通州，仓闲废矣。见陈家子侄辈，皆驯谨好学。夜窗清凉，时听吟诵，青灯有味，乃令我惆怅儿时，忻羡殷怀，自怦怦动！

十三日

晨早到天津紫竹林。

天津为京师门户，华海咽喉，水岸居人，烟水夥够。洋行联络，烟柳露花中，大非中原景象。爽心豁目之地，即伤心惨目之地也。

买车拜萧四丈廉甫。车少而贵。凡食用物，天津贵倍于通，通倍于京，京之贵又倍川，风土之殊，有一蟹不如一蟹之叹。人言天津人最狡狯，不忠实，故京中招佃者，有"贵津免问"之帖；樊城西安雇车者，有"天津车不雇"之语。廉公方于是日奉札委办沧州南皮水灾斗杀事件。天灾毒残，伤及人命，太平之世，亦睹此哉！

夕阳时，坐东洋车，甚平快。置一车大约费钱十余钏。后来拟欲买一车归，为老母乘坐；取其不需大力，一人曳行，有小坡坎，又可下车，令仆人肩之，甚便宜也。

十四日

写定武昌轮船，每人十两八钱之谱，用纹银。二更拨船。往迟已无小房，只得在大舱驻宿。大舱每苦繁杂，良莠不分，多失物件。此次人少，不大喧嚣，颇为得便。

近日阅翊廷所携《功过格笺注》，甚切要。感愧之下，奋厉无既。有讪笑者，余唯唯谢而已。

是夜舟中，成《天津吊谢忠愍诗》。

十五日

五点钟开船，出大沽，到海口。由通来，河势甚曲折，所称“七十二沽丁字水”也。海口设防，炮台亦夥，皆沙筑，取避洋炮子。

入内洋，颇有风。平昔观海念头与胸中汪洋浩瀚之气，千变万状，并览诸记载，一切形容所不能罄者，一朝大吐露，自念最是一生得力所在。有心人别有怀抱，正非在语言文字间耳。

十六日

巳刻到烟台。地为山东登州府属，漕船渔艇，幅辏且众，出此为外洋。

海中多岛屿，烟云出没，苍碧如画；海涛啮石，吞吐天根。远念当时窜殛凶孽，流贬羁孤，人迹罕到者，今直与通都名郡等矣。地理变迁，系关天运，讵偶然哉？

十七日

过黑水洋，风颇不急。至清水洋，挂北风，轮舶甚欹仄，同舟人多失色，咸谓簸荡乃胜黑水洋。天下事出人意料外者，往往如此。

傍晚见微月。喧风撩人，高浪驾天；金碧漾射，上下无际。余谓此生何德，得观东海，亦一福也。犹恨未能登泰山，拜曲阜孔子庙堂，全见东方三大耳。

十八日

七点钟到崇明口。相传崇明县百余里，乃海沙所积，沧桑之感，俯仰无极。

抵吴淞口。两岸苍翠，天然秀绝，渔村烟火，自成画图。人家晚稻微黄，嫩柳摇碧，依稀春早；江南地暖，洵属不诬。恨无并州快剪刀来剪水也。

抵沪十点钟。江中轮舶甚众。或谓：轮船虽多，客货实少，上海生理，日形疲滞。夫繁华冷落，关夫地运，侈靡既极，必返俭朴。加以钱贝复空，奇技淫巧，谁能枵腹为乐耶？天心将转，朕兆风俗，或未可知。吾同年宜宾杜心斋过此，有句云："人困真元鬼亦穷。"一句乃说尽道咸以来中国臣民奸贪形状。煞有深意。但愿持国是者，资其实用之利，而力禁其无益之奇；返我俭朴之风，而严斥其淫靡之习；厉我强悍之气，而隐消其觊觎之心；化彼邪说之宗，而咸归我礼教之正。通商者既潜移而默化，伺衅者亦詟志而畏威。以交涉论，居然中外一家；以界限言，仍是华夷万里。既怀彼远人，终惠此中国。内修文德，外讲武功；道在自强，德宜刚克，九经毕举，四海永清；是在谋国者之求贤共理也。如是豺狼不化，亦尽可借彼之利器，制彼之要害，总在自强而已。

傍晚同问、翊二公到书肆问价。坊间多有用书，胜吾乡远甚。值较京颇贱，然亦非寒畯所能多购。吾乡朴学不讲久矣，古籍既少，师承无自。思欲多置书史，赞助一二天资清俊者，不拘数百千里，诣鸿材硕彦者受学。后来但得一二通人，是邦文学，便不患孤陋，其沾丐后学，庸有量乎！

十九日

出街换银。上海以漕银为足银，凡高银十两，比漕银大略升水四五钱之谱。又洋元银比漕银更低，每十两九八扣，格外又加二钱算，合计十两共加六七钱之谱。须先到公估局平准，局在大英后马路。先平后估，估承水也。须盖戳记，约计每两共给平估盖戳钱一文。估后随地可换，一依其所画分两，并不扯平。到钱庄兑换时，须看《申报》本日所报行价。换后，要他开一清单，不得含糊了事，须一一将升水分两公估局定及九扣分两公估局不载并正数亦公估局定写出；嘱明如算错，须转来补算。

凡换洋元，不择地，须看《申报》上本日行式，大致一元换铜钱一千一百上下。大洋换小洋，每元换十一角。小洋名“洋找头”，每角换铜钱一百零几文之谱，亦须看本日《申报》，此亦行人所当随时问俗者也。

二十日

早起向棋盘街文瑞楼购得冯注《李义山诗文》一部，可称详核，有益词章。训诗如此，不负知人论世，诚善本也。

走二洋泾桥，回转数次，颇悟文境，大有运实于虚、化虚为实之妙。

晚，同内江易舒文，问、翊二公，出街游眺。香车骏马，电灯如昼，摩击喧阗，真称鬼国。但闻歌馆酒楼，肉竹相倚；蜂痴蝶怨，玉夜香春。俯仰此身，在琼楼碧宇间也。

舒文屡邀入妓馆茶围，余三人俱将留钱买书，未果。是夜有诗。

二十一日

棋盘街各书肆购书。肆各有书单，均定有价，大抵多虚少实。算洋元时，有无扣者，有有扣者，讲价时必须明白。

过吴淞口。不到上海，是生人大恨事；然不到上海，又是学人大幸事。

二十二日

在申报馆、点石斋买书。夜归店中，与吴二、老赵辈谈仆事主人之道。余谓：为主者以体恤为心，为仆者以勤慎为心，总在各尽其心而已。因为言及君臣、父子、夫妇、朋友之道，无不贵乎各尽其心，只是自责，不以相责，各尽各职，这便是自修，便是积德。德也者，各行其道，而有得于心也；修德获福，天之道也。二人咸欣然信服，以为至言。

二十三日

是日为洋人礼拜，不开轮船。旅舍无聊，兀坐读《玉溪诗集》终日，颇有所见，成书后数行。

二十四日

侵晨，上江裕轮船，船价六元。人甚稀，床榻亦洁。后来者多无地可容，甚不妥惬，可知凡事皆莫向后也。

是晚江风颇静，洋灯射浪，滉漾明灭，隔岸闻笛，顿起乡情。

有诗。

二十五日

早三点钟开船,巳刻过南通州,此地棉花庄口最大。未刻过江阴。江南山水,拟将饱看。终日坐轮船上顶,临风岸帻,凭虚纵览,轩豁何似。

夜过镇江,昏黑如墨。暗中傍焦山脚麓,舟过如驶;灯火已销,潮水有声,金山杳冥,不知何处。十年神往,不能一目,看山之福,造物亦悭其缘耶? 有诗。

二十六日

晓过南京。

金陵帝王州,山环水带,虎踞龙蟠。长江天堑,气象雄秀,今古人物,凭吊何尽! 中兴以还,战伐最久,受敌尤深,国家元气,人士风流,损伤不少。

吴中自明代来,流贼延毒,不及渡江,宏光之难,未尝久战。地大物博,文安武嬉,承平累叶;孽芽蠢煽,一发而溃,几不可收。虽劫运转圜,不能逃漏。然亦当路之偷安、诸将之庸懦,积年累月,守土既不能保,各军空自相持,流祸绵延,几遍天下;兴言及此,深可痛恨。赖庙谟神算,良辅效力,旋乃荡平。迭经承督诸贤,极力整顿,而十分元气仅复三四,富庶之难,至于如此。细思发难之始,因循误国,伊谁咎欤? 目今二十年来,中外大局,渐形疲苶,时艰局亟,非得极力振作,恐覆车在前,一有变动,交涉华夷,值兹玩弱余习,何以措手哉!

望秦淮不见。人烟断续,柳波浩淼,风从芦荻间来,掀开襟抱,恨不能浮大白也。

斜日过芜湖。江城狭小，估帆稀泊，又是清绝景象。有诗。

二十七日

早过安庆省城，规制仅及我叙、泸一州郡。前距大江之险，三面山势，近偪城垣，拒守颇不容易。上据武汉，下控宁、苏，此为必扼之地。洋行甚不多，以其非四会五达通商码头也。

午过小姑山，屹立江中，比吾乡滟滪石高大数倍。上有亭堂庙宇，朱栏紫阁，红叶绿茸，掩映江浪。蓬莱宫在水中央，仿佛如见。相传为江右风水，如金、焦之锁钥江南也。

日晡过湖口县。大姑山远出白云，郁然苍翠，为延睇久之。有诗。尚将九江府遗漏未记，俟补。

二十八日

早过黄州府，赤壁亭巍然在望，居人烟火迷离，江中洲渚，庐树如画，小艇扬帆，映带初日。惜未能耳目风月，凭虚感吊，惆怅于怀！苏玉局后数百年来，不知此乐又复何似。对江为武昌县，两岸形势，亦武汉门户也。

未刻抵汉口镇。镇向来称繁庶，近因教匪谋逆，春间捕斩数十人，远近商贾，鲜能云集。现在人心惶惶，讹言四起。赖封疆大吏，尚能安静，稽察颇严。然近来武备之疏，各省通弊，筹国是者，最宜整顿。历代中兴而后，每不数传，多一蹶不振，此经世之士所当留意者也。

轮船泊洋码头，即雇小划子到沈家庙，买里河船，往沙市。船价五、六、七、八千钱不等，即由小划子拨行李过船，省得上栈房多费也。

此回轮船联榻为王君润生，湖北应城人，乃父癸酉拔贡，署浙江於潜县。润生携眷回家，且应考。其人诚实无伪，余与言读书作文之法，甚欣欣然。曾为余临风吹笛。又徐君小渠昆仲，乃父名先路，己酉拔贡，军功，江苏候补道。屡恋名场，竟不售，遂终未得一署事，死。今年服满，小渠昆仲回安徽建溪县本籍应考。亭亭玉立，皆极温雅。为余道及军兴后乡族流离之状，情甚郁伊。余谓是宦少中知稼穑艰难者，因为言宦场子弟，攻苦能如寒士，其发籍必更捷于寒士。小渠昆仲甚韪余言。

二十九日

舟泊汉口流通巷码头。

问渠公为余书“刑部”二字行旌，方三尺，甚健劲。

是日舟中阻雨，望隔江鹤楼，苍茫在烟雾中也。

三十日

过江到武昌省城拜客，寓汉阳门内斗级营会元栈。

先是，成都陈辅臣名汝霖，军功，前先知县。与湖南长沙人魏某魏于余为世侄，乃父某，为余房师钱辛伯宫詹乙卯典试取中，后以教职终。同寓栈内。辅臣年半百，性义侠，足迹大半天下，见人急难，乃胜于己。一见余，即以大器相目，亲敬过于先生长者。余见其案多理学书，与倾谈，甚相敬。傍晚邀登黄鹤楼。简板甚多，题咏者不乏。楼侧碑版十数，惟南汇吴侍郎冲之一片石可与语。

谒官、胡二公祠，真令顽廉懦立，恨哲人早逝，不能与国家重整山河也。

碑亭一眺，长江际天。洪山、金口、鲇鱼套诸处，是昔年征战地。汉口夕阳，晴川芳草，目空千古。笛声一起，有情人当别具怀抱也。

城内低洼处多，以城垣为堤防，而诚颇近恶，深虑者常须留意。障江一面，似当如吾川省城垣，内面厚垒以土，可三四丈，庶免冲塌之患。

九月初一日

雇肩舆拜同乡官暨督抚司道。相传武昌轿夫贪狡甚，今升吾川臬司如公山守武昌时，曾定为令，今悉遵之：每一日拜客，不出城，每天给钱一百；出城，一百二十；过江，一百四十；入夜始更给火烛钱二十，不上灯不给也。在广福坊钟公馆，见陈仲耦世叔，名建侯，闽县人，前武昌府，起服以道员引见。其为人精详沉实，好学不倦，诚可敬也。

初二日

过横街太兴店，访周怡松同年，不遇。周名垣，涪州人，本科即用，签分湖北。

晚，偕辅臣往茶园听唱夜剧，听唱汉调，有七八人，如吾乡唱围鼓戏故事。声甚抗厉，苍莽中有劲气，楚风也哉！辅臣谓汉调是汉江调，黄腔是黄州腔。

初三日

崇文局买书，约十数种。

静中阅胡文忠所纂《读史兵略》，如逢故人谈往事，快甚快甚！书中山川形势，考据颇详。胡公知兵者，惜未将古人战略按条论着。或者戎马倥偬，未有暇晷；抑亦兵机秘密，非宜明著者，且亦非有十成死法耶？间有论列数句，便极精核，公真才大而心细者哉！

初四日

同县杨秉衡大令名钧，辛未进士，前署宜城县，今补应山县。约共饭。谈及前在宜城日，民俗刁悍，刁痞滋事，邑令巡察，夙莫靡暇。记余过襄阳时，询宜城百姓杨大令德政，皆言甚好。秉衡犹能经心民瘼者欤。

同席为同乡叶贞甫观察、陈松圃树萎、方□□藻、王桂珊元曾、傅肖岩光弼诸公，皆候补湖北，才具悉沉实可靠。余倾谈间，愿祝诸公咸为循吏，异日不才过此，将拭目观治化也。

初五日

同年周怡松来过，余劝其须力戒洋烟，否则虽属英年，恐莫有精神干事。怡松自云，现在已渐弃去，余拜祝之。

店主以余在寓，特购洋芍药两盆，开花殷红色，瓣片殊小，不及华种远甚。是日成《洋芍药感赋》一首。

晚，秉衡来坐谈，三更始去。为述陈、方诸君，甚倾慕；因言他日必远到，且勉以努力。余谢之，惭恧久焉。

初六日

辅臣馈野於术两枚，约五六两，气味甚大，言奉此为老母寿。但嘱须检放干处，潮湿则走性，凡健脾药裹皆贵干燥故也。余敬拜受之。

是午，陈、方、王三君约饭，席王公馆。

秉衡入夜又来共谈，谆谆以移修吾邑文庙为言，从马芝田地师议也。言当移今之厅署迄粮房地。且嘱余见洛师提起此事，系为阖邑文风起见。余笑应之。

数日以来，督抚而下，迄同乡官，均有馈送。秉衡又来为余销饭帐，辅臣依依有离情，余报之以诗、文各一首。

馈世侄魏某银一两。

初七日

念廖、卢二公待久，心甚不安，早晨过江开船。

先一日在汉口市渔古山房，收得《皇朝经世文编》一部，八十本，价六千。纸白而躁，江西板，不少磨灭字画，非善本也。近日上海坊间有续编，中板本，刻颇好，但有未刻竣处，一二年后可购也。

是日风不顺，停泊汉阳府朝宗门上首。

三人附郭行二里许，望龟山，登晴川楼，亦小黄鹤也。江汉雄风，抚摩不尽。

初八日

由大江进沌口，泛里河，水渐清。傍晚泊三阳沱。岸皆稻田，青黄间半。询土人，言田收三季：稻，三月插，五月收；六月插，九月收；冬春之交则种麦，是膏沃也。但今年水大，低田变成泽国，终年勤苦，不足衣食。为之恻然久焉。

初九日

泊伍家楼。舟中热甚，颇不似秋令。

日行数十百里，陆地十无一二，弥望皆水。尺渚寸洲，波在门户。人家往来，皆以小艇。破茅湿薪，凄瑟满目。村娘小姑，卖鱼度活。风尘客子，洗眼云水光中，自是佳境；侣鱼虾者，其苦何告！甚至聚结匪徒，间成劫夺，甘冒法网，以苟延息，终不自全，深可悯恻。为有司者，亦为民请命之秋也。

初十日

泊简家口，地为沔阳州辖。所过赤野湖、裩裆湖、沙湖诸地名，皆可按图而得。大抵长江水势甚高，内河皆有堤堰堵蓄，其势不能宣泄，棉土稻田，尽化蒿苇；茧手延足，伫望浸渍；明年栽种，知无望矣！

十一日

晓过峰口，晚泊柳关。设税局，往来舟无大小，有无客货，须上钱数百千不等，名工部船关，应试及官员均免。

将抵关十里，走堤上，甚凉爽。木芙蓉疏落尽致，槿篱花朵，掩映斜日。

到关未暝，薙发讫，下河寻船。见数十百人哄岸侧，知我船主与本地划子王姓口角，持械斗，坏划船窗板。岸皆闲亡匪徒，来挑隙搕诈。余默不言，任其喧嚷，止坐船头，如不闻也者。众中有无名人，夺我船艕去。余但责本船船主以不应械斗之罪，且言明日将并尔与划子某送关上委员处听发落。船主力央情，余坚不许。是时岸上人渐渐散，少间艕亦还来。

盖余访知划子本无大损，王某亦不愿多事，皆关前匪人，欲行诈唬取利，乘众夺艕去，徒欲船主将钱取，名为修补划子费；且知我船主无钱，故驱其与余等借。闻近来客商往往畏害，出钱至一二钏之多，后来船主每不认承，因而酿祸者所在皆有。当时闻欲送两造上局，遂各散。群知无利可图，划子王某又不愿被虚名得实祸，竟以与数十钱便去。事实阴消，并不费力。倘稍动气，则彼匪众人，闻其比来屡聚众为械斗，亦亡命徒也。镇静之效，临事皆宜，小试其端，已有明验，记之以自课。

众去后，天有微月。岸上来卖饼数童子，皆十一二岁，伶俐。询以本地风俗，甚了了。问读书，皆读书，夜归卖吃货。其地俗强悍，喜械斗，有闽、粤风。诸童子亦皆言善斗。余诫以殴死人须偿命，则群言挞死一人，止须二百五十千便了事。余又力戒之，且为言罪人受刑情状，又教以读书规矩，事亲作活。始嘿然，继乃皆喜，夜久依依殊不忍去。余为买饼数事，遣去之。于此见幼时习染，犹易挽回；深憾恶俗移人，择邻必慎。司世教者不得谓奉文守法、科比尽心便塞吾责也。

十二日

薄午遇雨，至托口泊焉。

是日因家人吴二桀骜，不觉大动气，将逐之，以同舟二公劝乃止。上岸行数里，气渐消，又甚惭悔。血气与年为消长，常人如是，学人奚可哉？忿则思难，君子慎之。

诸湖中，往往有匪人劫去来船者。或船户与贼船通消息，或船户即是贼，失事皆在蚤夜。故写船时，需船行，不可辞小费；行船又不宜太早太晚，免遇事。闻江湖老客，此等处最留心，可为行子法也。况今年湖北水灾，逃荒者甚众，抢劫亦层出，此尤在识时务者随时随地防之。

十三日

过余家埠头、白鹭湖。晚泊刘家庄,四面皆水。

登岸玩微月,来老妪谈水灾流离状甚苦。田间遗灶废床,蛛丝尘网,皆其族人挈家湖南、江西逃荒去。后其二子至,询以“何不去?”则云尚有家业可卖,卖尽不可知矣。因言田皆种木棉,三年未得收成,今年水大,并不能种。余睹其菜色惨淡,悯甚;而舟中银钱俱乏,为借问渠公钱一千余,尽与之,令村中三家瓜分焉,终歉力不足也。苦求知余姓,告姓刘,喜云皆姓刘;又相问叹川湖风俗,乃别。

三四年不收,民至流亡逃徙,甚至抢劫犯法,害及客途,忧延邻者,而良有司并未详请豁免,何也?

十四日

过张君河、三湖、张家塘,晚泊鸦雀庙。

月朗如水,上街闲步,天高露重,寒气侵衣。街尾群儿游戏,学王僧达仆地作狮子吼状,仿佛儿时光景犹在目前,不胜时过之感。

十五日

历长湖,闻此地或风恶,每坏船。

挨午,望见荆州,是关公故治,吞吴遗恨,其尚存乎?荆州城甚低,四围皆水,全仗沙市大堤障长江一面。州人言某郡守培堤坚厚,至今食其利。

舟近沙市数里,两岸苇花,瑟瑟惊秋,残荷高矮;渔人手竿顶笠，在斜日中如画。

进沙市大桥，泊便河脑。传为官开便民，故名。河水泊船成陆，甚腐秽，舟人食水，皆买之大江。凡水恶俱不可食，必生疾病也。

十六日

舟中阻雨。

闻沙市川商生理繁富，会馆资亦饶，今则冷寂过甚。

晚上街〔至〕本立栈内，托长顺盐号带家信。坐号刘渠江，管事罗富村，有书气，闻其闲时尚能事吟咏。同问渠公在彼小坐。渠江言：“此地风俗浇薄，人甚桀悍，每聚众在市为械斗，不惧官府，后必受水灾，吾不欲久居此矣。”余闻甚不乐。夫患气之萌，最难遏抑；但愿普天太平，群生熙熙，共受清福，忧世者谅有同心者欤！

十七日

在舟终日雨。

自里河来，田间旱谷水谷均未收，又积雨，奈何奈何！

长顺号约饭未往，送来礼物数色，亦厚意也。

十八日

早搬堤过大江船，系湖南辰州麻阳县船，余等上下共五人，钱三十千，饭食在内。船户甚欺狡，船亦矮小，无看书处，价虽廉而每事多不如法。可见出门无论水陆车马船轿，总以多出钱，多得好处，惜小费而误大事者多矣。但不可奢侈无度耳。

十九日

午后开船，过江泊焉，以底载客未至也。

舟中寂坐，作诗消遣之。

二十日

终日细雨，上岸步，问知为王家埠头，沿岸皆王姓，业渔。

江千里神祠，门外立王姓等渔案一碑，有古法，大似晋人文字，不知出何人手。碑影磨灭，再经风雨，不出十年，弗可读矣。古今幽岩僻壑，名材畸士，不为世知者，何可胜道，一石云乎哉！

二十一日

阴雨未开舟。

渔村打鱼，多使滚钩，一付约百钩。夜布江中，所得皆数十百斤或三五百斤巨鱼。惟豢鱼比肥鮀味稍逊，肠中尽青草、黄鱼两种最易得。味又亚豢鱼。余与同舟二公各买一二十斤。沙市比里河渐贵，豢鱼价二十四钱。里河鲜鲫巨鳊，始值钱十二三四之谱。怪哉！鱼多之又非丰年也。

二十二日

船行。午后风逆，泊杨柳湾。

近岸有开山祖师庙，颇壮丽。神座前，好事者为置神冠、神履、神剑、神鞭，皆铁铸。多远来进香者，名为朝山。首咸裹黄巾，甚可恶。

现在武汉教匪滋事，踪迹诡秘，各宪严饬保甲，清厘甚紧。此等朝山香客，动结数十百人，一月两月，游走有名山各州县，其中或恐藏奸。地方官亦宜思患预防，力为禁绝始得。

二十三日

终日大风，不敢解缆。舟船相碰有声，终夜不息。

坐阅《经世文编》，甚开拓，功力又觉踏实。

二十四日

开舟，仍细雨，风少息，行未远即泊。

船上雇短纤三名，皆似乞丐，吸洋烟，夜来窃船上物件典卖，故船主雇人，不可不慎。舟人云，宜河曳纤，一人可负三四千斤，川江则一人仅负一二千斤。指峡江而言。江面大小既殊，水性缓急亦异。且下江多帆风，入川出峡，风便不可靠，然亦免风暴，下江却少石滩。互有利害，惟在小心使放，庶免他虞。

二十五日

泊江口，人烟颇繁矮。

上街闲步，见茶棚外有聚赌者，设长摊押花宝，多穷无赖人。旁二人荷枷立，为江口分司贴封，二名皆聚赌犯人。噫！刁民侮法，不知国纪，亦作官者疏虞之过欤？然较诸率性受财松枷者犹胜一筹。

二十六日

阻雨未行。

犹记在京时计程，方谓不两月可抵家。今计八月出京，去两月不远，犹在此地。可见天时人事，多非意料所能及，俗云“出路由路”，是惟耐心听之。

二十七日

因候同行舟未至，午后始开行。晚泊董市，亦江边大凑也。

对岸为松滋县，江中望不见县城。县令为吾乡秦芃生，颇仁惠，性好客。武昌同乡官皆言可去一问俗，以行忙，不暇迂道，但望隔江云树苍茫而已。

二十八日

下午过枝江县，依山临水，基址仄，垣堞不高，树阴蔽城内外，有古意。山路行人甚稀，江中横渡者亦寥寥。惟浮图四座，掩映斜日。此处百里三县，是国初平定吴藩时战地。江阔云闲，悠然意远，令人有时变之感焉。

二十九日

过白洋、宜都县，俱南岸，我舟行北岸。宜都城亦狭小。问知此地民情风俗，大异武汉。大约人稠杂处必繁嚣，人稀少处每朴素也。

午刻上虎牙滩，两岸石壁撑拒，约十余丈，洪水甚可危，有诗纪之。

三十日

抵宜昌。宜昌山颇粗恶，文风不佳，闻近两科乡举，一府七县，皆未有人。未有品，未有学，倒是不举，犹觉不负国家取人盛意。大抵湖北文风以武汉为最，黄蕲次之，惟上五府不甚究心读书。武、汉、黄、安、德，下五府；荆、襄、郧、宜、施，上五府。

现在宜昌城外方构览胜楼，藻井森然，将施黝垩。夫德之不修，学之不讲，乃亟亟于科名，亦为务外之甚矣。修天爵以要人爵，已属今人陋习，况又徒欲人爵，而先弃其天爵，且自弄其愚，责效于无知之土木，不语之山川，荒远之星辰，隔膜之祭祀，本末失宜，重轻倒置，何怪并人爵不得也。江河日下，谁能力挽狂澜哉？

十月初一日

舟泊宜昌。江中沙堤高数丈，有黄陵庙，现值江涨，四围皆水。堤上长街二，胥卖船具，竹篙、百丈、桡贩之多甲乎川楚。

余乘小舟去，入黄陵庙瞻拜。黄陵为佐禹治水之神，但庙宇朽败，无人经理，以非浮屠老子之宫，故施舍无闻，然是守土之责也。

初二日

舟泊宜昌。

去年过此，长顺号管事罗岐峰仲章曾馈程仪。其为人忠厚诚实，蔼然可亲，尤喜近士人，毫无市井伪意，亦贸易中不坏种子也。又有管事陈辉山，牛佛渡人。

初三日

舟泊宜昌。

入城往学道街买书，时学使者高钊中将取拔贡，坊间刻有《德安新取试草》，皆油滑浅薄，不事实学，或云试草多系卖文者自售，非本文，不足信。取《左传杜注》一部。

在书摊头，阅《曾文正公荣哀录》，中有李中堂《祭文》，于天津一案拳拳致意。大略谓夷讧其外，贼棼于内，局甚岌岌，公故阳示以柔，内图自强，而外羁縻之，反复详辨。此事在天下后世，当有公论。李公此论，即今日所奉行者。示以柔，诚不爽矣。所称图自强者，二十年来，生聚教训，想已大有可恃，以下无负文正，而上可报国家者欤？

初四日

舟泊宜昌。

登南城拜关公像，甚雄伟，坐马上，相传为“回马望荆州”故事。

下城见诸武童习射，不觉方寸自正。

初五日

舟泊宜昌，雨终日，未上岸。

船户因水脚钱侵挪，不得开行，并将我等路费零用钱支尽，始能购买百丈、柴米，又皆朽糜不可用。

始闻人云，在沙市、宜昌雇船者，皆要川帮，或归舟帮，始可靠，切不宜坐湖南辰州麻阳船。其人行江，水路不熟，用度不敷；所觅水手，或两湖，或四川，人心不和，言语不通；峡江险滩处，又无帮口；更好与别人滋事；且胆大，放船多冒险失利。余初不信，以为此门户见也。既观其行船，无不曲中所论。甚矣！陆行雇车轿骡马，水行雇大小船舟，皆不可不慎，不慎将贻悔，为客者当戒之。

初六日

舟泊宜昌。

是日将行矣，又以船主债欠未清，不得开舟。游子归心，不禁如箭。家中高堂悬望，未知何似。真叹行路之难。

初七日

午刻开头，下江谓开舟为开头，泊舟为撬头。泊平善坝下。行虽不远，心便慰藉，此种情味，久客者当共知之。

初八日

泊黄陵庙。傍岸尽草店，列肆向江，晚灯如排线，酤卖饮食，梢工水手多往吸洋烟也。

初九日

早过下鹿角滩。我舟先行，百丈忽断半股，幸而上滩。综伴船继至，缆断，船张，舵挂于石，破焉。余等见之，不胜震恤。

先是，我舟班主只驾兰船。在沙市，有胡家客人，出钱帮买一船。老船载他客货及余等，新船载胡货。胡客心甚奸，常以我船水脚，阴挪彼船；且家业择其经用者，水手换其强力者。即班主舒开文,原在我舟撑梢,伊弟开学在彼舟;开文老手,非开学可及,前一夜,胡客又阴唆开文去,换开学来。余等以其贸易人,多使自利心,未与较也。然见胡家客人面殊有晦气,私心代惧,恐其遇事,不意其竟遇事也。俗云:“人有小算,天有大算。”吾愿人之不为暗算,或免为天所明算乎。志此以为戒,然而胡客苦矣!

初十日

辰刻上三道坪滩,连打两张,缆又断,舟欲覆者数矣,以天之福,得免于难。幸哉!险哉!

宜昌有邓姓者,专卖河下牵篻、食米,百方欺诳,价高而货窳。胡船之坏,以断缆也;我舟之危,亦断缆也。余谓此等贸易,当遭天火。后闻水手等云,彼已屡焚其居矣。天之警之,犹怙不改,枉生也夫!我等即在三道坪自买十二篾大坐篻二合,后来大滩,多得其力。必先利器,岂虚语耶?

十一日

泊獭洞子,滩颇恶。

此回峡中一路险滩,无卖纤处,皆余等上岸搭手帮曳;既可松载,又可略助力,且亦藉以习劳,自觉加餐之倍能努力也。但上下船时须小心,路险处亦当留意。

十二日

过腔舲峡,水未枯,便行。

卧舱面看两山如斗,听船鼓冬冬声,甚有趣。江中头珠尚未出，新滩亦无甚恶水。

过香溪。香溪燕风有名，谓燕撇翅风也，最能偃帆覆舟，甚利害；大峡中亦有数处，惟在执帆索者留心。我舟梢工皆未作意，风忽到，舟几覆，书箱等物皆倒塌，幸天佑得免。舟人皆失色，此时想无不忠信也。

余过香溪，上岸行，见山势虽壁立而雄秀，云树蓊蔚，野花岩药，流芬灌鼻，滴泉如乳，徐戛金玉，丛薄幽篁，山翠弥活，真窈窕深谷，如见美人也。余初不知为香溪，而过此殊恋恋，后闻其名，为诧异久之。

十三日

过归州，晚泊泄滩脚。滩水未落，势甚汹涌，吼声若雷，不辨人语。数百千人曳舟，金鼓急催，甚觉繁闹。

是日，山巅见微雪，如铺絮然，极豁目也。

十四日

未刻上泄滩。

此日水渐退，泄床泄枕，尚不为害。我舟小，止用大篼二股，加滩夫数十百名，不过给钱数百，官船故也。一鼓而上，时尚阻大船数十。我等官船，如赶急，可会桅越扯，知会滩头，自来帮办。上滩后，可赏钱一百、数十不等。

夜宿八斗滩下。

十五日

早上八斗滩，我舟打两张，幸未误事。

余先上岸行数里。有靖江王庙,亦闳壮。有客晾胡椒遍地是,问知为牛口坏船者,余甚恻然。庙内老人延余坐茶,问候甚恭,又为余摘篱豆一斤余。一孺子九岁,其侄孙。看羊二十余头,庙中养也,送余至牛口滩。孺子未读书,言语进退颇知礼让,以钱数文与之,固不受,固与,始拜受之。虽未学,谓之学矣。

前一日,牛口坏棉花大船一。花船大装,舱面甚高,底载复不重,最易摇摆,遇燕风亦易倒。入川者多不坐花船也。

十六日

泊巴东县上。巴东为莱公旧治,依山立县,仅有街道一,并无城郭。县令为吾乡梁山彭侣松鹤举,闻其往施南接提学去。

街壁上贴有禁唱影灯戏告示,谓终夜喧阗,男女杂遝,急行逐去,免生事端。亦善政也夫。

十七日

进大峡,过楠木园,宿培石。是为川楚交界地,两山中分,如巨灵手擘者,雄秀奇伟,渐入佳境。虽舟行风恶,而看山兴烈,十分轩爽,不觉其履险也。

十八日

晓发培石,过青石。

余于培石起滩,由江边山路行,闻为某寡妇所修约百里,亦大阴德。山高入天半,绿藤攀树,微径垂线,如猿猱飞岭,如蚍蚁爬砌。走入高际,风声如雷,吹人欲坠,心目震骇,肝胆掉慄。下视峡江行船，不啻浮芥沟中。真是大观！真是奇观！俄远见综伴船遇燕风，桅折入水，幸船未全翻，为之肉颤者半日。

是晚，余行抵巫山县，过江入城宿焉。

闻巫山地势原好，自庚午大水冲塌，地形改变，现今城郭尚未完修。城中有山，山下有泉，自庙中出，砌一石池，邑人咸于是取水，极清冽，汲而漱齿，寒甚。峡口有神女庙，是佐禹治水者。云雨荒唐，徒生虚妄。山头塔脚，相传某年方兴工，江中即连坏大船若干，因停，后遂废。

十九日

我舟至大石子，断缆几危。因待伴船延宕久，是晚至巫山县上数里泊焉。

二十日

过下马滩、焦滩，泊报母子滩之上。

余耳后忽生火疔疮一，红肿且大，以连日多食海参、羊肉故也。医书云，海味食多，则发毒疮，羊肉亦然。幸翊廷携有河南彰德府五毒膏，闻有蜈蚣、蝎、蛇诸毒，用之贴疮，以毒攻毒也。又常食绿豆，数日始散。乃信厚味真有厚毒，不如淡泊明志之为妙也。

二十一日

顺风扬帆，过大溪，上瞿塘峡，入夔门，心开目明。

臭盐碛尚未涸出，滟滪堆亦不太高，今年水退甚缓。

望见依斗门，无任忻忭。

二十二日

泊夔州江中。

闻鲍爵帅春霆方大修帅府，毁民房大小约三百余家，虽皆给以资，而怨声载道。余未得谒见，呈诗二首规之，未知其听否也。

厘金关总局为钟道台肇立，馈余程资四两，受之。

二十三日

舟泊夔关。

入城，见书肆中有《王阳明集要三种》，为明人集，系贵州书局开雕，用皮纸刷印。书甚简要，分理学、经济、文章为三种。但价值太贵，拟在渝购之。

同舟药客苏玉成丐问、翊二公托余与讨关免验。是向来官船惯弊。本城有青衣家人专办，往来官员，每有包揽货载，求一免验单，只须给家人银四五两，则一载免验。如我船药材，须上银四十余两，如讨关，便止费给家人银四两而已。真恶弊也，不知可何法除之。余呼其至，告以我等作官，俱为皇上办事，何可以私情而败官法。况近年洋票盛行，各省海关减色殊甚，皆因奸商无耻，买洋票冒洋人，以致厘税空虚，国用支绌，真实可恶。君等贸易，但得货到码头，清吉无事，遇长价市口，所获多矣，何以瞒此数十两银，欺己陷人并干国纪哉？玉成立悟，依数全上焉。

二十四日

是夜，同舟中二公听江中花船唱曲。风露夜寒，未归箫鼓。犹记在上海舟中,见江边冷寂,戏题句云:"如何丝管嗷嘈地,不及夔州翠凤鸣?"盖去年过此,花船有"双翠""双凤"之名,不期此回竟见有一舟灯书"凤鸣堂"者,诗岂有先见耶?

二十五日

午刻自夔府开船,至篆竿滩,搁漏,泊焉。

岸上行,一溪水入江,漱之甘,且最清,照见劳人憔悴容。

回首望夔门,赤甲白盐,顶上戴微雪,似中年人颁白者。念离家日近,亦甚欣且慰也。

是夜船发漏,舟人曳船首阏沙渚。沙过水,垫以木板,亦钉以木板,内用棉絮毛纸,和白米捶塞之;候乍干,又以黄檀香灰捣牛油烛凝缝口。船不及泊码头,或无水木匠时,皆可作燃眉救,此亦常坐船人所宜知者也。

二十六日

过安坪、黄石滩、磁桩子,是去年坏吾同行盐船处,此际水未枯,不甚险。

晚,泊庙矶子滩之下。

二十七日

上庙矶子滩,扯南漕,加索数十人始扯起。以官船仅开销钱数十文,客船动需数百千也。

东洋子滩水尚未当令,亦易扯。崖上刻"谨防滩口"四字,又刻有"天理良心"四大字,所谓人穷则返本也。

晚泊云阳县下十里大沙坝。

二十八日

早过云阳县。对岸桓侯庙甚雄杰，花木森然，墙壁上有“灵钟千古”四大字，风利不得泊，未暇瞻拜。

余上岸行十余里，岩石多玲珑透辟者，奇怪诘屈，美不胜收。因巫峡中已得二石，余亦知足，不敢多取，以蹈“广畜尤物”之诮。

二十九日

泊野土地村。是日舟行颇清利。一路居人渐密，糖房开火，野烟青黑，俨是吾富，内两邑景色，因之𪙧然。

三十日

午刻抵万县，江中揽载船甚夥。

万为川东剧邑，水陆客货云集码头。闻近来人心颇静，淫乱之风较前稍息，可为世道幸者。但远近来贸易者，太无起色，斯又可忧耳！

十一月初一日

舟泊万县。

胡毓亭永钟，富顺人太学约饭，尹徽五珍福，亦富顺人上舍同座，谈谯半日，尽欢而别。

初二日

余拨船上渝，船系三舱官舶，上下二人，共钱六千文，伙食在内。问、翊二公以其价太昂，另雇船焉。以舒开学船一路延宕，余所坐舱又黑如漆室，看书作字均太不便，余甚苦之。一朝脱去，欢喜无量。

初三日

自万县开船，江边望见山顶，多寨堡，是嘉庆中教匪乱时修筑。李逆之变，或有添筑亦不可知。要之坚壁清野，当时此议成自龚海峰先生，后来教匪遂由是埽平，允是吾川办贼最要最宜上法。

下午因扯福滩，为前面大船所阻，两时始上，至冷水碛泊焉。

初四日

过五陵碛，沿途嫁聚者累累。此处乡俗，尚行亲迎，古礼犹存，曷胜感叹！惟接亲送亲者，皆乘喜轿，缠以赤锦，媒人亦然；次日请回门，两新人轿上犹缠赤锦，或曰赤色可以避煞犯诸祟。与吾富少异。问今年收成，皆云甚好，真“岁熟人家嫁娶多”欤？太平之世，婚姻以时，男女以正，洵足乐也。

初五日

舟行十余里，见石宝寨，孤峰独立江岸，如竖江洲长鹅卵石然，高约十余丈。乡人结寨其上，避土匪，可容数百人。楼屋皆缘壁起，逐层险峭，亦奇观也。

过观音溪，亦一街市，赶集者甚夥。由此起陆，到忠州十五里，水路则四十五里，形势如弓口弓背。

是日，余上岸行三十余里，望见石柱厅诸山，隐隐有积雪，大似夔巫山势，但少歉秀削耳。

夜泊独树子。

初六日

过忠州。闻州境风俗颇朴野，念唐宋以来名臣迁谪之况，嘉名千古，与孝感齐休矣。

是日云色阴黯，侧身怀古，觉天地亦为低昂，是何等观感激发！近暝，泊古杨溪上首。

阅吕新吾《风宪约》中有"劝民备荒"一条，谆谆以岁饥为惧，且言及万历甲申连年大旱，百姓离散死亡甚苦状。如今明年正值甲申，闻上三甲申皆不免旱。前年吾川大府，劝民自办积谷，用意良深。然川省丁口甲天下，人满之患，殊堪岌岌。古人义仓社仓及周礼耕余诸法，皆宜随在讲求，变通尽利。尤愿富者多蓄谷米，少积金钱，庶缓急可以为备，可以共济，是在留心世道之有识者急早筹之。

初七日

是日微有风。过杨渡溪，隔岸即洪合镇，生艺颇众。再四十里高家镇，酆都所属，以此为巨市也。善出窑器。场脚坪上，有乡人建巨舍，亭台墙宇，俨然一大寺院，见者咸诧"是何大庙"？嗟呼！庸俗好为美舍，种种敝败，前人论之详而且切矣。至舍而使人呼为庙，是不住人而住鬼也。闻此风湖北尤甚，甚矣其愚而可悯、有财而不知所用哉！

晚泊溜沙坡。

初八日

行三十余里，至酆都县。

余上岸登平都山，为汉麻姑、蔡经旧游处，有大小庙二十余座。天子殿最高，像设森严，亦足儆愚慑俗。阶前有井，深不可测。背后二仙楼，肖汉王方平、阴长生弈棋像。相传二仙于此蝉蜕。高阁临虚，水天一色，帆樯上下，林木萧疏，洞府仙灵，来去恍惚。殿侧有碑十余，刻阴真人丹诀及唐宋以来名人题咏，摩读久之。斜日在树，下山入县城。俗颇古素，市铺门联书法，皆有好笔姿。

出城行数里，见新城旷废，无人居。闻是庚午大水，旧城崩塌，邑令某谋迁新城，而掘毁官山义冢不少，鬼风大甚，白日现形；且贸易亦冷落，乃仍归故城。故城如今未修复也。其实新城在山，甚陂陀，故城近水，又平衍，于居人便不便迥殊故也。

是日江路崎岖，风复不利，舟行甚迟。晚仅泊利市镇。

初九日

过清溪，趁墟者甚众，江中揽载船络绎不绝。

是夜宿韩家沱。

初十日

巳刻抵涪州。风俗较万县稍驯，然贫人多，无业者尤众。询诸土人，咸言近年生计减色过半，丁口日繁，盖藏实鲜，脱有饥馑，非鸟兽散，则为盗蜂起耳。

余登城四望，垣堞颇坚。继见城隅一碑，乃州孝廉王应元作，言当年石逆围攻状甚急，赖城坚故，始能久守待援至，并记修理诸人名，且望后人培筑，笔意颇周匝可观。

余又到河壖，有卖米者甚众。问米粮行情，言此地与忠州、酆都农家皆以种罂粟为要务，胡、豌、菜、麦，至市他邑。故通市难觅菜油，日用则桐油外，皆罂粟油也。余闻之不胜骇然，深恨乡愚贪利，不畏召灾；亦不知守土父母，教养之责或先尽焉否乎？

涪州城垣共九百三十余垛。咸丰中，吾赵化镇议欲修城，邑侯胡公汝开亲来勘估，共约城垛八百余；以首事数人梗其议，遂中阻，不知后来犹有修筑之日否。偶为记之，亦见涪城之狭，仅如一乡镇也。

涪亦川东要地，公孙述遣人御岑彭于此，故彭力破此地，始能西上。献贼入蜀，亦先得此地，始绕上游下重庆焉。

十一日

午后下风甚紧，泊武阳溪。

是日过李渡、宁市，皆大聚。

自湖北黄陵庙来，沿江大小村落，都滥卖洋烟。即三家两家村，或并无人家，而江中划船，亦以此为当头要货。桡贩纤夫，穷一月之力，所得不过数百千钱，而每夜辄耗数十，工完钱尽，家中有老父母有妻子者，何以供给？且无老少咸吸之，所不吸者不过十一二耳。夫城市窎越，而岸傍村屋就之；村屋俱无，而江中划船就之。买之愈便，食之愈多，流毒伊于胡底？兴言至此，良用惘然！但能禁之，俾岸上人家，江中小船，止卖腐、菜、茶、酒，不得卖烟；则欲吸烟者，思预购于城市，钱数或不趁手；或将买泥自煮，则更非所敢望。其中久瘾大瘾者无多，吸松香学玩吃者实居过半，苟贤守令严斥乡保及水保人等认真办理，不许种烟，不许卖烟，违者连坐重法。如是，即贪食而不得，亦窃食而无从，将悔而思戒；及戒而未脱者，益持猛力；爱而思学及学而未成者，急早回头。川楚长江，帆樯往来，何啻百万，造福于此，正复不浅。为生灵保身家，即为朝廷培元气。彼蚩蚩之众，不皆将去鸩毒而饮太和、食厚德哉？

十二日

过长寿县。县城在山顶，高接云表。居民贸易，多在城外河岸，闻城中甚寂静也。

县下十余里，有申沱。舟人咸言沱中有巨鱼，十年前常出水面，以背负大盐船，胶不得动。舟人诧沱素无石脊，咸下水负船，即立鱼背，腥粘足，皆大骇，以他小舟去。十余日始潜渊，船乃得活。相传其长可拦江。此亦如《滩书》所载，峡江川东各处，猪婆龙最为害，行舟者所当知也。

是夜宿上背沱。江中有大石，可坐数百人，比滟滪尤巨，惜乎其不生名地，不见赏名人，遂乃湮没无传。古今豪杰之士，不际风云、依日月，抱奇才而与烟草同腐者何限，吾于此石，悲其遇焉，犹当以诗纪之。

十三日

过太洪冈，泊木洞，巨市也。巴县属，隔江为江北厅属。

江中石道层叠，亘二十余里，如鼋背负水，如青黑虾蟆仰首吐气，如螭吻方半张，如水母乍沉乍浮而不可辨，紫绿相杂，高下相压，令人心怵目眩。若洪水时，泡漩之大，不可名状，舟一失势，粉碎江中，不数人鲊瓮，鬼门关为生死绝地也。“蜀道之难，难于上青天”，余谓蜀江乃更难于蜀道也。噫！

十四日

天未明即开舟，行二十余里始见晓霁。午刻过野骡子滩，我舟避滩扯南岸。滩前山嘴石角，斜障江流。大抵此处江身陡，底饶大石，水流急，于是泡漩巨，俄起落内外，或顶船向石壁，或撞船头向外打张去，性至野，力至厚。余亲见一大船遇泡，打抢上石岸，前梢断为两，泡又损其后舵，船头亦坏；幸而全身未破，放流去。险哉兹滩也！

过东(洋)〔岳〕庙矶矣。下午陡来下风，不可行，泊太和场对门。逾二时，风息，溯铜锣峡，泊唐家沱，宿焉，是去年与吉安、叙九同舟自渝来初泊处。景光走丸，倏忽盈岁，陈踪复绎，风色依仿，良友不来，孤绪谁语？舟中夜寂，寒灯如豆，悄然独坐，甚为惘惘。

十五日

巳刻抵重庆，泊太平门。

拜川东道彭公名湜。未遇。晚向大生厚盐号坐谈，管事为张华亭、杨春山。过长顺号。管事为萧丹崖、舒阶三。

罗治安碧峰子挈眷至渝，前余一日到。余托其管事李为购燕窝、八大杏仁，为吾母治咳病用也。

十六日

彭公来回拜，余适入城。托长顺号觅力行写脚夫，继往川东道拜会辞行。

公年七十矣，庚申、乙丑之间曾宰吾富。其人持重得大体，有雅量。自言其为监司，告嘱州县，“皆以忍耐得过为善，毋轻动气，制府丁公深韪余言”。所谓忍耐得过者，将静镇而事仍不废欤？抑惰靡而托言高简欤？是必有辨。

继余以荒备为言，公深以人稠为虑。且言川东一带民风较前渐纯朴，即重庆城内素称豪暴者，亦敛行不敢作恶。叩其故，则云：“先之以州县，民次之。有不法者，我不用挞，不用骂，但以理问之，以情愧之，久久自觉德意灌输也。”余闻此言，肃然起敬，今之仕途，不讲本原久矣，德化之教，渺不提及。斯时也，斯地也，而闻此言也，古之道也。

将行，余为言忠、涪等属皆广种罂粟，豆麦至市之邻邑，似当设法有以禁之。公言：“此事大难处。年年告示，岁岁禁种，而农民只知顾利，不知顾害，如何可止。急之恐生他变，缓之则吸食者日益众。如今大府亦束手焉。余谓此中华一大变，系关天运，非人力能为。上之人既不能禁，亦惟听惜身重命者自禁而已。”此时余意终不释然。彭公别时，犹谆谆问吾镇许梧冈、廖福川、易大成诸人不置，真情长有福人也。

十七日

进城，问书坊购《王阳明集要》不获。往打铁街，买凤冠一顶，价二两八钱，翠色较成都甚劣，花样亦不大佳，宜其价特廉也。问翠花铺近来生艺何如，则言城内翠铺，前此有数十家，生意亦好；而今仅十数家，生意反不及前之一二，不知是何缘故。余亦不知是何缘故也，噫！

十八日

大生厚号请赴饭；长顺号来馈银物。治安馈八大杏仁一包，称为吾母治咳，厚意也，拜赐焉。

十九日

由重庆起陆，雇脚夫四名，每栈每名钱四百。

早度浮图关、二郎关、龙透关，是为重庆三关，山川雄峻，惜天色阴黯，未得详睹形胜。

午越凉风垭，山势如屏，尖峰数十，极有画理。

天雨，仅宿白石驿。

二十日

过走马场、二十里。老关口，十五里。山形险峭，关锁天成，雉堞周遭，蔚然雄秀。又十五里至来凤驿，大市也。四十里至马方桥，宿焉。

二十一日

宿来苏场。

是日，竹舆中阅翊廷所携《随园尺牍》，不满处殊多，以其恃才怙过，甚者欲破坏名教，以自遂其私故也。此等于学术大有关系，不得以其有文名而曲为讳焉。

二十二日

过永川县。县城在两山夹谷间，最不易守。闻滇逆陷城时，死伤甚惨，民大愤，纠集乡团，力战三日夜，复之。始以民心之涣而败，旋以民心之奋而胜，众志成城，地利真不如人和哉！

晚宿兆雅镇。

东大路人皆呼“雅”作“瓦”。吾里赵化镇，乡先生皆莫原始名。余考镇中《隆兴寺碑诗》，为康熙中富顺宰江南刘公上驷作，《段志》未载。段载刘诗甚多，想此偶遗漏耳。有“淳熙甲辰年，赵雅重修葺”句，则市场之兴，或由其肇始，而因以名欤？天下村市，因人姓名为号者不可枚举，皆志其始也。富顺有赵化镇，泸州又有赵雅镇，人有同名欤？“兆”与“赵”，抑传写之讹也？至“雅”之为“化”，则正如今之以“雅”为“瓦”，而“瓦”又转为“化”乎？“雅”之呼“瓦”，亦火老鸦之“鸦”，今皆读作“瓦”去声。“鸦”“雅”通，读“瓦”去声，又“瓦”音之转矣。

二十三日

泸属种罂粟者甚稀，大为欣慰。

望见小河口，如到家门，如睹乡树，为之色喜者久之。

晚宿胡市。

二十四日

入富顺界，全无罂粟矣。始知烟非不可禁者，在有司之实力奉行，善处无弊而已。

申刻抵舍。

计出京至家，共一百二日。

游嘉峨日记

十四日

冒晓发河兑坎，茅莜铺早饭，止行十三里。又七里在徐店子茗饮。又十里至凌双场。风近古朴，种桑饲蚕，植树放蜡，务本之图，乡民颇识。且松柏杂木蔚然丛秀，殊有古遗民风。惟田亩不甚精治，固作法太差，亦课农无术，似亦守土者责也。又十里至镄子口。山势连亘交锁，叠嶂环拥，仅留一峡，才可容车。至篾子街，望见嘉郡，万峰遥拱，两水交流。成、雅二江，沙洲对锁。府前余气厚足，一洲长吐，直抵凌云，是何气象！

买舟过府河，进东门，沿萧公庙沿城垣马道至西门大街，驻舆衡镒栈。

是日不过午刻，即拉同庆堂出街游览。过乐山县署、提学署，再从鼓楼下过，上书“海棠香国”匾额，又额“古汉嘉郡”四字。往府署瞻眺，衙屋颇洁净。署前后栽高梧数株，均皆七八丈许，方盛花，远望疑是木兰，此又一种。

出登署右岗坡，除西角一带，府城环绕，一览而罄。转过北街，至书肆小坐。随手翻《千金方衍义》，板不甚佳。又阅《船山诗草》数十首，风力太近时趋，但尚有真处。

闻书贾艳称北关外李氏花园，在草堂寺侧，即偕庆堂往观。花木甚多，牡丹大小仅二三十盆，开欲罢，喜尚有五六朵力留春意。芍药大缸十余盆，下土者亦数十丛，含苞未放。花师云有淡红、毛白、粉白、大红数种。年近花尚留余艳。荷包牡丹大似秋海棠，山茶海棠落红将散。丛兰茂密，无花可人。拟转来将与买芍药二丛，晚香玉、夜来香二种，雁来红、雁来黄二色。流连不置，以腹馁归。

午饭后，又偕庆堂、鉴亭买舟泊凌云山下。凉风吹衣，飘飘欲仙。搴衣徐上，绿树夕阳，苍苔古篆，摩荡不尽。镌岩大佛，脱悬空际，面盈二丈，丛草巧秀，古若须眉。

过雨花台，登栖鸾亭，坐镇江台，转由石道盘纡而上。崖泉滴乳，如听琴筑，林莽阴翳，隔脱尘俗。诣东坡书院，拜子瞻遗像。登东坡楼，江天一望，乘风飘然，不知古今，同此一乐。当年楼上所读何书？对面三峨拱揖，秀气西来；楼后众峰尖峙，围绕如奴婢；两江奔到，似故人久别相晤趋至，何等精神！

下见字工拓东坡先生像赞，明人书，并郭兰石、何子贞二楹联。东坡律诗、画幅皆在殿左右。僧人能祥煮凌云泉、煎凌云茶饮客，芳香甘美，乃过江水。庆堂见楼前板梯朽坏数级，慨然捐钱数百，命僧修之，亦大解事矣。夕阳沉树，暝雾吸山，呼啸而下。横渡抵洲，踏沙凉行，明月送客，人影相蹋，回首乃见。

进城，由府街绕道回寓。街涂门道，妇女喧杂，雏姬二七，尚事嬉游，风俗殊恶，城乡顿异，良用慨然。

十五日

自衡镒栈登舆，出大西门，望见府城，龙脉雄劲，妙俊秀活，护带层叠，障峡关锁，诚属大结。

十里，过草鞋渡，为雅河，水势陡急，止一舟往来。船价人四文钱，颇难过，然视从前横恶所称“走尽天下路，难过草鞋渡”者，大不侔矣。

抵岸循坝路行，平衍特甚。蚕桑蜡树，青绿满眼，如入画图。人家村落，葱蔚无际，鳞塍联叠，弥望同色，令行子颇忘憔悴。

数里过糖房渡，人三文钱。水平缓，为铜河又一景象。

又数里至苏稽场。两街密织，一水中萦，山椒寺亭，岿然然翘朗。在市店早膳。自嘉定来二十里，两渡耽延，平原莽阔，腹尽馁甚。须从府城预办食料，以防久饥。

自苏稽上坡行，至高山铺十五里，风景如前。又十五里，至镇子场，皆平田，泥色油黑。乡人放田水净尽，以灰和谷种点田中，待寸许深，始时其干涸，放堰水淹灌，必当可栽时，始将密者移栽，稀者原科不动，云必如是始多收获。然询其耕作，乃不如我地勤苦也。

五里，至界牌，乐山西界，峨眉东界，有石碣树道左。

又五里至桑园子，远望二峨、三峨，高耸秀丽，已令人心开目明。大峨山模糊云际，髣髴隐见，不可名状。然终日观睹，常有云气在其颠，滚滚如银涛，晶晶如玉界，时一开豁。半山积雪照人眉宇，看山大福，造物【下缺】

方言记

自序

古者言殊句字，方言则古今语也。方国殊别，有不相往来之言，同符旧书，盖亦卒鲜。

兹纂本方所诵习，证系常训，期附《周官》“诵”“训”之别。间在黯合名雅，亦从汇载，谕晓氓末。随思构缀，未劳畴咨；匪如逸考九服，绝标六代，勒为洽见奇闻，只徒撷拾俗言，聊显声志。𬨎轩奏籍，落邈难追；铅椠之执事，志乘之方音，将庶有取于此。出属一方，可以厘成各类，僭□雅书，略为就列。至夫谣关诗教，谚存至理，耑类太俭，择而隶简末焉。

训　言

“礌堆”“粗实”，大也。“奘庞”，蠢也。“结炼”，坚也。“顿”，寄也。“扎实”，甚也。“不参”，不识也。“不信”，不服也。“答应”，允也。“摎劲”，努力也。“玉”，光也。“甘”，愿也。“𧾷曷”，去也。“之”，来也。“之个”，者个也。“送”，抵也。“撕”，破也。“浑”，乱也。“搅搔”，扰也。扰谓之“拂”。粗率谓之“毛”。“快”，勤也。“嫩”，小也。“东”，嫩也。“西”，俊也。“锥”，刺也。“钓”，垂也。“绞”，狡也。“镳”，剜也。“鐅”，骗也。“梢”，尾也。“茎”，根也。“伤”，痛也。杀曰“周之”，“周之”，“诛之”转也。“翻精”，狡狯也。“画”，揪也。“粃”，不也。“兜”，惹也。“完夹”，吝也。“涎”，贪也。“臧”，丑也。“疾佻”，捷也。“干峭”，撇脱也。挥弃谓之“拌”。纤弱谓之“缕”。“瞟晾”，鲜洁也。“晾”，晓也。“涌”，迫也。“夺”，谗也。“叹”，念也。覆诵谓之“倍”。顺言谓之“讃”。异言谓之“谈”。多言谓之“讟孥”，执言谓之“詈”。“謱”，探语也。“铦”，美言也。“枚”，谜也。𧫴谓之“梦话”。谑谓之“谭子”。骂谓之“谀”。诳小儿谓之“诓”。“誓”，声破也。“该”，或也。“嘿”，左也。“梭”，溜也。“松”，闲也。“泥”，过也。“摎”，积也。“造孽”，穷也。“盘书”，阿谀也。“净棍”，无赖也。“怪”，刁也。“起手”，便宜也。“层层”，薄也。“点点”，少也。“马马”，小也。“停停”，妥也。“绵绵”，迟也。“高高”，傲也。“滚滚”,逐也。“生生”,净也。“殗殗鲜鲜”,乍闷也。“混混涂涂”,“浊浊”,愚也。“愀愀”,“澌澌”,冷淡也。“条条苏苏”,“抽抽洒洒”,长也。

天

“头上”,天也。“目针”,日也。“夜晾”,月也。风谓之“浪子”。“毛雨”,小雨也。冻雨,谓之“莽雨”。落雨,曰“筛”,亦曰“摆钉”。霜,谓之“罩”,浓者曰“白头”。雪,谓之“棉花”。小雷,曰“雷儿”。疾雷曰“大榨”。电曰“火闪”。雹曰“雪弹”;块者曰“雪砖”。虹曰“亘”。晦曰“霉”。晨曰“蚤”。夜曰“黑”。

地

“底下”,地也。“泥巴”,土也。稀泥谓之“粪”。赤泥曰“土红”。砂土曰“石谷”,亦曰“漉土”,皆恶土也。黄泥带黑壤者曰“黑油砂”,褐色而壤者曰“斑鸠砂”,皆美田也。白垩泥,荒年可煮食者,曰“仙米”。

山

山脊曰“冈”,山颏者曰“邱”。山路左右下中高者曰“垇”,宽平曰“坝”。山水包曲处曰“湾”。村庄谓之“屋基”。邱、垇、坝、湾、屋基,乡人居址通名也。童山曰“光山”。山大而长曰“梁子”。垤,谓之“包”。

水

江亦谓之“河”。溪曰“小河”;至小者曰“河沟”。水纹曰“水经”。洲曰“中坝”。泽曰“荡”。“鱼梁”,堰也;池塘亦谓之“堰”。聚石步水曰“跳登”。漩曰“窠罗”。泡曰“鼓渍”。浑水曰“阑瀺水”。夜涨曰“强盗水”。细浪曰“鸭儿”。长波曰“牛皮”。上滩曰“投腮”;下滩曰“漏尾”。

神　祇

家神曰“先人”。中霤之神曰“土地”;社神亦曰“土地”。“黄师”“七郎”、土地别一类之号也。江神曰“王爷”。坛神曰“赵侯”。庖人之神曰“詹王”。皮匠之神曰“孙祖”。栉工之神曰“罗祖”。戏神曰“老郎”。

亲

王父母曰“公婆”;舅姑亦称“公婆”。妻曰“婆娘”。妾曰“姨娘”。婚姻相谓曰“老”。亲亚相谓曰“姨台”。婿曰“家客”。“老爷”,贵显者之称也;尊长亦曰“老爷”。曾祖曰“太公”。高祖曰“老天”。曾孙曰“末”。元孙曰“灰”。云孙曰“尘”。

形　体

囟曰“脑门”。鬓曰“花尖”。须曰“络莎”。颊曰“腮”。副唇曰“象肉”。腋曰“肢孔”。手足之毛曰“苦毛”。血曰“衁子”。脓谓之“粪头”。掌谓之“耳巴”。伏地拜曰“扬股”。欠曰“呵哈”。呃逆曰“疙瘩”。立曰“站”。坐曰“沓”。目摄曰“恨”。脚跌曰“踹”。戴谓之“顶”。负谓之“背”。躄谓之“蹁”。追谓之“遳”。疾趋曰“跑荡”。更衣曰“解手”。姿首好谓之“体面”。美容谓之“标”。美心谓之“雅”。

衣

短褕曰“紧身”。泽曰“汗拓”。“背心”，钻洞两当也。心衣谓之“裹肚”。复衣曰“夹衫”。重袾曰“副舄”。小儿袴无裆者曰“衩”。珰曰“耳坠”。瑱曰“江铃”。步摇曰“扁挖”。条脱曰“钏子”。指环曰“手箍”。香泽曰“牌草”。妇人履桥曰“高底”。副履曰“睡鞋”。行縢曰“裹脚”。草履曰“水爬虫”。被曰“铺盖”。帟曰“耳帐”。丽饰曰“摇”。青而微黄色曰“缃”。

食

肉曰“大菜”。蔬曰“小菜”。鸡、鱼曰“小荤”。酒醋曰“甜子”。火酒曰“烧刀”。讳酒曰“观音茶”。恶酒曰“猴狲溺”。“溲水”，浆水也。“开水”，沸汤也。饧曰“清子”；白者曰“麻溏”。煮饭谓之“烧锅”。贪饕谓之“嚼”。

宫

市门曰“栅”。楣曰“门方”。闳曰“门杠”。楹曰“抱柱”。橧曰“钓檐”。屋角曰“风尖”。甍曰“坐脊”。鸱吻曰“鳌头”“卓倚”。宴曰“筵席”。承尘谓之“顶隔”。溷曰“毛房”。

器

釜谓之“锅”；小者铫铛曰“顶锅”。甘锅曰“银窠”。炊箄曰“溲箕”。汲水钩谓之“鐍钩”。菜刀曰“薄切”。衡刀曰“马刀”。柴刀曰“猫刀”。铰曰“剪子”。斧曰“开山”。平斧曰“锛锄”。刨曰“爆花”。枪曰“火杆”。“鳍尾”，芦叶尖刀也。梃而刀曰“棍刀”。梃而钉曰“刺棒”。键曰“锁”。镭镘曰“泥掌”。“撑花”，伞也。“斗棚”，笠也。篮圆者“箩”；方者“篓”；挈者“提兜”，亦曰“提筐”也。圆箕曰“簸盖”；大者“斗筐”。薄谓之“晒簟”。篾蓬谓之“菥”。床谓之“铺”。床前矮几曰“蹋登”。有齿之扒曰“爬梳”。臿谓之“铧”。铧柄曰“犁镵”。镙曰“杷子”。水车之板曰“叶”。篝曰“火笼”。笔韬谓之“笔袴”。繦曰“钱串”。

乐

钞锣曰“筛子”；小者曰“碗锣”。大鼓谓之“堂”；小鼓谓之“钀”。铙谓之“钹”。埙谓之“瓦呜”。笛谓之“桓子”。月琴曰“抱琴”。弓弦琴曰“胡琴”。蛮笙曰“芦笙”。喇叭曰“撒喇”。

草

地丁草黄花者曰“绒头”；紫花者曰“一枝箭”。夏枯草曰“牛牛草”。螺靥草曰“镜面草”。车前曰“虾蟆叶”。石荷叶曰“佛耳草”。景天曰“铁胡豆”。石斛曰“钓兰”。蘋曰“四叶菜”。卷柏曰“地柏支”。贯众曰“乌鸡”。狗脊曰“金狗”。酸浆曰“红姑娘”。薜荔曰“爬山虎”。苕菜曰“响草”。仙茅曰“山菱”。天棘曰“天冬”。

木

桑椹曰“桑莓”。柘曰“牛皮桑”。奴柘曰“刺桑”。楮曰“榖树”。枳曰“壳柑”。枸橘曰“枳实”。橘曰“红袍柑”。香橼之有壳者曰“香柑”。柚之皱皮者曰“建柑”。女贞曰“蜡树”。紫薇曰“鍄痒树”。紫荆曰“满条红”。榉曰“麻柳”。樗曰“臭椿”。榕曰“黄葛”。柏曰“棬子”。茱萸曰“辣子”。橄榄曰“青果”。银杏曰“白果”。龙眼曰“魁圆”。橡栗曰“青杠”。槲曰“矮子青杠”。金樱曰“美人脱衣”。

谷

“小米”,粟米也。“膏粱”,蜀黍也。玉蜀黍曰“包谷”。薏苡仁曰“奴谷”。米狸豆曰“龙爪豆”。藊豆曰“蛾眉豆”。紫饭豆曰“茶豇”;其长者曰“猴子豆”。

蔬

芜菁谓之“青菜”,菘也,白者曰“白菜”;别一种紫者曰“红油菜”。牛肚菘曰“牛皮菜”。紫花菘曰“萝卜”;其一种曰“大头菜”;别一种曰“擘蓝”。胡萝卜曰“红萝卜”。“油菜”芸苔也;子曰“芥末”。薤根扁而长者曰“鹅腿藠”;圆而小者曰“苦藠”。“海椒”,蔊椒也。鹿葱花谓之“金针”。“空篇”蕹菜也。“蒸菜”菠薐也。蕨曰“鸡爪”。蕺曰“鱼香”。豆腐曰“灰馒”。豌豆颠曰“龙须菜”。倭瓜曰“南瓜”。西瓜曰“省瓜”;扁而红者曰“金瓜”;长大皮有粉者曰“冬瓜”;长而小曰“瓠瓜”;圆而大曰“壶芦”。王瓜曰“黄瓜”。甜瓜曰“香瓜”,一曰“菜瓜”。丝瓜曰“烧瓜”。锦荔枝曰“苦瓜”。番薯曰“红苕”。薯蓣曰“牛尾苕”;别种曰“人脚苕”。菰根曰“茭笋”。地蚕曰“土笋”,一曰“地细”。

鸟

鹭曰“白鹤”。鹊曰“青桩”。鸠大者曰“蒲鸽”。凫大者曰“黄板鸭”;小者曰“水壶芦”。子规曰“阳雀”。鹌鹑曰“胡斗雀”。巧妇曰“丝丝雀”。百舌曰“马屁闹”。八哥别种曰“沙和尚”。鸡谓之“割割”。鸭谓之“哌哌”。

兽

虎曰“王居士”。猴曰“辟马瘟”。猿曰“爬山”。猪曰“猪獾”，一曰“拱猪”。獾曰“狗獾”。獭曰“猫子”。猫曰“财神”。鼠曰“耗子”，一曰“膏客”。狼曰“毛狗”。狢曰“眉猫”；别种曰“螺蛳猫”。豕曰“阿溜”。羊曰“角迷”。牛牡者曰“牯”，牝者曰“犨”。刁与牝交曰“脚”。

虫

蜂曰“长脚老人”；大而黑者曰“牛角”；黑而长者曰“游七里”。蜻蜓曰“天鸡”。蝶曰“花蛾”。怀香虫曰“猪儿虫”。蝉曰“螭蜋”。天牛曰“牵牛螂”。萤曰“晾虫”。负蠜曰“鬼蚱蜢”。螳螂曰“猴狲”。毛虫曰“火辣”。蜣螂曰“洞客”。搔挟子曰“偷油婆”。竹蠹曰“笋虫”。竹虱曰“天厌”；菜生小虫，亦曰“天厌”。狗虱曰“锡钮”。蚁黑大而毒曰“蛇蚂”；小而紫者曰“黄师”。蛕曰“螬虫”。水马曰“水爬虫”。蜥蜴曰“医蛇”。堰蜓曰“壁虎”。壁钱曰“扁蛛”。

鱼

鲤曰“三十六鳞鱼”。鲩曰“草包鱼”。鳟曰“红眼棒”。青鱼曰“青鲛”；一种曰“青涌”。鲮曰“马脑鲮”。鳡鱼曰“鳡棒”。鲚曰“扁参”，圆者曰“帽果”。鲂曰“鳊鱼”。黄鲂曰“船钉”。鳢曰“乌榜”。鳗鲡曰“蛇鱼”。鳅曰“泥鳅”；别种曰“江鳅”。鳣曰“黄派”。

鲔曰“象鱼”。鲢鱼曰“跛浪”。鳑鱼曰“娃娃鱼”。鳜鱼曰“母猪壳”，一曰“水豘”。乌贼曰“木鱼”；“木鱼”，墨鱼也；无骨者曰“油鱼”，“油鱼”，柔鱼也。南虾曰“金钩”。水母曰“白蛇”。黄獭鱼曰“蜡钉”。石缝鱼曰“石胡”。鼋曰“母猪龙”。龟曰“八卦鱼”。鳖曰“五牲鱼”。

富顺赵化镇山水志

正龙山　在上街，川主宫后，正对狮子山。水抱峰环，镇中正结之地。山左麓为“扶摇直上门”，猪市在其侧。

地弓山　在隆兴寺东。圆抱如弓，有名秀之气。

石燕点水山　在地弓山左崖。俯临龙潭，大石高七八丈，垂如燕嘴，山形斜张两翼。大水时，里中士女多于此观涨焉。其上野冢丛叠。咸丰庚申，镇人议欲筑城，东址□□是山，知县胡公汝开亲临履勘，以冢墓太广，难于起厝，又别有碍于店房者沮之，议遂寝。

土地山　在西街。如翼展舒，明整夺目。

小龟山　又名小儿山，在镇西南。秋澄景清，人多登览。

铁山　在镇西南二里，普安砦南门外。长横高峙，镇中地脉由兹而落，实为镇之主山。

老鹰鹘山　在铁山西南。山顶乱石高攒，大盈数亩，最高者如鹰鹘之喙，奇恶逼人。

大营山　在普安砦内南垇，传为流贼[1]结营处。旁为小营山。

---

① 原稿后有“张献忠”，三字，后框去。

鳌山　在镇南五里，崛起孤峭，里人筑砦其上。

狮子山　在镇对岸，挺然杰出，为镇客山。里人植柏数百株，翠接山椒，倍见苍秀。

屏风山　在镇东南十五里。横列如屏，高障云日，数十里外，即能望见。咸丰庚辛间，李逆乱后，里人始筑砦其上。

牛心山　在镇东南十八里。《志》云："高巙突立，形如文笔，秀出群峰。"

虎头山　在镇东十五里。《县志·山川上》云："在县东南六十里。山石崛垒，蹲踞江边。下有洞口，吞吐云气，如虎形。山顶有一泉，四时不涸。宋末咸淳中，徙城于此，遗堞犹存。"《古迹》云："虎头城在县东六十里虎头山。宋咸淳初，移监治于此，元初仍徙旧治。"又云："富（县）〔顺〕监安抚司，即虎头城。"《建置》云："咸淳初，徙置虎头山。元至元十二年，复于旧治，置富顺监安抚司。"《方舆纪要》云："元至元十三年，置富顺监安抚司。"又云："虎头城，县西南六十里虎头山上。其山高六十余丈，蹲踞江边，状若虎头。宋咸淳元年，徙富顺监于山上。因山为城，不假修筑，足以御寇。元复还今治。"

锡山　《县志》云："在县西南本十里，一名金蟾山。耸特孤高，如金蟾偃仰，与虎头山相对，锡水所出。"

印山　在锡溪内，圆颗如印。

璧珠崖山　在镇南十五里。群峰攒簇，上含云气，有珠联璧合之形，实为镇中地脉分龙之山。

大雄寺山　在镇西十五里。形如覆钟，高插天表，雄霸一方。旧有大雄寺，今废。

红珠山　与大雄寺山相接，传闻昔有土人，尝于山中掘得红珠，大如弹丸，故名。

鹅宝山　一在镇西北三里观音滩上；一在镇东五里石狗滩山内；一在镇东十五里虎头山对岸；一在镇西十二里营山砦南。皆土含石卵，如濡粉裹豆；草木稀生，惟宜松材。或曰：此山气凝结最重者，殆坚于石山云。

观音崖　在镇西三里普安砦西门外。负山面江，穹窿争险。江涨时，崖石当其冲，逼水北归观音滩，使水经绕镇而过，不至大为冲刷镇基，此崖之力也。崖壁上刻“万历癸卯年水涨至此”，字大如槃。崖穴尝藏乞子，土人亦称丐崖。

穿洞崖　在镇东五里人和砦山下。洞长二里，山腹为穿。

写字崖　在镇西十二里营山砦。

地灵人杰崖　在镇西南十五里了果寺后山。崖镌“地灵人杰”四字，大二尺许。苔藓纠蟠，泉乳滑溜，犹可辨识；殆数百年作也。

立石崖　在镇东十五里锡溪内。悬崖立石，大如瓦屋，一线不坠，奇险骇观，惟三峡崖石，足以状之。土人云，有时无心撼之，摇动欲坠。殆如雁宕雌雄石然。

梳妆台崖　在虎头山。悬崖赘石，顶平可坐十人，怯懦者目为之瞑。相传为鲍三娘梳头处。又闻流贼破砦时，有景姓兄弟，悬布崖树缒下，泅水过江以免。

仙人石　在石燕点水山下。巨石峙深潭中，一小石长约八尺，圆曲如桥，横架石壁间。下俯清渊，人迹不到，俗呼仙人桥焉。

鸡冠石　在镇东二里江岸。轮囷圆削，如竖鸡冠。江涨时，龙潭水势，斜射过江，泡漩汹涌，荡刷崖岸，赖此石当之。

君子石　《县志》云：“在县南六十里赵化镇。二石峙江畔，低昂起伏，有揖逊状。”按：今土人呼为雷劈石，而别以江心独峙者当之,误矣。

小砥流石　即土人误呼君子石者。特出江心诸石,怒激惊波,箭流辟易。因县西江中有砥流石,乡人号为小砥流石云。

脚蛇石　在观音崖江畔。大石中剖,夹一石,头尾约长丈余,奇挺生动,酷似蛇医。

虾蟆石　在脚蛇石侧。高丈余,长数丈,头东尾西,宛欲吞吸风水。江半涨时,观音崖渡船,切须防此。

母猪石　在镇西五里雒江北岸。大小数石,围十数丈。有一石形如母彘负子,右腹刻字,大四寸许:“宋绍兴某年某避难至此。”

独石　在双关子滩下。尖挺江心,隐伏水面,来舟每为刺破。

牯牛石　在石狗滩腰。水势至此,峭折而狭,滩陡波恶;石卧江心,横恶可惧,舟人苦之。

莲花石　在石狗滩脚。深潭浮石,团激浪花,如莲朵千百,空中聚散。水路折成之字。石盈一亩,在波磔间,亦险地也。

牛腿石　在莲花石下南崖之麓。高约一丈,如水牛腿膝痕,肥美光健,具有化工。江巨涨时,崖前两漩盘深。可容数间屋,舟不可犯。

黄葛洞　在隆兴寺后崖下。榕树覆洞门,幽净可玩。今封。

龙潭洞　在龙王潭上。洞中有石灶石窗,久湮于土。光绪丙戌,镇中九老治之,颜曰“壶中日月”。别得一洞通焉,为石床、石枕、石案,谯游其中。各有诗文镌壁,刻题名碑嵌之;复镌“龙潭石室”四字于潭崖之腹;字大盈三尺,萧世楷书。

高洞　在镇北一里甘溪内。崖高数十丈,腹虚,多玲珑小石山。夏间水帘溃瀑成雨,嵌空应声,如雷鸣地底,近之白日为昏。其左去半里,有小高洞。

天空洞　在镇西一里大陌井上。横崖滴溜，亦产小石山。下为深塘，可溉田数百顷。水美鱼肥，四时有人垂钓。

竹崬洞　《县志》云："在县南五十里。宋绍兴中，侍郎郑莹居此。前有流杯池，莹有《前后竹崬赋》。"按：洞在镇西五里石王溪上铁龙堌。中有《石床赋》，今存洞中，磨灭不可卒读。流杯池没为田，父老犹能道其遗迹。洞左右壁，明代石刻颇多，皆为土人铲削，仅数十字可辨而已。咸丰中，地主龚姓安柩其中，封焉。光绪丙戌，乡先生婉劝之，助其徙去，洞复开，前此闭塞三十年矣。

虎头山洞　在虎头山下。崖腹石骨横露，如蟒蛇身，洞口人家瓦屋若衔其间，不见风雨。

金鸡洞　在锡溪上。

飞龙洞　《县志》云："在县南六十里。旧有亭台，今废。"

仙鹅洞　《县志》云："在县南六十里。深邃莫测，樵者尝于此得铁剑，上有'宜和'二字。按：旧志作"仙鹤"，误；"宜"字亦"宣"字之误。盖"宣和"与"仙鹅"声相近，故名"仙鹅"。以上二洞，今皆不知其处，待考。

龙潭石盘　在仙人石上，与龙潭大石对锁，江水为狭。

蛇溪石盘　在银蛇溪口。阔占半江，多产石缝鱼。

双关石盘　在镇西六里双关子滩下。江心乱石，层叠关锁；江波跳鸣，舟路逼仄。二八月间，水平石面，谓之洗脸，一日至破十余舟。光绪六年，官运局以行盐，命工平各险滩，凿石略低，其害稍减。

石龙过江石盘　在镇西十二里。山脊石脉，下插江心，斜长半里。水清石洁，游鱼悬空，苔藻如绘。下即傅家沱；南岸为朱家滩。

雒水　自青山峡来，五里过石灰溪；二里下朱家滩；一里下白马尾滩；一里下菱角嘴滩。北转东行，五里下双关子滩；二里下麻柳滩;一里经银蛇溪。又东折,一里由观音滩下,回环绕镇而过;五里下石狗滩;十里过虎头城;五里经石鹿溪,又东十里至怀德镇。

甘溪　在镇上渡对岸。高洞上游之水,由此入雒江。

象鼻溪　在镇中渡对岸。万寿场以上之水,由此入雒江。

银蛇溪　《县志》云:"在县南五十里。发源南溪,由跳蹬子入富顺界。过林家洞、五里坝,至赵化镇入雒水。溪口有石盘,水泛相荡成泡影,如蛇形,上下波中,故名。"按:溪在镇西四里。

石王溪　《县志》云:"在县南五十里,近竹嵓洞。即银蛇溪之近石王桥上下是也。"

竹溪　在石王溪西半里。溪流涓细,高竹缘坡,土人称竹溪沟云。

白杨溪　在竹溪西二里。复冈成壑,溪上旧多白杨树,故名。

荡猫溪　在镇东三里。峦交嶂错,松柏阴森。传有野獭常浴溪中,里俗呼獭为猫子,故名。

姚灏　在镇东四里穿洞崖下。明时,景氏居之,称望族焉。

锡溪　在镇东十五里。《县志》云:"在县东南六十里。"按:《志》载"锡山"云,"锡水所出。"盖之溪流来与合而入雒水也。今锡溪上一石碣刻:"明黄孝子故里。赵化镇文昌宫首士立。"

龙王潭　《县志》云:"在赵化镇下渡。宽阔静深;潭前有大石如龙,故名。"按:潭石横亘数里,江涨愈高,水势愈恶。奔雷裂地,高浪扇天,狂波余怒,直射过江,舟不敢近。

小龙王潭　在龙王潭下,渟泓磊砢,亚于龙潭。

菜子湾沱　在下渡对岸。漭阔静蓄。江涨时,与沙湾双漩回流,各占里许,如两己相背,奇转可观。

沙湾　在下渡。白沙层积,镇人视其涨落,觇里中商贾财利散聚。

观音洲　在镇西街江中。洲长四里,其尾一里许,涌没不常。

乡举年涌起，里中必有人发科，时号科甲中坝。俗称洲为中坝也。

孝泉　《县志》云："在县东南六十里锡溪上，孝子黄璿故里。""龙潭水"，清深融蓄，煎补剂药最宜。"莲花水"，即莲花石滩水。湔湃撞击，汲以煎茶、煮散降之药尤佳。

花园井　在上街花园口。井大盈丈，供汲多家。

水井湾　在川主宫侧。上下二石井，一圆一方，颇深大。惟去市太近，水不佳。

罗汉井　在罗汉坝罗汉寺西。水特芳洌，里人煮酒和药多汲之，即明杨慎诗所谓"廊僧暝汲怯寒溜"者也。

铁山井　在铁山西崖上，普安砦人多汲之。石泉清溜，远胜砦中官塘。山下有二井，村人饮上井者多八九十岁；饮下井者年不过六十岁。二井去不盈里，足征地脉殊异。

君子井　在君子石江岸。一线泉脉伏涌，澄源清浅盈尺，仅供一瓮。煮茶爽舌沁包，不让峨眉九顶诸泉。

灵泉井　在观音崖，旧云可以疗疾，今堙。崖上尚镌"灵泉井"三字。

鳌山井　在鳌山砦内。井大而深，足养多人。

品泉井　在镇上渡过江五里匡氏庄园。三井如品字，故名。

桂香池　在镇中文昌宫侧。纵横十余亩，周以石槛。池畔间植柳棠石榴梧桂；池中芙蓉蘋藻，掩映红墙；鱼鳖充牣，为镇中游览胜地。竖绰楔二，分颜四面，曰天心、水面、凤藻、龙光。

龙月池　一名源聚池，在镇中隆兴寺前。形如磬折，半砌石阑，杂植蒲菰，今堙。

白莲池　在西街永济桥西，张氏百果园内。旁凿一井，花药纠纷，致有野趣。

白荷野塘　在南华宫后山麓。深隔竹篱，游人罕识。

永湾莲塘　在铁山下田氏山庄前。阔等桂香池，周荫桑枣，杂泛菱芡，游鱼水鸟如织。

流杯池　在竹嵒洞前，今废。

虎头山池　在虎头山。阔十余丈，山高风急，终古不涸。

蕙沼　在普安砦"晚晴别墅"中。环莳蕙兰，疏绕杞菊，拒霜慈竹，覆荫周匝。

古湾塘　在镇西九里。周回里许，深可十丈，可溉田数百顷，四乡之塘，以兹为巨。

福济桥　在河街。今平为街道，里人尚呼"桥儿口"焉。

永济桥　在西街。明建，万历时立碑犹存。

公济桥　在罗汉寺前。明建。

石王桥　在石王溪。明知县邱齐云有记，载《县志》。同治中，里人重建。

双龙桥　在镇西八里白杨溪内。有修道石碣，系里人周道南记，文颇古雅。

荣镇桥　在镇南一里九甲场。有石绰楔，为里人田玉辉书，字体劲秀，墨客时拓之。

二道桥　在镇南十里。

王桥　在镇南十八里。

土池桥　在镇东南十五里。

万寿桥　在镇东江岸万寿场。

锡龄桥　在锡溪。光绪初，里人张万材捐数千金修建。有荣昌敖翊臣记。

老桥　在锡溪。

银蛇溪跳登　同治初，里人刘永茂补修。癸酉大水后，朱泰兴，龚长春复培修，立石道左。

诗拟议

（一）岑嘉州边塞诗多雄奇峭健，七绝顾善道人眼前意中语，颇近自然。如《碛中作》云："走马西来欲到天，辞家见月两回圆。今夜不知何处宿，平沙万里绝人烟。"《逢入京使》云："故园东望路漫漫，双袖龙钟泪不干。马上相逢无纸笔，凭君传语报平安。"二诗尤脍炙人口。《采薇》诗："我戍未定，靡使归聘。"二句实足分了岑诗两首之意。特周诗简质，神味浑然，非经唐人诗洗发出意思，读者每多鹘仑过去耳。

（二）《陟岵》诗："尚慎旃哉，由来无死。"直与"死丧之威，兄弟孔怀"，同一惊心动魄。曹子建诗："忧思成疾疢，无乃儿女仁。王其爱玉体，俱享黄发期。"亦是此意。杜子美"病中吾见弟，书到汝为人"，化用《诗》意，最为沉痛，味之乃出。至《遣兴》诗"倘使免相失，见日敢辞迟"，与王建诗"郎在任郎回未回"，乃本《诗》"无死"语转出者。若"汝归何处收兄骨"，便对面着笔，语益苦而思益巧矣。昔人谓"文章无尽旨"，良然。

（三）王仲宣诗："路有饥妇人，抱子弃草间。顾闻号泣声，挥涕独不还。"杜子美诗："痴女饥咬我，啼畏虎狼闻。怀中掩其口，反侧声愈嗔。"一时流离颠连之状，摹写逼真。乃《大雅·生民》诗"诞寘之平林"一章，写弃子情形，无微不至，至今犹如睹其状，如闻其声，较王、杜二诗尤警，学者因儿时诵熟，不觉其奇骇矣。

（四）“有兔爰爰”诗宛转愁叹，神伤意远，杜子美约其旨于五字中曰：“世情只益睡。”

（五）“悠哉悠哉，辗转反侧”，写“寤寐思服”之情，体贴极微。后人诗略得仿佛者：古诗“东西安所之，徘徊以傍徨”；阮嗣宗诗“夜中不能寐，起坐弹鸣琴”；庾子山诗“寻思万户侯，中夜忽然愁，琴声遍屋里，书卷满床头”；李太白诗“有时忽惆怅，匡坐至夜分，心随南风去，吹散万里云”。

（六）“二子乘舟，泛泛其逝”，言一去永不返也，写得声泪凄楚。太白诗“海客乘天风，将船远行役，譬如云中鸟，一去无踪迹”，最得《诗》“逝”字意思。

（七）太白《宫中行乐词》“柳色黄金嫩”，“小小生金屋”二首，及《清平调》第二首，皆以飞燕比太真，隐然有祸水之戒，即《诗》“艳妻煽方处”意也。应诏陈诗，不忘讽谏，直哉！比周时诗人尤难矣。

（八）施肩吾诗“自家夫婿无消息，却恨桥头卖卜人”，翻用《杕杜》诗“卜筮偕止”，“会言近止”，“征夫迩止”数句之意，最妙。

（九）《有狐》诗“之子无裳”“无服”“无带”，情思缭绕，往复迫切，与陶渊明《闲情赋》中九愿字云云，正复不异。陶赋自序云：“始则荡以思虑，而终归闲正。”此诗则荡而不能自持矣。然诗人特著之，既使人丑而恶尊，即凡有与此诗同情者，观之亦可自失，要一“思无邪”之旨而已。

（十）“甘与子同梦”，不过言甚愿与子共寝耳。语致亦何深婉，唐人诗“辜负香衾事早朝”，便浅露矣。

（十一）“淇水悠悠，桧楫松舟。驾言出游，以写我忧。”真有对此茫茫，百感交集之慨。后人诗祖述此意者多，最妙者谢宣城“大江流日夜,客心悲未央,徒念关山近,终知返路长”,张子寿《登荆州城望江》诗“东望何悠悠,西来日夜流,岁月既如此,为心那不愁”。

(十二)“十亩之间兮”,王右丞《渭川田家作》最有此诗意境。

(十三)王右丞《别弟缙后登青龙寺望蓝田山》诗:“陌上新别离,苍茫四郊晦。登山不见君,故山复云外。远树蔽行人,长天隐秋塞。心悲宦游子,何处飞征盖?”盖苏子瞻送子由诗:“不饮胡然醉兀兀,此心已逐归鞍发。居人犹自念庭闱,今我何以慰寂寞。登高回首坡陇隔,惟见乌帽出复没。苦寒念尔衣裘薄,独骑瘦马踏残月。路人行歌居人乐,僮仆怪我苦凄恻。”二诗颇相肖。摹写骨肉离别真情,令人笃亲亲之意。其用意均从《燕燕》诗“瞻望弗及”,及“实劳我心”得来。谢康乐《与从弟惠连》诗,“顾望脰未悁,汀曲舟已隐”,亦然。

(十四)“鸡栖”“牛羊”,意本属对,中间却插入“日之夕矣”句。古诗“寒冬十二月,晨起践严霜”,阮嗣宗诗“是时鹑火中,日月正相望”,都将时候安插中间,布置最好。

(十五)“恩斯勤斯,鬻子之闵斯”,情真语苦,几于声泪俱下,宜成王读此诗而感动也。后人诗如东方朔之“示训龙蛇”,陶渊明之“但觅梨栗”,太白之“与姊齐肩”,昌黎之“鞭背虫蛆”,义山之“衮师”,牧之之“训侄”,无不深顾复之爱,隆重继体,自待不薄。而杜子美之诗,于伦彝间用情尤厚,即抒写慈爱之怀,如:“入门闻号咷,幼子饿已卒。吾宁舍一哀,里巷亦呜咽。所愧为人父,无食致夭折。”“痴女饥咬我,啼畏虎狼闻。怀中掩其口,反侧声愈嗔。”“小儿强解事,故索苦李餐。众雏烂漫睡,唤起沾盘飧。”“床前两小女,补绽才过膝。海图拆波涛,旧绣移曲折。天吴及紫凤,颠倒在裋褐。”又:“瘦妻面复光,痴女头自栉。学母无不为,晓妆随手抹。移时施朱铅，狼藉画眉阔。生还对童稚，似欲忘饥渴。问事竞挽须，谁能即嗔喝。翻思在贼愁，甘受杂乱聒。娇儿不离膝，畏我却复去。”“遥怜小儿女，未解忆长安。”“问知人客姓，诵得老夫诗。倘归免相失，见日敢辞迟。”“汝曹催我老，回首泪纵横。”“令节成吾老，他时见汝心。”又“续儿诵文选”，“意答儿童问”。又“叫怒索饭啼门东”等语，皆能曲曲传出仁厚意思，读之可令薄夫敦也。

（十六）“振鹭于飞，于彼西雝。我客戾止，亦有斯容。”形容商家后人尚白，最为有致。杜子美“黄鹄高于尺五童，化为白凫似老翁”即本此意，而措词特奇创。

（十七）杜子美“绵州江水之东津，鲂鱼泼泼色胜银”，宛然“猗与漆沮，潜有多鱼”起法。

（十八）戴东原《诗经补注》云：“卷耳，感念于君子行迈之忧劳而作也。陟山，谓君子行迈所陟也。酌酒，愿君子行迈且酌以解其忧也。”陈兰甫以为实胜朱传之说。光第按：如此解，则马瘏仆痡亦遥念其君子行迈景象而并及之。唐人诗“席上回尊劝僮仆”，尚有诗人遗思乎？故友王吏部开甲尝举杜诗“叹息谓妻子，我何随尔曹”，以为此老多情善谑。光第谓“此有蓝本”。问本何人，“瓜瓞”诗“古公亶父”章是也。

（十九）“韩侯取妻”章，末忽点入“韩侯愿之，烂其盈门”，真乃写生传神之笔，虽左史为文不过也。杜诗“秦王时在座，真气惊户牖”，点插生动，亦颇似之。

（二十）李义山“玉帐牙旗得上游”一首，有《板》诗“价人维藩”之慨。

（二十一）“我不敢效我友自逸”，俨然有洁身乱伦之惧。曹子建诗“闲居非吾志，甘心赴国忧”，即是其意。至杜诗“非无江海志，潇洒送日月。生逢尧舜君，不忍便永诀”，又“顾惟蝼蚁辈，但自求其穴”，又“终愧巢与由，未能易其节”云云，更是激烈男子。

（二十二）《兔爰》诗“我生之后，逢此百忧，尚寐无觉”，直是说不如死为愈耳，而语特幻妙，令人欲涕欲笑。《楚辞·悲回风》“宁溘死而流亡兮，不忍此心之常愁”，遂觉激烈。

（二十三）杜子美《羌村》诗“苦辞酒味薄，黍地无人耕。兵革尚未息，儿童尽东征”，乃用《诗》“王事靡盬，不能艺稷黍”之意，令人不觉，真所谓水中着盐，饮水乃知盐味也。

（二十四）“鹳鸣于垤，妇叹于室。洒扫穹窒，我征聿至。”杜子美《羌村》诗“柴门鸟雀噪，归客千里至。妻孥怪我在，惊定还拭泪”，意境似之。其第二首“忆昔好追凉，故绕池边树。萧萧北风劲，抚事煎百虑”，前人谓与“昔我往矣，杨柳依依”四句同意，固然。则生还到家，触物动情，仍是从《东山》诗“有敦瓜苦，蒸在栗薪”四句意化出者。

（二十五）《柏舟》诗“之死矢靡他”，决绝乃尔，《离骚·怀沙》“知死不可让，愿勿爱兮”，似焉。

（二十六）“绋缅维之”，《笺》言“以绋系其绥”，则绥亦是绳索之类。韩诗缅训筰。《说文》“筊”云“竹索也”。“筰”云“筊也”。《玉篇》“绊”云“索也”。梁简文乐府云，“芙蓉作船丝作绊”，与“筰”一也。

（二十七）“雨雪瀌瀌”，《笺》云：“喻小人虽多，王若兴善政，则天下闻之莫不曰，小人今诛灭矣。”张平子《四愁诗·序》曰：“屈原以美人为君子，以珍宝为仁义，以水深雪雾为小人。”自屈原以来，诗义如此，《笺》以雪消喻小人，非无本也。

（二十八）《采绿》诗四章，李黼平云：“我又追忆君子在家时，狩则我韔其弓，钓则我纶之绳。”光第按：近人诗“不愿我郎作官去，愿郎打网我摇船”，与此诗意绪正自不殊。

（二十九）“何人不矜”，说得痛切。汉文帝赐尉佗书，“寡人之妻”等诸句，与此正堪互证。

（三十）《黄鸟》序：“哀三良也。国人刺穆公，以人从死，而作是诗也。”王仲宣诗“临没要之死，尊得不相随”，妙得序意。《毛诗䌷义》，李黼平。

（三十一）“大风有隧”，《传》：“隧，道也。”《桧风，匪风》“匪风发兮”传云：“发发，飘风，匪有道之风。”《释天》“回风为飘”。回旋之风，从地陡起，故曰匪有道。《楚词·河伯》云：“冲风起兮水横波。”《说文》：“冲，通道也。”故王叔师注云：“冲，遂也。”屈原设意与河伯为友，俱游九河之中，想蒙神佑，反遇遂风，大波涌起，即据此传为说。《毛诗䌷义》。

（三十二）《硕人》诗：“巧笑倩兮，美目盼兮。”《楚辞·山鬼》云，“既含睇兮又宜笑。”

（三十三）“视尔如荍”，李太白诗云“爱君芙蓉婵娟之玉色”似之，皆比拟其颜色之词。若蔡伯喈赋“纵横接发，叶如低葵”，苏子瞻诗“剪发垂髻，覆此瓠壶”，则状其形似者也。

（三十四）太白“宫女如花满春殿，只今惟有鹧鸪飞”，子美“当时侍金舆，故物独石马”，二诗亦何相似，皆是唤醒豪华，如五夜清钟，令人心碎也。

（三十五）杜子美《归来》诗“开门野鼠走，散帙壁鱼干”，俨是《东山》诗“鹿场”“蛸户”景象。

（三十六）杜牧之“看取汉家何事业，五陵无树起秋风”，即本《诗》“踧踧周道，鞫为茂草”，再翻进一层意。

（三十七）《清人》序言：“文公使高克将兵御狄于境，陈其师旅，翱翔河上，久而不召，众散而归。”李白诗：“旌旆夹两山，黄河当中流。连鸡不得进，饮马空夷犹。”讥当时节度使辈徘徊不进之状，抑何与“驷介”“二矛”“河上逍遥”之词相似耶？

（三十八）姜宸英《湛园札记》：“《易·鼎》‘九四，鼎折足，覆公餗，其形渥凶’，郑注云：‘糁谓之餗。震为竹，竹萌为笋。笋者，餗之为菜也，是八珍之食。臣下旷官失君之美道，当刑之于屋中。’按周亦笋为珍味，故其诗曰：‘维笋及蒲，馈食之笾，亦有笋菹。’”光第按：后之诗人说笋者，惟宋苏、黄为多，余尤爱山谷《苦笋赋》“甘脆惬当，温润缜密”八字，实能状得笋品地出。

（三十九）杜诗“干排雷雨犹力争，根断泉源岂天意”，即化用《荡》诗“枝叶未有害，本实先拨”意。

（四十）“我居园卒荒”，《笺》云：“荒，虚也。园中至边境以此故尽空虚。李诗“两京遂邱墟”，杜诗“千村万落生荆杞”，饥馑兵乱不同，同一痛心疾首。

（四十一）“駉駉牡马”，《毛传》：“駉駉，良马腹干肥张也。”杜诗“卓立天骨森开张”，语意拟之。

（四十二）“燕燕于飞，参池其羽。之子于归，远送于野”，高达夫诗“只言啼鸟堪求侣，无那春风欲送行”，变为七言，遂得别有风韵。

（四十三）杜诗《孟氏有兄弟》一首云：“负米夕葵外，读书秋树根。”韩诗《嗟哉董生行》云：“嗟哉董生，朝出耕，夜归读古人书，尽日不得息。或山而樵，或水而渔，入厨具甘旨，上堂问起居。父母不戚戚，妻子不咨咨。嗟哉董生孝且慈，人不识，唯有天翁知。”以较《鸨羽》诗云：“王事靡盬，不能艺稷黍，父母何怙，悠悠苍天，曷其有所。”其得天伦日用之乐远矣。又况穷兵黩武，争战不休，如汉文所称“寡人之妻，孤人之子，独人父母，得一亡十”者，天亦何贵为斯民而立之君哉？

（四十四）李怀麓《花将军歌》：“帝呼花云儿，风骨如花云。手摩膝置泣复叹，云汝不死犹儿存。”即远仿《江汉》诗“王命召虎”，“无曰予小子，召公是似”之意。

（四十五）“藐藐昊天，无不克巩，无忝皇祖，式救尔后”，以幽王之昏黯已极，而诗人犹望其能改过以自救，用意亦何厚耶！楚辞“赖皇天之厚德兮，还及君之无恙”，正此意也。

楚辞拟议[①]

一　总述节录各家评说八条

（一）汉王叔师《楚辞章句序》云：“屈原膺忠贞之质，体清洁之性，直若砥矢，言若丹青，进不隐其谋，退不顾其命。此诚绝世之行，俊彦之英也。而班固谓之露才扬己，竞于群小之中，怨恨怀王，讥刺椒兰，苟欲求进，强非其人，不见容纳，忿恚自沉，是亏其高明

---

① 此据作者外孙陈琴阶所藏抄本。抄本摘录《楚辞》原句及征引各家评说和诗句错讹较多，此次整理核对原书稍作校勘。所引诗文，凡仅举作者姓名而未详书名篇名者，也予注明。

抄本原分上下二卷，收入本集时，取消了卷次，而根据内容分为十三个篇目。

抄本引朱熹《楚辞辨正》凡十六条，文中前十三条只有标题，引文则列于全稿之后，看来抄本尚非定稿，材料未及补入正文，现将引文均归于各标题之下；“终古”“香草”“北斗”三条，有引文而无标题，“若英”“终不见天”两条，有标题而缺引文，现均加上标题和补入了引文。

而损其清洁者也。昔伯夷叔齐，让国守志，不食周粟，遂饿而死，岂可复谓有求于世而恨怨哉？且诗人怨主刺上曰：'呜呼小子，未知臧否。匪面命之，言提其耳。'风谏之语，于斯为切。然仲尼论之，以为大雅。引此比彼，屈原之词，优游婉顺，宁以其君不智之故，欲提携其耳乎？而论者以为露才扬己，怨刺其上，强非其人，殆失厥中矣。"又曰，"夫《离骚》之文，依托五经以立义焉：'帝高阳之苗裔'，则《诗》'厥初生民，时维姜嫄'也，'纫秋兰以为佩'，则'将翱将翔，佩玉琼琚'也；'夕单洲之宿莽'，则《易》'潜龙勿用'也，'驷玉虬而乘鹭'，则《易》'时乘六龙以御天'也；'就重华而瞰词'，则《尚书·皋繇》之谋谟也，"登昆仑而涉流沙"，则《禹贡》之敷土也。故智弥盛者其言博，才益劭者其识远。屈原之词，诚博远矣。自孔丘终没以来，名儒博达之士，著造词赋，莫不拟则其仪表，祖式其模范，取其要妙，窃其华藻，所谓金相玉质，百岁无匹，名垂罔极，永不刊灭者也。"光第按：叔师之序《七谏》[①]也，曰："古者，人臣三谏不从，退而待放。屈原与楚同姓，无相去之义，故加为七谏。"斯言尤当。夫宗臣之道，有其力，则孟子之所谓易位焉可也；无其力，则方朔之所谓《七谏》焉可也。至称引雅诗，尤可破后世以谄立国、以谀进身之惑。夫天下大患，莫甚于为人臣者例以神明圣哲待愚黯之君，谬托于事君尽礼，不敢一言犯之以自固；而其实则欺谩侮弄，无所不至，至于倾覆宗社，残害生灵，而无有谬其误国慢君之罪者，岂不深可痛恨哉！然后知《凯风》《小弁》，可以怨矣。是乃为仁之至、义之尽也。

（二）宋许顗曰："季父仲山在扬州时，事东坡先生。闻其教人

---

① 《七谏》，汉东方朔作，朱熹《楚辞集注》未收。

作诗云：‘熟读《毛诗·国风》与《离骚》，曲折尽在是矣。’仆尝以谓此论太高，后年齿益长，乃知东坡先生之善诱人也。”[①]

（三）周密《浩然斋雅谈》：“涪翁云：章子厚尝言，《楚辞》盖有所祖述。初不谓然。子厚曰：《九歌》盖取诸《国风》，《九章》盖取诸二《雅》，《离骚》盖取诸《颂》。考之良然。”

（四）严羽曰：“《九歌》不如《九章》，《九章·哀郢》尤妙。[②]前辈谓《大招》胜《招魂》，不然。”又云：“读《骚》之久，方识真味；须歌之抑扬，涕洟满襟，然后为识《离骚》，否则如戛缶撞瓮耳。”

（五）张表臣曰：“尝怪两汉间所作骚文未尝有新语，直是句句规摹屈宋，但换字不同耳。至晋宋以后，诗人之辈，其弊亦然。若是虽工，亦何足道。”[③]光第按：此正谓其不能拟议以成变化也，即后来宋大樽持论所本[④]。

（六）元陈绎曾曰：“凡读《骚》，要见情有余处。”[⑤]

（七）明何乔新《楚辞序》云：“孔子之删《诗》，朱子之定《骚》，其意一也。《诗》之为言，可以感发善心，惩创逸志，其有裨于风化也大矣；《骚》之为辞，皆出于忠爱之诚心，而所谓‘善不由外来，名

---

① 宋许觊，字彦周。引文见《许彦周诗话》。

② 引文见严羽《沧浪诗话》。按《沧浪诗话》各本均作“《九章》不如《九歌》，《九歌·哀郢》尤妙”。《哀郢》系《九章》中之一篇，《九歌》原无《哀郢》。

③ 宋张表臣，字正民，著有《珊瑚钩诗话》。检明刻《古今诗话》本及商务印书馆《丛书集成初编》排印《百川学海》本，均未见此文，疑著者另有所据，或人名有误。

④ 清宋大樽，字左彝，一字茗香。所著《茗香诗论》持原始知本、寄兴立诚之说。谓：“三百篇后有《补亡》；《离骚》后有《广骚》《反骚》《苏李赠答》《古诗十九首》，乐府后有杂拟，非复古也，勦说雷同也。三百篇后有《离骚》，《离骚》后有《苏李赠答》《古诗十九首》；《苏李赠答》《古诗十九首》外有乐府；后有建安体，有嗣宗《咏怀》诗，有陶诗；陶诗后有李杜，乃复古也，拟议以成其变化也。”著者按语云云，当即指此。

⑤ 元陈绎曾，字伯敷。引文见所著《诗谱》。

不可以虚作’者，又皆圣贤之格言，使放臣屏子呻吟咏叹于寂寞之滨，则所以自处者必有其道，而所天者幸而听之，宁不凄然兴感而迪其伦纪之常哉？此圣贤删定之大意也。读此书者，因其辞以求其义，得其义而返诸身焉，庶几乎朱子之意而不流于雕虫篆刻之末矣。”①

（八）庄天合序云：“故吾以为侯王而通于《骚》，则本支之恩必笃；公卿大夫而通于《骚》，则夹辅之益必弘；台谏侍从而通于《骚》，则论思之道必广；群有司、百执事而通于《骚》，则奔走之勤必著。若乃奥博者菀其鸿裁，中巧者猎其艳词，吟讽者衔其山川，童蒙者拾其香草，追风入丽，沿波得奇，虽复宣炳王猷，润色鸿业，无之而不可矣。盖孔子论《诗》曰：可以兴，可以观，可以群，可以怨，可以事君父，可以资多识，则余于《离骚》亦云。彼夫宋、景、贾、马而下，苏、黄、张、吕以前，虽作者代起，情制殊途，然莫不异轨同奔，递相师祖，接先声于玉管，启后乘之司南。学者合而求之，固亦天下之极观也。”②

二　离骚二十七条

（一）国朝沈归愚云：“朱子谓《离骚》不皆是怨君，被后人多说成怨君。此言最中病痛。如唐人中，少陵固多忠爱之词，义山间作讽刺之语，后必动辄牵入云某诗指某事、某诗刺某人，亦何取耶？”③又曰：“王龙标绝句深情幽怨，意旨微茫，令人测之无端，玩之无尽，

---

① 明何乔新，字廷秀，光绪三年湖北崇文书局重刻明《楚辞集注》本，卷首有成化十一年河南案察司案察使盱江何乔新序，引文出此。

② 语见《楚辞集注》（湖北崇文书局本）序。

③ 清沈德潜，字确山，引文见所选《唐诗别裁集·凡例》及所著《说诗晬语》。

谓之唐人骚语可。”又曰：“柳州诗长于哀怨，得《骚》之余意。”光第按：文悫此论最佳，盖能不以皮毛相者也。

（二）韩昌黎《罗池庙碑》迎神送神曲，宋张表臣谓自《离骚》来。[①]

（三）古诗：“四顾何茫茫，东风摇百草，所遇无故物，焉得不速老！”[②]比《离骚》“惟草木之零落兮，恐美人之迟暮”语尤警。盖同此一遇之感，一则逢秋而始悲，一则当春而亦伤也。

（四）“乘骐骥以驰骋兮，来吾导乎先路。”朱子注：“言当为君前导以入圣王之路。”按杜子美诗：“古来存老马，不必取长途。”[③]亦取识途之意。李太白诗：“请君赎献穆天子，犹堪弄影舞瑶池。”[④]则被放之后，犹然倦倦于君，冀复用而得自效也。

（五）“冀枝叶之峻茂兮，愿埃时乎吾将刈。”韩昌黎《秋怀》诗：“清晓卷书坐，南山见高稜。其下澄湫水，有蛟寒可罾。”陈广敷先生谓：“昌黎诗志雄而气远，若使作宰相，必不肯干休。”[⑤]光第按：屈子之喻意，在及时而进德；韩子之喻意，在乘时而除恶也。陈广翁至谓不肯干休，有以哉。

（六）“虽萎绝其亦何伤兮，哀众芳之芜秽。苟余情其信姱以练要兮，长颇颔亦何伤？”陆务观《梅》诗：“摧伤虽多意愈厉，直与天地

---

① 见张表臣《珊瑚钩诗话》卷一。

② 见《文选·古诗》“回车驾言迈”一首。

③ 见杜甫《江汉》。

④ 见李白《天马歌》。

⑤ 清陈溥，字广敷，江西新城人，有《陈广敷先生诗文钞》。另有未刊稿《霞绮轩诗话》，说疑出《诗话》中。

争春回。”[1]“高坚正要饱忧患，放弃何遽愁荒遐。”[2]石心铁肝，雄魄毅力，确有骚人意境。

（七）陶潜诗：“终日驰车走，不见所问津。”又：“鼎鼎百年内，持此欲何成？”《荣木》诗序云：“《荣木》，念将老也。日月推迁，已复有夏，总角闻道，白首无成。”其诗云：“徂年既流，业不增旧。志彼弗舍，安此日富。我之怀矣，怛焉内疚！”[3]张曲江诗：“众情累外物，恕己忘内修；感叹长如此，使我心悠悠！”[4]李太白诗：“大雅久不作，吾衰竟谁陈？”又：“希圣如有立，绝笔于获麟。”[5]虞伯生诗：“于惟仲尼衰，清梦不复然。小子未闻道，何以卒岁年？”[6]此等诗皆与《离骚》“忽驰骛以追逐兮，非余心之所急。老冉冉其将至兮，恐修名之不立”警畏正同。若阮嗣宗诗：“修涂驰轩车，长川载轻舟。惟命岂自然，势路有所由。”“栖栖非我偶，徨徨非己伦。咄嗟荣辱事，去来味道真。”[7]则与鲍明远诗：“容华坐销歇，端为谁苦辛？”[8]俱乃意存愤激，语重讥讽，非复左徒心事。然此可资励志，彼亦可扩远怀，读之足发人及时内省之心焉。

（八）“亦余心之所善兮，虽九死其犹未悔。”王仲宣《咏史》诗：

---

① 见陆游《故蜀别苑有梅两大树夭矫若龙》。

② 见陆游《梅花》。

③ 均见陶渊明《饮酒》。

④ 唐张九龄，字子寿，曲江人。有《张曲江集》。四句见集中《感遇》。

⑤ 四句均见李白《古风》。

⑥ 元虞集，字伯生，有《道园学古录》《虞文靖公道园全集》。四句见集中《后续咏贫士》。

⑦ 晋阮籍，字嗣宗，有《阮嗣宗集》。集中收《咏怀》。阮集在明人张溥所辑《汉魏六朝百三名家集》中，以下类此，不另注明。

⑧ 南朝宋鲍照，字明远，有《鲍氏集》。二句见集中《行莱（药）至城东桥》。《文选》亦载此诗。

"同知埋身剧,心亦有所施。"[1]皆各行其心之所安而已。

(九)宋范晞文曰:"子建云:'朝游江北岸,日夕宿湘沚。'潘安仁云:'朝发晋阳京,夕次金谷湄。'刘越石云:'朝发广莫门,暮宿丹水山。'谢灵运云:'旦发清溪阴,暝投剡中宿。'鲍明远云:'朝游雁门山,暮还楼烦宿。'皆本《楚辞》'朝发轫于苍梧兮,夕余至于玄圃。'若陆士衡'朝采南涧藻,夕息西山足',又江文通'朝食琅玕实,夕饮玉池津',则亦本《楚辞》'朝饮木兰之坠露兮,夕飧秋菊之落英'。"[2]

(十)朱子《辩证》[3]引洪氏曰条:"洪氏曰:'偭规矩而改错者,反常而妄作。背绳墨以追曲者,枉道以从时。'论扬雄作《反离骚》言'恐重华之不累与'而曰:'余恐重华与沉江而死,不与投阁而生也。'又释《怀沙》曰:'知死之不可让,则舍生而取义可也;所恶有甚于死者,岂复爱七尺之躯哉。'其言伟然可立懦夫之气,此所以忤桧相而卒贬死也,可悲也哉!近岁以来,风俗颓坏,士大夫之间遂不复闻有道此语者。此又深可畏云。"

(十一)"固时俗之工巧兮,偭规矩而改错。背绳墨以追曲兮,竞周容以为度。忳郁邑余侘傺兮,余独穷困乎此时也。宁溘死以流亡兮,余不忍为此态也。"阮嗣宗诗:"洪生资制度,被服正有常。尊卑设次序,事物齐纪纲。容饰整颜色,磬折执珪璋。堂上置元酒,室中盛稻粱。外厉贞素谈,户内灭芬芳。放口从衷出,复说道义方。委曲周旋仪,姿态愁我肠!"[4]则较之屈子所訾而更能以规矩

---

① 魏王粲,字仲宣,有《王仲宣集》。二句见集中《咏史》。

② 宋范晞文,字景文,引文见所著《对床夜语》卷一。

③ 朱熹著《楚辞集注》,训诂文义,随文附见。考证部分则另辑为上下卷,名曰《楚辞辩证》,附《楚辞集注》之后。洪氏指作《楚辞补注》的洪兴祖。

④ 见阮籍《咏怀》。

自饰者。方今时事败坏，中外多故。庸儒者无论矣，乃军务、洋务，各激昂慷慨、磨厉自誓之徒，若大可恃；其实皆由利之所在，借以规取自肥，而国事终由此日坏不可救。呜呼，谁秉用人，而可不务知其故，深求其实哉！

（十二）"制芰荷以为衣兮，集芙蓉以为裳。不吾知其亦已兮，苟余情其信芳。"即所谓兰生空谷，不以无人而不芳也，其愤世嫉俗之刚肠，有百折不挠者。陶渊明诗："知音苟不存，已矣何所悲。"①张曲江诗："草木有本心，何求美人折！"②孟东野诗："一卷冰雪文，避俗常自携。"③苏子瞻诗："月下无人更清淑。"④陆务观诗："朱栏玉砌渠有命，断桥流水君何欠。"⑤元遗山诗："若论美好是不祥，正使不逢何足惜。"⑥余于斯世，自甘寂寞久矣，哦此数言，真觉有无闷不愠之意。

（十三）范晞文"羔羊"一条："羔羊之皮，素丝五纮'，诗人美在位者之词也。'充耳绣莹，会弁如星'，又'驷马既闲，鞗车鸾镳'之类，皆借服御以美其君也。若《楚辞》'高余冠之岌岌兮，长余佩之陆离'，亦是以服御自美也。"⑦

（十四）"民生各有所乐兮，余独好修以为常。虽体解吾犹未变兮，岂余心之可惩。"其清白死直之意，一何坚定。李太白诗："乍向

---

① 见陶渊明《咏贫士》。

② 见张九龄《感遇》。

③ 唐孟郊，字东野，有《孟东野诗集》。二句见集中《送豆庐策归别墅》。

④ 见苏轼《寓居定惠院之东杂花满山有海棠一株》。

⑤ 见陆游《西郊寻梅诗》。

⑥ 金元好问，字遗山，有《元遗山诗集》。二句见集中《虞坂行》。

⑦ 引文见范晞文《对床夜语》卷一。

草中耿介死，不求黄金笼下生。天地至广大，何惜遂物情。”①白以谗见废，所志亦与此同，皆所谓九死未悔者。陆务观诗：“宁为雁奴死，不作鹤媒生。”②亦有壁立千仞之概。

（十五）陶诗“清晨闻扣门”一首，《楚辞》女媭詈予，渔父莞尔之局陈也。

（十六）《辩证》望舒一条：“望舒、飞廉、鸾凤、雷师、飘风、云霓，但言神灵为之拥护服御，以见其仗卫威仪之盛耳，初无美恶之分也。旧注曲为之说，以月为清白之臣，风为号令之象，鸾凤为明智之士，而雷师独以震惊百里之故，使为诸侯，皆无义理。至以飘风云霓为小人，则夫《卷阿》之言‘飘风自南’，《孟子》之言民望汤武如云霓者，皆为小人之象也耶？”光第按：“初无善恶之分”，其言最当。若飘风、云霓，诗人原无定指。“蝃蝀在东”，“其从如云”，“彼何人斯，其为飘风”，其取象亦非有所善恶也。《辩证》又曰：“沈约《郊居赋》‘雌霓连蜷’，读作入声。司马温公云：‘约赋但取声律便美，非霓不可读为平声也。’故今定《离骚》云霓为平声，《九章·远游》为入声，盖各从其声之便也。”

（十七）“吾令帝阍开关兮，倚阊阖而望予。”又：“闺中既已邃远兮，哲王又不寤。”《九辩》：“郁陶而思君兮，君之门以九重。猛犬狺狺而迎吠兮，关梁闭而不通。”后来诗人惟太白《远别离》《梁父吟》诸篇最似之。余于甲午之冬，上书不得达，亦有诗云：“我欲扶烛龙，衔火照阴邪。九关逢虎豹，坐叹泪如麻！”辗转吟讽之，不知涕泪之何从也！

（十八）“吾令鸩为媒兮，鸩告余以不好。雄鸠之鸣逝兮，余犹

---

① 四句见李白《设辟邪伎鼓吹雉子班曲辞》。

② 见陆游《古意》。

恶其佻巧。”是从有情说到无情。王季友诗：“雀鼠日夜无，知我厨廪贫。”[1]苏子瞻诗：“山禽与野兽，知我久蹭蹬。”[2]乃将无情说得有情也。

（十九）《辩证》终古一条：“或问‘终古’之义，曰：开辟之初，今之所始也；宇宙之末，古之所终也。《考工记》曰：‘轮已庳，则于马终古登阤也。’注曰：‘终古，常也。’正谓常如登阤，无有已时，犹释氏之言尽未来际也。”

（二十）“户服艾以盈要兮，谓幽兰其不可佩。”“苏粪壤以充帏兮，谓申椒其不芳。”写一时变白为黑、倒上为下之形，可为浩叹！李太白诗：“世道日交丧，浇风散淳源。不息桂树枝，反栖恶木根。”[3]朱公举以励人[4]，其意与《骚》正合。又“树榛拔桂，囚鸾宠鸡”二语[5]，亦是从《骚》中“凤凰在笯兮，鸡鹜翔舞”等句来者。

（二一）谢元晖诗：“常恐鹰隼击，时菊委严霜。”[6]犹《离骚》所云鸩鹍先鸣、百草不芳也。

（二二）“兰芷变而不芳兮，荃蕙化而为茅。何昔日之芳草兮，今直为此萧艾也！”《九辩》亦有“何曾华之无实兮，从风雨而飞飏”之语，以责蕙草。后来太白诗中“龙为鱼，虎变鼠”“所守或匪亲，化

---

① 唐王季友，河南人。二句见寄《韦子春诗》（中华书局出版《全唐诗》卷二百五十九）。

② 见苏轼《径山道中次韵答周长官兼赠苏寺丞》。

③ 见李白《古风》。

④ 此指朱熹用李白“世道日交丧”一诗为人题广成子画像事。说见明余祐辑《朱文公游艺至论》卷下。

⑤ 见李白《万愤词投魏郎中》。

⑥ 齐谢朓，字玄晖，有《谢宣城集》。二句见集中《暂使下都夜发新林至京邑赠西府同僚》。《文选》亦载此诗。

为狼与豺”等语[1]，即是脱胎于《骚》；而白乐天《感鹤》诗及国朝黄仲则[2]《圈虎行》尤为穷形尽相，是皆同骚人之感者。呜呼！嗜欲所制，能使令资忽成恶质，刚气渐变柔姿，矧在中材，可不惧乎！

（二三）《辩证》香草一条："此辞之例以香草比君子，王逸之言是矣。然屈子以世乱俗衰，人多变节，故自前章'兰芷不芳'之后，乃更叹其化为恶物。至于此章，遂深责椒兰之不可恃，以为诛首，而揭车、江离，亦以次而书罪焉。盖其所感益以深矣。初非以为实有是人，而以椒兰为名字者也。而史迁作《屈原传》乃有令尹子兰之说；班氏《古今人表》又有令尹子椒之名，既因此章之语而失之，使此词首尾横断，意思不活。王逸因之，又讹以为司马子兰、大夫子椒，而不复记其香草臭物之论，流误千载，遂无一人觉其非者，甚可叹也！使其果然，则又当有子车、子离、子榝之俦，盖不知其几人矣。"

（二四）《辩证》化离一条："化与离协。《易》曰：'日昃之离，不鼓缶而歌，则大耋之嗟。'则离可为力加反。又《传》曰：'通其变，使民不倦。神而化之，使民宜之。'则化可为胡圭反。《鹏赋》：'庚子日斜。'迁史以斜为施，此韵亦可考。"

（二五）"为余驾飞龙兮，杂瑶象以为车。何离心之可同兮，吾将远逝以自疏。"朱注："自疏则祸患不能相及矣。"后人诗与此同意者：阮嗣宗："抗身青云中，网罗孰能制。"[3]谢元晖："寄言罻罗者，寥廓已高翔。"[4]陈伯玉："昆仑有元凤，岂复虞云罗。"[5]张曲江："今

① 上二句见李白《远别离》，下二句见《蜀道难》。
② 清黄景仁，字仲则，有《两当轩诗集》。
③ 见阮籍《咏怀》。
④ 见谢朓诗《暂使下都夜发新林至京邑赠西府同僚》。
⑤ 唐陈子昂，字伯玉，有《陈伯玉集》。二句见集中《感遇》。

我游冥冥，弋者何所慕。”[①]李太白：“方知黄鹤举，千里独徘徊。”[②]杜子美：“白鸥没浩荡，万里谁能驯？”[③]

（二六）《辩证》待与期协一条：“待与期协，《易》小象待有与之协者，即其例也。”

（二七）焦仲卿诗：“未至二三里，摧藏马悲哀。”即《楚辞》“仆夫悲余马怀兮，蜷曲顾而不行”之意，而其根源则皆从《诗·卷耳》末章来也。

三　九歌三十四条

（一）《辩证》楚俗一条：“楚俗祠祭之歌，今不可得而闻矣。然计其间或以阴巫下阳神，以阳主接阴鬼。则其词之亵慢淫荒，当有不可道者。故屈原因而文之，以寄吾区区忠君爱国之意。比其类，则宜为三颂之属；而论其辞，则反为国风再变之郑卫矣。及徐而深味其意，则虽不得于君，而爱慕无已之心于此为尤切，是以君子犹有取焉。盖以君臣之义而言，则其全篇皆以事神为比，不杂他意；以事神之意而言，则其篇内又或自为赋、为比、为兴，而各有当也。”

（二）乐府歌辞“练时日”一章，沈云：“古色奇响，幽气灵光，奕奕纸上，屈子《九歌》后另开生面。”[④]

（三）《辩证》璆锵一条：“‘璆锵鸣兮琳琅’注引《禹贡》，释璆、琳、琅皆为玉名，恐其立语不应如此之重复；故今独以《孔子世家》‘环佩玉声璆然’为证，庶几得其本意。”

---

① 见张九龄《感遇》。

② 见李白《古风》其十五。

③ 见杜甫《奉赠韦左丞丈二十韵》。

④ 见沈德潜《古诗源》乐府歌辞“练时日”下评语。

(四)范晞文曰："张茂先'穆如洒清风，焕若春花敷'，又'属耳听莺鸣，流目玩儵鱼'，以对言之，则当曰清风洒、听鸣莺也。古对间当如此，亦《楚辞》'蕙肴蒸兮兰藉，奠桂酒兮椒浆'。"①

(五)《辩证》旧说灵一条："旧说以灵为巫，而不知其本以神之所降而得名，盖灵者，神也，非巫也。若但巫也，则此云姣服，义犹可通。至于下章则所谓既留者，又何患其不留也耶。汉乐歌云：'神灵安留'，亦指巫而言耳。"

(六)谢康乐诗"杳杳日西颓，漫漫长路迫。登楼为谁思，临江迟来客"②四句，玲珑秀映而耐人讽玩。阮嗣宗诗："嘉时在今晨，零雨洒尖埃；临路望所思，日夕不复来。"③谢诗实学之。溯厥权舆，则《九歌》之《湘君》《湘夫人》二篇，其从出也。

(七)《辩证》若英一条："若英，若即如也，犹诗言'美如英'耳。注以若为杜若，则不成文理矣。"

(八)柳子厚诗："春风无限潇湘意，欲采苹花不自由。"沈云："言外有欲以忠心献之于君而末有由意。"④光第按：柳诗似即化取《湘君》篇"采薜荔兮江中，搴芙蓉兮木末""心不同兮媒劳，恩不甚兮轻绝"数句之意而为之者。

(九)《楚辞》："心不同兮媒劳。""人之心兮，不与吾心同。""愿一见兮道吾意，君之心兮与余异。"⑤即谢玄晖诗所谓"故人心尚尔，

---

① 见范晞文《对床夜语》卷一。

② 南朝宋谢灵运袭封康乐公，有《谢康乐集》。四句见集中《南楼中望所迟客》。《文选》亦载此诗。

③ 见阮籍《咏怀》。

④ 唐柳宗元字子厚，文中所引见《唐诗别裁集》柳宗元《酬侍御过象县见寄》诗下评语。

⑤ 首句见《九歌》；"人之心"句见《九章·哀郢》；"愿一见兮"句见《九辩》。

故心人不见"[1]者。黄山谷诗:"写心与君心莫传。"[2]亦近此意。

(十)"袅袅兮秋风,洞庭波兮木叶下。"与月绝不相干,乃谢希逸以之赋月曰:"洞庭始波,木叶微脱。"[3]一经点染,便觉神味无穷。以此知运化古人,固当别有悟境也。

(十一)范晞文曰:"《楚辞》:'沅有芷兮澧有兰,思公子兮未敢言。'又:'望美人兮未来,临风怳兮浩歌。'又:'王孙游兮不归,春草生兮萋萋。'又:'惟草木之零落兮,恐美人之迟暮。'皆爱君惜时之词,后世拟之者,不过徒法其句耳,非其意也。江文通云:'日暮碧云合,佳人殊未来。'又:'黄云碧千里,游子何时还。'谢灵运云:'园影早已满,佳人犹未适。'惠连云:'纨素既已成,君子行未归。'玄晖云:'春草秋更绿,公子未西归。'刘休元云:'芳草有华月,佳人无还期。'陆士衡云:'芳草久已茂,佳人竟不归。'古诗亦有,'浮云蔽白日,游子不顾返。'"[4]

(十二)明都穆云:"思公子兮未敢言',所以为思之至,刘公干云:'思子沉心曲,长叹不能言。'本《楚辞》也。"[5]

(十三)"沅有芷兮澧有兰,思公子兮未敢言。"拟之而最妙者《越人歌》:"山有木兮木有枝,心悦君兮君不知。"[6]汉武帝《秋风辞》:"兰有秀兮菊有芳,怀佳人兮不能忘。"则稍不及矣。

(十四)"沅有芷兮澧有兰,思公子兮未敢言。慌惚兮远望,观流水兮潺湲。"江文通《别赋》:"春草碧色,春水绿波,送君南浦,伤

---

① 见谢朓《和主簿季哲怨情》,《文选》亦载此诗。

② 见黄庭坚《长句谢陈适用惠送吴南雄所赠纸》。

③ 南朝宋谢庄,字希逸,有《谢光禄集》。《月赋》亦载《文选》。

④ 见范晞文《对床夜语》卷一。

⑤ 明都穆,字玄敬。引文见所著《南濠居士诗话》。

⑥ 《越人歌》见刘向《说苑》卷十一。

如之何!”语短而味长,乃最肖此数句神韵。

(十五)杜诗:“卑枝成屋椽。”[①]陆务观诗:“花为四壁船为家。”[②]虞伯生诗:“岂识船如天上坐,翠竹为帷树为葆。”[③]俱拟《湘夫人》“筑室兮水中,葺之兮荷盖”及“罔薜荔兮为帷,擗蕙櫋兮既张”等语。

(十六)洪北江云:“体物之工,后人未有及前人者,即如汉唐以来,咏兰诗亦至多矣,而《楚辞·九歌》以二语括之曰:‘绿叶兮素枝,芳菲菲兮袭余。’只八字而色香味并到。咏橘诗亦多矣,而《九章》之《橘颂》以十六字括之曰:‘曾枝剡棘,园果抟兮。青黄杂糅,文章烂兮。’只四语而枝、叶、蒂、干、花、实、形状、采色并出,后人从何处着笔耶?”[④]

(十七)“入不言兮出不辞,乘回风兮载云旗。”写得倏来忽去,灵踪恍惚。陈广翁谓:“刘姚论文,最重此意。”[⑤]唐李端《芜城》诗云:“城里月明时,精灵自来去。”便纯是鬼趣矣。[⑥]

(十八)《东君》:“长太息兮将上,心低徊兮顾怀。”阮嗣宗《大人先生歌》翻之曰:“我腾而上将何怀?”李太白诗:“身骑白鼋不敢度,金高南山买君顾。徘徊六合无相知,飘若浮云且西去。”[⑦]略似《楚辞》“撰余辔兮高驼翔,杳冥冥兮以东行”意。

(十九)杜子美《行次昭陵诗》:“玉衣晨自举,铁马汗常趋。”沈

---

① 见杜甫《彭衙行》。

② 见陆游《同何元立赏荷花追怀镜湖旧游》。

③ 见虞集《题南阳胡氏雪溪卷》。

④ 清洪亮吉,字稚存,号北江。引文见所著《北江诗话》卷五。

⑤ 陈广翁即指陈广敷,见第二篇《离骚》注六。刘姚即刘大櫆、姚鼐。

⑥ 唐李端,字正己,句见《全唐诗》。

⑦ 见李白《赠裴十四》诗。

云："犹《骚》所谓'神之来兮夹两旗'，言神灵陟降也。"[①]光第按：《东君》"青云衣兮白霓裳，举长矢兮射天狼"，又"撰余辔兮高驼翔，杳冥冥兮以东行"数语，杜诗二句，气象便已敌之，此亦可见杜排比诗魄力之大。

（二十）李太白《临江王节士歌》："安得倚天剑，跨海斩长鲸。"最似《楚辞》"举长矢兮射天狼"句意。

（二一）《辩证》北斗一条："北斗字，旧音斗为主。以诗考之，《行苇》主、醹、斗、耇为韵，《卷阿》厚、主为韵，此类甚多，但不知此非协韵，而旧音特出此字，其说果何为耳。"

（二二）《河伯》："与女游兮九河，冲风起兮水扬波。"陶靖节诗："巽坎难与期"[②]，檃括得妙。何逊诗："客心已百念，孤游重千里，江暗雨欲来，浪白风初起。"[③]亦仿象此二句之意。

（二三）谢康乐诗多用《楚辞》语，"想见山阿人，薜萝若在眼。"[④]二语组织尤工。

（二四）《硕人》诗："巧笑倩兮，美目盼兮。"《楚辞·山鬼》倒之云："既含睇兮又宜笑。"

（二五）杜子美诗："山鬼迷春竹，湘娥倚暮花。"[⑤]幽秀无匹，出语乃暗用《山鬼》"余处幽篁兮终不见天"意；对语乃暗用《湘君》"搴芙蓉兮木末"意，而能灭去痕迹，真善于用古人者。

（二六）《辩证》终不见天一条："尝见有读天字属下句者，问之，则曰：韩诗'天路幽险难追攀'语盖祖此。审尔，则韩子亦

---

① 沈说见《唐诗别裁集》杜甫《行次昭陵》诗"铁马汗常趋"下评语。

② 见陶渊明《庚子岁五月中从都还阻风于规林》。

③ 南朝梁何逊，字仲言，有《何水部集》。二句见集中《相送》。

④ 见谢灵运《从斤竹涧越岭溪行》，《文选》亦载此诗。

⑤ 见杜甫《祠南夕望》。

误矣。”

（二七）刘梦得诗：“清晨登天坛，半路逢阴晦。疾行穿雨过，却立视云背。白日照其上，风雷走于内。”①着语奇险。细玩之，乃本《山鬼》“表独立兮山之上，云容容兮而在下。杳冥冥兮羌昼晦，东风飘兮神灵雨”数句之意，而精炼变化以出之者。

（二八）“东风飘兮神灵雨”，李义山《圣女祠》诗衍作十四字：“一春梦雨常飘瓦，尽日灵风不满旗。”

（二九）左太冲诗：“前有寒泉井，聊可莹心神。峭蒨菁葱间，竹柏得其真。”②《山鬼》“饮石泉兮荫松柏”一语足以括之。

（三十）傅休奕《短歌行》收处云：“昔君视我，如掌中珠。何意一朝，弃我沟渠。昔君与我，如影与形。何意一去，心如流星？昔君与我，两心相结。何意今日，忽然两绝。”③三股竟住，笔力老横。《楚辞·山鬼》收处云：“采三秀兮于山间，石磊磊兮葛蔓蔓。怨公子兮怅忘归，君思我兮不得闲。山中人兮芳杜若，饮石泉兮荫松柏，君思我兮然疑作。雷填填兮雨冥冥，猿啾啾兮狖夜鸣。风飒飒兮木萧萧，思公子兮徒离忧。”亦是三股竟住，势如飘风怒雨，腾踏虚空，又在休奕之上。

（三一）归熙甫《野鹤轩记》末云：“烈风暴雨，岩崩石裂，山鬼夜号，可念也。”④是学《离骚·山鬼》篇收处文法，特体各不同耳。

（三二）《国殇》：“天时怼兮威灵怒，严杀尽兮弃原野。”读之觉

① 唐刘禹锡，字梦得，有《刘宾客集》。六句见集中《客有为余话登天坛遇雨之状因以赋之》。

② 晋左思，字太冲，明人张溥辑《汉魏六朝百三名家集》中有《左太冲集》。四句见集中《招隐》，《文选》亦载此诗。

③ 晋傅玄，字休奕，《汉魏六朝百三名家集》中有《傅鹑觚集》。

④ 明归有光，字熙甫，语见《震川文集》。

唐人《吊古战场文》于杀戮情状极力摹写,不及此二句惨肃之气直骏杀人。乃叹古今有数文人,其制造信非后人易到。

(三三)《国殇》:"矢交坠兮士争先。"又,"援玉枹兮击鸣鼓。"王仲宣《从军》诗:"将秉先登羽,岂敢听金声。"即似用此二句意。

(三四)曹子建诗:"弃身锋刃端,性命安可怀。"[①]不如《国殇》:"带长剑兮挟秦弓,首虽离兮心不惩。"更为警绝如绘。

四 天问五条

(一)李太白《问月》诗:"白兔捣药秋复春,嫦娥孤栖与谁邻?"大似《天问》之文。

(二)《辩证》顾兔一条:"'顾菟在腹',此言菟在月中,则顾菟但为兔之名号耳。而上官桀曰:'逐麋之犬,当顾菟耶?'则顾当为瞻顾之义而非兔名。又庄辛曰:'见菟而顾犬。'亦因兔用顾字,而其取义又异,盖不可晓。且菟与兔同是一字,见于《说文》,而其形、声皆异,又不知其自何时始别异之也。"

(三)《史记·天官书》:"故中国山川东北流,其维首在陇蜀,尾没于勃碣。"数语雄奇可喜。而《天问》:"昆仑县圃,其尻安在?"已发其倪。

(四)《辩证》余始一条:"余始读《诗》,得吴氏《补音》[②],见其疑于殷武三章严遑之韵,亦不能晓。及读此篇,见其以严叶亡,乃得其例。余于吴氏书多所刊补,皆此类,今见《诗集传》。"

(五)"彭铿斟雉帝何飨"。韩昌黎《月蚀》诗:"帝箸下腹尝其皤。"奇幻直欲突过前人。

---

① 魏曹植,字子建,有《曹子建集》。二句见集中《白马篇》。《文选》亦载此诗。

② 宋吴棫,字才老,著有《毛诗补音》。

五　九章前四章二十条

(一)《惜诵》:"欲横奔而失路兮,盖坚志而不忍。""横奔失路"即主父偃所谓"日暮途远,倒行逆施"[①]也。不能忍之须臾而丧身败节者多矣!陶诗:"纡辔诚可学,违己讵非迷。且共欢此饮,吾驾不可回。"[②]则即坚志而不忍者也。

(二)"背膺牉以交痛兮,心郁结而纡轸。"朱注谓:"胸背一体而中分之,其交为痛楚,有不可言者。"光第按:后人诗中沉痛警绝如此者绝鲜,杜诗"眼枯即见骨"[③]、苏诗"泪入饥肠痛[④]尚不及之。

(三)"登昆仑兮食玉英,与天地兮比寿,与日月兮齐光。"李太白诗:"愿餐金光草,寿与天齐倾。"[⑤]与《骚》一致。

(四)"朝发枉渚兮,夕宿辰阳。苟余心其端直兮,虽僻远其何伤。"孟东野《游终南山》诗:"山中人自正,路险心亦平。"即其意也。

(五)"云霏霏其承宇",李太白诗就其意而化之曰:"白云南山来,就我檐下宿。"[⑥]便尔飘然。

(六)《涉江》:"哀吾生之无乐兮,幽独处乎山中。吾不能变心而从俗兮,固将愁苦而终穷。"《九辩》:"何时俗之工巧兮,灭规矩而改凿。独耿介而不随兮,愿慕先圣之遗教。处浊世而显荣兮,非余心之所乐。与其无义而有名兮,宁穷处而守高。食不媮而为饱兮,

① 见《史记·公孙弘主父偃列传》。
② 见陶渊明《饮酒》。
③ 见杜甫《新安吏》。
④ 见苏轼《除夜大雪留潍州元旦早晴遂行雪复作》。
⑤ 见李白《古风》。
⑥ 见李白《浔阳紫极宫感秋作》。

衣不苟而为温。窃慕诗人之遗风兮，愿托志乎素餐。”陶诗：“是时向立年，志意多所耻。遂尽介然分，终归死田里。”“斯滥岂彼志，固穷夙所归。馁也已矣夫，在昔余多师。”“闲居非陈厄，窃有愠见言，何以慰吾怀，赖古多此贤。”“岂忘袭轻裘，苟得非所钦。”“岂不实辛苦，所惧非饥寒。贫富常交战，道胜无戚颜。”[①]贞心劲骨，骚则慨慕夫先圣，陶则称训于先师，称孔子为先师自陶公始。[②] 然皆孔门中嫡传。陶又有句云：“介然安其业，所乐非穷通。”[③]则纯乎知命达道之言。此等诗辞，吾服习之直如经训矣。苏子瞻：“平生学道真实意，岂与穷达俱存亡。”[④]亦与陶意符合。

（七）“望长楸而太息”，即唐人所谓“江树远含情”[⑤]也。苏许国诗：“岁穷惟益老，春至却辞家。可惜东园树，无人也作花。”[⑥]

（八）“过夏首而西浮兮，顾龙门而不见。”王仲宣诗：“南登灞陵岸，回首望长安。”[⑦]杜子美：“尚怜终南山，回首清渭滨。”[⑧]李太白：“总为浮云能蔽日，长安不见使人愁。”[⑨]杜牧之：“欲把一麾江海去，乐游原上望昭陵。”[⑩]苏诗：“中原北望在何许，但见落日低黄埃。”“山中举头望日边，长安不见空云烟。”“登高望中原，但见积水

① “是时”四句见陶渊明《饮酒》诗；“斯滥”四句见《有会而作》；“闲居”四句，“岂忘”二句、“岂不”四句均见《咏贫士》。

② 陶渊明《癸卯岁始春怀古田舍》有“先师有遗训，忧道不忧贫”句，故自注云然。

③ 见陶渊明《咏贫士》。

④ 见苏轼《吾谪海南至梧闻子由尚在藤作此示之》。

⑤ 唐宋之问，字延清，《全唐诗》有宋之问诗。引句见集中《送杜审言》。

⑥ 唐苏颋，字廷顺，《全唐诗》有苏廷顺诗。四句见集中《将赴益州题小园壁》。

⑦ 见王粲《七哀诗》，《文选》亦载此诗。

⑧ 见杜甫《奉赠韦左丞二十韵》。

⑨ 见李白《登金陵凤凰台》。

⑩ 唐杜牧，字牧之，有《樊川集》。二句见集中《将赴吴兴登乐游园》。

空。此生将安归，四顾真途穷。”“杳杳天低鹘没处，青山一发是中原。”“倦客登临无限思，孤云落日是长安。”[1]一种倦倦去国神情何其相似耶？

（九）“顺风波而流从兮，焉洋洋而为客。”杜诗：“垂老孤帆色，飘飘犯百蛮。”[2]怆恨之情，同一凄紧。

（十）“哀州土之平乐兮，悲江介之遗风。”真有对此茫茫、百感交集之慨。阮诗：“徘徊蓬池上，还顾望大梁。绿水扬洪波，旷野莽茫茫。”[3]陶诗：“古时功名士，慷慨争此场。”[4]陈伯玉诗：“邱陵徒自出，贤圣已凋枯。”[5]李太白诗：“樊山霸气尽，寥落天地秋。”[6]欧阳永叔诗：“平时都邑今为陋，故国山川昔最雄。”[7]苏子瞻诗：“北行连许邓，南去极衡湘。楚境横天下，怀王信弱王。”[8]愚以为苏诗尤是骚人之意。

（十一）“曾不知夏之为丘兮，孰两东门之可芜。”朱注：“言怀王曾不知都邑宫殿之夏屋当为丘墟，又不知两东门亦先王所设以守国者，岂可使之至于芜废耶。”按，伍子胥云：“抉吾眼悬吴东门之上，以观越寇之入灭吴也。”[9]汉伍被谏淮南王曰：“子胥谏吴王，吴

---

① “中原”二句见苏轼《武昌西山》；“山中”二句见《次韵王晋卿和烟江叠障图》；“登高”四句见《梦中得句觉而遇清风急雨戏作》；“杳杳”二句见《澄迈驿通潮阁》；“倦容”二句见《虔州八境图》。

② 见杜甫《将晓》。

③ 四句见阮籍《咏怀》。

④ 见陶渊明《拟古》。

⑤ 见陈子昂《岘山怀古》。

⑥ 见李白《赠江夏韦太守良宰》。

⑦ 宋欧阳修，字永叔，有《欧阳文忠公全集》。二句见集中《夷陵岁暮书事》。

⑧ 见苏轼《荆州十首》。

⑨ 见《史记·伍子胥列传》。

王不用,乃曰:'臣今见麋鹿游姑苏之台也。'今臣亦见宫中生荆棘,露沾衣也。"[①]晋索靖指宫门铜驼叹曰:"会见汝在荆棘中。"[②]

(十二)"心不怡之长久兮,忧与忧其相接。"比曹孟德诗"忧从中来,不可断绝"[③]语尤工。

(十三)"外承欢之汋约兮,谌荏弱而难持。"古诗:"闻君好我甘,窃独自影饰。"[④]

(十四)"彼尧舜之抗行兮,瞭杳杳其薄天,众谗人之嫉妒兮,被以不慈之伪名。"盖痛圣人之不免予谗毁也。陈伯玉诗:"蚩蚩夸毗子,尧禹以为谩。"[⑤]则指托为禅让一流人。李太白诗"或言尧幽囚、舜野死"[⑥]云云,则沈归愚所谓"中有欲言不可明言者,故托吊古以抒之,屈折反复,《离骚》之旨"[⑦]是也。

(十五)陆务观《后寓叹》诗:"千年精卫心平海,三日於菟气食牛。"纪晓岚谓:"此当为韩侂胄议北伐时所作。言志士本不忘复仇,但少年恃气轻举,则可虞耳。"[⑧]光第按:《楚辞·哀郢》:"憎愠伦之脩美兮,好夫人之慷慨。"朱注:"君子之愠伦若可鄙者,小人之慷慨若可喜者,惟明者能察之。"陆诗之意颇与相合。

(十六)"鸟飞向故乡兮,狐死必首丘。"古诗"胡马嘶北风,越鸟巢南枝"似之。班仲升"但愿生入玉门关"[⑨]即是此意。

---

① 见《史记·淮南衡山列传》。
② 见《晋书·索靖列传》。
③ 《汉魏六朝百三名家集》中有《魏武帝集》。二句见集中《短歌行》,《文选》亦载。
④ 见明冯惟纳《诗纪》卷八"桔柚垂华实"一首。
⑤ 见陈子昂《感遇》。
⑥ 见李白《远别离》。
⑦ 沈说所出不详。
⑧ 引文见《瀛奎律髓刊误》卷三十九消遣类陆游《后寓叹》纪昀批语。
⑨ 见《汉书·班超传》。

（十七）“固切人之不媚兮，众果以我为患。”杜子美诗：“不爱入州府，畏人嫌我真。”[①]有同概焉。

（十八）“有鸟自南兮，来集汉北。”又：“望北山而流涕兮，临流水而太息。望孟夏之短夜兮，何晦明之若岁。惟郢路之辽远兮，魂一夕而九逝。”姚姬传云：“怀王入秦，渡汉而北，故托言有鸟而悲，伤其南望郢而不得返也。”[②]光第按：李太白《蜀道难》“问君西游何时还”一段，大似《离骚》此处情绪。萧士赟谓李诗为禄山乱华、天子幸蜀而作[③]，最确。然则太白亦可谓系心明皇不忘者乎。

（十九）“曾不知路之曲折兮，南指月与列星。”韩昌黎《宿曾江口》诗：“仰视北斗高，不知路所归。”欧阳永叔诗：“山浦转帆迷向背，夜江看斗辨西东。”[④]苏子瞻诗：“山水照人迷向背，只寻孤塔认西东。”[⑤]赵与虤论欧、苏诗云：“身游山水间果有兹理，二公可谓善于形容者。”[⑥]岂知其源乃远自《骚》来。

（二十）唐人诗：“梦里分明见关塞，不知何路向金微？”[⑦]正如《楚辞》云“愿径逝而不得兮，魂识路之营营”也。

六　九章后五章十九条

（一）韩诗：“儿童畏雷电，鱼鳖惊夜光。”[⑧]何屺瞻云：“儿童二

---

① 见杜甫《夏日小园种菜督勒耕牛兼书触目》。

② 见《古文辞类纂·九章·抽思》“有鸟自南兮”一段下姚鼐评语。

③ 元萧士赟，字粹可，见所著《李太白集补注》。

④ 见欧阳修《初出真州泛大江作》。

⑤ 见苏轼《虔州八境图》。

⑥ 宋赵与虤字威伯。引文见所著《娱书堂诗话》卷下。

⑦ 见唐张仲素《秋闺思》。

⑧ 见韩愈《此日足可惜赠张籍》。

语，韩苏诗病。”[1]光第按：因诗论诗云尔。古人愤激之辞，是乃各有真际，所谓君非我是也。《怀沙》：“邑犬群吠兮，吠所怪也。”

（二）《柏舟》诗：“之死矢靡他”，决绝乃尔，是何等语！《何人斯》诗：“为鬼为蜮”，更是何等语！《楚辞·怀沙》：“知死不可让兮，愿勿爱兮”似之。

（三）张子寿《感遇·汉上有游女》结句云：“白云在南山，日暮长太息。”沈云：“言欲就白云归卧，则又不能恝然于君，所以长太息也。首句游女指君，犹《楚辞·思美人》意。”[2]按：李太白诗：“美人如花隔云端，上有青冥之长天，下有绿水之波澜。天长路远魂飞苦，梦魂不到关山难，长相思，摧心肝！”[3]亦确是思君之词。

（四）“惜吾不及古之人兮，吾谁与玩此芳草？”李太白诗：“朝登灞陵亭，灞水流浩浩。上有无花之古树，下有伤心之春草。我向秦人问路歧，云是王粲南登之古道。”[4]杜子美诗：“气酣登吹台，怀古视平芜。”“异时怀二子，春日复含情。”[5]苏子瞻诗：“百年豪杰尽，扰扰见鱼虾。”[6]黄山谷诗：“古人冷淡今人笑，湖水年年到旧痕。”[7]虞伯生诗：“春来几见湖水清，春去还看湖水碧。今人萧条古人远，黎侯此时泪沾臆！”[8]乃皆同骚人之感者，古之伤心人别有怀抱也。光第《古松》诗：“松根老茯苓，呼童且休劚。不见今时枝，犹

---

① 清何焯，字屺瞻。说见所著《义门读书记·昌黎集》。

② 说见《唐诗别裁集》张九龄《感遇诗》评语。

③ 见李白《长相思》。

④ 见李白《灞陵行送别》。

⑤ 上二句见杜甫《遣怀》诗，下二句见《春日江村》。

⑥ 见苏轼《荆州十首》。

⑦ 宋黄庭坚，字山谷，有《山谷诗集》《山谷外集》。二句见集中《徐孺子祠堂》。

⑧ 见虞集《郎官湖李白祠》。

为古人绿。”又：“升庵有故宅，新都之桂湖。曩余曾游之，桂花正疏疏。冷风吹古香，香中欢有吾。”皆即《离骚·思美人》“惜吾不及古之人兮，吾谁与玩此芳草”意，而拟之议之以成变化者。吾友成都顾印伯[①]谓吾诗能运化古人。此语窃谓颇能搔着痒处。

（五）苏子瞻诗：“凭花说与春风知。”[②]即《楚辞》“令薜荔以为理”“因芙蓉以为媒”之意，而说来轻妙无比，殊不见有运古之迹。

（六）李空同《送刘公归东山草堂歌》：“九重移榻数召见，夹城日高未下殿。英谋密语人不知，左右惟闻至尊羡。”[③]写出君臣相得之情，宛然如画。《楚辞·惜往日》：“国富强而法立兮，属贞臣而日娭。秘密事之载心兮，虽过失犹弗治。”李诗数句，乃正同符此意。

（七）杜子美诗：“避人焚谏草，骑马欲鸡栖。”[④]即《楚辞》所称“心纯庬而不泄”也。

（八）张子寿诗：“岂伊地气暖，自有岁寒心。”[⑤]盖同《桔颂》“受命不迁生南国，深固难徙更壹志”之意。

（九）“深固难徙，廓其无求兮。苏世独立，横而不流兮。”读之令人骨重。黄山谷诗：“金石在波中，仰看万物流。”[⑥]

（十）“愿岁并谢，与长友兮。”又：“年岁虽少，可师长兮。”欲师友于橘也。后人师竹友梅等词，愈衍愈多矣。

（十一）《橘颂》：“曾枝剡棘，圆果抟兮。”如画橘出也。柳子厚

① 顾印愚，字印伯，华阳人。与著者系光绪癸未科乡试同年。

② 见苏轼《留别释迦院牡丹》。

③ 明李梦阳，字献吉，四句见《空同诗集》。

④ 见杜甫《晚出左掖》。

⑤ 见张九龄《感遇》。

⑥ 见黄庭坚《次韵杨明叔见饯》。

诗“橘柚玲珑透夕阳”[1]，颇得其理。

（十二）“行比伯夷，置以为像兮。”朱注：言桔之高洁可比伯夷，宜立以为像而效法之。”苏子瞻《建茶》诗“汲黯少戆宽饶猛”“张禹纵贤非骨鲠”等辞，即是远师此义。

（十三）《悲回风》：“物有微而陨性兮，声有隐而先倡。”朱注：“言秋令已行，微物凋陨，风虽无形而实先为之倡。世之治乱，道之兴废，亦犹是矣。”按陈伯玉诗：“青春始萌达，朱火已满盈。徂落方自此，感叹何时平？”[2]即是《骚》意。光第有诗云：“南风吹草虫，已得霜气先。谁言夏夜云，淡若秋空烟。何必鹰隼击，徂落自此传。”亦寓有感时先几之叹焉。若蔡伯喈诗“枯桑知天风”[3]、鲍明远诗“瓶冻知天寒[4]”，则乱象已成，不可收拾矣。

（十四）“万变其情岂可盖兮，孰虚伪之可长？”陶诗：“道丧向千载，人人惜其情。”又曰：“唐虞去我久，举世少复真。汲汲鲁中叟，弥缝使其醇。”[5]

（十五）陶渊明诗：“幽兰生前庭，含薰待清风。清风脱然至，见别萧艾中。”[6]张子寿诗：“兰艾苟不分，安用馨香为？”[7]《离骚·悲回风》“故荼荠不同亩兮，兰茝幽而独芳。”即是二诗之意，令人想见狷者性情焉。

---

① 唐柳宗元，字子厚，有《柳柳州集》。句见集中《得卢衡州书因以诗寄》。

② 见陈子昂《感遇》。

③ 汉蔡邕，字伯喈，《汉魏六朝百三名家集》中有《蔡中郎集》。引句见集中《饮马长城窟行》，《文选》亦载此诗。

④ 鲍集各本均无此句。李白《秋日炼药院镊白发赠元六兄林宗》有“瓶冰知天寒”句，疑人名失引。

⑤ 均见陶渊明《饮酒》。

⑥ 见陶渊明《饮酒》。

⑦ 见张九龄《在郡秋怀》。

（十六）古诗："着以长相思，缘以结不解。"[1]造句奇妙。《楚辞·悲回风》："糺思心以为纕兮，编愁苦以为膺。"尤奇。

（十七）"折若木以蔽光兮，随飘风之所仍。"朱注："言欲自晦而绝俗也。"仿其语而变其意者，李太白诗："处世忌太洁，至人贵藏辉。"又："含光混俗贵无名，何用孤高比云月。"[2]杜诗："斫却月中桂，清光应更多。"[3]尤为语幻而思苦。

（十八）《兔爰》诗："我生之后，逢此百忧，尚寐无觉。"[4]不啻是说，不如死为愈耳。而语特幻妙，令人读之，欲笑欲涕。《楚辞·悲回风》："宁溘死而流亡兮，不忍此心之常愁。"遂觉激烈矣。

（十九）《悲回风》："遂儵忽而扪天"，言峭岸之高也；"听潮水之相击"，言湍波之险也。韩昌黎《祭张员外文》："洞庭漫汗，粘天无壁。风涛相豗，中作霹雳。"愚以为得《骚》之遗焉。

七　远游九条

（一）朱子注《远游》篇首云："屈原既放，悲叹之余，眇观宇宙，陋世俗之卑狭，悼年寿之不长，于是作为此篇，思欲制炼形魄，排空御气，浮游八极，后天而终，以尽反复无穷之世变。"又注往者二句云："往者之不可及，则已末如之何矣；独来者之不得闻，则夫世之惠迪而未吉，从逆而未凶者，吾皆不得以须其反复熟烂而睹夫天定胜人之所极，是则安能使人不为没世无涯之悲恨。此屈子所以愿少须臾无死，而侥倖万一于神仙度世之不可期也。呜呼远矣，是岂

---

① 见《文选》古诗"客以远方来"一首。

② 上二句见李白《沐浴子》，下二句见《行路难》。

③ 见杜甫《一百五日夜对月》。

④ 见《毛诗·王风》。

易与俗人言哉！”李安溪云：“陶公宗尚天经，绝口仙释，而且超然于生死之际。乃有《读山海经》数章颇言天外事，盖托意寓言，屈原《天问》《远游》之类也。”[①]光第按：朱子及安溪之言，俱能道出屈、陶心事，无可疑者。而绝非鲍明远诗所谓“穷途悔短计，晚志重长生”[②]也。

（二）《远游篇》，朱子谓：“司马相如作《大人赋》多袭其语；然屈子所到，非相如所能窥其万一也。”[③]光第按：阮嗣宗、李太白两人诗，亦多仿效此篇之意旨。

（三）“惟天地之无穷兮，哀人生之长勤。往者余弗及兮，来者吾不闻。”庄忌《哀时命》[④]：“往者不可攀援兮，来者不可与期。”即学之，然不及矣。阮嗣宗诗：“齐景升牛山，涕泗纷交流。孔圣临长川，惜逝忽若浮。”[⑤]陈伯玉《登幽州台歌》：“前不见古人，后不见来者。念天地之悠悠，独怆然而涕下！”皆祖述斯意。古诗：“去者日以疏，来者日以亲。”[⑥]即其意而小变之。谢康乐诗：“莫辨百代后，安知千载前。且申独往意，乘月弄潺湲。恒充俄顷用，岂为古今然。”[⑦]则即见在眼前下一转语，以见随时随地皆有可乐，斯理最精。谢诗语意精美，超远之处与陶公实近，特其制行难副耳。苏子瞻诗：“此生忧患中，一饷安闲处。”[⑧]又较谢诗意而少变焉者。鲍明远

---

① 清李光地，字晋卿，号厚庵，安溪人。说见所辑《榕村诗选》卷二《读山海经》诗后评语。

② 见鲍照《代升天行》。

③ 见朱熹《楚辞集注·远游》末句下注文。

④ 《哀时命》，《楚辞》中之一篇，汉庄忌作。

⑤ 见阮籍《咏怀》。

⑥ 见《文选》古诗十九首。

⑦ 见谢灵运《入华子岗是麻源第三谷》，《文选》亦载此诗。

⑧ 见苏轼《雨中过舒教授》。

诗:“争先万里途,各事百年身。”①即《楚辞》所谓“哀人生之长勤”也。

(四)“神儵忽而不反兮,形枯槁而独留。”陶诗:“情通万里外,形迹滞江山。”②

(五)“精气入而粗秽除”,可以养生,可以读书,可以缀文。蔡伯喈《琴歌》“练余心兮浸太清,涤秽浊兮存正灵”及周伯仁“清虚日来,滓秽日去”③二语,俱得此意。张协诗:“清气荡暄浊。”④亦可通其理焉。

(六)《辩证》曰:“屈子‘载营魄’之言,本于老氏,而扬雄又因其语以明月之盈阙。其所指之事虽殊,而其立文之意则一。盖以车承人谓之载,古今世俗之通言也;以人登车亦谓之载,则古文史类多有之。如《汉纪》云:‘刘章从谒者与载。’《韩集》云:‘妇人以孺子载。’盖皆此意,而今三子之言,其字义亦如此也。但老子、屈子以人之精神言之。则其所谓‘营’者,字与‘荧’同,而为晶明光炯之意;其所谓‘魄’,则亦若余之所论于《九歌》者耳。扬子以日月之光明论之,则固以月之体质为魄,而日之光耀为魂也。以人之精神言者,其意盖以魂阳动而魄阴静、魂火二而魄水一。故曰‘载营魄抱一,能无离乎。’言以魂加魄,以动守静,以火迫水,以二守一,而不相离。如人登车而常载于其上,则魂安静而魄精明,火不燥而水不溢,固长生久视之要诀也。屈子之言,虽不致详,然以其所谓‘无滑而魂’‘虚以待之’之语推之,则其意当亦出此无疑矣。其以日月

---

① 见鲍照《行药至城东桥》。

② 见陶渊明《答庞参军》。

③ 晋周顗,字伯仁。语见《世说新语·言语》第二。

④ 晋张协,字景阳,《汉魏六朝百三名家集》中有《张景阳集》。句见集中《杂诗》。《杂诗》十首《文选》亦全载。

言者，则谓日以其光加于月魄而为之明，如人登车而载于其上也。故曰：'月未望则载魄于西，既望则终魄于东，其溯于日乎。'言月之方生，则以日之光加被于魄之西，而渐满其东，以至于望而后圜。及既望矣，则以日之光终守其魄之东，而渐亏其西，以至于晦而后尽。盖月溯日以为明，未望则日在其右，既望则日在其左，故各向其所在而受光，如民向君之化而承俗也。三子之言，虽为两事，而所言载魄，则其文义同为一说。故丹经、历术皆有纳甲之法，互相资取，以相发明，盖其理初不异也。"光第按：朱子于辞赋之间而能辨析精理，不徒玩意于浮华如是。是可为读书穷理之法矣。

（七）"张咸池奏承云"一段，后来乐府诗"白虎鼓瑟，苍龙吹篪"等语全仿之。

（八）元吴正传曰："愚尝读《离骚》，见屈子悯宗国之阽危，悲身命之将陨，而其赋《远游》之篇曰：'仍羽人于丹邱，留不死之旧乡。超无为以至清兮，与泰初而为邻。'乃欲制形炼魄，排空御风，浮游八极，后天而终。屈原虽死而不死也。陶公此诗愤其主弑国亡，而末言游仙修炼之运；且以'天容永固，彭殇非伦'赞其君，极其尊爱之至，以见乱臣贼子乍起倏灭于天地之间，何足道哉。陶公胸次，冲淡和平，而忠愤激烈时发其间，得无交战之累乎？洪庆善之论屈子，有曰：屈原之忧，忧国也；其乐，乐天也。吾于陶公亦云。"[①]光第按：吴礼部此条引洪氏之论[②]，道屈原忧乐意最好。余曾有咏辛夷诗云："千岁虽忧百年乐，底须常食合欢皮。"亦见得忧乐不相妨意。

---

① 元吴师道，字正传。引文见所著《吴礼部诗话》。

② 见《楚辞补注·离骚篇》王逸叙下注文。

（九）仲长统《乐志论》[①]"寄愁天上，埋忧地下"八字，括得《远游》篇末数语意思在。

八　卜居、渔父三条

（一）阮嗣宗诗："天纲弥四野，六翮掩不舒。随波纷纶客，泛泛若浮凫。"[②]籀衍《卜居》语意，昭宣可爱。刘公干诗："方塘含白水，中有凫与雁。安得肃肃羽，从尔浮波澜。"[③]亦是《骚》意。

（二）沈归愚云："李白《沐浴子》言立身忌太洁，不如老氏之和光同尘也。暗用《楚辞》意。"[④]

（三）韩昌黎《泷吏》诗，拟《楚辞·渔夫》而变其意。

九　九辩十八条

（一）汉武帝《秋风辞》，魏文帝《燕歌行》，古诗之"秋风萧萧愁杀人"[⑤]，杜之《秋兴》，韩之《秋怀》，类皆取义于《九辩》悲秋之旨者。惟李太白诗："我觉秋兴逸，谁云秋兴悲？"[⑥]作意翻案，别是太白本色。

（二）《艺苑雌黄》云："宋玉《九辩》云：'悲哉秋之为气也，萧瑟兮草木摇落而变衰。憀慄兮若在远行，登山临水兮送将归。'潘安仁《秋兴赋》引此语而曰：'送归怀慕徒之恋兮，远行有羁旅之愤。

---

① 见《后汉书·仲长统列传》。

② 见阮籍《咏怀》。

③ 魏刘桢，字公干，《汉魏六朝百三名家集》中有《刘公干集》。句见集中《杂诗》。《文选》亦载此诗。

④ 说见《唐诗别裁集》李白《沐浴子》下评语。

⑤ 见冯惟纳《诗纪》卷七《古歌》。

⑥ 见李白《秋日鲁郡尧柯亭上宴别杜补阙范侍御》。

临川感流以叹逝兮，登山怀远而悼近。彼四感之疚心兮，遭一途而难忍。’安仁以登山、临水、远行、送归为四感。余顷年较进士于上饶，有司官张扶云：‘曾见人言，若在远、行，登山、临水、送，将、归是七件事。谓远也、行也，登山也、临水也、送也、将也、归也。’前辈诗中王介甫‘一水护田将绿绕，两山排闼送春来’，将、送二字与《楚辞》合。余尝考《诗》之《燕燕》篇曰：‘之子于归，远送于野。’‘之子于归，远于将之。’一篇诗中，亦用此送、将，归三字。然则《楚辞》之言亦有所本也。安仁谓之四感，盖略而言之。”①光第按：七件之说，颇确凿稳帖。《燕燕》诗，《毛传》将训行，郑《笺》训送，朱注亦将字训送，则与上行送字复矣。王介甫诗将字句，当用扶进义为是，与《小雅》“无将大车”将字正同。

（三）“怆怳圹悢兮，去故而就新。”谓别离也。古诗“去者日以疏”二语隽妙与此同②。

（四）“坎廪兮，贫士失职而志不平。”陶渊明《咏贫士》诗：“闲居非陈厄，窃有愠见言。”即是此意。“何以慰吾怀，赖古多此贤。”则洵为疗贫之上药，辅志之良规矣。

（五）顾非熊诗：“谁知我名姓，来往自凄凄。”③即《九辩》“廓落兮羁旅而无友生，惆怅兮而私自怜”意。

（六）“独申旦而不寐兮，哀蟋蟀之宵征。”杜诗：“巴童浑不寐，半夜有行舟。”④从对面着笔，不说已之不寐，其妙乃欲突过前人。古诗“明月皎月光”一首，多取《九辩》第三段之辞。

---

① 《艺苑雌黄》，宋严有翼著。原书二十卷早已亡逸，今本十卷系后人摭拾诸书而成。

② “去者日以疏，来者日以亲。”见《文选·古诗十九首》。

③ 唐顾非熊，《全唐诗》中有顾非熊诗。二句见集中《秋日陕州道中作》诗。

④ 见杜甫《十六夜玩月》。

（七）韩昌黎《秋怀》诗“霜风侵梧桐”一首，乃本《九辩》“奄离披此梧楸”，语诞幻以衍之者。

（八）“去白日之昭昭兮，袭长夜之悠悠。”古诗约为五字曰：“昼短苦夜长。”

（九）“皇天淫溢而秋霖兮，后土何时而得干？块独守此无泽兮，仰浮云而永叹。”李白《放后退恩不沾》诗，全是此节神理。

（十）杜子美诗：“干惟画肉不画骨，忍使骅骝气凋丧。”[①]即暗用《楚辞》“相者举肥，骐骥匿而不见”之意。

（十一）“骥不骤进而求服兮，凤亦不贪馁而妄食。”杜诗：“如今岂无騕褭与骅骝，时无王良伯乐死即休。”[②]李诗：“凤饥不啄粟，所食惟琅玕。焉能与群鸡，蹙促争一餐。”[③]恰可发明此二语。鲍明远诗：“何当与汝曹，啄腐共吞腥。”[④]其亦所谓不妄食者欤。

（十二）“愿徼幸而有待兮，泊莽莽与野草同死。”曹子建诗：“愿为中林草，秋随野火燔。”[⑤]翻进一层，意更沉痛。

（十三）“无衣裘以御冬兮，恐溘死而不得见乎阳春。”亦可悲矣！后来诗人之穷者，如陶之“饥来驱我去，不知竟何之”，“岂期过满腹，但愿饱粳粮。御冬足大布，粗絺以应阳。正尔不能得，哀哉亦可伤”[⑥]；杜之“所愧为人父，无食致夭折”，“岁拾橡栗随狙公”，“手脚冻皴皮肉死”，“短衣数挽不掩胫”，“男呻女吟四壁静”[⑦]皆

---

① 见杜甫《丹青引》。
② 见杜甫《天育骠骑歌》。
③ 见李白《古风》。
④ 见鲍照《代升天行》。
⑤ 见曹植《吁嗟篇》。
⑥ 上二句见陶渊明《乞食》，下六句见《杂诗》。
⑦ 上二句见杜甫《自京赴奉先县咏怀》，下四句见《寓居同谷县作歌》。

是。夫以慕义怀道之士，而至缺衣乏食。吾侪碌碌，有何功德于人，乃居然足于温饱，尚不自爱，而必规求厚利，诡随薄俗，丧己害人，以酿世道无穷之患，何耶?

(十四)"白日晼晚其将入兮，明月销铄而减毁。岁忽忽而遒尽兮，老冉冉而俞弛。"曹子建诗："日月不恒处，人生忽若寓。"[1]十字尽其意。

(十五)"农夫辍耕而容与兮，恐田野之芜秽。"喻不恤国政而嬉游也(春秋传"政如农功"，即其所本)。汉朱虚侯《耕田歌》[2]、杨子幼《田彼南山歌》[3]，亦是借喻于农事。

(十六)"谅城郭之不足恃兮，虽重介之何益。"张景阳诗："何必操干戈，堂上有奇兵。"[4]

(十七)"生天地之若过。"朱注：若过，言行所经历不久留也。古诗："人生天地间，忽如远行客。"即是其意。张景阳诗："人生瀛海内，忽如鸟过目。"[5]则即其意而幻衍之耳。光第按："若过"视庄生"其生也有涯"[6]，贾生"其生若浮"[7]，尤为眼前警语。

(十八)"愿赐不肖之躯而别离兮，放游志乎云中。"汉人诗："欲因晨风发，送子以贱躯。"[8]用意反正不同，而恋恋于君臣朋友之心则同，出语切挚亦酷肖。

---

① 见曹植《浮萍篇》。
② 《耕田歌》见《史记·齐悼惠王世家》。
③ 《田彼南山歌》见《汉书·杨敞列传》。
④ 见张协《杂诗》。
⑤ 见张协《杂诗》。
⑥ 见《庄子·养生主》。
⑦ 见《史记·贾生列传》引《鹏鸟赋》。
⑧ 见《文选》李陵《与苏武诗》。

一〇 招魂十一条

（一）《辩证》曰："后世招魂之礼有不专为死人者，如杜子美《彭衙行》云：'暖汤濯我足，翦纸招我魂。'盖当时关陕间风俗，道路劳苦之余则皆为此礼，以祓除而慰安之也。近世高抑崇作《送终礼》云：越俗，有暴死者则亟使人遍于衢路以其姓名呼之，往往而苏。以此言之，又见古人于此诚有望其复生，非徒为是具文而已也。"又曰："'恐后之'如汉武帝遣人取司马相如遗文，而曰'若后之矣'[①]之意，注云言已在他人后也。"

（二）"去君之恒干"，谓魂离其常体也。陶渊明《神释》诗，"与君虽异物，生而相依附。"

（三）沈存中云："今夔峡湖湘及南北江獠人凡禁咒句尾皆称'些'。此乃楚人旧俗，即梵语'萨嚩诃'也。三字合言之即'些'字也。"[②]光第按：古歌曲尾声"羊吾夷""伊那何"之类[③]当亦三合而为声者也。

（四）杜诗《梦李白》："魂来枫林青，魂返关塞黑。""水深波浪阔，无使蛟龙得。"《有怀台州郑十八》："山鬼独一脚，蝮蛇长如树。呼号傍孤城，岁月谁与度？"皆是师《招魂》《大招》之文。若古歌之"黄蒿古城云不开，白狐跳梁黄狐立""木叶黄落龙正蛰，蝮蛇东来水上游"[④]，《忆昔行》之"松风磵水声合时，青兕黄熊啼向我"，则又为《招隐》之遗也。

---

① 见《汉书·司马相如列传》，《史记》所载与此有异。

② 宋沈括，字存中。引文见所著《梦溪笔谈》卷三。

③ 见《乐府诗集》卷二十六。

④ "黄蒿""木叶"句，均见杜甫《乾元中寓居同谷县作歌》。

（五）“十日代出，流金铄石。彼皆习之，魂往必释。”言魂往必为烈日所销解也。李太白诗：“春风复无情，吹我梦魂散。”[①]逸情飙举，更是《骚》意。

（六）“雕题黑齿，得人肉以祀，其骨为醢”“雄虺九首，往来倏忽，吞人以益其心”“豺狼从目，往来侁侁”“悬人以娭，投之深渊”“致命于帝，然后得瞑”“土伯九约……此皆甘人”等语，奇骇而有妙致。后人诗中惟太白“匈奴以杀戮为耕作，古来惟见白骨黄沙田”二语[②]似之。若大言恢诡，如“长人千仞”“封狐千里”“赤蚁若象”“元蜂若壶”“一夫九首，拔木九千”等语，则后来如曹子建诗：“鲸脊若邱陵，须若山上松。呼吸吞船檝，澎濞戏中鸿。”[③]郭景纯：“吞舟涌海底，高浪驾蓬莱。”[④]李太白诗：“额鼻象五岳，扬波喷云雷。鬐鬣蔽青天，何由睹蓬莱？”“有长鲸白齿若雪山，公乎公乎挂罥于其间。”[⑤]韩昌黎诗：“鳄鱼大于船，牙眼怖杀侬。”[⑥]亦皆约略仿象之。

（七）李太白诗：“春风不相识，何事入罗帏？”[⑦]用情真而置语妙。《招魂》：“光风转蕙泛崇兰，经堂入奥朱尘筵。”言风自兰蕙之间经由堂中以入于奥与尘筵之间。尘，承尘也。写景亦曲妙。

（八）周密曰：“昔人有言，韩退之《送李愿归盘谷序》所述官

---

① 见李白《大堤曲》。

② 见李白《战城南》。

③ 见曹植《磐石篇》。

④ 晋郭璞，字景纯。二句见《汉魏六朝百三名家集·郭弘农集》中《游仙诗》，《文选》亦载此诗。

⑤ 上四句见李白《古风》，下四句见《公无渡河》诗。

⑥ 见韩愈《泷吏》。

⑦ 见李白《春思》。

爵、侍御、宾客之盛，皆不过数语，至于说声色之奉则累数十言；或以讥之。余谓：岂特退之为然。如宋玉《招魂》，其言高堂、邃宇、翠翘、珠被、畋猎、饮食之类，亦不过数语。至于‘兰膏明烛，华容备些。二八侍宿，射递代些。九侯淑女，多迅众些。盛鬋不同制，实满宫些。容态好比，顺弥代些。弱颜固植，謇其有意些。姱容修态，緪洞房些。蛾眉曼碌，目腾光些。靡颜腻理，遗失矊些’。又曰：‘美人既醉，朱颜酡些。娭光眇视，目曾波些。被文服纤，丽而不奇些。长发曼鬋，艳陆离些。二八齐容，起郑舞些’。以至‘吴歈蔡讴’，‘士女杂坐，乱而不分’。又《大招》亦云‘朱唇皓齿，嫭以姱只。比德好闲，习以都只。丰肉微骨，调以娱只’，‘嫮目宜笑，蛾眉曼只。粉容则秀雅，稚朱颜只’，‘姱修滂浩，丽以佳只。曾颊倚耳，曲眉规只。滂心绰态，姣丽施只。小腰秀颈，若鲜卑只’，‘易中利心，以动作只。白黛黑，施芳泽只’，‘青色直眉，美目缅只。靥辅奇牙，宜笑嗎只。丰肉微骨，体更娟只’。皆长言摹写，极女色燕昵之盛。是知声色移人，古今皆然。戏书为退之解嘲。”①

（九）“酎饮尽欢，乐先故些。”朱注：“先故，旧事也。陈婴母曰：‘汝家先故未曾贵’②，是也。”

（十）“皋兰被径兮斯路渐。”朱注：“谓春至则草盛水生而路没也。”左太冲诗：“出门无通路，枳棘塞中途。”③郭景纯诗：“绿萝结高林，蒙笼盖一山。”④陶渊明诗：“道狭草木长，白露沾我衣。”⑤苏

---

① 见周密《浩然斋雅谈》卷上。

② 语见《汉书·项籍列传》，《史记·项羽本纪》文与此不同。

③ 晋左思，字太冲。二句见《汉魏六朝百三名家集·左太冲集》中《咏史》，《文选》亦载此诗。

④ 见郭璞《游仙诗》，《文选》亦载此诗。

⑤ 见陶渊明《归园田居》，《文选》亦载此诗。

子瞻诗:“不觉青林没晚潮。”[①]其气象皆与相仿。

(十一)阮嗣宗《湛湛长江水》[②]前半首全用《招魂》末段之语。

一一　大招七条

(一)朱子《大招序》谓:“景差语皆平淡醇古,其于天道之诎伸动静,盖若粗识其端倪,于国体时政又颇知其所先后,要为近于儒者穷理经世之学。”光第按:朱子谓《大招》胜《招魂》[③],以理境言之也;严仪卿谓《招魂》胜《大招》[④],以文采言之也。学者研其理而挹其文可也。

(二)“青春受谢白日昭”一节,即朱子所谓“粗识天道”者。细玩之,殊有情意。陈伯玉诗:“神理日微灭,吾心安得知。”[⑤]惜不见南宋诸贤与之一谈至理也。此条酌。

(三)“春气奋发,万物遽只。”古诗“阳春布德泽,万物生光辉”[⑥],放悲其意。《汉乐府歌辞·青阳章》“膏润并爱,跂行毕逮,霆声发荣,岩处倾听”及“众庶熙熙”,“群生啿啿”等语[⑦],此一遽字乃足相胜,是何等神理耶。

(四)“冥凌浃行,魂无逃只。”朱注:“春气既发,幽暗冰冻之地无不周浃而流行。故魂魄之已散而未尽者,亦随时感动而无所逃。

---

① 见苏轼《澄迈驿通潮阁》。

② 系阮籍《咏怀》八十二首中的一首,《文选》亦载此诗。

③ 朱熹《大招序》:“虽其所言,有未免于神怪之惑,逸欲之娱者,然视《小招》则已远矣。”

④ 严说见第167页总述第四条。

⑤ “神理”二句见张九龄《感遇诗》,非陈子昂作,人名有误。

⑥ 见《乐府诗集》卷三十《长歌行》。

⑦ 均见《乐府诗集》汉《郊祀歌》。

于是即此时而招之，欲其无远去而即归来也。《祭义》所谓“春雨露既濡，君子履之，必有怵惕之心，如将见之”，故禘有乐以迎其来，意亦如此。非常覃思于无动静之间者不能知也，读者宜深玩之。光第按：朱子集中，于论鬼神多有精实道理，最能发造化之情。此注亦其少见端也。

（五）《大招》：“代水不可涉，深不可测只。天白颢颢，寒凝凝只。”隔以“魂乎无往”，然后云“盈北极只”，盖即指冰冻之盈北极也。左太冲诗：“郁郁涧底松，离离山上苗。以彼径寸茎，荫此百尺条。”隔以“世胄蹑高位，英俊沉下僚”，然后云“地势使之然，由来非一朝”[①]，盖即指松苗各生之地也。参换宕折，文法极妙。

（六）“易中利心以动作”即蔡伯喈《青衣赋》[②]所谓“精慧小心，趋事如飞”是也。

（七）《辩证》曰：“《周颂》：‘陟降庭止。’传注训庭为直，而说之云：文王之进退其臣，皆由直道。诸儒祖之，无敢违者。而颜监于《匡衡传》所引，独释之曰：言若有神明临其朝廷也。盖匡衡时未行毛说，颜监又精史学，而不梏于专经之陋，故其言独能如此无所阿随，而得经之本指也。余旧读诗而爱颜说，然疑其无据。及读此词，乃有‘登降堂只’之文，于是益信‘陟降庭止’之为古语，其义审如颜说而无疑也。颜注《汉书》，时有发明于经指，多若此类。如训棐为匪，为尤明切，足证孔安国、张平子之谬。其视韦昭之徒专守毛、郑而不能一出己见者，相去远矣。”

---

① 八句见左思《咏史》，《文选》亦载此诗。

② 见《艺文类聚》卷三十五。

一二　惜誓、吊屈原、鹏赋五条

(一)《惜誓》,“黄鹄之一举兮,知山川之纡曲。再举兮,睹天地之园方。临中国之众人兮,托回飙乎尚羊。”朱子谓:“此四语超然拔出意言之表,未易以笔墨蹊径论其高下浅深也。”杜诗:“秦山忽破碎,泾渭不可求。俯视但一气,焉能辨皇州。”①苏诗:“山川与城郭,漠漠同一形。市人与鸦鹊,浩浩同一声。”②境地大小不同而用意颇类。又苏诗:“胡为适南海,复驾垂天雄。下视九万里,浩浩皆积风。”③用庄生语而有《骚》意,亦不当以笔墨蹊径求者。若虞伯生诗:“晓日朱方得元鹤,一直冲风上寥廓。横翔八表览九州,下视山川间城郭。”④颇露用力之痕,乃不及矣。

(二)《吊屈原》:“所贵圣人之神德兮,远浊世而自臧。使骐骥可得而羁兮,岂云异乎犬羊。”汉人诗:“安知凤凰德,贵其来见稀。”⑤阮嗣宗诗:“一飞冲青天,旷世不再鸣。”⑥均可证明斯义。

(三)洪北江云:“文宋瑞有《己卯十月一日至燕》诗:‘黄粱得失俱成幻,五十年前元未生。’盖是时信国正五十也。与阿文成《五十自寿》诗‘四十九年前一日,世间原未有斯人。’二公之诗,不谋适合,均不愧英奇本色。”⑦光第按:“贾生《鹏赋》:“忽然为人,何足控搏。化为异物,又何足患?”即是二公诗意所本。陈伯玉所谓“闲卧

---

① 见杜甫《同诸公登慈恩寺塔》。
② 见苏轼《真兴寺阁》。
③ 见苏轼《次前韵寄子由》。
④ 见虞集《溪山图》。
⑤ 见《古文苑》卷八及《艺文类聚》卷九十李陵《录别诗》。
⑥ 见阮籍《咏怀》。
⑦ 见《北江诗话》卷五。

观物化，悠悠念无生”[①]也。

（四）《鹏赋》：“乘流则逝，得坎则止。纵躯委命，不私与己。”即陶渊明所谓“纵浪大化中，不喜亦不惧”[②]也。又《归去来辞》“曷不委心任去留”七句，尤该得贾生四句之理。

（五）“不以生故自宝。”陶诗：“客养千金躯，临化消其宝。裸葬何必恶，人当解意表。”即略变其意而言。

一三　招隐、九怀、九叹、九思九条

（一）陈绎曾云：“郭璞构思险怪而造语精圆，三谢皆出于此，李杜精奇处皆取此，本出自淮南小山。”[③]

（二）“桂树丛生兮山之幽，偃蹇连蜷兮枝相缭。”江文通诗：“霜露亦何紧，桂枝生自直。”[④]反《骚》意而用之。

（三）“王孙游兮不归，春草生兮萋萋。”经六朝，唐人展转袭用，如宋范晞文所记[⑤]，几于数见不鲜矣。然《招隐》原辞，固自婉丽不减。实则淮南小山之意，亦本《诗》来，《七月》之二章、《出车》之卒章是也。[⑥]

（四）王子渊《九怀昭世》：“浮云漠兮自娱。”陶隐居诗：“山中何所有，岭上多白云。只可自怡悦，不堪持赠君。”[⑦]

---

① 见陈子昂《感遇》。

② 见陶渊明《神释》。

③ 引文见陈绎曾《诗谱》。

④ 梁江淹字文通，二句见《汉魏六朝百三名家集·江文通集》中《杂诗》，《文选》亦载此诗。

⑤ 说见范晞文《对床夜语》卷一。

⑥ 《七月》，《毛诗·豳风》篇名；《出车》，《小雅》篇名。

⑦ 梁陶弘景，字通明，诗见《汉魏六朝百三名家集·陶隐居集》中《诏问山中何所有赋诗以答》。

（五）《思忠》："抽库娄兮酌醴，援爬瓜兮接粮。"杜诗："翠柏苦尤食，晨霞高可餐。"二语类此，而浑脱过之。又云："野果充糇粮，卑枝成屋椽。"①

（六）《陶壅》："过万首兮嶷嶷。"王叔师《章句》："见海中山数万头也。"按：注语甚奇。虞伯生《天台图》诗："天台一万八千丈，下视东海如浮杯。金鸡候鸣日月出，吞吐澒洞声奔雷。白云猕猕散飞絮，赑屃戴出三崔嵬。一一十十翠撑柱，三三五五璚楼台。"数语气象豪迈，合似衍得王注语也。

（七）刘子政《九叹・灵怀》云："路荡荡其无人兮，遂不御乎千里。"光第《白雪吟》有句云："君不见缟素风沙二万里，粉本可画无人踪。"言外俱有说话在：盖彼则伤皇舆之回畔，此则惜地纪之荒芜也。

（八）《怨思》："陆魁堆以蔽视兮，云冥冥而暗前。山峻高以无垠兮，遂曾闳而迫身。雪雰雰而薄木兮，云霏霏而陨集。阜隘狭而幽险兮，石嵾嵳以翳日。"虽衍《涉江》语，而写峻狭之山颇肖。杜子美《青阳峡》诗："林迥硖角来，天窄壁面削。磎西五里石，奋怒向我落。仰看日车侧，俯恐坤轴弱。魑魅啸有风，霜霰浩漠漠。"形容最似，而奇壮乃跨过之。

（九）王叔师《九思・逢尤》云："虎兕争兮于廷中，豺狼斗兮我之隅。"《怨上》云："蝼蛄兮鸣东，蟊蠽兮号西。蛓缘兮我裳，蠋入兮我怀。"后来如刘越石诗"麋鹿游我前，猿猴戏我侧"②、杜子美诗

---

① 上二句见杜甫《空囊》，下二句见《彭衙行》。

② 晋刘琨，字越石。二句见《汉魏六朝百三名家集・刘越石集》中《扶风歌》，《文选》亦载此诗。

“熊罴咆我东，虎豹号我西。我后鬼长啸，我前狨又啼”①等语，皆学此种句法。

诰封奉政大夫刘公举臣六十暨配黄宜人五十寿序

光绪二十年八月二十六日上谕：“朕钦奉皇太后懿旨：‘本年十月，予六旬庆辰。届时皇帝率群臣诣万寿山行礼，自大内至颐和园，跸路所经，臣民报效点景建坛。予不欲过为矫情，特允皇帝之情，在颐和园受贺。讵意倭人肇衅，兴师致讨，征调频烦，两国生灵，均罹锋镝。每一念及，悯悼何穷！前因士卒战苦，特颁内帑三百万金。兹者庆辰将届，予亦何心侈耳目之观，受台莱之祝耶？所有典礼，着仍在宫中举行。其颐和园受贺事宜，即行停办。’朕再三吁请，未获慈俞，敬维盛德所关，不敢不钦遵宣示。”

维时大小臣工，中外黎庶，恭睹诏旨，罔不赞叹，咨嗟动色，有感激流涕者。然使此旨下于皇帝请祝之日，欿然念时局艰难，连岁灾潦频警，务损皇帝之孝思，以宗社为重，坚拒不可其请，则所省虚縻费甚巨。而一切逢迎宨薄怀恩泽之臣，亦有所警动悚惧，收心回面，以图治理。即不然，乘一二鲠谏之士，激切劝止即止之，省费亦可千万。乃必外衅蠢生，厥氛甚恶，始因科臣之请，不幸园宫。先之工程造作，则已太半成就，识者读抑损之词而感之，犹惜有数之财力费乎无用者已多；且当赋饷奇绌非常，痛诏降之稍晚也。然使

① 见杜甫《石龛》。

并此无之，则自十月一日至于十七日，其间经费繁大，姑偏言之：彩棚数十里中，戏台数十、经坛数十，已日耗掷数万金。且不论一时人心荒纵，即无非族潜煽、宵小窃发，而持此倾国盈郊、狂喜大乐之气，欲以支拄生心蓄锐、久狡且悍之外夷，而破我柔滑澳淴、坚固不可摇之结习，岂不难哉？然则斯诏之宣，有关社稷生民甚大，非第审机势，善转圜，不吝改过之美而已。吾以告吾庆堂也。

庆堂数书来，将为父母寿而乞觞辞。其父举臣君、母黄宜人，均仁齐厚，宜享大年；且素笃余，每出大义相切。余感之，为觞辞其何让。惟是国有大事，民生方蹙，即乡邑间为庆乐，虽不能罢，犹当限减。斯语也以告庆堂，而不可概举臣君。

君之朋凿双福井也，井溢，咸水倒喷而升围尺之口盖二百数十丈，出口犹能数丈。承以周檐，缭以通沟，三日得水万余担。同业者皆喜，君独湫乎而忧曰："安知非祸！"众讶焉。君曰："先时井喷者有矣，曾不数日而匡口坏，顿成废井，反不如人牛推挽者，平远无患，且令终获利多。然太暴非善，宜大将此财为利益事，盈满之患，庶几能免。"于是众咸服其言。

嗟乎！安得如君者厕枢府，或充封畺吏令，当海宇无故，宴然太平，犹得存坠渊驭朽之思。若以处今边事棘，势危迫，必能厉精淬神，朝夕振兴刷刮，汲汲真若不可及，而欲驱之为苟媮庸滑，饰锡类之谬敬，卸无将之厉诛，误国家终已自误，决不能也。

君前买宅时，亲知来贺，群劝必以戏乐，辞之。伶人已入门矣，仍力辞之，竟不得奏伎以去。其视今八月所宣之谕，用意略同。犹能安熙无事之时，知欢乐不能以极，极将召患也。今闻余语如是，其有以处庆堂矣。

庆堂言：君思措万金成石桥，意甚坚。余谓方今时事阽危，高瞻远瞩之士宜有深怀，约乡里贤人长者，尚诚朴，去奢伪，正人心而厚风俗，悉罢一例浮虚不急之费，务储材积谷，择深固险远能保安之地，为守备具，以防大难。如往者青城范长生、石柱马氏、丹稜彭氏之为，全救生民必众，功德尤远。视独为一桥，功轻重何如？

举臣君黄宜人，性聪识邃，非乡哄荷促可比。余并陈此义寿之，虽复以规为颂，必知悠然有会，执觞相顾而酌，更相勉也。

赐进士出身、诰授中宪大夫、刑部主事

宗愚侄刘光第撰并书

甲午条陈

具呈广西司候补主事刘光第呈为呈请代奏事：

窃职系四川富顺县人，由光绪癸未进士签分本部广西司行走。兹因朝廷讨倭用兵亦已数月，战守情形，必有圣谟神算，非小臣所得而知。然光第区区窃以为，善治外者必先治内，能知彼者尤贵知己。古人所谓内修政事、外攘夷狄者，洵非无谓也。光第狂愚无知，窃不自谅，敢就今之急务，条呈数事。情知迂拙，无补圣明，且位卑言高，亦干罪戾，惟缕缕愚忱，不能自已。敬恳堂台披阅，可否转为代奏，以备朝廷采择。

窃中倭开战以来，言战者指不胜屈，其间能中机宜者必多。光第以为战胜之机，决之皇上一人而已。伏见国家近年以来，纪纲法度，渐形颓隳，习熟见闻，不能振作。此于闭关绝外之时，犹且不可；况兹外洋逼我，门庭堂奥，无处不通。即以最逼我之俄、倭二国而言：前者不能水战，康熙中，其主彼得罗亲往荷兰习水师，后遂强盛,至今诸国,咸忌畏之,前年其太子曾来游历中国,觇视虚实,闻其人甚雄杰,此其志不在小也;倭人二千余年之封建,数百年来大将军之权,现在倭人之主一旦而改之、撤之,生心蓄锐二十余年,在我肘腋之下,眈眈虎视,伺隙需时,此其志亦不在小也。今倭已形猖獗,恐俄亦隐然思逞。我国如尚不思所以制之之法,蹈常习故,罔肯变通;即或稍有经营,又复视为利薮,虚名无实,而规守成法者,复加掣肘。如此欲求外人之不侮、内地之无事,得乎?伏愿皇上勃然发愤,内断于心,披览史册,鉴古今之成败,周知海内,酌中外之利害,然后用开创之规模,为继述之事业。彼外洋诸大国闻之,犹当心折气沮,况于胜倭,必如操券。敢就今日之所当举行、将来所当变通者,列为四条,为皇上敬呈之。

一、请皇上乾纲独断以一事权也。自古政出多门,鲜有成事,权归当陛,乃克专图。上年皇上亲裁大政之时,醇贤亲王密陈于皇太后之前,请军国重要事件,皇上仍当禀承皇太后。而皇太后不辞者,仰见懿怀深虑,犹恐皇上初裁大政,或遇大疑大议,尚有未周,故虽与自古撤帘之典微有不同,而中外臣民无不感而谅之,以为非有利于权管之意也。且于已革御史屠仁守请中外章奏仍书皇太后圣鉴,披览之时,懿旨切责,有“随时禀承,并非著为典常”之语,尤见皇太后公虚严畏,度越前古,不惟中外臣民敬服有加,即祖宗神灵,在帝左右,亦当默默感动,阴为相之,且保佑之者也。今皇上聪明仁孝,主政亦已数年,断事决几,久为天下臣民所欣服;若犹必以朝廷大政请于皇太后之前,则乾纲何以昭独断之神,而慈怀亦必有不安之处。况皇太后现已六旬,正当颐养天和,宁神谧志,皇上亦何忍以军务倥偬之急,更烦懿虑焦劳乎?应请皇上圣裁独断,即当重要事件,亦宜自运宸衷,无复重劳慈听。将皇上孝思,愈可得展,即皇太后于古来撤帘之典，无有不符，则国家幸甚，臣民幸甚。

一、请皇上下诏罪己固结人心也。国家十年来吏治不修，军政大坏，枢府而下，嗜利成风，丧廉耻者超升，守公方者屏退，谄谀日进，欺蔽日深。国用太奢，民生方蹙。上年虽有明谕申饬，言者不计，牵涉天灾。而上天仁厚，眷我国家，屡用示警。故近年以来，畿辅灾潦频仍，京师城门水深数尺，天坛及太和门均被水灾。今年二月天变于上，三月地鸣于外城，旋有倭人肇衅之事，此殆非偶然也。在皇上早已恐惧修省，战兢惕励，冀弭灾于无形；而中外臣民，未睹诏书之下，尚无以感人心而召天和，且无以激军心而慑敌气。应请皇上引咎自责，特降罪己之诏，情词迫切，动天下以至诚，痛戒从前积习之非，即隐励今日同仇之慨。如是则天下观听一新，即贪欺庸懦之臣，亦或洗心革面，愧愤图功。而三军之士，一闻宣读诏书，尤当有感激流涕者，然后以之御敌、有必死之心，以之守疆、有不摇之志，感应之捷，影响不如。若夫诏求直言以去蒙蔽，破除忌讳以济艰难，尤在圣衷独断耳。

一、请皇上严明赏罚以操胜算也。现在中倭构兵，打仗奋勇在将领，治兵筹饷在边臣，运筹决策以襄圣谟则在督办之王大臣及军机大臣；而神机密运、洞见万里、赏忠勇、罚奸怯，实操于皇上之一心。今定安依克唐阿、丁汝昌、卫汝贵等，已蒙谪罚拿问有差，然中外臣民犹以为处分过轻，不足以警将心而作士气。前者平壤之溃，闻各营将领，愤叶志超以逃溃朦保而得奖叙，遂乃齐驻城中，不守要隘，以致失事。若果然，则是战败于庙堂矣。知滥赏之可以隳丧军心，则知不能重罚之可以怠弛士气也。至疆臣不得其人，各省匪徒必思乘衅蠢动，爝火燎原，蚁穴溃堤，前明之祸，可为殷鉴。今李鸿章狭私遂非，情形已露，朝廷当自有处置。其他如李瀚章、裕宽、德馨、福润，邵友濂等，亦皆不满人望，悉宜罢归。别简贤能大吏，辑匪安民，先清内地之奸，然后一意外攘，始无牵动大局之虑。至于十年来军机大臣贻误国家，中外臣民咸所深愤，已蒙圣明洞鉴，添换大臣；然贻误之尤者仍厕其间，未闻屏黜，中外惶惑，颇以为忧。凡此溃逃之将未得军前正法，贪庸大吏未得速为更换，贻误之军机大臣未得尽为退斥，皆由我皇上仁厚有加，不能自克，以致数月以来军务尚无起色，昔人称朝廷姑息牵制之意多、奋发刚断之义少，今日情形，岂宜有是。宋臣司马光疏论修心之要曰仁、曰明、曰武，论治国之要曰官人、曰信赏、曰必罚，似于今日朝廷尤所当急。应请皇上大奋英武，除恶务勇，威断若神。果能厉行，将不崇朝而天下鼓动，即海上捷音当可立至矣。

一、请皇上隆重武备以振积弱也。文武之道，一弛一张，目今救弊所先，讲武为急。自绿营敝坏，各省咸恃练军，然以制土匪或有余，以制外洋则不足。而算学、制器、测量、管驾诸务，中国非不为之，奈承学者多不得其人，遂皆有名无实。士大夫之才质聪颖者，又方鄙为洋学，不屑究心，惟殚精疲神于无益之事，此宜坐困者也。夫天算、制器，皆中土神圣所开；火炮、兵轮，亦古人射御之变。即谓取材异国，亦期有益我邦。春秋时，楚子灵教吴乘车射御驱侵，而楚疲于奔命；明大学士徐光启能传利玛窦之学，善造西洋大炮，后来袁崇焕等用之有功，其明验矣。应请皇上将算学、测量等务，通饬各省督抚，广布其书，多聘外国教师，分门传习，数年之后，则于乡会试时文之外，各别设为一科，均当隆重其选，以求实效。至于练兵之法，必以京营旗兵为始，先当大为变通，核其不能为兵者，咸出档籍，编入齐民，酌给资本，以为各寻生业之地。然后精选而厚饷之，简派忠勇廉干知兵大员管教。兼募洋将训练，添设武备学堂，分时出城调扎，学筑土垒，演习测量，使之有技在身，自可增其胆力。皇上不时命亲王、贝勒等校阅而赏罚之，每年大驾又必亲校阅之，以定训管大臣之功过；即北洋海军多添船炮之后，亦宜每岁亲校阅之，厚其赏，重其罚。如此则天威所临，不惟将领之勇怯、军事之精窳无所欺蒙，且令满汉统兵大员及各将士，咸晓然知朝廷认真武备，不比从前徒有其名，必皆感激图报，英才猛士，成就必多。我国龙兴之初，太祖、太宗均各有数千健儿，与之共旃裘、同饮食，所以能得其死力，天下无敌。今既不能如此，亦当略师其意，以重武臣之选，俾得情孚志合，上下一心，不宜徒受文貌之承奉，情形隔绝，欺饰百端，毫无实用也。今日各省绿营亦宜渐次裁减，或空额不补，一意整顿练军，饬各省督抚讲求将才，修备关隘，精研机器等局，推广武备学堂。而东三省根本之地，宜添设督抚，开办铁路、屯田诸政，移民垦土，转饷治兵，极力经营，务成重镇。迨办有成效之后，皇上亦宜时巡出关，简阅军实，且以亲拊其人，务使人心坚定，永为不可摇夺之地。然后各省亦得次第而整饬之。如此全力以图，足食足兵，渐臻民信，不过二十年，恢之可以兼容并包，退亦可以保疆固圉，要在皇上恢宏其志气，坚定其心意而已。

光第为朝廷讨倭，不揣愚昧，谨为条陈。窃欲仗宸衷为决胜之机，并思于国是画久安之策，有宜举行于开战时者，有宜变通于息战后者。是否有当，谨此具呈，伏乞察核，据情代奏。

论《校邠庐抗议》[1]

中国壅遏久矣。皇上赫然改图，惟智惟勇，尽除沮抑蒙蔽之害，言路大开。今者复诏大小臣工考论《抗议》一书，是亦古人谋及卿士、外洋建设议院之意也。中外臣民无不感激涕零，赞扬圣德。其书有已行者，有尚宜遽行者，有未可遽行者，有直不必行者。谨竭愚者之虑而论说之，以备采择。其原议所未及而今当变通者，亦间及焉，不敢隐也。在迂滞者方谓轻弃吾中土之法而学外洋；自其通者观之，乃所以洗涤吾后世之弊政，而恢复吾古时之良法也。要在皇上参酌古今、博考中外，择善而行之，不为游言浅人所惑，则本朝之治将跨越汉唐，直追三代，岂非由皇上毅然变法之一念为之哉？

一　公黜陟议

以贱推贵，以下保上，言之似乎骇听，其实古初立君设相之始，即是如此。但今日人心浇薄，且不明义理者多，非互相争竞，如前明廷臣之争枚卜。即互相朋比，如汉廷臣之颂莽功德。所以外国议院流弊至于聚众械斗。窃谓此事宜待学术大通、性情大同之后举而行之，乃可少弊。然今不可不参酌此法，以为用人之鉴。如此篇之议，京中庶僚会推之法，尚或可行，而外间民保之权，尚未敢以为可即用也。

① 光绪二十四年五月二十九日，孙家鼐奏请将《校邠庐抗议》发交部院卿寺堂司各官签注意见，得允。此文即为刘光第应命之作。

二　汰冗员议

漕督粮道可裁,然先须办折漕始可行。河督及河兵可裁,然河工宜立专门学,如安定治事斋之法。监督织造,如归地方官办理,则亦可裁。盐运同运副、提举等官,亦可酌裁。督抚同城,可裁其一。按察司并于布政司,似可不必,盖政刑均重,古人久亦分之。各守巡道可以全裁。重守令之官,其说最善,今则令犹颇重,守则太轻。詹事府可并于翰林院。减科道之官,似亦可行;但存者仍宜督之使言,不可如今噤默,若如今日大小台谏等官,则都察院亦直可裁矣,然不能也。中书以上言事,今则士庶均可上书,乃最善之政,原议所未料及者。司道言事,本有旧章,近年曾申明之,然卒少言者,何也?今日京师诸大臣及台谏专官且如是,何责司道乎?闲曹减其半,亦可行。内务府必应大减,此亦最美之政,可为万世法者。编检部曹,回籍候升补,似多窒碍。武职大小皆减其半。今日已大裁兵矣,然未裁官,此亦必当行者。又云"大官太多",甚中今代之病,宜酌而存汰之。原议所欲汰者如此,不为不多矣,而犹有未及者:本朝约束太监,视前代有天渊之殊,然近今亦稍肆矣。国初唐甄、魏禧诸人痛切著论,必欲废之,而以相沿既久,至今未行。今则中西会同,亦古今一大变局。如能竟行废之,自当超越千古;如尚未能,亦宜量为裁减,资给而放归之,亦最善之政也。

三　免回避议

府县各宫,无过三十驿之法,利多害少,可行。盖唐制已有铨除不得过千里之法。而本朝王心敬,乃谓本省佐贰以及仓巡,应止以五百里内外为断;且明初事例,亦有远方县佐及杂职员缺,将附近者铨补之法。而本朝任源祥乃谓,除方面官外皆可用此例,似亦可以并入此议,酌量而行。

四　厚养廉议

禄非臣下所宜言也。然既奉命议之,亦不可不陈重禄之经,以实体群臣之义。尝考中国古昔之制,合诸泰西见行之政,窃谓今日欲诸臣有守有为,非益俸不可。然不先行裁冗节费亦不能办。此最为国家有益无损之事。今不廉者甚多,正坐禄不足耳,禄足而先事后食之人亦必多矣。

职田一说,今外省筹有学田之处,分给提学教官,即其遗意。

五　许自陈议

陈力就列,不能者止,难进易退,君子嘉之,此自古议。当此时艰多故之秋,我在廷诸大臣,七十以上者,尤当深识此议。皇上亦宜下一明诏,许其量力自陈。有能退者,奖借之;更能荐贤自代者,优宠之。此最为今日急务。其云"许进士自请京职",固自可行。惟近日仕途风气太坏,贪肥避冷,趋利忘义。不幸而内用,有多方营谋以乞改耳,其谁来就京职者乎？烟瘴苦差二法,允当可行。

六　复乡职议

公举董正听直之法,良法也。今有已行之地,亦有未行之地,应请全饬照行。前丁宝桢督四川时,通省俱用保正,民间颇得其益,即其明验。议改乡官一层,利多害少,似可举办。即如闽广械斗至多之地,若遇好官,其任内必少此事。求其故,则能选任本乡本族公正绅士,责成管理所致。如能设乡官,又能于聚族而居之地参用宗法，则情势相维，风俗可美，而犷悍之气全消矣。

七　省则例议

此议今已行。惟主其事者，须得人为要。昔人谓该部增设事例，只足以淆乱成法，消损人材。而今日庸愚无识之人，尚以为是可以范中材以下，必不可删，此左袒胥吏之见也。议中咨、移、详、札，宜颁成式，各署公事，创为简表，使人人易知易守，最要可行。此我古时及今外国所已行者。盖则例不省，虽群吏尽易以士人，其弊仍在也。

八　易吏胥议

吏易以士人，自无贱简之病，而人知自爱，然后可相助为理矣。此法合古义、除今弊，实实可行。更有外省幕职，司事两项人：上年给事中洪良品奏请，各关司事宜用士人，幕职即以各省候补人员学习之，而作幕之无官者亦饬其捐有官职始许作幕。其事为此书所未及，似亦当急与变通者。

九　折南漕议

内外诸臣如张之洞、丁立钧等，请议折漕者数矣，而不行，此必有故。颇闻南省官绅多据以为利薮，亦如京仓之食其敝者过众，故必多方以沮之。篇中招商及筹蓄一年之议，尚为稳实。其要尤在开北方水利、讲西北农政以为其本，斯万全之策也。

一〇　利淮鹾议

此就其近者，举淮纲而言，宜饬淮盐各衙门，即今日情形，参酌妥议办理。此外如广东、四川及各省产盐之区，亦必有当革当更之事，宜饬各大吏令商民自陈利弊，斟酌而修改之。

一一　改土贡议

此议最透，可行；改之亦甚易，只在降一明诏而已办矣。

一二　罢关征议

关征之弊，更有甚于此议所陈者。欲撤关而代以厘，而今厘金之弊，亦乃不让于关矣。今日上策，是待我兵力足时，与外洋换约，加其进口之税。则我内地关厘，直可裁撤。而今尚不能，且只严督各关，尽收尽解。而设关置厘太多之处，尤宜切实省并，以恤商情。其要在用廉明大吏，始能得清操有守之员，实心整顿，庶有起色。否则去一弊而一弊又生，我中国将永为一弊国，终不可治，恐将来利权之管尽畀外人，而卒不得收回矣。

一三　节经费议

此议宗禄亦须限制，自为以义制恩之举，亦示王者公天下之心也。八旗养兵之费，前人议之屡矣，因循以至于今，实有渐不能支之势，不能不思变计者。应于挑留为兵之外，或农或商或工，均可厚给资本，听其营生，斯为(主)〔上〕计。虽然，此事所关甚众，亦须渐而行之，不宜操切。

一四　筹国用议

今日岂但必用银乎，不过十数年，将有用金之日。要在将中外市易通盘筹算，方能剂其盈虚消长之权而因应之。似宜有商务专官，精研一切纺纱、织布、树（茶）〔桑〕，制茶诸务。而农工矿学，亦得分门讲求。然总须有实心任事之大臣方可。否则仍前徒有空名，但使任其事者加官进财，而国乃愈空虚矣。

一五　杜亏空议

杜亏空之法，固可行。然须各大吏将各州县腴瘠之区，转注而平剂之，使均有常款，以济养廉之不足，且又崇尚节俭以表率之，豪侈者劾罢，斯为治之之根。不然，帑项即不挪移，而取财之路，非巧致于狱讼，即勒借于富民，愈出愈奇，有不可究诘者已。

一六　复陈诗议

今日报馆既行，言路亦宽，此议转可缓论。

一七　变科举议

科举文字去取之法，今已变矣，可勿庸再议。惟引顾炎武之说“考试欲其难，不欲其易”一语，其义最精。又议三场各一主考，法颇善，盖既无所偏重，复得各尽专长，洵可为考试之法。京官通籍后不复考，亦可行。

一八　改会试议

此为举人路费起见，不过欲令怀才不遇者多试数回耳。然会试仍有限，更须参用特举之法方善。至黄巢、李岩辈，则虽就省会试，安知不仍在落第之中，惟于科举之外多予以出身之途则得矣。此议不必行。

一九　广取士议

此亦须学术明、风俗美之后，始可行。不然，亦适成为今日之公举孝廉方正，贻人嗤笑而已。

二〇　停武试议

武科议，近湖广督臣张之洞奏，似更详实可行。此尚有拘滞之论。

二一　减兵额议

裁兵今已行。兵愈少则练愈精，饷亦可厚。惟此时须防游勇乱兵之患。前已饬地方官认真整顿团练保甲，此最要着。议中水陆兵须合一似泥，各营裁兵后虚额亦恐不免，要在慎选武臣耳。至造船后报聘西洋，乃水师最要之事，而至今未行；宜乎大东沟之战，丁汝昌以水师提督，而头晕立不稳也。

二二　严盗课议

此议不获盗之吏，“褫职禁锢终身，讳盗者杀无赦”。不如顾炎武之论，称光武精于吏事，以疏不以密，凡因盗干吏议者，皆勿问，听以擒讨为效；其牧守令长，但取获贼多(者)〔寡〕为殿最，更相追捕，贼并解散，其法更善。而其正本清源之处，则尤在地方官。故一方多盗，必先用有好督抚，而后得有好州县，州县得人，而盗自绝矣。所谓“苟子之不欲，虽赏之不窃”也。然议中“多耳目以防之，厚赏劳以购之，勤护送以伺之，时或聘技勇作贾装以诱之”数语，前罗总兵大春治泉州之盗用此法甚有效，方提督耀治惠潮之盗用此法亦甚有效，则亦可为治标良药矣。

二三　制洋器议

此议数款，今已悉行；惟不许仍前有名无实方可。我中国讲求洋务，数十年矣。至今造一船、制一器，必用洋人；甚至我使臣出驻各国，必须雇坐他国之船，而招商局船，每月轮行江海者，犹必雇洋人管驾，岂非有名无实之显然者乎？他可想见。此无论不能争雄海上，即求保卫吾圉也难矣。前之洋学者既若是，今之洋学当何如？谋国者必有以处此。

二四　善驭夷议

嫌疑猜忌，乃是前四十年情事。今日中国于夷，乃信之畏之，仰之奉之，岂惟不能驭夷，直是为夷所驭。夫分观一国，有图我之志；合观各国，亦无不有图我之志。今各国之交正固，谋我之事已屡见，桂芬之言验矣。此而不急思自强，犹是敷衍弥缝，日了一日，非计也。

计宜何先？今欲制夷，非先易我内外办夷务诸臣不可。夫此十余年来，丧师割地、未丧师亦割地，办事者之效已可睹矣。此而无罚，何以用人？此而且有赏，如前日总署尚保叙多人，更何以示天下？且恐不免为外夷所笑。然则今日我于夷事，无所谓驭之，直当言报之而已。宜急求使才将才，折冲御侮。内而总署大臣，须得使才如子产、晏平仲，皆以执政出使；外而督抚诸臣，须得将才如韩琦、范仲淹，皆以威名镇远。二者于何见之？识大体而有气，则使才矣；能小心而好谋，则将才矣。然皆从不爱钱、不怕死始。皇上但即此而考察之，才不才立见矣。然尤先须得雄略远图之人为宰相，庶几上下一心，卧薪尝胆,思与一决,夫而后驭夷之说乃可得而言也。

二五　采西学议

采西学诸说,今已次第行之。然今时势已迫,并力专行,犹恐缓不及事,而咫闻眇见者,乃更拘牵而沮滞之,其不尽失我自有之利,而全承外人之害也不止矣,尚安能取其长而制其害哉?然须力除数十年来我国为九州万国所无、专办有名无实之事之病,而后可以言学。

二六　重专对议

前出使之人,屡不得使才者,良以荐者之非其人耳。古云:“欲知其君,视其使。”此非可以奸贪无耻之徒滥充也。诚如此议,宜广饬中外臣工举之,妙简人望,试可而后使焉。

尤有请者:古者执政尝为使臣,闻今外洋互驻之使,亦多有曾为宰相者,似亦可参仿而行之。又古人有三使绝域、六度衔命及十二返者。良以得其人则重用之而事愈济。更须仿古设行人专官,使之习焉而后从事,必鲜有辱命者矣。

二七　变捐例议

开捐以济一时急需,亦间有非常之才出于其中,诚以科目取人之途太隘,或有所遗,此亦可稍补救。然所得之才甚希,而弊则有不可胜举者。今即不能停,亦须变通,所议民爵得卖,令丞抗礼,二者尚俱可行。

二八　绘地图议

此宜与今西法绘图之学比校,择善而从之。

二九　兴水利议

此当先治水道，次修沟洫，而田乃可成。北方之田，无论宋明以来，历有成绩可稽，即目前津沽刷淤之田，复大著效。凡西北之地，可以推广而行矣。然须专门讲求之，如外国之习水利学、立农学堂，乃可。

三〇　均赋税议

赋税宜均。然古而不均者多矣，骤然理之，大非易事。且今日人心陷溺已甚，无官无绅，绝少可恃之人。勿论不行，行之亦百弊丛出。欲求暂无扰害，且可待官廉吏谨、民俗丕变之日而为之。

三一　稽旱潦议

绘图以稽旱潦，法至善，宜须颁行，尤宜饬各疆臣留意考察。昔人所谓督抚以绥靖地方，使水旱不侵、盗贼渐息、官吏澄清，兵民和乐者为称职。可见稽旱潦，非仅州县之事也。

三二　改河道议

择地高下为图，择其下者导河入海，此自禹治水遗法。然以今财力人情而论，似未易以遽行。虽然，地形高下险易，不可不知。必当遍用西法测量之，勒为简明之图，庶行水治兵者人人了然于心，皆得其用。

三三　重酒酤议

此当与鸦片税并可加重，惟非谷类之酒，不在此例。

三四　收贫民议

有养有教，法良意美，急当广布而行之。此篇洞见治民本源，参中西、究利弊。所云“陷于刑辟，治之者尽法而止，不复过问，而为匪者如故也”，痛哉斯言！盖我中国自三代而下，偏于务宽大不扰民之意多，而听民之自生〔自〕死、自好自坏也久矣。

三五　劝树桑议

此事至今尚未畅行。各省大吏亦有劝办者，然初无大效。愚意须厚其赏以旌异之，薄为之罚而督饬之，待其风气渐开，复于各处多为设丝局而收采之，创机器而制造之，连公司而转运之，使各省之气得以流通；而其衣被之利，驯至溥于外洋，斯尤我中国地上百千万亿之金银，一抬手而可得者。

畿郊种桑之说，不过办为北省先耳。

三六　一权量议

此皆后世君与官远、官与民远之故。偭改既久，习为当然，遂有重于更之之意矣。虽然，今日之下一者亦多矣：堂堂正正之旗，冒其档册，而旗分不一矣；累累若若之官，多出捐例，而流品不一矣；中国编氓，买入外籍，而齐民不一矣；内地腴壤，隶之他国，而版图不一矣。其他士气不一，民志不一，参错万状，大为隐忧，而其根则在于我君臣上下不一其心而已。反是而图之，诚有先于权量者。固知〔唐〕虞周秦时审慎于此，皆是开国之规模。而我今欲行之，非震动奋发，隐然以开创为守成，不可也。

三七　稽户口议

今无役法,故户口无确数,但于办保甲时寓此意可也。

三八　崇节俭议

俭,美德也,惟在上之人力行而为之倡耳。然亦有其要:今日之要,乃在于力禁臣下之崇奉。夫为人君者,岂必欲耗财以扰民;而为臣子者,无不思备礼以事上。稍不加省,而经费或有逾侈者,岂所以昭示中外之道耶? 且今既参用洋法,则外洋君主之国所以奉上者,诸从减省,实暗与我古昔俭德之君相合。应请我皇上必先于此等处力与之争。他如务实求新诸可节取者,一不让之,而后我中国臣民乃有感动奋兴之气,斯所谓战胜于庙堂,而整军经武乃为其次矣。

夫国奢示之以俭,可也。议所称改布禁裘,乃为偏激之论,并不行于古昔之中国,亦并不行于今日之外国者,置而勿议可也。

三九　复宗法议

宗祠族正诸法,闽广豫章之人,行者最多。养老恤嫠诸举,间有行者,为宗子制服则未及。其不肖者,亦常有械斗之事。固其族正无权,亦实由地方官贪惰有以养成之。桂芬所谓之法颇善,其抉利病亦透,宜诏礼臣议颁一式而行焉,只在地方大小吏善于扶持耳。须知此法已有数省行之,今但推广遍行而已。此亦变至道之事也。

四〇　重儒官议

依此议,则有山长无教官矣。今日教官多成废物,平心而论,汰之亦宜。虽然,师道不立久矣,即令诸生公举山长,亦有难于得人之势。然则今日欲望师儒作育人材,尤必先有作育师儒之法。宜将举贡等饬令多入学堂,以为将来师范之地,且尤当令其以师道自立。今之山长、教官,皆视为济贫养老之地,自待已轻,而不知其关系于民德者甚重。古者师以贤得民,儒以道得民,乃主于德行六艺教民者。今各地德行者虽少,犹有可求。若六艺,则今日当兼通中西法,非五年十年而后,未易得其人。此宜少需以岁时,而后变焉者也。

四一　裁屯田议

此议可行。

四二　寓兵于工议

此亦就一时一地而言。实则天下之农及城市之商贾,皆可因时因地变通而行之,以辅兵力之不足。且今时势迫矣,尤宜有昔人所谓举国皆兵之意,庶几不为外人所侮。

四三　通道大江运米运盐议

轮船运米已行。惟大江以外可行小火轮之水所在多有,宜劝商人等集股为轮船公司,驾驶轮船,与民船并行。成本大者,并可驾海轮出洋载货,及兵轮以护华商,其利尤远。

四四　垦荒议

中国除川、湖各省外可垦之地犹多,而东西北三边为最,宜参用西法农学为之。

四五　上海设同文馆议

今各省已饬遍设学堂矣。

四六　用钱不废银议

此亦三十年前之言，今则银价低减矣，而钱又因偷漏销化而太少。外国已多改用金钱矣，而中国乃银元亦未多行。事事难整顿于己，事事又见后于人。积习太深，营私过众。为人上者，犹可不求洞烛万里、不名一钱之人，而与之筹国计乎？洞烛万里、不名一钱，即可为考察主度支者之法。

四七　以工巧为币议

此条冯氏已自云不可用矣。

自京师与自流井刘安怀堂手札

一八八八年

第 一 函

举臣仁叔大人阁下：

诸叨关照，铭感实深。第于三月廿八日挈眷起行，由水路至重庆，罗府子弟，均未会面。宜昌行号，率性不敢去拜。坐春生（鉴）〔笕〕①盐船抵夔州。周观察、周达武军门之弟。汪太尊名鉴均请待饭，一未刻，一酉刻。馈赠有加，皆以大器相勉励。此意与吾叔平时告诫者相同，故敢用为告也。

自夷陵即宜昌驰轮至夏口即汉口，换船至沪。即上海。长江遇暴风大极，好似过海。所坐元和轮船英国的，是江轮顶大的。都摇摆不堪，多有呕吐者。

五月初二日，由上海乘武昌轮船至天津海中黄水洋遇风，满船人十中有九呕者，亦苦境也。坐车，初六日到京。

一路虽有惊恐，川江亦险。但托天之福并吾叔庇荫，幸赖无恙。暂寓烂面胡同廖鹿苹②斋，以后再觅房屋。现在房不易找，聂九愚如今

---

① 春生笕，清季自流井盐业有井、灶、笕、号四种分业组织，井是汲卤的，灶是熬盐的，笕是蓄卤架笕（竹筒）注灶的（远至数十里），号是运销成盐的。

② 廖鹿苹，名正华。四川富顺人，清光绪丁丑进士，翰林院检讨，湖北补用道，武昌府、德安府知府。他与刘光第是两世老亲，常通馈问，鹿苹母张，曾资助过刘光第银二百两。

尚在叙州馆。

路上盘费，共用一百七八十金之谱。有家眷真不容易。到京置买家业，送各老夫子代土仪，耗数十金。且喜今年尚有印结可分，多少不一：多每三四十金，少十余金，甚或无。明年停捐，便不行矣。

第于吏部起服，本部销假。本司印、稿掌印、主稿两郎中颇相得，老夫子处，都加分送，所以相得。事事肯说，第又虚心领教，故到司即派看公事。大抵今年可得谳审，明年即得帮办主稿矣。惟本司人数太少，主稿等均劝勤上衙门，一月得二十天都好，如能多上，便见勤敏。但车钱一月须京钱一百钏，抵川十千。加之拜客宴会，亦不菲矣。

昨见张子青师，即张之万中堂。询及富顺风土人情，并问地方官，第略述洛君①先生治状，师大加赏叹，以为难得；第与洛师信中亦言及此事。又问洛师的家世渊源，赞美不置。

见徐荫轩②师，言及长安居大不易，言京师之难处也。第即对以有本家资助。师问是亲房否，第对以虽非亲房，其关心之切，望我为好官报朝廷之意，却甚过亲房，师亦诧异久之。

但细打算：留京有家眷，每年非六百金不可，除去俸银五十余金，米数百斤。印结闲时长扯不过百余金，贤叔佽助二百金之外，尚须二百余金之谱。如我邑学田办成，津贴京官，每人可得二数，万县去年议定每人亦如是。则所缺无几矣。

水星山阳宅，觅人去斟酌否？现在贵体想都安泰？公事尚少

---

① 洛君，陈洛君，名锡鬯。江西新城人。光绪二年(1876)于富顺知县任中主持县考，拔取刘光第为案首，并资助学费。光第成进士，官京曹十载期中，洛君又每年补助银一百两。

② 徐荫轩，名桐。光绪九年(1883)会试，徐桐以礼部尚书任正主考，刑部尚书张之万任副主考，刘光第于是科成进士，故称二人为师。

些了？庆堂[①]弟可更老成和缓稳练得多矣？

肃此，恭候福安并请

叔婶宜人万福，诸妹均好

五月十五日

第二函

……前到京时草函，谅已入电阅矣。第于五月廿八日移寓绳匠胡同南头路西。此胡同系京师最有旺气之街道。即如今年主考，亦惟此街放得最多，此系地脉所管，街背南半截胡同次之。第与同司主稿正郎汤伯温名似瑄，江南人。同斋另院而共一大门。宅正对门则恽(颜)〔彦〕彬广东正主考；宅斜对门则孔祥霖(云南)〔甘肃〕主考；宅左隔两三斋门则戴(北)〔兆〕春陕西正主考；宅后隔一斋门则〔李〕文田江南正主考。盖气旺则无事不旺也。但地形虽旺，而住宅太陈，此宅系乾隆大军机吏部尚书汪文端公名由敦住宅。大雨连绵，即怕坍塌，尚须另觅。然大约在南半截、绳匠两条居多。

京师百样昂贵，亦皆银钱乾贵之故。

第自五月二十日同司印稿即同堂官派帮主稿。此系本司人少，办事需才，不然亦不如此派办之速也。别的一年〔半〕载不得派差事者。第又蒙同司谆嘱，到衙门最勤。此项车钱不菲。六月中，即已派同现审。而前次见乌少云师[②]，颇以大器相望，但勖第宜看有用

---

① 庆堂，刘举臣的儿子。

② 乌少云师，乌拉布，字绍云，满洲镶黄旗人。光绪八年(1882)任四川乡试正主考，刘光第是科中举，故称门人。

书，多讲求时务急用之学，并言三年奏留之后，军机、总理、各衙门差使，均宜得一二处，始易补缺升转。此先生切实之言，亦以第到京时土仪颇厚，故尤另眼相待。乌先生最肯照顾门生，第未到京时，先生见同乡官，常常问及。而其精神志气，转瞬大用，现已到工部侍郎兼吏部侍郎。第如命不偃蹇，即可资其培植，超转无难。惟现在时局方艰，国家多故，不患不做大官，但惧官愈大时，愈觉负疚耳。

此信到时，料是七月尾上。秋节在即，各处师门，馈送方殷，第自奉事事从俭，惟应酬师门一事，断不敢菲薄。不能不飞章告急也。如有信来，即可由票号转送，写妥交京师宣武门外绳匠胡同南头路西刑部刘斋为感。

因情谊深固，故敢尽吐实言，知锦怀所注，无日忘之，用敢直为知己告也。但请无以京师情节与外人言及耳。是至交关心人却无妨。

叔母贵体，想更强健。总宜宽心、取乐、看花；为善之外，尚须省事为佳。此诚老叔之贤内助，难得可贵者也。

庆弟无恙？渠令小星，当更知事矣。

六月二十五日

第三函

举臣宗仁叔大人赐览：

隔离芝宇，倏及秋中，慕想之怀，曷云能已！远谂节祺履吉，豫乐随时，潭宅平安，贸场销畅。

第自移居后，逐渐应酬不菲：座主乌、房师钱[①]并放学政，同年放主考者四人，学政者五人，癸未吾乡两同年俱得差：赵[②]湖北学政，施[③]顺天乡房。皆须公钱，不止一次，得房差者六人不钱。此皆在诸老师三节两生之外者也。聂华山送入闱差，派内收掌。第以本部有差事，不愿送。

七月分印结顿减，幸领俸银三十，勉强支持。不然，秋节开销并师门酬应，势将不给。

到署车钱不贱，如上衙门时，每次坐车，一年至少亦须八九十两之谱。自派帮稿后，复派查外省咨题稿件以及科钞，更兼现审，故到署甚勤，每月必到廿八九天之谱。同乡皆言，如此当法，数年后，必定当红了。第谓作官先办得勤字，然后讲慎字、清字是作官本等，不待言。盖到署回转，足有十二里路。同乡京官，咸劝不宜省费，恐致病症。臭气之薰蒸，灰土之呛人，实在不好闻得。而无奈目前止此力量，但于雨大路太烂时，偶一坐车而已。诚欲自奉俭约，多余点数，以为师门应酬，并非有所干求，只是情不能已。此情已于洛师信中言之，或以为不谬也。

但京中大局，太后倦勤，不理事了。皇上年尚不大，醇邸又多病；而大臣之实心体国者似亦有人。无奈天灾告警，如离京二十三里芦沟泛之水灾，实淹死居民二万有余，为自来北边所未有；广东安徽，均遭水患；加以河工办坏，费公项九百余万，而各省私项不与焉。先后河道总督成孚、李鹤年俱革职出口，不知吴清卿名大瀓，广东巡抚。来作何整顿耳。

---

① 房师钱，钱桂森，字馨伯，江苏泰州人。曾任光绪九年（1883）会试的同考官，刘光第是科成进士，故称钱为房师。

② 赵，赵尚辅，字翼之，四川万县（今属重庆）人。

③ 施，施纪云，字崔生，四川涪州（今属重庆）人。

颇怪现在时政，最不喜言官陈说天灾，谈及政事，半年来并无一人开口者。间有开口，即便受斥，此甚非好消息也。

再，今年安徽、湖南，均有反叛之案，幸都剿灭。吾富厂人杂，亦须时时留意，以消患于未萌。

许蔚翁①声名何如？刘仲良制府参丁介帆士彬，即别省京官，无一不大称快，而同乡可知矣。

盐势近来何如？见刘敬臣、罗静斋诸人，代我致意，恕未另修节贺信也。

今年井上一带收成好否？现在天气何似？京中八月便着棉袄，风气早寒，一切尚须添置。第惟有十分节省，庶几早得补缺。前见乌先生，劝我常常写字，以便考别衙门差事，庶得早补实缺也。且阅历既深，更事亦久，然后行吾之志，时会如有可乘，尚欲为国家极力整作一番，以仰副老叔器重栽培之至意。

八月　日

第四函

庆堂仁弟台大人足下：

奉到手教，亦于十月十四日来辗转披读，渐感实深，不觉潸然欲涕。尝顾内子曰："吾安得有弟如庆堂者乎！"内人曰："君之弟脱如庆堂，则发迹多时矣，岂能如此次亲友信中所云哉！"此次接得亲友

① 许蔚翁，许尧文字蔚生。光绪十四年正月由成都县任调署富顺，接代陈锡鬯。十五年卸，仍由陈锡鬯复任。

信,言舍弟厚村①诸事,狂妄愚骙之状,见之令人增愁。兄又读来函中有云,贤婶每问兄有信否,情殷语挚,真觉感深骨肉矣!

汇数从大陆恒兑来,已付收条。所托诸物,拟于明春托颜立南带回,谅不有误。

兄更有言者:贤婶贵体尚未复元,为人子者,最须万端将息,奉养有加,怡色婉容,先意承志,不惟寻常琐务,不可使其经心,即闺房之内,儿女之私,亦须安和位置,庶不至于操高堂之虑。贤弟仁智性成,无须渎告。兄亦惟略尽愚诚,以望吾弟之精益求精而已。此即大学问,不必在读书学文也。

内子、小女皆粗适无恙,顽躯亦犹健饭,差慰锦怀。

吾邑天灾,亦望大家多修省恐惧,必得回天。聂画珊不知何时可到?诸物至时,乞查收,并请时惠好音为感。此请

冬佳鸿禧,不尽。贤弟媳诸妹均好,朱姨及令爱俱吉。

十月十六日

第五函

举臣老叔大人阁下:

岁景驶丸,瞬又冬杪,伏维福随时集,财媲春崇,和庆之祥,定符臆祝。

前承雅托购买鹿茸,因局中新货腊月廿边始到得齐,第已与参茸局说明,拟于明正买一关东上好黄毛为妙。庆弟所说纱补挽袖,

---

① 厚村,名光竺,刘光第的胞弟。

亦已于荷包巷凡针凿金线作物等都在此街。向来熟识店中看好,挽袖花样虽多,都是白缎,青缎是叫他现作。但诸货均好,其价已出六数之外,惟余数第当任之。论来此等物件,理该买送,何至尚动来数。只因京中景况,钱米艰难,任是节省,亦须许多用度。加以腊正之交,银贱现换十四千几。物贵,百物涨价而银独跌价,即如车钱一项,常时拜客,一天不过京钱七八吊之谱;正月拜客,则贵至十六七吊一天,他物称是。年节各师门酬应并衙门酬应,而冬腊印结,向来不旺,前十月甚至分到四两零。京师风气,新到者一二年中,不能久拖久欠,是以仅仅敷弄得过。前月家中信至,是亲戚处信。言第名下欠帐尚有七八十钏,都是历年积累的。写信通知,虽是亲戚情重,不好明索。惟第自思:既在官场,无论穷富,岂可久拖乡中亲戚,只有在京中寓所减衣缩食,撙节得多少,还他多少,已于鹿苹处打兑数十金还帐;所以京中愈无余数,实实力量绵薄,以致此等货物不能买送,诚可愧恨! 惟恃老叔仁爱聪明,必能见谅,不致介怀,曷胜惶恐之至!

前拟托颜立南伊拟于二月回川带回,今恩科之诏已下,腊月初八下的。伊已不能速归。待来年正二月间,如有妥人回来更妙。不然尚须待四、五月间下会试者回头,对联一并寄回。始能奉到也。路途遥远,以致如此艰难,可叹!

今上明年正月大婚,二月归政。今年腊月十五夜,贞度门不戒于火,竟将太和门延烧,是九重第五重,为紫禁城内正大门。至十六日下午,火始扑灭。将来元旦朝贺并大婚时,拟搭彩棚为门。有心者窃忧之,以为此非佳兆也。从前康熙、乾隆中,大内起火,皆主兵兆。第以为天降灾警,此时为君为臣者,总当力加修省,着实见诸施行,不徒以空言了事,其庶几乎!

刘子潜腊月初竟归道山，委是可怜。李安卿[1]腊月初一日到京，现住庶苹斋。知关锦注，合并报知。肃此，祗请
叔婶大人福安。庆堂弟夫妇统此不另，诸妹均好。

腊月十六日

① 李安卿，李其昌，字安溪，富顺人。和刘光第一起中壬午科举人。

一八八九年

第六函

……今年印结，共得六七十金，正月带腊月卅金，二月八金，三月卅四金。勉足敷用，以后想来颇好，兼之叔处兑来之数，即足以敷衍有余矣。况陈洛君师处尚可以接济。昔康熙时魏敏果公名象枢为一代名臣，俗所称保荐十大清官者也。其初得京官时，亦患无力，不能供职，其戚即应酬之，后来竟成名臣。老叔此番举动，诚不让魏公之戚矣。其奈第以菲材，不足为国家之用，诚有愧于敏果公万万也。有人接济，免致打饥荒、坏人品，此亦魏公之福也。第何幸而亦有此福，但有愧魏公人品远矣。

近将到京一载，无善可告君子。惟同司诸君颇能相谅。初亦怪我不谐俗，后见我明白无他，且事事肯实心，又让功归过，且又虚心叩说，和衷办事，以故相安。署中吏役皆私称第颇能精练政事。而去年一奉案后，第被一狡犯所称，以致司中浪有虚名。今年每有一犯手之案，掌印主稿，多以相诿，承审颇勤。然深恐少年任性，亏损仁心，冤枉人命，时时警省，以求免过，究未知可能免过否？狡犯盗墓，曾屡犯多年，承招之际，私告役谓："司中诸位老爷我都不怕，只刘老爷一人，他的主意多，案情难躲，不由我不招承。"此我闻之掌印云云。老叔其有以教之。

三月廿九日

第七函

……五月初三日，由蔚丰厚接悉来函，外银一百两，谂知内有二十两系令母舅荫阶先生奉酬第前岁题主之数，此固厚情，然断无可以辞却之理。

本朝嘉庆中，实录馆请甄叙，或言其过优，仁宗以问纪文达公。不置可否，但云："臣服官数年，无敢以苞苴进者，惟戚友倩臣为其先人题主或铭墓，虽厚币辄受之。"上輾然曰："然则朕为先帝推恩，何不可之有！"可见此等酬资，不当却而不受也。

五月初九日

第八函

举臣老叔大人阁下：

前托李玉如带物数件，未知已收到否？京中一夏，雨水颇好，庄稼可观，惟银价渐低到十四钏之谱。六、七两月印结无几，六月七两，七月四两。好得五月尚好，不然几至断菜。所以天气太热时不能不坐车。自七月半后，第俱步行到署，不辞劳苦，差可信者，司中印稿，尝向堂官称第勤慎，且能问案。即同乡京官相熟者，亦俱以远到相推，且许第持论甚正，作人甚苦，必能有成。即外省同事诸公，亦皆以少年老成相目。尤可考验者，每有重犯到司，谳审之余，听讯画供，无不倾情吐露，一似感第之情真而意厚者。此无他，第于重大案件或小案情，皆深以诚意相待，不敢有一毫客气，颇与他人有些小之别故耳，入人亦与他者不同。至堂眷之隆否，差事之红否，均非意中所存。惟此肫诚恻怛之心，与详慎果敢之念，往来胸中而不可解，犹恐偶有疏忽，负疚无涯，战战兢兢，不敢宁息。此或者即以为报答圣朝，亦借以仰副吾宗之厚望乎！然亦甚劳心矣，问案亦久，手指都麻，始信洛师前所言者不诬也，今冬亦拟服点补药。惟望时颁教言，俾得以闻过而力改，是尤所望于老叔者也。

庆堂弟天分才力，俱大胜人，惟心气愈望恢宏，则将来福泽亦愈深厚。至于培兰种玉，尤在清心寡欲，必能麟趾呈祥。因第七月廿五日，托贤叔贤叔婶之福，偶得一男，诸至好代为盼者乞致意。欣惧之下，不能不愈望庆弟之赋弄璋也，亦足以塞吾婶之殷望矣。

再，洛师前于纶公[①]信中，言俟冬下为我设法，老叔如见师，不妨代为致意，或可以稍济也。

茸及各物已买好，拟托王瑞芝[②]带回。茸货好，价太贵，前所兑百四十金，除买他物外，尚欠六十金之谱，祈于冬腊定兑到，以便开销。茸是纶三、怡庄诸人帮看的，甚好，价一百四五之谱。

京中正缴费不过三百金，一切应酬真不菲，真不菲！手此，并请

贤婶大人福安，庆弟夫妇及诸妹同候。

八月初一日

---

① 纶公，即王开甲，字抡三，富顺自流井人。咸丰甲子带补辛酉科举人。光绪丙子恩科进士。官吏部，累擢至吏部文选司掌印郎中。

② 王瑞芝，王余鸿，字瑞芝，富顺自流井人。由甘肃籍中四川壬午科举人，与光第同科。

第九函

举臣老叔大人阁下：

前奉教言，不胜佩服兢懔之意，乃知君子爱人以德，非同小人爱人以姑息者比矣。

前方欲作书与洛师言井上事，旋奉教言，今年洛师未请委员问案，运局之事，他未作主，是以不至与言，但未知此时光景又是何状也？

京中大致萧条，人心渐维系不住，大非好消息，第时切忧思！但如大厦然，已经风销雨蚀，木坏虫生，旁观者虽复代为忧灼，加以疾呼苦告，奈何居屋下者，方且晏安饮乐，毫不经心，且怒旁人为多事；即处屋中之奴仆有先见者，或有所条陈，反为阿谀苟容之管家所斥逐。此等家屋，尚能望其长久耶？今国家亦无以大异于是矣！老叔亦留心世道者，其将何以教第也？

南村名光筠[①]明年正月尾上来时，请毋吝教也。有教我之言，即可告他。

贤婶之恙，想痊愈矣？良言不离口，良药不离手，此古人养生之法也，愿老叔、贤婶善为颐养可也。

第所请求，详在庆弟书中，书不罄言。

九月廿八日

---

① 南村，名光筠，刘光第的堂弟。光绪甲辰改试策论，光筠成进士。后官江西贵溪知县。

第十函

庆堂贤弟大人阁下：

九月以来，未接府上音札，念望殊甚。

前托王瑞芝同年寄诸物并信回，谅已察入矣。

屏对诸色，两名戳亦写好。拟俟颜立南[①]带回，乃闻其要往广东(亲)〔清〕谱，程途往返，又不便带。兄念此等尚非急务，须明年再觅人寄回可也。

兹闻十月中，詹事府衙门要考供事，告示已出，但未定期。因今年留京公车过多，考者不少，而同乡京官只有三十余人出结。考供事例不许出重结，一人只出一张。然有办红卷者，系在他本署书吏手办。亦似可以通融；但红卷须临时方定其有无，如上年翰林院考时，便一本红卷莫得。此由彼处堂官定。今年如有，兄打算与弟台考一红卷，与陈铸之兄考一黑卷。红卷银数颇多于黑卷。然红卷可靠，黑卷靠不住定发出也。此因迩来捐例太滥，士大夫家子弟不能取科目，又不屑归入捐纳一途，故尔考者太众，其欲作官者，花费又不至过多，便可议叙归选，不过迟缓时日耳。

前买鹿茸诸物，已于前信中言须再兑六十金来始足，想已阅悉拨兑来矣。至考供事用费，如都考出，尚可由兄处垫盖，再为报知，然后缓缓兑来亦可。但府上付来之银，须于十月中旬可到则佳，闻供事系十月尾考，未知确否。否则尚须别处挪借暂用也。想数十金尚可

---

① 颜立南，颜灼字立南，富顺三多砦人。

以挪扯，然亦颇不易。

更有启者：方今时事多故，天变非常。去年太和门灾，非常矣。今年天坛祈年殿又为雷火所烧。此殿形如圆亭，高约九丈，覆以青琉璃瓦，系祈年时列祖列宗神牌配天之所。今乃为雷火延烧，论者私谓此似上天之心、祖宗之意，有大为告警者。窃思明末，但雷震郊坛，而明祚不永，今更有甚焉，噫！天心果何如耶？而朝廷一切政事，皆系苟安目前，敷弄了局。今日所说，明日又翻；今年所定，明年又变。大臣偷安旦夕，持禄养交；小臣斗巧钻营，便私阿上。办事认真者，以为固执而不圆通；上书直言者，以为浮躁而不镇静。甚有因认真而撤去差使者，因直言而革去官职者。以故此次天坛非常灾变，宜如何猛省振作。而上不闻下诏求言，下不闻免官谢咎，仍然偷安泄沓，朝不谋夕，一似过一日算一日者。

京中人心，甚为解体，盗贼充斥，抢劫频仍。近数日内城连有大盗，持军械洋炮抢劫钱铺数家，而看街兵付之无可如何而已。京外大盗，亦复不少。而步军统领衙门即九门提督衙门。政事废弛，货贿公行。现在系福中堂名锟作九门提督，其人十分圆泛，巧于钻营，全是从太监夤缘得了协办，前五年犹是户部司官，看他多大本事。呜呼！朝廷用人行政如此，其他大致类是，虽欲不衰不削，其可得乎！前缅甸为英人所吞，今安南用兵数年，费财损兵，仍与法人讲和，而以其地付之，所谓削也，后来不知作何了局也。即如八月间，部司里分得一案，系福中堂斋中老妈之子将人致死，老妈却为原告，即在步兵统领衙门告的。言死者系抢他儿子银两，他报厅上将死者看押病故，而九门提督又命仵作出结，言实系病死。我们以案情可疑，即饬步军校传尸亲不到，并传原告亦不到，情愈可疑。乃传厅上官人来责打，彼言原告母子均避在福中堂斋中。我们乃言，尔可持票同看街兵直向福中堂斋指传，回明定要将人交出，况系原告，何必怕耶？乃不二日，刑部堂官嵩名申，从前四川崇将军之子，新升刑部尚书。特到署中告左堂薛名允升，左侍郎。求转告我们司中，此案原告可以不传了，案便不办就是了。司中掌印唯唯受命。兄乃力争于印、稿之前，言案关人命，何得含糊了结，我们即不调人另验，亦当传原告到案，细究情形；况尸亲日后有人出头，且恐为别人说话，后来堂官司官均有处分，堂官必定加恩留任，司官何所抵耶？于是持稿不办，又去面回薛左堂，系他当家。左堂亦知就里，但攒眉嚏嘴，摇头数回，总劝我们是与他办稿算了。我们言，如果日后云云，左堂言，且待日后有人举发再说。此明明谓福中堂神通广大，巧于弥缝，定保日后无事，然而此一条人命遂白死矣。呜呼！即此一事，以观方今天下，内外政事俱是如此，真足令英雄短气，豪杰灰心，不知后来何以措手也。

兄本部差事，尚当得好，尽可蒸蒸日上，外间同乡诸公咸为我喜。而不知兄胸中隐忧大局，偶闻一稗政，或见一坏举，便觉数日忧愤，耿耿于心，致形于色，前日一相面者言兄似有心上之事解不开，兄笑而不答。不知此胸中事，非一人之事，乃天下事也。此语可告谁人者！噤不敢以告人。惟弟台父子，知兄最深，望兄至切，爱兄尤至殷且渥，不敢不就方寸所积愤，郁而不能伸者，尽情而吐之，弟将何以告我也？

然今人之政事固已周知，古人之志事尤当取法。外揆诸世而时事可知，内问诸身而本领安在，不能不广咨博访，以求熟悉近日之情形，尤不能不详究精研，以得参证古人之事迹。如宋之李忠定公纲，明之孙文正公承宗，近来之胡文忠公林翼，无不精通古人事迹，详究古人史册，静参天人之变，宏济时事之艰，其成与不成，命也。如《廿四史》及《资治通鉴》，并古人近人政书，皆不可不详细参考者也。《廿四史》兄已有七八种了，近人政书兄已有十数种了。惟京师书，比外省昂贵一倍有余，如外头一百银的，或在京便要二百五十金。兄于小部头者，即在京中减衣缩食而挪数买之。其大部头，拟于明年二月南村来时，在湖北官书局去买。此处书局比金陵上海尤贱。前已有单回交与南村。但已于义顺号扯银数十两为彼路费，不能再向他通挪。反复再思，只有在弟处求挪一百金交与南村，如能拨下宜昌号上给一合票与南村，叫他到宜昌执票去用尤妙。彼少不更事，又初出门，颇担心也。以为在武昌买书之费，便作为明年津贴兄项下之费。到明年秋后便只兑一百金来便得。兄明年尤当加意节省。只要今冬洛君师兑有数来，明年便可支持上半年矣。此事系于兄大有关系，此十年虽有公事，还可留神读书，再过十年，差事愈多，应酬亦众，终日忙忙，便无有读书之候矣。后来成器之大小，胥于此十年中定之。况即以买书价值论，外前可以一百金买得者，京中便当多至二百五十金，京官出路有几，何堪受此贵价，当亦弟台父子所深谅者也。不然此数系由弟处自汇，而兄乃哓哓如此，通变支挪，兄亦实有不安者，所恃爱我者深，又望我者切，故敢如是相累耳。

再，南村来年正月尾上，兄命他来府上面别；且可叨教。如有告我之处，尽可语他寄来。他又便约王瑞芝同路。前兄已告瑞芝矣。

洛师还肯上井否？别有新闻否？

高堂同在，莫大之福，努力善事之，兄曷胜羡慕，而自恨不能有吾弟之福分也。

更有井上陈八师之子，来告京控，其人见解甚横，兄以利害告之，彼只债帐耳，徒害自己，无益也。且善谕之，彼乃听息，今已动身回矣。

兄所得之子，乳名绳安，取生于绳匠胡同平安之意。此子颇无病痛，但性气高傲，啼声宏大，推命者以为易养成人，但不知果能如其言否也。渠更言主早年及第，又当得贤妻贵子，尤不足信。弟台房中有喜否？且有双喜否？兄不禁日望之矣！

闻颜立南云，今年盐价太跌，不如去年远甚。兄又代为井灶户太息也！

不能面晤罄谈，徒以楮墨代口语，不觉絮絮叨叨，言无伦次，犹须谅之如此。

再，郑工捐局改作海防，不加不减。惟闻兼衔封典，似要减成，未知确否，再到下月，便能定夺矣。又及。

九月廿八日

第十一函

……兄今年京中尤窘迫非常，六、七、九、十月份印结均坏，以致连厨手亦不能请了，全是一婢女与敝室同操作，日无停趾。洗衣作饭无论矣，绳儿不喜卧，须人背负，每天一主一婢换贴背之，他人见者，咸称异焉。所可异者，此等景况，反为同乡同寅所称许，以为如此磨炼，后来可望大成。殊不知兄特处于无可如何耳！然借此劳顿以练习筋力，增益其所不能，亦未必非天心之厚我也。

张文波系兄祖姑之孙，向在太原井①居住时多，下赵化镇时少。辛巳壬午之间，曾在赵镇住过一二年，而兄彼时连不在家，以故与伊聚首时少。然往来之际，见其举动言语，颇能诚朴。既是弟处有

① 太原井，富顺县市镇，在县西，距城二十里。

心关照，兄敢不力为赞成，以成厥美。如果此后真能稳练不变，将来必从此发达，他人口多，从前运气复不亨，如今想是贵人得力了。兄亦感激不尽也。

十月初八日

恭维举臣宗叔大人华建

笑我宣南寄寓，许身何愚，区宇待营劳者事；羡公溪上精庐，息机能早，云山犹重德人居。

宗愚侄光第顿首　初八日又及

第十二函

……前信云预冲[①]一数，兑交南村来京与兄带书之举，此于兄之本领，大有关系，其功德胜于衣食我而教诲我也。惟望老弟留意，留意！

前十八日兑到之银是二百金。概已收入，不敢用虚谢浮词，亦即古人所云，大恩不敢言报也。

十一月二十四日

① 冲，富顺方言，读去声，意与“借”同。

一八九〇年

第十三函

举叔大人阁下：

正月初九日，敬诵赐书，惶悚无状。承论守分待时，看有用书，藏于自己，此诚为第切己之要图，识时之至务，可以奉为金鉴者也。若从前之信，徒以第赋性愚直，四顾交游中，可以此等心事相告语者，诚不多觏。回念老叔父子，皆具达观之识，抱高明之略，所以就第心目中所闻所见，蕴结于怀、郁郁如有所病者，对人闭口，不敢一字吐出，而皆于老叔父子发之。此非惟师友朋辈间不能道及一字，即于第每回家信中亦从不一提及者也。何也？人不抱忧时之略者，不能与之言时事；人不能存济世之怀者，亦不能与之言世道。非服官京朝者，不能清晰大势；非以时事为家事者，亦不能中情迫切；非常以为怀、讲明有素者，即一朝大任忽寄，亦不能以局外漠然素不关心之人，忽能见之明而处之当。远观古名臣遗事，近如中兴以来曾胡诸老，当其未办军务时，及已当大任时，或尚有在当秀才时，言及世道之漓，人心之坏，无不愤懑扼腕，或书札往来，或面谈倾倒。至胡公书札中，向人指斥当时要人或中堂，或内务府大臣，或钦差大臣。不遗余力，言之必尽，初不以为是可以贾祸而有害者而不敢言也。然第于朋辈间，终不敢学胡公者，以第之友，尚未有如胡公之友者，而第之私衷耿耿，窃仰慕胡公不忘，遂不觉纵论当时，向老叔父子尽情倾倒而出，只以谊同骨肉，可共商量耳。又以慎密如叔父子，必不致扬泄；不然，亦岂敢以京中大局，轻向他人告者哉。承示路途遥远，恐其失落，此尤老成慎重之怀，非第所可及者。以后即与叔处之书，亦自当慎密而不轻言矣。康熙、乾隆间，京信皆不封口，至关津皆要看过。如有言及国家者，则当即烧之。后来国家立法渐宽，京信皆封口矣，今则更松矣，所以前敢如是。然非老叔父子爱第之深，望第之厚，亦不能赠此箴言，规我疏忽，固当再拜稽首而受之。由此更可于别事亦倍加详慎，则真益我者，岂有涯哉！第在京同寅同乡，只是谬蒙推许，每自恨不闻过失，今得老叔父子之言，又惊又喜矣。自忖以为是亦第之幸也！第生平为学，每喜人规戒过失，但总不能多遇，今于老叔父子遇之，拜服拜服，敬谢敬谢！以后犹望时时赐训，以免第多蹈愆尤，是所至望！专此，即颂
福安，叔母大人安善。

买书之数，已蒙诺许，感佩无似，此德不减饮食之而教诲之也，拜谢，又拜谢。

正月初十日　光第顿首

第十四函

……承嘱清勤之外，更须于慎字留心，此真金石之言，兄当铭之座右而常视不忘者也。钦佩钦佩！拜服拜服！此非见之精而爱之切者，乌能锡此良箴哉。以后但有所见于兄过处，更须见而必言，言而必尽，以便兄闻而痛改，免致自陷于过中而不觉也。要嘱要嘱！

至云井厂有减色者，兄思之，办井成功，获利固有气运；有气运便有年运数。即井之生于地也，亦有他的命运。井有自家命运亦便有年数。惟智者，于此欠利，即于彼改图，或舍其旧而图其新，或开其美以补其恶。此中有精意，大而圣贤豪杰，体国经野；小而一人一家一事，莫不该括于此中。即易理所云穷则变、变则通之说也。窃谓非贫穷之穷，乃言天时人事，行至穷尽处，必当变通而尽利。前洛师劝井上人另开新井亦是此意。兄之鄙见若利，弟又以为何如耶？

正月初十日

第十五函

庆堂贤棣大人阁下：

前罗立隆出都时，草上一函并微物数件，已托伊顺带矣。惟彼不能多带，是以屏对不能托伊。来信云，兄所送楹语，务于四月间寄回为妙。兄本拟转觅人书，而一时清兴偶发，遂搦管疾挥而就，质之他省同年，皆颇不以此为恶劣。缘兄近日常临诸城刘文清公书，从前何子贞太史亦参用刘公书法。故出笔颇亦不俗耳。其实，书法之好歹并不足言，不过以三年离别，万里暌违，四川至京，水路万余里。即此雪泥爪印，如亲对远人面目精神也。

舍弟之信，仍是教以处家节俭为第一义。诚如弟言，佩服佩服。如必欲处馆以资家用，亦须闭户读书再二三年，潜心闇修，以求实有心得之学，然后可以自得者教人。若遂思厕身驵侩之场，与持筹榷算者争短长，无论兄不放心，彼又岂能一朝居乎？此不过欲兄多兑银回与他偿债之一法耳。前本多方省缩，为他存得四五十金，乃因光筠盘费除去。然京中虽百务侈贵，但如兄之过分撙节，只要他不乱用，每岁亦可寄数回家，以为接济。但亲表们信来，均言他不知银钱来历艰难，尽多无益耗费，是以兄此回家信，索性嘱咐老表们紧他一着，使他十分紧迫，穷无复之，或有回头是岸时；然培植子弟，至于如此，亦可谓遭家之不造，而其中有肄焉心伤者矣！知廑念宗情，有如骨肉，不敢不详细倾吐尔。惟贤弟处如他来时，尽管痛切开导，不任拜祷之至。惟不可通挪与他，以致有所仗恃，以为吾力犹能张罗，又将暴睢自恣矣；即兄京中寄回刻（成）〔励〕之言，亦复一毫不动矣。如张弓然，所谓人方张之，而人复弛之也。此中消息，弟之高明必能洞悉，无待多言也。

宴客想在四月中，楹联想能赶上，但作资亦不要兄寄，可谓仁厚之至矣。惟远隔云山，不得登堂称觞，殊深歉望，惟有望西南好风时遥酹相贺而已。

何湘南[①]住在兄寓。伊体弱多病，然颇能写卷折，会榜如行，尽可望点庶常；伊又欲办归宗，兄以其合例，极赞成之，不知其果能决断否。屏对后来即拟托他带回。

现在春气和动发生之候，贤婶之恙，想愈加痊可，可以丢手行得矣。念念！

今年场伙[②]大势，想更旺相，自不必言。今年快得麟儿否？深念深念！

近日署中现审案频繁，又加以河南一同年求兄代阅彼省公车会课之卷，卷颇不少，兄又秉性迂拙过细，以致日无宁晷，惟起居颇平适，堪慰注念耳。

又二月二十二日

---

① 何湘南，何吉安，字湘南，富顺人，曾官四川南部教谕。

② 场伙，自贡盐场过去流行的行业话，即指盐业生产单位。

第十六函

……三月中奉到两函,忻悉一是;并有式之[1]兄一书,亦已读澈,不觉欣喜无似。彼中箴砭之语,虽空言不切事情,不如前次老叔书来所言之切。然所谓“恐有自是之心”与“见狃于偏,不当于义”等语,要皆吾人所宜力为省察,决之必严者也。

惟渠书中有兄所未尽喻者,不测其意向之所在。良由兄于式之从前虽屡接谈,而实未敢与深交。伊前在县中,声名颇不佳妙,故不敢与深交,亦非漫然与之不密也。今信中言伊知我最深,自然是他高明处。其实,兄于式之,处之最浅,故亦知之不深,所以此回渠信中之言,竟有为兄所不能喻者,不知是何道理?兄既不敢与深交,亦遂不敢与深言,只得酌还一信,此稿另录观。以为直言者开一广大之路,亦见能为直言,亦是一片好意,然以视通肺腑而合性命者,则有间矣。即弟前信中,亦言式之有信,以为兄必与式之最熟,故尔渠言恳切如是。而不知渠皆未能深悉于兄,所以不免依稀仿佛之谈,更有生疏无赖之语。且从前伊曾为数事,兄甚心鄙之,故数年来实未尝与之相近。今忽以至亲至密之情,猝然相投,无论不近人情,亦且无此事理,况其中如果有真切之论,兄亦必欢欣踊跃而受之,其奈外虽托为直言,中实有叵测之处,实实不敢领教也。

弟前信,罗家怪兄不与伊说当铺免挂赈捐之事,前老叔曾为兄言之。岂知乡坤见地方官说话,有利害于地方者则言之,有关系人

---

① 式之,即刘宣,字石芝,富顺人。曾任赵化镇文昌书院山长,后官四川江油教谕,河南新蔡知县。

心风俗者则言之,有可以拯拔亲友之冤难者则言之。然皆见义而为,并非可以利害动者。岂有受人之馈赆,而必为其关白私事以报之乎?孟子曰:“是货之也,焉有君子而可以货取乎?”且赈款纯系好事,又岂有劝人不作好事之理乎?况又有替人说脱好意之理乎?反复思之,亦可笑已。况此事兄曾面与罗静斋言之,伊未明言,兄早知之久矣。总之,是从前受过他们馈赆,兄绝不敢与较也。只有望其多作好事而已矣。

南村堂弟三月十七日到京,在沙市比得银一百两买书,一路托福,尚能安顺。闻起程时,老叔又馈伊程仪一珠,伊已放在家中还帐,亦可谓迭荷云情矣,不胜代为道谢之至。

三月二十五日

第十七函

……可怪又可哭者,前五六月之间,连十余日,阴雨不断,有二日夜尤暴若倾盆,城中坍塌房屋不计其数,任何人之屋无不漏者。压死人亦多。城中平地水深八九尺、一丈不等。兼之永定河决口八十余丈,山水、河水、雨水三者同至,可怜赤子无辜老幼男妇,淹毙冲去者、卧病者不下千百。父老传说真是百十年未逢之灾。衙署中亦塌坏不少。即皇上昆明垣墙,亦都全行坍塌。外城义安门外大桥冲折,数日断了行人,门亦不敢打开,开则水灌入城也。

今年运气颇舛,印结固只得百来金。而加以四月尾,小儿泄泻,转成红白痢疾,甚笃,几于死。经彭星海、何湘南、邹吉(甫)〔常〕[1]诸人医治,直至五月尾才好。加以内人无乳,又聘奶妈,并及

---

① 邹吉常,邹鸿模,字吉常,富顺人,曾任新都县学训导。

药饵，所耗多金。

至兄前有书回，于式之兄薄之过甚，亦出一时血气所致。然式之于兄，实在不甚深知也。人固不可苟异，亦不可以强同，古之豪杰类如是也。然渠终是为兄过错而责备兄，弟如见伊时，亦为兄道谢之可也。

六月十七日

第十八函

庆堂仁弟阁下：

七月十六日，何湘南出京，即托将屏对带回，却又将陈铸之供事照未放入，只好交王仲容[①]或李安卿寄回可也。

闻今年我地收成颇好，此是好消息。川省人满为患，再有灾旱，大局尚堪设想耶！现在京畿成灾甚重，水溜直逼南城，浑如黄河，驶如竹箭，兄曾出郭望之：汪洋浸陷，触目痛心，不堪卒视。惟有代祈天帝，早涸减灾，以免生民涂炭耳。

近日都中煤米并涨，幸兄斋中人俱能善吃老米，以故尚不为白米所困。白米每百斤需银四两。但苦兹乡下灾黎，思一啖馒头不得耳。京中今年莠民动相械斗，不下十数次，此亦乱征也，老成有识者甚忧之。

署中公事忙甚，每日必去，去必大半日方得散直。赖顽躯差适，健饭如常，可以不烦廑念，余详老叔信中。

---

① 王仲容，王公辅，字仲容，富顺自流井人，曾任湖北京山县知县。

王仲容拟于八月出京，现因在叙馆失去银一百七十两无获，将其管家送坊，闻欲详城送部矣。

七月二十日

第十九函

……今年五、六月之交，雨大屋漏，为京中八九十年所仅见，自大内以至居民，无一人家不漏屋者。一间之房，直到十数处，物无寄顿、人无立眠之处矣。而附郭近郊人民漂没不待问矣。

九月初二日

附闲联：侵阶碧水流桐乳；入槛青山拥菌眉。

第二十函

庆堂仁弟大人阁下：

九月十五日，又接得弟八月初五日来书，欣悉一切，并承贤叔大教，谓常存爱民之心，听断惟恐错误，此真金石不刊之论，所当拳拳勿失者也。佩服佩服！感谢何似矣。

尔来常川入署，去必半日始归。但今秋部中，所收窑子案太多，人命凶伤不下数十起，多系绳鞭、宝剑、洋炮、朴刀械斗之案，到案者多半亡命之徒，不能不酌从重办，以期存明刑弼教之意。惟是三木之下，惨痛难堪，肉鼓血流，令人情悸心痛，为之肉颤不宁者久之。既为执法之官，真觉无日不在带过[1]中也；加以老叔一番提警，更不啻当头棒喝矣。

承示黄昌绪请封之事，已在捐号查询，可以捐封祖父母。但奉款已无，只好在苏浙账款上捐，需公砝足银一百二十四两。比奉捐略贵。但此数兄处无能措办，票号亦非熟悉，即质之蔚丰厚，伊亦言须在重庆与伊号言明，待伊号来信始可。兄只得函寄弟处，可否，如何办理之处？请寄知可也。

九月二十四日

第二十一函

庆堂老弟阁下：

前奉寄诸函，想均得达尊览矣。

严冬肃令，保卫宜勤，堂上起居，更当周至，人子色养颐和，必有无微不入者，兄只有歆羡无已者耳。

黄昌绪必捐祖父母封典，此亦推恩之极思，所加银数，前信中已言之。现在伊同知函诏已领到，老弟科中书函诏亦领下。惟黄家诰封诏现在诰轴房验诏，尚未领出。如欲再捐，可速兑银来京，俾得赶上为妙。各诏均俟以后择妥寄回可也。

京中景况平常，赴署趋公，兄亦碌碌如旧，总期虚心实念，两济其间，以无负老弟父子之期望。

兹于十月二十一日，又生一子，乳名石安，此子气体颇壮，胜似

---

① 带过，富顺方言，与“犯罪”“造孽”义近。

绳儿，脾胃亦健，不知将来何如。此事兄亦得之意外。向来两岁一生子女，今却一年一生，可笑。但如此生活，京中薪桂米珠，窃恐无饭与他们吃也。穷措大打虑至此，岂不可笑。吾弟亦宜节啬精气，早得麟儿为望，兄不禁代为属盼矣。

此两月案牍太繁，匆促少暇。

十月二十七日

第二十二函

……至兄衙门差使，现在司中人数较多，而真能以公事为家事者，亦不多觏。兄本实心直性，各行其是，不避劳笨，每事必肩其难者；或有见好之处，必不敢先人，或推之而不居。以此，初时犹有笑兄朴拙者，久久相信，而一二直道古情之僚友，乃谬以国器相推。故就兄一人一身而论，尽可无虑，十数年间，一帆风顺，便可出头。而兄顾朝夕怀思抑郁而别有廑虑者，此诚不在吾一人一家之细末也。兄近来志事心期，可看与洛师书，便悉梗概。

又承来教云，谓赵镇人多有与兄不睦者。兄自思之，诚然诚然，无足怪也。里中二三师友之外，能真知兄性情心术者绝鲜。其他士人中，有卑琐者，兄颇吐弃之，由是不合矣。有不用功、不闻道者，兄颇规诱之，听者少而不听者多，由是不合矣。更有貌为士人而形同棍徒者，兄自十岁后即鄙厌之不与交谈者，屈指不下一二三四也。前数年，兄即知此数人者，必好发难生事、扰乡里，而徒以镇中老成尚在，如廖健庵、张静山诸先生，皆九老会中人。不敢妄动，又碍难兄尚在家，犹有顾忌。即以书院一事而论，欲发乱者数矣，皆以兄力持正论格之，未得举动。及诸老成已凋谢，兄又赴京，而镇中士气，乃纷然不靖矣。然至今兄里中友人信来，尚有谈及此事者。以此知君子立朝固当正色，居乡亦当持正，固不可唯阿随俗，致酿祸端。今之浅人，动引“孔子于乡党恂恂如也”。乡愿情节，看《孟子》末篇便见。而岂知孔子于乡愿则尤恶之甚耶？愿而称之以乡，其意可深长思也。

又以近人而言：本朝顾亭林炎武、方望溪苞两先生，当时乡评甚恶，至目之为怪物。方作侍郎，犹谓或招妒嫉；顾乃前明一老诸生耳，何所庸其妒嫉耶？而此两先生者，方则当时李光地文贞、朱轼文端两相国咸推为本朝第一流人；李、朱皆国朝大贤，一代之理学名臣也。顾则为程朱以来数传弟子，品谊学术，卓然可为百世师，国初即崇祀乡贤，近人尚有请从祀孔庙者也。而在当时至不见容于乡里，其故概可思矣。善乎吾夫子之言曰：众好众恶，皆必察焉。乡人皆好皆恶，均未可也。不如乡人之善者好之，其不善者恶之。今日兄之乡人，其好我恶我者，善耶不善耶？未可知也。然则其好我者，便果以为其好之诚当耶？其恶我者，又果以为其恶之诚当耶？酌古衡今，夫亦可以自处矣。

兄观弟信中，又有镇中与兄不睦者十之八九之语，此恐不能确耳。果然，则兄之行谊，必有一二皭然不污、卓然出俗者，犹可稍为自慰。何者？诚以世之人善者少而不善者多也。此亦可以自为印证矣。韩文公所谓“笑之则以为喜，誉之则以为忧”者是已。

至于竺弟近习算学，诚恐其或涉虚浮，若果有实际，明年拟着来北，再加练习，或可有成。如果有成，皆弟及式之诱劝之力，兄所当拜手称谢者也。

若弟所云，式之深知兄，兄实不能自信，此事须十年后再议可也，不能以口舌争矣。

再，闻南村言，式之在赵镇，最与廖慥甫[①]。即始终挑动书院官事之头子，第一个天人，面子装着方正，其实小人，不易知也。专搜寻人过失小误，存心刻薄。兄素恶而痛绝之，以其前逢人便毁其本家廖鹿苹也。后又专毁兄，然无足轻重耳。此人貌儒心贼，妒嫉险狠，兄自幼至今，未尝与之，彼亦视兄如仇，其实并无仇也。夫式之以素不知兄之人，又遇兄里中素与兄如仇之士，而更闻其亿万恒河沙数毁兄之言，其为兄惧而惜之，亦不得谓非人情也。所惜者，式之究不与兄相知耳。古人云：人固不易知，知人亦实不易。

即如今上半年，弟井上来京者，间有訾謷老弟，因论及井上人物及此。有谓少年任性者，有谓刻核过甚者，有无毁无誉，但谓屋基无地脉，此层兄亦如此见。不可久住者。兄恃知弟之深，力为表襮。谓老弟少年老成，天资卓越，颇能承父母之志，勉行善事，而其人尚终不以为然。兄心知其说之非，然亦只得听之而已。彼所谓任性刻核者，事无实际故也，如有实际，兄早函告矣。而老弟之真自在也。此无他，以兄知弟之深，信弟之久故也。

至兄之疑式之，实有先入之言。记上年曾闻洛师言及之，要借文昌宫谷子，要兴乐器，又去告官等事。以此心鄙其人。今又闻老弟言，其人尚不坏，或者其近来改行耶？人亦不可量也。不然，兄亦不尽拒善者，诚恶夫非其人而其言又不尽是也。

绳儿夏秋间甚病，现颇好；石儿体气尚旺，似亦好引，惟嫌眼目神气均太灵醒，少朴拙处，知关两老人注念，并及之。

十二月二十日

---

① 廖慥甫，廖觐光，字造甫，当时是富顺县赵化镇的团阀。

一八九一年

第二十三函

庆堂大弟阁下安吉：

正、二月两奉手教，敬悉一是。惟现在二月已完，黄家捐封之数尚未到，不识何故？如到日即为上兑也。

承询写字诸人：何系子贞先生文孙，现官中书，书画在京皆有名；黄系江苏人，庚辰修撰；潘去岁已归道山，壬子探花，工部尚书，卒谥文勤，其人爱才好古，性方正，有古大臣风，亦国家可惜之才也。

米帖四张，系兄从前买的，误检入箱内，即可留在弟处。

何湘南信已收到。正月中并接得洛师书，大致情形，与弟来书所言不差；且言他近年来，不如意事十有八九，所以不能舍去者，非恋栈也，良由欲罢不能耳。此意是劝兄不可轻易归田。更劝兄稍敛刚果之气，俯就时趋，亦见老夫子栽成知己之盛意，深可感也。

此届京察，同乡与者六人：李少东、岷琛。李少轩、肇南，叙府人，云南籍。吴幻农、祖椿。赵寅臣、曾怡庄、廖鹿苹。惟廖未记名，余俱记名，以道府用。怡庄丁本生父忧；开缺一年服满。少东京察召见日即简放左江道；颇爽快。少轩数日亦开坊转左赞善。今日川运，似欲转矣。

去年刑部之缺，异常疏通。但兄耽阁太大，即如此核算，补实亦须再有十年。此系循资按格序补，如有别路，尚当另论，别路如军机提牢是也。他人视之,以为稍迟,癸未再十年,为十八年,以为不免吃亏。兄自审尚不至沉滞也。且园花早萎,涧松晚翠,古人著以为戒。且即再十年,兄甫四十二岁耳,始为曾怡庄、聂九愚中进士之次年。岂得为迟?此在国初顾亭林炎武先生议论尚以为躁进,此意时人不识久矣!谓今之倾心富贵,奔走权势一流。以此令闻,鲜不愕眙而骇者。兄之友,亦惟乔茂萱、王抡三深以为然,不知老弟以为何似也?

兄公余之暇,时发远想。山林鱼鸟之趣,朝市远逊山林。京师虽有可游之处,然九陌黄尘,一天风雾,每刮大风,则天黄气暗,如黄雾然。出门一望,几于眼昏头痛。兼之二月开沟,远近臭恶,不惟难闻,亦且易病。以视吾地山川奇秀,风日清美,何啻十里百里。至如老弟处,好花美竹,清涧芳池,时鸟游鱼,村鸡庭鸭,闲中岁月,奉觞晋酒也。上寿,养老娱亲,此乐不在天上耶!他省人谓服官四川者为上天。岂兄之碌碌风尘所可及耶!羡何如也?妒何如也?但尤宜多积阴功,益充善量,俾后嗣繁衍,门闾光大,更兄所宿夜翘祝者矣。

高堂多病,侍奉宜精,古人所以重养志,良有以也。

寸楮往来,已伸悃绪;但胸中有几许言词情意,非书帛所能宣罄者,安得一握手尽吐出轮困礧砢之气耶?而又不能,歉何如也!

二月二十八日

第二十四函

庆堂仁弟大人阁下:

三月中接得手教,敬悉一是。后从陈孟甫[①]处,收到井平银一

---

① 陈孟甫,陈钟信,字孟甫,富顺自流井人。曾任鸿胪寺少卿通政使司参议,光禄寺少卿,顺天府府丞。

百三十两,除黄戚捐封实上公砝平外,尚剩银四两有余,即可存在兄处。惟封轴一项,系须用宝,必在年底,始堪领下。至其去年所捐监生诏及同知衔诏,尚存兄处,拟俟补捐诏下,一款寄回。如伊不能待,即于下次函中封寄亦可。示知为盼! 弟中书科诏,想已收入矣。

承嘱觅画之项,京中卖画者固为不乏,然以访诸赏鉴家,则真能名家者亦不可多觏,惟南皮相国师画最有名。然以岁耄务冗,不复能再作矣,徐觅能手可也。

现在贵体想久已复元? 尚当万分保卫为望。老弟担荷不轻,当无俟笔墨之赘耳。至堂上二老,年力渐衰,尤为易病,总宜留心奉养,视无形而听无声,古人所称养志者,诚可法耳,老弟聪明,必能自竭矣。

京中今年温热,疹子之疾最多,坏人不少。兄第三儿亦得此症,亦濒危者屡矣,幸获复安,然亦吃惊不小。宋芸子处三子俱病,幸均未至不救,然真觉长安不易居也。

至于大局情形,日迫一日。去年户部放饷一关,几至不能应济。即宫中府中,无不竭蹶;而正用之外,尚多漏卮不塞之惧。上年朝邑相国[①]即阎丹老。即知敷应不开,且须还洋款数千万之多,所以力求引退。现在户部新拟数款,以为撙节之举:停买外洋机器,此条好。裁各省马步勇营一成,每年合计须二千余万,裁一成可省二百余万。勒各省盐商捐输,吾邑盐井既已归官,想可以免得,如犹有商办,必不免也。更欲裁京外官廉俸,及一万金捐举人一名,此二条闻似不行。此均无可奈何之计算也。而人心之骛利趋势,日炽日蕃,求其淡静

① 朝邑相国即阎敬铭,字丹初。

公明,绝去营私植利之心者甚少。将来遗大投艰,天下事谁可与任者!况刚正者不容,共思引退。黄漱兰通政[①],前以兵部侍郎言不当立海军衙门被议,降三级调用,今又渐转至通政,每咨嗟叹息时事不可为,现亦告病开缺矣。此等人堂官者,不数数者也。即有中材可以造就,而为一时风气渐染,亦成不自树立之人。除不欲作官者不能染坏,如尚思上进,则非学时尚于求请谒之法,万不能得好处。故纷纷挂朝笈者不下数千,而国家隐有乏才之叹。不知人才时时俱有,惟不用之,则不见耳;且更摧折之,愈不见矣。而细求其所以然,则在独揽乾纲之一人。上而英明,则大小臣工,靡不战兢奉职,无敢不公,无敢不敬。乃都下纷传,今上不甚管事,以致魁柄下移。其弊在圣学不讲之故。今年高理臣[②]请开经筵一疏,为意甚深,兄实与有力焉,惜为军机处所格,上谕既下之后,有识者人人寒心,此事甚为可惜也。

时事艰难,日深一日,而习焉不觉,文安武嬉,古人所谓天变不足畏、祖宗不足法、人言不足恤者,今并人不敢言矣。以今衡之,所去不远。如天不厌本朝,将来或有善变之处,则私心为天下殷望者耳。

迩来各省教案纷然肆起,所忧方大。而总理、军机两衙门,其识力似未足以办此。昨军机所拟谕下,都中万口喧议,谓只知扶教抑民,将来恐别激事变也。

兄衙门差使,日有起色,但大局如此,置身京朝之间,焉得不虑。燕雀处堂,古人所惧,能不冲耿耶!如徒为一身计,夤缘势位,以图官高金多,非兄之愿也,亦非老弟望兄之意也。

今年公事愈紧,实颇不暇,以致音问颇疏,实深恐惧,尚乞鉴原

---

① 黄漱兰,黄体芳字漱兰,浙江瑞安人。

② 高理臣,高燮曾字理臣,湖北孝昌人。

为荷。

某　月　日[①]

如果天不厌本朝，或有变动之处，如仍是此局面，将来虽有善者，恐亦无如之何矣！兄现在一疏逖小臣耳，此等怀抱，诚为多事。然兄褊衷迂想，如负隐疾，每当食而叹，中夜兴嗟！亦间有一二同志之士，皆吾乡翘楚者也。相与上下其议论，欲为宦途挽此颓风，消此习气；然黄河之水，岂滴泪可以能清？且幸兄宦情甚淡，虽在京邑，胸次尝不啻处山林也。同志颇以此高之，而兄实有不释之隐忧也。盖眼热纷华，必致陷身势力，用是尝自兢兢，生恐失足，或不致堕落轮回矣。但恨不得轩爽豪朗如老弟者，来罄日夜之力，一吐胸中愤懑耳！

某　月　日附

第二十五函

……敦彝[②]所补之朝阳县，闻有马贼数千聚闹，蒙古王府已被焚毁。现在热河都统已奏调都中神机营兵去办剿。不知以后如何，想尚不致糜烂，然亦有心人所当远虑而防其渐者也。本年节交初冬，京外及山东、山西、河南道上抢劫之案，层见叠出。此皆由于捕务废弛，各衙门均不认真，以致盗贼公行，肆无忌惮，徒令旁观者太息痛恨而已。

北直今秋收获颇好，粮价尚不太昂，人心亦能宁谧。惟闻东南

① 按保护各国传教之谕旨系光绪十七年五月初七日所下，本函当作于此后不久。

② 敦彝，廖伦明字敦彝，富顺人。历官直隶热河围场、朝阳、赤峰等厅县。

数省及大江南北，（仿）〔帮〕匪哥老太多，不下数十万人，均是一气相通。恐日后必有隐患，今年教案叠出，即其发作之渐。而诸内外大臣，尚有不以为虑者，惟张香涛制府阴忧之，其门人云。此深心人所殷忧者耳！……

十月二十一日

第二十六函

庆堂仁弟大人阁下：

十二月十一日，奉到十月初四日来函，忻慰一切。至云接济之项不能议减，且嘱兄以后不可再提及，是何贤叔、婶及吾弟爱第之甚耶！此其高谊不可以感谢名矣。议罢议减之事，兄亦不敢再云也。

昨见萧雨生孝廉，言在渝住池阳店，知宝号一二月间颇获利息，不胜代为额庆。想吉人天相，语必不诬。

兄京寓诸尚稳适，今岁外来冰炭费稍多于前年，而仍形不足者，良以入数微多而出数亦因之以多。谚所谓"水涨船高"是也。然兄总以守约行简，择其必不可以已者应酬之而已。要之，一人一家之事，何足萦怀，所虑者，时势痿痹，已大成麻木不仁之症。加以讳疾忌医特甚，空令志士仰屋太息，而贪位固宠者，方且处堂而嬉，了不为计。呜呼！古今治乱之林，如出一辙，特非见微而知著者，不能察之于蚤耳。古所谓："匪上医，将奚为疗未然乎？"不其信乎！

兄一草茅新进疏逖小臣耳，国家之事，利害岂系于吾身，而斤斤焉虑之哉？且即殷忧之，亦终何济于事哉？徒以平日读圣贤书，又习观古今天时人事得失之故，虽在草莽之臣，犹切隐忧；况俨然食禄于朝，觍颜一命之士，而坐视大局之坏而不一措心，此虽稍有人心者尚不出此，而谓兄平日自命何等，而肯漠然自托于无言天下事之责，而遂了不关心耶！然而此情此志，在今时亦当择人而可吐已！以吾弟天资明睿，颇能近道，知大体，又素望兄为上达之流，不屑屑于势力计较，故敢即兄胸中郁积之气，而非于一人一家起见者，略为发其倪焉。

热河之贼，现已击散，惟敦彝朝阳、平泉，节之赤峰、建昌四州县文武，现奉严旨交议，吾邑廖、李二公，恐大不妥。此亦县运所关，可为浩叹！

王抡珊兄明春便可引见补缺矣，下轮京察可得。李少轩肇南叙府人，云南籍。放凤阳府。同乡此轮京察，除怡庄丁忧，惟赵寅臣未放矣，然亦快放到工部了。

再，闻傅熙之户部主事。云，渠于初九日入内递川督奏折，言川商盐捐似共是十万之数。一事，言各商子弟，均前已得有议叙，此次议叙，可以给与同姓亲属，并可推广异姓戚谊。此款可卖。现在京中，有同乡来捐官者，系兄同年，托兄代为打听，若井上有款可买，意欲买三四千银之款。此款减成比捐号多些，三四千可抵四五千之数，不知井上可有愿卖者否？敬祈示知，以便回信。否则两淮亦有卖款，令其别买可也。

日月走丸，晌又弥岁，兄之志趣学业，殊未长进，老弟关心，何以为教乎？贤叔、婶前代兄请安，并达区区之忱，冀有教言之颁，为幸为望！

弟近日作书，兴致佳否？此事浅之止游艺之一端，精之亦可通神明而藏造化，要惟胸次高妙、怀抱不俗者始可以言。而老弟襟寄之超，已远出于尘俗之外，作书之本已具矣，然后博涉乎古人之藩，旁参乎物情之变，为而不息，必能有成。兄之剿说如此，而要之兄固不善书者之最也，因吾弟下问，故率复之。

十二月十六日

一八九二年

第二十七函

庆堂仁弟大人阁下：

开岁倏廿日矣，遥谂春祺翔骈，福祉驰臻；并贺堂上二老人增祜延釐，百昌蕃衍，歆忭之极，羡慕之极。去岁各处场伙何如？(敞)〔厰〕势大局，或有起色否？人心风俗，尚不致更浇漓否？此亦有怀斯世者所当留意者也，示知为盼。京师元日大雪，今年或得有秋，可为编氓豫庆耳。兄寓中大小平安，可免廑注。

兄于公退之暇，颇留意古文之学。盖以其学可兼经济家，非寻常词章可比。且现在天下为此学者颇不多，为而能成就者尤不多见，岂非有志者之少哉？兄思功名富贵，成就大小，各有命存，惟务道德而能文章，可以由我所致；且以一世之浮华，较诸千秋之事业，以彼易此，何得何失，必有能辨之者。兄除一二知己外，绝不以之告人。人之见者，亦仅以为渠不知营刺势要而已。

廖敦彝竟至革职，永不叙用，发往军台。且喜李节之尚无恙，然亦险之又险矣。以此见外官之不易为，而为官者之不可随俗波靡也。

王抡三刻即当补缺矣。孟甫当差，亦甚漂亮，后来亦是吏部一红人。然兄之路数，似又与二君有别。吾弟深知我者，用敢以为告耳。

正月廿四日

第二十八函

庆堂贤弟阁下:

式之来,寄到华札,读悉一是,并承赐豆瓣一罂,拜谢拜谢!且闻系出婶母亲造,尤当顿首遥拜而后敢食之也。抑兄之意更有感者,豆为谷类,其勉我安于薄淡乎?椒有姜桂之性,其戒我蹈于甘软乎?其物历久迁地而性味不变,其诏我守道固志而不渝乎?然则一物之微,不惟拜嘉厚贶,其饱德多矣,远胜锡琼瑶而赠币帛也。

顷奉洛师书,系冬月十五书,二月廿二始到。并寄百金,备致殷眷之意,言其目下力与心违,以后再当源源接济。甚可感也。且托为其查从一品、二品封典领轴之费。闻其又得翎衔并子侄议叙,此自作义举者所应得,然亦太累矣。书中甚言厚弟之过失,其去年所闹的事,弟想早已闻之矣。且为画策,谓言可将其盘进[①]京来,免致在家为匪人所诱,干礼犯法;又特嘱式之、问渠[②]转告兄定要将他搬来。兄熟思之,恐其犹是从前脾气,则到京亦属可虑。既而思之,好在他的景况已到十分窘迫时候,古人所谓"穷极思返"之时也,如天牖其衷,俾得回头是岸,亦手足之情所望之极不容已者。且与他相别数年,孔怀之思,时形寤寐,甚思聚首,一豁相念之诚,亦大乐事。惟其习染颇深,情形难信,如以盘费之资交其手,则过手便行花用,又不来矣。然而盘费何出?只有于兄京费中挖挪之。兄京中多受半年之

---

① 盘进,富顺方言。"盘"有"搬"义,但有特别费力费钱之意。如身在都会,而谋将乡居老小搬迁去同居,即曰盘进。"盘"字读平声。

② 问渠,廖湛华字问渠,富顺人,廖正华之弟。

窘并不为奇，而使厚弟得由迂地而良，则所关亦实非浅鲜。只有拜求吾弟于本年汇京数中拨八十金到重庆宝号，待他动身时到渝始给其用。然须交老甘手，兄意命老甘偕来，代他管用度盘费以监（史）〔交〕之。盖老甘去年于他在县非为时，曾力沮之，亦颇能得兄之用意者，不得以其为下力者[①]而少之；如他不来，便作罢论。始稳当。不然，渠得数十金，又将返驾矣。且闻其去年已借欠百几十钏钱之数，或二分，或一分六的利。如此不过数年，先人所遗薄产必罄；且多为非法，以思营利，更恐其罹于奇祸，尤属不宜，当亦吾弟之所代忧而过虑者。如他能到京，则家中薄业，尚可以经营存积，六七年后，他便可以归矣。此着似尚稳当，质之鹿苹、问渠、式之等，皆曰可做。兄试为之。弟之高明，以为何如？且为禀之老叔，以为何如耶？

今日见简达斋[②]，言洛师近来事颇废弛，不如从前。不知果是何如？弟如有所闻见，不妨示知，便于致洛师书时微诤之也。

兄近于秋审工夫又觉有寸进之处，拟于此大下工夫，后来或可操得本事，此不可不为知我告耳。

今年二月春间，暖得甚迟，二月中旬，尚在围炉，水尚结冻。

殿上补行复试，四川分在廿八日。式之景况颇窘，出入场，兄拟以车送迎之，前本拟接他来同住，因厚弟要来京，是以不果，心殊歉然。略表区区之忱；其他能尽力之处，必为尽力，断不有些须芥蒂于胸中也。陈铸之兄欲办供事之事，待查明敬复，祈转致意。

二月廿五日

① 下力，富顺方言，即劳动，“下力者”即劳动者。

② 简达斋，简源灏字达斋，富顺人。曾作富顺书院山长。

第二十九函

庆堂仁弟大人阁下：

五月初六日，奉到四月初一日来函，读悉一切。云有暇则观《先正事略》。此书不免有挂漏踳驳处，然国朝人道德、经济、文章，其梗概大致已思过半矣，惟于吾蜀人物太略，当由川中人从前弇陋，本人既鲜专集，而状传墓志铭之附见于名人集中者，亦不数见其人，此书全在国朝人文集中采取来者，其自撰者甚少。而又无强有力者表章而出之，遂不免文献寥寥，风流歇绝耳。然而其书关系世道人心不小。今之服官为儒者，多不留意。世运日颓，人心竞于利禄。噫气之中，何物不动？洪波之上，何物不浮？而天地之心，孤阳不绝，以故古来穷否极塞之世，要不绝圣贤持世，以为贞下起元之道，此所谓"天不变，道亦不变"者也。吾弟处浮嚣尘壒之境，乃能究心根本之学，以为横流砥柱，岂止市井中不克有之，即求之仕版庠籍中，其能用心于此者几辈？而弟顾能见到，亦可谓冰雪聪明矣。兄不觉心折佩服。至奖兄之语，誉之太过，令人惶恐不敢闻，然亦不敢不勉也。

时事愈不可问，如晤由京回者，一叩便知底里，当亦系心生灵者所隐忧耳！

至来书云，欲将各处场伙俱收，僻居乡里，以远坏习。此非见道之深，而又能精究天人之奥，澄心观变之至者，不能为是言，但不知果能决策否也？

弟意欲觅何诗孙写字,此公现丁忧,未知已回籍否?兄知冯梦华[①]名煦,丙戌探花。殿试策系何君代写来刻的,笔气古厚朴茂,颇为宗工所赏,其规矩尺寸,亦便临模,特与买一册寄回。可见颜书体势未尝不宜于时,惟其中间有雕刻失真处,不可不知。

黄敬修已出京,兄此数日甚忙,每日到署。竟不知也。所寄书仍封回。敬修此科得堂备。

弟所需京货,究俟交式之带归为妥。式之亦荐卷,而俱为是年叙府科分厄运所阻,莫非天焉!惟其资斧告罄,不能出京。富顺所分之项,每人分百金。只余二三十金之谱,将来上下两人回川路费一定不足。京中无处通挪,前已于抡三处借一二十金,后分公车费时,已为所扣去。兄于榜后,又因帮项乌师母处送银五十两,乌少云师身故之后,其家境况极窘,又为紧帐所逼,故壬午科公车同京官,大家分矮得银二百余金:公车十八九人,共一百三四十金;京官四人,兄与罗扬庭各五十金,蒋与聂共二十二金而已。遂至无可通融。而式之又言,起身时曾承馈以廿金,不好再为告济。兄意方今势利世界,多于热处热闹,而于冷处冷淡。从前文子澍到京会试时,因其为王朗云[②]的人,京官中张挪恭维者络绎不绝。如今公车,因银钱艰窘,川费不充,遂有五上京官之门而反为阍人呵叱者,竟不得见。以此轻薄世情揆之,不如仍向怀仁抱义者告诉而已。弟天机高峻,又数禀承堂上二老忠厚传家之训,济人利物之心,必有见义奔赴而恐后者。古人云:作善事亦须得机会。今式之不能出京,亦弟之大好机会也。可否商之两老人,再济以廿金,俾得回家,则所以接济本宗寒士之困况者犹小,而所以维持末俗之浇薄者其力甚大。更有进者:大凡人家作善事,其

① 冯梦华,名煦,江苏金坛人。曾任湖南乡试副主考,后简外任历官至安徽巡抚。

② 王朗云,王余照字朗云,富顺自流井人。同治光绪时自流井有名的盐商。

后必得发籍子孙；惟专于士人身上尤厚者，其子孙必有真正读书种子，此理历试不爽毫发，但获科名不算读书种子。或为圣贤，或为忠义，无非由前人扶植文教之心，与上天不丧斯文之意息息相通，感召得来者也。此段说法，不专为式之一事而发，望弟凡遇文教之事，皆十分留意可也。

王仲容散馆改官知县，尚未越规，光景是作得有限。不数月即选下矣。今年散馆，欲作知县者，不下数十人。入场有心闹错，望作外官。此见内官之苦，外官之肥。人心不安于苦处，“无非身家妻子之念而已”，然即见人心之解体处，大非好消息。人人只知顾自己，天下事尚可为耶？可叹！

再，闻式之云：弟家前年因一牲畜践踏之案，颇为当事者所挤。此等事，度外置之可也。然亦见世涂倾险，不惟远坏习，弟所知。兼宜避祸机，兄所告。斯无愧保家之主矣。春秋大夫称主，此讲主字义。谊同一家，不容缄嘿。高下弟自知之，勿罪兄言之无状，幸甚！

兄近日因有人来求写字，亦于每晨早起临学数纸，颇觉有味。待数月后，稍有进境时，再为封寄，以求指正。前信言命厚弟来京，现未接信，其果能来否？亦不知有信来弟处否？殊为念念！弟今年定得大喜矣，望切望切。

五月初七日

外注：京中景况，今年过得更苦。然此中意味深长，倍觉道心长进。此等境界，不可与俗人言。吾弟近来颇有萧然忧贫之意，更能于竿头更进，试一参之否？此条是讲工夫得力，不是说景况艰难，勿误认，无非望弟以心役境而已。

五月初七日

第三十函

庆堂仁弟大人阁下：

五月十五日奉到四月十二日来示，敬悉一切。所云洛师诸语，参之宋芸子[①]、曾云抟[②]议论，大致不差。已作书寄去，想不见拒，然亦公私当尽之至情也。

盐捐一事，言之令人乌邑，气结而不下也。此计盖出之李合肥相国。前因颐和园工程浩大，合肥即迎合醇王之意，创设海军，名为筹操海防，实则将各省款项，敛归游玩之费。于是督抚之搜款剥财者有人矣，即张香涛在广东时，尚不免报效数十万，遑论余子耶。道府之报效得官及开复原官者有人矣；中有至坏之人，从前被参，所永不叙用者，亦开复不少，现多有缺矣。犹不足，则将户部海防捐项提归海军；而无耻之徒，纷纷办报效而得美缺者相望也。近来放道员者，多从此来，甚至学差、主差均由此路。督抚中之黠滑者多有报效，而惟受宠深者其报效亦深，盖亦投时固宠之一要诀也。此项合肥所奏，系淮商捐款一百万，其余各直省捐款一百万，川省似是廿万，系由商人捐出，即井灶户也。此不过一人迎合之私意，而不知吾川之井灶户之受困已深，其情形有不堪设想者。然实亦何济于事耶？

前闻在旗人云，颐和园工程尝需每年出入八百万，其间之侵蚀正款、滥沾恩泽者不知凡几。然则区区二百万，又何足以供挥斥之用哉？当此时方多故，国步艰难，为大臣者不思启沃匡扶、持正抗

---

① 宋芸子，名育仁，富顺县人。曾任山西主考，驻英使馆参赞。

② 曾云抟，名广运，富顺县人。曾官山东阳信知县。

言，乃效前朝阉宦小人献媚贡谀之计。中兴元功尚且如此，何问在廷唯阿之众乎？诵法孔孟之言，出身词林之选，以一身系中外之重者亦且如此，又何问生而富贵、不由学术、牟利据势之辈乎？斯可仰屋太息者矣！且黄漱兰以兵侍言海军衙门不宜设，而降三级调用矣；屠湄君[①]侍御言西苑不宜久居，太后再展训政，而革职永不叙用矣；吴星阶[②]因前年水灾酷烈，请暂停颐和园工程，而由侍御四级调用矣；已归去矣。林赞虞[③]言请禁各省督抚以诛求为报效，而奉严旨申饬矣。此数公者，忠亮刚直，有古人风，然毕竟非资望隆重、与国同休之流，故言之龃龉。如果老成勋重，发乎至诚，慷慨而出之，宛转而言之，必有潜移默转者。奈何位愈高者其固位愈深，责益重者其卸责益甚，不顾天地社稷，不惧祖宗在天之灵，不管天下后世公议。昔人云，风气之转人甚矣哉，如鸟之受风，鱼之受水。然则非道力胜而世缘轻者，其当势利之际，亦岂易言者耶？孔子所谓鄙夫患失无所不至者，旨哉斯言乎。

现在言路之塞久矣。兄朋知中有为御史官者，见每激励之，不曰家贫亲老，则曰时不可为，然则御史所司何事耶？呜呼！天下事尚可为乎？兄所为夙夜痛心，自恨无路可以报称者也。

时事多端，可言者甚多，只因弟台问及盐捐一项，不觉触动夙怀，倾倒而出之，使吾弟知兄之心事轮囷，虽服官而如服病也。

厚弟闻秋间始得起程。兄前所言八十金之数，即乞交与为感。

京中今年结费太坏，用颇不敷。抡三已补员外，别项进款约三四千金，平时颇知兄，常欲分润，露于言句，不知兄不敢受也。赵寅

① 屠湄君，屠仁守字湄君，湖北孝感人。

② 吴星阶，吴北泰字星阶，湖北麻城人。

③ 林赞虞，林绍年字赞虞，福建闽县人。

臣欲出京时，欲以纱麻等袍褂相送，因兄所穿近敝故也，兄亦婉而却之而已。

以上时事已事，均不敢向外人道者，吾弟素心人，乃得开口一吐耳。

式之考教习后，便可回川，所买诸物即当交伊挈去也。

如今势利世界，无论在朝在乡，总须于闲冷处立得定脚为妙。此中况味，非带有奇福缘者不能享受，俗人必且目为无能无志也，可为一笑。

新秋凉味，两地赏心，伏维善事高堂，用慰远人之望。手此，即颂文安。恭请

贤叔贤婶二位大人阁下万福。弟媳等，八九妹，侄女们均好。

兄光第顿。又六月十五日

第三十一函

庆堂仁弟阁下：

七月十七日，由协同庆奉到手书并渝平漂银一百二十两，十八日已将银取回，给有收条。当将二十金与式之送去。式之住抡三斋中，因代抡三掌书记，每月数金。维时抡三及在场诸人均赞叹不已，非惟式之阴感之深也。兄因六、闰两月无分，此两月均无印结。已于结局预支三十金，犹不足。正在支绌间，而弟台之信适到，发书端诵，乃知两老人体谅之周，真有灼见万里外之识，兄虽情亲，不能不感也。

目今时势，问式之当得其梗概。兄立心决不愿作红人，但知兢兢守己，求全乎天之所以与我者而已。然而非有为善之资，不能也。弟处接济，是兄籍以为善之资也。为善，谓学君子。谓惠，谓忠，

弟其兼之矣！兄亦何修而有此耶？后日或不为君子之弃而小人之归者，正有赖于兹焉，此岂寻常好行其德者所可同日语哉？

式之拟于廿七日出京。承属买纱补服，江獭皮毛勒四个，香囊六个，眼镜盒一个，顶针大小各十枚，均已买好封交。并将黄昌绪补请诰轴及补捐诏交带回。书李新墀[1]名片，现写一个，雕好寄回，气颇古厚；但恐不中俗眼耳。如嫌太肥，则另写有一个，亦颇见骨气，不妨在自井刻好来用。继思之，还是在京刻好。写时高兴，并忆及陈铸之兄大名，亦写一个，颇有超隽之致，待后来寄回可也。兄景况弟所深知，本欲为侄女们买几样东西，而力不随心，仅为两侄女购作银手镯一对，亦聊示区区微意尔。

兄于闰六月廿九日又生一子，乳名长安，盖是日兄正读司马子长书也。兄昔曾有句云："多男倍觉官贫累。"今渐验矣，可为一粲。

同乡赵笙陔选南安江西。知府，王仲容选京山县，湖北。曾怡庄今岁亦可望简放下来。然则宜宾今年将有三知府矣。叙府科运不亨通，官运颇好，此亦有乘除之理欤？

府上两老人气体何似？人子之道，当百分体贴也。弟足下一点，兄久代为悬望，万宜珍卫，以衍螽麟之庆，是为切念！

兄奔走缁尘，字学了不长进，勉强作一长幅，自觉无谓极矣；中书字亦封一二张回，只见笑也。

兄公事之外，闭门读书，年来渐入佳境。"此事真复乐，聊用忘华簪"。陶公此诗，洵有味乎其言之矣。弟是素心人，故复及此。不知弟近来所看何书？都有何得力？闲时不妨一叙次商略也。

七月二十五日

---

① 李新墀，字同阶，富顺县自流井三多砦人，为受信人刘庆堂之妹夫。

第三十二函

庆堂仁弟大人阁下：

前式之回，托寄黄昌绪所捐诰封，只检得一轴交伊，尚遗一轴。兹托南溪赵贳洲太瀛孝廉附带，交重庆余庆号转寄，至时查收为荷。现在厂上生理何如？今秋收成定好否？府上两老人更康健聪强否？念念殊不置也！

昨闻刘仲良[①]制府已告开缺，川中贪风，想可一变矣。第不知踵至者何如人耳。

兄京中一切如常，惟署中公事，近日愈形骫弛，请托情面之风大炽，而于公事多屈枉以从事，于是失入失出之事层见叠出矣。今年朝审内永氏一起，系江西承审之件，被人参劾，现在派户部都察院堂官复审，尚未结案。无论将来如何奏结，即此派审，而刑部已不堪矣。经此小惩一遭，看来本部堂司各官能愧愤振刷否？古所谓美疢不如恶石者也。

同乡赵笙陔侍御，于八月选授江西南安知府，于九月病故京寓，可惜也！有一孙三岁，抱一子五岁，尤可悯耳！

兄近日阅历世故渐深，愈见为学之有味，而借以前之悠忽过日，贻悔实多。惟有昕夕勉励，以乞弥补，期无负咎于寸心已矣。以弟见爱之切，故敢探胸而吐之。维幸而教之为盼！

九月六日

---

① 刘仲良，刘秉璋字仲良，安徽庐江人。

第三十三函

……新接洛师一信，甚言不专信保正，且言昨有二三不肖者，曾著其罪案，榜诸通衢。又言时久人熟，未免无香火之情，并不袒护世家大族。惟狱讼积压，未免疚心，然亦未尝令两造在城守候。此皆兄前寄信所规劝者。

十月二十八日

一八九三年

第三十四函

庆堂贤弟大人阁下：

岁序忝丸，斗更东柄，学隋年近，君子惧焉。遥念堂上两老人，春祺叶吉，福履长绥，为慰为羡。去岁各处收成暨各处生意何如？而府上素行方便，昨一年之内，大小内外，所作因果方便之事，约略几许？想应不可计算矣。如有作而极得意者，不妨写寄一二件，以慰远人之盼念，亦当胜锡我百朋也。

厚弟不知已动身否？不知行时曾到府拜辞否？此皆悉仗吾弟父子接济之力，俾兄有骨肉团聚之乐，而厚亦可去恶而迁善，将来大小或有成就，其感激当何可名言耶！惟京中少此一数兑来，加之去岁印结太差，未免竭蹶。幸而洛师(会)〔汇〕一数至，将紧急之帐略为搌挡，不至受逼，亦可感矣！惟洛师信中，问及京中景况，并及同县京官光景，此似气机所感。盖鹿苹、云岩们正在筹商约王抡三及兄与同县诸君，会写公信回富，商略津贴京官之事。此因刘仲帅有通饬各州县兴办学田之谕；又在盐局提银一千，此款太少，将来必加。每年津贴京官；而各州县官绅粮户之有渊鉴能识大局者，一二年来，遂皆办有成款。如阆中、每年三百及二百。铜梁、每年二百。壁山、每年二百。永川、每年二百。万县、每年六百、五百，然似太多。泸州每年百五十，现在高树、高楠等已寄信永宁道议加增矣。等处，咸著成效。

惟各处京官问及富顺无一分厘之津贴，咸为诧异，以为富顺较永、壁等县富庶何止十倍，而此款无闻，亦缺事也。故此次兄与洛师私信中已略提及，不知师意云何？现已与李节之[1]言，托其见洛师时，力为开说，或在“三费”，或在别款筹画，务在必成。且洛师于吾富百利具兴，前调署成都时，言惟学田一项未成，是此心抱歉处；今学田已办好矣，所歉者此一事耳。此亦培植文教，兼为国家养材之助。弟可禀承庭训，与地方之谙大局而顾公义之绅粮，深谋远虑，悉心筹画，协助县公即指洛师成此义举，盖本县四路均有绅粮，而惟井厂为一大宗。则岂惟县公之德，即匡勷之者子若孙亦必有发科登甲之人，自古作好事，惟培植文教之事，其发文人科甲，尤觉有凭，历试不爽。本县萧三公之后人，其明验也。此亦大好事，幸勿错过者也。此语亦是从古今四海之通理看，并非从私下起见。盖兄每年有弟处二数与洛师帮项及印结俸银，加以十分节省，不妄应酬，亦尽可过。所以为此言者，为毫无接济者言之也，为不能如兄之俭朴者言之也。惟吾弟留意留意！

兄近来文学之事颇有进境。随时能见所作不是，即随时之进境也。弟之祖上及宗族亲戚中有潜德幽光至行阴功须阐发者，不妨详为开列，作为文字以表扬之；即地方中数十年闻见所及，有忠臣、孝子、义夫、节妇、奇人、高躅，有足传后而警世者，亦可详叙寄来，藉文章为生色，斯亦留心世教士君子之责也。吾弟留意留意！

再者，前闻王抡翁言：吾弟府上支祠，不当称号为贵公祠，盖贵字是祖名，非字非号，后人不得称之；外人亦不得称之者也。不如改称刘氏支祠，或称祖上之号，如鹿苹之父字树德，称树德公祠。然不如某氏支祠大方也。兄此事亦未经心，闻此言殊觉有理。附此告知，弟以为

---

① 李节之，李鸿猷字节之，富顺人。同治十二年癸酉拔贡，和廖敦彝、颜立南是同科。

何如耶？书不尽言。

今年举行恩科，有亲友中年六十者，可以举报耆老，正八品顶带。只费京钱十几吊，抵川钱吊几。可将姓名及三代开来。

正月初五日

再启者：正欲发信间，接到弟冬月十一来函，敬悉一切。厚弟到此时还未悔祸，亦因锢蔽太深之故，致一时不能省悟。将来到京，待之以和爱，需之以岁月，或可有变化气质之日否？老甘忠直可嘉，固难得而可感；老弟偲偲谔谔，骨鲠自将，以苦口运婆心，对今人行古道，尤为难得而可感也。

去岁兑到之数，兄曾寄信言明，想弟发十一月书时尚未收到耶？或竟付之浮沉耶？协同庆带信，似亦不甚靠得住。兄前年曾寄书与弟详论后嗣之事，并未见弟回信论及，岂其书未得达耶？将来拟由胡万昌号寄带，惟必在京中先交与京钱二千。拟将寄弟处之信，除紧要之件外，悉按两月一封，以此为率。然实已早寄言明矣。

津贴之事，昨夜又见李节之，伊言到家后，晤县公时当力为怂恿。其意欲于肉厘内或拨数十文充用，然亦是遥度，究未知现在地方情形何如？待其抵里时，不妨互相参酌之为盼。再城中公事情形，尊三兄虽未经手，断不能瞒得过他，亦可便时问他，看系何款、何项可以筹画，渠亦是留心世事人，必有见解可听。但如今年是陈泉生作城中山长，便不必问尊三，盖他两人甚不对，如尊三发有议论，无论不善，即善，那陈泉生也会在陈官前夺滥的。京中诸君于县中公事，纷纷亦有议论者；兄以为此不谙大体，我等但当从公义上起见，则兴利之事，未尝不是行义；此中公私分别，系在毫厘方寸之间，任君子小人之自处而已。

赵贫洲孝廉八月已出京。但他要在山东、江苏各处耽延。然计程约在十二月间,必抵渝城矣。

兄斋中仄狭,如厚弟等到,必须另赁住宅。一出一入,又必耗数十金,现在洛师之数,剩已无多,好在二月十几,正月印结多半不旺。可领得上半年俸三十两。老弟可代禀堂上两老人,如能在阳节前兑一数来,则缴过庶得不缺。否则必向同乡冲借,兄之志气,又实有所不甘。前日在抡三斋中,观国朝《魏敏果公年谱》,见其起复之时,妻兄李恒岳先生,年年资助其银数,而其婿李某及兄,复各助百金,以故魏公得伸直节,矫矫为忠鲠之臣,其得力于诸人者甚大。其自叙年谱,言之甚详,以为成就之致不受外来馈遗者,为可感也。兄自思:弟处接济之项,兄未尝谋之于弟父子之间也,而贤叔及老弟,识见高远,与前踪暗合。昨曾怡庄曾问及此事,并连及洛师,赞叹不已。惜兄非魏公其人,无其清正公方,又得时会施展,以克付弟及贤叔厚期之意;然非不敢不稍稍自励,蕲追昔贤而学步之耳。

承问胡襄平兄行为心术,兄前与认识时,交本不深,不过餐宿之客而已,其人好嬉弄,学问不笃,然大致尚好。虽颇恶其诽谐,然觉其人心地,尚无他肠,此上数语,可不必告之。未知近年何如耳。既然为弟外家姻亲,总须劝其读书安分,以期上进,去浮华而就沉实,无为境遇所摇动,斯不致贻讥方雅也。前兄在家时,渠曾来过一宿,见其意态言论,似有沾沾自喜之概,盖已在缔婚黄家之后也。此数语可转告之,亦兄念切故人之实心也。

外有寄师书,烦觅妥便致之为荷。

正月初八日

第三十五函

……二月中奉到手书，敬悉种切。正值兄移居之顷，即移绳匠胡同之南头路东。诸琐坌积，并力拮（拮）〔据〕至半月之久，始有宁绪；复因同乡、同年、同寅之至熟者过贺，薄酒邀之，又忙数日，是以复书延阁。但吾弟知此情形，必克谅恕不责。

来示言堂上两老人寿筵征文之事，兄意合作更佳，可将贤叔近十年善行嘉言详为录写。善行必指实事，即数件亦已可传，然开节略时不妨详尽，待作文时择抉可也。此事自兄之责，即不奉弟教，犹当自作以为长者寿，况重以老弟之命，敢不竭索愚鄙，以求自致其敬者乎？

黄昌绪诰轴，承询本生父母一节，盖请封之例，无论几次，俱有父母一轴在内，可以无疑。复言饬知厚弟，催其于正、二月间起程，第不知已动身否？三月初间，京师连日大风，长江大海遇之，定复不堪，颇殷切念之也。

兄因厚弟等要来，原住太狭，是以移过路东。其宅共有十八间，每月租银五两，尚由房东与兄相得始能见租，不然须八金也。然如印结不分之月，便此月房租无从缴纳。所以作京官者，无人接济而欲携眷同居，必窘之计也。近来多有改外官者，改教职者，兄之颇能自立不坏，而又得遂手足之情，不得谓非吾弟处与洛师处之助。昔人谓大恩不言报，然此情不报不得，即欲禁兄之不言亦不得也。京中有同乡向兄论大恩不言报，兄之意则乃如此，与彼不合。

王抡三已得郎中掌选，明年稳得京察一等，简放道府。而近颇多病，其气颇馁，屡言欲乞告还乡。兄与斜对门居，日夕相见，尝出苦言力争，劝其待到明春京察过堂时再议。彼尚云秋间欲回，不知其果何意耳？岂真欲为山九仞，功亏一篑耶？

孟甫二月初六日出京，此时想到家矣。

承嘱买《升官图》一纸，已命南村买附寄，察收。

兄斋中万分减缩，以待厚弟之至。幸诸尚平常，可慰远注，书不尽意。

三月初九日

第三十六函

庆堂贤弟阁下：

接奉手示，忻领一切。承嘱在抡三处用银一百。抡翁于四月初八日物故，到节下时，伊上岱云如数兑付。今年印结，异常枯削，正、三两月未分，二、四两月共只分得四十余金，预备节下挪帐。乃忽得弟处之信，遂不啻久旱逢甘，曷胜激跃。

黄令亲处之数，本不敢受。焉有为人办一区区微事，而合言谢者乎？惟念弟处分义，亦是因爱以及，不过由弟之意，酷厚老兄耳。重违此情，故敢觍而拜受。吾弟如此用情，正不知当如何图报也。

厚弟有书来，云川资不足，似是推口话。然今上半年既不能起身，只好待冬间公车等来时再行也。明知京中过日不易，然不叫他来，愈令我不好过。且川资一数，颇不为少，如实不敷，到上海时电寄京城亦可措寄，甚便。此层先亦不可令他晓得。且南村秋间有要回之说，场后，同抡三家眷及周煦生家眷一路。伊言回家接眷，明春同厚弟来京，其志甚切，资斧自备，伊帮人考各项颇存数十金。不累及兄。但是道途辛苦，兄颇不以为然，而伊意决甚，只得听之；兼可以为厚村劝驾之助；又可省带老甘来也。

昨得式之书，大说吾邑保正之害。洛师坚信，牢不可破，要亦德政之微累矣，深觉可惜！

津贴之议，洛师前有书来，言及见在之款，毫不能动，必待数年后，“学田”“三费”有成之余，再为议办，此可见不行也。

京中同乡，今年吏部大不利，陈孟甫丁忧，曾赐经、三月死，庚辰进士。王抡三、四月死。周煦生五月死，小京官。递月而死，于是吏部同乡无人矣。抡翁近二三年学识殊邃，远过侪等，向学之意亦坚，可惜天不假以年，使读书心未了也。兄与之望衡对处，夙夕相过，倾臆罄谭，契分颇为不浅。其锐志为学之隐，同乡多不能知。现在其子请兄为表其墓，兄即将阐其骛学以为主意，自谓独举其大，当得死友首肯耳。

翁[①]书容托人去求。此公先前纯写鲁国，气魄极大，近复参以别体，转觉不如从前，然要是时流中皎皎铮铮者矣。

弟渍渐负疴，亦宜加意调护，勿谓少年气盛，尚可勉强支撑。总须时念守孰为大之义，以为报答君亲之地可也。

再：来书有云，振粜之事，陈以多为贵，唐以少为贵。此事欲为诛心之论，固是观人于其深处。然此等事亦须善会其通。富邑固较前为减色，然殷实之家、粗足之户实尚不乏。以视顺直山西，流殍载路，离散不保者，情形奚啻霄壤。且南中诸省好善趋义之

---

① 翁，指翁同龢。

人，此次有一家捐至万金数千金者，有募集巨款，亲越千余里数千里赴灾区散放者，有并不愿仰邀议叙者，有并姓名不露者。东南固财贼强大之邦，然迩来各省振务殷繁，亦成弩末，而为善之士尚如此其勇，所以其富贵发达之气较他省为大且长远，亦其培溉之力独至使然。更有视为分所当然而不望报者，此尤可钦而敬。然则弟所谓以少为贵者，尚是就一面看，未得事之全体也。古人云："天灾流行，国家代有，救灾恤邻，善也。"此语愿为吾弟进一解焉。若地方官以此等事为迎合上司之举，则其事不可驳，其心实可诛。所以如田子实[①]辈，何尝不兴义举、作善事，而卒不得善终者，未始非心不可问之过也。久不与论当世事，偶因捐事触动，辄不禁哓哓，以弟之为深心远识人，故为引伸之，以待其廓充而发皇耳。

京中今年酷热，大似南边，此非好消息也。

五月二十六日

第三十七函

庆堂贤弟如面：

九月十九日接得八月初九日来函，敬悉一切。

王岱云于八月初十日出京，兄亦送至通州，周扎二日，始归京

---

① 清季四川东乡县农民抗粮起事，总督令派一武官提督李有恒带兵"剿抚"，李有恒先剿后抚，乱杀人民。事为北京言官举劾，朝旨查实，应处死。李自恃奉总督令而无恐。时成都知府田子实，素友李而谄事总督，遂佯为李有恒密计，饮之酒而偷换李所持文书。廷讯日，李出总督令，则"剿抚"已倒为"抚剿"，武官遂正法。

寓,盖不能忘抡兄相赏之情也。兄或有著述,质之抡三,每过于奖奉,且逢人游扬之,以此兄于同乡中薄有时名,其力为多。更能于处事谈学时,虚心商榷,兄往往抗言,与之反复,彼不惟无忤,且深佩谢,亦时流中豪杰之士也。弟试观兄祭伊文便可见其梗概也。彼处二数已交兑无误。

鹿苹亦于九月廿五日起程,本县京官只有四位矣。津贴话,鹿苹归尚欲言之,兄劝以官既无意,只可稍待时会,毋为勉强之行,亦不失人、不失言之一端也。

兄今年所入,兑京之数,过于曩岁。而今年印结,至今始百余金。现在米价腾踊,百物昂贵,缴过不轻,因永定河决口,合不上龙。闻其水深五六丈,以船载土石沉填之,船旋翻转。现在漕船已断月余,直督着急,办理甚紧。派有三提督、一臬司、四观察在彼督工。闻永定河道,屡次欲赴水自尽。又闻下有老鼋,前被河兵用枪炮打他,反伤河兵多人,故尔怒龇堤根,不能合龙。其然岂其然乎?京中米铺已无米卖;有亦须四两八九钱银一百斤,以此百物随之而涨云。亦适相为乘除。此乃京官照例不当松活尔,可发一粲。

厚弟仍以北来为是,已有书与之,命其偕县中公车上道,便省得带人;即挈眷同行,亦不过在重庆买一粗婢足矣。如此则百金足够,但不知其遵照不也?

翁字自前年请假回籍之后,往往托臂痛吝与人书,然京中亦时有求得者;但彼处亦有代捉刀者,不如其本人之工也,当俟徐图之。

承嘱扁对诸书,闲时当将文义拟就,觅善书者写之,兄亦代写一二件。惟宣纸屏当俟天气和暖、精神健旺时为之,不敢辞也。所说割裂张书之处,可不必,宜另觅人书为妙。

今年闻本县乡举颇觉减色,叙属亦不过五六人,殊为可怪!岂盛极必衰欤?抑偶然也?

兄京寓诸尚平安。迩来阅历渐多,读书倍觉有味,庶几可抵消外面纷华之念,用此自幸自勉,可为知己告耳。

九月二十五日

第三十八函

庆堂大弟如面:

南村归来,兄购觅顶上关东鹿胶一斤、阿胶一斤,以为两老人颐神养和之助。并为弟购得钱南园先生法书荀子六幅。钱为本朝中善写颜字者,其督学湖南,何子贞太史尊人文安公实出其门,何氏家藏南园先生字甚多。后来贞老以平原书名世,虽其众妙咸历,然于南园实有胎息孳乳之处,以此见人品学问之成就,莫不各有所因也。兄近日作字,亦间用钱法。弟观兄所书祭王抡三文可见也。钱书墨迹京师尚有,然佳者须数十金一幅,对联即次者亦须数十金,亦间有伪者耳。至先生风节梗概,弟翻《先正事略》中“钱通副澧事略”便知矣。因弟酷好颜书,与兄同癖,故为详哉言之。再钱为云南昆明人,滇人尤宝藏其字,不吝重资购之云。其为火神,语虽不经,然亦见其必生有自来矣。近时阎文介敬铭、翁叔平最喜好而重之,亦皆作颜书者,故并为弟言之。

兄有送黄令亲处鹿胶、阿胶每户各半斤,望乞转交为荷。

十月二十日

第三十九函

庆堂仁弟阁下：

十月内，奉到洛师书，知其已擢涪牧，且甚以兄避提牢而薄章京军机章京也。为是，亦不能不谓之知己也。兄有书一函投之，聊作送行之序，大致望其大有造于蜀人，而必当慎持其后。盖师之待弟子也，既不以世俗相期，则弟子之待师，亦安得以世情谀颂而已乎！今恐其已交卸，故由弟处转寄；如已去涪州，则请由渝寄到涪州，亦甚便也。署内公事忙甚，匆匆泐此数行。

十月二十日

前因曾笃斋兵部及赵绍坪寅臣之子。觅兄写格子字，兄故预为操习。然只写得两天，约有一二十张，兄自视之，亦有些微长进者，然止是不惬意，特与老弟寄数纸去看，乃不意世间有爱无盐而赏嫫母者也。一笑。近因吴小村同年送一条幅来，谆嘱兄写近作，吴为前云南布政梅生之弟，癸酉拔贡中举，现在候选知县，在京颇有书名，而力怂恿兄写字，以为兄字将来前程远大，谓字之将来也。噫！其然岂其然乎？

十月二十日又及

一八九四年

第四十函

庆堂贤弟无恙：

式之到京，递来大教，读讫不胜惶悚之至。兄向来不甚修饰，加以都下习气，竞崇华靡，窃不自揆，妄思砥磨弊俗，遂不觉矫枉过当，然乃以是浪得高简之名。

前年宜宾杜心斋同年此人超然远俗，人品诗笔俱高，王抡三许为叙郡公车第一。过兄宅，坐下便笑曰："此可见各人性情矣。"盖指兄客厅皆挂从前名人石木拓各书，无一今时显贵所书者，以此见兄平日奔走于求之少也。又去年客厅中买一漆布蒙桌面，华阳友人乔损庵夜过见之，诧曰：古人所谓某某今日亦吃二斤肉乎？言兄向来简率，忽然设此荣观，举以为笑柄耳。至于去年秋间，客厅之陋，则亦有故，并非故为朴鄙以取名高也。盖去夏大雨后，顶槅全漏，烂纸四垂，屡次觅裱糊匠不得。通京俱从新裱糊，匠人忙极。及觅得，又以价太昂，屡相龃龉，直至冬月，始迫于不得已，费十余金，乃收拾完好。此皆必要用者，不然，冬风从檐隙贯入室中，虽烧炉亦不得暖。如今年再有大雨，又须另糊。近数年京师屡潦，几于无年无此举动。校之吾乡，真觉殊方异俗矣。惟是顶棚未裱好时，客厅诸事，俱颇潦草。加以小儿等嬉顽娇憨，或搬弄书册，或移安橙杌；兄或进署时，自然不及照料，即在家未出，甚或即在面前，而奈兄读书成癖，或手一卷披览，或痴坐凝思，遂有不睹不闻之势。南村曾向言之，然猝未得禁也。及裱糊之后，安置洒扫，亦颇整洁，而南村已归，不及见矣。然而此中隐曲，有不可向外人言而不妨令弟闻者，则犹有故：

盖南村素性习于浮薄，家虽寒俭，而志慕纷华。以故入京以来，渐染奢侈之性，衣袴多用丝绸，饮食多求甘旨。如是日吃饭全是小菜，必另买肉独食。兄屡戒饬之，殊不见听。即他朋辈中亦有一二有识者劝之，谓其即可学兄榜样，盖指兄衣食器用之俭朴也。兄除着礼服外，平日周身衣履无一丝罗。

又记王抡三昨年过兄斋，见其空旷无甚器具，笑曰：张诗舲侍郎有句云："空斋静似阿兰若，佳客少于优钵昙。"大可持赠。呜呼！此等风味，固非南村之所得知也。

闻式之言，弟在家修饰整肃，甚为可爱。此在居家时，即兄亦颇收拾，盖闾里朴质，雅洁所宜。以非歆羡势力所关。若兄地处奔竞之场，日见驰逐之辈，粉饰房室者有之，装点车马者有之，鲜衣精食者有之，搔头弄姿别造言语者有之，类无不营求富贵以遂其欲。风尚既坏，世道随之。兄悯焉！妄欲挽之。非得力崇朴质、磨砺清节，睹富贵若睹浮云、居朝市如居深山之意临之，未免见美丽而心动，禅家所谓细滑之欲者，如洁净光美则心好焉是也，非指妇女之美丽也。好修饰而志荒，无以敌纷华，即无以坚道力。此则兄区区怀抱，六七年来未一吐出，因弟言及，而始一为摅布者也。惟弟言恐堕颓靡之习，则极其切要，发兄深省，即当力为振刷。凡存心理事，出言作文，无不惧其偶犯，而扫除客舍其小者耳，然亦是事中之一也。承教，谢甚感甚。此数行是兄感弟言之正意；前数开则因弟言触起素抱，而弟又可与言者，故为竭言之，亦以进弟也。若以为辨而不受弟之言，则误会矣。呜呼！可与共言，岂复易易，式之犹不足，况南村乎！于是益叹想老弟不置也。

寿文即当构撰。此等文最难措手，昔人言之详矣；能者为之，当另有布子之处。将来作起致归，慎无随庸俗之耳目为爱憎则幸矣。

所说书匾对各情，似太多，不大雅。此等惟花园客厅可也，其余小门过道，均可不必。盖布置亦有所宜，总以雅素大方为是，人家固不宜有金碧气也。

黄荫翁捐封，已托捐号开一纸来，随信寄回，查收候夺。

洛师竟以“习气太深，钻营取巧”八字查参革职，都中人甚有冤之而议论觅人参之者。然闻洛师亦禀揭之，亦非其人后来之福。惟现在部议尚未上去，如能将开门纳贿者降调去，乃真一省之福耳，然恐不能也。上谕今已下，加恩革职留任。为洛师计，此时如尚不能归田，则此等参语，将来亦易开复，不知其作计何如耳？

陈、李两片已雕就待寄。(亦)〔小〕韩、(昉)〔永〕扬[①]俱见面。昉扬开朗有才气；阅其道上诗十余篇，甚有诗才，惟功力未深，积累犹薄；然其诗质颇美，由此深造，必有可观，亦未易才也。

今年同乡到京者，多有外州县人来馈送土仪，皆必须与钱场，约有四十余人。繁费尚不足言，以兄鄙简之资，实以纷然酬应为苦。此皆虚名之为害，亦二三友人说项所致，其实非真知我者也。

同乡京官寥寥数十人，近来颇因争利屡闹，复有怂恿同乡武侍卫来与川馆值年闹事，去年本省津贴银一千交看厮分送，被武侍卫等抢去三百余，现尚未还出。此等举动，安能望其与地方作事、兴利而除害乎？

所可幸者，今年正月以来，今上大有振作之气，满人中大吏开

---

① 廖学潮字小韩，富顺人。廖溥明次子。曾任兵部主事。刘永扬字璋府，富顺人。和光第从弟光贽一起于光绪二十八年壬寅中举。信中所称，当指此二人。下不径改。

缺休致约十余员，而综理庶务亦有风厉情形，大是国家之福，中外臣民可为额手称庆者也。吾弟素廑大局，特为及之。手此，即请文佳

叔婶大人福安，弟媳等、八九妹、各侄女均好！

兄光第顿首

再启者：南溪赵贽洲孝廉到京，言及兄前受业之李少崖师，现在年老瘫痪，年七十六矣。不能教书，双目不见。其孙亦已进学，而少年无阅历，亦未有馆，穷山坐困，日食为难，八口嗷嗷，何以为计？兄闻之，中不自安。已为托寄泸州车云笙学博急为筹计，大水窝的，但其家今亦受紧。而兄力量过绵，不能厚给，只有恳求老弟，于今年接济兄项下，先拨三十金送之，将来少兑三十金来京。以救眉急。如能慨允，便请觅妥人赍去，径到永安砦交与其家，连兄书寄去。实为德便。盖去年陈洛师兑有二数来，现尚未用完，然本拟回闽之资，今不能速去矣。又为函寄萧策吾[①]大令，或亦少有助乎？此老品峻学富，上年既横遭飞语，垂暮复遘此奇贫，真为彼苍不可解之事。弟如念兄惶急之情，便可速为拨送，则不惟兄极感之，即吾弟眷怜耆宿老儒之念，亦堪训世而垂后者也。西江涸鲋，自古叹之，矧在师门，不禁情急水火，知贤叔婶闻之，亦必慨然动念，与弟有同情焉，而非止为兄一人起见也。兄致车云笙书有云："执事情人，若何措置，必有令我观感而泣拜者。此老饿死穷山，亦二三子无道之罪也。仆与执事，其何说之辞！"云云。颇觉深痛，彼处或当大为接济，未可知也。然恐迫不及待矣。李师如有回信，即可从弟处寄京。

某　月　日

---

① 富顺县在清季同光间有翰林萧世本字廉甫。云南蓝李义军入川，廉甫在籍办团练阻击，为骆秉章、刘蓉倚重。曾国藩督直，招之入幕，并委署天津府县。刘光第《南旋记》叙其过天津造谒者，即是此人。

再启者：信已封矣，忽萧涤凡德骅函商，请在弟处兑兄项下先行拨银二十两，另封写伊兄弟名受业德骢、德骅、德骥随兄数一并送到李师处。其数即允在京还兄，且可省弟处二十两之汇费。兄当允诺，复行开封，加此一页。将来即于兄项下再扣二十金，此亦方便中之方便也。然惟老弟之力能为之，故不惮细碎如此。

第四十一函

庆堂贤弟阁下：

奉读来函，敬悉一是。寿文容殚思为之，断不敢轻心相掉也。

李少崖师所居之永安砦，乃在南溪地面，与云台山对峙，去云台山仅数里者。即上年甲申为土匪夜袭，自流井亦有兵去，省上后亦有兵来，然已为本处团练打散。李师缒崖而下，匪等皆口呼不得扰及李家，后来陈洛君师移文南溪，疑其通贼，经兄及林子鹤[①]、简达斋等力为辩白，始免无事者。其地去盘龙场不远，从前滇匪乱时，井上富人，亦多避难其上，其时系廖世清鹤舫[②]当砦主，林子鹤们即同在其中。其地不在大头城也。亦不知弟所称近大头城在何处？若虎头山之大头城，则相去远矣。然待兄此信到时，谅已访确妥寄矣。

曾之定为人恂笃，兄前在家时实实见得如此。惟兄到京后又已七年，不知其为人进退。然询之南村，亦言其为人尚然诚实可教。如得老弟高明裁成而教诲之，需以日时，必有可观。世上人才不易，成才尤不易也。即当致书与伊，属其踵谒，吾弟视其人，当自

① 林子鹤，林祖皋字子鹤，富顺人。四川崇宁县教谕。

② 廖世清，富顺人。咸丰五年(1855)乙卯举人，后官云南。

知其可否也。

最可幸者，今年朝政大有起色，举直错枉，颇洽人心，今上大有乾纲独揽之势，固祖宗社稷之灵，亦天之眷我国家未艾也。兄即窘迫过日，而乐颇有余矣。今四海草莽之臣亦皆当额手称庆者也。闻井上盐价增长，甚好。或者天运地运，俱有转移之时，亦未可知。

王晋卿[①]父台，闻其官声甚好，可惜又为资阳县公车某人毛举其短，告同乡吴聚垣给谏，列入弹章。川省州县共十一人，有一县丞在内。此次钦使到川，想王官亦必撤省，想或不致罣误否？

兄近来虚名愈出，而实功不修，殊觉自惭自惧，未知将来何以报君亲也！亦惟自警策之而已。

仿扬已出京归蜀，亦韩尚留京，尊函已寄去。兄斋中诸尚平适，可免府上两老人廑念。所属寄七品鸟样，即封在函中，至时查收可也。手此敬复，顺请时佳。

兄光第顿首　某　月　日

第四十二函

庆堂仁弟大人阁下：

连接惠书，敬悉一切。南村来，所领百金之数，除川资外，已一概清交无误，前书回时漏言之，尚乞原恕也。

寿屏已作写了，交吾里廖若愚[②]鹿苹之侄教谕寄回，再由老甘送

---

① 王晋卿，名树楠，直隶新城人。光绪十二年（1886）丙戌进士，曾在四川州、县任职，累官至新疆布政使。

② 廖若愚，廖文瀛字若愚，富顺人。正华（鹿苹）侄。由廪贡议叙，授蒲江教谕。

呈查收。此等题目，已成科臼，名古文者最所避忌。前人之不为寿文者，谓前明及我朝，惟魏叔子旁趋别鹜，不落恒蹊，然尚不免以规为颂之诮，则此体之不易为可知。兄谓以规为颂，究胜于一味揄扬者。《小雅》之存《頍弁》，《檀弓》之美《祷室》，古人精意，尚可想见。果其人其事，有足扬榷，关于世道人心，而又有颠扑不破之议论，则其事其文，俱堪不朽。古文中既开此体，窃以为必当有不可磨灭者，在豪杰之士自处何如耳。弟所开之事略，兄再三寻讽，洵称德配，钦服殊深，业已精择而用之，以成一篇文字。其未用者，留以为将来作他体文字之用，此文有关系，挂一二日即当收藏，此等时势，宜小心也。不可失也。其令堂嘉言懿行，但随令尊约略言之，以示从夫之义。盖合作双寿文，其义法应如是为当。惟是国家一辙，凡生人尽欢之举，不可使极。虽至上如忠孝之忱，发而为欢喜和乐之事，如使过极，则必有隐患伏而乘之。古今圣贤帝王至盛之时，衰气即隐与俱生，但当时不易觉耳。前在安肃袁郎中斋与张子遇观察论及万寿庆典与东事，渠言历观人家，大凡作生日过奢侈者，必多有不顺之事应之，此非徒暴忝天物也，其一种安乐酣足之气，适足以召非意而来不祥。此金石之言，兄极服之。因思弟秉性肫笃，于父母之事，必定力为措置一番，然恐或有过处，故因论庆典而及之。弟素高明，必能斟酌损益而出之。且留有数之财，而为至要之用，亦为父母者所心许而首肯者也。方今大局阳气孤危，阴气层层极盛，乱机已伏。存远鉴者，最当早为留心，但不宜张皇以骇俗耳。寿序文后幅，颇发其义，其详悉则惟当境者自酌也。

兄羁绊京师，蒿目时棘，种种难言，思欲条陈其重且大者，而沮遏不得存上；但时发愤仰屋太息，抚膺而伤气，减食而损眠，坐视无可奈何而已！

前日一旗人因营己私，奏夺京官印结，部议非之，此纤人不识大体者。

现今时势须以固结人心为第一要着。而龌龊诸小夫，纷纷条奏，搜刮裁割，无非使天下解体之为，真可浩然长叹！

东事消息甚恶。现在众人虽将恭王请出，又有诏召张香帅来京，然小人势众，正恐君子不敌耳！成格太重，习气太深，非得极力振刷而变通之，未易扶隳颓痿痹之病而使之起也。

川省查办使，闻已动身，但复奏之件尚未到。外间传言，似已为洗刷；果如是，则贪横者依然不动。前有同乡京官，议欲约递公呈，请另简贤员，如能有成，或是川省之福。然亦须俟上谕下来时，看钦使是如何奏法，始能定夺。

翁叔平尚书，现派与李兰荪大宗伯同军机总理两衙门，会议军务大事。渠等意见不和，闻甚忙迫愁急，不能再觅作书，计惟拣其写好者钩摹寄回，此须刻尺宽对子始得，以纸太厚，亦交廖带回。可以刻而玩之。尚有同乡李眉生廉访前江苏按察使。小对一幅，亦钩回，可以摹刻。其字于六朝碑板最深，功力亦到，渠前在京、在曾营时均大有书名，名下果无虚也。亦托云坳①写有一幅，系兄所集格言，亦可刻也。兄亦写有一幅，不见好，林泉别有天然趣；鱼鸟能知静者心。均由信中先行封寄，以便先刻。其他尚有简闇伯所书四扁字，均是两字一扁的。兄所书二扁字。理遣情恕，损欲益忠。亦可分二字为一扁，作成四扁。如不足，即可钩摹翁书对字“篇中琢玉，箧里奇珍”八字为二扁；“澹泊宁静”“宝俭贵勤”“持满远凉”亦佳妙。兄职事牵束，不能暂归登堂一拜两老人之嘉庆，深觉踧踖难安。又以窘况，

① 云坳，刘桂文字云坳，四川双流人。曾任编修御史。后为广西梧州府知府，卒于任。

不能如心，除寿屏对之外，遂无一物奉献，良可愧也。两节略亦附寄回，请珍藏。为属陈、李两片均写，而被劣工刻坏，未寄。

某　月　日

第四十三函

庆堂老弟大人阁下：

中日构兵，大势颇危。彼谋大举，蓄之一二十年；我国毫无预备，铅药全无。海军武备尽用贪懦之人，所费巨款尽以报效颐和园及阉宦、军机。现在事机危迫，各省京官纷纷出京，几于十室九空，流散情形，不堪目睹！众人连名，虽将恭王请出，无奈众小人钩结已深，多方牵制，事机屡失，意在卖国，打仗之事，全不认真，视为儿戏。已屡求外国人去请和，而日本不允，其志不小。目前仍有办法，而群小已嚣然，欲挟太后、皇上播迁陕西。都下人心惶惶，讹言日数起。惟愿宗社之灵，不致移动，将来和局或成，极力振刷，或可借此为内忧外患之助。若犹此泄沓媮安，后来各国生心，东分西裂，何以图存？真不堪设想者也！

昨林受海及赵尧生[①]诸人，咸谓荣县北关六十里，有一牛峰砦，最深远而险固，积谷军火亦多，堪为保度大难之地。现在川省虽尚无事，然大局不好，难保各省不起土匪。弟家与荣县颇近，何不往彼一看形势。如果真能避难，便不妨去入彼砦。将来如真迁陕西，则兄之家眷，必定由水路回川。若川省有事，亦可到牛峰砦叫厚村

---

① 赵尧生，名熙，四川荣县人。光绪十六年(1890)庚寅进士，授编修，转江西道监察御史。

偕敝眷上砦来相依。依弟家以居。如土匪不凶，则下面各砦亦可以避也。

兄欲递条陈请太后不必干预政事，权奸阉宦，俱是深结太后，以致大势不可为。而堂官不肯代奏，止得就相识之御史等怂恿言之，而诸人亦不肯发此难；徒令末秩小臣，含血喷天，决眦切齿，坐视神州之陆沉而已。呜呼！私心之胜，宁殒身而不回；情面之深，虽亡国而不改。悠悠苍天，此何人哉！

兄有家传事略数篇，寄与厚弟写存者，恐由富顺转信失遗，特由弟处觅人专送下面为妥，此不能不郑重者也。此信已厚，另封再寄。

如果执事者偷目前之安，屈与讲和，不能振刷，则亦不过图旦夕苟延，将来祸患，方未艾也。此回与咸、同间局面迥乎不同，恭王无所用其才，而其他可知，深心远虑之士所为下新亭之泣也！

兄之行止，不和尚不忍去。如和了，便待明年回福建一行，然后一游东南山水，卷而怀之，如吾乡李西沤[1]先生故事，终老田里，著述名山，于愿足矣。西沤前年因高熙亭[2]学使奏，同范宗山宣付史馆立传，崇祀乡贤，然兄尚不望如此也。国家养士，与士之所以报国，或以功业，或以文章。功业遇小人厄运，便不可成，文章遇厄运，转觉奇警有用，但未知天之位置我者果在何等耳？

匆匆草此布复，即请时佳。现在时事，厚弟信中亦言及，可以参览，仍封口专人送下可也。兄先人家传、事略，亦可一观。

兄光第顿首　十月十二日

再：数日前旅顺失守之信到京，京师颇形震动。京官家眷，十去其八矣。现闻又在讲和，不知果是何如？昨日李合肥电奏，有中

---

① 李西沤，名惺，垫江人，官至詹事府赞善。

② 高熙亭，高赓恩字熙亭，顺天宁河人。光绪十三年(1886)出任四川学政。

国许和,日民甚喜之语,不知确否?总之,时局一言难尽,但有咨嗟叹息而已!兄前时日夕愁愤,寝食失常。现在条陈既不能上递,兄条陈呈堂时,各堂官均失色推诿,互相规卸。小臣报国之忧,只有浩然长叹而已。每日闭户读书,方知变雅变风,句句是说着今日,不禁声泪俱下也!条陈稿录一通寄观。京中交好同乡及同年辈,咸谓皆今切急之务,所条陈之事,亦是天下之公言,人人所欲言者,特不敢言耳。无如大臣等别有肺肠,其奈之何?大臣不言而小臣言之,小臣言之而大臣不递,真太息痛恨者也!

匾字二方,一为袁郎中廷彦所书,一为兄书,可用则用之,不必拘定也。

和局能定,或可保数年,否则今腊明春当有播迁流离之事,吁可慨也!然亦惟有居易以俟命耳。现闻已拉官车六七百辆,言须到千四百辆,预备西巡之事。每日预给银二两一辆,现在贡院也。

十月某日又及

第四十四函

庆堂仁弟大人阁下:

前连发两信回,想均收得矣。兹将致厚弟一函并扁字二方,对文一付一并封寄,祈费心觅人专送赵镇,原信未封口,弟阅后可封寄。免致失遗,以内有家传、事略故也。见王仲容时,可与提及伊尚有银六两在兄处。兄前寄伊信云十六两只领得诰封二轴,系属打听未审,兹托与内阁衙门同年帮办领二轴,只需银十两。今年覃恩只有一次,只领得一回,除用去十两外,尚余六两在兄处,前信系错误也。

东事甚急。山海关内外大兵约集十余万，而当事者意在讲和，故军务半年，老无起色。现在又派张荫桓、邵友濂为全权大臣，在上海去议和，纵是苟且成议，将来大局宁可问耶！

十一月廿日

“大巧若拙，盛德若愚”八字，赵孝坪孝廉书，殊有翁意，何子贞家外孙，写字是有种的。何绍京之外孙。因赵寅臣与翁至熟，收藏其字亦多。外七言对一幅，系泸州高征兰太史书，其人近大进德，书亦不俗。对文系兄撰就，亦颇有动静相涵之意，作闲对甚佳，兼可以养德性也。又及。

第四十五函

庆堂贤弟阁下：

十二月十八日接到十月二十日所发之书，读悉一切。其屏对各项，从九月后连寄数函归，想均已入察矣。

洛师之事，同乡在京者尚多公论。间有訾诋者，然不过一二人；为之抱屈称冤者，则彼彼皆是。成都及犍为人均多言其好者，而新繁之人尤为尸祝。曾见其县之一人言：吾新繁县中，如有人说陈官不好者，旁边之人必要与之挥拳。其善政之留人心如此。然有人与兄论及，兄则谓其为人性情肫挚，而稍不免为意气所累，于是用情有偏于过厚处，用意有近于好胜处。偏于厚不止，其弊必有偏于薄者矣；近于好胜者多，其势必有即于败者矣。知言者颇以为然。然兄前曾将此等实迹，作书讽谏之，师亦有书来，词意甚婉笃，乃初不意其为人所中如此之速也。论者又每以兄为不阿所好，其实兄方寸之间，亦为洛师抱屈，而寒心于嗾劾之人，将来必有中人机械之日也。持公论者多云：川省应参之官，何止百数，而要不能以富顺为首名。且其人亦曾屡受其情，卒因所求过奢，不遂其愿，遽行下石，其心何尝系一分公义耶。

王晋卿父台，兄闻之素矣。其著作之书及诗文，兄处亦早有之。缘资阳伍西园同年，久处其馆，甚相融浃，每来会试，辄津津道之。及为同乡吴聚垣给事所参，亦因蓝姓举人与王公有私怨者所蒙而致。众谓两次所劾之官无不允当，惟富顺县不免太冤，盖谓前陈后王也。后吴知亦悔为人欺。盖公道在人，终不可泯耳。然洛师之失，在刘仲帅来时不力为告去，与许官争回任之能，遂堕意气用事之病。如不回任，必无此祸。王官则尤为枉屈也。

至洛师牌坊之议，贤叔识解，诚乃堂堂正正，不为波靡，又复和厚可风，彼庸俗人情，固当如斥鷃之望大鹏也。古人云："人之度量，相越岂不远哉。"信然无疑。然兄固早决贤叔之必能办此矣。

罗、李乡举，天之报施善人，果为不爽。记曾见罗来，其人善气迎人。闻王复初云，王之表弟。渠亦肯潜心用功，将来造就或尚未可涯量。且闻复初云：云峰，静斋之子，亦均能读。兄念从前待接于我之殷勤，实亦中心欣然，庆故人之有后也。但愿其当家之人，力洗从前刻覈之过行，则将来家运之兴，必当尤为长远。此亦因弟信言及，触动兄意，故不觉痛快言之，切不可使彼闻之，又将怪我矣。

铸之兄欲捐九品京衔，由监生报捐，供事不能捐京衔。或翰林院待诏，或国子监典籍，均属金顶挂珠，皆须库平银八十五两。捐号言，现在赈捐价值如是，欲捐可速兑银来云云。

曾之定毕竟年轻，诸尚望老弟指教为荷。

来函言，兑兄之数系百五十金，兄始恍然。王抡三处会兑二十二金，并未写在已寄之信中，兄前误记已写在寄弟信中。盖此数由乔茂蘐处交兄手转致岱云，伊不肯交与植青，恐其靠不住，故交兄。系同乡凌镜之，焯，江苏知县。唐蓬洲步瀛，湖南知县。两大令凌十六金，唐六金。所送奠仪。然其银由乔家交来时，实止二十一两四钱足，未有二十二两也。其银系六七月间交兄，当告以即由弟处拨兑，便交岱云；岂知兄信已作好，忽因大雨窗漏渗湿，其函竟未得发。似此疏忽之咎，其何所辞。今既如此，止有请弟于晤岱云时，千记将凌、唐二君之号及所送银数，叫伊作谢函二封，从弟信中封来京，再为分寄两处。其银待有公车回时再寄，或即由弟明下半年在兄帮项中扣二十一两四钱付岱云亦可。总之须使岱云知之，方合情理。

东事近日颇有转机，皇太后亦翻然主战。今月廿一日傍晚时，已革宁夏镇总兵卫汝贵，已出菜市口斩立决矣。刑部尚书薛允升监斩。山海关内之湘军四十营，亦已全行出关打仗。惟钦差大臣刘岘庄坤一虽是湘人，却与李合肥儿女亲家，见解不甚相远。好在湘中士大夫以大义切之，或者驾弄得起耳。

兄前递条呈，因为堂官所阻，未得陈奏。后半月余，甘肃安小峰维峻侍御，奏参李鸿章，中有皇太后遇事牵制，何以对祖宗天下之语。皇太后震怒，皇上遂将安御史革职，发往军台效力赎罪。虽无人敢为继起，然众心好义，共集有七八千金或云万金。赠伊，兄之意除至亲密友外，其他皆不可受。安小峰之名于是大噪。然有知兄之条陈者咸为兄幸，而不知兄之意已早办定一革职大举矣。兄誊好时，内子屡言须斟酌，不可冒昧。兄曰：本朝宽大，不杀言者，至凶不过出口耳。且我条陈中措词尚颇得体，即有不测，不过革职。但得我一革职，则都察院官必有愧而发愤力言者，岂非国家之福，亦即为人臣子者之厚幸耶。讵知大臣不言而小臣言之，小臣言之而大臣乃竟沮抑之，世道人心，颓败已极，可骇可痛！然兄此条陈虽未得上奏，而衙门中喧然传之，各省亦多传说。湖北高理臣侍御，曾托王鸿甫同年要兄底稿来看，兄未应之。不十日而安事出，众咸谓兄之条呈已启其机云。惜安奏未作得好。然条奏既不得上，胸中勃然莫遏之气，遂乃一一发之于诗。作得古诗数十首，颇有长进，差可自慰耳。

今冬之冷，比上年加剧。草草作十数页走复，函不尽言。老叔年已六旬，弟须加意颐养，尤不可粗心进药，要紧，要紧！

兄条陈不可与人看，亦不必再寄京，即存弟处。

十二月二十五日

一八九五年

第四十六函

庆堂仁弟大人阁下：

正月初间，始由蔚丰厚号收到井九七平银一百八十两，内有三十两系尊三兑给张春圃之数，已取交矣。

前林、王之信，据云失落，亦复无可奈何。仲容之信，兄系与言请封事，后已在弟信中重言之；今更有信寄伊，烦转交也。

官运漏楚，闻已申明定章，不许再蹈前辙，但不知将来办理者果能认真否耳？

军务之事，奉天兵力尚厚，山东兵力太单。正月初七日，威海卫已失守。十二月廿几日荣城县失守。而据李北洋电奏，水师铁甲船于失威海时，与倭船鏖战四时之久，打沉其船三只，颇能得力。然终无济于威海之失也。自威海失后，京师人心又复摇动。且闻倭人在山东地方，于破荣城时，颇多残杀。东抚李鉴帅[①]向亦能军，此次因兵力过薄而致。闻其去调广西兵十余营，正月尾可以赶到山东；然恐缓不济事矣！总之，此次军事，每次调度，均似失于迂缓，且又有张荫桓侍郎、邵友濂抚军去日本讲和，以致将士之心徘徊观望，不甚得力。此皆由朝廷事权不一之故所致。未知将来机势何

① 李鉴帅，指李秉衡。

如。然于人心决之，似有一日不如一日之惧。将来为和为战，均须大加变改，力为振作，始可自立。不然，大局之危，诚有不堪设想者耳！

昨得赵尧生书，寓有招隐之意，而自顾因循，未能决计。诚以出山一行，并未报君父于万一，心实不甘。然外审大势，又实有无可展施之处，不免愤悒自伤，慨我生之不辰，如周室诗人之所叹耳！

正月十二日

第四十七函

庆堂仁弟大人阁下：

三月十九日亦韩来宅，出示弟书，读悉一是。寿屏之作，原以略抒兄区区微悃，何敢复收十金耶？乃以厚弟之债，复劳垂念，为之代偿，此意此情，感何可喻？当时因家传与弟观之，是以信未封口。不图家信中事，竟荷代为经营，兄自思之，惭悔无尽。

现在中日和议闻有端倪。虽听未尽确，然大致不差，皆言赔兵费二万万金，东三省已失之地概不退还，割台湾与日本，前日外省电奏，有沮此条者。孙莱山军机言，此时切不可听外间议论，亦未奏与太后知。湖北沙市、四川重庆均应允修建各国洋码头。浙江湖州、湖南湘潭两处未允。此数日尚在争苏、杭两处不许建洋码头，不知争得过否。大约江浙人多在当路，或有争得过之势。总之，中朝大官泄泄沓沓之习，成就太深，当此危急时势，全不稍加警惧，激于义愤，仍是庸碌瞻徇，苟图目前，偷旦夕之安，而不知眈眈者群然窥伺于其侧之多也。呜呼！堂堂焉以一金瓯无缺之中国，一旦而败坏于诸奸儿之手，虽不遽至灭亡，亦将日见侵削。忠愤之士，所为痛哭太息，戟手切齿于奸人之误国而害及天下苍生也。譬诸大器将倾，意欲起而扶之，而势有不能；漠然坐观其旁，而情又不忍，只有决然舍去之一法而已。黄漱兰通政体芳前为兵部侍郎时，曾痛言海军之失，获严旨切责，降三级调用，后来转至通政使司，正三品大九卿。因见时事日非，直言不用，前三年遂已告病开缺，而实未尝病也。从前崇文山冢宰亦然。崇今犹存，去年多人荐之，请与黄同见起用，不省。去年张荫桓侍郎、邵友濂巡抚赴日约和时，黄公之子仲韬编修名绍箕，乙酉科曾放四川考官。上章力谏，中有与其和而亡国，不如战而亡国，况战而未必遽至亡国等语，亦不见听。今春其父子已归去矣。兄谓如此次所用之谋臣战将，虽力言战，亦必亡国。盖国于天地，必有与立，不知用人，则和战皆自败之道。兄同年蒯礼卿检讨，名光典。安徽人，合肥之僚婿李翰章之婿。去年疆事棘时，痛诋淮军不可用，亦上有条陈，其中多有与兄条陈同者。称必当变法整顿始有起色。终不见省。渠即言如和议成，则必决然舍去。今闻其前数日亦已去矣。呜呼！圣人所谓见幾而作，不俟终日者，其在今日之谓乎！昨晤杨叔峤同年，内阁中书，绵竹人。亦劝兄云：君子可以去矣。兄答谓：不如数公名高。然私心耿耿，去年亦已早计。去岁寄弟信中已言之矣。和议如成，决当归去，不忍淟涊无耻，冥钝而立于相忍之朝也。但上半年川河水大，不便上溯，须俟下半年起行；且须回闽汀一行，便看东南山水，访识其高人逸士，然后拂衣考卜，憩足林泉，长为农圃野人以终，斯已矣！出处之际，所系非轻，参之古籍，商之良友，仕今之时，计无有过于去者，并非恝然而置斯民斯世而不问也。但归时盘费较来时稍多，弟可禀明堂上，于七八月间能与兄寄二百金到京，尽八月尾到方好。则秋间可成行矣。若果能如斯愿，则兄之出处，颇无遗憾，且又以稍厉廉耻而愧贪庸。然成全始终，皆老弟父子及洛师之力为多。人只赞叹兄七八年来不为风气摇撼，而不知有此里面一层道理在也。况闻下半年须再减俸。现在印结大不可靠，即以世事论，亦不能支持，惟有见几而作之一法而已。

昨闻顾印伯云：陈洛君师似欲报效万金，觅陈右铭方伯宝箴，江西人，现任直隶藩司，刘岘庄之后路粮台也。办奏，以图开复。其款系在其戚刘康侯麒祥，霞仙先生之子。上海道任内筹画者。此信系从南阳来者。又王晋卿父台，亦已到南京，系张香帅命其往者，意欲保而开复之也。

今科吾川忽得状元，骆成骧，资州人。其人与仿扬最密，对策直言，皇上特拔第一。川运似将转矣。盖翁叔平此次未派阅殿试卷，所以尚昭公道。不然，又将为彼照应私人之具，四川之人，殆不得进前十本矣。然自明杨升庵先生之后，实已三百八十四年。正德辛未至本朝光绪乙未。亦可谓稀矣。

前二日接得福建族中之信，始知近支中尚有千三四百家。言宗族父老闻兄通籍甚喜，甚盼望回闽一行；且言今年正大修吾远祖伯盛公祠，以十一月奉香火，尤望兄归至切。百余年远离故土，数世先人所欲归而不能者，一旦于兄得如其愿，不可谓非幸事也。

拙诗草稿尚未清出，俟将来缮写完好，再为寄阅。昔人云："国家不幸诗家幸。"可慨也已。

闻厚弟起程太孟浪，不胜忧虑。但望其到渝时转归为幸。不然，二月初四日到今四月廿五，则已八十日矣，而渺无音信，岂不令人可惊！此固其不率教训，以至于此。然亦惟盼祖宗之有灵，暗中保佑，默牖其衷而已。因式之父子欲归，缕缕作此，书不尽意。

九件七件均买。然上者俱是红青两色，黄色、品玉，均系次者。

九件六两，七件四两八分，概交式之带回。

王岱云二书，已为分致江苏、湖南矣。

四月廿五日

再启者：昨于同年杨叔峤处，见钞有此回和议条款一纸，内云：高丽为自主之国，割全台，割辽河以南，兵费赔二万万，重庆、沙市、苏、杭俱通商，天津、威海每年尚须帮伊兵费五十万。日本均要屯兵，每年尚须认兵费一百万。日本于中国设立机器局，改造中国土货，献炮台，缴军械，此条直是投降矣。中国海关税则减收，从前因事获咎之员概行释放，前敌宋庆、伊克唐阿、李秉衡诸人俱要献俘云云。此条亦是投降，亦万作不到，后闻此条无矣。闻前二日军机总理等已行答应。现在各衙门大小官员，不以为然者尚多，亦闻有连名沮止者。奈当事诸人急于议和，只图苟安旦夕。

前日张香涛电奏：英国买得兵船、铁甲船共十五只，船上炮械洋兵水手俱全，如中国不用洋将，则自驾自驶亦可，且通共价值才一千四百万，并不为贵，且言此机会不可错过。且即和亦须备战方可。殊当路者意在急和，回信云：战事缓议。呜呼！以一堂堂中国，而坐坏于数人之手，岂不可惜！

近又因俄人不允割辽南，日本又有退出东三省所失州县之说。然须将台湾交割清楚，方得。而台之绅民、公同电呈，称我为清国，言清国既弃全台，台愿自立为岛国，决不能归服日本。此事屈在朝廷，亦惟有不答一词而已。真是可叹可恨！

兄每对人言，数年以来，穷也穷不死人，惟去年以来，所见所闻之事，真是要气坏人、愁坏人也。

京中之友，亦有劝兄改教授归来者。此官于读书教子最宜。然兄以为既不欲仕，则教官亦仕也，且又有许多与俗浮沉之事，固不如脱然轩冕之外,静以待时之为妙也。古人有即其出处进退可以决朝廷之治乱者,固不必一退而永不进也。但古人每觉难进而易退耳。隐衷深抱,惟弟可与深谈,与浅俗人言往往牴牾也。

光第又及

一八九六年

第四十八函

庆堂仁弟大人阁下：

兄自去岁八月出都，由浙而粤，而广西，而湖南、湖北，历览山川形胜，人情风土。复在武昌与张香涛制府痛谈时事，直至六月初六日始行旋京。大局尚未见有振作，外国愈见逼，中国绅商群然创办商务诸举，各省多有举行者。亦诚见官事诸多不整，君权不行，遂仿照外国参用民权之法。但中国人心太坏，嗜利成风，恐急切不能见效耳。宋芸子归办商务、矿务，未知将来如何。惜兄与芸子在海中错过，未得晤谈为歉。

闻川省地大震，川南尤甚，吾县则西路尤甚，大为骇异。未知弟宅可有摧损否？莫有伤人否？弟堂上两老人受惊否？念念。此乃灾变，恐应兵乱之象。乡中团练砦堡，尚望约会同志，预为留心整顿，以备不虞。尤宜多作好事、积德格天为要。

弟前寄函，兄归京后始得见，所云买购诸物，俟有人归蜀时，即须买好奉寄。

京中萧条颇甚，斋子空者甚多，银贱物贵，俗敝人偷，深为可患。现在四川京官纷纷改外，分印结者，前数多至四五十人，今则只廿余人而已。交游之乐，亦复不如往时，尤可叹也！

陈洛翁师闻补达县，京中舆论咸谓为宜，盖公道自在人心也。

兄前年六月生一女、去年八月生一男，皆体气殊壮，不似大者清瘦，见者咸谓与从前儿女等如两母所生，一笑。惟人口愈多，缴用更大，福建本家亲房亦来二人，皆小孩子十数岁，家皆贫苦，拟教之认字学书，以为将来生计。长安愈不易居耳！

久不接弟书，盼望何似，有暇尚须详示，为慰。

兄自游庐山及江轮、海轮，俱未将饭吃好，在上海复泻泄数日，幸医愈，然神气肌肉尚未复元。潦草作数纸相报，尚乞谅之。

六月初七日

第四十九函

庆堂仁弟大人阁下：

前所托买之件，已与定作好。惟王岱云走旱道，不便交其附带，且闻孟甫云，渠亦并未交物与寄，只好由水路再寄回可也。弟处并李之数，照全单买来，尚不足十数金之谱，更须兑十五金来方可。其清单待货归时分算。花轴近时兴得甚大，每付定做，上色价须三两八钱。

今年井厂生理如何？闻川西水灾甚重，小民荡析，可悯。事变果将渐兴耶？亦可虑也。

吾川近办商务，不知条绪如何？风气渐开，尚恐见闻未扩。迩来上海添一时务报馆，各省流通，四川则成都、重庆俱有分局派报之处。成都在吴氏宗祠，重庆在县庙街同文局。前已与星潭、芸子信，劝其将报广为流通，以开固陋，俾吾川士商周知中外时务。如能商务兵政皆大有起色，是以外国参用民权之意，将来可以多保时日，不致遽为外洋吞占，亦有心世道者之深意也。现在归公办理之事，毫不认真，此中国君权不行之故，果能如外国参用民政议院便好；但恐官绅商民意见不洽，便当别出事端，为可惜耳。弟可以取一份来看，并可劝亲友等多看之。此馆系梁卓如执笔，其人古文好，又周知外国情形，所登译外国报亦翔实，不比申报馆及京中官书局多有谎报。将来必多通品，必能力崇实学，成就人材，蔚为时用，此于世道大有关系，每月三本，其价目载在报册之后。惟吾弟留心焉。

兄此次游览归来，依然守拙。昨闻同乡一友云：长沙徐寿蘅树铭侍郎兵部兼署刑部右侍。颇闻兄名，示意其人，欲兄一往见之。侍郎早年负盛名，丁未翰林，辛亥科曾为四川考官，吾县廖复三太守，即其门下士也。颇称能文好士，近亦颇有论列，而多不见用；翁叔平、孙莱山等皆其门下士，以其为丙辰殿试读卷大臣故也。侍郎中更挫折，因上书请开博学鸿词科革职，后复起用，其所条论，诸人半谓窒碍难行。然在诸大臣中，尚抱忧时之志者。然而兄不往也。

厚弟脾气未大减，好在京中朋好明白者多，每施匡正之法，略为改损一二。现拟在五城水局即练勇局与之保一县丞，先从监生捐一县丞衔，然后入局当差，便须用一百数十金，将来列保时，又须用百余金。使其借资历练。以其闲不惯，能动不能静，只好如此安顿他。亦是同乡相劝之意。然近又思归之甚，有似刻不容缓者。而诸同乡京官皆言不可令其归再作非为。兄拟明年将其家眷移到京师，望其有子，以上副先人泉下之望。不知此愿能遂否。他如肯相安无事，老实当差则得；如一定要归，亦无如之何矣。

去秋印结颇旺而兄出京，今年兄回京而印结遂平。且闻孟甫言，前接邓官[①]之信，言津贴京官之数，每年只筹得六百金，原议翰林三百，部署百五，系为一千之数。若止六数，则折六以算，部曹仅有九十矣。并不如弟前书所言，何也？闻廖鹿苹欲到京矣，待他来时必得其详。

总之，中国此时是一烂局，将来如有变乱，岂只京官受困耶？将皇舆中三万万数千百万生灵，均有不堪设想者。天乎！人乎！岂可听之而不念乎！豪杰之士何以自立乎？如有暇不妨纵言之。

八月廿日

第五十函

庆堂仁弟大人阁下：

读来书，甚惶恐！去岁兑来之数，厚、兰两弟均未发有回信，固是两人疏懒，亦由兄失教所致；然亦疏阔。自六月归京，以为渠等必早有复音，故作书时亦未提及。继乃清见去岁兄出京时所作致弟之书，属其封发者，亦竟阁至今年并未发走，尤为荒唐无比。总之，是为兄者不能教诲所致，弟处尚当涵量也。

今冬廖鹿苹来，奉诵弟书，识解度量，又加进步，都能鞭辟着里，切己为学，此尤学人所难得者。至所说待兄之意，肫肫厚笃，令人感而欲涕，不知兄亦何以得此也。

兄拟一二年间总当还里一行，修理坟墓，竖刻碑碣，顺便修葺族谱，然后再审时势以决升沉。要之，时事至此，出处皆难。《诗》云："我瞻四方，蹙蹙靡所骋。"即杜公诗所谓"何方为乐土"是也。

---

① 邓官，指邓潜，原名维骐，字华溪，时官富顺知县。

然《诗》又云“风雨如晦，鸡鸣不已”，言君子不以时晦而废所学也。孔孟之于末周，朱陆之于南宋，圣贤固各自成其为圣贤尔。

今年川南地震特久。然川东乃至山崩地陷，石出滩拥，数百年罕见之灾，发于一旦，岂吾蜀果有沦为异域之惧耶？何乃地气不灵至于如此也？

闻赵翼之云：督府有札，不许川东州县借灾抗抵东洋赔款。及其入奏，军机处所拟上谕，又复巧为光润之词，漠然不着痛痒。此等习气，势将与国同休，真所谓天之所废，谁能兴之？只可为苍生痛哭而已！

厚村近来识见殊进，悔悟前非，虽阅历终尚未深，而洗革已觉大不容易，兄已于国史馆与之办一誊录功课，议叙县丞，但部议及行查回头，亦须三年内外。已托陈洛师为其就近觅一馆地，以其尚无子息也。不知成否。如或不成，尚烦弟处为之筹画一啖饭之所，徐而观其动静，当知其不与前同耳。兹特命其带寄海南椰子漱口盂二对，系去年兄在广东时彭星海通判所赠。以为尊堂上两老人之用，平金眼镜盒一个、钱南园屏八张、刘石庵对一付，均乞察入为荷。至厚村有不合之处，更祈规之，定不至如前古怪也。曾之定尚在上面否？祈示知。

第五十一函

庆堂仁弟大人阁下：

十二月十七日，由蔚丰厚号奉到来函，并漂银二百两。内言王岱云划拨之数，除买货十五两外，尚余银六两四钱，留为意外不足之用。此数兄竟忘之，得弟提起乃觉。实由迩来时局愁人，虽然托隐王城中，其实无一日不忧来填膺也。积忧成愤，遂使精神易忽，古人处国家危乱之际，怀悲悯者，或云“忧心如酲”，或云“惟忧用老”，或云“使我心痗”，或云“尚寐无讹”，类皆变易其常度，危蹙其心志，而有岌岌不可终日之概。所惜者，忧危之徒俱在下位，而居高位者咸非其人，斯卒无救于国亡耳。今日事势，以兄观之，比中日未战以前尤为可怕。为人上者，愈纵酣嬉，而权要之途，愈贪愈鄙，天下大势已去，决不能复振矣。言至此，可为失声一哭者也！

现在俄人在东三省修铁路两条，俱由彼国西伯利部抵至我国吉林省城内。彼更须派马队步队来我地保护铁路，此直是在东三省屯兵矣。长白山亦许其开挖了。而我东三省之铁路，我如无力去修，俄人便代为修造，约十年后再赎回，此亦诓骗中国语耳。而辽东、旅顺、大连湾及山东胶州口，皆海军船坞及形胜最要之地，亦概与俄人将来屯兵泊船，他国不得过问，此直是拱手而送他人矣！朝中二三大臣，故为秘密，亦无人肯力争者；惟山东巡抚李简堂有一折来，痛说中俄专约之非，然亦付之不省而已。云南产普茶之地，亦多割与法国，而浙江之定海厅，现亦欲许与德国，以为酬谢俄德法三国调停日本退还辽南之物。呜呼！时事已至此，而三品以上之人更觉坦夷，无所愤惧，不图史册所载亡国奸庸，为平时读书所切齿痛恨者，至今日而亲见之。然末秩微员，即沉忧殒命，九死无补，惟有闭门谢客，与古人晤对可尔。不闻时事亦一快。然日坐愁城中，欲得免于忧虑，难哉！幸去岁出外，游览山水，略消愤懑，不然，其无病狂之惧乎？此所以精神恍惚，遇近事而顾多遗忘者也。

奉到各照相，欣喜无似，如睹贤叔、婶之光仪，亲吾弟之谈笑，并两侄女聪明娟妙，俱极可人，顿令遥企之怀为之暂释。更喜令尊堂两老人，别来十载，尚与前时不甚相远，并无老态，此宜为弟贺者。惟老弟貌较从前兄在川时稍瘦耳，想是病魔之为，尚望万分保卫为盼。

徐公现署本部，私见即为奔竞，此故是京曹官大界限。

兄所作诗文，今年冬令比前数年特冷，待明年春融，再为抄寄呈阅，但恐不入高明具眼耳。

闻舒中甫兄署广文，颇为之慰，此事兄与同学时，即代为盼望，屡欲得而复失，何冷毡一席，亦如此之难耶？

川东为水冲去者，为地陷者，殆不下数千家，夔西二属所在地陷尤多，伤田地，伤人口不少；重属亦地陷。见于川督奏报者尚多未尽，然已各省京官见之胥骇矣。昨见一江苏同年，问及此事，渠言此非仅关系一隅，盖于大局有关，斯乃通知古今之论也。

王晋卿父台，已于肃清回匪案内开复，留甘补用。耿士伟亦投营朦保，现被同乡吴光奎给谏参奏，谓其川省之案尚未结；已谕部议，想彼事不谐矣，亦可为贪酷者之戒。

宋芸子与鹿滋翁[1]意见不惬，不知将来商务果是如何。总之世道衰微，除著书传道外，无一事能办得好者。

以上知关注念，并此琐陈。

十二月廿日

---

① 鹿滋翁，指当时四川总督鹿传霖。

一八九七年

第五十二函

庆堂仁弟大人阁下：

奉来函，敬悉一是；所云余数送厚弟之说，亦何用情之厚乃尔耶？亦可见令尊堂两老人作为，即此小节而亦周到，可感之至！

兄近在看秋审，颇忙，故诗文此次亦不暇抄，待后再略抄数篇，奉寄麈教，厚弟如未出京，便有人抄。然皆无足观也。

闻吾川今春，犹在地震，真可怕！兄昨阅《叙州府新志》，凌逸帆内阁送与兄校勘者，系王星生公祖所修，成书太促，漏误颇多。言明末吾叙地震七次、地鸣一次，遂有流贼之难。今自去年算来，不知震了几十百次，此殆非无因而然，要在有心人早为筹备耳。川东忠、夔、绥数属，现在有人吃人之惨，全家饿死者甚多。成都乡绅有电入京，求京官倡劝捐款，现已议妥，将鹿督府兑来津贴京官费一千，先行兑回作赈，尚有别项款及零凑之款，大约可有五千金之谱，拟续兑回，然为数无几。及议由杨虞裳通参、吴聚垣给事中上折来求赏恩赈，或同乡京官连名上折。从前吴制军时，曾由藩库拨赏恩赈二十万金。吾邑中津贴京官之款，自去岁至今，不见兑来，不知何故，想又有变耶。或截留地丁三二十万，由后各省赈捐填补，得此巨款，庶稍有济，想不致阻阂也。总之，川省人口之多，甲于天下省分，平时都无盖藏储蓄，一旦遇有天灾，流离死亡，灾害立至，此中宜如何补救之法，作官者既概置不管，则惟有世道之忧者自警警人，相与筹为保卫周防之道而已。即以谷米一宗而论，总宜劝富者多积谷，少积银钱，以为凶年发赈平粜及兵年守御之用，即有天灾告警，便当刻刻留神。川南一带，去岁闻有五六成收，果尔则比川东好矣。弟何妨禀明堂上两老人，大发仁心，倡集巨款，为救命之事，闻孟甫云，去年井厂多折阅。然底子厚者仍可量力施与，广造福田，是在善根坚固者之自奋耳。想吾弟亦当有同心也。

现在我国自设邮政局，往来信札总须小写，令函轻易带方妙。盖信封俱是论分两轻重，由信号者，似可不论。

目下《时务报》川省重庆必已有了，可再问之，此必当读之书也。

三月十五日

又批：今见邮政局章程，亦易便，当并无刁难之事。

庆弟如晤：

正在封信间，又奉来函，言及川东饥民有上窜之说，亦属可虑。前日四川同乡京官因接川来信，言饥民多全家饿死者，于是力筹捐集，先将一千分项电交川督，复将前年应分印结及馆捐二项约得千八百金，复商之顺天府拨捐款四千金，复由义赈局绅士两处各拨五六千金，复订簿由各省京官题捐，更发信与川人之服官各省者，劝其各量力捐助。好在前日请款折上，遂奉懿旨，由宫中节损项下拨内帑银十万，复谕部拨款十万。此三月十九日事。二十二日，同乡京官共缮具公折，前往乾清门外，行礼谢恩。想得此巨款，庶几少饿死些。然川省人繁甲乎天下，平时不讲盖藏，一旦遇灾，势必至此。闻川南今岁犹在地震，此真可怕！不知上天欲降何灾于民，计惟有上紧修省，大家警惧，以期善可回天而已。今春雨旸何若？时势如此，总望年谷顺成，庶几内难稍缓耳。

兄久思返里。然功名之念虽淡，而学问之志未忘，徒以京中书籍甲天下，朋友之益，亦较乡中为多，是以濡忍至今耳。且为人臣子，思去其位，总觉有不忍决然之意，并非恋贪禄位也。以为稍缓须臾，或有忽然振作之一日，乘此机会，尚可有为，而平生自许之志，亦借以稍酬一二；以故含忧茹愤，徘徊国门者，正坐此耳。然兄于数年间，无论终身出处，总须请急回蜀，料理先人坟墓，并修纂谱牒诸事，且欲一览西北山河，以拓眼界，此志断不孤负者。

前式之信来，言县公任性嗜利诸状，此殊非地方之福，且闻其惯写别字，不知其心气亦何粗暴至此。昨公请裕藩司，渠颇采访四川州县之贪廉者，同乡亦公举以对，似闻数有此公在内，告裕时兄不在场，后闻之。然亦看裕公举动何如。前者，泸川田秀栗，岂非丁公所欲参劾者乎？后来竟成莫逆之交。然则我等亦惟有各尽其心而已矣。

现在天津铁路已修抵京城，人情甚变，可见小民可与乐成，难与更始也。又及。

第五十三函

庆堂仁弟大人阁下：

亦韩于十月尾至京，接得赐函，敬悉一切。并闻亦韩兄言，弟有得男之信，不胜欣慰。又云尊堂两老人比前更健，自是作善之应，尤为感羡无已。

今年收成，弟云较去岁尤劣，而亦韩云比去岁好，想是各地情形稍有不同耶？

李桐荄[①]托买之物，俟明春订办不迟，过早则恐色陈也。

弟前书言办赈之事，弟家捐出四百金，足见好义可风。惜厂上巨商均多负折，不能踊跃。至预捐一层，据督宪批断无历久存储之巨款云云，将来此款似当设法整顿变通，庶几缓急可以得用，不可受存库之空名，徒饱奸贪干没，斯为有济。然此非一人一家之事，须众共议之乃可也。

酉阳州事，前川东道曾有电报到京，言州牧之子被戕，州官及文武官俱被伤，州官陈德薰，湖北人。其子系举人，以救父死。此皆乱端发现之由。近则我地连封州县，均有捉人勒赎之案，加以天变交加，明年正月元旦又遇日食，而我国家上下安嬉，较前愈甚，奸贪无耻，举国皆迷。今年十月皇太后诞辰，各衙门官员之污浊躁妄者，闻串透太监，怂恿太后，复行举办庆典，以遂其侵吞滥保之计。京中有"彩殿京堂，电灯京官"之语，其实近来之超擢者大都皆此类。呜呼！此何时也，而丧心病狂为此举动耶！

最可怕者，十月初七日，皇太后由颐和园排驾回宫，诣寿皇殿行礼，是日天色黯惨，似有不悦之意。而山东曹州府巨野县，即于是日有盗劫洋人将其杀死之案，乃是德国教士，德国不依，即发兵船数号，占据山东胶州湾，此是中国屯水师之最要处，惜我邦不知重之。已将守将张皋元捉去，朝廷不许张皋元退兵，又不许开炮，只有束手就擒而已。又将高密县知县捉去。前数日，德国使臣尚有六条必允之然后退兵之说，有李秉衡革职，永不叙用，及山东教堂均须处处有御书扁额；及抚恤死者，赔银若干；及以后无论何处，均须保得不出教案；及此次始终诸费，皆须中国认赔；及山东铁路工程须德国包修。今闻已皆允之，而彼仍不

① 李桐荄，富顺县三多砦人（今属自流井），刘庆堂之妹夫。

理，只管添调兵船，意图大举。又闻在福建南台地方闹事，且闻诸国纷纷啧啧，将有瓜分中国之举，而我乃无兵，无将，无器械，无兵船，今年买得三只，又被张荫桓侍郎侵吞六十万入己，大炮亦侵吞钱若干。坐以待毙，岂不可伤！

现在闻颐和园犹每天唱戏，皇上五日则须到园请安，于是即在园驻跸数日，共为欢乐。大臣等皆贿赂请托，日甚一日，绝不肯以国事为念。平时痴想盼望俄人保护，既到前数日，李鸿章相国三次往使馆去求俄使，只见得一次，而俄人不肯为力，德使又恫喝百端。日本使臣因明年中国应赔还一万万，兹闻诸国有分中国之议，亦每日在总理衙门打听；且闻日本国议院，每日会议此事，意恐中国诚有不测，则唇亡齿寒，亦必有岌岌不安之势。事到于今，然后我军机大臣、总理大臣等，始皆面面相觑，束手无策，坐待分裂而已。

前月刑部主事吴某荫生、提督吴长庆之子，号燕甫。递一条呈，乞堂官代奏，不过谏止办庆典之事，而各堂官变色伸舌，以为语有违碍，断不敢代奏。吴君遂具呈，力请开缺还家。兄有愧此人多矣。数日来，工部主事南海康有为亦作有条呈欲递，但不知彼部堂官曾肯与代奏否。其意痛发兼弱攻昧、取乱侮亡八字。吾乡绵竹杨叔峤内阁亦作有奏折，现尚与兄商订，意欲请徐荫轩相国奏上，不知何如。

总之，此时下手工夫，总在皇上一人为要，必须力除谄谀蒙蔽，另行换一班人，从新整顿，始有起色转机。然识者以为此决无可望之理。然则为之奈何耶？惟有发长叹已耳，积肝气已耳，吞泪珠、切齿握爪而已耳，如兄之不肖无似，有何补哉！有何补哉！有何补哉！

承询砦堡避乱之计，则以屯田练勇为策久远之法。即古人寓兵于农之意。然不先储财积粟，则仓猝有变，必有不及之势。以勇护农,以农养勇,莫妙于是。然即以川省而论,白莲教及兰逆之变,均有贼来围攻,或去或来无常,积时至二三年之久,川东、川北曾有数砦如此,闻之其地人云。使之不得耕作,或不得下砦一步,卒至粮尽援绝,为其所破,屠杀甚惨者。此中固无一定成法,要在主持之者临机应变而已。

大抵变时有两道:如将来外国人入内地,则以大局为定夺;如天下大势更革已定,阖省州县俱下,则万无有一砦之人能抗回大局之理。除二三义烈之士不以众人论者。必有以处此外,其余皆可相安,切不可共乱人举动,自取屠灭生灵之惨。盖彼如以顺道来,不奸淫,不掳掠,便亦是王者之师。若犹是夷狄之性,则我中国人必当守死无二,斯为正理。若土匪流贼,则万无容之之法,必须以义声号召四方,或连络邻封郡邑,数十里,数百里,或千余里,合为一气,多兴砦堡,多练团勇,或请派团练大臣驾驭指挥之。如我蜀遭献贼时惨戮之极,后来宜宾樊一蘅总督,约同重庆马乾、嘉定杨展等同时练兵,屯田御贼,而一蘅居纳溪督率之,自夔府以上至于洪雅,皆成一气;献贼败衄不支,乃大惧奔川北,至顺庆,遂为大清兵禽而戮之。然则城砦亦未嫌其多,但要须得人而理耳。

至坚壁清野之法,嘉庆时,合州刺史龚海峰名景瀚,福建人,古文经济家。有议一篇,甚详切精实。载《皇朝经世文编》兵政门中,可以取而熟玩之,神明变化,存乎其人,不可执一而论也。

更承问罗声衢一派议论,就兄所见及,参之同人中知今时战事者之议,略为批注其旁,仍将另纸寄回,弟阅之何如?如有疑难之议,亦乞复辨分明为望。

昨见仁寿京官公车等,咸言高顶砦之佳,高顶居中,旁尚有二砦向家岩等。然兄以为砦太宽太大,非多有人居不可。且闻砦主孙晋扬已死之子，前数年有欲移回资阳之意，欲要将砦顶出，始要顶价六千吊。如现在尚可以顶，不妨约同罗家及颜、李诸人①，闻此砦初修时亦是颜、李诸人所出资，后因怕孙晋扬，遂为孙氏独占。将砦顶出，且可将三砦之下田地买些，以为后来屯耕之地。盖凡避大难，须先事预防乃可，如我富邑五十余场，滇匪之变，只有童家寺一场，贼未到一步，良由萧三公于咸丰初年即将砦子修理完好，后闻有警，即将佃户等勒为战士，朝夕训练之，遂能与贼战而贼畏之。不可临时始办，仓猝贻误。然亦须密禀地方官存案，始行修理举动为妙。将来有事，则荣县、威远、富顺、资州、井研各处劲兵、砦团，均当通为一体，合志齐心。除留派可靠之勇严守砦堡外，均须各出堵截贼匪，虽不可过远穷追，亦不可坐守城中不出砦门一步，如不能战者则以不出为是。古人所谓必能战而后能守是也。总之，事变之来，智者应之，愚者懵焉。要当诚慎惧谋，尽其在我者斯可矣。

昨王晋卿父台由甘奏保开复，留甘补用。由甘肃来京引见，蒙先来访，谈议甚洽，更承见招饮食。及欲酬之，而已行矣。同乡京官只拜杨叔峤及兄二人，不知何故。晋翁有文武材，兄意欲俟李鉴帅来京时，约同数人公请李奏调晋翁仍回川补用；诚以多事时必须多有廉干地方官，且又有知兵能战者，地方始不糜烂。有明之祸，可为殷鉴。而惜乎李公之恐不能得到吾蜀也，奈何！奈何！

兄近于古文颇有进境，今秋八月湖督张公六秩寿辰，同乡京官因张公于川东赈捐甚得其力，故尔公同作寿屏一架，请杨叔峤舍人撰文，须骈文。而公门下士之官京外者，另为寿屏，请兄撰文。系散文。张公于其他概不肯收，惟于川人士及其门人所送者皆收。川人

---

① 富顺县之三多砦，在县西北，距自流井五十里。咸丰末由李振亨、颜昌英、王克家倡建。刘安怀堂迁入，已是同光之际。后四十年中，砦户仍以李姓为盛，颜、王次之。

之作湖北官者则多不收。叔峤赴鄂祝寿归，言香翁颇欣赏兄所作序文。此文大意，欲其入京来作军机大臣，讦谟远猷，匡诲吾君，用以延我圣清之休命，且能使吾周孔之教流出海外，覃及敷天，尤为不朽盛事云云。且又以卫武公能文章，听规戒为况。盖闻其颇有自是之心，故藉此以规也。

兄明年似可以补缺矣。然时事艰棘，一丝无裨，只有愧恨。惟近日看书愈觉能窥测古人真处，此则私心自幸者尔。

南弟今科荐而不中，其心愈纷，不可究极，兄无法以挽之，百分惭责自咎而已。余容后及，手此，即询

近佳　并候

尊堂两老人万福，弟媳等及诸妹、侄女们均好。

光第顿首　十一月初四日

再，前信月初已作好，所以迟迟不发者，以待探听德国消息之故。今闻其使臣要挟无理，种种刁难，总之是欺我中国当事人不得力，且闻其一亲王统兵船，已于冬月十七日在彼邦动身，大约正月初可到中国，或和或战，再为定夺。而我国之王大臣等乃决意不敢与战，总之向其哀求而已。现李秉帅已革职开缺，报上止开缺。总理衙门之大臣，德国指名要翁同龢、张荫桓二人，径乎连李鸿章亦不要。盖此次李相尚有一二据理力争之语，翁、张则甘为人奴而已，恭王、庆王则更无主意矣。

现在俄人已开兵船九大只据吾旅顺口，声言替吾保护，英兵船则在定海，均待德兵到再举动，众谓瓜分之局成矣。又有兵船在大连湾一带，亦是各防各人之意。看此机局，不数年间，东海而上必有战事，但不知何国与何国构兵耳。我并无水师，不敢言战。

至我中朝举动，则更骇人听闻：皇太后、皇上尚在闲日听戏为

乐,每日召见军机时,比平时尤速完事。不过一刻工夫。似此动作,不能不生外人之心。闻恭王则隔数日必交二百万金与其门上家人,嘱其置地。噫!果如是,亦何愚耶?

现董福祥提督,在京坐索陕西新疆巡抚之缺,前王晋翁来言之,人尚不信,今始验矣。此人骄将而兼反侧者,从前中外尚仰望之,今则败露矣。然当道者受其贿太多,绝不肯薄待他。呜呼!无相无将,并无人心,此祸不知何日发作?此事不知何日收拾?徒令袖手无权者,吞声忍泪,闭气坠心已耳!

今年日本荒歉,以致京师米麦大涨。几与甲午中日开仗时同价。幸兄宅中大小人口均能打粗,或时买包谷小米面京师谓之杂黄面。及番薯贴米而食。孩子们颇长得好。儿等皆北边生长的,故食面等最相宜。知关注念,附此布知。

再,此次德事,王大臣等恐大小臣得知,特严饬小军机等,如有漏泄,惟其是问,故他大臣及言官们,虽欲有所论列而不知其详,此正与外国大事众议相反,亦与我古人询谋佥同之意不合。总之,天生此等亡国之人,真诗人所谓“自有肺肠”者也。

十一月初四日附

一八九八年

第五十四函

庆堂仁弟大人阁下：

十二月间，即已奉到来信并银二数，已给收条。且欣喜吾弟果然得子，不觉为之大喜极慰，欢天道之果有知，而尊、堂两老人及弟修累培植之功，真能感召也。惟令宠因产获疾而殒，殊为可悯可怜！想弟家素行厚道，必能于其后事从丰可知矣。尊、堂两老人虽多一番劳心，然究有抱孙之乐，尚当曲慰其怀为是。

京师大局，现在亦颇有整顿之意，但终觉漫缓耳。近因开经济特科，各省京官亦多立有学会，吾川之官京曹者，亦将观善堂改为蜀中先贤寺，设立蜀学会，添购书籍仪器，聘请中西教习，讲求时务之学。至于语言文字，京官子弟亦可每日就学一二时。而京官中高材向学者，亦即于其中定期会讲。如此风气渐开，将来必有人材挺出为国家之用。现已有款数千金，均由外官及京官捐助者，将来尚须扩充也。

今正初间，兄因伤风寒，咳嗽殊甚，后因肺经伏火，吐痰带血，延医疗治，半月余始瘳，至今尚有余咳。而外间索文债者不休，又兼衙门公事颇繁，且又自家看书用功，更要课两儿诵读，遂觉早暮都无宁息。然惟有存心养气，持静以驭动而已。

京中银价跌减，而百物腾踊。去年除印结外，已将弟所兑之数几几用去一半，如无弟处之数，则去岁定难扯得过去。良由去岁应酬过多，帮项频烦，壬午、癸未两科同年京官，去年卒者数人，皆亲老子幼，无力归家，全靠同年及其同乡为醵数百金始得出京。今年便须分外撙节，乃足支持。如今下半年能补缺，则能多得俸银六十金，半俸只六十金。加以县中公款百廿余金，或可勉强撑拄下去矣。

铸之兄捐封已为查询，云须银二百六十二两，然此是捐号，如能向外间办捐局员托其帮办，或可轻减得些。现有同乡李铁船在天津办湖北赈捐，似俟其入京，托伊办理，毕竟多寡何如，再为函达也。

亦韩兄□当即交去。据渠言，弟处一切比从前愈觉宽厚，闻之不胜敬服。弟家进德，难量涯涘，从此愈推愈广，将来利济之事，岂有穷期耶？

屡承索拙诗，拟略为别择，缮一净本，交便寄回，分存弟处，须下半年再办也。

《时务报》早到重庆，不知尊处在阅看否？现在《渝报》办开，谅已得睹，然不如《时务报》详备。看报大长学识，切不可省报费而不看也。

丹侄想更长得好矣？兄处当略为致物相贺，以表欢喜之忱，待秋闲有人回川，再为奉寄。

小女生日是甲午年六月廿四日辰巳时。时候未考过，大约是此二时，盖吃晏早饭时也。余容下次再叙。手此，即询

近佳。并候

贤叔婶双福，台前金安，弟媳及令妹等均问好。

光第顿首　正月二十四日

再：黄慎之[①]奏开办昭信股票百万张，每股一百两，无论京外大

① 黄慎之，黄思永字慎之，安徽徽州人。

小官员及商民，均须借与户部，五厘生息，廿年还完。现在恭王已先出二万金，议者谓其太少。将来各直省都要办的，此即外洋所谓国债是也。兹将近日京报略为捡出一二纸寄回，弟阅之，阅后即焚之。亦可知今之朝政如何耳。今之庶政亦甚思变通，其奈人心贪利忘耻，日甚一日，无可挽回，未知何时必有祸变之应？必待势穷运极，斯乃可望天心悔祸，而人心始有问善之时，是以古今一治一乱之机，人无可如何者也。又及。

附钞寄刘式之宗兄书寄稿

式之宗仁兄大人阁下：

别来数载，渴念殊深。比闻戊子秋捷，方冀北来晤接，谈议重聆，乃竟大故猝乘，不胜代为惊怛。光第一缺礼仪，抱歉殊甚，何以为怀？兹闻长教敝乡书院，以兄之才，必有诲之殷而化之速者，俾乡之子弟得承教泽，多所成就，慰忭奚如，可以遥为贺也！

来教谆谆诫第不可有自是之心，又言己所议亦或狃于偏，又云吾之举或未当于义，此皆吾人切身之痛，所当力为克治，去之必严，而改之必尽者也。敢不时时省察，以副殷望耶？肃此敬复，即请礼安，伏维珍卫不尽。

此复式之信稿，特录来吾弟一观，必更有以教我矣。

附抄上县尊陈洛君书寄稿

夫子大人函丈：

岁序如流，又更星柄，远念神明，不胜驰溯。祗谂道孚惠洽，与物为春，政肃刑平，因时咸化，为庆为慰！光第碌碌如旧，近年差使颇勤，练习例案，研究律令，乃知欧阳公在夷陵每日阅从前文案，此中煞有意味，不诬也。暇则与二三同志讲习公事，切劘学业，以此无可隐藏，遂为一二知己推重，秋冬以来，于《毛诗》《史记》各研治一过，亦略有见地发明处。而空斋岑寂，尤喜把玩陶诗，悠然意远。外间不谅，至以干济相期，更有牵勉于势利者，岂知鄙人心性，固寄怀山林陇亩间耶？此稍可告于大君子之前者耳。惟此时势艰难，日复一日，不堪设想。除归田上策之外，只有自尽其心，各竭其力之一法而已。且今年中外大臣摧折不少。论者谓皆正派一路。第游西山碧云寺塔诗有句云："海气吹寥阔，人才数剩零。"时正彭、谥刚直。曾谥忠襄。下世之后，登高望远，感慨实多。谬赏者谓此十字，殊具有别心眼。敬为先生质之，何如？尤望高明赐政也。

十月间又举一子。寓中诸尚平安，可以上慰廑注。惟久不面承教诲，胸中礌砢轮囷之气未经训折，充积遂多，不禁吐露快竭，惟先生谅之而更教之，幸何如也！肃此，敬请

钧安，即叩春祺，统希荃照不尽。

师母大人福安，世兄均候。

受业刘光第顿首

道义森然，琐事亦见性情之挚，是关学养，无袭取也。今近二十年矣，先生九天之灵，更不知痛心何极。於乎！

赵熙恭绎

新编戊戌六君子集

刘光第集

下册

张玉亮 整理

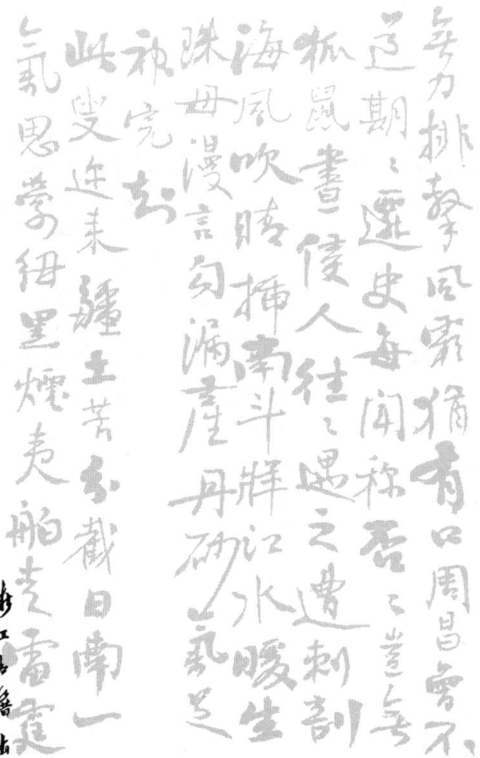

浙江古籍出版社

衷圣斋诗集

五言古诗

夜　坐

暝色忽然堕，飞月投我前[1]。是孰使之来，试究昔人篇。南风吹草虫，已得霜气先。谁言夏夜云，淡若秋空烟。何必鹰隼击，徂落自此传。治我菊与梅，且及明晨天。寒花有佳朝，未觉春日妍。候稽意已引，节往兴能还。坐览元化流，运之方寸间[2]。

〔1〕评曰："起二句似太白。""奇情。句句转换，亦五言句中跌宕者也。"

〔2〕末四句评曰："颇似《选》诗。"诗末评曰："此诗忧时先幾之作。"

感物四首

其　一

白小聚盘沼，志若忘江湖。虽在嵌石间，浮浮三岛俱。水哉气为母，投母泣则枯。海风扇鲸鲵，横天飞兽躯。人生固不化，形近心万殊。

其　二

蛾子营腥膻，快据万古穴。幺麿谁责咎，处身自不洁。苦斗供一饱，群命竭膏血。岂无知雨智，欲深祸乃烈。鲮鲤今在渊，鹳鸟方鸣垤。

其　三

南窗数飞虫，鹁鸽消其目。一胡左盘龙，万古谁云促。变化因得制，在物各有独。至人藉驱除，雄丑亦吞逐。道与气为推，天从强弱肉。

其　四

竹蠹鸣鼓簧，君子防所倾。钻刺有群小，陨兹高节名。鲜跗荐细萼，乃得希残生。齿鼍舌不蛀，刚柔异其情。心知屈节难，不改铁石成。

春　感

方寸发竽籁，而写山水音。文波跃金鲫，鲜树鼓鸣禽。齐物非漆园，怀人感苔岑。东风摇游丝，荡漾余澹襟。同乐能几时，昔为缨与簪。高天悬亲爱，一掷若雨沉。聚散春空云，悠然千载心。何用谢知己，持此伯牙琴。

梨花盛开忽有寄兴

宅东有梨树,开花如白云。微物虽无知,造化有至文。百昌扇风会,万化滋细缊。谁当执神权,大哉四时分。精气中不挺,荣实将立焚。灼灼千古心,自天扬嘉薰。彩绣无活色,土苴发奇芬。名葩顾我笑,俗爱徒纷纷。

晚晴别墅诗(六首)

观我石塘

今者吾丧我,穷追满埏垓。乘天御风遨,道真渺迷回。名心与理障,尽可倾灵台。如彼流有枝,奈先绝根荄。源头一活泼,水净心为开。精灵踏空无,照影面目来。所欣体初完,嘻叩汝谁哉。灰灰万古民,于我深所哀。

迎江草亭

江流长日月,顾我真顽惰。不知大化中,何为忽著我。宣尼叹逝川,斯意余岂左。寸心与之流,撰庐此清坐。远峰罗几案,圆檐抱花果。澄怀观万动,愚智嗟已夥。智者巨鱼奔,愚者老鳖跛。何用返自然,新波送春舵。

陶家榭

酒国满人世，不能陶一卮。渊明信修洁，可惜非吾师。理荒树秋菊，庶用攀附之。心知诮系援，萧澹有韦脂。花花高隐字，叶叶孤濯姿。借问繁华子，焉思贫贱时。在淡谅不高，处浓已莫追。天地况沉冥，奚不丹其颐。餐菊将饮酒，胡事商山芝。

木堇簃

古今积朝夕，有生谁左之。粲粲素舜华，荣悴当劳疲。持此讯佳人，闻乃正含凄。练脂比颜貌，琢玉为肤肌。所伤枯槁速，潸然独言悲。佳人且勿悲，元化诚转移。缟綦亮自乐，华英匪我思。万秋为须臾，何论相萎滋。嚼以清翳目，且复遵藩篱。

游窟

君子深好游，海岳争对谒。如何阃奥间，变将山水窟。文沼扇清波，墨林芳未歇。营目非举足，咫尺满穷发。抱近诚知远，江山迹枉越。动静生游移，光景来倏忽。高卧观八遐，洞张见心骨。方丈岂非促，好风荡夷兀。因之悟鸢鱼，理陷能勃窣。

习巢

天地以为巢，怪哉寄何枝。万类有栖息，两大无缺亏。大运肯滞淫，群动将住持。吾庐亦有意，消息得所宜。相彼拚飞鸟，谁当潜鼓之。大者击南溟，小者抢藩篱。各自有一世，不齐吁可悲。轩鸾随列仙，苞凤应昌期。识时与出俗，千代不知疲。

偕仲弟光筑过江登北原步江濒观巨石上宋时题字俗名母猪石

奇思发千载，方冬郁无章。伉志偕骨肉，观山乱野航。陟彼北原上，墟垄寒花香。白日澹光晶，古怀森慨慷。因感泉下人，是非淡有忘。万化付一瞬，我何潸尔伤。临压仰石魁，精神复飞扬。绍兴之遗题，形迹非苍黄。何来避难子，令今我酸怆。危心激苦言，浩然劫灰茫。我欲勒新诗，东逝江水长。一笑知归鸟，已与孤云翔。

忠　州

水驿得日记，昨涪今日忠。嘉名芬千载，浩浩理则同。无实浪得名，传籍可尽庸。此贤皆落落，今我何匆匆。功名各有自，身后天难穷。江山本无情，止著来去踪〔1〕。空霄遗点尘，劫灰积已重。一为辨白黑，星霜敢销融。蝉蜕仙之人，要在氛尘中〔2〕。名教群所赴，一往百川东。

〔1〕评曰："胸恣高旷，目空古今，东坡见之，亦应抚掌。如此吊忠宣，不落寻常感慨窠臼。"

〔2〕评曰："即魏武'神蛇腾雾，终为死灰'意。"

巫峡石

回楫转峡江，命轻兴能富。涛波压秋帆，云雨割荒岫。韵分九峰高，骨挟万古瘦。尺腹藏风雷，百怪入空漏。元精吐殊形，远势含众皱。文章善争奇，方寸鬼神斗。厥中有平淡，无复关雕镂。美人秋江上，倚天扬翠袖。心坚气自泽，春力不可透。笑我穷且痴，寒饿对天秀。

泛海舟中怀寄张大成孝廉清溪

烟台高秋色，木叶落海青。九月余首涂，念子已在庭。回风吹紫澜，怀人在沧溟。系心空天上，亦在西南星。知子思我时，相岭对渺冥。去岁泊渝万，共命扬轻舲。清啸破月色，高谈见天经。夔州花船歌，灯前巨鱼听。美人杂豪客，写影江清泠。此景在目前，老趣仍茗亭。安得共番舶，险语惊百灵。借子倚天剑，一击蛟龙腥。

述张静山

运促气自长，斯人尚存生。茫茫区宇间，善气浩中横。富贵驭才智，所宝非荣名。张侯逍遥人，乃道德是争。雄谐寓敦谊，滂心吐宽情。末流竞利罗，害则鸟兽倾。秉义叶厥中，趋避反俗营。小人道甘秽，君子扬其清。灵台禀大曜，幽滞膝理平。病世此轩歧，但多医则轻。天闭积阴多，阳善未绝行。譬如野夜昏，而有日光莹。徂谢遘穷节，忧方濯濯婴。善后决萌达，帝命为常令。事往尚纷訾，作诗见清真。张也信堂堂，高云薄虚明。

泸州忠山访来青园过江山行泛龙马潭游古冲虚宫四首时余寓友人车君韵笙处，来青园主人过伯安也

其　一

一鸟坐树言，已过春之半[1]。游兴浓于云，好风吹不断。言访来青园，幽轩胜台观。开门看大江，白日中流乱。荒冢散牛羊，好山盈几案[2]。人立绿阴寒，莺啼落红散。中有一花丞，邱壑胸次烂。为我作墨莲，放笔得遒悍。不虞锦绣谷，复睹陂塘畔。春暄与夏凉，虚实各成玩。篮笋下忠山，幽意非汗漫。

〔1〕评曰："起佳。"

〔2〕评曰："气魄大。"

其　二

春思如藕丝，将断忽复连。看花兴已引，寻幽赏方延。夕照沙上敛，江楼天际悬。云阴压暝树，人语乱春船[1]。中流骇轩簸，风起浪拍肩。下有猪婆龙，彼岂择愚贤。去年陟方山，暴雨倾崖颠。笠屐走木末，几堕如飞鸢。乃知天老意，习厄游人缘。无险气弗

奇,得试而倍坚。气奇心自正,道岂殊天渊。

〔1〕评曰:“澹雅葱蒨,神味绝似少陵。”

其　三

登山行数里,天影乍如墨。舆夫绝飞尘,力疾赴暝色。颇喜仆役怀,亦入良辰逼。望见冲虚宫,尘虑倏而息。蓬莱在东海,何以翦羽翼。野航坐诗人,山容笑相识。竹风意欣欣,松径阴密密。钟鸣潭愈空,客歌花自默[1]。手眼同读碑,好句催云黑。前楹刻有卓海帆五言诗一石。奚奴发狂欢,披榛忘午食。始知心迹间,雅俗均有得[2]。

〔1〕评曰:“十字何浑成乃尔,百读不厌。”

〔2〕评曰:“借奚奴作坡,似坡公意境。”

其　四

长螺泛清涎,曲蚌浮半壳[1]。片秀吐波心,白云随涨落[2]。群山若渴龙,一一俯头角[3]。想见真仙人,神渊施控捉。烟波有灵气,风籁余仙乐。古亭一振啸,苍翠落松桷。忆昔下夔门,滟预玩青驳。两孤锁彭鄱,三山镇海岳。不图流归停,共得鉴止学。天巧秘奇尤,地幽谢追琢。溪风吹我还,无乃忌吟卓。

〔1〕夹评曰:“句亦确肖。”

〔2〕评曰:“白云二句佳极,似坡。”

〔3〕夹评曰:“确肖。”

虎 溪 桥

虎背有慈航，何人坐之渡。缚虎等缚心[1]，冷月支茆住。神迹荒已古，惟余白足路。溪迂石理回，林缺虹身度。人语松上云，鸟鸣花间露[2]。涧草碧如烟，僧楼红在树。寺隐襟渐灵，山空梦初悟。一笑过人忙，怀古自来去。

〔1〕夹评曰："至言。"

〔2〕评曰："句似太白。"

观蒋超书伏虎寺颜

檕檕玉殿材，名山宝真字。翛然笔墨外，四溢山泽气。日月送萧闲，烟雨流苍翠[1]。高空舞龙鸾，深山走魑魅。余怀殊阔略，艺事非冲邃。学书情所远，但识古人意。豹隐惜文皮，斑斑雾中避。鸿飞留爪痕，冥冥天外寄。

〔1〕评曰："形容蒋书，颇觉高妙。"

华阳山人墓

松风鸣回溪，飒飒作飞雨。空山访文献，荒坟翳榛莽。道人东南秀，尘世声色苦。大海笑翻身，寥天从振羽。半生空道俗，一梦连今古[1]。委蜕百余年，山水见眉宇。待题有道碑，且读名山谱。埋名重绝笔，高句压天柱。不得归空无，人间有抔土。

〔1〕评曰："奇语。"

大峨寺

篔筜响沉浮，戛戛节风竹。七十二名庵，兹寺名所独。白云堕修除，丹霞吸空屋。夭杪升鸐鸫，败叶矫麞鹿。机息玩乔林，梵清转回谷[1]。三彭伏神泉，五浊清僧粥。搜奇迈香侣，采芳撷游服。大石善听经，贝多谁与读。

〔1〕评曰："似鲍谢。"

清音阁

妙音宣净心，闻根无外凿。生灭一随声[1]，两受声尘缚。陡涧注危潭，悬波鸣杰阁。回林与沓嶂，宛转分碧落[2]。尝闻战雷霆，大声坠猿鹤。风涛落方寸，梦寐随烟屩[3]。到来符文隐，双桥缓扃钥。禅悦生细涓，听因解严壑。澹如有生初，见此真静乐。虚深得琴理，喷薄腾诗谑[4]。空山想风雨，何止玩花药。

〔1〕夹评曰："有至理。"

〔2〕评曰："回林十字插放得好。"

〔3〕评曰："四句广拓，有气力。"

〔4〕评曰："对句中作转，法从谢客来。"

双飞桥

晴风吹飞雨，洒白东南天。阴壑冰陷日，阳坡雪流泉。名山骨干胜，诸水系络连。一雨腾百脉，双桥束微咽。缺月共青嶂，挂虹摇紫烟。雷霆斗地裂，草木飞空悬。峡龙玉墨气，穴鸟翡翠鲜。渴虎惊沫乳，飞狖坠潭渊。此来温燠交，岩光媚清涟。不见白云湿，但睹苍石坚。云石两无心，分与静者便。芙蕖未应把，竹杖立悠然。谁踏高生鲊，且拜望帝鹃。

独临宝见溪危石上小坐

济游无胜具，览逸申遐想[1]。幽偶亦翔盘，奇寄自宣荡。断术草丰茸，悬渊壁光晃。木形回精凝，箕坐苏骭犟。是时春涧碧，小风扇蒲蒋。我心欢素闲，山灵助孤赏[2]。鸟负溪日飞，鱼吞浸霞响。岩语落猱玃，潭气发蛟象。藏天水心宽，胎云石神长。真境隐喧涂，即之鲜畴党。脱履便乘危，一坠援仙掌[3]。

〔1〕评曰："起作两层开合。"

〔2〕评曰："上下急湍中有回渊，前后峭险中有平衍，便觉殊异改观。"

〔3〕评曰："结有奇想。"

登化游坡小憩会佛寺斯地为全峨至险处自诸香客外文人游山者多惮不敢到原名猴子坡余弗雅也举列子化人意而易之

化人谒周穆，腾祛止天中。神运失形魄，王精转泰鸿。我无腾化术，登顿与俗同。鸟道接青汉，猿路拏紫空。竹涂鲇为客，发径虮则躬[1]。悬踵界人鬼，飘心入云风。日晶闪澹澹，山气开濛濛。奇怀出天地，造化与我逢[2]。墨客昔寡宣，绝境多畏踪。化城于险道，疲众嗟来充。各生安稳想，妄想已度终。半途势岂废，荒蹊运将隆。嘉名馈典古，出汝在阍穷。愿言告来者，匪直兴清雄[3]。

〔1〕杜评曰："刻意生造。"

〔2〕评曰："形容奇险，前人未发。"

〔3〕评曰："后半亦是每句作转势。"

大　坪

五岳如冕旒，厥颠恒不颇。兹峰亦有然，表奇壮三峨。凭崖一以眺，碧嶂连城罗。高抚玉女岫，下压金刚坡。舞火蹋阴焰，髡条陟阳柯。体直而性峻，攀阻叹何多。道旁有遗衣，疑是虎迹过。风林响暗叶，切切如牙磨。脱险力已疲，胜赏气翻和。山骨苍雪炼，松顶翠雨摩。初月挂西岭，天山斗扬蛾。何必弹鸣琴，池上睹仙娥。山阿或有人，安处寻薜萝。惟当招云下，听余一高歌[1]。

〔1〕评曰："转捩有力，所谓跌宕昭宣。"又曰："初月山阿数句奇警。"又曰："回环宛转，妙是跗萼相莲。"

仙姑弹琴池

玉姜迷寿年，阳娃感精变。寥天上清月，不鼓琴理善。坦坦古池平，凄凄漏泉咽。借问谁动操，众山响葱蒨。岂拨琉璃弦，圣凡为舞遍。岂奏隐形钟，声闻不可见。黑蛇出阴火，黄獐窜僧院。荒涂遘新骇，元响遗旧恋。籁息心境空，聊理行縢倦。

象 鼻 崖

乐境苦不长，回迹复入险[1]。峨峨寺门迥，翳翳杉栎掩。斗削千丈梯，磨刮五光簟。旁纡入空霄，下窥坠虞崦。委顿忧裂磔，疲息思凿广[2]。周防恐晴莎，重厄况雨藓。悬视眼昏瞀，滑甘足瘦茧。豪强首慹服，交互牵带辫。兴新道非遥，境极情顿浅。吁嘻昌黎翁，诀书掷崖巘。

〔1〕夹评曰："题直接前首，诗亦直接前首。"

〔2〕杜评曰："情景逼真。"

洪 椿 坪

犯晓携竹杖,蒙密行且挥。客冲冷磬步,雉带泫露飞。俯石交流乱,回溪抱烟微。岩草恋宿雾,林花媚晨晖。山深气已清,朝爽更我归。广刹亮修洁,净域聊因依。宝峰出西檐,秀气生南扉。空翠自成响,如语静者机。元览随化迁,神听异音希。反涂见松栎,大椿应百围。

九 老 洞

白云肃轩驾,天皇咨至道。丹台俯阴冈,地牖日月老。山风吹森沉,栈溜踏飞绕。石气浸肝鬲,火光澹参昴。韬精学虫蛰,掠面憎蝠搅。嫛婗气反扬,瞑眩情方矫。颇闻宅虎蛇,所惊栖猓獠。夔灵巢洪荒,雷孕蟠暗晓。鬼神昔相交,耳目今无扰[1]。谁言波涛深,但觉天地小[2]。奥心悔全画,游腹期半饱。如学无涯垠,岂不极幽渺。凛乎返冥迷,坐嗟天钧巧。相传地底有阴河,从前深入者,行十余里,闻水声汹涌而返。

〔1〕夹评曰:"对句中脱卸法,亦本谢客。"

〔2〕评曰:"小韵十字,恰是九老洞,不能移别处也。"

钻天坡

钻天引鹌鸽，飞飞入青霄。人影共明灭，山云亦飘飖。呼吸通帝座，升攀俯仙桥。佳气东南来，郁郁千里遥。挥策拨氛霭，耸心寄霞标。小咳惊猛隼，侧身搏飞猱。造巅此半途，乘空乃一朝[1]。方兴崇高叹，讵免多上嘲。独往意复申，绝俗讥或招。矧敢扬高吟，神仙笑且调[2]。

〔1〕评曰："朝韵开合动荡，情韵悠然。"

〔2〕评曰："方兴四句作四层腾掷，搒到结处一跌，笔势飞舞悠扬。"

接引殿

名山劈枝道，如气与食喉。净因浊谛閒，难听转磨牛。神师立冰雪，遑恤胫没周。垂放兜罗绵，掌语谁听留。晨登逼森冻，所托邈寡俦。白云生衣底，苍穹跨杖头。淫淫雾雨交，下有日气浮。冰蚕抱倒景，雪虹飞岩陬。寒晕一何阔，玉海皓以幽。吹冰风无春，化石木万秋。怪览信兀兀，净理良悠悠。欲问西来意，雪水为逆流[1]。

〔1〕评曰："此首道丽处颇近明远。"

雷洞坪

云中入雷地，出地似云鸣。云雷一以合，天笑与相声[1]。绝壁音空圆，乱山响纵横。裂岩散冰雹，悬空划阴晴。回风荡成焰，白日照自明。下撼客屐动，上扫僧殿清。岂惟震群丑，直欲苏众生。警世教为宣，动物性斯成。宏声满天地，石室奚所营。

〔1〕杜评曰:“非亲历不知其妙。”

述怀咏物诗四首并序

先太恭人治家不喜近利，为善、读书、种花而外，喜畜养也。豚鱼不计，花白犬、长鸣鸡、南诏鹦鹉、黄花狸奴，皆善解人意。今恭人见背周二稔，犬、鹦鹉随之死，将老鸡不食，治而祭墓焉。惟狸奴在矣，饬家人善畜之，亦且充“至于犬马”之意云耳。

其一

用情期独至，所施固无方。人物更共之，理感非气常[1]。龙也尔何知，来护君子堂。功过谅非等，萱闱勤主张。家国有苦心，肯以功名望。自嗟骨非仙，回云滞孤光。主人骖鸾驭，未要殉三良。忠臣痛随主，尔犬岂亦将。愧我不能然，敝盖埋山冈。

〔1〕杜评曰:“古拙肖杜。”

其　二

羲轮激巽方，司晨感光皓。德备空尔高，知时信可宝。容华羞鵕鸃，翘尾自然好。岂不争彼虫，得失消微抱。神龙义不食，成功各图早。费家有劫尘，贪夫怀菽稻。寂寂旌阳宅，上证三神岛。

其　三

聪明祸之根，微生抱本性。于天独有得，耻复争言命。文衣作人语，无乃非物正。气灵质始亏，性巧天为病。怜深反生妒，岂若无奇行[1]。忏悔清六尘，将恐人事竞。劳君殉我慈，莲花发清净[2]。

〔1〕杜夹评曰："此种粗解读书人亦能办，至下章讥字韵，虽握笔人亦不自知，此少陵所以叹诗成觉有神也。"

〔2〕杜评曰："中间必夹此一首方不伧气。"

其　四

昔年侍我父，岁月沉灵龟。未睹谈福报，不忍人食之[1]。吾弟锦水游，蛙鳖生江湄[2]。承家贵体德，亦知人笑讥[3]。矧此灶养畜[4]，吾母之手治。念微托物重，区区天所私。咿唔冻夜号，闻之泪绠縻。上有西沉晖，下有深涸池[5]。狸乃有终极，永怀无卒时[6]。

〔1〕杜评曰："起又变，避板之法。"

〔2〕夹评曰："叙事妙在简洁，此境不易到。"

〔3〕夹评曰："大家举止。"

〔4〕夹评曰："归到主位。"

〔5〕夹评曰:“神气回合。”

〔6〕杜评曰:“情文并茂,古人集中亦不多见。”又杜评曰:“狸字只一点,有此一首,前三首实处皆灵,法极无法,神妙不可思议。”

戊子三月赴京始发宿泸州偕内子登忠山作

朝发家门前,晚泊泸城滨。方舟却思劳,聊乐携綦巾。慷慨万里役,挈家以东征。入世自兹日,均此灌园身。江雒方合气,中干尽青岷。攀憩善窈窕,岂必朋知亲。再拜武乡庙,多谢侯夫人。何用佐澹静,貌寝心则仁。回望我故山,正及桑田春。

送张安圃师由给事中出任桂平梧道

安南今已矣,粤西无苦师。多事见边才,亦贵枢要治。东风吹柳条,袅娜千万枝。玉河始泮涣,曲折流水澌。送公揖公车,安得左右之。孙公国元气,外出岂所希。举朝皆妇人,老海发狂嗤。当今圣明世,何处觅此辞。丹凤鸣朝阳,光采流赫爔。回首望乌府,古柏生寒凄。丈夫立勋伐,端在艰棘时。古人苦开边,守疆今不支。要当致太平,无用以为奇。区中武不满,实又非所宜。第也性迂狂,隐忧兴嗟咨。公将秉大政,安用多言为。亭亭独秀峰,高照天南陲。

送曾笃斋兵部培改官山东

山东今多盗，贵用武济之。久伤老妪仁，武亦不可为。岛夷方跳梁，兵力颇不支。所急内地清，可纵椎埋儿。不观胜国末，全力关东陲。终然覆神京，乃是贼米脂。曾侯古今怀，俊爽浮须眉。兵曹烂文书，一笑不肯持。往往杂谐谑，以入忧时辞。行当求补外，去恤吾民私。规然书生耳，搏击岂素知。要专用姑息，不足靖师师。侧闻李巡抚，廉悍能扶欹。莠稗痛扫刮，良苗始华滋。然后培养功，庶得次第施。汉时渤海盗，皆有田可治。惰农与乱民，分别差豪厘。曾侯晓事人，岂在多语词。盘错见利器，岁寒称劲枝。可待贼伤怜，而赋春陵诗。

游翠微山

半日到西山，入山苦不深。琼宫映丹壑，白塔出青林。微云堕马前，照我万古襟。虎峰带霞色，龙池转松阴。暗泉穿寺来，如听篁中琴。香界木兰花，高檐宿仙禽。珠洞漆僧体，榭风吹梵音。登高望天津，海气生微吟。皇州忽如画，白日西峰沉。空崖秘天魔，题诗满朝簪。欣睹近臣笔，在山鸟不喑。崖壁有翁尚书同龢《题宝竹坡诗后》五律一首，中有云："直谏吾终敬，长贫尔岂愁。"钟清世抱散，树古时忧侵。卢沟架长虹，令人想辽金。山灵对我喜，相看两崎嵚。多谢西城月，山中解相寻。

城南行

驱车过城南，草绿波如镜。御夫指天桥，告余车马竞。朱门骋豪贵，王侯多绿鬓。畜眼识名珰，豪奴挟梃刃。长眉柳叶青，赤面桃花映。髾上绾瑶簪，腰中佩金印。彩辔飞飙连，香轮流波迅。火雷助声焰，沙尘动纷衅。路有殴死人，可抵蝼蚁命。将相勒马过，台谏尽阿顺。余曰辇毂下，乃有此暴横。想见天上人，天心为倾震。平时不法事，此间犹谨慎。复言天不容，其败一转瞬。先皇赫斯怒，降谓诸侯讯。穴社技已亡，肆朝法终正。吁嗟劳力徒，粗卤识纲柄。国朝好家法，祖宗实神圣。

美酒行

美酒乐高会，广筵开曲房。风雷奋笑谑，山海究珍芳。欢气之所流，引以日月长。中有餐霞客，逃席支在床。嗟余不举酒，天醉形能忘。去我壁上观，缩我壶中藏。客言乃何苦，酸凄起肝肠。众宾正欢笑，岂顾一人怆。云今东省旱，不下西省荒。告灾有大府，蠲振来邻疆。涸鱼久失水，微雨岂苏将。杀孩养老亲，子妇诚何当。亦有成童儿，不值两饼偿。明知非我子，肉颤心已僵。恩爱彼非人，残忍为故常。荒年情景多，一一忍得详。是孰能致之，天意真茫茫。在乐为苦言，当嗤子不祥。漆女隐在中，一击纡轸彰。后堂进高烛，蹑屣来名倡。主人命射覆，还成赌百觞。

万寿山

绵绵万寿山,园庄枕其麓。宏规岂虚构,颐和祈天福。基扃盘云霄,原野衣土木。铁路穿宫门,电灯照岩谷。百戏陈瑶池,万宝走珍屋。每蒙王母笑,更携上元祝。天上多乐方,奇怪盈万族。维昔经营日,淫潦迷川陆。海雨吸垂龙,村氓乱浮鹜。鼋头大如人,出水听众哭。伟哉乌府彦,涕泣陈忠牍。膏血为涂丹,皮骨为版筑。请分将作金,用振灾黎谷。天容惨不欢,降调未忍逐。海军且扬威,嬉此明湖曲。仙人且弄姿,媚此西山绿。

屯海戍

鸷鸟久不击,金睛倦神霄。龙马絷其足,万里徒见招①。矧兹屯海戍,本自异雄枭。朘削虽已多,室家且逍遥。军中有妇人,武事空萧条。火炮止虚烟,扬旗惮回飙。一旦飞羽檄,驱之度韩辽。我友充海军,铁舰嬉且邀。独我迫东行,万惨聚府焦[1]。况忍诀妻子,中道相牵号。哭声上干云,下压大海潮。入舟屡回盼,不战心先逃。运船猝被击,溃亦无由跳。可怜罗练躯,挂罥鲸齿高。空令鬒妇来,想魂祭波涛。大师心有在,我方悲汝曹。汝曹死自悲,无为怨圣朝。

---

① “万里”,钞本作“空阔”。

〔1〕《裴村诗钞》本评曰:“与击鼓诗同慨。”

杂诗二十首

其　一

忽然中夜起,开户玩清华。飞心入明月,太息仙人家。仙童饱魑魅,心血化青霞。玉女妙成双,变为枭与蛇。阴精虽不老,已蚀众虾蟆。姮娥击白兔,正气为咨嗟。桂树根蠢蠢,渐亦扬其花。我欲扶烛龙,衔火照阴邪。九关逢虎豹,坐叹泪如麻。

其　二

东海阔且深,中有一灵虾。撑天长甲角,非龙亦非蛇。白波涌如山,喷沫惊无牙。青珠散作尘,吹空忽飞沙[1]。婉娈两雌龙,海气开清华。奉日出扶桑,阳恩周八遐。一龙欢游戏,一龙郁盘拏。虾也迎其欢,虬螭无奈何。稚龙腹有雷,杀意通老鼍。裂之于青邱,乃不异井蛙[2]。

〔1〕评曰:“昌黎为近。”

〔2〕杜评曰:“怒张处,宛然退之。”

其　三

登高望蒙古,言陟五台山。北风徒能劲,立于冰雪间。维昔荡中国,饮马长江边。北失鄂罗雄,东误苏奴孱。出入五百年,势积以钝顽。弱人自亦弱,道岂如循环。帏房岂不亲,隐贻屏蔽患。譬彼黄耇人,衣敝背已寒。颓阳澹澹下,我方悲外藩。

其　四

天上生琪树，托根极高寒。玉色光可鉴，奇香吹若兰。招摇绛宫里，旖旎瑶台端。上枝抱神龙，下枝栖凤鸾。中枝挂日月，嬉戏掷两丸。排云奏竽籁，华叶锵琅玕。音声一何美，天听生清欢。裁为六合柱，神工不肯观。罡风忽吹折，王母独心酸[1]。

〔1〕杜评曰："此作太逼肖，转为全集之累，不如让古人独占一席。"

其　五

穷阴满八极，天地泄烦冤。太行裂石藏，倒泻飞泉源。泡泡出云岫，衮衮下天门。岩寺怒飘堕，安肯问平村。木石随佛走，人马同蛟翻。雨声夹哭泣，中有万鬼喧。神灯跳红波，欢喜照老鼋。妖孽不自作，所贵知燮宣。阳刚抱龙德，阴气散乾坤。主山遭庑圮，五岳噤不言。嗟余坐危屋，神伤命斯存。

其　六

吾乡李鸿猷，捧檄令赤峰。列县无城郭，谣俗杂民蒙。蒙汗久蠹孽，都统贪且庸。煽之以乱民，马贼起如蜂。蒙兵道路断，官兵村落空。杀烧所漏遗，逃山复严冬。饥火焚人肠，哀哉割面风。俱死目犹视，坐卧冰雪中。辉辉晶玉颜，惨惨土木容。岂不痛僵踣，血肉欣完同[1]。跃马忍见之，急驰过鬼丛。疾威此上帝，民牧亦梦梦。幸免于咎责，乃内丁鞠凶。过都为我言，使我泪如冻。

〔1〕评曰："较义山但求死山间尤惨透。"杜评曰："两句互相足看妙。"

其 七

静坐观物情，慨然发深羡。一欣鸟惊人，再欣虎上殿。蜩螗争一哄，热风吹怒怨。饮露有寒蝉，空腹亦为贱。苍蝇饥着人，搏击非本愿。投躯啄腐鼠，何时纵英盼。六合一枭鸾，鹏子安得见。獬鹰独能神，所食惟苦楝。

其 八

孔雀冲天飞，云日散光采。一朝饥无肉，不冻长呼馁。樊笼一以羁，啄腐甘自给。食蛇知有毒，尚负奇毛在。文章止悦人，品弗登鼎鼐。骛华果何心，落实稍见悔。所以威凤翔，九苞度云海[1]。

〔1〕杜评曰："此为有文无行一流人作。"

其 九

漫漫香雪海，梅花千万枝。天上春独早，亦由正逢时。何来蜡梅花，托根暗相移。弄妍云霞地，拔迹水石湄。玉女灿明月，近玩天人姿。王母闪电眸，一笑杂嗔痴。神仙烟雾中，岂容俗物窥。非种忽锄去，园客惜其私。

其 十

妲己倾有商，褒姒灭宗周。天意信遐邈，女祸亦因由。慨当伐国日，献此美无俦。山川享精气，民物含怨愁。并泄于一身，钟物岂非尤。方寸之祸水，胥溺及九州。颠倒怒笑间，恩爱藏仇雠。百物气相制，弱肉与强谋。谁谓伤人心，十世祸未休。片情累万族，念之泪交流。

其 十 一

神鹰击恶鸟，灵兽触邪臣。谁言物性蠢，智过于中人。猛虎戏山间，鳄鱼纵奇鳞。磨牙吮人血，鹰兽不敢嗔。鞭挞驱迫之，乃用丧其身。皇天散形质，万命各得真。哀哉使错迕，长短何由伸。

其 十 二

道逢行乞人，自言旧湘军。衣服鬻且尽，皮肉还垢皴。一从剿粤贼，立功救王民。转战遍南北，猛气冲风云。堂堂锡勇号，归仍饿其身。谅山复斯警，应募走兼旬。资装虽无多，亲友意已勤。熟知功不酬，志欲清鬼氛。且图饱战饭，捐命答吾君。况闻鬼马死，鬼妾号长裙。正可威南服，和议成逡巡。故乡不得归，又不死沙尘。含血空噀天，忠愤何由伸。且勿叹忠愤，乞钱周尔贫[1]。

〔1〕杜评曰："沉痛出以诙谐，愤绝。"

其 十 三

国有封将军，赐名为溥侗。龙种异凡子，拔身金玉中。希圣识攸归，向方且多通。感时每浩叹，忧国怀精忠。涕泣有所陈，小人势已雄。上言皮硝李，下言济宁公。天下久唾弃，胡忍不决痈。内则有权阉，战安得有功。帝曰女未知，岂予小子衷。予与女徐徐，可且为闷蒙。海云升朝阳，光映殿角红。引之跪近前，惨澹亲天容。帝曰女勉哉，匪直光国宗。大廷实乏才，豢养诸疲癃。将军顿首谢，感激厉匪躬。问年十七八，雏凤鸣嗗嗺。何意宗室内，乃睹此奇童。一木千万叶，青黄各不同。一水千万派，清浊自朝东。

其十四

北方有二鸟，乃生在海壖。羽毛各丰满，一飞皆刺天。同巢却异梦，啁弄两不然。一鸟不知老，甘腐偕鸱鸢。性复解音声，歌舞鹓与鸾。竦身傍神霄，日月染痴顽。飞星激枉矢，尚恋青云端。一鸟抱仙骨，所食惟琅玕。八表高其翔，海天知周圆。文采照荒遐，心力彻空渊。群羽自求穴，但笑猛志偏。并力掣其飞，又不放使闲。终借彼高名，弗与恶鸟便。凤凰号大圣，臣哉尚慎旃。

其十五

臣始悲天下，天下亦悲臣。哀哉刘陶言，退然念其身。一身虽不保，谠议岂空陈。请为时主吟，愿一听其真。帝非人不立，人非帝不宁。譬如头与足，相须以得行。胡然假利器，芟刈于平民。耳无檀车响，目不鸣条亲。天灾岂切肌，震食非损神。一朝权去己，不得为众人。救乱须得智，扶危贵求仁。吁嗟此激论，允为后世珍。良药螫人喉，亦有安苦辛。荒君视熊胆，喆后视猩唇。

其十六

文凤见季世，鸣当不祥时。摧藏铩毛羽，岂不惜彼私。洛城何峣峣，下有数弃尸。一士独佯死，三日蛆上眉。亡命十五年，直性损忧悲。后来外戚诛，征诏复得谐。老寿还卒家，藉问此为谁。云汉杜伯坚，邓后恶忠规。缣囊盛直士，殿上扑杀之。和熹岂不贤，根也实无疵。览书见遗烈，千岁感我思。

其十七

涿州有三坡，入山三百里。阴磴何险深，终古绝尘轨。虽乏桑麻秀，颇饶桃杏梯。外来贩酒布，但换山羊子。金钱无所用，巧利将焉起。差徭所不到，乡老坐已理。新妇礼亦苛，骑驴色悲喜。相传流贼余，窜兹辟榛杞。但闻满州兴，遑问张与李。山中生厚善，顽气荡心髓。日月照老寿，樵牧皆黄绮。与世既无争，世亦相弃矣。何必桃花源，将须武陵水。

其十八

忧端横八垠，溢作天际想。天风吹余梦，身骑白云上。白云如奔马，蹋天空不响。下视尘海间，日月争磨荡。万国灿可数，元气浮泱泱。所嗟目力穷，地球过三两。极外还人世，星中有天壤。谁能造化根，揽之证无象。

其十九

三古圣开国，道揆不可变。斟酌通天人，辅画尽名献。嗣王废率由，其败忽如电。奈何后世豪，草草为征禅。势力奏群雄，善者安苟便。何必待敝刓，本始粗缱绻。王道久沦亡，天难方宪宪。虽有老成人，由行亦堪贱。穷通贵神明，岂不在英彦。独伤言利臣，变法而府怨。

其二十

势力之所徙，道德之所都。人气各有持，以保清淑区。龙德屡易姓，越代宾王无。海内一世家，大与溟岱俱。蝉嫣重继体，崇饰开蒙愚。薪火续明光，果核传芬腴。宝兹仁义种，悬的要人趋。奈何教师宗，翻羡伶官奴。桓桓冠剑身，蚩蚩傀儡模。隆污信有时，行废道岂殊。日月亦有食，更仰在须臾。外邦富学祖，中州论精粗。法守已浮烟,道教须树扶。可如贵溪张,袭封惟咒符。

借隐斋[①]

南山有白鹤,双飞在幽遐。马卿方倦游,孟氏复宜家。俯仰顾六合,不可借隐邪?中田饶稼穑,地大多桑麻。空山澹日月,高天发云霞。还顾门庭内,喜欢复无涯。佳儿抱书史,娇女学煎茶。小婢善殷勤,吹笛落梅花。老夫诗句健,妇也酒杯加。何用作神仙,以为后世夸。

---

① 录自刻本《介白堂诗集》卷上。爨自注云:“此诗为写本所无,故杜先生编次时亦不及。鉴从他草本得之.以其骨力气味,与前无异,仍复录之。亦以见先生自为去取之严云。”

五言古诗未刊稿补钞

读汉书项羽传而叹之甲戌

秦鹿天下走，羽也掣其首。毛角苟不纵，安得而公手。布衣代秦跸，三代实未有。拘成败何为，重瞳直难朽。

易　水乙亥

朝过易水头，暮过易水头。不闻壮士还，但见寒水流。立马独怀古，悲风生晚愁。慷慨击筑时，玉虹飞芦沟。送之以白衣，提剑直入舟。颜色失宾客，意气倾王侯。大事纵未就，虎狼亦惊忧①。怨剑术何为，天心难人谋。

寻　梅乙亥

一夜朔风寒，十里山云碧。我来石桥畔，忽遇骑驴客。手携浩

① “慷慨”八句，原脱，据《古愚室诗钞》补。

然鞭,脚着阮孚屐。脱杖叩其因,下辔述行迹[①]。言有梅花约,寻之不辞僻。明远竹中庭,君复湖边宅。岂不思逸居,芳情总相迫。落叶踏空山,自笑成春僻。为君寄一枝,聊慰风流格。同是惜春人,何必姓名责。

铜雀台怀古丙子

高登邺城隈,遥望铜雀台。歌舞随烟灭,阿瞒安在哉。邺水自今古,漳云胡徘徊。一腔英雄恨,鹧鸪声里来。

避　暑戊寅

每逢大暑时,避之良不易。或言如避贼,或言如避吏。避贼恐其犯,避吏恐其识。然而皆浮情,此中有精意。我身或有暑,可觅清凉地。我心或有暑,便是尘埃器。寄语避暑人,此情莫倒置。心暑必须除,身暑亦须避。

① “脱杖”二句,原脱,据《古愚室诗钞》补。

读杜工部入蜀五言古诗拟作十首

辛巳　朱肯夫先生观风

木皮岭

客身若飘蓬，随风转不休。取道栗亭西，艰苦为蜀游。南登木皮岭，回首望秦州。陇树杂云远，尚怀同谷幽。危峰恐扑攫，远岫工镌锼。岿与嵩华敌，雄吞徽巩秋。仰瞩低青冥，俯察阴重湫。更惊鸱鸺叫，况触风雨忧。上有松桧根，石腹蟠苍虬。下有磴道迹，绝壑寒风飕。中崖泻泉水，光照冬青浮。顽艳夺山碧，洪喧铿石璆。忆昔志壶峤，游心图十洲。缥缈不可即，对此当何求。

白沙渡

马首鸣江风，呼渡白沙浒。绝岸惊理楫，夕阳半山吐。残雪杂沙飞，怪石避舟怒。惨惨天低岸，唤饮山猿苦。湍急江逾宽，水清波不腐。客愁洗艰辛，侧身独怀古。石壁登劣崱，回首碧涡数。揽辔复长叹，浮家愧渔父。

水会渡

中夜尚促程，畏途阻幽厓。纤月望已隐，崖深更嗥豺。俯趋阻大江，汹涌宽河淮。篙人肆舵语，谈笑轻宵簰。到岸霜石滑，冒霜鞭镫偕。半渡瘦马嘶，断峰凄萤侪。回眺划天水，众星干似揩。远游愧衰老，杖策惭吾怀。

飞 仙 阁

径窄望如发，孤高耸虚空。阁道殢云迹，石梯疑鬼工。高浪喧壑底，积阴起林中。幽崖倒昏晓，晴日飞雨风。乃知飞仙迹，幻绝关何雄。征人走木末，一线天可通。歇鞍在地底，始惧劳人躬。咄嗟对妻子，默默伤归鸿。

五 盘

五盘何艰险，山色奇以新。仰接栈云古，俯泄江木春。地僻寡网矢，鱼鸟皆亲人。野屋如结巢，炊烟画难真。喜兹幽朴意，旷然怡心神。潢池弄兵刃，巨猾何时驯。天涯感弟妹，零落依荆榛。成都有美酒，不如故乡莼。

龙 门 阁

石穴凿龙门，飞阁俯江水。斗壁截奔涛，今古莽如此。纤路划山腰，缕缕悬似藟。浮梁瞰浪花，石滑不容趾。山影足底动，江风袖中起。一坠饱蛟螭，半垂同虮虱。长闻巫峡危，更道雪山峙。艰险历吾身，怵目从此始。

石 柜 阁

冬尽日已长，山行未遽暮。石柜复临江，夕阳淡鸥鹭。俯听喧鸟声，峭壁接欣遇。波光摇人心，暝色薄岸树。幽栖失初愿，羁旅叹歧路。不独圣明耻，岂伊高隐慕。识途管子马，待水庄生鲋。吾生且自闲，谢彼孱懦顾。

桔柏渡

架竹截横渡,高阔长桥形。急浪走虚白,湿竿带余青。悬绳水滉漾,穿筰风珑玲。人行鹭鹚散,雨过蛟螭腥。西驾自兹别,东逝不可停。阔会巴渝水,行辨井络星。天光怅寥廓,孤客何寒丁。向前望山路,烟岫青冥冥。

剑　门

剑阁天下雄,山势尽拱北。西南此天险,惨澹寒日色。双阙插青霄,高崖纵削刻。所守得其亲,安施万夫力。金玉走中原,百货生羽翼。蚕丛鱼凫时,浑噩绝所节。后王重荒远,古道罄回惑。可怜王霸徒,杂遝争贡职。才智奋驾驭,雄长互吞食。吾欲移连峰,夸娥诉不得。今为勒旧铭,黜险贵崇德。

鹿头山

鹿头亦崔巍,山势皆回抱。喜见千里平,众峰尽如扫。客子别京华,畏途忧似捣。栈道剑门过,转幸鞍马好。此邦惜割据,霸图真草草。盛世今怀柔,设险亦庸保。凌虚吊扬马,时命伤厥造。文章本如龙,鳞爪在苍昊。天府称膏沃,游侠快倾倒。旌节仗老臣,恩风润枯槁。英气壮两间,奚从测深浩。斯人不可无,经邦资论道。

拟鲍明远乐府朱肯夫先生科试覆考诗赋作

东门行

旅雁悲他乡，客子闻别伤。一别不复惜，感此断中肠。肠中车轮转，宾从泣郊饯。片刻勿相违，况隔千里巘。马蹄不可逐，漫漫指平陆。送者凄以归，游子怯独宿。孤云随飘风，萧瑟凄满目。折柳手先寒，望梅喉苦干。樽酒终有罢，居人愁夜阑。感君辱明惠，相慰在加餐。

出自蓟北门行

军帖迅如霆，烽火增海湾。振策别亲友，驱马临朔关。弩箙带高秋，骨都营如环。天子赫斯怒，汉将应未闲。猿路绝飞栈，蛇行度阴山。辽水照行色，边风多苦颜。眯目沙砾飞，严冷摧刀环。万马声已哑，征战何时还。劲松知冬秀，杰士济时艰。男儿有壮志，封侯头未斑。

白头吟

松柏有劲枝，冰雪有令姿。如何弃夙好，恩爱两相疑。结佩若前日，青春犹未迟。世态异炎凉，女萝悲兔丝。积薪上后来，织缣重新知。苍蝇点白璧，黠鼠投琼卮。骊进姜宠夺，赵来班命悲。晋公义所薄，汉皇情亦亏。海誓既已寒，月圆殊未期。愿君勿复叹，从古皆如斯。

东 武 吟

主人休欠伸，且听贱子陈。二十抚长铗，骋豪游泗滨。三十买马鞭，誓欲扫胡尘。万里逐虏骑，此身胡足珍。飞将没龙城，军士多负薪。转盼异时势，谁论边绩臣。少年别乡里，白发羞故人。晚藿不盈掬，冬葛无全身。昔为出笼鹘，今为罹罟毚。徒抱牖下恨，长怀塞外春。梦见夺阴山，觉来叹息频。老骥空伏皂，非乐何能驯。

云台山二十韵壬午

峻拔撑天柱，岧荛揽地纲。攫烟挐远碧，招日揖高苍。莽灌神奸伏，丛幽佛力昌。鬼风阴洞黯，蟆雾掺空扬。虎豹暗闻啸，桧松晴有香。杜鹃殷血石，花凤挂昙房。木魅翻睛赤，茸狐铩尾黄。穷奇塞内地，怪变追遐荒。石脊蜷龙岫，林腰绾蛎墙。樵苏沉迹讨，香火胜缘张。笑我皈吟钵，随奚负锦囊。呕哑笋舆卸，彳亍杉路长。万翠喧山雨，孤钟落晓霜。拳峰浮涧活，眼界洗云凉。薄卉封残照，楼台侈上方。诗心摇铎语，岚气浸灯芒。堡结逃昏黻，崖深幻潦旸。金银飞夜焰，咳唾入秋光。再宿消筇力，孤游仗剑铓。搅人台宕梦，窗竹戛琳琅。

赠董大令少臣壬午

余自过汴梁，寂寥甚，一日抵黄城旅次晚，无邸舍，开州董少臣呼与同寓。由此结伴行，夙莫谈谶甚欢，相视也已而相笑，莫逆于心。余不自知其何心，而少臣以为前缘也。余维初次远行，不谙途况，少臣北人，多所诲，又蒙戒无妄动气，思刻座右铭矣。与少臣分袂通州，怅得新别，何以排遣。因少臣有萧然忧贫之志，奉赠一首以为别，并请少臣斧政也。

饮马渡黄河，平原多北风。暮宿村店寒，土苴杂其中。孤房闷篝灯，欲语将谁同。幸逢素心人，晨夕相始终。茗柯泫深碧，蜡跗剪悬红。新知良复乐，况乃声气通。羡君挺令姿，玉树翘葭蓬。画理渊愫抱，天机露谈丛。讵徒药萧阒，至性纷昭融。譬彼空际飙，一扫烟糅髳。毫素馈行子，宝之玫与琮。依依订后约，默默伤远鸿。幻泡遘化萍，安知非夙宗。丈夫贵得志，温饱岂所恫。勉矣各行路，青云意无穷。

寓　意癸未

论交贫贱日，相信不相欺。品峻争霞鹤，神清驾海螭。少年存古道，冷性淡炎曦。兴至分拈韵，闲来赞赌棋。烟云删稿本，风雨伴书帷。揽镜相嘲处，簪花自盼时。无言空对视，因恨转成痴。阒境箫能药，生机草不治。灯蕤红破睡，茗药碧谈诗。顾养廛骞翥，忧时每叹咨。同心信兰友，问学当荛师。春日蓉城路，秋风锦水湄。推襟见肝胆，判襼忍辛悲。蜀水聊吟别，燕山有梦思。故人应我忆，身世久群离。感士休嗟赋，穷通志不移。

北行诗柬正之四十韵序

同心离居，忽忽数载。骛逐浮名，乃有万里之别。隔岁以来，音响疏阔，为述行况，少畲饥思。

皇帝八年冬，风雪将毕岁。独有远行客，身似蓬不系。老亲送出门，戚友嗟判袂。初行万里路，屡下思乡泪。驶舟过夔巫，奇险骇眄睇。云气护松身，山骨走龙势。削壁萦剥藓，纷如篆籀隶。群峰倒昏晓，怪古杂清丽。万玉笏朝天，百赤标拥霁。更如蜈蚣恶，斗巴蛇黑蝾。又如美人立，天秀涌螺髻。滩声发雷响，猛势万牛掣。天窄一发青，水枯半帆翠。夷然忽出险，江阔西陵地。荆门访道济，襄樊吊忠义。驱车古中原，怀旧发超思。伟哉河与岳，摩荡人壮志。风送海西鸿，路走河北骥。赵南多佳人，买脂学弹瑟。雄县亘连虹，东道景寡二。红栏映绿柳，凫雁争睥睨。碧波梦扬州，镜中桥廿四。既忘于役苦，翻使诗境细。春色丽皇都，云树望燕蓟。看花长安道，侥幸博一第。人喜我心忧，中朝时势际。孽芽潜已伏，纷糅叹积弊。康回捩坤轴，蚩尤弄妖篲。鼓扇肆硃夷，屡遘阴霾沴。东南水灾重，鼠贼况有备。隐忧在外夷，虎狼中国哭。一人歌泣怀，持此安所置？都门富才薮，隽英亦少匮。悃愊立其间，窒碍使闷闭。嗟彼圣明世，气象无乃异。丈夫贵济时，履道弗恐踬。缅怀我素心，骛学有专致。词华宜暂捐，经纶贵夙植。我归乘凉秋，蓬阆壮吟眦。溯江淮湖湘，袖东海而至。

舟　中癸未

推篷枕山眠，耳侧走云岫。吟趣俱画理，石比诗逾瘦。斜日林际红，余秋在橘柚。崖花韵疏野，乳香喷泉窦。清吟自天成，骨挟碧峰秀。容与乐中流，凉风送放溜。三月黄河槎，冰断带春皱。海防镇番舶，惊心旗枪富。视此幽渺境，能无羡清遘。晚炊纤月隐，渔火阴崖透。长歌答涧泉，聊用寄芳潄。

登平都山酆都观偶题癸未

夸峨负之趋，沧渤斫神岛①。卷沙劲扶摇，铿如陨风鸟。上有真仙人，紫府自怡好。方平剖玉橘，长生嚼琪草。灵洞讯麻姑，小劫尚醉倒。风雷伏呼吸，珠光泻长爪。蔡经无乃馋，麟脯当菽稻。遐哉古仙缘，白云等飘缈。嗟余陟神岫②，恨无安期枣。阳乌驻檐牙，彩雀啅树杪。剔藓扪废碣，犹有段苏稿。湔洗净红尘，水天自茫渺。危阁出空阔，耳中天风搅。摇荡金银台，壶苑未可跷③。奈何僧与俗，冥搜侈佛宝。借彼九阎罗，纷兹香火扰。仙灵让鬼气，

① 首句，《古愚室诗钞》录初稿作："何人挥云斤，沧渤斫神岛。夸娥负之趋，迅捷拟霆扫。崎嵚□然过，神馁腹不饱。"

② "余"，《古愚室诗钞》作"予"。

③ "跷"，《古愚室诗钞》作"跻"。

阴旺露幡旐。但愿人长寿,彝经抱中道。羽化亦轮回,青天常不老。

过虎牙滩在彝陵东。癸未

仙人守天垣,昏黑脱虎宿。雷公蹑不及,瞬驰遍海渎。空中起潜龙,云风相角逐。鳞甲万雪碎,亦使虎断秃。一牙堕罡风,儵忽变石伏。奇饥趁猥险,余怒肆渍瀑。碰磕石如斗,群睨等羊鹿。剥剥嚼艨艟,曾不敌半菽。轩波奔块磊,肠雷吼轮轴。金铁畏啮吞,脆靡况血肉。嗟手束熊渠,叹魂惊卞叔[1]。当其驾高浪,百货入岩腹。何能万牛掣,水腥未论熟。苍藓巨箭瘢,疑有北平簇[2]。可怜近阴暝,舵尾溺鬼哭。圣代自神武,水石就鞭扑。蠢顽谁得感,驯詟等仁畜。持此告舟客,忠信抱幽独。我来挂东风,江静念犹肃。过险一回首,吐舌弗得缩。收篷罢晚炊,凉月散芳菊。

古　意甲申

喃喃巢居燕,终夜话春年。池上双鸳鸯,万生同其天。同天岂不好,雄者思弃捐。春年亦自媚,谁为雌者颜。破楝霜露苦,寒塘终独眠。不怨雄薄情,但伤雌命愆。愿言寄相思,微物尚可怜。

---

① "嗟手"二句,原脱,据《古愚室诗钞》补。

② "苍藓"二句,原脱,据《古愚室诗钞》补。

吊许复棠丈

老成等乔木，下庇而高张。含滋有本心，斧斤焉纵伤。儒素重里闬，道古扬清芳。没为发苓蕈，存为拒雪霜。未期元爽躬，香山坠弧芒。大雅首抡折，诸老持回光。天意幻复杳，委蛇且相羊。

芙蓉槛

斜风转妖红，静姝荡葳植。岂无馨重怀，芳劲颠尔坠。彼伊自情苦，卷此丰倩致。扇玉郁青霞，削金缩丹地。束身澡严冰，敛蛾数香泪。芳意亘纮瀛，一握在赪翠。弄天趣顽横，受约仍岸异。诚知墨守愚，本心难可弃。多谢扬摇子，含欢竞修媚。

蕙沼

美人泣空谷，容华难久持。香草不见怀，憔悴薪刈之。灵根托幽绪，芳意结华池。凉薰度仁惠，微波扇离披。衰荣在靡常，人事同运期。愿纫君子佩，终朝奉光仪。苕年万自爱，勿为霜露萎。霜露无时至，高节难变衰。

从桂轩

妙香清躁魂，内景何关关。昔者颜氏子，飒然馨一山。瞥转落声闻，滞迹于老禅。澄心悦阴馥，落子排天悭。家食衣钵苦，责消帑幼缘。前身谪虚府，簪袭浮芬妍。鄙矣攀枝论，名教沦古渊。含葩方寸春，外物空联牵。

蓼霞芦雪陂

艳然秋色佳，弄姿侈棠菊。庸知波国颜，野趣欢在日。赪紫入叹深，皓洁留靡蓄。遘幽众所睽，图妙孤可读。瘦蟹扶冻秋，饥鳞照寒缩。薄质悦年芳，萧赏希华族。眷云据清磐，忆此丽质肃。吾将老钓艇，安所丹其毂？

忍冬双隐洞

昔吾有璧友，弄妍共攻瑕。琼蕤断凄薄，结发文角涯。游路阔千载，跬步生刺麻。所以门内游，有功翻可嗟。恩爱有至性，真欢伪无加。全天忍冬树，虬鬓搜刬爬。粲然扬素芬，两笑荡奇牙。井臼诚君劳，毫素亦子拿。含真淡栖神，骨丝袅颜葩。岂不愿云路，施翮连参差。鸳鸯习清池，神仙况容华。贞性各自爱，无使霜雪遮。

联檐谱志感并序

湖南黄君敦孝，余试礼部，与邻号舍，出一册，书余籍贯。自言此联檐谱，先世所传。其大父某，曾联号两遇伟人，是曾文正、胡文忠。且戒其后。称是时胡公年少气盛，向规之，便能帖然服，且来订交，后竟以功名终。尔曹勿轻量天下矣。余嘉其取善之勤。赋材暗脆，乃又自愧。惭感与并，用志乎诗。

见龙期利用，潜者隐为德。当其蕴雷雨，所终知孰职。功名乘运会，于道本无极。焉见横目民，共天殊食息。赋资一何窳，抗希岂不力。江湖万古心，白云有本色。好善尽殷勤，齐贤难恐得。君其努玉力，无令同剥蚀。

养峡蘢湖

扬楫转峡江，命轻兴能富。怪观少恒辞，豪述迈希遘。涛波盛九秋，云雨剩荒岫。雪污载玲珑，余险散襟袖。盆池亦何小，对此静且寿。尤物神所妒，私知福运谬。贡目亦已多，矧伊美时就。报之以哦赏，带缓讵云瘦。摛章因巧生，恐乃凿天窦。

所　见

南方有佳丽，乃在锦城东。旅宦岂足悲，但嗟游宴慵。茗赏薛涛井，斋饭青羊宫。何处女校书，顽云艳浮踪。飘瞥一指间，色界纷濛濛。道心证粲然，灵葩雨高空。芬尘息草堂，香霞掩竹丛。窈窕致忠爱，花凤翩梅龙。裙裾拜惠陵，落错观群雄。奈何武乡妇，德好不善容。娟心照古柏，文波生石虹。安得同心子，一剪横江风。

登回澜塔富顺

嗟吾与天游，空高得奇玒。豪观集虚境，精象分傲弄。净理臻超神，隅见脱灵洞。瞩瞻智奋厉，咨且愚骇恫。江山一悬解，云物各攀送。耳轮转风车，华胥堕惊梦。冥茫说佛果，文锋傥凿空。不赀知民殷，今嗟窘欲重。波流西山底，一柱千里控。滔滔世浮汹，而孰主收纵。飞沉妙化机，俯芥拾轻艟。

竹底偕张安人小坐数辛夷花辄画眉鸣跃相顾笑喜而赋诗

壮心豪以轩，忽然堕芬眇。清尘照簪袖，嬉日翩送皎。秀胪映条葩，鲜心媚凉篆。拈花顾予嘿，弄舌自娇鸟。佳人芳抱多，抽春绪游臯。怡然事实乐,风雨捐暴恌。徬徨痴梦间,彼昏醉平晓。古道林下风,兹志诚皛皛。

春　晓

妙心宣无既,飘尔脱懵惘。欢芬省余梦,浮丝吹臯瀁。发春多韶音,光风引融昶。奇怀富欣遇,妍节横茂赏。万类蒸太和,洋洽酥流盎。其中吾渺粟,浸灌得俯仰。于何容踽蹐,方寸变冥朗。颠倒而跋疐,矧可问景两。昭思托阳旭,一跌落苍莽。开雾下光流,元精联无象。

喻　俗

祸福在吾心,术巫多诡正。不为郑卿禳,肯听楚王荣。鬼神那堪闻。真坦见天性。岂不工避趋,所得为暴横。吴雄当族灭,赵兴犯妖病。三世为名家,爵禄益丰盛。千古拘忌人,汝南陈伯敬。年老终寝滞,坐婿不正命。

花圃月夜邀客

升月烛层榭,流辉亘迢迢。独步散余赏,贲兹佳客邀。华轩屏过访,江馆控高寥。祥飙卷白云,丹霞恋神霄。游阴泛藻荇,清光动兰茗。迹以悦神聚，道因游化超。彼姝别贞教，佼人挥古谣。今夜醉复乐，崇会永消摇。

三　界

三界接诸天，中有比邱士。涤除难六根，火途在舌耳。宾迦本所爱，嗔痴忏鬼子。丰干不饶舌，那得旁参旨。努目金刚恶，低眉菩萨美。菩提意云何，吾无隐乎尔。龙性向难驯，怖鸽终定止。鸟雀粪佛头，佛自大欢喜。

吊曾龙光兼慰鳌峰先生

吾友昔诚笃，忠恕本传道。参也鲁得之，颖异焉用宝。方今慨学流，岂不戒佻躁。浮才逐物动，游阴点清昊。谁与为可立，单微诣孤造。师承苦无繇，所嗟郁幽抱。寒暖寿可煎，志士翻速槁。悠悠难可问，谷风凄墓草。倩笑抚遗章，字字当羊枣。

留别赵达泉先生中江

受知蒙训养，洛师示周行。荐拔铭达师，善政亦相望。大江左右材，治蜀声蜚翔。成都送之任，中江来省将。睽诲弥数期，道气瞻愈臧。寒暄一语间，教我以官常。全局通久大，而忌拘隅方，务谙事戒偾，矧可怨怒藏。逃之去唯阿，时势其弗康。沉敛寓果毅，挺质而含章。孽芽世已伏，黯焉志士伤。志士期自立，为国亦自强。辞别在须臾，离绪何荒荒。愿垂赠言仁，箴佩永芬芳。

宜男碱

无子百无忧，有焉忧方中。旷览涉宏域，正得齐赢螽。且未出闺言，君言岂非梦。请后才不才，牛羖但有童。夫妇两钮橿，愿言辨鹿葱。叶蘖似碧玉，花花间黄红。嚼之阴骤滋，佩之阳借雄。物理傥不讹，人事有和同。

青水洋遇风

谁知沧溟中，乃涌万神山。海云自今古，白波何时还。长鲸走万里，轮船皆为鲸形。日月沐浴间。造化广圣教，奚止破天悭。茫茫极六合，一鸥心自闲。

龙潭石室诗代谢文嘉庄谢临江人[①] 吾里龙潭九老之一也

江南山水窟，吾宗夙游擘。齿社聚欢谯，蜀江忘播迁。仲氏寂

① 以下十首五言诗，据国家图书馆所藏作者手稿补录。

康乐,嗟余愧惠连。古人饷灵洞,造化供其偏。今新昔云旧,明灭随风烟。清谐挟和春,飞跃机则圆。空波掩竹卉,荡此浮襟妍。天皇九乘真,轩驾牙门年。一醉邈与齐,空知别人仙,生天与成佛,僶勉嗟世贤。匡山今白头,读书归未然。银蛇神龟间,郑李无乃专。申章续良什,安事资蹄筌。

薄暮峨眉县登南城门望大峨峰顶

名山中膏肓,梦念亦已久。九顶望三峨,所嗟雾埋厚。南安解薄装,谯阓接游偶。有如缔仙人,尘外窥洞牖。真面灵所羞,绮语天为剖。云高玉色容,双蛾斗姿首。雪肤凝皓皓,顷须变无有。愕欢难可名,夕阳在高柳。

了宝楼铜钟

维师说妙莲,不撞钟自催。大悬忌震日,崖化需铜材。猛簴设趪趪,洞心骇诡诙。忽闻狮子吼,立地心猿摧。惜吾不见之,暗拜万鬼魁。安得转轮飙,吹上金刚台。金刚本大力,朝昏生疾雷。

纯 阳 殿

回仙举不第,拂衣登道岸。异哉选佛场,安得酒肉汉。白云满空山,道别性同贯。绿髓烹石晶,丹霞恋华观。海鹤去沉冥,崖雉方惊窜。我惭毾毲流,懒放灶头□。径欲参笛言,雷风起天半。

神水阁

吾生苦尘壒,所期咽云泉。一勺未入口,玉液起丹田。何地得通楚,奉杖龙学禅。虚壁集丰霭,灵膏倒神渊。五内灼如火,奈何激之然。此脉通九地,或则吸九天。神工更鬼斧,穿凿无日年。缅怀陈希夷,照我心相篇。

歌凤台

鲁叟去已远,何来歌凤声。入蜀数千里,嗜欲殊其情。薄言戾峨眉,譬海栖方瀛。逃世善莱妇,男子多喙鸣。一言挂鲁论,反以彰厥名。此事悔已而,高台松风横。

僧寮白芍药戏赠心良上人

超神存富贵,沃冰入焦炭。名姿耻倾国,愿托天魔散。狂华信虚空,色尘真浩漫。精襦表素雾,挺以青玉干。鲜褂排锦云,招以皓雪腕。法眼非不澄,艳光扬璀璨。持之搅禅定,谨为师宣赞。脂肤时来亲,臣方誓旦旦。

牛心亭

双桥两虹影，万古一牛心。灵襟撰造化，怪石延往今。涓涓平细流，泠泠泛清音。凡僧堕牛腹，精者口自喑。铃铎学佛语，石阙悲客吟，虚深以嶕峣，不鼓昭氏琴。

长寿坡遇仙寺茗坐僧侣视客豹皮云虎皮也

九歇陟崖坪，愿满修行苦。辞峤叹盘巘，出门感孽土。发迹回蜿蜒，积跬缩步武。虱升侨如头，蚁陟巨灵股。百岁愁殷填，半程虑仰俯。松崖结华龛，茶烟散仙尘。阇黎勿骇俗，指豹顿成虎。空虚盈乾坤，幻妄满今古。超想觅金仙，刻方采鲜蘆。

挺之有诗见投久乃报之兼柬宋芸子傅桐澄两太史

升庵有故宅，新都之桂湖。曩余曾游之，桂花正疏疏。冷风吹古香，香中欢有吾。木石尽皆韵，清景惜未摹。亦未访其后，空爱屋上乌。十年客京国，梦落烟水潴。谈诗过宋子，坐识杨大夫。大贤之裔遗，俾吾感敬俱。矧能陵夷时，力争风雅途。赋意与骚情，同源肯异区。寂寂杨子宅，中有宋玉庐。傅侯成都人，亦是辞赋癯。南郊约看花，衮衮诸公如。坐间少一人，海棠笑吾迂。宋子时楚游，傅侯东南隅。杨卿托两家，一一理其拿。古来经济才，家国与岂殊。宋子使百粤，为刊满家书。傅侯归省亲，流散成须臾。爱其天甚闲，倚装索诗逋。乾坤解纷难，要在致徐徐。吾卿送傅侯，远至百里余。而使别诗归，夜过诵敝居。真气动屋瓦，兼有豪论摅。惜卿负干略，四十文字儒。文字自有真，悬为万人趋。吾蜀富诗教，前规后之模。富顺晏振之，文宪语不诬。勉哉各努力，恐致时俗谀。多恧赠篇翰，答和聊相于。

七言古诗

洋芍药感赋

海风吹空紫云卷,海山绛霞落金剪。仙人楼阁见分明,片片红波美清浅。中原芍药占春浓,何意海邦争妙选[①]。古叶叠织炎洲翠,生葩密剥榑桑茧。鸦髻夷妇媚瑶篸,雉扇名王迓星冕。流薰沉沉绝番鞠[②],见宝往往同中荈。亦知精婢少羞涩[③],谁言鬼母殊嫣娈。银圆买醉西洋鹰,胰粉弄妍东国犬[④]。红冰镂雕罗粤馆,珠露摇曳滴吴艑[⑤]。一时群儿竞新异,况复妖奢费精腆。士女佩赠古风流[⑥],宰相带围金淟涊。初怜蛮花顾影泣,渐悲国秀无人眄。眼前万物愁失真,区区草木谁当辨。天上妆春笑更闻,人间感时泪犹泫[⑦]。君不见,圆明园畔野烟青,香天已老门空键。黄昏风雨送愁来,寂寞花魂哭香辇。

---

① “仙人”四句,《古愚室诗钞》作“蛮花犵藤纷糅间,倭粉彝红杂深浅。中原仙药带春遥,流落海邦争妙选。”“海邦”钞本作“西戎”。

② “流薰”句,《古愚室诗钞》别钞作“流精烁烁过番鞠”。

③ “精婢少羞涩”,《古愚室诗钞》作“仙人露妖丽”。

④ “西洋鹰”“东国犬”,《古愚室诗钞》别钞作“南洋鹰”“西国犬”。

⑤ “红冰”二句,《古愚室诗钞》作“自从异种入中华,争使芳群避恇愞。过海时杂朝鲜参,隔岁犹黏吕宋藓。琼风蒸灼生夷舶,珠露摇曳滴吴艑。”

⑥ “佩赠古风流”,《古愚室诗钞》作“兰佩绿鲜明”。

⑦ “初怜”六句,《古愚室诗钞》作“黄浦于今富艳楼,□□□□沉昏湎。胡姬粤娘斗颜色,岂有芳神自相愞”。

赠陈汝霖

我来鄂渚识陈生，尽芟屏障洞阃奥。炯如秦镜与相随，肺肝不韬张百窍。江汉长流地不私，古今异气人相剽。自从交游失真意，谁使世法易名教。剚刃入腹幡然悯，下石于井嘻尔笑。芳鲜媚口俄蝮虿，揖让委躬突貙豹。直令出门嵯险巇，木石勿敢通声告。天地无情万物散，胶漆了知非文貌[①]。而我有缘偏见晚，自叹康逵接榛淖。相迎翻倒伯喈屣，过访却湿林宗帽。何异小松高过人，昂霄耸壑阿其好。海内漫镌知己感，眼前难铲少年躁。一寸灵台拭洁晶，八荒气宇麾雄奡。谬举时艰属腐生，亟称国病需儒效。我凛无言君默坐，劝善规过神所劳。荒矶大楼高摩天，风吹鹤声入长啸。

赋盆池中小巫峰石[②]癸未

光绪癸未，由京师泛海南旋，自荆沙买舟上渝，历归、巴，悉览形胜。巫峡中得二石，奇诡险绝，归养盘池，杂以苔草，溉以青泉，异乎壶中九华，而风涛雪浪，惊心骇目之状，尽出几案间，为系以

---

① 开篇至此，《古愚室诗钞》作："我于武昌见陈子，了无城府撤阃奥。磨砻悃忱气敦厚，驯伏喜怒心号召。□窟□毛析利分，音府擘离镇嚣噪。对人琐骨铿明光，肺肝不韬张七窍。须要绨袍受欢尧，子敬囷庾嫌粿糙。□□□□天下遥，讵少□□知己报。"。

② 本诗题目《古愚室诗钞》作《巫峡石》，题后小序亦各本所无，据补。

诗也。

我乘长风渡海来，袖中东海亦何有[①]。饱饮长江万里天，惊沙怒泥混苍黝[②]。老虬嗟呀怪螭愤，尺玉不得供盘纽[③]。峡江舟卧游石国[④]，午梦飞云走苍狗。翠巘撑天五千丈，起拔云根擎在手。劃然高蹠裂秋雷，瞥觉诗眸落仙阜。篷底峰峦卷入多，笔端云雨迷离久。骚客微辞工说梦，美人一笑争回首。葱河淼淼流玉乳，海月沉沉侵珠母。仇池万古老金天，壶中九华秀南斗。嗟余溷俗刓廉角，喜向案头添畏友。文心蛇径析丝毫，理窟蜂房辟窗牖[⑤]。饥猿挂雨翻岩发，蛰龙抱烟眠洞口[⑥]。尽把奇情种清浅[⑦]，力张天骨洗顽丑。芥舟杯水小堂坳[⑧]，愿携此石问蒙叟。

榕　蟒

洞风阴呼坏云拥，断桥欹侧石裂孔。中有老榕欲横飞，半出不出倒嵌空。遍身纠缠子母蛇，小者如椝大如桶。纷纷青黑吸泉乳，

---

① “我乘”二句，《古愚室诗钞》作“我乘长鲸度海来，海中云岛大如斗。蓬莱文登蹴高浪，贝宫蜃楼亦何有。”

② “惊沙怒泥”，《古愚室诗钞》作“奔沙逐泥”。

③ “愤”，《古愚室诗钞》作“怒”，“盘”，《古愚室诗钞》作“蟠”。

④ “峡江”句，《古愚室诗钞》作“巴东风力迟帆叶”。

⑤ “劃然”十四句，《古愚室诗钞》作“忽然变作双石头，黑如乌头白者藕。笑向吴娥索宝刀，割取江波为刮垢。斧削天然嗟鬼工，崖壑怪变藏灵薮。海涛百窍争吐吞，洞天九重未分剖。寸肤却缩十二峰，袖中长风作猛吼。望云朝霞有面目，美人拈花笑低首。绝壁欹藤尚宛然，可有啼猿肆飞蹂”。

⑥ “饥猿”二句，《古愚室诗钞》作“但将花脚结苔发，蛰龙抱珠眠洞口”。

⑦ “尽把”句，《古愚室诗钞》作“迩来安种吟榻畔”。

⑧ “小”，《古愚室诗钞》作“得”。

不辨巴螣蝮之种。败叶溜雨鳞甲脱，苍条攫人魂魄动。砅崖裂涧时一号，潜虬饥蛟应声涌。可无龙露洗腥涎，安事蛇医消瘃肿。惊电飞腾剑影寒，冷月吞吐珠光重。腹空破翠毁熊馆，首低瑟缩学蚕蛹。可惜空山寿不材，利害非关止闲冗。烧骨无烟剜肉腐，架梁撑栋愧非勇。安知无用非为福，龙葅鼍斫屃赑尰。粤门扃钥妙连蜷，蜀道崩颓断荒茸。黑暴有时飞上天，何处芒山鬼母冢。

题过伯安画鱼[1]甲申

云影波光碧成片，河精风雨争奇变。此老胸中万鱼语，喜到人间泛芳练。生头生尾一笔中，安得猛火烧群龙。妙画通灵飞作雨，胜呵电母鞭雷公。时苦秋旱。生头见韩诗，生尾见欧诗。

---

① 本诗《古愚室诗钞》题作《乞过伯安画鱼时正秋旱》，字句多有不同同，全录如下：

上天忽失元武星，化作巨鳞游沧溟。灵气独据倮虫秀，一洗尘壒酸风腥。前身仿佛鱼天见，欲吸赪霞腾紫电。此老胸中万鱼语，争到人间泛芳练。倏然五指快搔爬，腮潮鬣波倾铁柎。僧繇活龙有仙气，子昂神与重官家。昔者景纯化鼍子，今日先生无乃是。请君挥洒笔头云，为我一跃琴高鲤。热秋火云犹露峰，安得鲲变翔群龙。天飘点滴遍乡国，敢谓李靖非神踪。我将携画压舟橹，正恐河精召风雨。大鱼人立学儿啼，势欲攫图跳且舞。归去拟挂画堂东，怕如维石飞天风。但能作霖泽海内，免呵电母鞭雷公。

光绪甲申四月初二日游方山题名庆云岩并览新旧云峰二寺冒雨归甲申①

紫天高悬墨屏风，卷收老日青冥中，四角塞天天欲穷。嚼云入毫写龙背，万田剪碧玻璃碎，乱磬浮空戛瑶佩。分风刺霆岭剥刀，长林如海翻波涛，楼台金碧蜃市牢。幽人语响千崖裹，美人隔花醉钗堕，道人卖云山不锁。西望红岩双法冠，江沱带围苦非宽，谁帔云霞簪石峦。

感　事戊子

蛮奴獠媪皆尸祝，龙章风姿照人目。散发骑鲸汗漫游，家山精灵定追逐。卿云本是故乡亲，污吾子瞻尚不伦。却怪儿童胆如豆，不知雷电能惊人。贩卖到公真未有，金算锱铢米升斗。可怜漕滑灌鸥夷，何异衣冠被桃偶。倚门或挥况登堂，酹公以酒公肯尝。青楼读礼屠念佛，只助笑骂成文章。青莲仙语尧祠吐，双井樊侯句如

---

① 本诗题目原作《游戏方山题名庆云岩下览新旧云峰二寺》，据《古愚室诗钞》改。全诗异文较多，全录如下：

紫天高悬墨屏风，卷收老日苍冥中，连蜷吞烟回锦虹。嚼云入毫写龙背，万田翦碧玻璨碎，筝车唯应响瑶佩。岭头飞雾□春冻，玉笙天声玉童弄，叫破鹿王花雨梦。栴檀蒸霞山骨香，泉身泻玉诗心凉，水松僧牌气药房。岭花吐芬烟袅娜，美人隔烟玉钗堕，道人卖云山不锁。碧沼鱼桥卧苔枕，万竹雕天裂云锦，老鹃骂春抱月噤。割波岷江岭剥刀，檐铎笑语风翻涛，安得驾天鞭六鳌。

虎。神巫何事苦吹箫，尧本无心尔击鼓。夔州昔时先主宫，谁道祭苏乡俗同。一笑杜陵怀古作，岁时伏腊走村翁。

盗枣谣

月中纷纷落枣雨，声急点繁挝土鼓。人影疾溜墙西头，如猿果林盗红秋。上夜金波泛空紫，花浸闲阶澹止水。嫦娥冷眼噤窥之，觋触窃药当年私。人间黑白迷形势，文字勋名叩真际。曼倩坐云大笑人，谁当投核齐昆仑？

重葺张忠烈公墓诗并序

光绪十七年十月二十二日，盗发明兵部侍郎总督张公同敞之墓，获焉，治如例。广西巡抚以闻，奉旨下三法司议，议如之。墓在临桂县城外十里，北坐南向。骨殖犹全。由县官敛而重葺之。于是刑部广西司主事刘光第阅题稿，怆然慨之，而赋诗焉。

暴雷虺虺风骚骚，督师之头三跃高。血身挺立肉倔强，掉落豪帅手中刀。督师太岳之孙子，与瞿留守同日死。留守还归拂水岩，督师就葬唐家里。当时若无杨艺哭，忠臣肉饱乌鸢矣。里中生员唐兆祺，世传祭田祭督师。自从乾隆赐谥后，赴墓拜扫年年期。日二十五月十一，不知死日是生日？昌平云气郁桥山，荆渚愁波连漆室。何来地下摸金郎，鬼气所射绿眼芒。手挥金椎唱青麦，莫家兄弟不可当。万髅饮血伤陈魄，忍动文武忠义骨。此骨南撑半壁天，前身北射中原月[1]。汉寝唐陵皆发掘，玉鱼金碗终销缺。青犊赤麋徒哽咽。快哉三贼尽成禽，宝镯依然殉灵窟。忆昔瞿公隔屋囚，四十余日诗相酬。形骸久已外天地，留此大明土一邱。虞山凭吊忠宣墓，陶公种梅赋诗句。欲乞吾师买桂花，补栽忠烈坟前树。时张安圃师署理按察使。

〔1〕宋评曰："此等处是唐人妙法。"

京师菊花

斜街市中菊花至，炫奇斗丽迎人意。颇惊花事亦知时[1]，秋花能作春花媚。扬州芍药曹牡丹，尔岂不耐山中寒。胡为天然有佳色，也逐富贵来长安。裛露精神谁爱惜，傲霜节概空抛掷。低眉俯首二尺强，惭愧山中高八尺。山中之花伟丈夫，京师截花为侏儒。琼窗绮席供笑弄，朱门酒肉还遭污。岂无热官貌秋士，强吐瘦语终肥粗。竹篱仰看烂漫时，冷艳萧散神仙姿。野情高意迥出世，星冠佩珠扬翠蕤。冰天雪地愁香梦，水仙烟火盆梅冻。寒花北来变本心，惟有青松还可种。

〔1〕夹评曰："宛约得妙。"

先祖生日感赋

祖年百五父七十，四十二十年幽冥。我生三十有四年，我子长者方四龄。我子如我不见祖，安知祖意伤伶仃[1]。含饴分甘古所乐，此事独缺于家庭。惟我祖母抱两孙，犹及我身长半屏。明灯吐花助微笑，诵声琅琅含喜听。八年我母驾云軿，但见我女嗟媌娙。竹笋穿苔抱龙甲，桐枝刺天条凰翎。自来京国举三子，我母而在喜涕零。月维十一日十九，祖之阴寿亦荐馨。我前拜跪两儿后，俯仰粗有吾模型。小者半岁抱旁立，眼射烛火如明星。一堂精气所凝结，神会岂隔貌与形。蜀南家山五千里，吾弟只影追先灵。傅家潭水碧于酒，春暖肥鲍浮可钉。烹鲜斫脯携上冢，时有沙鸟随归舲。鲲鹏云海思已扃，牛羊邱垄梦长经。转愁弟也将北上，花落墓田空草青[2]。

〔1〕评曰："从老杜代时见汝心翻出。"

〔2〕评曰："反兴法。倒兴法。"

白雪吟

大城冻色连虚空，雪花初结人气融。须臾宫殿皓天上，九陌十六城门同。王侯蝼蚁岂得别，一皆蛰入于其宫。而我高歌破屋底，雪压欲倒心清雄。清凉宝山思一见，秀发五朵寒芙蓉。峨眉石骨冰作肉，烂云衣裳不可缝。蓬莱左股愁冻折，梅花尚倚寻仙筇。不然千树万树松，黄山之三十六峰。兴酣赤脚踏冰上，或骑白鹤哦云中。匡庐皭然五老翁，背负几叠银屏风。九关神童掩日角，一笑玉女开天容。大行雄起天下脊，掉尾忽落沧溟东。巨鳌戴山怪如瞑，烛龙衔火阴不红。可怜王母眉如霜，云情海思嗟方浓。石晶珠髓嚼虎齿，卷霹雳舌惊东公。君不见，缟素风沙二万里，粉本可画无人踪。黑子变作白弹丸，海东一点光濛濛。竦身若木望南北，万古之事撞心胸。块磊所畏玻璃钟，麯生遇我偏无功。热怀直欲暖宙合，自笑拨火身方穷。夜深煮茗镇清绝，奇气郁盘多苦衷。不如杜门且高卧，待取南窗五丈之枣朝阳烘。

壬辰九月偕袁吉云廷彦王慕韩祖仁林康甫履庄游翠微山二口而返后二年康甫出西山纪游图记索题

虎头换却蛾眉长，龙尾不随鳌骨霜。飘然落我翠微里，何必把剑倚太行。昔者宗生写卧游，直以名岳收琴床。抚弦山响得妙会，况我踏遍西北冈。欲将丹青貌斯景，所恨不得如长康。对君图画如见山，当时君我山中藏。林端孤塔疑白鹤，忽被笑语穿青苍。玉兰翠老丹枫香，宝珠洞头望帝乡。海天去鸟送秋目，落日一抹城阙黄[1]。晚来僧阁卧山月，呼吸清露洗我肠。忽忆前秋宿唐寺，桫椤雨打声浪浪。大雕盘天山海猎，听讷子襄谈。威凤背日江汉翔。感吴兆泰事。并为雄谈殷钟磬，欲闪卧佛碧眼芒。岂如此夕镇清绝，幽花无语眠长廊。仙岩瑶草朝可撷，肌发翠润松风凉。至今秋梦绕云壑，耳根泉响犹龙塘。那知君已尽收拾，坐羡林岫纷在旁。我诗岂足污君画，聊凭爪迹留飞光。

〔1〕评曰："此数句，变雅诗人之思。"

谢林玉珊惠鸡毫笔甲申

枯藤怪石空山幽，老人抱膝松下讴[①]。忽如风沙怒胡立，揞戈挺戟森星眸。又如云海襞金翅，风扇幽姿翻媚虬。珊枝刓削铁干屈，谁臂寒猿尻秃鹙。怪观骇景塞胸鬲[②]，一一倾注来笔头。转平而奇忽归淡，由奥得峭俄入遒。此法入尘瞪俗目，可嗟愚技空雕锼。仙人有力□□臂，逸气推倒十二楼[③]。为问出奇孰惊绝，写师今有何道州。胚苍乳籀隐规夺，攀汉揖晋争泡沤。平原吾师有衣钵[④]，余子碌碌安足求。我不学书识书意，过眼都似云之浮[⑤]。玉珊林君天授析鸡羽[⑥]，神妙吞吐秋毫秋。鼠须麟角失颜色，中山除国汝南侯。凡材善用变珍贵，万物能弃须能收。迩来羽檄走东海，竹头木屑纷隅陬[⑦]。吋艰盘错须利器，毛锥肉食谁敢羞。安能盾墨作露布，倚马净扫搀枪愁。

---

① “抱膝松下讴”，《古愚室诗钞》作“伛偻凭松讴”。

② “怪观”“融”，《古愚室诗钞》作“异观”“膈”。

③ “仙人”二句，原无，据《古愚室诗钞》补。

④ “有”，《古愚室诗钞》作“剩”。

⑤ “云之浮”，《古愚室诗钞》作“云烟浮”。

⑥ “玉珊”，原无，据《古愚室诗钞》补。

⑦ “竹头木屑”，“古愚室诗钞”作“木头竹屑”。

厚村屡有北来之约年余不行既书促之复寄此篇甲午

云间士龙西厢空，四海子由天末同。念君不共帝城隐，秋风何事吹飞鸿。黄叶打门惊汝至，白云过枕翻人意。道来不来中然疑，又不见汝于梦寐。巫峡秋涛隔远书，汝颇健饭今何如？榜山松柏拜佳节，呰园花竹罗修庐。出门水宿更星饭，复苦风尘惮行远〔1〕。江海行人未有期，冰雪坐嗟成岁晚。今我欲归视汝身，免汝朝夕怀远人。身骑土牛动不得，口哦鹡鸰空自亲。岂如吾弟来相见，一水天津好携眷。我当迎汝到通州，且与先试潞河面。

〔1〕评曰："排偶中有散行之致，顿宕乃尔。"

闻人说永定河决堤之异

河身荡水水决堤，水中忽抛剑秉圭。乃是削土矗如梯，排空倒击黄琉璃，万目瞪骇谁敢批。人言水怪此穴栖，鼋头戢戢相撞挤，群怒变作触藩羝。老鼍助之声鼓鼙，爪脚力敌千狻猊。不然亦碎百象犀，何至簸窟于駃騠。口门訇哆飞素霓，一溜岂止万鬼啼，塠阜鳞甲人凫鹥。青天白日气惨凄，阴云四扫无氛翳。水从塞外高注低，有似毒酒奔肠脐，使腹忽裂为刳蠵。虮虱具汤不用篦，蠛蠓酸死沉败醯，况兼妖物兴无倪。何仇仇民胜割刲，何恩恩官饱鏖谿。安得宝刀莹鹛鹈，生斫其头左手提。风吹朱血腥河泥，其宫可清庭可犁。有弩更能射鲸鲵，辇毂近逼诛可稽。神物不杀物不迷，修德释此天方侪。

送蒋达宣茂壁同年改官广东同知乙未

海东诸将新罢战，海南词客初游宦。今日得辞薇省深，去年几睹桑田变。北极朝廷有中兴，清时乞外岂无能。浪言杜鹃叫析木，回望金爵栖觚棱。何处蛟宫连蜃市，遥知岭表风物美。韵高争爱碧蠔油，内热少餐丹荔子[1]。佐郡萧闲好读书，寿觞况得倾浮蛆。愿收天海入清抱，休向京华伤索居[2]。杏已生人槐乍吐，春明柳枝攀折苦。万里君门念铜狄，六年威海鸣倭鼓。我游罗浮将见招，题洒竹叶如芭蕉。君有诗卷两牛腰，何妨归携二椰瓢[3]。

〔1〕评曰："达宣云中有微意。"

〔2〕夹评曰："送意从对面倒钩，精妙。"

〔3〕评曰："颇得缠绵温厚之意。"

宿黄龙观老人玉女二峰在其侧。乙未

山云如花烂成朵，花下老人迎向我。何来玉女秀无央，淡倚南天笑垂鬌。众山肩背生虚空，负天抱海光无穷。入之峰翠静不散，万绿浸眼无青红。石磴蛇盘踏烟雾，幽泉如佩锵余步。鹤毛萧萧堕苍藓，龙气郁郁缠珠树。乱松瀑顶过吟身，一鹘空中绕诗句。黄龙道士粥鼓鸣，导我梅花林下行。指言香海五百树，何用热客来栽名。浙江徐琪督粤学，种梅罗浮，道士嗤之云尔。夜煮砂泉瀹瑶草，云卧秋岩味清好。大声灭火榻忽摇，飓母东来裂蓬岛。浮山鹏蹲会掀去，南溟鲸立相舂捣。但将心定压雷惊，肯使梦飞随海倒。晓来云涨白成田，何处更寻黄野仙。二峰送我下山去，老人玉女飞上天。

白云山吊赖义士嵩丙申

真人入关神秀发，红缨柘袍坐金阙。南中君臣若崩角，争怪平西迎剃发。辫绳三尺系中原，谁扶倾天哭日月。况闻令下千雷霆，腰膂几人膏斧钺。就中亦有逃空虚，顶上如蓬尽芟绝。为存君臣亡父子，九有五伦同坏裂。武平赖生冠儒冠，誓将戴发黄泉没。白云峰头竟长往，孤竹鲁连比高洁。犹嫌鹞子矜嘴爪，止将凫卵当薇蕨。双凫亦耻下山飞，高鸟高人斗清节。何物乡人鸟不如，阴断其头伺岩穴。河山百代逗兴亡，风雨万灵趋恍惚。心孤曾怨鬼神迷，项拗竟随天地折。匹夫殉国古亦有，杀人不死三章缺。监司徒与赙金钱，里老至今祠石碣。我过家山吊岩谷，恨少神弦奏金铁。但闻风籁响阴林，似悲故国还凄咽。杀身成仁心所安，析义要如筋入骨。苏卿啮毛不忘汉，大禹文身为游越。黄冠归里傥得成，文山高操犹冰雪。

登南康府门台望五老峰出郭观王太守作湖厓水嬉丙申

昔闻五老游河壖，化为五星飞上天。何时风吹踏南斗，飘然忽在庐山颠。人间混浊不可处，天上叹息归无缘。五峰真骨秀日月，且住下界为顽仙。仙人爪天天有痕，匏瓜十手摘天门。紫霄挎弄雷电攫，堕作宫亭湖内墩。涛波舂起磨石翠，謦欬散落翻神鼋。隆隆背负东南天，落落口绝江湖言。我帆吴风向海峤，独上高台炙清照。濂溪考亭凭槛处，大贤往矣山空眺。须眉浩荡尚依然，十四年前识吾少。如今憔悴为阿谁，坐对名山语难妙。南康太守故乡情，画船鼓笛相和鸣。楼台衔山野村远，钗扇动日长湖晴。此时五老放天眼，饱看太守嬉承平。佳辰有酒好行乐，无若杞国忧天倾。明朝踏云去，云里肯相违。且向青天团一笑，从他沧海有尘飞。

赠傅桐澂

傅侯去秋转海来，手携兰草三百本。情知空谷异五都，要与骚人论九畹。此花宜种玉阶前，此人翻避玉堂仙。欲把一麾乞作郡，何止半家输助边。此时疲俗骇有辞，翰林主人蜀二奇。堂堂检讨参赞去，赫赫编修报效为。群马争轺比肥瘦，帖耳垂鬉恋赍豆。岂无腾蹋绝云霄，已伤驽骀破宇宙。萧条冀北空尘沙，王良伯乐亦已遐。龙性胡能不变化，驴鸣尚自相牵拏。琴弹花径春风曲，剑舞蕉窗秋水绿。诗思风云绝足随，傅侯天机脱羁束。卜式乃相诸侯王，汲生何事薄睢阳。今人舌挢凌云赋，谁知司马是赀郎。

题紫芊建南行役图

几人卖画长安陌，吾家紫芊声藉藉。指头千变出烟云，户外长年走金帛。忽然示我西川图，自作闲身南诏客。令我披图感慨多，万里边愁生咫尺。双流故国悲蚕丛，新津大堰眠长虹。临邛程卓今贤圣，欲铸铜山祀邓通。火井盐泉尽英杰，橘官铁祖真豪雄。相如空有凌云赋，如花坐对嗟途穷。从此津涂更回互，冰雪漫漫迷瓦屋。相岭风雷謦欬中，险过乌龙与赤木。经山青满玄奘藜，汤泉绿灌张骞竹。藤盘笙秀富神奸，更说药砮盛番族。黎州五十四生羌，埋奴砍狗牛皮黄。李承旧署都耆帅，任贵自称邛穀王。哀牢犯徼古亦有，英法今逼西南疆。将军边事足摹写，节度可有韦南康。汉唐陈迹纷在眼，拔剑高歌心慨慷。我亦东南倦游耳，仍隐王城钻故纸。叱驭心雄汉大夫，颂鸡文谢资男子。颇惭负弩驱县官，肯归建节桥孙水。惟当把笔记君画，补入嘉猷图说里。君不见冰洋谁去持节旄，画界弃边罪莫逃。

答澂兰睹余宅杏花见怀之作

主人已出客不来，主人未归花自开。花开客到叹复去，为问主人何日回。高檐杏株大如斗，乱缀繁葩照空牖。隔墙游骑几回看，绕树何人千帀走。对花忆我示情亲，高生未老诗有神。草堂梅柳入佳句，我岂东西南北人。归来绿叶阴帘幕，一篇重读怀人作。上客烹葵未见招，人家看竹何须约。明年花下句同参，春雨江南味饱谙。愧无好句继梅老，醉翁激赏春酣酣。

厚村还蜀作诗四首送之

其　一

北风三日吹倒人，冰土惨裂干无尘。群雀蛰檐老鸦伏，何当送远平生亲。路人寒缩弗忍顾，况我与子同一身。岂无衣裘覆尔体，亦有羊酪偕禽珍。中原风雪几千里，曰归遘此摇落辰。恒山沙坚血马足，黄河冰合舠龙鳞。秦关蜀道更险苦，使我别梦随归轮。可怜欲别未别时，强作慰语含悲辛。水仙初苞胆瓶冻，梅花虽笑惨不春。常时每诩丈夫志，对汝今为儿女仁。

其　二

别时弟作家园图，动我乡愁涕如屑。池中鲤鱼长尺半，竹间好鸟调新舌。霜清龙目烂垂珠，月冷梅枝屈蟠铁。对花遥忆种花人，往往空樽过佳节。佳儿七岁长都中，吐语已如嚼冰雪。泚笔题诗满其上，亦说乡思情内热。落句直仿离骚经作书还拟龙门阙。当筵惊起老兄弟，一笑别肠几拗折。京洛风尘缁客衣，榜山松槚青坟碣。何时携儿归拜冢，且与园花说离别。

其　三

孤鸿分飞寡鹄翔，我有一妹称未亡。颇闻抚子在婴幼，乳点泪痕凄断肠。自生女子名桂仙，想见丫角簪花长。生平未睹梦不得，安得抱之置膝旁。今年三十妹初过，早梅十月含冰霜，一妹以十月生，今年甫三十，守志已数年矣。杯盘灯火亦无分，空寄寿简称宁康。妹颜丰皙身颇健，不如弟貌瘦以黄。弟归岂免问及我，发凋齿豁心空强。一官夺守表彦章，四旬称翁学欧阳。会当罢去返乡井，免与骨肉遥相望。

其　四

上界仙人足欢喜，万顷瑶池开玉蕊。手提日月掷坤图，虎齿磨天嚼珠髓。青鸟黄乌啄苍昊，光倒八极垂九尾。不惜海山吹作尘，睒睒窥攒万鬼。鞭挞神龙笞紫凤，溟岳倾簸翻云水。星宫羽从酣琼浆，神仙饱食愁不死。猛犬狺狺吠阊阖，欲射天狼乏长矢。剖心喋血请群命，那信浊河清泪泚。茫茫尘世向谁言，吾弟聪明差得拟。山中去扫旧茆庐，待吾归纂游仙纪。

送唐融川大令宗海之任来宾

清端昔论罗城书，赤脚坐卧几不兴。水汤山剑更烟瘴，猺獞狑狼弗予憎。荐章遂有合州行，泽州相国史笔矜。坚刚澹泊岂无自，动忍直比龙场丞。后来左侯督陕甘，大书兹书以厉能。乃知从仆环泣时，无异讲学相凛兢。吾乡唐子令来宾，喜无同年劝缴凭。罗城咫尺芳规在，清官有谱知相承。老桑怕夺柳州席，掀髯一笑岂所朋。况子活人有奇术，余事亦并荆关称。我帆南溟上罗浮，阳朔山水到未曾。政闲试写象州山，寄将无惜墨一棱。

京师蔬菜有最美者漫赋

关东鲟鳇骨堆霜，静海银刀争雪铓。鹿狍蠃蛤并箝舌，犹报菜园冲破羊。平生自笑藜苋腹，饱饭生夸作奇福。共指前身是戒僧，重抛蔬笋将粱肉。中央混沌帝所家，饮绝沆瀣餐明霞。腐儒犹愧虫蚀米，腥膻敢以置齿牙。何况雀鼠偷太仓，人材迂钝空踏衙。自锄片地试蔬蓏，胡卢挂鸭豇悬蛇。风中扑窗满蝴蝶，乃是抱檐篱豆花。韭肥葱壮肌玉雪，药薯儿臂雕菰膝。北地冰霜少蔓菁，瓢儿菜好甘如蜜。妻子澹泊岂足贤，都门晚菘天下传。饱食长祝太平年，不识国危吁可怜。草根树皮食已绝，故里哀鸿眼流血。

送桐澂之任凤翔族弟刚甫同往

去年送弟长新店，北风只搅情亲念。今年送友芦沟桥，晴雷乍起离魂消。夕照如花红万柳，我但哦诗不携酒。高轮动山蹄十丈，疲骡蹴踏为龙象。活画西垌送别图，平沙乱影争磨荡。使君玉马筞云奔，几回回首望金门。北极长思鳌足稳，全秦漫诩龙头轩。岐山王气莽萧瑟，丹凤文章跃初日。莫愁栖迹老梧枝，惟要剖心当竹实。吾宗令弟学挥翰，定有新诗拟八观。家在闽汀九千里，从今梦绕沧溟水。芦沟清月向人猜，汝送行人已再来。相思寄我与将去，浑河不肯折西回[1]。

〔1〕评曰："韦苏州送人作宰诗有江水日夜清之句，此用其意而

语殊幻曲。”

送云坳出守梧州

帝二十三载丁酉，二月春寒雪犹厚。垂杨无叶杏无花，似怕离筵照杯酒。吾家云老古遗直，十年簪笔今怀绶。共欣粤峤得循吏，却恨京华失良友。伯起金来挥臂谢，阮公钱入掉头走。利风百窍中人身，国脉一丝悬鬼手。斡旋天地虽无力，排击风霜犹有口。颇闻周子道期期，频见史公呼否否。岂无狐鼠昼侵人，往往遇之遭刺剖。海风吹晴插南斗，牂江水暖生珠母。漫言勾漏产丹砂，气足神完知此叟。迩来疆域苦分截，日南一线累萦纽。黑烟番舶走雷霆，青嶂獠人惊洞牖。良二千石古所重，但结民情固封守。久识铜驼会荆棘，且令赪尾闲笊罶。郁林试访文山文，罗池莫让柳州柳。

楚枬大令将行因其乞诗作此以赠

黄生读书无所用，天上玉堂真昨梦。县官虽好不救穷，何如贫人登破瓮。男儿今日重钱刀，引商自稃亦自豪。不向人间铲皮骨，端从地底吸脂膏。玉乳琼浆白银髓，言之津津两眉喜。宝明碧眼压波斯，利乞秋毫走桑氏。君今去过齐鲁墟，试吊夷吾访逸书。为我一问鲁中叟，连骑弟子今何如。欲说五洲彼龙战，将攀九天臣虮贱。儒林循吏皆掉头，惟有倾心货殖传。梨栗枣萩抵侯邑，况君千亩山四十。西州大贾推细胡，那愁穿背英俄入。郡守思营什一方，当时有鬼笑其旁。若把通商讥逐末，国家安得南北洋？宋家新法研红穗，与君同抱光明志。待剪秋蟾照夜窗，便余细勘农书字。先是宋芸子检讨将集股造洋蜡。

送邓畅甫亨先员外归湖南戊戌

畅甫兄质直朴诚，抱雄武用世之志，垂老矣，爰以三月将归于湘。同人赠诗，邀余共赋。吁嗟，此何时也，其可堪坐睹人归田邪！书长句赠之云尔。

楚山北云漫空起，燕山春色黄尘里。东风一棹拨雄心，美人已隔湘江水。卧听空山杜宇声，知君忠爱有余情。只愁竹泪斑斑灭，沅芷湘兰不忍生。

七言古诗未刊稿补钞

见月幼时作。癸酉

见月忽一笑，相逢正年少。少壮能几时，明月长娟妙。最宜终夜对，曾为昔人照。不知几历昔与今，万古中天一镜耀。蟾兔影常在，鸾凤静不啸。夜久清露重，霄陡薄寒峭。举酒向青天，爽然歌水调。琼楼玉宇可胜寒，愿登天上宫阙一凭眺。

南阳草庐怀古①

高登南阳城，城西复何见。南阳居士有草庐，洛阳天子无宫殿。惜哉出世因三谒，奇功伟名不磨灭。可怜天心骤夺难，忍使庭除空日月。君不见定军山，遗墓长留天地间。又不见锦城阴，祠堂终古柏森森。

---

① 本诗据《古愚室诗钞》补。

秦　淮甲戌

祖龙孙子属何人，嬴家天下劫灰陈。惟余钟阜一淮水，万古千秋犹姓秦。当年竞说王气异，凿此为充金陵备。何知水石不百年，遗迹空成游眺地。游人诗酒水迢迢，陌花开后柳烟消。名士舫，玉人箫，铁龙横江又几朝。月明夜夜南洲路，后庭花飞歌玉树。君不见涉江打桨盟烟波，春半秋颠桃叶渡。

观　涨乙亥

谁挽天河都倒翻，一泻千里开巨观。蛟龙奋厉银山涌，鹭鸥飘泊雪花团。沙飞虬跃地舆荡，波诡鼍恶天影寒。更添风雨怒潮急，便作十万军声看。尔其水碧沙明候，河伯安卧无微湍。闲来草阁一尊酒，白石可数苍洲盘。谁令一驶如竹箭，直将荡秽清河干。重崖叠嶂要浮去，天柱不锁知留难。小峰出没戴鲸背，恍闻三岛风腥酸。怪到塔铃昨语我，明日断渡当无滩。凭高纵兴试盱眄，耿耿鳌睛辉紫澜。

看 竹 辞戊寅

春花繁艳不堪顾，夏木浓阴少清趣。俗肠江水浣不得，紫陌红尘久难住。忽闻胜地笋泥香,知有此君心便凉。虚心只合临水照,高节讵肯随风扬。那知竟来菖蒲拜,甘蕉受弹不忍怪。有时偶动凌云心,引得南薰吹世界。可怜池馆翠浓时,亦或篱落添幽姿。此情此景向谁道,令人辄想王徽之。静则稳睡箨龙子,一动飘然凤尾紫。付之玩赏何足奇,风雅还能医俗士。安得修竹千竿万竿万万竿,大为天下俗士医辛酸。一洗万古之汗漫,吾将终日来盘桓,此君即作吾师看。

种竹辞戊寅

莫种柳条飞白花,堪笑杨家与李家。莫种牡丹围锦帐,休夸姚相与魏相。何如种竹绿阴攒,画手当年渭水餐。子猷宅外二分水,庾信园中三两竿。佳士原来有竹癖,座中更无一热客。筑亭当号此君亭,拜石便名此君石。客言种竹太清素,篱边绝少繁华趣。虽有玉笋抽香泥,不见琪花缀珠露。客兮客兮何不聪。无竹令人俗,尔独不闻之坡公。虚心是我师,尔又不闻诸放翁。前贤清高类如此,从今幽馆名竹里。种之风月为一家,不种雅俗隔千里。非但足供诗酒资,对渠终日可忘饥。参天凌云有高节,我亦披襟来拜之。客闻清风忽飒然,买之未有四万钱。仰天一笑出门去,他日来参玉版禅。

秧马戊寅

君不见平原野马浮埃起,日色西驰九万里。又不见祁山木马刍粮分，风行北伐千万军。是皆喻马之非马，非马几曾居枥下。更有奇制出苍黎，中田俨充木驮騠。桐楸为背枣为腹，远近分秧闻逐逐。置之桑径如犊归，跃之秧畦如雀飞。日行千亩亦何驶，归来挂壁无刍水。可怜野老拳曲容，低昂势若白鹭舂。焉得秧马备农器，省其筋骨岂不利。我亦清时受一廛，肯让老农先着鞭。傥教伯乐来田间，定动知音鸣天闲。

古　剑戊寅

牛斗无端紫气掣，潮头惯听蛟龙咽。忽然风雨江石裂，神物万古不摧折。未须磨洗寒霜雪，欧冶止今炉尚热。在手四顾天地拙，怪到鬼母来相诀，细看两腋碧花结，还是西江老蛟血。我闻盗发子乔穴，中有白虎来吞啮。又闻雷震清江凸，下有黄蛇肆变灭。此剑能将忠佞别，清班未许藏容悦。莫谓太阿锋易缺，将以贻之古壮烈。

忆　梅己卯

冻云如胶老虬怒，嚼破林逋暗香句。段家桥畔小孤山，朔雪寒风不敢妒。我来游眺小亭东，陡觉花番第一风。冰玉仙人望不见，春思一缕香岑通。不饮胡然兀兀醉，拈毫乱写相思字。此心飞渡大江来，已过南朝四百八十寺。

题　画甲申

天台美人玉肤紫，笑蒻香云濯春水。出山飞泻赤城霞，云破碧春作红蕊。情天惊梦唤仙郎，玉想纨思取次偿，艳福白头春自长。

题　画

绛宫紫庭罢歌舞，现身堕君之瑶圃。名姝酒暖沉香亭，仙人梦醒清虚府。生成艳福本情多，佩环摇风香绮罗。百重芍药围青婢，万朵芙蓉拜翠娥。情根寸寸无能断，闷深黄阁春之半。黛云端逗兔毫长，嫩日戏验猫睛散。海山回首路漫漫，似悔红尘插脚残。丹心消受天家福，粉雨争教玉女看。香国风流原自足，多买胭脂笑尘俗。但愿洛中名园长太平，锦地花天老香玉。

题　画代

竹窗风凉，驰展妙轴，焚香研读，浚发遐想，搦翰题此。

绿纱人静闻私语，翠谑红嘲自尔汝。佩环仙人落九空，满身花雨寒天风。为君一曲歌琼枝，正是酒潮微晕时。半生香粉妒么凤，唤醒红哥碧云梦。

赏菊吟

大造秋心谁得独，骨秀神清付芳菊。过重阳节始开花，今时不似古时馥。人言热客非其流，热客诚为俗肠蹙。又言冷知此心，冷人未必秋情熟。我之爱菊果何如，不餐英兮不制□[1]。但觉寒香沁我脾，即销秋愁三十斛。有菊不妨金谷游，无菊亦可陶径逐。何分冷淡与繁华，自雅自俗成品目[2]。他时倘得遇倪迂，雅倩剡藤裁半幅。著我万花浓绕间，秋在风裳与云縠。

凌云山东坡读书楼怀古

挽不住大江东复东，铜琶铁板何英雄。唤不醒读书万卷之坡公，青山依旧夕阳红。山势凌云天半镇，危楼四角云飞峻。楼中当日读何书？志凌青云高隐居。我来吊古精神旺，犹见先生墨版余。君不见，陶侃读书台，把酒临风举一杯。又不见，李白读书山，开窗览胜罗千鬟。兹楼较之尤秀朗，花围竹簇峰高仰。东坡先生今再逢，我亦追随侍几杖！

---

① “过重阳节”八句，原无，据《古愚室诗钞》补。

② “有菊不妨”四句，原无，据《古愚室诗钞》补。

五言律诗

罗汉寺

江路青烟散[1],山门绿竹斜。小桥存古树,远水见渔楂。战迹愁烽火,名心澹佛花。少时题壁意,可笑为笼纱[2]。“空山黄叶客携酒,寒雨绿蕉僧闭门”,余昔游罗汉寺句也。

〔1〕宋评曰:“神境。”

〔2〕宋评曰:“诗境亦澹远。中四联微嫌并脚。”

君子石

傲气满天下,鞠躬能几时[1]。中流凭砥柱,大雅是吾师。象笏端宜拜,鱼钩直自垂。观音滩上路,里范照江湄。

〔1〕宋评曰:“一起意深,而语嫌着相。”

福田寺寺僧春澄精医,化去十数年矣

楼阁劫灰重,春深万绿浓。客来寻大药,僧去有苍松。壁雨长垂画,溪云不隐钟[1]。石桥渔唱远,相送过西峰。

〔1〕宋评曰："深秀。"

题友人山庄庄有三庄井号品泉

沙鸟引春舟，过江春事幽。暖风秧马水，迟日海棠楼[1]。茶罢闻高咏，花时起暮愁[2]。虹光发丹井，好为驻颜留。

〔1〕宋评曰："得远境。"

〔2〕宋评曰："愁韵秀极，然不显纤，固是真才语。"

石王溪夜步

古砦西门路，苍苍暮色连。月喧穿石水，风折过桥烟。栖鹘危巢黑，肥鮀细网鲜[1]。溪头扶跳蹬，阴善愧承先。跳蹬石坏倒，先父曾出十数金修补之，而人无知者。

〔1〕宋评曰："四偶纯乎杜律。"

留别友人

尔爱渊明者，须知在复真。百年好持此，六籍与相亲[1]。滞迹江山远，依辰日月新。古今中有我，莫误影形神。

〔1〕宋评曰："卓识高韵。"

拜周泗瀹丈墓

夙昔论诗地，今来墓道平。九原无日返，万古大河横[1]。腹痛车知过，心惊草怒生[2]。相期愧知己，高咏竟何成。

〔1〕宋评曰："沉郁。"

〔2〕宋评曰："语亦惊人。"

大观楼叙州

迥出势不已，何当兴正酣[1]。星光浮斗北，兵气静天南。远驭资雄镇，高情得极探。回风送鸾弄，便欲附云骖。

〔1〕宋评曰："起峭拔。"

哭胡正之世杰秀才二首

其　一

昨来犹执手，恶耗忽悲传。怪梦汝为鬼，惊呼余问天[1]。乱书堆作冢，良玉散如烟。不竟才人用，吾才更孰怜。

〔1〕宋评曰："上联奇警，承以秀蒨，便觉气象万千，刘梦得乃多此境。"

其　二

五中竟摧酒，三叹到亡琴。重以别离恨，其如规劝心。妇来无暖席，子小未成音。搜取旧文在，嗟余尚苦吟。

梦正之

君从何处至，仿佛得平生。把臂相悲喜，回头失送迎。半窗残月在，四壁乱虫鸣。起坐翻遗稿，凄凄竹露清[1]。

〔1〕宋评曰："一气流转，神韵神味此两得之。"

山行遇雨

春兴自飞翻，春空密点繁。乱泉穿古寺，片雨入深村。柳店风收旆，花时犬卧门。归途泛渔艇，溪绿上桥痕。

山居秋夜客至

一笑佳客至，凉宵宜素心。灯花笛里落，木叶酒中深。天际初鸿过，松西半月沉。论文有真意，何止契幽寻。

晚　兴

鸟没夕阳边，高愁堕暝烟。近风交畛蕙，凉露卷池莲。暖酒云生石，弹琴斗挂天。新诗满竹树，未肯与人传[1]。

〔1〕宋评曰："隽永。""炼字如弹丸脱手。"

过正之夫妇野厝处

亦识委形幻，殡宫犹寂然。那无一坏土，翻惜两韶年。野冢多芳草，春风又杜鹃。殷勤后死责，落日满归船。

蟋　蟀

振羽渐斜晖，吟情难故违。美人夜坐怨，王孙秋不归。灯火绿窗瘦，风尘青鬓稀[1]。感余还有在，流响发天机。

〔1〕宋评曰："虽落宋派，妙得自然，反似六朝新体。"

蜻　蜓

贪此虫粮美，蜻蜓接尾行。坠风怜汝弱，点水自身轻。不识老成意,能无飘泊情。多因有文采,爱惜苦分明[1]。

〔1〕宋评曰:“结杜派。”

蝉

流哀自千古,温厚一无言。妾命真成薄,秋声独自尊。去仙留幻蜕,与世著愁痕[1]。安用灵龟察,登天诉九阍。

〔1〕宋评曰:“言近旨远,志洁称芳,可以持赠。”

鹦　鹉

羽族岂不美,何因羡倮虫。偶然学人语,端合在尘笼。忏悔心经外,神仙梦景中。凤凰能大圣,音迹与天通。

八　哥

来巢止寄迹,尚使鲁无鸠。所恶覆家国,何当掉舌头。弄姿虽自巧,教语亦人偷。却怪寒蝉噤,西风无限愁。

松　鼠

雨气满林皋，餐松剩老饕[1]。浮生此么渺，托体得清高。尘世人思捕，风云尔亦豪。黠肠但与涤，何必学仙劳。

〔1〕宋评曰："苍莽。"

斑　竹

一雪湘妃泪，千秋止不干。云烟护龙蛰，苞采见凰鸾。抱节深藏恨，多文与自残[1]。迷春啸山鬼，月白女萝寒。

〔1〕宋评曰："酷肖老杜。"

黑　竹

幽壑极萧森，黑风吹日阴[1]。全身异孤洁，晦迹并山林。自炼冰霜气，能虚铁石心。又元通众妙，坚忍绝窥寻。

〔1〕宋评曰："奇峭。"

读易洞富顺西湖之墙，宋李见读《易》处

易学古在蜀，卖香邛僰间。何人坐烟月①，复此注藏山。石屋天心满，湖楼客语闲。我来借孤榻，清梦藕花湾。

鹅宝山访曾处士

长松不断春，古径少逢人。中有青霞客，今成白发身。钝吟天自老，熟醉道非贫。相送无言处，残阳在水滨〔1〕。

〔1〕宋评曰："语实气流，故成佳构。"

露　坐

北斗挂天横，长风吹月明。谁令万古意，并向此宵生〔1〕。露下且闲坐，海南方战争。壮心空有动，诗罢草虫鸣。

〔1〕宋评曰："四语直下少停回，是唐宋分界处。宋贤佳制，仍用停回。"

---

① 坐，钞本作"占"。

排　闷

灯暗乱蛩鸣，居人绕屋行。河山生苦战，风月与孤清[1]。掷笔功何补，当歌意忽惊。遥怜老诸将，横海断长鲸。

〔1〕宋评曰："生、与二字极炼。"

观音滩渡口

沙渚榜人眠，峰头泻暗泉。丐崖秋炼石，盗水夜偷船。溪涨银蛇月，林销紫竹烟。慈云需利济，南海战争年。

七　夕

居士感无极，其如劳者歌[1]。花前闹儿女，人外淡星河[2]。天地荒荒老，神仙脉脉多。可怜半边月，双照影婆娑[3]。

〔1〕宋评曰："起意甚佳。"

〔2〕宋夹评曰："味外味，致外致。"

〔3〕评曰："反用语妙。"

天　河

其　一

自处高明地，谁知显晦缘。几人抛好夜，一水补情天[1]。今古此颜色，星辰托渺绵。月凉能久坐，何事障孤烟。

〔1〕宋评曰："妙语天然，才人偶得。"

其　二

空际淡云摩，遥情寄若何。有风能转地，无水自生波。果有仙槎到①，应争海舶多[1]。会须呼力士②，倒挽洗天戈。

〔1〕宋评曰："转联是杜派。"夹评曰："正海南用兵之时，偶然感触，自成奇趣。"

天津吊谢忠愍公子澄。癸未

国步多艰日，吾乡得伟人。真卿动河洛，回纥满天津。冰雪莹臣血，京畿关此身。可怜垫江老，垂泪锦城闉③。

---

① "果有"，钞本作"果得"。

② "会须"，钞本作"会当"。

③ 《古愚室诗钞》作"圣代中兴日，吾乡第一人。忠名泣夷□，余恨满天津。冰雪葬臣骨，京畿关此身。可怜垫江老，垂涕锦城闉"。

游　思

马蹄杂花远，引我汉江滨。南国多芳草，东风长白蘋。绵绵远道思，脉脉微波春。落日回车处，空怀解佩人。

双 飞 桥

天际双虹挂，何年堕劫尘。泉分太始雪，人立过来身〔1〕。绝壑晴峦午，深山乱石春〔2〕。遥知白龙洞，云气烂如银。

〔1〕乔评曰："真过来人语。"宋评曰："神超，得悟境。"

〔2〕宋评曰："十字波澜无限。"

九老洞阴崖积雪

空色证诸天，阴沉晕石烟。肯教风刮胆，吹作雹如拳。玉女青晶饭，枯僧白爪禅。应时能洒落，滋麦遍嘉犍。

华 严 顶

雾阁动虚风，云窗扫翠空。楝香花凤窟，松黑老猿宫。一铎飞泉外，千灯淡雨中。铁师何处礼，回首万牛雄[1]。

〔1〕宋评曰："结炼。""澹远。"

小金刚台

云中携句过，余韵满风松[1]。忽断金绳路，如飞宝掌峰。洞雷生午屐，岩雪落晴钟[2]。险得心夷处，何烦制毒龙。

〔1〕宋评曰："工于发端。"

〔2〕宋评曰："景中情，事外致。"

天门石

空雨洒天青，烟开石壁扃[1]。拂衣超震旦，拄杖接春霆。真宰愁分裂，凡心满刻铭。云窗窥夜半，星斗动冥冥。

〔1〕宋评曰："开、扃二字百炼得成。"

锡瓦殿

真成银色界，晶殿隐葱茏。虎过人边石，雕盘佛顶松[1]。木庐围上座，瓦屋见高峰。不尽登攀意，春云与荡胸。

〔1〕宋评曰："俯拾即是。"

白龙池

但洗双蛾出，池华饮百灵。云雷孕虚白，参井落寒青[1]。天秀涵飞动，神功敛杳冥。嘉眉春旱近，鞭挞惰龙醒。

〔1〕宋评曰："青韵五字长城。"

一白龙浮水如蜥蜴龙种也瞥忽不见

怪物天池出，蜎蜎五寸才。何人作脯去，初地洗心来[1]。阴洞吹飞雹，晴潭起断雷[2]。琴高如可接，一蹋鲜公回。

〔1〕宋评曰："'何人作脯去'五字，茂萱云深得禅理，头语最可参。"

〔2〕宋评曰："警策不易得。"

青城山口

白云吐西巘，空翠荡成漪。俗客垂垂到，山春故故迟。幽花宜一笑，老鹳去何之。欲问丈人观，松声无定时。

古犀角河

夹道满垂杨，风吹绿叶长。一碑春烧出，双屐古河荒。疏凿通神圣，经纶有散亡。遥心托江水，东去正堂堂[1]。

〔1〕宋评曰："似李、钱。"

夔　州

井底蛙声远，宫中龙影寒。诸侯老宾客，独占古云安。摇落孤城小，风流近日残。惟应数名将，犹可一登坛[1]。

〔1〕宋评曰："缩来有味。"又评曰："直落有致。"

峡　门

晴雨乱崖根，鱼龙抱日昏。我行将远客，天为减清猿。不识苍茫意，凭窥造化痕[1]。止今设险处，寖欲负灵坤。

〔1〕宋评曰："缩笔妙，舒笔尤妙。玄之又玄，众妙之门。"夹评曰："高远。"又评曰："造化痕，奇而法。"

滟 滪 石

滟滪深根出，翻宜近客舟。江枯残雪在，天远太阴愁。尽日摩孤鹘，当年饱万牛。河山今失险，持尔障东流。

峡中阻雨

诗心宜曲峡，更好雨如烟。江白孤槎客，云乌一发天〔1〕。夜涛雷鼓沸，阴壁鬼车悬。百怪增奇气，文章自古传。

〔1〕宋评曰："文生情、情生文，画中诗、诗中画，二句兼有之。""'一发天'，新奇气纵。"

巫 峡

忍尽经天泪，猿声不可求〔1〕。大江随客子，万里送春愁。云散川湖雨，风盘细弱舟〔2〕。艰危多感慨，剩欲傲沧洲〔3〕。

〔1〕夹评曰："翻用妙极，亦得实境也。"

〔2〕评曰："风盘句，对得不测。"夹评曰："运化云雨，字甚新，颇脱唐人各名篇科臼。"

〔3〕评曰："音调深怀低徊，欲□□钱、刘为一手。"

巫峡舟中望江上九峰

九峰含万古，三月落孤舟。异境随人改，春江自水流。忆青行客眼，看白美人头。雪里奇情在，当年此快游[1]。

〔1〕评曰："前四意已尽，后半变化得妙。"

新　滩

数里滩飞上，风连峡响移。大波颓作阱，长舸立如锥。水势相天地，人心一险夷。空舲打箭过，翻爱鬼门奇。

晚泊汉阳

一舸楚云宽[1]，芳洲长蕙兰。残春浮大别，游子上长安。天地心孤往，江流气自寒。高高北斗在，得有鹤楼看。

〔1〕宋评曰："宽字写真。"

九江望庐山

落日九江平，长风万里晴。湖山澄战气，吴楚变潮声。秀绝依南斗，清高想上京。云中五老笑，尔愿世间名。

河南夜发

美睡答行役，严装嗟已苛[1]。雪风吹黑塞，珠斗挂黄河。残夜阴虫断，中原傀鬼多。萧萧怀古意，晓色入明驼。

〔1〕宋评曰："起意美，字略生。"

河间赠友人别

丈夫争志事，温饱岂宜知[1]。白日无穷去，青春不自私[2]。九河天老矣，万国道通之。欲辨忘言意，征骖各首时。

〔1〕宋评曰："'岂宜'用字好。"

〔2〕宋评曰："私韵炼虚入古。"

悯忠寺

东海虫沙劫，西方象教传。英雄无起日，空色有诸天[1]。钟过古愁散，花深春梦圆。无端感时会，归道谢祠边[2]。

〔1〕宋夹评曰："二字未炼结。"

〔2〕夹评曰："关动得妙。"

天宁寺

一鸟将山色，飞来照眼浓。空阶宜藉草，高阁恰无松。雨气浮春塔，城阴入午钟〔1〕。何时携屐去，遍蹋郭西峰。

〔1〕宋评曰："韵遗神超，虚实俱到。"

秋夜忆弟

南檐鸣枣叶，槭槭警秋风〔1〕。运极艰难会，天遥骨肉同。百忧乡思外〔2〕，无语月明中。安得书窗底，寒灯共草虫〔3〕。

〔1〕夹评曰："兴体起。"

〔2〕评曰："'百忧乡思外'，犹唐人等诗'今日山川对垂泪，伤心不独为悲秋'也。"①

〔3〕宋评曰："结入化。"

重阳风雨志感

风雨情怀苦，惊心涕泪悬。又逢佳节至，空益去亲年。黄叶秋城里，凉蕉薄枕偏。横窗菊灯影，疏落照无眠。

---

① 此评语原脱，据《裴村诗钞》本补。

朝　气

朝气回残夜，清秋逼壮年。似闻波息海，凭是日中天。来事殷殷在，高愁渺渺悬。连林有松柏，已识岁寒先[1]。

〔1〕宋评曰："百炼刚化为(弦)〔绕〕柔，名理不在多只此抵人千百。钦佩钦佩。"

百　感

百感愁交集，群生劫始过。压云龙气郁，迷月雁行讹。变相逃殷鉴，雄心误鲁戈。东方非野烧，神王火天多[1]。

〔1〕夹评曰："有《匪风》《下泉》之思。"

寄之寄庐坏圃

谁能甘寂寞，自是惜芬芳。北地少修竹，秋人思拒霜。枝梧后自别，弥补渐无方。此意愁扪舌，垂时满八荒[1]。

〔1〕宋评曰："深婉，骚雅之遗。"评曰："康节诗'即往已归闻指点，后来须俟别枝梧'，宋玉《大言赋》'吐舌万里嘘一世'，结意从此化出。"

不酒思饮

入世酒能出[1],今来欲少欢[2]。至无愁可说,宜得醉相看。灾见天心厚,穷知国手难。故园花木笑,招我醒盘桓。

〔1〕夹评曰:“奇语。”

〔2〕宋夹评曰:“字欠斟酌则词不达。”评曰:“起句即陶诗‘望觞竟忘天’意。”

寒宵京寓

静气澄怀抱,森然耳目明。冰镫人影瘦,霜角月阴清。世事增慷慨,天寒念友生。悬心溪石坐,同钓夜桥晴。

远　心

远心无杂迹,随在得真还。阅世摩孤剑,围书坐万山[1]。雪天生气出,人海寄身闲。愧少匡时略,梅花且闭关[2]。

〔1〕宋夹评曰:“乍看语哨,细按理疏。”评曰:“看剑乃古人举袂赠斧之意,盖言主持世事者可决断也。”

〔2〕评曰:“结有怀才不遇之感,然不说用才者一边,立意甚厚。”

绳儿生时寓宣武门外绳匠胡同中间路西

呱呱声不恶，恨少老亲闻。苦我成孤露，生儿傍五云。空同人定武，井络士多文。何日赋归去，榜山随拜坟。先大夫太恭人墓在虎头山对岸刷榜山。

神　山

神山飘渺在，灵怪肯犹人。大鸟摇孤翼，驯龙化逆鳞。几存襞海意，一掷属云身。忍使风吹去，青珠散作尘。

庚寅五月京师大雨水

其　一

天心不可知，水气逼京师。北地江湖满，太阴雷雨垂。浮沉争万命，倾覆剩孤疑。只手成吁叹，芦灰念总痴。

其　二

漂没无人象，生存倍可嗟。衣裳浮蠛蠓〔1〕，头角变鱼虾〔2〕。更倒为巢树，将浮贯月槎。不如翻并命，波底见全家。

〔1〕夹评曰："平衍。"

〔2〕评曰："欧公诗生人好免生鳞尾，头角句奇警似之。同是沉痛语，微嫌过质。"

其　三

闻说通州野，连宵雨合围。乱声城互应，一烬水同归。在渚千头聚，冲天两翼飞[1]。告灾遍行省，哀我止邦畿。

〔1〕评曰："在渚二句，运化《诗》'匪鹑匪鸢'句意甚妙。"

其　四

西山戊子水，夜岭下猪婆。妖浪挟崖走①，鬼灯然雨多。人心饶陷溺，阴气兆兵戈。知有金源事，崩峰警若何？

其　五

与水争余地，何方补漏天。冰夷云里降，国命雨中悬。兽舞还金奏，鲸吞到饼捐[1]。更堪龙伐木，宫殿尾闾前。

〔1〕评曰："金奏句意晦，鲸吞句似重。"

其　六

内戏欢赏雨，皇心忧乞晴。犹停一日出，深感万方氓。志气能渊塞，疑丞在辅擎。诸侯工颂祷，畏使圣人惊。

其　七

水疾伤元气，阴浮损五中。何来医国手，安事信天翁。熊见思

① "崖"，钞本作"岩"。

南竹，鱼灾觅鞠劳。病深今在髓[①]，还愿越人穷。

其　八

面面墙声续，吾庐亦可哀。厦倾寒士戒，书浸古人灾。没马悲泥灶，鸣鸡避镜台。犹存已溺志，援手愧无才。

偕近咸过万柳堂[②]

京国饶高柳，兹堂发古愁。地偏春一角，天澹韵千秋〔1〕。老辈昌文运，吾曹善末流。年年青眼换，阅尽几人游。

〔1〕宋评曰："秋句失神理。"

隐　思

楚县今无苦，吴山尚有焦〔1〕。信知时会在，未觉古人遥。江海自黄鹤，风尘从紫貂。客来如问道，矫首望烟霄。

〔1〕评曰："起似太白家法。"

---

① "病深"句，钞本作"病今在骨髓"，并有夹评曰："句滞。"

② "近咸"，钞本作"惺斋"。

天僖昌运观张永墓在焉

知有奄儿墓，幽寻废观难。柳风孤客远，松日九朝寒。松多国初时植。倦尽春云去[1]，荒添佛火残[2]。披榛读穹石，亦作表忠看[3]。

〔1〕夹评曰："顶孤客句。"

〔2〕夹评曰："顶松日句。"

〔3〕宋评曰："起平，次句涩滞。倦字无根，则旨晦。"

万柳堂秋游

幽意得感慨，闲情翻若空。美人如此树，名士可怜虫。天老群龙窟，园荒蟋蟀风。掉心向禅寂，高蓼一枝红。

九日京师

闭户作重九，未须游避灾[1]。天长余弟妹，吾短在尊罍。令节摊书过[2]，家山触菊来[3]。隐心秋共远，多谢济时才[4]。

〔1〕宋夹评曰："三字未坚实。"

〔2〕夹评曰："顶吾短句。"

〔3〕夹评曰："顶天长句。"

〔4〕宋评曰："独辟生蹊，古峭有致。""来韵云，不亦奇警，善于

用缩，但尚有□□血斧痕，未到弹丸脱手，固不及罍韵一联之浏亮。”

卧 佛 寺

卧佛寺，唐寺也。枕京西迤北山麓，高崖如束，茂松斯挺，伏泉灵草，滜神澹志。言宿于寮，感元至治间，观音保谏五华寺事。而今九月二十四日，黄州吴御史兆泰，因水灾言事，仅得褫职以去。乃兹寺实近五华之陈址焉。延景致兴，为隐于怀，赋此章。

一磬堕黄鹤，渺然还旧柯[1]。天声沉石濑，佛意满桫椤。与世宜醒卧，嗟余愧小过[2]。五华思故事，雨露圣朝多。

〔1〕夹评曰：“比体得神。”评曰：“发端神远，含毫邈焉，与‘古戍落黄叶，清然离故关’同一机轴，更饶曲折。”

〔2〕夹评曰：“字上有味。”

碧云寺溪桥

峨眉双峡水，龙洞冷萧萧。古寺满京国，好溪无石桥[1]。华云栖塔秀，松雨响空摇。涧壑滋幽胜，家山况未辽[2]。

〔1〕夹评曰：“直而无曲，体便少味。”评曰：“好溪五字倒句，尚不嫌直。”

〔2〕夹评曰：“结醒起处。”

登碧云寺塔座有感

杰塔传蕃式[1],名山镇帝灵。云通西域白,天盖蓟门青。海气吹寥阔,人材数剩零。凭轩多远想,高鸟去冥冥。是岁彭刚直、曾忠襄、潘文勤连下世。[2]

〔1〕宋评曰:"蕃式二字未典雅。"

〔2〕评曰:"使事不为事,使水中着盐,似此得之。"

不 见

不见真为德,潜龙孰与期。天心非醉日,山气大佳时。性命通鱼鸟,妻孥恋菽葵[1]。高情自出俗,多事绮黄芝。

〔1〕《裴村诗钞》本评曰:"渊明止酒诗'好味止园葵,大欢止稚子','妻孥'五字兼有其乐。"又评曰:"朴实入古。"又:"老杜诗'白小群分命',常健诗'山光悦鸟性',又'山梁悦□性',即所谓'性命通鱼鸟'义。"

得 趣

得趣耕牧外,悠然泉石间。无名师苦县,通隐笑庐山,功到两仪塞,神争万古闲。早为尘网误,此骨失坚顽[1]。

〔1〕评曰:“缩笔未团,仅落试律。”

幽　居

静气入昏旦,物情相与幽。飞星迟濯足,初日澹梳头。檐竹惊栖雀,池花照卧牛。平生五岳志,收拾在林丘。

遣　愤

此肩真似铁,甘以荷锄灰。俗物何时尽,天机自尔开。异书儿共读[1],寒菜客还来。心事能多少,方栽百本梅[2]。

〔1〕夹评云:“中有真乐至味。”

〔2〕评曰:“化用青主‘弯强跃骏之骨,而成占毕朽’之语,非言骏骨也。”

猿　鹤

猿鹤久招吟,西风满故林。白云依水静,黄叶与秋深[1]。岁熟便幽梦,天闲积远心。渊明有高致,凭不厌追寻。

〔1〕宋评曰:“黄叶句神理俱超。”

守　拙

无才与俗违,守拙息岩扉。意思亲田水,功名远钓矶。相期我不丧,敢道昨真非[1]。惟可野人说[2],无穷好夕晖[3]。

〔1〕夹注曰:"用字厚极。"

〔2〕夹注曰:"有对面人在。"

〔3〕宋评曰:"《庄子》'送行者自崖而返,而夫子自此远矣',《史记》'诸君且去,吾亦从此逝矣',《楚辞》'山临水送将归',皆言尽而意无穷。此所谓善脱胎、工作结。"

庚寅除夕守岁作

岁积无穷意,全归爆竹声[1]。帝城春浩荡,先垄涕纵横。薄宦风云感,新年弟妹情。灯花成独笑,的的向人明[2]。

〔1〕夹评曰:"奇淡。"

〔2〕宋评曰:"的的二字未合神理,不能足成词意。"

有　感

京树红初动,乡园绿早成。人情重离别[1],地气忽纵横[2]。近说卢龙塞,真闻杜宇声。朝廷长北极,空得壮心惊[3]。

〔1〕夹评曰:“承上二句。”

〔2〕夹评曰:“开下二句。”

〔3〕评曰:“结赶紧拗撇,情远意厚,复又得体。”

听崔仪臣谈黄山之胜

三十六峰云,黄山天下闻。奇松与怪石,喜我得逢君。少日怀高鸟,何时断俗氛?未劳猿鹤怨,方寸有移文[1]。

〔1〕评曰:“生老坚瘦,远希东野,近轨涪翁。”宋评曰:“急湍之下接以回渊,风绉波鳞,令人意远。”

仪臣惠黄山白朮

黄山有云海,白朮云中生。采之白云窟,深我黄山情。孤鸟意何限,片霞身未轻。藉君灵药力,松顶得飞行[1]。

〔1〕宋评曰:“与前首同一杼柚,五律偏师,足令长卿失守。俊快。”

偕蒋达宣茂璧紫璠茂瑜游粤秀山过江观海幢寺

台畔呼鸾道,园中瘗鹿亭。故人连作健,词客烂曾经。蜑雨秋船细，蛮花海寺腥。旧闻藏舍利，欲并越王灵。

潞河舟夜

野云浮作岛，河月散如星。风吐乱洲白，天摇双橹青。销兵乌舄乐，报社黍苗馨。时事暂堪喜，夜舟忘役行。

黑 水 洋

龙窟高眠过，愁时一惘然。日光西倒海，水气黑盘天。宣父乘桴志，师襄击磬年。谁甘白鸥没，万里意缠绵。

舟过苏村

蔗岸云连绿，蕉田水映浑。炮车罗惠艇，帆叶拂苏村。妇尽东坡笠，人虚北海尊。浮山如雾里，醒眼看鹏蹲。

夜发峰市

飞巘压滩声，推篷且夜征。枕边孤月吐，舟底百雷鸣。峰市诗偕过，京华梦欲成。何人拥灯坐，罢绣数江程。

黄 龙 观

名山终古在，今夜宿罗浮。仙蝶人间梦，黄龙洞里秋。松声凉作雨，云气晓成楼。径欲捐疲策，茅庵此地留。

瑞金龙头山中丙申

荒径少人迹，阴林寒日斜。半身枫子鬼，四足狗嫲蛇。水白栖云树，山红抱石花。殷勤觅龙角，何处访仙家。

九子潭舟中作乙未

片翠翦秋船，罗浮出稻田。坐来山送日，卧看客兼天。水鸟春高下，溪牛盎后先。奇峰忽飞去，回首白云边。

博 罗

孤客乘流望，人家住画间。江中明绿水，城里好青山。风雨龙新过，罗浮鹤已还。仙翁赤玉杖，招手在云关。

望 罗 浮

四百仙官立,诗人笑比肩。鸡鸣满东日,龙力压南天。海气藏跟脚,秋吟抵瘴烟。朱明问神洞,欲借枕云眠。

冲 虚 观

丹灶泥留热,灵池水不浑。神鱼金石气,仙蝶凤凰孙。云动高松响,岩闲瘦瀑存。黄冠住衰草,此日得重论。

海　色

海色濛濛里,添余百怪肠。鹏蹲犹待扇,鳌骨已先霜。终古还名岳,忧时且异乡。山隅真避水,夜壑有舟藏。

罗浮山半大风不得上

海黑立长鲸,飞天飓母横。地高筇共命,山好屐无情。造极关时运,乘危窄死生。悬崖邦士字,苍翠让镌名。

黄龙观前梅树高五六丈大数十围殆数百年物也

竹叶似芭蕉,梅花落九霄。风吹绛仙子,月下醉琼箫。性定炎天胜,香清瘴海遥。何人托冰玉,佣贩到霜条。

白 鹤 观

仙人骑白鹤,招我傍云松。白鹤叫海月,烟波千万重。思弹绿水曲,远寄青霞峰。犹恐冰弦裂,飞天舞八龙。

雨后杏花树下作

雨过树无尘,蝉声忽著人。美花偏结子,幽草况留春。小立芳菲惜,观空造化陈。隔墙车马竞,未觉妨吟身。

徐荫轩师八十

共祝大椿年,琪花照寿筵。良知通草木,家学贯人天。师少时有句云:"窗前梧叶阶前菊,尽是良知披露时。"大为恭勤公所赏。报国精诚在，趋庭妙悟传。苍生能证圣，况乃万邦贤。苍生万邦用郑义。

帝诏下天衢，臣髯锁院趋。春官先主宰，东海老师儒，文岂忠肝露，情知法眼孤。犹惭彭子佩，便坐少亲扶。

忆昔中兴日，何人启嗣皇。格心侪尹傅，阿世异匡张。断佞今无剑，和戎累抗章。此中原不动，忧国总难忘。

发白时危里，真才得尽难。不须灵寿杖，无负进贤冠。世局纷谁了，心光炯自看。老成延国命，止在用人端[1]。

〔1〕《裴村诗钞》本评曰："结有规讽之意。"

五言律诗未刊稿补钞

题书舍壁

去果来因幻，人天慧业争。游仙遗世梦，清福读书生。花鸟酬春致，风云识古情。海山楼阁在，幼时常梦在海山楼阁间，云气金碧，嬉游极乐，醒甚怏怏。何事堕蓬瀛。

纪　怀

力战书城破，拼抛俗网遮。文章殿上虎，疑窦酒中蛇。一赋先松菊，师课松菊犹存赋，为生平作赋之始。三餐止豆花。以三钱买豆花，一家终日佐食。清贫儒者事，忠孝可肥家。

粤　雪

粤雪还巴日，群声吠影趋。薰香韦曲侠，逐臭海东夫。主宰灵台慧，儿嬉造物愚。梅花还笑我，能倒一樽无？

永济桥在镇西街

雨过潦初行,桥头白石明。三秋江涨影,一夜月流声。空惜市廛近,自怀林壑清。往来思道济,感叹顾嘉名。

银 蛇 溪

艳说银蛇异,金波织锦纹。钓鱼君子石,卧马侍郎坟。风剪桥头月,人呼水底云。铁龙高岭路,幽草竹崖薰。

遣 兴

兴来不可遏,诗就尚余情。圆月几时满,愁人终夜清[①]。豺狼横海肆,花草竞秋荣[②]。谁为扫尘障,三阶永夜明。

看白莲花饮田处士山庄

莲叶低迎客,莲花高过人。无风香有韵,不酒思含春。天意留

① “圆月”二句,钞本作“流水几时到,白云终古清”。
② “竞”,钞本作“及”。

馨洁，山翁得雅驯。为余谈世变，三叹愧经纶。

泛荣溪欲雨

剪水一江分，天光淡夕曛。远舟青在树，孤塔白于云。作势鱼龙气，忘机鸭鹭群[1]。古风饶里社，到处感榆枌①。

〔1〕夹评曰："中有言外之感。"

师 来 山

北郭二三里，数峰霄汉齐。师山自今古，仙寺有高低。风雨灵旗降，莓苔古洞迷。郁孤台上望，身在七星西。

拟白香山何处春深好五律八首壬午

其 一

何处春深好，浓阴满禁中。柳烟长乐碧，花雨上阳红。阁燕韶光老，宫莺吉语重。香厨樱笋备，待赐遍臣工。

---

① 本诗钞本作"翦水一江分，天低谈夕曛。远舟青在树，残塔黑埋云。作势鱼龙气，忘机鸭鹭群。黄坡石坑底，雷鼓隔山闻。"

其　二

何处春深好，名园胜赏邀。蚁浮金谷酒，莺懒玉人箫。花柳精神健，楼台罨画遥。谁怜瓜步水，二十四红桥。

其　三

何处春深好，空斋此读书。杨花堆砚满，蕉叶补窗虚。尺翰欣常弄，分阴喜渐舒。幽香谁共领，胡蝶上阶初。

其　四

何处春深好，高风隐士家。种桃肥石鳜，锄药缺泥鸦。鼓吹曾携酒，旗枪又采茶。东君如赠得，相送只烟霞。

其　五

何处春深好，田家至乐存。杏花红入瓮，菖叶绿当门。浅水驱秧马，斜阳放棚豚。夏耘知已近，布谷闹前村。

其　六

何处春深好，渔村别有天。吠花寻蛤外，烧竹到鸥边。翠拨潇湘棹，红迷锦水船。一声横笛起，吹绿满山前。

其　七

何处春深好，璇闺闷晚香。吉丁题佩紫，杏子夹衫黄。拈豆调莺舌，缝花入麝囊。停针过社日，心绪付斜阳。

其　八

何处春深好，僧房静不开。酒瓢花里负，珠衲竹边来。鹤影香云散，鸠声贝寺催。孰教青帝去，禅悦试相猜。

忠　州

江势趁纡回，忠州暝色来。神仙尊石洞，风雨护巴台。此地羁留客，清时擢拔才。东坡好花柳，为问孰追陪。

石鼓峡

天半飞雷鼓，和星落峡中。蜀吴争战地，山水霸图风。阴火巨灵石，蛮烟诸葛铜。人家饶柿饼，击钵卖江东。

琵琶峡

为有昭君里，琵琶此地逢。浪沙名士曲，云雨美人峰。幽怨水泉得，丽情山翠浓。洞庭访湘瑟，冷月白重重。

新　滩

水也阴平道，悬舟一陷之。吾生始飘泊，险地验操持。虎豹飞天静，蛟龙嘿客疑。无言命穷薄，万里旧心期。

香　溪

莫诮蛮山恶，香溪有艳魂。一声巴女笛，千古汉妃村。夜月修篁怨，春风媚草尊。崖泉为幽诉，环珮戛潺湲。

腔　舲　峡

怪岭蛇身斗，阴林虎迹斑。惨凄人鲊瓮，生死鬼门关。在水荆榛苦，何人楚蜀还。头珠幸未出，安稳唱刀环。

牛肝马肺峡

金马黄牛路，同舟诡说新。怪奇归造物，割裂笑斯人。险境耽吟地，屠门大嚼身。客行几一月，江岸野花春。

平善坝

此地真平善,前滩尚险艰。人生几安乐,江路一榛菅[①]。盐榷方增税,官程可就班。乱山横扫处,落日满彝关。

蜘蛛

爱尔情丝重,如人意绪长。世途多断绝,微物不苍黄。综核经纶密,群生法网妨。春蚕虽自缚,衣被古今良。

萤

客梦然不尽,空庭灯影凉。灵奇化朽腐,神怪吐光芒。自照恐更暗,依人非所长。玉钩斜畔路,凄艳照雷塘。

花鸭

华藻不择物,文章多润身。惜无高飞志,空自善呼人。深愧羽

---

① “一”,钞本作“太”。

毛异，葆兹藩溷真。清波自投入，莫效锦鸡瞋①。

苦　竹

凡虫嗟不食，风雨夜窗寒。形秽美人倚，心知志士看。世情好甘软，道味属艰难。小试插篱用，节全藩卫完②。

慈　竹

有子已无事，主人非不情。慈云随地覆，恩泽本天成。木杂女贞影，林消姑恶声。疾风兼暴雨，未便径中行。

败绰楔止余二石脚题某姓百岁坊

兴废无殊感，彭殇各一天。石花开细雨，人瑞忆当年。残缺官碑日，苍茫女碣烟。南弧望星彩，万古尚依然。

---

① “效”，钞本作“作”。

② “完”，钞本作“元”。

到家见母喜极有作

乞休无过暂，归养忍言终。瑶草三春碧[1]，萱花百岁红。浮云重轩冕，爱日照帘栊。止抱趋庭恨，当时太幼冲。

鹅宝山访曾处士奉之即题

云气烂如银，长松不断春。有才人不幸，能醉子非贫。诗笔红纱梦，儒冠白发身。姚江殊我辈，敢拜钓船宾。处士年六十四，诣余受学，执弟子礼。余谢之。

晚登隆兴寺经楼

晚凉新雨后，久别故园秋。月色浮钟响，江声撼寺楼。禅房森橘柚，灯火净梧楸[2]。曾过金山麓，寒潮背海流。

---

① “瑶草”，钞本作“寸草”。

② “灯火”，钞本作“荒冢”。

夜宿石灰溪

炭估金银气，村婆酒肉场。青襟书种断，素帛寿筵张。峡涨如奔马，土豪空啄蜋。堰鸣终夜急，琴筑响深堂。

同人约食退秋鱼夜泛舟宝华寺下

在镇对岸狮子山右寺今废土人犹道其名云①

其　一

薄暝高情发，新秋雅意同。石崖摇落日，江路满西风。安事担诗盒，何人赌醉筒。老饕不兼意，早堕碧波中。

其　二

妖彗东南动，时方靖海天。水雷沉石郭，炮雨碎戈船。上相和戎意，中兴伐罪年。满腔愚惯苦，淘落浪沙边。

其　三

倾座歌呼起，中流豁爽时。笛声飞浪软，舟影带山移。星淡银蛇涧，天高石狗湄。遥情托纡轸，空外自来诗。

---

① 题夹注，原脱，据钞本补。

其　四

酒美同消夜，鱼香活退秋。退秋出水即死，俗名出水烂，乡人多于舟中食之。嫩凉依客坐，好月看人游。铜佛陂陀隐，金神沆瀣流。归来有余兴，梆鼓转街头。

倦　夜

灯火下红荣，秋虫落枕声。梦中诗自至，壁上剑思鸣。感激当身世，艰难苦弟兄。开门半阶立，斜月过河行。

燕

斯人自亏义，微物深多情。芬芳规荣秀，轻薄非福名。化工岂有私，倩媚出飞鸣。身小聚多爱，美人空目成。

送少司空乌少云先生督学福建宿天宁寺

夷氛今不恶，况说肯同文。驿路秋天菊，家山旧社枌。光第原籍汀洲，迁四川来二百年矣。明珠将出海，使节直摩云。当代抡材亟，须公部尺分。

重九忆弟感怀

古原无地觅，佳节出安之。知尔登高处，看山忆我时。老天非尽醉，吾道在持危。耿耿此怀苦，奚徒感别离。

下斜街花厂见梅

何日已舒萼，梅花春未阑。风尘见标格，冰雪自心肝。乡远思前动，天清韵共寒。无因近台鼎，全脱竹篱酸。

送程斋还宜宾

下第成常事，高堂尚老亲。卞生悲定足，姜母梦归身。秋冷惊游子，时艰苦送人。自惭虚养久，窃禄恋京尘。

再送程斋

其　一

海内自多故，君今还旧乡。此才占毕老，帝意欲哦长。事业添杯酒，乾坤入剑铓。未堪悲悯愿，遽与世相忘。

其　二

恼人花看遍，归及泊秋艘。梦有扬州幻，田无杜曲豪。神交一水淡，卧对七星高。好句须频寄，为宽念尔劳。

其　三

丈夫不得志，安用苦纷纷。岂为江鲍味，才离朔雁群。素怀期古雪，绮语忏朝云。若问儒酸理，开帘看落曛。

其　四

昨日渔洋集，高人尹子求。君身无俗骨，老辈足风流。烂稿遗蠢子，全家托寝邱。眼前万株柳，不为绾离忧。

闻少云师卒漳州试院诗以哭之京师

忧国言犹在，怜才意已贪。朔风吹碧荡，漳雨暗黄柑。知己论天下，斯文哭海南。新猷在君德，扬诩重吾惭。师尝与光第语从容究当世急务，第对无有急于君德者，师动色拱手称是久之。

东省河决大雨浃旬忧而赋之癸未

共有其鱼叹，谁深己溺思。天心忧泽国[①]，水气逼京畿。禾麦

① “忧”，钞本作“耽”。

云已没①,蛇龙终待驰②。可伤神禹庙,阴雨打灵旗③。

呈沈洁斋观察甲申

天眷垂吾蜀,时艰得此人。嗣皇能大圣,简拔自忠臣。膺外勋名始,巡方干略新。卞忠贞有子,韦节度前身。江僰群觇治,浔梧屡怆神。京朝曾耻谷,乡味尚甘莼。察吏区元白,编氓洞苦辛。鸡竿感驯雉,凫藻及潜鳞。泼地无心化,行天有脚春。花枯万罂粟,车剩一劳薪。座贴民崘字,衣消宦海尘。头衔清且贵,肺石屈先伸。底事秋霖爽,将无夏日邻。恩风勤润槁,膏泽立成畲。鼠壮虚红朽,鸿嗷悯赤贫。盖藏谋亟裕,军武令宜申。半壁东南峙,三年教养均。边隅易摩刷,全局费经纶。鄙意愚同杞,夷氛患逼秦。安危论道济,忧乐念公真。

夔峡

其一

峰影带波奔,天低势吐吞。江山抱巴国,晴雨乱夔门。魑魅阴崖啸,鱼龙夜气昏。棹歌甚凄楚,不必听愁猿。

---

① “云已”,钞本作“已云”。

② “驰”,原作“驱”,出韵,据钞本改。

③ “打”,钞本作“折”。

其　二

滟滪双崖底，真如骨在喉。山高残雪压，水远太阴愁。下笔输工部，持杯酹武侯。峡船飞竹箭，斜日大溪头。

楠木园阻雨

潮气接山巅，冥冥重压船。夜雷弥巨石①，阴岭挂飞泉。江雨久留客，峡云多过天。吾心无去住，淹滞亦陶然。

巫　峡

大舶橹声声，巫山过古城。天形随岭破，雪意向人轻。云雨诚荒海，江山有艳情。波间屈原塔，今古尚余情。

村堡幽居

其　一

蝎蚊容角睫，而我意如何？城市山林半，文章风雅多。功名防画饼，生事有诗窠。巢燕西风里，吾来尔去那。

---

① “弥”，钞本作“砯”。

其　二

山水拓清才，凌虚泛一杯。竹梢新鸟重，花底故人来。凿石粗成沼，藏书拟筑台。檀师盟冻友，笑问□英梅。

七言律诗

砚　池

笔端剩有蛟龙渴，忽得天池饮紫毫。百代儒林资灌溉，几人学海足波涛。杨花堆雪时研易，荷露分香好续骚。慧业坚心须福命，十年磨铁羡长刀。

隆 兴 寺

江水东吞石壁牢，夕阳西挂寺楼高。毒龙隐伏澄潭静，法象森严古屋遭。清磬满天飘过耳，空门万劫等吹毛。何年蒲柳看重绿，屈尺池头客载醪。寺前龙月池形如屈尺，今湮。

竹 岩 洞

铁炉坳下竹林疏，吊古澄怀一洒如。宦海渊源黄骆里，洞天雷雨宋明书。石幢寂寂自对客，芳草菲菲来袭余。劲节清风长照眼，谁能补种万篨篨。

秋偕同人过罗汉寺

野寺溪桥寂不喧，萧疏淡墨点江村。空山黄叶客携酒，寒雨绿蕉僧闭门。陈句有灵供石阙，升庵先生有宿寺诗，寺僧丐余书之，将勒石焉。妙香无语息风旛。荷锄收钓分归路，残磬清钟曳暝痕。

寄题友人山庄

竹雨松风处士庐，压檐花落见交疏。触墙牛角斜成字，食墨蝇头乱点书。古柳春微人老去，小槐晴薄梦圆初。笛声吹起陂塘月，卷笠收筒罢钓鱼。

幼聘郭氏女十二岁夭追悼

电光石火渺难追，弄玉飞琼去尚迟。娘小至无新嫁福，童鳏未有悼亡诗〔1〕。碧瓜字破年方待，红豆花开意不知。梧叶石阑荷叶沼，那堪重忆翠髫垂。

〔1〕夹评曰："二语自佳，虽似子才何妨。"

继聘张氏女十七岁亡往祭悼赋

紫荷香佩好珍存，上有临终滴泪痕。无命自伤才太慧，待郎不至体犹温。黑棺盖玉花长恨，红线牵丝月再魂。一恸抚肌卿领取，伤心即作定情论。

白　莲

野风香远忽吹回，一片明湖净少苔[1]。残月自和烟际堕，此花方称水中开。碧波瑟瑟情无限，玉佩珊珊望不来。姑射神人藐天末，乾坤可爱是清才。

〔1〕城南评曰："起得题神者，人所谓先天神运者也。"

泸州载书归泊通滩夜雨江涨时过白露节矣

胡市西来泛夕光，笑编楚舫作曹仓。断崖风雨鸣金铁，阴火蛟龙攫薤琅。何处沧江虹贯月，是时天气露为霜。喜无玉帐符经在，免化兵书石一方。

买舟载花归口占

一梦扬州杜牧之,五湖网得众西施。安排细雨移橙计,消受春风啜茗时。反用义山杂纂语。龙让顽仙携眷属,鸟分艳福供亲慈。从来小丑讥尤物,要谱兰华洁白诗。

读 史

寂寂瓶花在案头,废书三叹只增愁。空将意气争屠狗,岂有功名到沐猴。运去众材倾大厦,时来一事即千秋[1]。古怀今抱谁消得,落日无言傍小楼[2]。

〔1〕杜评曰:“可叹。”夹评曰:“侥倖许多,二语包括廿史。”

〔2〕杜评曰:“较少陵‘时来不得夸身强’尤深稳。”

山 居

山居绣画俯平皋,小住清安亦足豪。花气浸人浮蕙沼,天风吹梦泻松涛。连筒一水分岩细,卷幔群峰入户高。梧叶满阶秋色里,碧云凉月读《离骚》。

睡　起

软风片片响花瓷，睡起摊书兀坐时。翠幕客来双燕子，绿窗人静一虫丝[1]。买僮细检王褒约，课妇闲钩宋璟碑。自笑小诗近儿女，海棠红处夕阳迟[2]。

〔1〕高城南评曰："幽倩。"

〔2〕杜评曰："剑南句结联出脱妙。"

枕上偶成

清簟迎秋照短檠，凉波三尺枕边生。难忘谢朓惊人句，空有庄周梦蝶情。侯骨酒星禽象左，睡魔诗障虎龙争。未能夜起看长剑，愁听荒鸡腷膊声。

重九避风不出

西风澹澹欲吹衣，佳节沉沉自掩扉。一夜有霜鸿雁过，重阳无雨菊花稀。江山古往留陈迹，酩酊吾惭对落晖[1]。安得轻身凌太华，投壶搏箭共追飞[1]。

〔1〕自评曰："通体庄重。"

〔2〕夹评曰："对法。"

秋江怨别

怀人三十六溪湾，凄切凉波去不还。秋色苍茫生夕照，长年萧瑟满江关。别来浅水吹鱼处，望断平沙落雁间。苦忆停桡春浪软，桃花时节好容颜[1]。

〔1〕城南评曰："在京寄内一首，不如此首之感人也。一明说，一暗寓意也。至诗之绵丽浑成，亦高于寄内一首。"

普安砦晚晴书屋

古寨天骄昔作威，南关一炮丑魂飞。滩声黑夜流阴火，风色黄云掣夕晖。卅载春园桑柘密，几家秋雨芋荷肥。嗟余此屋饶花竹，襁褓当年在贼围。

老　松

老松偃蹇似仙人，独立阴岩五百春。灵气得天成虎魄，古心阅世脱龙鳞[1]。苍留劫火无同辈，白裹山云隐半身。木异不材能久寿，赖他尧栋在风尘。

〔1〕评曰："潋弟赏此二句。"

山　行

深山物我共天真，惭学先生折角巾。屐雨乍喧吟木客，酒潮新涨醉枫人。石留仙洞餐时髓，云得奇峰劫后身。野老结庐追四皓，采芝骑鹿共长春。

怀家放廷启勋秀才

书墙抗拥锦江城，文粥分调石室羹。磬里踏花寻古寺，酒边飞絮梦神京。功名世外浮云薄，怀抱天心大月明。小阁诗巢曾借榻，愧烦兄嫂太多情。

一　舟

自笑狂吟如醉僧，一舟万里寄行縢。忠州酒香赛白傅，夔府日斜悲杜陵[1]。魄力掣鲸碧海水，梦魂饮马黄河冰。山川南北有奇气，史迁疏宕吾岂能。

〔1〕城南评曰："行踪所至皆骚人，羁客之感言外自见。"宾国评曰："崛强。"

在京寄内①

两人心事一灯知，累汝三年感别离。自合卺后便出门游学，三年来连赴乡、会，两年在省，一年在京②。况复捣衣闻雁夜，正当椎髻匹鸿时。燕云蜀雨应同梦，碧海青天有所思。料得闺中今夜月，含情只是隔帘窥。

乡　梦

绿窗清憩晚蝉多，乡梦模糊瞬息过。斋舫淡浮帘底月，绳河斜拗竹梢波。几时画卷题归棹，一笑朝衫换钓蓑[1]。城市山林同感慨，虚舟人海且蹉跎。

〔1〕《裴村诗钞》本夹评曰："自在。"

舟　夜

烟云万里送归舟，小泊清寥沁壮游。山月犬声寒似豹，荒江客梦淡于鸥。夜阑珠斗悬林杪，霜落岩钟恋寺楼。还忆胭胭坡上路，有人风雪走貂裘[1]。

---

① 此诗《古愚室诗钞》本题为《见月有怀寄内（在京作）》。

② "累汝"，《古愚室诗钞》本作"累尔"。夹注原脱，据《古愚室诗钞》补。

〔1〕自评曰："卧者自卧，行者自行，合上下观之有趣。"

峡江巨石奇恶赋诗纪之

至竟游人不可遮，多情怪石列如麻。丹黄粉碧青千状，龙虎龟蛇鸟一家。鲊瓮落穿嬉鬼国，箭船飞过簸雷车。输他泛到天河去，拾取支机伴客槎。

水　程

截象鞭龙气自豪，水程万里况周遭。孤帆海岳天风远，一枕江湖客梦高。发我奇情同竹素，消人妄念有波涛。源泉本是饶清浅，尚费尼山赞叹劳。

叙州主黄镜湖光鉴因赠

痼癖烟霞惜老馋，豪情韵格肯轻芟。歌筝学买吾宁侠，吟榻能容主不凡。方寸喜无山海隔，满腔谁有澍霖衔。文心别得玲珑处，一月双江面面嵌。

饮杜程斋同年大恒家偕镜湖

霜园小集笋篮过，负郭人家讶醉歌。腐史盲儒心眼别，席间论史甚惬。酒龙诗虎角牙多。拍觥酣极呼铜钵，翦烛谈深落绛荷。更约涪溪松竹里，石魁文字共摩挲。

泸州登忠山感赋时海南用兵也

其　一

到眼江沱会合才，登高怀抱转难开。秋无燕雀嬉堂幕，夜有蛟龙泣凤台。南海艰危前局在，西山平远古愁来[1]。武侯遗恨知多少，且向飞楼问老回。山有武侯祠、吕祖阁。

〔1〕评曰："放翁佳处。"

其　二

仙子无情出世宜，吾曹多感且吟诗。海天霹雳沉舟后，夕日羊牛下坂时[1]。山气在眉留小坐，江流落手障东之[2]。城头烟树昏鸦满，清听空寥鹤响迟。

〔2〕夹评曰："对法。"

〔3〕评曰："精悍雄放。"

梦　中

梦中失叫惊妻子，横海楼船战广州。五色花旗犹照眼，一灯红穗正垂头。宗臣有说持边衅，寒女何心泣国仇[1]。自笑书生最迂阔，壮心飞到海南陬。

〔1〕评曰："酷肖放翁。"《裴村诗钞》本评曰："起四语神理一片，从老杜《剑外》一首脱出，不以面貌论也。"

望峨眉山

插天菡萏是疑非，万古名山佛迹归。香象河流腾白足，澹蛾江影照青衣[1]。寸心尘外寻烟客，一笑云端见玉妃。绰约何人说冰雪，始知庄叟意深微。

〔1〕评曰："秀句。"

峨眉山麓

石船流水落花初，铁索桥头走竹舆。平野方看蚕蜡盛，名山顿觉燕莺疏。松杉虎寺华阳墓，苔藓龙门玉局书。肯向人天求佛果，衰迟吾拟结诗庐[1]。

〔1〕评曰："有扶疏朴老之致。"

玉液泉

希夷大笔入云根，风骨高奇气远吞[1]。地接凤台栖楚客，水穿龙窟出荆门[2]。石间万世雷霆斗，树底双桥日月昏。别派一泓清照我，尘容亦喜在山尊。

〔1〕评曰："起调伉朗。"

〔2〕《裴村诗钞》本评曰："二语佳。"

龙升冈时有小旱

神冈布泽久通灵，怪物今知睡未醒。细细风烟蛮嶂雨，冥冥草木古潭腥。晓看瓦屋云空白，春过嘉州麦不青。我比惰龙差快吐，惟愁满腹少雷霆。

大小云壑

绝壑骄阳亦冻姿，云如潮白涨无时。倒嘘人影龙初过，半没松身鹤不知[1]。涌地佛光喧震旦，浮天海色照西夷。入山渐觉衣裳薄，擘絮兜绵转粟肌[2]。

〔1〕评曰："奇警。"

〔2〕夹评曰："粘合浑成。"

古化成寺

杖底香獐窜似飞，栴檀檐蔔认依稀。到来云树生竽籁，上去烟萝挂石扉[1]。雕眼射人风力劲，木皮衣屋雹声微。寒僧自说之溪产，迎笑乡谈羡息机。僧为吾里虎头城人，姓郑。

〔1〕杜评曰："自分语。"自评曰："我爱下句写荒山景，然亦须上句衬托乃更妙。"

罗汉三坡

荒怪谁知不易登，都来觉路觅金绳。鬅鬙似鬼阴崖树，拗怒冲人大鸷鹰。红日分云晴裹雨，青林戴石夏连冰。嗟余剩有贪奇癖，幽险能穷过老僧。

雷洞坪在洗象池上

石洞何年霹雳胎，铁碑禁语亦奇哉。如丝龙气南天雨，小咳儿声下界雷[1]。雹积阴林诸客肃，风吹残瘴百蛮开。何当池内莲花放，洗象渡河香界来。

〔1〕杜评曰："雨景如画。微妙。"

由八十四盘阅沉香塔天门石诸胜渐达山顶

桫椤八十四盘花，曲折凌空踏紫霞[1]。怪石天门排虎豹，大云香塔护龙蛇。从来福地能遗世，上到名山转忆家[2]。采药携拿吾有愿，君亲未报敢幽遐。

〔1〕评曰："起笔有凌云之气。"

〔2〕评曰："回旋往复。"夹评曰："此字更为已字可否？云：已则游山事毕，可以返矣。上字最浑成。"

宿光相寺

天风吹客云中宿，五月披裘火始温[1]。见说洞雷春扫殿，不闻山鬼夜敲门。高寒星斗窥人大，清净官骸对佛尊[2]。光相地形全胜在，莫争金顶俗难论。时寺僧因金顶与华藏寺涉讼。

〔1〕评曰："起势宕逸。"

〔2〕评曰："警语。不曰人窥星斗，而曰星斗窥人，似从唐人得来，想不起何处。"

华藏寺古藏经阁俗呼金顶

娑罗花下佛无言，有客攀临证道原。云海楼台生日气，雪山鳞甲是江源。登参踏井双行屧，拜猓朝蛮五色幡。欲问藏经灰劫过，怪他铜殿不禁燔。

华藏寺铜殿明沈藩建

大藩当日祝华鬘，巧铸琳宫示不悭。但使金瓯长胜国，定教铜殿遍名山[1]。黄扉篆刻光今耀，白屋脂膏力昔孱。余俗可怜捐顶踵，舍身崖畔泪潺湲。

〔1〕夹评曰："即义山玉玺锦帆意，妙能摆脱。""此亦的语。"

宝云庵

松下须眉照雪青，桫罗云外送微馨。日光射井生虹气，风力飞人带虎腥。芝朵谁餐泥里肉，匏瓜且摘枕边星。铜宫锡殿支茆似，愿乞仙人水一瓶。地有井络泉。

峨眉山顶见月

新月蛾眉埽碧天，峨眉山影斗婵娟。山藏蜀国逃封禅[1]，月逐沧洲照谪仙。游客自生千古思，老僧留待一轮圆[2]。未知毕世能来几，今夜杉西坐看年[3]。

〔1〕夹评曰："意亦奇。"

〔2〕夹评曰："此联承上，入以浑沦，遂觉清超无迹。"

〔3〕评曰："峨眉虽蜀山，然去乡里亦未近，有终身不登者。云当来几，此语使人黯然。"

峨眉最高顶在锡瓦殿后

白龙池上走轻雷，万瓦如霜日照开。诗客入天争秀骨，神僧埋地结真胎。三秦鸟道衣边接，六诏蛮云杖底来[1]。南北风烟通一气，雪山西望是瑶台。

〔1〕评曰："语自佳。"

九 老 洞

仙鼠如鸦舞佛钟，夕阳洞口见诸峰。石泉洒洒森银竹，岩雪条条界碧松。乳窦云中眠虎豹，阴河地底走鱼龙。天皇九老分明在，轩驾今时可再逢。

大　坪

到眼奇峰骇未经，岂论东岱禅亭亭。不知松柏云中绿，疑是蓬莱海上青[1]。客子瘦筇阴磴雪，仙娥宝瑟夜池星。造巅已觉劳登顿，万佛楼高月入扃。

〔1〕评曰："二语佳。"

清音阁在双飞桥

云中万马响萧萧，神鬼阴崖佛阁朝。片石雷霆撑众壑，一僧风雨立双桥。草香喷雪春眠麝，松气沉山暝下雕[1]。小憩床敷如梦醒，舵楼高枕听江潮[2]。

〔1〕夹评曰："一绵丽，一雄放，对法极细。"

〔2〕《裴村诗钞》本宋评曰："前六句紧凑，收处灵活，故使通体皆灵。"

夜　灯

阴火潜然海上生，名山怀宝肯藏精。二更出地金银气，万丈腾空木叶声。久抱尘心伤黯澹，迟来世界住光明。如何无尽漫天焰，不照穷檐照化城。

金刚台

雪山气势瓦山岚，不敌峨眉秀骨含。九叠屏风回日月，一螺苍翠见东南[1]。下方鸟泛红云海，上界龙分白石潭。瞬息岩头晴雨乱①，问谁虎跃兴能酣。闻罗壮勇公思举，曾于崖头跃下十余丈，复决起，靴底为穿。

〔1〕《裴村诗钞》评曰："前人言峨眉绝顶天气晴明时，望见东南遥青一点，即是后山，纷纷相传，余未之能信也。"

望绥山行峨眉山半②

骑羊人去不知年，未信餐桃便得仙。一水符文流日月，双蛾埽翠照云天。山僧化树春无着，雪虹如雷夜堕悬[1]。老杜青城难唾地，兹游何故让青莲。

〔1〕杜评："与海棠案发交刘西曹审。"

---

① "瞬息岩头"，钞本作"心折岩头"。

② 本诗题目钞本作《接引殿望绝顶》。

华 严 顶

闻说金刚台外地，夜灯浮上独兹峰。老猿抱子求僧饭[1]，闲客看人打佛钟[2]。下界云霞招杖屦，夕阳红翠动杉松。风吹铎语天中落，似惜尘凡去兴浓。

〔1〕夹评曰："奇句，古无有。"

〔2〕夹评曰："意妙，而面子逊上，然而此事实有，亦常有。"

白水寺唐孙思邈隐于此

石路昏烟月色新，扶筇林外一灯真。雪龛好共低眉佛，池镜曾窥大胆人。得道天怀甘白水，出山云气杂红尘。虻虫尸解嗟何酷，试叩金容丈六身[1]。

〔1〕《裴村诗钞》评曰："孙公药物，□物命□□□虻虫尸解，岂谓人耶?"

龙 门 峡

云中万壑斗笙竽，峡锁双崖媚不枯。照日水光浮翠羽，洒天山腹散龙珠。飞流远过康王谷，记里曾言范石湖[1]。他日开先亭畔去，白银青玉待评吾[2]。

〔1〕《裴村诗钞》夹评曰："记里事未详，待问。"

〔2〕杜评曰："读书之法，不当如是耶？"

游峨眉归偶成

海南笠屐遍经过，咫尺仙乡不到何。未倚青冥追太白，空谈翠埽笑东坡[1]。心知吾道高深在，身入名山福寿多。宝瑟琼箫殊好事，一筇五日踏三峨。

〔1〕夹评曰："二语用苏、李诗，见慧心。"

自题游峨眉诗后

包奇孕秀势难穷，绝怪青莲语蹈空。太白游峨眉诗云："绝怪安可悉。"一自愿王来震旦，于今谢客少家风。千年石木云中黑，五月山花雪里红[1]。不乞仙人餐绿字，光芒笔底出长虹。

〔1〕评曰："亦奇警。"

峡中见桃花

谁种白桃向青壁，花光石色相鲜新[1]。系舟江水无情地，到眼阴岩一笑春[2]。都说行云托神女，颇惭空谷有佳人。故山烂漫堆成锦，犹是蹊中来往身[3]。

〔1〕夹评曰:“老格。”

〔2〕城南评曰:“二语细切而浑脱,故佳。”

〔3〕评曰:“情味无穷。”

京　寓

市声如海沸宣南,中有诗人听雨庵。西壁枣龙眠共懒〔1〕,东家槐蚁战方酣〔2〕。半间斗室栖良友,三尺书床课小男①。何似瓦沟鸣竹叶〔3〕,故园兄弟夜窗谈〔4〕。

〔1〕杜夹评曰:“傲睨不小。”

〔2〕杜评曰:“兴到之作,于古人集不能测其所自。”

〔3〕城南夹评曰:“含讽有味。”

〔4〕城南夹评曰:“乡居风味可思。”

感　怀

肯信村廛有是非,年来阅世学忘机。枕中车毂难妨梦,画里江船且当归。北地有人耕陆海,西山终古送斜晖〔1〕。惊心寒雁程三万,似避刀弦并力飞〔2〕。

〔1〕城南夹评曰:“语意佳,似古人有此语意,但非画里,亦想不着何人有此语意。”

① “半间”“三尺”,《裴村诗钞》作“半开”“三正”。

〔2〕杜评曰:“与‘车声马声喧容枕,三百青钱市楼饮’同妙。”

卧佛寺夜宿听人谈关外形胜

西山青断北山连,山脚南飞古寺前[1]。但睹先皇行馆在①,好寻卧佛共龛眠[2]。夜凉空院桫椤雨,秋老雄关雕鹗天。闻道东边急形势,可能筹策学忘禅。

〔1〕评曰:“起有逸气。”

〔2〕评曰:“眠韵含意深婉,尚有唐人意趣。”

京寓小园

短墙骑马客难遮,栽竹嫌窥寂寞家。戴笠吟身藏日下,闭门生趣满天涯[1]。残蔬雨过还新绿,老树春迟得久花[2]。剩有销沉今古意,夕阳庭际数归鸦。

〔1〕城南评曰:“字字皆实事,作者自写照也。”

〔2〕杜评曰:“浪笑榴花不及春,先期零落更愁人。此以七字括之,妙。”城南评曰:“花韵一句,令人神往,忽悲忽喜忽怅,然无着□,此诗可谓感人矣。”杜评曰:“花字一联,奔竞者不知。”

① “行馆”,钞本作“行榻”。

闻雁念舍弟光筑北上未至九月八之夜也

月明满地雁声长，佳节思亲倍不忘。有弟北来向江海[1]，怪君南去避风霜。青山的的过吾土，黄叶萧萧在帝乡。明日征骖如好到，陶然亭上作重阳。

〔1〕《裴村诗钞》夹评曰："苍老似坡。"

对　月

蜀天夜雨长年听，不敌京华看月多[1]。忆弟有诗逢白露，携家无泪似金波。鱼龙唊影喧浮海，牛女分光笑隔河[2]。怕带故园秋色去，未教南雁渡滹沱。

〔1〕夹评曰："再看愈有味，此大家平澹自然境界。"城南评曰："蜀多雨而燕多月，谚语谓'京月不同故乡月'，实可笑也。然作者是因情触景，非泛赋。"

〔2〕夹评曰："此时春似未到。"

水　仙

白石清泉供养宜，美人芳草化身奇。烟波袜影分明见[1]，风露衣香有所思。万古别离湘女瑟，一篇忠爱洛神辞。如今北地花开早，愿伴冰梅缓弄姿。次句指三闾称水仙。

〔1〕夹评曰："妙思。"

感　事

白云楼近接天阍，空遣巫咸下问冤。王李风骚何济事，都成阴骘不堪论。传经况得文儒贱，巧宦徒知狱吏尊。只有西城无月夜，愚民犹哭未消魂。

怀钱辛伯先生扬州

江南公亦老名士，日下贫如大布衣[1]。锁院律吹丹凤起，璇闺棋笑雪猧围。曾陪杖履松筠饮，为道家山水石肥[2]。二十四桥今隐去，竹西无限好斜晖。

〔1〕夹评曰："骨老似山谷。"

〔2〕杜评曰："肥字着水石下妙。"城南评曰："肥字果有味外味，大约因公清贫，惟水石肥可以夸耳。妙极。"

游青城山

阴阳三十六峰尊，拨雨来寻古洞门。眼落成都疑井底[1]，心归沧海识江源。一身天远岷嶓接，万鬼城深日月昏。游客纷纷吊花蕊，山中寂寞老人村[2]。

〔1〕《裴村诗钞》夹评曰："形势宛然。"

〔2〕评曰："长卿赋'悠远长怀，寂漻无声'，后人谓写得水之性情。'识江源'句颇得其意。"

过芦沟桥观今夏大水情状有作

芦沟桥石高三丈，水压阑干一丈流。拱极城低围马户，御碑亭没作龙湫。只知日月中天近，谁信江湖北地愁[1]。我寄宣南犹破屋，当时听雨卧床头[2]。

〔1〕城南夹评曰："中联突起，诗格道上，与古人无异。"

〔2〕城南夹评曰："结句回想有致。"评曰："结意婉挚地，善存弦外之音。"

游东山寺偕放廷山下人家有花不入

风吹津舫著鱼矶，细路攀援称袷衣。野水照天浮塔去，江云留雨入城飞。客心清镜开尘沼，人语疏钟共翠微。一笑看花须问主，海棠红落屐痕稀。寺有清浊二池。

送宋检讨育仁充英法等国参赞[1]

其　一

海邦玉帛久相从，忽忆当年靖海烽。白日鲸鲵愁鬼国，热河霜露泣文宗。似闻野火延空苑，真见花旗列峻墉[2]。不尽万方臣子恨，昆明战舰有长龙[3]。

〔1〕评曰："遣使为国家一大事，奉使为友朋一生所罕有，题甚大而才力足以副之，此可传也。"

〔2〕评曰："曰似闻，事后闻之也；曰真见，讶之之词也。"宾国夹评曰："杜法。"城南评曰："语皆含蓄得体。"

〔3〕宋评曰："格律、神韵兼有浣花、玉溪之胜。"

其　二

城下盟成剧可怜，一时心坠炮雷烟。毁车若得荀吴策[1]，赐乐宁知魏绛贤[2]。乌啄九门空大屋[3]，龙兴百战止穷边。独令争献烦元老，重惜先朝挞伐权。

〔1〕城南夹评曰："谓宜变法谋一战也。"

〔2〕杜夹评曰："使君于此不凡。"

〔3〕城南夹评曰："'屋底达官走避胡'，此语亦有味，妙在不明说。"杜评曰："暗用'和戎'字，更有味；明说出诗便下。"

其　三

宝石珊瑚二品冠，谁持龙节驻机兰。张骞凿空徒惊俗，陆贾归装更美官[1]。今日英雄资驾驭,古来蕃使有鹓鸾[2]。旁人错惜蓬山远,正要蓬山海上看[3]。

〔1〕城南夹评曰:“可慨。再看觉有趣。”

〔2〕杜夹评曰:“虎气必腾上。”城南评曰:“语名隽,芸子得此句亦荣矣。”

〔3〕城南夹评曰:“诙调有风趣,正是深惜之意。”杜评曰:“一气旋折。”

其 四

已识邦交不用奇,逍遥且合在天池。少留县圃须骚客,独抱遗经向岛夷。论语旁行新译字[1],璇玑东法本相师[2]。西法实中法所流传,梅氏定九详言之。流沙浩荡青牛没,吾道西来此一时。

〔1〕城南夹评曰:“此可喜。”

〔2〕城南夹评曰:“此有小福。”①

其 五

水程八万走雷霆,阴火潜然飓母腥。麟凤十洲飞墨雨,鱼龙五夜识文星。城侵玳瑁潮痕白,花抱楼台海色青。想见螺房著书处,泰西从此有元亭[1]。

〔1〕城南评曰:“奇丽无敌,却又雄壮,此种诗几目无古人。李义山之席可以夺。”城南评曰:“海山青一联如见泰西一幅着色画图,真写得出也。”

---

① “福”,钞本作“益”。

其　六

远适殊方昔所凄，吾曹性命共提携。预愁送别冰开镜，回忆谈诗剑吐霓[1]。四海文章稀日下，六官经纬落天西。君云须仍持所治《周礼》以往。苍茫家国无穷意，挥手春流散马蹄[2]。

〔1〕城南夹评曰："二语轻蒨摆脱。"宾国夹评曰："无垂不缩。"城南评曰："何意忽得此沉雄语，此二语视前首佳句又上一层，有气象、有意味，真大家手笔。佩服无似。"

〔2〕夹评曰："语皆含蓄无数。"城南夹评曰："意极醒又极混也。"

送杨挺之志立之官溧阳[1]

其　一

金粟香中三百树，桂湖秋水昔沿缘。新都失访名贤后，京国论交性命连。朱竹垞惊孙北海，白云史识恽南田。谈诗读画情亲在，无那离愁到酒边。

〔1〕评曰："此诗亦可存，无庸删。"

其　二

花之寺记隔年狂，各有心情付海棠。小宋醉骑红树上，子云笑倒绿樽旁[1]。西留县圃骚人去，东指朱方驷驾翔。独把奇文谁共赏，出门怊怅日南坊。

〔1〕城南评曰："二语记朋友小事，亦宜存。"

其　三

大邑财雄俗自矜，地连江海便鲲腾。肯将鞭箠威儿子，尚念车弓畏友朋[1]。诗句定传清似水，法曹曾共冷如冰。悬知风雨怀人夕，小坐清香燕寝凝。

〔1〕夹评曰："用古诗语，温厚周至。"城南评曰："车弓句坿误会，似规戒挺之之意，曰尚念者，冀其念此也，其中必有实事，再沉吟乃知，望挺之畏友朋也。是专取畏邪友朋意。通首皆说挺之，未说己也。"

其　四

莫为无儿叹老夫，得人为治岂区区。多兄友事宁称宓，五丈夫生早识瞿。身外浮云无点翳，掌中明月有还珠。秋来若报添英物，待咏黄家汗血驹。

桂香池

桂香宫里花冥冥，桂香池中水荧荧。荷花低枝压满月，梧桐大叶扇疏星。星悬北斗阴朝鳢，月转西楼暗度萤。骑马当时桂湖去，直穿三百树珑玲。池中老黑鳢大如婴儿。

瞿　唐

尽唤蛮山压客舟，甲盐飞去入空遒。双崖云洗肌如铁，一石江穿骨在喉。风静鱼龙排日睡，水还巴蜀接天流。涨时倒海枯时涧，安稳哦诗答棹讴。

至　家

一别缁尘乐意真，风潮雨雪转悲辛。时危易泪偏经险，家近能欢况接春。隔树乡音山鸟识，归船人意渚花亲。入门夜奉慈帏话，犹恐儿劳促退频。

罗浮山中听客弹琴

一峰中作一晴阴，四百峰前客鼓琴。听去雨风随变化，坐来天海得高深。松篁隔水分仙韵，猿鸟空山有道心①。曲罢暮烟岩壑满，樵歌踏叶出西林。

过当风岭在武平北

神京已隔海漫漫，荒岭云生作瘴看。北地妻儿应忆远，南中草木不知寒。壮游蜀客无难路，僻处清时有盗官。虎豹天阍况狐鼠，何时一著逐邪冠。

---

① “有”，钞本作“定”。

杭州买陆放翁诗集即题其后

二樊忠爱有遗篇，樊川、樊南。逸气闲情愤所宣。南宋风骚犹此老，少陵衣钵各真传。苦悲铜马忧王室，闲跨黄牛学地仙。今日钱塘开互市，鉴湖行亦叹腥膻。

乘鲤门轮船至广州

三日真成海不波，鲤门船已虎门过。地看北极浮空浅，天入南荒让水多。去国未怀迁谪感，伤时聊诵远游歌。珠娘蜑妹争宜笑，可奈江中袂玦何[1]。

〔1〕评曰："末寓求贤意，诗人彼姝之思也。"

广　州

粤台览古日西斜，歌舫如山且看花。二八鬼婆交屣屧，三千盲妹斗琵琶。是邦列种分鱼气，何处全城借蚌霞。为问贪泉今几许，五洲流遍浩无涯。

朝云墓

杭州昨饮苏堤水，堤畔古余苏小坟。今日惠州湖上路，却因坡老拜朝云。已无榕树山长静，欲采蘋花日又曛。一样南荒不归去，洞庭愁眇逐湘君。

冲虚观

昔乘大葛山头雪，曾访稚川烧药炉。万里罗浮携绿杖，千年铅汞闷丹书[①]。坡仙亭畔峰峦好，祈隐池前花竹疏。夜半天风吹破屋，止防飞去八龙鱼。

南来

南来犹作故乡看，暂到湘湖意已欢。邱陇四朝身尽拜，桧松千尺祖曾攀。逢人竞说猴狲地，勖我承家獬廌冠。忽忆海疆新割去，愁时不觉涕汍澜。猴狲地在东坑赤土冈，明佥事公墓在焉。

---

① “闷”，钞本作“问”。

挽刘云坳太守戊戌

其　一

南斗宵晴北斗阴，故人天远共离心。半年别去添吟望，万里书来只讣音。翠老柏台霜气黯，花开桂海瘴云深。龙池冻合鹏风热，并入羸忧那得禁。

其　二

额阍无力感衰年，补外翻为互市煎。起陆龙蛇方左海，当关虎豹更南天。人间动色谈金磅，地下埋忧避火船。闻说伯康新厌世，相从拊背乐黄泉。

其　三

与人骨肉总伤神，惭愧周诗棣鄂亲。难得公为傧豆地，剧怜吾亦阋墙人。言如金石真先辈，气挟风霜本直臣。予季到今犹雪涕，老苍凋去益天伦。

其　四

不忌寒蝉见讽余，时危且读父之书。平陵请剑追龙比，中垒传经隔虎渠。合疏裘成千腋好，一呱性散百骸初。当官论学平生在，忍过宣南佛子庐。

七言律诗未刊稿补钞

禹　庙丙子

万流浑浑趋三峡，劈出西南半壁天。石破山惊神斧大，猿啼鸥叫古祠穿[①]。奇功孰辟洪荒后[②]，过客长怀疏凿年。今日黄流无正轨，谁能四载向神渊！时郑州河决

丞相祠堂

百年礼乐识英雄，古柏森沉有閟宫[③]。双表上言先帝德，三分遗恨老臣忠[④]。魏吴毕竟书偏统，伊吕犹能况此公。碧草黄鹂谁省识，少陵垂泪夕阳红[⑤]。

---

① “万流”四句，《古愚室诗钞》作“群山莽莽趋巴峡，翻转秋涛卷地天。石破沙飞荒树雨，猿啼鸥叫古祠烟”，钞本“万流”作“万川”，“石破”二句作“石破山飞雷斧重，猿啼鸥啸野祠穿”。

② “孰”，钞本作“自”。

③ “百年”二句，《古愚室诗钞》作“休将成败论英雄，古伯阴森有故宫”。

④ “双表”二句，《古愚室诗钞》作“双表屡言先帝德，三分未尽老臣忠”。

⑤ “碧草”二句，《古愚室诗钞》作“碧草黄鹂谁吊古，锦官城外夕阳红”。

谢傅东山

高卧东山四十秋，身关大局运全筹。敢将霖雨虚时望，且为莺花挟妓游。儿辈偶然成露布，苍生端不误风流。中原指顾承平易，堪笑新亭学楚囚。

隋　苑

晚泊维扬寻古苑，雷塘瓜步玉钩斜。春风空唱大堤柳，秋雨难寻剪彩花[①]。诗酒降王原是梦，管弦宫女已无家。迷楼寂寞留萤火，残树阴中照暮鸦。

浣花草堂

感慨乾坤战伐余，为来江上结蘧庐，春花自笑元戎队，人日今无老友书[②]。嫡派风骚诗讵愧，许身稷契命何如。武侯祠屋长邻近，爱国忠君报不虚[③]。

---

① “难寻”，《古愚室诗钞》作“犹歌”。

② “今无”，《古愚室诗钞》作“来题”。

③ “武侯”二句，《古愚室诗钞》作“千年祠屋邻诸葛，名士馨香总不虚”。

忆去年读书处在镇中桂香池右，即张氏得月楼也。丁丑

余去岁肄业静山张君之天香阁，小池幽砌，高阁开轩，读书雅地也。花开棠树，红雨缩纷，叶满葡萄，绿天仿佛，伏案之暇，足以旷人清赏。今春往过，花架兰开，又是去年搴摘候矣。归不能忘，感而有作①。

空斋小景自芬芳，晴透纱棂翰墨香。习习暖风花阁静②，濛濛春月桂池凉。眼前今古争黄卷，楼外云山入锦囊。触物每饶生趣盎③，吾人最惜是年光。

春　日戊寅

休来尘世觅方瞳，春色撩人尚热中。湖海未除豪气尽，清高无碍俗题工。树簪岭曲垂鬟绿，花镜池宽照胆红。叵耐华筵闻玉笛，淡纱已透落梅风。

---

① 小序原无，据《古愚室诗钞》补。
② "花阁"，《古愚室诗钞》作"花院"。
③ "每"，《古愚室诗钞》作"自"。

携筑弟自成都归感赋辛巳

频年游学赋长征，及到归时转泪横。身似客来知母喜，家成旅寄见人生[1]。相依为命歌常棣，独代承欢谢拙荆。细与高堂谈景物，锦城虽乐不关情。

〔1〕评曰："真情真景，如今不堪复忆矣。"

秋海棠辛巳

其　一

紫橱香幛景翻新，颜破西风倍可人。生小未宜金粉地，诗成应老绮罗身。骨难入俗何妨媚，心到如仙已不春。霜冷连朝寄芳讯，输他灵鹊问前因。

其　二

心事前番罨画楼①，美人帘卷又惊秋。戏呼绿伴和烟语，背立红儿带雨羞②。篱菊有盟防热客，梅花无聘到凉州。晚来墙角姗姗影，翠袖瑶钗月一钩③。

---

① "罨"，《古愚室诗钞》作"掩"。

② "背立红儿"，《古愚室诗钞》作"漫向红哥"。

③ "晚来"二句，《古愚室诗钞》作"晚来墙角秋千冷，鬓倒钗横月一钩"。

其　三

肯说名花号断肠①，满身风露玉阶凉。将离纨扇魂知怯②，带醉珊瑚骨有香。红豆丝深才悔梦③，木瓜心冷又愁郎。生憎画手多粗俗，浓蘸胭脂作冶妆④。

其　四

惨绿酸红酒力支，薄寒香国恼多时。秋风杜甫删遗稿，淡月徐熙写折枝⑤。翠袖夜分人悄立，瑶阶春断蝶相思。蘼芜满径拈罗带，不向东皇诉怨痴。

简州舟次壬午

折柳桥边纪胜游，牛鞞水静抱城流。从来古迹饶穿凿，一棹斜阳送客舟。今日盐烟余几户，昔人酒具笑千秋。石高滩浅舟行缓，访古何妨一舣舟。

---

① “肯说”，《古愚室诗钞》作“枉说”。

② “怯”，钞本作“瘦”。

③ “深”，钞本作“添”。

④ “生憎”二句，《古愚室诗钞》作“生憎画手匆匆甚，也和胭脂作冶妆”。

⑤ “写”，《古愚室诗钞》作“谱”。

题镇中九老龙潭石室高会感怀二首并韵壬午

其　一

五朝人瑞已成仙①,圣代陶甄有自然。甚愧老臣徒白发,又逢皇帝正青年。熙隆再世歌王日,中外同声祝父天。齐颂多男并多富,更期万祀泽纮埏。

其　二

诸公身是地行仙,贱子父存尤伟然。定拟香山添一老,况为涑水少三年。南弧星动胆如月,乔木风悲痛所天。福地几人修得到,愿将仁寿溥垓埏。

登第后寄内次前在京寄内韵。癸未

灵鹊无端喜报知,瑟琴私幸不长离。可怜上苑花看后,犹是深闺镜听时。天远几时闻吉语,月明满地起相思。慈亲合有开颜处②,晨夕高堂要善窥。

---

① “成”,《古愚室诗钞》作“如”。

② “慈亲”,《古愚室读诗钞》本作“老亲”。

自白杨溪乘小舟归艤上渡癸未

江水空明涨暮霞，一鸥如雪堕晴沙。王桥石啮苍龙耳，宦路滩惊恶虎牙。野渡榜人多在岸，回流倦客共还家。江河南北争先涉，谁及村船归日斜①。

下渡在赵化镇东街河壖②

潭洞山云可入房，泛襟浮白骨丝凉。青山一点空尊落，紫漩双回太极藏。燕石冈头衔古寺，鸦船波尾带斜阳。海螺走马沱江涨，寄语篙师慎指方。

至　家

辛苦南旋险堕魂，远探海岳近夔门。神因万病丛生健，身似孤军百战存。久客江湖知水性，到家风景尽天恩。入门先识慈帏色，颇喜曾无俗事烦。自余举乡会考，洎得官归里，太恭人雅不欲如俗下故事，与鄙怀恰得也。

---

① “谁及”，钞本作“谁似”。
② 题夹注，原无，据钞本补。

放　怀

吞吐造化烟霞蒸，红尘插脚风可乘。丈夫一举为黄鹄，下士大笑如苍蝇。避俗乃过友麋客，驯诗苦学降龙僧。五层十二楼何处，手把芙蓉云上层。

冬日寻龙潭石室不遇癸未

呼人檐马鸣虚空，落叶萧萧纷碧红。头角澄潭隐光怪，云霞石室封玲珑。未剜苔藓读古篆，已见松柏含春风。归篷容与趁沙鸟，江心烟水迷冲融。

涪　州[1]

战伐当年旧迹寻，试凭埤垷一登临。风开翠嶂山横侧[2]，江落红旗浪浅深。水月龙蛇争夜色，盐仓雀鼠失初心。川东此地称形胜，莫倚雄威效荡阴。

---

① 此诗未系年，证以《南旋记》，先生曾登涪州城，必为癸未作。

② “翠嶂”，钞本作“翠障”。

宿沿滩与舒永孚广文夜话甲申①

京洛归来此破裘②，故人身世话沉浮。地分井邑衙牙路，石阻官商掬指舟。凉梦白回双榻月，滩声红落一灯秋。水风萧瑟摇清听，仿佛荆州宿舵楼③。

曲江别业张氏园在观音滩。乙酉④

水带峰环别墅开⑤，天公有意试诗才⑥。紫波流过青山峡，西塞云封北炮台。弄月银蛇滩脑聚，隔江空翠枕边来⑦。先人邱垄周遭在，愁听萧萧松柏哀。

---

① “永孚”，原无，据钞本补。
② “京洛”，钞本作“燕赵”。
③ “仿佛”，钞本作“何似”。
④ 钞本题作《扫墓过曲江别业有感》。
⑤ “峰环”，钞本作“冈馕”。
⑥ “有意”，钞本作“特与”。
⑦ “空翠”，钞本作“岚翠”。

峡中秋兴[①]

不须屐著更筇支，讨句搜吟自往时[②]。山色诗人争秀骨，江流学字带肥姿。野花巫峡屈原塔，落叶汾阴汉武祠。玉露丹枫佳兴在，杜陵风雅亦吾师。

消　夏[③]

热肠冰肚汗香残，湔洗迂儒脱苦酸。避暑过于逃吏酷，补诗真觉比天难。老苔生是贫家宝，媚筱人当美女看。我倩画工图野性，绿蕉衫子箨皮冠。

夏夜花径小坐读诗有作

藤衫蒲扇晚添晴，石磴丹黄勘处清。诗有化工嘲万象，月如陪客坐三更。满身花影疑偎玉，支脚茶铛误听笙。汉转夜阑风露重，隔窗慈母唤分明。

---

① 此诗未系年，证以《南旋记》，秋上三峡，或为癸未作。

② “搜吟”，钞本作“寻秋”。

③ 以下各诗未系年。

寄　慨[1]

绿杨城郭乱啼乌，一角残山抵画图。硕果天留遗老在，梅花人有好诗无。蜩螗半是知名士[2]，蝜蝂真成用拙夫。败羽残鳞知共尽，太行终让乃公愚。

坐　拥

坐拥书城大福缘，慧根灵种得修坚。读骚岂便称才士，不酒犹能学散仙。名教中多行乐地，吾生后落有情天。江湖廊庙须拼取，鼎鼎浮踪易百年[3]。

过隆兴寺

敲破春愁听木鱼，侧身怀古自轩渠。柱题皇祐前头树，门烂丁翘作额书。丹灶有僧煨芋后，石床无客落花初。满江波影摇诗思，闲倚经楼一散裾。

---

① 钞本题作《过扬州吊史忠节公》。又，钞本有贴签，签下有异文："一角"句签下原作"一望山林野史图"，"败羽"二句签下原作"北极朝廷今永固，漫劳江左觅夷吾"。

② "半是"，钞本作"半属"。

③ "易"，钞本作"瞬"。

桂香池

众说地分丹桂籍，几闻人话木樨禅。池上杂植花木却无桂树。淮南词赋招名士，月里楼台住散仙。石燕水飞双阙雨，乌鱼风起一湖烟。广寒清绝高难觅，且费人间贳酒钱。

纪　怀

宵灯照读影伶仃，结发初成两角形。傍母自炊杉木紫，为儿分啖豆花青。摊钱买字谋真巧，卖屋收书望不轻。亲党屡邀谈货殖，讵知慈训欲通经。

登朝天阁在镇中天后宫高约数十丈[1]

心悬放浪双轮月，身健朝天万笏山。贴地水来青峡远，扑人窗有白云还[2]。日斜磬铿鸦声乱，海上楼台蜃气闲[3]。碧殿琳廊熟登眺，特留佳胜在乡关。

---

① 题夹注，原无，据钞本补。

② “扑人”，钞本作“近人”。

③ “日斜”二句，钞本作“雨余钟过鲸声乱，海上楼空蜃气斑”。

某氏小园寄慨

雨过浓阴满四邻，小园光景各清新。剪根橘蠹难皮相，镌叶瓜虫学手民。茶鼎幻书回篆籀，酒船羞俗泛金银。风来露落寻常事，愁煞江关庾信身。

应九姓乡试已得水牌覆试被落

何心异地卜飞腾，为看忠山借此登。墨卷协查知学籍，青襟未领已宾兴。人夸朔野千金骏，天养南溟万里鹏。怕作将邪先挫折，肯从圭璧去觚棱。

岁试富顺得案首

题名记异晦翁才，得解书羞陆氏开。卿子冠军惭众望，送人作郡已三回。校文颇识天难妒，闻时有相妒者云云。投卷终嫌我自媒。此意于今成广莫，败鳞残羽漫惊猜。

府试闻史琴笙嵩秀郡尊极赏余初覆文卷感而有作[①]

文字因缘主客图，席珍相待讵欺诬。郡尊考试，从不延揽门生，谓皆以国宾相待，不敢私为一人所有云云。少年甫也惭宾客，特识微之笑碱砆。敢藉烟云藏爪甲，杂随竽管鼓咙胡。诵人一句平生感[②]，况得标评百斛珠。

院试学使陈伯双懋侯先生评文卷有字秀语余素不喜书亦不善书为感且愧赋诗纪之[③]

檐晷无如寸与风，迷人竹箭混葭蓬。文心忙过催花鸟，纸背疑听食叶虫。嫫母刻雕夸郑旦，郑公妩媚赏唐宗[④]。古经亡缺因时艺，顾怪偏能八股工。

---

① 题目钞本"嵩"作"崧"、"极"作"亟"、"文卷"作"诗文"。

② "一句"，钞本作"一字"。

③ "赋"钞本作"作"，"亦不善书"四字原无，据钞本补。

④ "郑公"，钞本作"魏徵"。

读程斋用拙斋诗寄题[1]

握槊敲壶写不平，幽燕吴楚得奇横。几人文字多生气，羡尔诗才有拙名[2]。下笔千秋无个字，拈花一笑证三生。是真豪杰空宗派，莫以传人误性情。

宿青庄窠

敢将冠盖溷烟霞，新贵亲交例拜嘉。对面好山屏笋矗，销魂流水镜桃花。五更蕉雨幽人梦，十里松风处士家。情薄愧承鸡黍约，来春还就牡丹芽。

自　遣

拈花一笑落声闻，马迹鸿泥寄几分。举世浮名争电火，小时藏稿化烟云。无端睡少偏多梦，未到家贫已富文[3]。钟鼎山林千古事，肯将金帚第高勋。

---

① “寄题”，钞本作“戏题”。

② “几人”二句，钞本作“最难文字多生气，容易诗才有拙名”。

③ “无端”二句，钞本作“夜来睡少偏多梦，人到家贫反富文”。

劳　生

兜率天宫万宝楼，阎浮提界一尘沤。不为君子因猿鹤，未有儿孙已马牛。风月亦贪钱可买，岳河能贿玉常酬。劳生利锁谁先脱，美酒名花且醉讴。

有　感

藩茵随分各生涯，感到情人起百嗟。使笔补天心未果，观书似月眼无花。但名一艺皆才子，尽有千秋不大家。汗简自荣烟草腐，此中消息问南华。

来青园

到来天与看花缘，负郭何须二顷田。修竹曲躬多揖客，老梅换骨自癯仙[1]。月廊西让明蟾路，江舫南飞独鹤天。海观亭高山寺古，几人携酒醉秋烟。

---

① “自”，钞本作“已”。

披花谱芍药一条有感

一枝荆国耻琼肤，金带围腰瑞应符。多叶鞍儿红宝盖，软条冠子玉盘盂。不王香国终为相，嫁婢金城合有夫。只恨洧溱投赠苦，替人情种作支吾。

冬至偶成

鸿濛凿破混元亏，推嬗无端妙运时。阅世生人何自止，读书识字岂须奇。打开忧乐心弥苦，传到文章品已卑。一息千秋还易笑，梅花无语放双枝。

梦游一山醒记所见

名岳在心不可忘，暗风吹梦来云乡。老僧野性伴麋鹿，仙女醉舞骑鸾凰①。双崖瀑布带秋响②，万树梅花和月香。丹阁翠甍连宵汉，山椒笑接浮邱裳③。

---

① “骑”，钞本作“如”。

② “响”，钞本作“卷”。

③ “丹阁”二句，钞本作“丹阁翠甍绚霄汉，山椒忽接浮邱裳”。

幼时学为声律之文周丈泗瀹力许后来可以成家今十年来泗瀹丈死矣自念业不加进追感赋此

笑人真使杜排胶，醉我有如樽酌匏。韵愧景宗安竞病，字从韩子定推敲。等蝉六代贻讥久，读蜕双声索解淆。惆怅老成自凋谢，世流轻薄任诙嘲。

宿大水窠共车云笙夜话

篮舆访旧趁斜曛，朴壑秋深断俗氛。花影淡扶双袖月，松声凉浸四山云。风怀旖旎惊蓉主，尘海交游让曲君。不饮还教心酩酊，高轩剪烛快论文。

购木本茉莉数株束缚残折一雨尽活喜赋[1]

风尘惨淡玉山颓，盆盎宽深米泔栽。名士迫催床舆[2]去，美人驱缚马驮来。槛中猿脱夷吾辱[3]，池上鱼生郑相猜。一雨返魂诸憾

---

① “尽活”，钞本作“便活”。

② “舆”，钞本作“舁”。

③ “猿”，钞本作“囚”。

释,可劳香海架冰台[1]。

等　闲

并无姓氏书兰籍,未把华年付酒卮。壮柳过檐犹索舞,早蝉翻叶耐催诗。仙因禅悦精三昧,剑侠儒林数两奇。身世等闲江郭立,来帆去舵织如丝。

漫　兴

涉川翻喜陟山平,愁绝江程白发生。感激风云双剑跃[2],收藏海岳一舠轻。东西虹影悬巫峡,今古潮头打石城。多事身心判劳逸,总难太上学忘情。

夜　遣

透觑人情叶翳螂,生憎世故丸转蜣。月收花树三更影,天与诗人一味凉。爨朽自留琴理静,书馋犹挟菜根香。裁笺摘艳亲鱼鸟,分领来朝十斛忙。

---

① “可劳”,钞本作“漫劳”。

② “风云”,钞本作“风尘”。

古　怀

叔宝心肝双玉树，诗王福命一帘钩。不为帝子真名士，杀却狂奴在益州。金粉河山终六代，锦江天地自千秋。古怀磊砢谁销得①，坐听松风月满头。

小住罗汉寺

绿云如海浸僧庵，弥勒诗人好共龛。灵鹫别支传万叶，黄鹂请客载双柑。风流宰相夸江左，贫贱山人住水南。身世未须轻感慨，磬声花影问优昙。

五日观乡人竞渡

箫鼓枪旗闹渚矼，婆娑神影跳文幢。酒阑蛇药喧重五，市小龙舟戏一双。彩艾几人悬命缕，篁蒲丛蝶聚空江。石榴裙子香花髻，莫漫歌船道意降。

---

① “销”，钞本作“消”。

七　夕

猩屏爓点扇兜罗，蝉縠云轻锦脱梭。情种生天愁祸水，好风飘梦堕秋河。生憎伯劳飞难见①，枉恨蜘蛛巧奈何。独有不圆今夜月，英雄儿女可怜他。

游东山寺同放廷

栖霞天竺梦因依，惭对山灵面目非。波嶂怒浮双塔去，江云驰逐两人飞②。心持空鉴清尘沼，语杂烟钟落翠微。怅触登临忧乐感③，漫寻仙梵证禅机。

锡　溪

枌梓衣冠俗尚纯，桑麻膏沃地非贫。一峰云气春为雨，千岁桥年帝锡龄。风雅歇疏觞共咏，溪山称缛擦疑皴④。虎头龙嘴空奇险，孝子坟边拜奠芹。

---

① “伯劳”，钞本作“伯燕”。

② “波嶂”二句，钞本作“波嶂远浮痴塔去，江云迟逐懒人飞”。

③ “怅触”，钞本作“颇触”。

④ “风雅”二句，钞本作“风雅歇疏觞佐咏，溪山浓缛擦还皴”。

宿黄葛灏

樯风五两响棕榈，上濑船真陟坂车。露舸低眠成穴蛰，河灯谈笑起滩鱼。推蓬天月犹悬镜，种蔗人家已荷锄。二十四山贪静看，闲舱卧读郦元书①。

静　观

变灭浮云在玉京②，白衣苍狗两无情。名山事业关年命，人海生涯自浊清③。四大空虚忘月指，六时渊嘿等雷声。河车斡转华池液④，颇怪神仙恋久生。

自叙州归偕镜湖宿南溪龙腾山书院因别

豪辨轩轩展目皴，风中自笑转蓬身。琴山当面句携客，绿雨点衣秋在人。云隔故园过九日，江流浩劫亘千春。龙腾赠别惭乡韵，矫首南杉叩夙因。明吾邑熊过，与遂宁杨名别于此，杨赋诗为赠。

---

① “推蓬”四句，钞本作“江村人静头更夜，云路天高十月初。帐触暖篷仙侣共，牛皮洲上食王馀”。

② “在”，钞本作“瞥”。

③ “自浊清”，钞本作“一浊清”。

④ “华池液”，钞本作“华池夜”。

九日登真武山有感

灵旗自闪道场开，佳节登临气壮哉。山走铜声诸葛鼓，石吞云气郁孤台。时艰九日感难禁，江阔七星浮不来。遗燹苍茫问残照，即今谁是出群材？

次韵程斋见怀

邈然美系出一门，未许庸俗作朝昏。一日千霜论交道，前尘旧梦记手痕。在周别为唐杜氏，尔宜不识汪梧村。愿益并耕善治古，何问谷收亩数盆。

铁钱溪诣朱家寨谒龙山先生覹成宅时先生已殁[1]

山路无人初过雨，溪桥浅水自生云。朱家有寨非任侠，白塔横天得夕曛。诗舫愧惭金马客，盐艖部勒石犀军。伤心邓井关前浪，与我泪痕争泫沄。

---

① “覹成”，原无，据钞本补。

故 园

懒卧天南有废邱，节过白露热难收。山眉碧染婆罗得，冰肚珠穿鬼见愁。午梦弱毫亲画日，小诗肥语不宜秋。故园松菊萧萧在，风雨怀人一倚楼。

空 斋

浮名端借乱书埋，烧术祛邪笑拨灰。情感著人中酒似，古怀如雨破空来。百年电火愁丝展，一枕霜钟恶梦摧。寸念欲冰余内热，老禅惭愧对枯梅。

虎头城

半壁东南险昔闻，妆台灵药渐怀芬。幽花雨散黄瓊墓，奇画峰多顾恺云。城市记留坏堵雉，男儿真笑负山蚊。幼时曾识金闺彦，风雨西楼读典坟。廖鹿苹太史读书处。

宿沙溪口舟中同中甫

为笑冬船不运租,吟身疑著翦江图①。夜眠滩石争敲背,晓看山云欲合肤②。人海神仙惭李郭,水村南北问杨卢③。好乘大葛峰头雪,一访稚川烧药炉。

石灰溪趁墟

海螺堆下百千家,列市沼溪织似麻。线眼惯争横店水,洞头多会福桥茶。耳崖青石称天险,腰灏乌金亦地华。酒肆饭园喧呼甚,村娘珠翠斗山花。

送杨大令钧衡之任应山

客子风雪走京华,问讯宜城山县花。犹说使君戴星月,但道父老长桑麻。荆襄俗清祝陶侃,贰轸盟息嗤屈瑕。按左氏楚屈瑕将盟贰轸,贰即今应山,轸即今应城。他日上游作开府,来将勋伐书旗牙。

---

① "为笑"二句,钞本作"舟十二月发成都,水清沙白沱江枯"。

② "晓看"句,钞本作"晓起山云如合肤"。

③ "问",钞本作"说"。

感　事

可能修饰苦弥封，未检俄惊已著纵。有罪擢难沙数发，何方穿得尺天胸。水风逆绝欢鱼鸟，霜露深严长菊蓉。一卧北窗凉雨过，无心怀葛梦偏逢。

山居怀人诗癸未

周植三兆槐处士

头不山冠体雪襟，市廛林薮自浮沉。说诗如士拼甘肉，卖药逃名识苦心。战略喜谈司马法，躬耕时学卧龙吟。风尘混迹知君少，野寺霜桥访道深。

胡正之世杰秀才

玉树临风醉好春，十年灯火共酸辛。击存温伯梅花韵，绰约藐姑冰雪身。眼月习书翻白近，面潮承谏涨红新。鹤声应醒扬州梦①，君与余同梦身在扬州。灵石三生证夙因②。

---

① “应”，钞本作“唤”。

② “夙因”，钞本作“幻因”。

钟嵩林家骥秀才

锦江游息待骞腾，辛苦文章几折肱。十里燕莺花月市，两人风雨夜窗灯。学成鏖战难中止，诗信参禅悟上乘。愧我登科颜久汗，不堪重忆共担簦。

舒中甫永孚广文

二月遨头有梦思，半生说项恐神疲。品花京洛悬冰鉴，分草风云合璧诗。行气如虹湖海习，爱才过命俗流嗤。君家骥子昂藏甚，蹴踏青云万里时。

谢北先大杰广文

摩空俊鹘跃渊鳞，高洁应难受点尘。一饭英雄归物色，小言游戏见天真。高文典册谁知己，仙骨梅花认化身。风细开襟同蹋月，槐街浮藻浪痕新。

黄镜湖光鉴孝廉

长安一别两年光，知己愧称年少郎。孝廉狭邪行从不共余往，尝戏称“子年少我年长”云云。① 文笔盛昌名鹫鹭，福人生命作鸳鸯。共知白也才无敌，除却延之后敢狂。为有烟霞成痼癖，万花丛里策名王。

杜程斋大恒同年甲申

笔蕊灯蕤竞吐芬，吟坛接界两窗分。诗才高老名家数，风节嶙

① 夹注，原无，据钞本补。

峋大雅群。饷我清言增世说，见人仇恨读时文。锦江京洛匆匆别，月地花时辄忆君。

廖叔瑶光舍人

愁多体弱广知交，濯濯灵和玉柳梢。直倚莺身游画窟，倒骑蝶尾卧花巢。酒兵诗将如云合，色界情天肯浪抛。赤胆轮囷向南海，唾壶休就玉鞭敲。

廖敦彝伦明刺史甲申

蜀科燕榜气吞鲸，艳福豪情两足荣。香枣车中陪女史，海棠窠里见先生。都门食蟹惭东道，篷室调莺话北京。闻说今春牧边郡，容拳有口漱冰清。

曾怡庄树椿武库同年

智士深沉抱水精[①]，才流潇洒见风情。右军书咏清高甚，武库经纶识力并。内地苟安人庆乐，本兵多暇世承平[②]。鲸鲵搅海需殷策[③]，臣子将何答圣明。

童健庵德中郎中

蓟山巴水梦应残，老重随人笑腐酸。拟帖共安榕荫美[④]，论交如饮蔗浆寒。家传王氏青缃旧，官异冯君白首难。萧廉甫李干亭陈

① “深沉”，钞本作“沉深”。

② “内地”二句，钞本作“内地孽芽人蠹蚀，本兵休暇世承平”。

③ “鲸鲵搅海”，钞本作“豺狼横海”。

④ “拟”，钞本作“拈”。

瑞五同尝宦味，皆在广西司。我来犹作故乡看。

廖鹿苹正华检讨表叔

乍有冰衔史馆垂，水天清课识神仪。金门索米好奏赋，竹院分床闲说诗。余在京半年借西院住。自笑宦情同嚼蜡，敢言臣志惮为牺。多男倍觉官贫累，水竹林边屡梦思。

大宗伯徐荫轩桐先生

杏花香满凤城无，帝诏臣髯琐院趋。慎尔春官先主宰，瞿然东海一师儒。公持笋谱参群玉，时充掌院。我愧桃枭杂贡珠。只谒福堂联二屦，龙头先拜绛氍毹。谒公时偕修撰陈同见。

大司马瑞睦庵联先生

卅年都丽会元车，佥拟黑头宣相麻。英殿总裁名士职，蓝旗族长尚书家。曲江风度高枢府，武库清平罢早衙。更报崇文作监督，消除獭猾涤纷拿。

大司寇张子青之万先生

久任兼圻鬓未斑，秋官又领棘闱闲。射声怜误赵瓯北，余会试策误写赵翼二字，先生抹去，竟免磨勘。腾实知并纪河间。黄阁扉深瞻渐近，白云亭静揖初还。忠宣奏乞西曹掾，明刘大夏自请不入翰林，愿授刑部。我谢项公时务艰。

少司寇贵午桥恒先生

部属秋曹得两师，满洲风采更南皮。情同范镇参和老，迹异王成见李姬。曾于门内见公女眷。节母亲看登第日，京官尤好少年诗。皆先生语。依然化石桥头宅，曾费将军蜀国思。在成都岐将军曾问讯及此。

惠　州

老坡遗爱尚荒遐，文武衣冠更物华。到眼西湖敌杭颖，建牙东水控湖嘉。红棉树上看秋雨，白鹤峰头立晚霞。一笑勾留才几日，罗浮问讯又梅花。

重游黑云寺观昔时题壁有感

其　一

浮生初地梦醒才，飞舄重经鸟雀猜。落日上浮高顶去，大滩斜柏右肩来。陂陀坐冷龙湫静，鼓角声闲鹿柴开。自笑宰官身现世，道场今是堕凡才①。

其　二

生天成佛渺难寻，消折灵山慧业深。野水风香余稻气，寺门秋意满榕阴。诗魔错证三乘法，钟吼能清六贼心，踪迹当年书剑况，岁戊寅，余与正之读书其中。鸿泥雪壁感知音。

---

① “是”，钞本作“足”。

简州舟次壬午

六十里湾鸦寺路，两三亭障雉城楼。晓来霜叶半红玉，江上苇花初白头。梦境孤清桥店雨，诗心全碎塔铃秋。石高滩浅舟行缓，且问龙泉记水邮。简州水驿有龙泉寺。

芦　花

其　一

湖山老去息劳筋，旧曲谁翻白练裙。镜底客听双桨月，酒边人卧一蓑云。呼牛笛里风开落，戏鸭陂前水合分。扪月且将图画掩，秋声有赋不堪闻。

其　二

菱腔莲曲歌繁华，骚怨江头野客家。半港萩烟藏剑铗，九江枫月助琵琶。空明夜渚鱼吹浪，踪迹秋风雁落沙，定有词人破惆怅，枕边云影拥晴查。

秋　涨

截马鞭龙气自豪，银潢倒挽玉仙劳。几时山色争人瘦，入夜河声拥梦高。夔府黑风诸葛阵，曲江黄月伍胥涛。何当电火雷车过，水落寒星出宝刀。

感　事[1]

流光弹指火消膏，百感无端首自搔。花气浸人浮蕙沼，天风吹梦泻松涛。谗成老将三遗矢，诗到真仙九伐毛。秋树根头蟠石坐，碧云凉月读离骚。

西　湖[2]

胜地呼人作雅留，愧无邛杖到钱游。两峰苍翠一孤艇，五里荷花十二楼。县有湖山高蜀国，梦随烟月落杭州。漫怜词客清寒甚，踏叶来占易洞秋。

---

① 此诗颔联及结句与中篇下七律《山居》一首相同，但主要内容仍迥然有别，故仍收录。

② 此指富顺城内西湖。

五言绝句

观音岩津口

春溆眷幽遇，野楂立拳鹭。忽惊衔得鱼，飞过虾蟆渡。

观 音 滩

沙濑月有声，娟娟何妙可。夜凉足清绝，时复见鱼火。

幽 林

幽林不逢人，空涧响鸣屧。时睹麞鹿踪，疏疏碎黄叶。

南　垞[1]

彩翠浴鸣禽，孤舟泊斜堰。佳人杳难即，心与云俱远。

野　外

独立极苍茫，夕阳临迥野。风吹万里心，归鹤长松下。

古　松

松根有茯苓，呼童且休劚。不见今时枝，犹为古人绿。

山　中

山路不逢人，举头忽归鸟。茅亭暝色多，斜日下林杪。

① 《衷圣斋诗集》作“失题”。

江　南

江南逢八月，春风犹未归。万绿接平旷，山山横翠微。

秋　晚

松口来云断，江阴秀岭浮。一帆斜日里，又过秣陵秋。

五言绝句未刊稿补钞

八阵图癸酉

流水淘不得，磊磊百层石。人去图自留，江月古今白。

拟王摩诘辋川杂诗十首庚辰①

孟城坳

老树卧岩曲，呼童且休劚②。幽居虽复新，犹为古人绿。

华子冈

夜静陟前冈，凉风透诗骨。随人自往来，惟有松间月。

斤竹岭

青翠映遥浦，篺篺相媚妩。时时闻竹鸡，烟外频呼雨。

---

① “十首”，原作“六首”，据《古愚室诗钞》改，并据补南垞、栾家濑、白头滩、竹里馆四首。

② “童”，《古愚室诗钞》作“僮”。

鹿　柴

空谷发樵讴,有时见归鸟。茅亭瞑色多,斜日下林杪。

木 兰 柴

独立极苍茫,夕阳临迥野。脱巾长咏诗,徙倚寒松下。

南　垞

彩翠浴鸣禽,孤舟泊斜堰。欹湖杳难即,心与云俱远。

栾 家 濑

沙濑月有声,娟娟何妙可。夜凉足清绝,时复见渔火。

白 头 滩

清洞眷幽遇,野楂立拳鹭。忽惊衔白鱼,飞过芙蓉渡。

竹 里 馆

幽林久不来,孤馆响鸣屧。时见麏鹿踪,疏疏碎黄叶。

辛 夷 坞

隔坞木芙蓉,无风自开落。闲来且拾归,清香能饱嚼。

沪夜舟中癸未

洋镫涌沪波,金碧射光彩。疑是葱岭西,壮观星宿海。

崇明口癸未

到海江逾浊，长风扇巨波。记曾朝饮马，冰断古黄河。

昏夜过镇江癸未

其　一

月落溯镇江[1]，焦山接如咫[2]。沉沉郁烟墨，一螺浮暗水。

其　二

云断钟响寂，烟深灯影消。金山渺何处，月黑涨秋潮。

镇江舟次

其　一

江南烟水活，况复饱看山。独怜淮海梦，飞不进夔关。

其　二

不识扬州月，烟波第几桥？隔江四十里，辜负玉人箫。

---

① “溯”，《古愚室诗钞》作“泛”。

② “接”，《古愚室诗钞》作“望”。

金陵晓泛癸未

其　一

万古江山丽，六朝金粉佳。有人舵楼底，烟月梦秦淮。

其　二

灰劫尽红羊，宫秋啼翠鸟。江山无古今，风露淡昏晓。

芜　湖

其　一

村居多在水，斜日指芜湖。江上西风起，萧萧吹苇蒲。

其　二

黄叶孤村外，乌篷小艇中。渔娘弄帆索，不候鲤鱼风。

舟过安庆[1]

江射徽城旭，山连楚舶波[2]。淡风吹不断，人语落秋河。

---

① “舟过”，《古愚室诗钞》作“小泊”。

② “楚舶”，原作“估舶”，据《古愚室诗钞》改。

小姑山有感

常恨人意高，不如江水落。朝朝阅风波，切莫说姑恶。

大 姑 山

大姑住湖口，难见小姑面。彭郎归未归，不尽鞋山怨。

泊 汉 口

夕照满汉口[①]，闲云低武昌。千年鹤楼上，烟水自苍苍。

杨柳湾阻风戏占 癸未

水自蜀江来，不似蜀江绿。惊浪入篷窗，窗中有西蜀。

① “夕照”，原作“夕阳”，据《古愚室诗钞》改。

江行杂咏癸未

渔　翁[1]

近岸见渔翁，罾声时送响。惟有白鸬鹚，双飞自来往。

乡　思

莼鲈风味好，稻蟹水邮长。争似舟中客，江南是异乡。

看山漫兴

昨夜西风起，扁舟趁雁程。青山无限好，只是不知名。
江南逢八月，春风犹未归。万绿接平旷，山山横翠微。

秋　晚

淞口来云断，江阴秀岭浮。一帆斜日里，又看秣陵秋。

舵楼暝卧

凉波生枕边，风色起萧苇。翦破碧玲珑，一鸥随舵尾。
风动江浪涨，渔家摇橹归。小姑撩裙急，生恐水沾衣。
天公何所惜，独靳浙西山。苍翠渺无际，深沉烟雾间。

---

① 本组诗之分题，原无，皆据钞本补。

白　日

白日帘栊静，闲庭花草香。感春怜晚秀，惜别眷流光。

沪上冶游词八首①

其　一

此地竟不夜，四时皆是春。落花长送客，多半□谁人，

其　二

红舸刺垂柳，碧车穿落花。高楼尽珠箔，卷处是儿家。

其　三

金穴铸鬼国，锦堆障妖幄。粤娘无限娇，寸发齐额角。

其　四

藤扉锁异香，花馆阏斜阳。时有美人至，低声咒海棠。

其　五

翠羽杂明珰，唧喁相尔汝。问客故低眉，时时作庄语。

① 据《古愚室诗钞》补录。

其　六

裙屐尽风流，偎红肆冶游。金阊门外柳，犹自托苏州。

其　七

红豆嵌牙骰，入骨此相思。百筹负九十，问君知不知。

其　八

泪雨下涔涔，避入私语深。君看灯蕊落，一瓣一红心。

七言绝句

沪上舟中

四边水底见繁星，远望吴淞夜火青。江静忽闻船角动，西风吹帽酒人醒。

汉　口

江上西风泊万艘，帆樯如阵排旗旄。昔年苦战君须记，汉口夕阳秋浪高。

上鲍爵师春霆时方大修第

将星耿耿钟夔岳，世局艰难待枕戈。臣子伤心在何处，圆明园外野烟多。

飘　湖

孤雁春中两酒桡,万荷香里一诗瓢。吟身梦渡西湖月,飞遇钱塘看夜潮。

七言绝句末刊稿补钞

待　月甲戌

回廊初构小池西，香鼎胡床安顿齐。十里楼台都近水，痴心还愿碧山低。

戍妇词甲戌

其　一

一自阿郎出门后，朝朝暮暮望长堤。妾心好似堤边柳，万缕千条总向西。

其　二

塞外秋来怯早寒，寄衣上带泪痕干。闺中不识龙城路，欲到郎边奈梦难①。

---

① “奈梦难”，又作“梦也难”。

秧　针乙亥

黯淡朝烟铸不真，花畦软水绣时新①。天公误饮祈年酒，尽把金针度与人。

春日南溪道中②戊寅

其　一

春云斜界远山横，古意犹存僰道平。一路鹃声随过客③，桐花风里又清明④。

其　二

人家竹树锁芳洲，睥睨高登望客舟。为谒神祠瞻古烈，猛风飞雨过城头。

其　三

挂弓潭水碧于油，苦竹香楠两岸稠。十里斜阳频指点，峦山断处是戎州。

---

① “花畦”句，《古愚室诗钞》作“青畦碧浪绣来新”。

② 本诗题目，《古愚室诗钞》作《春日过南溪作》，后二首亦据以补录。

③ “随过客”，《古愚室诗钞》作“啼未歇”。

④ “又”，《古愚室诗钞》作“过”。

其　四

山茅古柏郁孤合，山势横空截水限。绝顶天门虽复古，犹然风雨望师来。

惆怅词学王涣体[①]庚辰

其　一

木落洞庭伤客心，风涛犹咽女媭砧。晚来烟雁沙头宿，也傍荃荪学楚吟。

其　二

呜咽萧萧水尚酸，悲风卷雨入长安[②]。行人濯足芦沟北，为是英雄刮骨寒。

其　三

玉貌金尊霸气降，凉波瑟瑟满乌江。如何淮水西头月，独照王孙野钓舣。

其　四

朝闻使节动胡郊[③]，残角声中月挂梢。携手河梁惨相对，雪风

---

① “学王涣体”，据《古愚室诗钞》补。

② “入”，钞本作“向”。

③ “使节动胡郊”，钞本作“游子别胡郊”。

吹水冻如胶。

其　五

辞辇千年著女官，风凄露冷怨齐纨。自从玉箧捐宫扇，秋月圆时不忍看。

其　六

芦笳十八幻新词①，流落深知绝塞悲。残月晓风歌一拍，止今胡女泪丝丝。

其　七

青冢白杨撑碧烟，楼中离恨已成天。无情最是香山句，海燕双飞更可怜。

其　八

一曲不堪何满子，双声犹爱沈阿翘。可怜宫烛西风里，红泪君前总未销。

潇湘怨辛巳

断云何处吊灵娥，木落洞庭生夕波。露重夜寒湘瑟杳，芙蓉红泪月中多。

---

① “芦笳”，钞本作“胡笳”。

秋海棠辛巳

其　一

一场春梦破繁华，芳讯珊珊织女花。为笑群英遍香国，几人冷淡学仙家。

其　二

色身幸避绮罗侵，一寸情根一寸心。犹恨有丝牵别绪，教人无自断秋吟。

戏题端阳锦辛巳

酹尔雄黄酒一杯，青蒲翠艾别风裁。旁人争羡花标美，都是从龙夺得来。

月　季

全将松柏长荣意，并入棠梨掞艳身①。为问东君劳倦否，可怜一月一回春②。

---

① “棠梨掞艳身”，钞本作“芙蓉掞艳吟”。

② “为问”二句，一稿本作“分取一科赠秋士，不知何地著伤心”。

黄　杨

劲枝稠叶翠深描，花朵零星蜡絮飘[①]。不似白杨墟陇畔，惹愁风起自萧萧。

紫　桂

神仙新拨五云开，散得天葩下界栽。不信一花一明月，木樨香处问如来。

南溪道中壬午[②]

溪边老橙新着霜，三颗两颗压波黄。树根生菌大如斗，时有鹭鹚来啄香。

---

① “蜡”，《古愚室诗钞》作“拟”。

② 钞本题作《溪路秋景》。

拟萧八明府送杜子美桃栽一百根兼系以诗

芳树移根自绛宫，满身花露带天风。殷勤莫使花增感，聊慰长安泪溅红。

拟何十一少府送杜子美桤木栽兼系以诗

月桂真能斫得不，浣花溪畔树林幽。好从橡栗棕楠外，多助蘧庐瑟瑟秋。

拟韦二明府续送杜子美绵竹兼系以诗

再来分与绿云深，品胜邛枝俗不侵。他日好将琴榻至，薰风一曲万龙吟。

拟徐卿送杜子美果栽兼系以诗

枇杷花里结芳邻，黄四娘边醉好春。漫道春华胜秋实，家丞庶子论诗人。以上皆覆试日作①。

---

① 夹注，原无，据《古愚室诗钞》补。

海中偶吟癸未

插足红尘廿四年[①],梦中兜率几重天[②]。长风吹月度云海[③],身在西南珠斗边。

海中杂感[④]

其　一

贝宫琼岛信能神,闻道仙人事最真。徐福海东成巨国,可怜封禅已无秦。

其　二

岛中碧血洒蓬瀛,千古风涛带怨鸣。天下岂无五百士,只今何地觅田横。

其　三

移情偏又不关琴,刺舸从师烟水浔。禽噪树鸣人迹渺,碧云无际海天深。

---

① "插足",《古愚室诗钞》作"插脚"。

② "兜率几重天",《古愚室诗钞》作"犹醉大罗天"。

③ "度",钞本作"渡"。

④ 本诗钞本仅录其四,题为《海运》。

其　四

双轮千里大沽东，共惜神京险已穷。海运通时识天意，万人饥饱一帆风。

情　诗

无端悲喜果何从，忠孝原来至爱钟。为报少年休浪认，世间那物是情浓。

吴 淞 口

稻黄柳绿岸西东，图画天然翦水工。应有卖鲈人过去①，一帆斜日半江风②。

秋夜泊舟沪上③

其　一

四边水底见繁星，远望吴淞野火青。江静忽闻船角动，西风吹

---

① “卖”，钞本作“买”。
② “半江风”，钞本作“舵楼风”。
③ 原仅三首，第一首据《古愚室诗钞》补。

帽酒人醒。

其　二

寂寞秋潮夜火明，隔江惟听笛音清。如何丝管敖曹地，不及夔州翠凤鸣。去年泊夔州，江中花船唱妓有双翠、双凤之名。

其　三

现身香国漫追寻，为惜群芳意转深。记得昨宵风露重，一枝红泪诉秋心。

其　四

十二楼中冷炬光，华夷杂遝水云乡。快心终是伤心地，懒做繁华梦一场。

沪上词

其　一

铜街华月狭斜行，尽卷晶帘向二更。珠翠四围红袖密，电球灯下坐弹筝。

其　二

绣幰名园夕霁时，紫藤架外语声迟。美人背立调鹦鹉，花径人来只不知。

其　三

宫中学士斗词华，余俗犹歌玉树花。我是锦江旧游客，楝风梅雨薛涛家。

其　四

丝丝牵恨怕垂杨，脉脉摇情倩小航。流水碧桃无限思，栽时惜不是刘郎。

由夏口至荆沙里河杂咏二十首[①]

泊汉阳朝宗门上[②]

汉阳城外日初西，鹦鹉洲边云渐低。飞过暝烟带愁去，微风吹绿草萋萋。

夏　口

江上西风泊万艘，帆樯如障挂旗旄[③]。昔年苦战君须记，汉口夕阳秋浪高。

---

① “二十首”，原作“十八首”，第二首（江上西风）、第十三首（孤雁声中）据钞本、《古愚室诗钞》补。

② 分题皆据钞本补。

③ “障”，钞本作“阵”。

伍家楼

断桥分浪碧于油，纤月含云峭似钩。隔浦烟深闻笑语，两三渔火伍家楼。

三阳沱二首

港头风露剩秋蕖，舵尾炊烟熟晚蔬[①]。好是野楂斜照里，蓼花芦笋钓鳊鱼。

人家多傍水云隈，无数鹿葱花正开。底事靴纹皴浪软，一双青犊过溪来。

湖　上

白蘋风起日初斜，湖上烟波客忆家。端是牧童归去早，倒骑牛背入芦花。

柳岸参差杂苇蒲，茅檐苍翠罥瓜壶。凭君更酌宣和谱[②]，为写秋江戏鸭图。

木　棉

木棉收罢采溪菱，又报鱼粮税早征。东岸是郎西岸妾，苇棚萧断对班罾。

---

① “熟”，钞本作“觅”。

② “更”，钞本作“与”。

小姑村落傍江头，蒲帽鞭丝来饮牛。独立娉婷看征客①，怪他年少不知愁。

一秋霪潦殢杨烟，万顷湖波占稻田。多少饥鸿飞不得，采珠犹事纵乌鸢。

紫蓼红姜水味新，天教醉饱腐儒身。年来买惯都门蟹，一日千钱不道贫。京钱一千抵川一百。

晓发峰口

白蘋洲上鲤鱼风，芡叶菱丝舞镜中②。客子乡心更摇落，卧听凉雨打秋篷。

纪　梦

孤雁声中两酒桡，万荷香里一诗瓢。吟身梦渡西湖月，飞过钱塘看夜潮。

柳　关

曲曲花堤暮霭间，推篷斜眄月痕斑。晓来梦醒添秋雨，柔橹声中过柳关。

---

① “娉婷”，钞本作“夕阳”。

② “芡叶菱丝”，钞本作“菱角鸡头”。

布　帆

秋尽荒原带烧痕①，雨连沧海洗尘昏。布帆直指江南去，家在白杨乌柏村。

尺屋弓田剩结茅，江湖满地走青蛟。可怜云水苍茫处，落日寒鸦古树梢。

长湖荷花亘十数里秋深仅留一朵喜赋

一枝红菡夕阳衔，远觉微香扑暝帆。冰玉仙人浮碧海，天风轻浪藕丝衫。

金风凉露月流西，十里芦花水拍堤。篷舰夜阑牛烛炧，折枝红透碧玻瓈。

沙市便河脑

接天野水满荆南，柳浅荷高暝色酣。问讯沙堤好风景，半街灯火卖黄柑。

袖中东海带曾无，脚底烟波半五湖。我寄乡心与来雁，远随飞月上夔巫。

---

① “带”，钞本作“认”。

江陵舟次癸未

雁声断续楚天闻，吹浪黄鱼带夕曛。谁把客舟著天上[1]，埠头如月水如云。

风雨泊江口壬午

其　一

南来风味饱江湖，傍水高楼似画图[2]。犹隔家山五千里，吴中先已食莼鲈。

其　二

秋风刚断采菱腔，烟雨空濛泊小舣。昨夜买舟来蜀客，欲将筒布入沅江。

其　三

两岸田高晚稻饶，枝江楚雨涨秋潮。多情最是长堤柳，犹似章台舞细腰[3]。

---

① “谁把”句，《古愚室诗钞》作“谁著客身图画里”。

② “似”，钞本作“称”。

③ “犹似”，钞本作“犹学”。

其　四

客子离愁不那闻，船头打鼓赛湘君①。秋篷镇日潇潇雨，化却巫山一半云②。

峡中杂诗癸未

其　一

岩腹老枫鏖晚赤③，沙头丛菊带秋黄。卷帆漫拭看山眼④，不愿神风助马当。

其　二

卧闻船鼓打如雷，已到舵舲峡顶来。多羡唐人好诗兴，上滩刚听子规才。

其　三

沙边禽鸟亦幽姿，何处巴姬唱竹枝。好是江亭来野叟，半肩红柿夕阳时。

---

① “打鼓”，钞本作“叠鼓”。

② “化却”，钞本作“化得”。

③ “晚”，钞本作“晓”。

④ “卷帆”，钞本作“卷帘”。

其　四

云根断碧落天风，愁见浪花飞半空。铁板铜弦容易得①，凭谁与唱大江东。

其　五

跳波巨石乱盘盘，下有秋涛上碧峦。两岸蛎墙豪户宅，万钱方得过新滩②。

其　六

巫峡秋残花影稀，黄陵庙里鹧鸪飞③。白沙虚壁无人迹，霜落空山橘柚肥。

其　七

阴崖昏晓足灵奇，孤筱弄秋神女祠。何必猿声出天上，棹歌三唱客心悲。

其　八

楚天云雨漫相猜，千古江山擅隽才。峰好几曾名宋玉，分明天外美人来④。

---

① “铜弦”，《古愚室诗钞》作“铜琵”。

② “跳波”一首，原无，据《古愚室诗钞》补。

③ “黄陵庙里”，钞本作“禹王祠畔”。

④ “楚天”一首，原无，据《古愚室诗钞》补。

过夔州呈鲍爵帅春霆时方大修帅府。癸未

其　一

将星耿耿钟夔岳，世局苍茫待枕戈。臣子侍心在何处，圆明园外野烟多。

其　二

中兴第一流人物，八表经营有所思。古柏乔松自西蜀，灵风处处武侯祠。

重过旧处有感甲申

情天已过恨天论，风景依稀拭泪痕。未是南洼鹦鹉冢，瘦碑肥藓总销魂。

题　画甲申

其　一

云山苍翠掩重重，畸隐何年寄此踪。乞借玉川逢郑句，寒流石上一株松。

其　二

抱琴双鞚觅诗驴，枯树鏖霜竹压庐。料得灯昏如雾里，有人贪读士安书。

其　三

浮图孤鹘杳仙台，花径茅亭雅社开。天为远公留靖节，虎溪风送酒船来。

其　四

身世无怀与葛天，了无俗念即神仙。我亦前生误乔晋，玉京楼上抱云眠。

松[①]

其　一

容广风轮转幻胎，梦中富贵逼人来。懒云出石浑闲惯，公相神仙两不才。

其　二

不受山林爵号颁，可能瓦合寄尘间。我难待得青牛吃，拚弄涛声洗句顽。

---

① 以下未自系年。

柏

其　一

无时西指揖南能，牛腹空惭饭袋僧。天地侧身才可久，莫争圆相桧门登。

其　二

木伯舒王字解新，岁寒知己出风尘，而公素鄙猴冠事，作剧休惊报柏人。

杉

其　一

未许口侯占上头，风棱霜角面生秋。郭鼍粘注无人识，天为斯文救柳州。

其　二

家山黔蜀走英声，淫水洪荒保令名。参过天人年十万，九泉生命又长生。

椿

其　一

台莱称考亦何心，蒙漆长春寓意深。我倩山君常弩目，不须几鼎绘阴林。

其　二

材力曾登禹贡图，香孩脱褓万人呼。那怜天养红娘子，薄命来归逐臭夫。

梧　桐

其　一

龙门登占散皮轻，灵怪畴人记化生。不止山中为甲子，九州聊与卜升平。

其　二

凤凰窠子福齐天，下界声闻践幻缘。橐鄂如箕空有口，而今薄敛已多年。

辛　夷

其　一

老秃香王不中君，删残春梦砚同焚。姜芽手与藏花片，是在家僧葬笔坟。

其　二

红春不劫管城消，学绘闺流晕酒潮。画日书云容易在，颇难裙子写文箫。

楝

其　一

名贵鹓雏旧有柯，不同千里食摩罗。在山獬豸何修到，风雨曾吞此实多。

其　二

更番风信殿雌雄，五日泥根赤白踪。掷粽江中谁畏苦，懒人真合是蛟龙。

槐

其　一

叶茗苗羹取次栽，自知无命到三台。山妻瓜酒争蒲拜，落角天孙送子来。

其　二

香国多情派守宫，大丹神火怕方銎。小时已厌人间俗，兔目装盲鼠耳聋。

桑

其　一

若木神君斫几枝，红云瓮盎织绡奇。文心欲啖埋龟叶，或吐仙蚕不尽丝。

其　二

伏蛇马额愤抛旃，茶榷难同赖世贤。不敢沐头防老日，愁缘白发丈三千。

合　昏

其　一

园亭池宅最宜之,养性嵇生懒自医。千岁虽忧百年乐,底须尝食合欢皮。

其　二

搅人哀乐未中年,意绪情丝又尔牵。但愿化为乌赖树,不知离恨奈何天。

瓯　兰

其　一

萧艾因缘挺出凡,湘累无自佩蓉衫。八闽海气藏根脚,生纵当门不忍芟。

其　二

名香一缕鼻如丝,深谷无人折几枝。领取半窗清供好,浙风闽雨夜深时。

斑竹

其　一

灵妃啼恨渺天涯，沅芷湘兰别一家。底事鹓雏才告馁，也贪结子学桃花。

其　二

无数鹧鸪飞绿阴，钩辀格磔最伤心。逢人莫道湘妃竹，怕惹泪痕湘水深。

桂

几人月窟隶顽仙，更笑台州桂子圆。一自纷纷谈片玉，此花势利二千年。

丹　桂

何代名香坠阆风，分将月窟影玲珑。姮娥有恨无人见，琐碎秋心万点红。

村　路

呕哑笋舆远郊回，小雨疏疏暝色才。村路正当昏黑处，一灯红出树林来。

车睡书所见

远山晴卧马头低，倦眼惊回绿雾迷。跌宕车箱摇梦散，一丝虫挂冷槐西。

柳　线

红楼初罢一声箫，牵得诗情逗画桡。笑问东风能系否，有人乞巧在春朝。

秋海棠

其　一

侬性如冰莫漫猜，生憎绣幌与瑶台。从今炼得冰霜骨，多谢梅花遣风媒。

其　二

判断春愁已列仙，几重离恨住花天。珊瑚骨格胭脂色，空使人间唤可怜。

春日过南溪县

其　一

挂弓潭水碧于油，苦竹香楠两岸稠。十里斜阳频指点，蛮山断处是戎州。

其　二

仙茅古柏郁孤台，山势横空截水隈。绝顶天门虽复占，犹然风雨望师来。

峡中杂诗

其　一

跳波巨石乱盘盘，下有秋涛上碧峦。两岸蛎墙豪户宅，万钱不得过新滩。

其　二

楚天云雨漫相猜，千古江山擅隽才。峰好几曾名宋玉，分明天外美人来。

题大小姑山

蠡泽鄱湖锁钥深，不随波影共浮沉。如何彭浪矶头石，别雨淮风误到今。

香港舟夜感赋乙未[1]

水碧山青画不如，楼台尽是岛人居。依依三十年前月[2]，曾照华民采夜鱼。

题达宣照像广州

曾是江阳一男子，算来岭表几诗人。他时证取罗浮月，定与梅花作后身。

---

① “感赋”，原无，据钞本补。

② “依依”，钞本作“凄凄”。

邵湖人家

风亭水榭乱茭菇，更有鸡鹊点画图。万橘绿分苏子宅，一灯红落邵家湖。

西　湖

县有湖山高蜀国，梦随烟月落杭州。两峰苍翠一孤艇，五里荷花十二楼。

桂[①]

何年灵鹫欲飞才，散得天葩人界开。不信一花一明月，木樨香处问如来。

出罗浮道上作

接天苍翠落双眸，风扫闲云点不留。三日住山无此快，竹兜倒

① 以下七绝据国家图书馆所藏《介白堂诗集》钞本补录。

坐看罗浮。

当风岭谷间白花一株曼靓可爱把玩良久去而赋诗

镂冰裁玉照谽谺，风物长条媚白华。好与摩挲莫攀折，伶俜已过女郎花。

湘坑湖外数农人闻人道中日和战之事摇首太息咨嗟久之忽然问今扶朝军师何人意谓必有如古时姜太公诸葛亮一流者余为惘然成此绝句

扶朝军师今是谁，此言堪笑亦堪悲。也知画策臣须急，一辈田间作水儿。是乡之人谓伐木为作山，耕田为作水。

石门道中杂书

其　一

水花娅姹柳娇娆，淡抹微妆著浅舠。独把一桡端正坐，小风吹影过溪桥。

其　二

女儿分坐采菱盆，素手青裙水半浑。忽见客船齐不语，那闻歌唱绕江村。

题康步厓同年咏诗草

长汀诗人康步厓，风池无地贮愁怀。怪他苦语时时吐，回首师门是偶斋。

题郑德臣克明舍人感事诗后

哭龕魂北易实甫，颈血报主梁鼎芬。天下伤心辞几许，临汀城里又逢君。

试帖诗

牛背立村童

未必童牛卜,鞭丝背上翻。饮还桃叶渡,立到杏花村。笠小骑应便,蓑轻卧亦温。双丫如鹄峙,一笛笑猿蹲。昂首听高唱,关心怯骤奔。稳过流水地,倒映夕阳痕。函谷龙曾望,吴山马漫沦。怪他工箭者,恰贯腹毛根。

冬日可爱

不有曈曈日,何堪赋御冬。云胶千里冻,雪聚万花浓。忽讶黄绵出,群欣紫带逢。榆臛寅柄动,苔背子情钟[①]。灞岸谁扶杖,霜天已阁钟。破寒喧竹鹊,衔耀吐梅龙。长夏怀犹畏,芳春捧欲从。爱还钦圣照,谁羡晋臣恭。

① “榆臛”二句,前有句云:“迎暄烘泽腹,稳睡晚山容。”后删去。

谁人敢议清风价

未定清风价，今宵试拟之。寓言吾丧我，敢议子为谁。竹品高昂候，蕉阴测论时。一钱和月买，两袖带云披。泠□沽求善，来徐妙莫思。秋非来索值，天并不居奇。空说生茶碗，终难赋酒旗。老夫消受得，写入画中诗。

寒塘好与月相依六联云：下山随自妙，在水掬来非。

山月与僧来

独有闲僧到，清光孰与陪。好山行自远，明月引之来。松顶鲸铿罢，榆躔兔彩开。前身金粟果，上界玉楼台。露湿红娑重，琴停绿绮才。冷缘偕尔结，圆相要师猜。了了心如水，空空色不埃。一尊同醉后，又送虎溪回。

得句先呈佛

佛理通诗理，皈依得句先。格思凡骨换，光认佛头圆。觅韵经翻贝，谐声钵击莲。成功飞虎将，警句野狐禅。宝借三乘证，金曾百炼坚。名应齐到圣，心更杂于仙。了了清如水，非非自想天。笑他供祭者，不献法王前。

与尔同销万古愁

凭他愁万古,与尔尽倾消。杯里乾坤大,胸中块磊浇。忧如千岁抱,豪定百壶邀。身世余尘帚,歌呼付醉箫。天将离恨破,人漫圣贤嘲。铁板铜琵曲,飞花坐月宵。茶经徒感慨,酒颂自逍遥。黄鹤西楼上,移樽对晚潮。

老骥骨奇心尚壮

不信神龙种,还歌老骥辞。雄心天外壮,骏骨古来奇。风雨榆关后,家山豆栈时。百金燕朔市,千里魏曹期。竹管嗤描肉,桃花误相皮,成功犹志在,有力漫称其。岁月消尘绊,声名悔俗羁。倘教逢伯乐,尚许远驰驱。

水声通远涧

涧涧新添雨,凉痕洒未平。远分峰暝色,通得水流声。海气干虬怒,云涛失鸟鸣。风将千石咽,泉并四山争。潮响闻来急,溪光望不明。树头飞瀑暖,天半断虹晴。罢滴空阶玉,犹酣满谷笙。卷帘迎爽韵,竹树嫩凉生。

峨眉西极高出天

西望峨眉秀，登临气自豪。人方和月赏，天竟让山高。鸟道青冥断，鹏风碧落翱。侧身低日落，回首带云桥。草木烟霞古，神仙洞府遭。五云吞华岳，千里瞰秦皋。插汉峰□剑，摩空岭似刀。蓬莱看咫尺，奇更策灵鳌。颇觉警策。自记。

看松露滴身

爽气看垂露，闲身试抚松。玉华秋满袖，钗粉夜黏筇。影护团云盖，声含带月钟。醉瞳双剪碧，诗唾万珠浓。定警栖云鹤，如窥战雨龙。翠涛清洗眼，绿雾冷蟠胸。桂貌玲珑见，荷香点缀逢。栋梁堪备选，润泽迈秦封。活脱而未尝不细切。自记。

曲水流觞

峻岭崇山外，风和日暖游。水环垂柳曲，觞杂落花流。引以随溪转，飞之醉月俦。羽沉轻泛蚁，杯渡析随鸥。鱼唼醪香冽，螺旋盏去留。几弯青可掬，一快白真浮。韦杜眠琴馆，稽阴剩酒楼。自然群韵雅，漫假管弦讴。

群贤毕至

底事群豪至，重三禊事传。水山吴胜地，裙屐晋名贤。芝室谈心侣，兰亭序当年。德星莲社聚，旧雨竹林联。今昔诸公感，彭殇万古天。落花同泛酒，吟草共摊笺。童冠思沂浴，耆英占洛先。云门他日客，四十更超前。

春山闻子规

春思催无赖，遥闻唤翠鬟。子规思故国，有客立空山。杜宇天留恨，花时岭破颜。栈车回蜀塞，芳树望秦关。草绿声摇碧，棠红血洒斑。吟身孤杖静，侧耳数峰闲。白碎云千叠，黄拖月一弯。更怜烟雨路，归咏石崖间。

春水绿波

绉得无边绿，春痕泛几多。别来花鸭水，工致紫鸳波。涨嫩桃源腻，情深荇沚拖。天光摇碧蚁，山影荡青螺。前渡迷梅柳，芳溪认苎萝。唾谁描翠袖，澜欲挽骊歌。濯锦葩初落，匀蓝镜早磨。离舟欣点染，细雨望帆过。

一双轻燕蹴筝弦

画堂人静后，帘卷自停筝。燕爱双飞小，弦看一蹴轻。栏前风对受，床畔曲先成。金粟连身稳，珠花绕指惊。影终霜剪落，响答露琴清。抛玉衣流翠，摇朱韵和莺。天涯香伴感，陌上美人情。绿掩闲门里，邻家曲有声。

春城无处不飞花

画出春城艳，高飞处处花。浸天如散雨，无地不流霞。官道红箫琯，侯门碧玉车。香风寒食节，绛雹丽人家。风片争浮酒，烟丝竞飏茶。雉围一朝暗，马踏六街奢。桃李祠官茂，楼台落照斜。那知山郭外，二月未含葩。层次极清，亦未略“无处不”三字。结有别趣，隐然寓言外之感。自记。

隔窗夜雨□芭蕉

绕屋芭蕉隔，□□坐小窗。雨余生意活，夜久滴声降。月暗鸡谈静，风鸣凤尾□。铁笛如潮泼，烟纱误雪撞。凉痕流叶纸，清响透兰釭。楼□红听绮，天疑绿补幢。僧庵寒雅写，剪烛答诗腔。

此余十七岁时作。一友言往年南皮学使以此题面试诸生，多有因韵窄被黜者，属余试作一首，笑而颔之，摇笔即成，止求韵稳，不暇计工拙也。记之以志当年切摩之感。自记。

林间双塔夕阳红

一幅林间画，斜阳送小舣。红衔山欲半，白涌塔成双。铁马余辉□，铜乌海色□。平分瓜步月，对锁秣陵江。日角余霞碍，霜皮溜雨降。倒悬钲点染，相诘铎铮枞。天外峰排苇，云尖树映矼。老渔京口火，中夜话篷窗。

已觉气与嵩华敌残句

□□□□□，□□□□□。□□□□□，□□□□□。月挂松长碧，池清藕不斑。三呼鸣谷应，一掌擘天间。□□□□□，□□□□□。宛排旗鼓势，谁屑子孙班。雅学佳人步，奇争玉女鬟。□□□□□，□□□□□。

王濬楼船下益州五、六联

帆飞巴峡险，波压石城秋。铁锁红沉火，瓜皮碧漾舟。

读书破万卷

卓荦推工部，填胸万卷储。破云毫悟笔，如月眼观书。囊拟萤开候，丝惊茧析初。蠹神钻墨夸，羊梦踏经畬。削竹随签记，操觚加矢如。名城隳罅漏，理窟碎空虚。阵马铙鸣□，文江笛裂□。大言凭日试，飞壁素毫摅。

阴阴夏木啭黄鹂

嘱付听鹂客，留心夏木旁。啭时枝拥碧，阴处羽翻黄。槐市人携酒，梅天雨溜篁。似忘春色老，犹唤午风凉。烟火身边暗，珠玑舌底香。翠如歌帐幄，金合露衣裳。□梦飘红蕊，余香绕绿杨。辋川云树好，鼓吹□诗肠。

行人临发又开封

岂有缄封罢，临时又剖开。行人偏促迫，使我益徘徊。雁柬前宵返，鸾笺此日裁。匆匆金叶扺，咄咄玉函猜。归意真如箭，余情转愔梅。素心抽茧似，黄耳便鸥催。子细双鱼拆，辛勤一骑回。故园风景好，更报竹书来。

秋山不可画

思抹凌云笔，描成一片秋。岂知山外意，不可画中游。石骨披烟瘦，林容殢雨遒。好将黄叶咏，都付素毫收。松墨图方构，梅妆妙莫搜。人磓工月托，天总惜风流。纵使烘螺黛，终难肖虎头。何如登绝顶，重九华峰留。

此可为不讲层次者法。自记。

百年多异乡

四方男儿志，原不异乡怜。作客多千里，余生近百年。骊歌前日唱，骏足望风旋。拟着薇垣锦，归鸣梓里鞭。如何霜鬓感，半是垄头延。京树离情搅，淮云旧梦缠。怕看春色老，惯让月华圆。料得家山到，花犹昔日妍。

晓霜枫叶丹

每惜秋容淡，经霜便不同。丹颜开露叶，晓色写江枫。珠玉寒都碎，文章老更雄。桥横宵气白，堂射旭光红。树斗千峰醉，花争二月工。樊川吟住马，吴草信催鸿。石落铿锵下，霞飞掩映中。晚香谁傲得，黄遍画栏东。

中有雅健之句，章法亦清。自记。

梅 花 风

芳信从谁觅，风情廿四番。花期应待数，梅蕊已先繁。粉蝶春痕醉，铜乌□梦喧。度将云澹沱，吹破月黄昏。天意催香□，芳心带玉温。南峰人拂面，东阁雪销魂。流水红箫谱，孤山碧酒尊。调羹他日手，草偃化无言。

章法亦与题称。自记。

拜石为兄

拜者何为也，争传爱石情。太湖狂觅友，襄郡醉呼兄。华萼猿精认，冠裳象笏呈。看云怀少弟，候月订三生。呼藕头应点，嵌蒲臂漫萦。此腰非嫩折，君性尚顽名。叩拟金昆答，言真玉妆成。南宫留雅癖，雁齿漫随行。

运用颇近自然。自记。

几生修得到梅花

说到梅花品，红尘不易修。余生多色相，换骨几春秋。月记前身是，天教雅格留。神仙清福受，冰雪友香侔。缟鹅肠真俗，红羊劫屡周。云根猜玉照，孤梦问罗浮。慧力牟珠转，芳情雅笛讴。菩提还证果，曾化放翁不。

寒恋重衾觉梦多

才觉南柯醒，重衾暖意和。为寒还欲急，有梦不妨多。蕉叶堆藏鹿，芙蓉褥绣蛾。被难红软负，乡屡黑甜过。中酒情犹倦，游仙迹几讹。僵人蚕未足，搅我蝶如何。远寺钟声冻，斜窗月色柁。搴帷花尚睡，春意更怜他。

赏雨茅屋

典雅新诗赏，疏疏雨孰教。翠楼应濯柳，蜗屋此牵茅。绿润溪杉抱，红垂囿杏抄。两三松荫筑，左右竹声交。窗小丸珠溅，壶轻唾玉敲。蕉花帘外覆，琴筑座中淆。莺语流来滑，龙衣浥英抛。放晴蘋可采，樵唱答小坳。

亦颇尽此题能事。自记。“峻耳花堤熟，惊心雪窖残。”亦能写出当时情景。

韩蕲王湖上骑驴

南渡功名老，西湖乐地宽。骑驴追逸孟，烹狗笑前韩。瑶帐兵韬解,金山妇鼓残。风波空险恶,花柳自盘桓。红玉情偕隐,乌珠恨未殚。衙斋曾虎卧,边井有龙蟠。落日留鞭影,清波照箭瘢。翠微亭外墓,石马带风酸。

一客荷樵

客漫劳薪诮,行行自荷樵。碧云双醉屐,黄叶一诗飘。杏想连红斫,杉犹带绿挑。画图孤笠写,暝色半肩饶。独鹤前途引,流莺别树招。此身如菊淡,何事采蘋邀。卖罢鱼穿柳,归来鹿梦蕉。有时歌伐木,绝唱笛中描。

柳阴路曲

写出纤秾品,何人路曲吟。桃花□□影,杨柳画桥阴。风日游都胜,楼台望转深。几弯苍望色,九折□□心。邻暗流莺比,溪迂独鹤寻。看诗谁脱帽,选梦此眠琴。绿与杉连屋,红知杏隔林。采蘋初过雨,觅水漫希音。用《诗品》有入化处。自记。

蟋蟀声中一点灯

一点灯光里,争闻蟋蟀声。好音瓜架送,喜报玉钗横。书味儿时忆,诗腔客座赓。碧纱吟叶落,红豆梦花生。蜡灺何人翦,蛬寒杂尔鸣。短棚添吟韵，孤榻照离情。画意烘来淡，秋心诉不平。昌符出兴惬，蓉影月三更。

恭 则 寿

作则传周武，严恭志倍惺。绍衣仁者寿，垂带圣之铭。赤舄心同逊，丹书耳敬听。龟蓍箕范决，龙藻舜裳馨。寅畏鱼流警，辰居鹤算灵。无为天子座，有象老人星。但识神留舍，何须梦与龄。宸修乾惕懔，华祝遍彤庭。

淡烟疏雨问斜阳

烟雨空濛里，江楼晚眺长。淡痕迷古岸，疏影问斜阳。练卷平沙外，丝飞返照旁。白描云气湿，红射海波凉。鸦背模糊认，鸠声罨霭藏。画图工点染，暝色酿苍黄。檐铎余清润，帘钩绾夕光。晴阴欣各半，都付与诗囊。

庭爱新霜为橘红

秋色闲庭好，吟情特为长。翠无荷战雨，红喜橘鏖霜。垣畔低垂久，檐前酝酿刚。瑟翻青女怨，棋笑碧翁忙。玉斛应输我，琼浆合嫁郎。冷怀添画意，老境艳文章。槛菊同清丽，园榴漫较量。一年真景在，好句配橙黄。风流自赏。自记。

程表朱里

表里欣都澈，朱研内更精。斯人通乐部，长笛有名程。截竹摹夔律，涂朱拟凤笙。尺三依頀立，孔七贯丝轻。体素堪为式，心丹耻自鸣。制从羌俗出，姓合宋儒成。形色天工擅，中边佛说莹。彤墀宜圣德，雅韵可偕赓。

五月江深草阁寒

莫测蛟鼍窟，深宜五月看。江澄千尺静，阁小二分寒。榴赤波痕艳，梅黄雨气酸。乡沉鸥梦稳，舍冷蟹脐团。画意迷蒲岸，秋心逗竹栏。龙腥浮座上，鹦语涩檐湍。对水诗情浅，披衣酒力单。何当芦苇战，风雨一亭宽。

五月江深草阁寒

草阁临江上，深深静不湍。蜩刚鸣是月，鹦竟唤新寒。蒲苇当窗战，蛟鼍得地宽。此间殊冷暖，无迹起波澜。蓼鹭拳终冻，茅龙脊怯单。净痕揩竹舵，凉韵写花栏。扇引风三面，珠沉日一丸。红榴还照眼，映水亦奇观。

五月江深草阁寒

陡觉新寒峭，幽栖五月寻。阁连青不断，江亦碧何深。火浣榴光冷，亭空竹魄森。片帆沙鸟梦，一笛水龙吟。兰桨人谁泛，蕉衫客不禁。扇宜捐夏日，笔欲绘秋阴。东浪(毫)〔豪〕倾酒，南风快谱琴。蜩鸣烟树远，得句杂仙心。

五月江深草阁寒

草阁临深碧，澄波静不撞。峭寒生五月，小坐对空江。蒲叶青摇渚，蕉花紫压窗。画图寒鹭一，凉梦醒鸥双。水净新磨镜，云低嫩护舣。诗肩嫌翠葛，韵脚冷红豇。客愧风怀浅，天催酒力降。凭栏横笛起，吹断落梅腔。

新绿阴中燕子飞

饱啄香泥后，新春燕子肥。屋梁芬日梦，池阁绿阴飞。风剪流双翼，云屏锁四围。竹亭谁翠袖，柳巷此乌衣。有韵歌芳树，无枝漏夕晖。落红情脉脉，□碧影依依。读画人来否，眠琴客醉非。珠帘钩起久，莫使故巢违。

松下横琴待鹤归

鹤侣何相负，松间一鼓琴。世同髯叟遁，时待羽仙临。萝径苍烟候，荷亭夕照侵。风清枯树操，云水故人心。分料余红豆，添香坐绿阴。丁呼茶灶冷，子落石床深。凤轸从头按，虬枝戢翼寻。怜他思对竹，凉月伫沉沉。

太乙乘莲

太乙然藜去，乘来玉井莲。碧筒春酝酿，白发古神仙。金卯游河后，长庚贯酒年。浮沉星宿海，焜耀藻华天。黑浪红尘外，三山一萼边。精含花是魄，坐觉藕如船。秋水探身出，香风扑面旋。客星他日到，折桂醉琼筵。此余十四岁时作。记当时诗境甚清老，后来多不能作。不知何故。是年诗约数十首，皆为埽书厨者攫烧，仅于别抄获存此首。噫，其独有天幸欤！

春泥百草生

原上离离草，湖边滑滑泥。春机潜鼓荡，生意总萋迷。燕啄谁家坞，龙耕带雨犁。四围风力并，一抹烧痕低。极浦青应漾，荒城翠欲齐。别来寒食里，梦到小池西。印尚留鸿爪，阴将衬马蹄。待融花杂沓，斗向短长堤。

爱月夜眠迟

素爱清凉夜，高眠讵厌迟。况逢云影净，肯听月华移。化蝶机诚活，看蟾兴更宜。未须蓉帐恋，长顾桂轮随。把酒相邀候，停琴独坐时。即当身倦甚，还欲梦游之。薄冷思归枕，余辉竟入帷。明朝应早起，又是惜花期。

安得猛士兮守四方

勒铭群羡卫，每饭不忘颇。猛士刀环约，殊方铙砥歌。岂知陈沛酒，已愿息天戈。关塞苍茫接，风云破碎多。丸封秦壁垒，磐固汉山河。足捷从龙便，功高奈狗何。金瓯坚地轴，玉节比星罗。名将中兴盛，南宫剑佩摩。此为朱肯夫师观风成都时作，偶记起，后必忘去，与考试诸作并附录焉。

裘与衰同意

会得裘衰意，群稽小篆工。象形皆服被，结体总衣同。豹饰豳公子，鱼天楚老翁。转音疑袖近，叶韵更莎通。点画来头误，描摹冉腹空。垂毛精义合，加草俗文充。皮漫辛羊舛，眸非亥豕蒙。汝南传字学，黼黻圣经隆。此壬午科试诗。

白发永无怀橘日

怀橘髫龄事，关情比荔枝。彩衣娱日永，白发感星驰。带雨初盈手，披霜莫误髭。几生偷果讯，一样截葱思。镜对晨惊老，裳探晚掬迟。遗羹人有母，生齿我名儿。鲊叶封难得，莺柑取自随。肫诚嘉陆绩，不忍读黄诗。科试覆诗。

峨眉山月半轮秋

大雅扶轮手，峨眉纪壮游。月涵三峡影，山露半峰秋。瓦屋平分□，琼霄倒挂钩。淡妆描侧面，圆相记从头。凉意乌尤接，清辉绿绮留。寒生金粟界，爽挹木兰舟。天净容偏瘦，江澄影共流。烟涛吟兴助，簪笔赋瀛洲。此壬午乡试诗。

花开鸟鸣晨残句

旖旎初开霁，笙簧竟奏晨。正当花□晓，合以鸟鸣春。

赋

高宗梦得说赋以“圣主得贤臣”为韵

臣手和羹，王心似镜。图象未传，从龙先庆。当时留几卷梦书，亘古著三篇说命。何来蝶影之飞，早兆鹿鸣之咏。方思求霖雨才，即赉以天帝令。卜人灼而太人占，金筴贤而玉筮圣。

昔在高宗，乘时秉宇。持正位于鸾宫，曾劳身于稼圃。子漫称文，丁还号武。师遂得之一朝，臣未得诸三吐。欲得士为鸣凤之歌，未梦人挽羊车之弩。休休有容尔，慕宏济才；昧昧以思之，诚中兴主。

当夫诏未裁丹，乡先入黑，方有意于茅茹，恍睹材于荆棘。俾尔股肱，为予羽翼，正贤王心切驹维，见良弼身如鳍植。一在朝一在野，有同心者相通；半为幻半为真，惟捷足者先得。

默契之专，冥然杳然，遇合将风虎卜，君臣结鱼水缘。不须下求茂材诏数次，直可上得贤臣颂一篇。王师竟来岩穴，帝子伏说田□。善朝衫兮换褦襶，睹廊庙兮思陌阡。是皆因一夜梦，何止得百里贤。

我皇上风流鸿宇，坐有龙宾，得士胜盐梅之仿，得人夸棫朴之陈。讵梦享钧天之乐，直得游太古之春。无雒雉兮示异，有非熊兮感神。既不亚掌运天心之主，又岂无身骑箕尾之臣。偶一为之，藉药庸俗之习，亦自雅与题称也。自记。

桃花源里人家赋以题为韵

游仙不到，绝俗而逃。风近太古，客真奇遭。石洞百步，春流半篙。蚁天螽地别有，鹬刘蚌项徒劳。沧海粟粒，云霄羽毛。人来蛤吠，花落鱼饕。上古之民追怀葛，君子有酒醉仙桃。

原夫祖龙小劫，逐鹿中华，关榆走马，塞柳藏鸦。灼逸民传，悬处士车。文字灰烬，武陵烟霞。惊心烽火，韬迹蒹葭。既不随卢生采药，复不效邵侯卖瓜。挈鸡犬而去，栖水石之涯。巢睫有蠛，国角于蜗。老我陇头桑柘，迷人洞口桃花。

乃至司马太康之岁，捕鱼武郡之村。筒收夜月，网晒朝暾。一叶浮艇，万花打门。舍低蟹静，盟冷鸥喧。桃花浪十里，桃花风几番。桃花潭惯披烟雨，桃花庄曾长子孙。亦既名区蚼隐，胜景探源。

何乃野风香，春日起，忆莼甘，思酒美。罟在腰，筌挂髀。泛一凫，觅双鲤。沿溪行，到岸止。见花红，知桃紫。朱殊樱，白映李。舍舟登，惊洞迩。一线通，双门峙。豁然开，不胜喜。田园丰，庐舍比。鹖村鸡，驯桑雉。隔红尘，饶绿水。非人间，岂梦里。

父老迓，儿童亲。唤鸠妇，娶鸥邻。东道主，西都宾。为钓水，来问津。得仙境，皆夙因。巢父流，壶公身。蒙有惑，请具陈。不知汉，因避秦。疆划井，筒削筠。共衣食，无富贫。数蓂荚，知冬春。无大君，非遗民。魏晋世，羲皇人。

温语交加，相贶殊奢。脚葵煮鸭，手箸挑虾。饭舂脱粟，酒杂奇葩。复与之览松竹，话桑麻。鱼萍相值，鸡黍拜嘉。怅彼云往，送之日斜。谓我自成身世，愿君须惜齿牙。此中语不足为外人道，今日事诚贻笑大方家。

渔父乃辞主人，觅故步，穿石拨云，标草识树。回首桃蹊，满身花露。惊喜而归，播扬其趣。太守之五马空还，名士而双鱼又误。徒见终古云封，空山日暮。一时通云水之缘，万劫隔仙凡之路。陶渊明记本心摹，王摩诘诗如面晤。此吮毫者所以作歌，而操简者因之成赋也已。是以骈俪作传记者。自记。

渊明爱菊赋以“采菊东篱下”为韵

古欢实多，俗韵难浼。晚节而贞，高秋斯宰。一樽酒常入醉乡，五斗米曾离宦海。志托羲皇以上，得古艳而爱斯陶；节高霜露之中，抱愁而爱不改。南山南□见悠悠，北窗北频歌采采。

想夫渊明者，为晋代之名流，席桓公之胜族，气吐熊熊，才殊鹿鹿。此老非风尘客，应将翠薜裁衣；当时读山海经，曾咏绿林绕屋。爱读书不求甚解，蠹简时翻；爱饮酒期在必醒，乌巾可漉。都说骀车上道，方关情百里风花；岂其雀舫横波，肯归赏一畦烟菊。

即使神留春卉，情感秋蓬，亦必爱荷香之拥翠，爱棠艳之飞红。如竹绿之爱于王子，如牡丹之爱自姚崇。安能待百花后，来三径中，对半篱艳，号五柳翁。谁知老眼看来，萧斋而外；竟自满头插得，夕照之东。

心乎爱矣，赉然来思。开百六种，当重九时。或餐英以延寿，或拾叶而吟诗。有时携归去来一篇，对花自诵；得意在色香味三品，与我为期。此乃逸仙，可以通性情者；凡为隐士，亦皆当领略之。延赏拄鸠头之杖，徘徊寻麀眼之篱。

是盖匏隐情坚，松年趣雅。身比黄花更瘦，帘卷西风；人眠白石之秋，梦回南社。虽乐命以奚疑，亦伤时而自写。倘遇蒿宫抱蜀，爱芳茝而采于山；枫陛廑心，爱幽兰而披于野。鸿正渐菊花天气，当问程万里之遥；鸟虽还菊径人家，岂长隐双峰之下。多于纵折处见奇，颇与庸手有辨。自记。

白衣送酒赋以“采菊东篱下”为韵

栗里流风，桃源陆海。五斗长辞，一尊空在。狂欹乌帽，酤菊酿以无从；兴凑白衣，奉松醪而久待。馈无嫌薄，从知太守殷勤；醉以为期，想见先生丰采。

念切田园，情萦涧谷。旋悔折腰，更羞食肉。身悔落于红尘，膝冀容于白屋。水浓似酒，依稀白舫初来；风暖吹衣，指点白云定卜。漫虑无衣卒岁，学制芙蓉；但教有酒盈尊，不荒松菊。

人思落帽，客待倾筩。未浮卯白，谁啜丁红。正宜萸插岭头，碧翁落落；偏值药携岩畔，红友空空。襟尚留痕，况古人于窗北；衫无可典，求佳酿于江东。

醉缘不断，清兴偏资。白衣在望，青酒相随。屋矮径荒而外，风停雨过之时。衣匪鸠斑，曾负锦囊佳句；酒赍蚁绿，何须瑶盏固辞。恍疑鹤氅披余，喜供愁帚；莫问貂裘贳否，聊醉疏篱。

笑漉乌巾，快扬翠斝。揽袖云倾，举觞月泻。一身清洁，可羞同白纻舞歌；三爵贤豪，犹记赴白莲诗社。未是衣飘金缕，金谷罚严；岂其衣著梨云，梨花春假。谢劳嘉漱，如游云岛之中；尽醉流霞，相别瀑峰之下。精洁流朗，每段起不用虚字，格局亦清。自记。

梦吞五色鸟赋以题为韵

一枕莺啼，半床蝶弄。睡味方浓，好音忽送。将无锦绶灵鸡，莫是桐花幺凤。紫泥地何人染得，笑彼朱衔；黑甜乡有鸟飞来，爱他锦哢。任教灿烂，几符张鷟之名；绝好文章，不数扬雄之梦。

有罗含者，游心艺圃，骋志文园，咀六经味，嚼百家言。有雀而案头报白，有鸡而窗外谈元。半夜蛩吟，五色笔不闻神授；千秋鹤发，五色囊莫证仙源。纵逢枕赠珊瑚，黄粱入梦；敢冀裳披云锦，丹篆频吞。方合青眸，急飞赤羽。焜耀难同，鲜明谁伍。五色线身畔才缠，五色绶口中定吐。与云共绚，岂曾餐五色云；带雨犹鲜，岂曾呼五色雨。秀色可餐，彩毫应取。光不辨墨如火如，品谁分雉五鸠五。

将必夸汉室之祥，将必效邯郸之饰。将必聚如鹬冠，将必玩同蝉翼。纵爱惜其毫轻，岂忍付之口食。何乃一毛不拔，竟同吞枣之囫囵；三咽无存，不必吞瓜之拂拭。符到龟床醒后，寂然无声；恍如燕卵含来，空即是色。

是皆黄褐披轻，红襟著小。因鼎雉形，得颐龟兆。笑鲸吞之大豪，比蛇吞而更渺。公真大嚼，将绣口兮增华；鸟苟能言，定锦心兮噪扰。从此文思泉涌，岂非益智之禽；方当梦境冰清，曾啖同心之鸟。

士有廉比于鸡，洁侔乎鹭。未雁塔兮题名，将鸿逵兮展步。吞云梦者八九，豪情夸吐凤之才；梦钧天兮几重，远志壮翔鹏之路。五色笺醉题鹦赤，既追祢子以成文；五色日祥启乌黄，更继李程而作赋。取其结段尚有巧思绮合处。自记。

芥舟赋以“杯水坳堂芥作舟”为韵

一抔凿处，片叶飞来。就其浅矣，渺乎小哉。拟舟船而恰似，真芥蒂以无猜。定当兰木刳时，芥人运斧；想到楼船幻后，芥孔成台。最怜水积坳堂，差胜瓜皮之艇；未是人来涧曲，何流竹叶之杯。

原夫庄生之拟逍遥游也，功犹运尻，情深拊髀。米为车兮奇谈，糠为舆兮妙旨。驾扁舟于楚水，故乡则沅芷搴芳；寄一芥于漆园，小吏则途樗自喜。笑瓠尊之斯酌，兴寄尘埃；赋竹筏以遨游，篇成秋水。

尔乃小言莫破，幻想从啁。思芥质兮堪泛，拟舟形兮可淆。杭非用苇，涉不同匏。倘来虫臂撑将，妙非芥滞；应有鱼苗负得，漫笑舟胶。敢希桂棹兰桡，影飘飘于蔓水；难比壶船杯艇，形泛泛于苔坳。

转蓬浩荡，落叶徜徉。蒲帆漫挂，箬笠谁装。缆倩平牵，细断藕丝之白；篷怜满盖，窄飞槐蕊之黄。直凭露壳之虚，瓜泉泛宅；欲混天根之迹，蓼水回堂。

杯渡失奇，盆池无隘。芥香而香桨初移，芥紫而紫樯若画。萤灯乍照，火疑江舫之明；蛛络时蒙，网效渔船之晒。感气而拾同琥珀，飘泊生涯；幻形而纳得楼台，须弥世界。岂济河兮焚舟，望云梦兮吞芥。

虽松舟之写忧，虽柏舟之自托。虽兰舟以引鸥，虽棠舟而载鹤。或浮叶而舟自横，或断芦而舟可缚。至未若萍飘有迹，腐芥称奇;梗泛无根,芳舟俨作。

然而语同泡影,形等浮沤,匏落而容身无地,船虚而藏壑何由。总属荒唐之论,难凭俶诡之谋。方今圣天子舟车典重,草芥恩流。薄海同亲,讵等视民如芥;大川共济,敢忘用汝作舟。用意有恰合处。自记。

不可居无竹赋以题为韵

苏玉局月朗襟期,风流人物。心既能虚,节还不屈。非贪紫禁之留,应有绿斋之乞。此间小住,借他竹谱以闲钞,清趣久违,叹我竹风之莫拂。箨龙影径中绝少,问谁影作之而;竹鸡声林外空闻,未是声呼行不。

想其以绿筠明堂也,竹影参差,竹阴婀娜。庐不红飞,门惟绿锁。喜夜月以筛金,岂夏云之漏火。者番佳致,可无佳客相陪;如许幽情,可无幽人在坐。一日与此君面隔,情不适于徽之;千畦在太守胸中,画漫题于与可。

竹边问往,竹里停车。暑非借扇,凉欲生裾。月榭风亭之路,烟梢雨箨之初。使君于此不凡,洒落出风尘以外;热客焉能到此,盘桓于水月之余。不向个中闲探风实,更于何处别结蜗居。所以碧云别墅,翠筱名区,编篱绕屋,戏笔成图。千竿萧,万竿骚,筑室可称妙极;三分水,一分屋,卜邻其在斯乎。亭前鹤放,林内鸠呼。克当松柏之名庐否,堪为风月之主人无。

如其箨粉无香,笋泥无馥。孙小无龙,角尖无犊。离离无影,不可以畅诗心;簌簌无声,不可以医俗目。尘埃兮不可近,将买雀舫以居渭川；风景兮不可忘，将听凤箫而居嶰谷。忆当日翰林居直，曾吟南省之薇；喜今朝僧馆居闲，又咏西堂之竹。

彼其花榭徒隈，莲船笑渡。春醉琼筵，夜歌花露。居不近海棠香国，烛焰摇红；居亦凭芍药雕栏，炉烟袅素。是皆惯住繁华，莫知佳趣。曷若此居临绿水，绕竹而流水成文；居傍青云，赏竹而凌云作赋。于机趣颇有所得。自记。

踏青赋以“缓寻芳草得归迟”为韵

缅风日之鲜妍，结烟霞之侣伴。羌夹路而草深，亦晴潭而花满。红罗绣罢，全迷拾翠之钿；玉版裁将，且弄绘云之管。来醉青青草色，酒椀携多；如闻踏踏歌声，饧箫吹缓。

时则艳阳昼暖，平野春深，江山媚目，风景关心。正好旗亭买酒，野店抽琴。一鸠新唤檐牙，碧疑唾玉；双蜡好磨屐齿，黄似装金。思王孙兮不归，采绿采蓝已过；恐美人之迟暮，桃根桃叶难寻。

于是荒城挹秀，夹道闻香，花开花落，亭短亭长。柳絮迎风，衫突点过桥之绿；菜花争路，鞋轻黏满地之黄。二十五郎之歌板迎来，红腰粥鼓；八十一瓣之梅花煮过，黄耳荼铛。好藉东坡笠屐，来游南国芬芳。

青处人多，踏时春老。镜影衣香，柳潭花岛。烟中水活，天心酝酿何深；江北山多，地脉繁华独早。金钱买醉，母召飞来；玉树临风，翁疑不倒。画里而镜鸾分翠，裙脚迷花；吟边之幺凤垂红，钗头斗草。

亦或啸月吟风，峰南岭北，白迷鸿爪之痕，红滞马蹄之力。四百寺楼台烟雨，铃语余寒；卅六桥花柳画图，墨痕生色。步步引人入胜，忽逢青鸟相邀；行行且住为佳，不省黄鹂亦识。麟兮不践，碧茵随地铺来；蝶也何多，红袖几人扑得。

回忆草枯鹰眼，苔划乌衣，夕阳雁下，西风马肥。踏叶但闻走鹿，踏花何处骖骓。空谷樵讴，踏淡黄之月色；板桥人迹，踏浅白而霜霏。何如草长江南，匆匆也去；为报花开陌上，缓缓而归。山巅水湄，随性所之。笻身青竹，杏影青旗。暖风薰后，斜日归时。踏遍长堤，讴何处寻君之句；踏来远浦，赋知还倦鸟之辞。更将游花国三千，踏青城之曲曲；尤愿占蓬山第一，踏青琐以迟迟。以六朝为近体，喜不失律赋本色。自记。

首夏犹清和赋以题为韵

昔谢灵运之游赤石也，红雨前番，绿阴几亩，白荼蘼风，紫樱桃酒。喜清霭兮蝶呼奴，趁和光兮鸠呼妇。谁把蚨钱买夏，过二十四度风花；依然莺管留春，坐三十六桥烟柳。绘乍雨乍晴之天气，有谁笔染龙须；当轻寒轻暖之光阴，尚未瓜餐马首。

想夏日之未来，正春风之无价。燕掠紫而芹泥香，鸟摇红而花板驾。醉芍药春，题蔷薇架。依依清景，描摹鸭浪螺峰；蔼蔼和容，点缀红亭碧树。方当玉壶买春，岂等茧池清夏。

晓钟到不，春去难留。黄梅雨脚，绿树溪头。鸭之乳萍尚浅，蚕之眠桑正柔。怕逢槐市之炎，槐叶露几曾销暑；敢信麦天之润，麦花风一拂成秋。欲期夏五之清风，漫云得得；倘拟春三之和霁，未必犹犹。何乃水才秧插，日有葵倾。殿迟敞蕙，厨早开樱。清复清兮薄雨，和复和兮嫩晴。行来绿暗红稀，竟欲绮罗之再咏；想到山仁水智，居然夷惠以相成。白鸥浪涨，黄雀风轻。虽乌火兮转南陆，尚鱼云兮养太清。

残红犹在，空翠犹多。树还余锦，云未似罗。且漫拟葛巾制，奚烦唱团扇歌。一树金摘尽枇杷，青阴满径；千里雪飞残柳絮，翠影凌波。半曲琴音，桐院阴浓雉子；几分香料，药栏凉唤鹦哥。任尔饧箫，送三春去；凭他玉烛，调四时和。

皇上膏雨频施，温风远布。良时而盛夏无歊，盛代而恒春久驻。乾清宫香浮鸭鼎，群将清穆之神；保和殿云静螭坳，合助和冲之度。如使夏风南至，凉生殿阁以成诗；还蒙夏果中颁，思入云霄而献赋。顿折处亦颇不略犹字。自记。

梅影赋以"疏影横斜水清浅"为韵

西窗人静，东阁风余。幽香微妙，清影闲徐。水镜新磨，小照写临波之树；冰肌欲活，返魂迷带月之锄。和岭雪以清奇，鹤翎素守；笑帷灯之掩映，蛾焰红疏。

想夫春到罗浮，梦回庾岭，占香圃之春魁，爱绘小桥之冬景。爱尔醉过野驿，酒诏师雄；问谁访到孤山，诗邀和靖。银云濑拥，清留蝶草之魂；玉照堂开，乱缀虾帘之影。

烂逢云破，稀点霞明。罨画三面，古琴一声。映苔阶而如动，掩兰庭而欲倾。影印迷离，定有咏花之客；影还交互，应寒倚竹之盟。现将冰玉精神，锦囊句峭；托出神仙骨格，亚字栏横。

竹松良友，风月人家，情移玉树，爱嗜霜花。已挹冲寒之蕾，尤怜照艳之葩。不须檀板金樽，扫除灿漫；好倩芦帘纸帐，扶起杈枒。萝月星形，冷送一枝月浸；茶烟破晓，清收半榻烟斜。

更有抚树兰姬，知诗菊婢，传腊信以化身，笑春容其可指。绿云照处，催妆而池想临芳；绛雪描成，点额而窗应敞绮。敢信梅为眷属，蝶醉西湖；定知影辨模糊，驴鸣灞水。

夜泉如鉴，冬日初晴，几度童扫，长年客惊。比梨影兮不淡，如春影兮增荣。点逗云胡，影傍松龙而自静；斜依露屋，影偕竹凤以多情。香隐约以难寻，声闻相脱；格纵横而自古，天地心清。

乃知老干传神，新梢莫辨，质化孤妍，形谁敷衍。宋庆平佳制因成，萼绿华幻缘误践。境到疑无疑有，有色皆空；品臻愈淡愈奇，奇香悉卷。莫传疏影，难称赋物之神；徒写真梅，空说画工之浅。中有名秀之气。自记。

探梅赋以“寒梅著花未”为韵

冬心犹抱，春思无端。交余橘叟，友遍松官。忆苔龙之古宅，觅竹凤之晴峦。打桨何曾，人归桃渡；采菱已过，霜□蘋滩。自以梅月初逢，蝶奴戏暖；谁坐梅窗试听，鹦母惊寒。

当夫枝摇宅柳，花放庭槐，金飙既动，玉露频催。访淡人于绿竹，迟清客于苍苔。□伴紫薇，仙是玉堂之散；前身金粟，我从瑶阁而回。□对野老桑麻，九日还来就菊；何物骚人兰芷，一篇无处寻梅。

渺渺秋痕，迟迟春脚，雪驴灞桥，霜羽官阁。黄过梅雨光阴，白梦梅花院落。寒天玉照，修到几生；疏雨茅檐，笑将谁索。锄记二分明月，压倒群芳；数来廿四番风，占先一着。

梅香应送，梅影或斜，清吟竹外，芳讯天涯。料新葩之窄窄，破故藓之些些。茗椀诗瓢，讯古欢于何处；竹琴纸帐，选清梦以谁家。问谁裁得玉笺，咏野寺千年之树；犹记弄残铜笛，飞江城五月之花。

应有雪堂证□，香海同气；芳树醉禅，冷筇诗味。出东阁以探余，望南峰而探既。是一身有仙骨，我愧凡庸；于数点见天心，自饶名贵。金樽檀板，林逋吟罢不须；花阁绮窗，摩诘归来也未。著墨无多，而名贵之句亦颇不少，由题先不俗也。探字亦有独到处。自记。

鹤守梅赋以天寒有鹤守梅花为韵

老树苏梦，空山破禅。莺语犹滞，雀声未宣。闻幽香之恍惚，喜皓羽之翩翻。问谁妙笔濡来，写清高品；爱尔新枝护得，结冷淡缘。有子有妻，真合一家眷属；亦癯亦瘦，居然两个神仙。披相鹤经，所餐者水；读梅花赋，自全其天。

当夫梅之未放也，蕊留绽白，枝少凝丹。让群花之逞艳，集凡鸟以相欢。鸠坐林而语滑，鹊喧树而声干。集来芍药之春，钗飞凫；占到桐花之老，衣振文鸾。忽然菊径香清，花事更难耐冷；渐觉枫桥露重，鸟名空笑号寒。

百卉凋余，一枝开否？引咏花人，是调羹手。识春意以频催，肯冬心之孤负。蕊或红如鹤顶，艳开幽径重重；葩还素比鹤翎，洁傲寒天九九。我欲探春于庾北，坼甲应多；谁来语雪于辽东，姓丁犹有。

瞥见仙禽，其形瘦削。冷似相怜，笑还欲索。时则古雪栖林，冻云滞壑。五百余年仙品，雅伴休猜；八十一瓣春心，寒香可嚼。恰映此花如玉，将无曰玉萼梅；若教有露成珠，便可称珠树鹤。

鸾凤同群，竹松作友。绿藓披迟，苍苔立久。此间小住为佳，以外非吾所偶。守向月明村店，岂邀蚁泛之佳人；守来雪满寒山，岂仿龙眠之高叟。比蝶裳而不醉，莫笑花痴；非兔窟以能藏，漫云株守。

彼夫九皋振响，三岛初回。敛霄汉志，傍水云隈。纵清芬之可挹，讵相伴以无猜，然而对竹思之，凰尾尚堪栖息；如松茂矣，龙鳞犹肯相陪。况乎开十月内，占百花魁。或当怜彼寂乎，我亦爱仙人之鹤；不忍舍君去也，客休吟驿使之梅。

彼盖幽情适合，逸性同嘉。匪莲集鹭，异柳藏鸦。如守丹灶于幽壑，如守青田之故家。繁华在雪地冰天，我辈当知其意；甲子数尧年舜日，此生复何以加。有时振羽凌霄，一声清唳；无事嚼香下咽，数点寒花。寄托处颇自得意。自记。

明月来相照赋以题为韵

玉镜莹莹，问何时兮飞太清。空山人不见，良夜月多情。流光万里，长啸一声。照竹里馆，来白玉京。一曲琴音，弹月华而不落；满身花影，扶月色以初横。爱他终古如斯，倏而盈亦倏而阙；使我彻宵无寐，几生魄兮几生明。

原夫王摩诘者，淡世俗缘，抱神仙骨，开竹外扉，望天外阙。但见烟横远岫，莫辨林容；惯听露滴空阶，早侵苔发。那得罗公之杖，飞清梦于蟾宫；讵无学士之杯，邀列仙于兔窟。独坐南山陲，闲待西江月。雾破云开，玉彩徘徊，鸟鸣涧底，鹊绕山隈。树漏金而似碎，篁戛佩以频催。未曾折柬以招，四万钱防他不卖；竟自破空而至，三分月与我相陪。犹是从前之身否，真如不速之客来。

辋水茫茫，鹿柴苍苍，辉既遍孟城口，光复满华子冈。顾身外影，疑地上霜。诗中画画中诗，曾写雪蕉之白；水连天天连水，恍浮金桂之黄。倘逢近水楼台，岂得之而不得；谁似雅人诗酒，直相与于无相。

我欲问之，莞然独笑。月何地以不明，月何年而不耀。君能识我，多情结不了之缘；我亦爱君，竟夕谱相思之调。非非想疑今疑古，如参玉版之禅；色色空无矩无圆，始悟镜花之妙。适从何来，真无私照。

彼夫画舫停游，羽觞裁句。四更舞罢，乘月归杨柳翠楼；千里歌来，带月过荷花江路。非不绮丽移情，繁华得趣。孰若此掬绿水以畅怀，下碧山而随步。萝径清辉，茅檐白露。漾金波而穆穆，漫披班氏之书；升清质之悠悠，且拟谢家之赋。止是得活字句耳。自记。与应制律赋不合。又记。

春水绿波赋残句

乍经桃叶渡头，水光泼绿；争恋苎萝村外，波影摇春。

思如水兮深深，愿挽春兮止止。

袖忆裁双，唾蘸汉宫之燕；斛谁泼十，黛倾婆利之螺。

莲塘赋残句

坠雨飞响，摇风偶偏。

也仿南湖，花堪作壁；何论西华，藕尽如船。

鉴开半亩，粉坠千房。

半幅题词，夏塘凫鸭；万花成梦，秋渚鸳鸯。

江南春去，绿意犹怜；湖上人归，红情太妒。

竹径赋残句

烟雨一林，莓苔半屋。

倚翠袖以何人，穿绿阴而飞瀑。

将簧买韵，流莺比邻；飞箨打身，幽鸟相逐。

雷动魂苏，风归影定。

岂无佳士，座上评诗；来对此君，石边对句。

半窗残月有莺啼赋残句

蟾蛾欲别，环佩何之；鹦母惊寒，梦魂欲断。

好音难闷，疑藏风翼云中；良夜如何，不数蛾眉月半。

春梦呼婆，白描绮语；秋情奈客，红唱菱腔。

举将泛酒之尊，邀来明月；乞得读书之火，分与小窗。

五更天晓，一夜霜寒。辉余海上，韵起林端。杂鸟鸣于涧谷，滞花影于栏杆。纱浅能窥，醉眉误否；笺低若诉，诗骨砭阑。乡破黑甜，树啼乌而月落；影迷白醉，塞过雁而星残。

歌串珠喉，韵裁花骨。

天余黄月，待鹊喋以晴新；人坐碧窗，试鹂听而雨歇。破晓几重帘外，绣羽呼风；隔年廿四桥边，玉箫吹月。

月中桂赋残句

万古芳菲，一轮圆阙。月色当头，桂香沁骨。光穆穆以辉清，影盘盘而秀发。何人听曲，谱到霓裳；有露临霄，折柬蟾窟。羡玉柯其在手，修老青天；认金粟于前身，问将明月。

春草碧色赋以“春风吹又生”为韵　残句

送爱子兮二月半，哀王孙兮曲江滨。

谁教梦到西堂，渺渺深碧；争忍别来南浦，蓬蓬远春。

踏青影以全非，雕盘大野；望绿芜而不见，鹰下长空。准拟今春，定有看花之日；缓寻芳草，应多擘柳之风。

入帘而烟雨痕非，上冢而清明节又。

圯上授书赋残句

筵前之箸画风流，垓下之箫声月堕。新进辄遗胜算，汉室枫宸；退休犹建老谋，商山芝朵。托言谷辟，诵青简以长生；谬说云游，从赤松而免祸。是皆圯上之大有化成，而授书之适为妙可。

春山如笑赋残句

应知欢喜神来，博作相逢之笑；脱尽萧疏相未，肯如昨睡之山。

容偕柳叶而舒，句向梅花而索。

笑云太痴，笑月无赖。还五丁兮笑蜀中，送六朝兮笑吴会。

者幅林泉面目，识得本真；一番花鸟精神，振来晻霭。

桃花流水鳜鱼肥赋

红争雨点缤纷，鸭知暖浪；绿戏天机活泼，鹈饱轻舠。

时生筠箨之姿，几竿疏竹；偶落篷窗之艳，一叶扁舟。别有地天，怪尔问余何事；闲寻矶石，怜他尽日随流。

点绛骢之背上，柳陌驰驱；笑瘦蟹以肠虚，蓼滩出没。

日斜桃叶渡头，篮鳜唤秦淮之桨；春熟桃花潭里，筌鱼叩汪氏之扉。

蒙马以虎皮赋残句

看敌人鼠窜狼奔，三军震慑；开后世火牛燧象，一派新奇。

梦笔生花赋残句

倘欲毫端泻露，字结金花；除非叶底摇风，园开木笔。

何处浣来，砚水居然锦水；有时飞起，管城何异春城。若教双管齐排，便拟花花相对；如使几枝并绘，自然笔笔写生。

美矣艳矣，真耶幻耶。

乌帽斜簪，学士定红迷醉眼；麟毫新吮，诗仙而香喷吟牙。当桃园写序之余，尽饶香炉；到药院题词而后，更觉清华。

露重觉荷香赋残句

碧藻波心，青菱露角。

几番气送，歌停绿绮之琴；十里香寻，味胜朱栏之药。荷玉虽看，露珠未觉。

两袖香沾来玉案，新吟步月之诗；一杯露承赐金茎，谨献凌云之赋。

霜余叶半红赋残句

碎半天之珠玉，描半幅之文章。万里惊寒，接雁声于远浦；千峰着色，迷鸦背于斜阳。

水村山郭，堆鱼锦以如花；红树青林，放螺舟而似叶。

红比五云之朵，莫轻抛无恙秋三；红于二月之花，当重咏可怜春半。

霞影虽迷窗鸟，天光似界残虹。

侧势逾工，半面妆山容浅染；全神未露，半边镜湖色微烘。

倚树听流泉赋残句

何必绿天荫我，纸倩题蕉；宛然白瀑娱人，诗应和李。

雄剑挂壁赋残句

芒寒秋水，腋带腥风，一龙甲碧，双蚓绦红。

冬山如睡赋残句

知他梦到梅花，此睡自传乎千古；使我图成松墨，看山欲饱于三冬。

扪虱而谈赋残句

蜗争晋室，蚁斗中原。披褐而来，早定雌雄之局，正襟而道，先分黑白之痕。

看他嚼破余腥，莫轻笑齿牙不利；尽尔扫归大手，更何如星斗高扪。

张翰因秋风起思莼鲈赋残句

耳乍铜乌之报，心同幕燕之忙。芦榜波轻，千里秋情早动；松江月冷，一篮秋味弥长。谈将紫线风流，故乡信到；想得红腮酒美，归舫帆张。

李愬雪夜入蔡州赋残句

旗闪阴风，兵偷暗水。虎傅翼以腾空，鹅有毛而压垒。马头西指，将军从天上飞来；龙甲南飘，战士尽宵中至此。如破玉城一座，剑欲鸣雄；俄惊银鉴三军，堞皆登雉。

秋柳赋残句

花记前番，省识池萍之翠；树犹如此，还停栈豆之驺。可怜官渡斜阳，助我几张画本；翻惜女墙疏雨，牵人片叶离舟。玉门关一笛风酸，何人折柳；金缕曲七弦霜冷，老气横秋。

一樽常醉乱花中赋残句

杯小轻螺，铃轻飐乳。红蝶裳飘，素鸶盏密。壶提半而鸟歌风，柑载双而莺㖞日。美云霞之独拥，香海销尘；爱风月以无边，醉乡似蜜。鹅黄独酌，地开萝径之三；蚁绿谁斟，人少竹林之七。不比夜筵金谷，红烛双双；岂如春宴锦城，翠屏一一。

附　　录

刘光第传①

高　楷

刘君名光第，字裴村，四川富顺人。家奇贫，意气卓荦，不以贫废读。未冠，应童子试，陈令锡鬯奇其才，厚遇之，因得一意读书。壬午举于乡，癸未联捷成进士，授刑部主事。在官十余年，人罕知者。

某司寇以君勤慎，将倚用。君旋谳某狱，司寇受人私谒，欲君枉法徇之，君坚执不挠，司寇无如何。君以刑狱关人命，惧直道难行，致枉屈，遂绝迹不至署。

戊戌夏，天子锐意图治，诏海内举人才。湘抚陈公宝箴，荐君及杨君锐。七月十九日，上召君入见。君力陈时势艰危与中外积弊，非力矫冗滥，无以图治，其本尤在皇上虚怀倡导；所以责备圣躬者甚至，非他人所敢言，有古大臣格君之义，非伪儒匹夫专言变政，其言洋溢新奇，而实皆掇拾西人唾余者比也。天子称善，翌日遂有四品卿衔参预新政之命。方命之下也，君自以不克任枢要，恐终以戆直贾祸，将同杨君力辞。疏具矣，乡人某力劝之，遂已。

时言路大开，章奏日数百。君竟日披览，于可否咸加签识，以侍宸断，政府寮友见者，谓君于政事无新旧畛域，斟酌最平允焉。退直后，语所亲曰："兹事体大，吾终不胜，行将急假归矣。其新政措理失宜，将于召对时切言之。"未几祸作。

---

① 录自高楷《刘杨合传》。

君前后入直凡九日。八月初九日，君方在直，被逮去。蜀人官京朝者，欲联名具疏，讼君及杨君锐冤；会狱急，又刑部未敢讯，方奏请重臣会讯，狱词未具，不得上。八月十三日诏下，遂及难。是日刑部官吏以会讯绐诸人，诸人不知；君出门，诧曰："未讯而诛，何哉！"命跪听旨，君不可，且曰："祖宗例，临刑呼冤者，即盗贼，提牢官必代陈堂上官请复讯。未讯而诛，我辈纵不足惜，如国体何？"堂上官不应；再言之，则曰："我奉命监斩耳，他何知。"皂役捺君跪，君崛然，同狱者皆无言；杨君锐曰："裴村跪，跪，遵旨而已。"君乃跪。就西市时，神气冲夷淡定如平日。行刑后，身挺立不仆，观者惊叹，咸焚香罗拜，谓刘君不死矣。

君容貌言语，逡逡如鄙人，而深醇坚定激发，有古烈士风。读书自为课程。性喜游览，家居即游峨眉、方山诸胜。既入都，凡西山胜迹，靡不至。又尝乞假入闽武平，谒祖墓；祖某，明间御史也。族人所馈赠，尽以赠族中贫者。归道出粤东，西浮江汉。登匡庐，独持雨盖腊屐，怀饼饵，往至山巅，见虎食人，血肉狼藉，其夕避雨宿古寺，明日得一牧竖导之，乃归。

工为古文，雄厚肖昌黎。诗学少陵，时辈罕与抗手。积稿盈尺，不轻示人。尝言：诗文必无一赝语，而不欺其志，斯无愧著作。故其志有不可，既见之诗文，即以自励，斩然若出于一，其言行相顾如此。

性廉介，非旧交，虽礼馈皆谢绝，既入直枢府，某藩司循例馈诸章京，君独辞却；或曰："人受而君独拒，得毋过自高乎？"君赧然谢之。寻常宴会酒食，亦多不至。其夫人自入都至归，凡十一年，未尝一出门与乡人眷属答拜。宅中惟一老仆守门，凡炊爨洒扫，皆夫人率子女躬其任。其境遇困苦，为人所不堪，君处之怡然。

君恶京师尘嚣，于南西门外僦废圃，有茅屋数间，篱落环焉，躬耕课子。二三友人过访，则沽白酒，煮芋麦饷客。篱外柳下涌泉如珠；太常仙蝶，亦翩跹至，友人咸以为奇。君慨然曰："天下如此，我辈安得侈符瑞自诳哉！"

时康有为声誉隆赫，颇结纳天下士，君不与识。湘抚陈荐君，亦夙不识君。蜀人某、胪列天下人才，盛称君，陈抚因重君，遂以入告；而君始终不及知。然卒以此罹祸，故天下人士，无知与不知，皆冤之。

乡人某某出巨金殓君及杨君锐，寄柩莲花庵。朝官公车，无一人不来吊；外省来吊，亦百数十人，皆相向痛哭。其夕有人叩门遗百金，夫人力辞不获，竟委之去，终不得姓名。文侍御悌，博学有风骨，尝事前劾康有为者，而甚贫，与君不识，亦缄其馆金遣仆以赙。金吾番卒自君寓出，告人曰："刘夫人如老妪，帐被贫窭，乃不似一官人。"呜呼！观此可以知公论矣。

君在狱，犹诵《朱子全书》及《周易》，陶然自喜，曰："虽不识何因，自问无过，不难一讯而明，即罢归，固所愿也。"

君久欲归，苦无资，贷于宗人某，被逮后三日而复函始至，命也夫！

刘大夫传①

赵　熙

君讳光第，字裴村。富顺刘氏。光绪壬午举人，癸未进士，分

---

①　录自赵熙手稿。

刑部主事。

到官，贫无车，徒步趋署，雨中泥淖为常。退则振襟读书，大暑无亵容。群书环拥如城。客至，肃客坐，己唯据小几。蔼然和易而不苟訾笑，栗如也。洒扫饔飧之事，内外躬亲，无资佣保。自奉匪人所堪，而植礼扶义，倾所有如不给。六七年间，交游简而官事办治文章志节，寖有声公卿间矣。

甲午中东之役，割地请和。德宗皇帝大愤，思刮国耻，诏天下举贤才。湘抚陈公宝箴，荐君及绵竹杨锐等，所谓戊戌六君子也。七月十九日召见，加四品卿衔，参预新政。八月九日被逮，十三日遂及难。海内痛心，其诅辞殆不忍闻。内有怙权之私，中以媒蘖之言，及庚子八国联军入都，辛亥宣统方幼冲遂禅国。一滴之祸水，胥溺及九州。诗曰"赫赫宗周"。然则君之不幸，实三百年宗社之不幸也！

君取张氏。子三：长鹏年，于文事绝精悍；次永年均早世；次鹤年，今贫不自存。然韶者绍也，能守其先矩。

熙入官后君九年，尝获闻绪论。

君于文喜司马迁书，于诗深造杜甫所为。其自著唯蜀峨眉、闽武平谒祖墓为最富。生前不一出其稿，盖深贱乎时名。

平居祈向朱子。以为此皆实践，非虚为精详。尝举杨忠愍却蚺蛇胆事，曰："惟义之适，非苟矜无畏也。"临难问堂上官："无罪杀士遵何法？"官怍不应。毅力侃侃，死后面目如生。呜呼！哀已。

君之遇祸，时为之也，于所学无稍损也。君之笃学，性使然也，于所志未竟量也。策君殚其天年，上质神祇，渊骞俦也。

刘光第传①

宋育仁

刘光第字裴村。幼孤贫。自束发受读，即卓荦不与世伍。未冠，为邑令陈锡鬯县试拔置第一。入泮后，锡鬯奇其才，资之学。母素贤明，亦鬻市肆一区为广购书籍。

癸未成进士，以主事供职刑曹。键户读书，不与当时名士要人相往还，故服官十余年，人罕知者。尚书某察其勤慎，将倚用。有狱，欲光第为转圜，不得，某亦无如何。遂自远，罕至署。

戊戌夏，德宗锐意图治，诏举人材。湘抚陈宝箴以光第同杨锐入奏。召见，命入军机，加四品卿衔，参与新政。凡入直九日（一云十五日）而祸作。

光第性不喜洋务，非伪儒下士专言变法、捃拾西人唾余者比。入直时，言路大开，章奏日数百。光第批览签识，政府同列咸谓无新旧之见，公允持平。

康有为开保国会于京师，光第尝偕友人一往，闻其议，绝恶之，初未与通。当时往听者康皆注名门簿，梁启超遂借口目光第为会员，盖欲挽之以自重也。

初，湘抚陈主新政，其子三立访人才于乔主事树枬。乔胪举天下才，盛称之。丁酉张文襄六秩，蜀人之官京师者，公制寿言。一撰自绵竹杨〈锐〉，一撰自光第。文襄习见骈语而心赏光第文；兼稔

---

① 录自《富顺县志》。

其廉正刻苦，有经世大志，尝以言于陈，故陈遂因以入告。

光第古文学昌黎，诗兼学韩、杜，书法学颜平原，时辈罕与抗手；诗尤独造，可以名家。尝言："诗文必无一赝语，斯不愧著作。"故其志有不可，多见之诗文，斩然若出于一，盖生平所自励，在行践其言也。

入枢府，某藩使循例馈章京，光第独却；京中僚友宴会亦罕与焉。妻自入京迄归蜀，凡十一年，未尝出门与乡人眷属一答拜。罹祸后，缇骑自其寓出，亦以刘夫人如老妪，帐被窭陋，不似京宦为言，可想见其为人矣。

在狱犹诵《朱子全书》及《周易》，自问无过，不难一讯而明。素不与康、梁为缘，而反坐康党以死，天下士无识与不识皆冤之！

后人为梓其《衷圣斋文集》二卷、《诗集》二卷，惜诗犹非其全体。

刘光第传[①]

胡思敬

刘光第字裴村，四川富顺人也。恂谨寡交，稠人广坐中，或终日不发一言。官刑曹十余年，虽同乡不尽知其名。

以陈宝箴荐，与杨锐同日入军机。宝箴未尝与光第相见，光第亦无求于宝箴也。有华阳人乔树枬者与宝箴子三立交，时时称述光第行谊，宝箴知之，遂举以入告。

① 录自《碑传集补》。

光第勤劬耐贫，一布袍服十年不易。居恒键户吟咏，笔墨书卷外无长物。初得卿衔入参新政，首辅礼亲王生日，同僚皆有馈献，光第既无所献，又不往贺，语人曰："受爵公朝，拜恩私室，吾勿为也。"党祸发，缇骑到门，其妻方踞地浣衣，或叱之曰："汝主何在？捕者至矣！"不知其为夫人也。

光第初不与康党邪谋。曾廉之劾康有为也，谭嗣同与同班值宿，邀与联名，以百口保之，不能力拒，故及于难。

悼刘光第诗词五首

鹧 鸪 天

九日丰宜门外过裴村别业[①]

朱孝臧[②]

野水斜桥又一时，愁心空诉故鸥知。
凄迷南郭垂鞭过，清苦西峰侧帽窥。

新雪涕、旧弦诗，愔愔门馆蝶来稀。
红萸白菊浑无恙，只是风前有所思。

① 录自《近三百年名家词选》。裴村别业，系光第在丰宜门外租屋设家塾，延师教其子女的所在。

② 朱孝臧，（1882—1931）一名祖谋，字古微，浙江归安人。光绪九年（1883）进士，累官礼部侍郎。

独坐感念衷圣斋凄然有作[①]

高　枬

粹白光明一伟人，浸淫简册谢风尘。
居嫌近市深韬晦；祸至如天重累身。
谁使维新偏荐汝？徒令思旧屡怆神。
冤沉万古何由雪，吁诉苍冥听不真。

忆叔峤裴村

高　枬

应刘逝后风流尽，独立苍茫感故知！
老树空庭霜露重，月明如水夜钟时。

往年集朋辈钞衷圣斋诗副本五卷竹园持归今复寄来然亦未能刊也

高　枬

不获刊君集，于今又五年。寄来仍似旧，相对倍凄然！奇厚欲凌古，精灵必在天。乱余供一恸，膏血润黄泉！

① 录自《泸州高氏兄弟诗钞》。

舟泊汉口过武昌访傅肖岩丈座间闻刘杨事为五言哭之[①]

曾远夫[②]

鲁叟叹二贤，秦风悼三良，善人国之纪，何为轻捐伤。祸福不旋踵，悲哉刘与杨！杨也旷世姿，落笔江海长，结交满天下，心迹悬秋光；刘公古直人，内外同一方，孑身捍末流，鹤立天茫茫。顾念遂初服，盛名安可缰？挂冠会有时，圣恩沛汪洋。偶蒙岳牧荐，遂辱机务商。感激特达知，瑛瑜难剧藏。纵然触忌讳，例非人臣将？一朝挂刑网，天子救未遑。当其朝命下，举国荣天章。小臣荷殊恩，鄙窃知不祥。一言不幸中，使我心弥怆！兰艾杂然进，骈诛固其常。不谋旦夕间，遽被池鱼殃。古无终沉冤，是非理自彰。死后望昭雪，言之断人肠！平居感时艰，相见每慨慷。义气凛照人，历历宛在旁。都门别几日，一日一沧桑。噩耗武昌来，惊魂四飞扬。白日忽无色，天地为之荒。钩党及清流，群阴疑汉唐。宵人取快意，国是非所量。天下累卵形，所忧在萧墙！鲰生欲何为？一粟渺太仓。只有无穷泪，洒之江汉阳。

① 录自《半隐山房诗集》(稿本)。

② 曾远夫，名国光，字树乾，号远夫，四川威远人。光绪丁酉科拔贡，戊戌八月，由京朝考后返蜀，因六君子被害，遂绝意仕进，在家课徒以终。

略论刘光第《衷圣斋文集》钞本的文献价值[①]

张玉亮

刘光第(1859—1898),字裴邨,汉族,四川富顺县赵化镇人,维新变法时期重要人物。光绪九年(1883)中癸未科殿试二甲第八十八名进士,授刑部候补主事。任京官期间,虽生活清贫,但廉洁自律,一尘不染,敬业勤慎,政绩甚佳。公余闭门读书,不事权贵。甲午战后,见国难当头,每自忧虑,筹思救国救民之策,曾上条陈备述改革弊政、力行新政,未得上达。光绪二十四年,光绪诏授其与谭嗣同、杨锐、林旭四人四品卿衔,在军机章京上行走,参预新政。后政变爆发,军机四卿与康广仁、杨深秀先后被捕,于八月十三日(9月28日)被杀害于菜市口,史称“戊戌六君子”。先葬于四川省富顺县赵化镇,后迁葬于富顺县城五府山。

戊戌六君子中思想性格较为稳健的刘光第,历来对其研究成果并不算丰富,主要以思想倾向、诗歌创作和清廉自守、勤慎不阿的人格为研究主题,对其著述的整理,也因早在1986年就出版的中华书局版《刘光第集》已能初步满足研究需要,多年来未有学人进一步考索勾稽,仅见一些出版社借戊戌年的纪念时点,将张元济先生编纂的《戊戌六君子遗集》原样重印而已。笔者不揣浅陋,多年前即拟重新编纂戊戌六君子集,并于2018年9月出版新编《谭嗣同集》,在重新编纂刘光第著述的过程中,发现问题较多,以致未

---

① 本文系四川省社会科学重点研究基地中国近现代西南区域政治与社会研究中心项目“出版史视角下的近代人物地缘因素考察:以杨锐、刘光第为中心”(项目编号:XNZZSH1906)之成果。发表于《国学》集刊第九集,巴蜀书社2021年版。

能在戊戌年完成全部整理计划。若为分明甚,不惜所得迟。笔者认为,这样的延宕虽然错过了一些时间节点,但为尽量减少文献整理工作中的遗憾,还是值得的。

在整理过程中,笔者利用到了国家图书馆古籍馆所藏的多部刘光第诗文稿本、钞本和刊本。其中稿本《介白堂诗集》后被影印出版[①],另有《介白堂诗集》钞本一部(索书号 29728)、《衷圣斋文集》钞本一部(索书号 29724)以及刊本多部。关于这部索书号为 29728 的《介白堂诗集》钞本,与刘光第交游之杜惺斋、宋育仁以及宜宾爨氏大有关系,笔者将另文讨论,这里仅就钞本《衷圣斋文集》的文献价值略作考述。

一、《衷圣斋文集》钞本述要

《衷圣斋文集》钞本两册,墨笔行书,朱丝栏,版心有“藜光阁”三字。半叶十行、行二十五至三十字不等。末署“宜宾刘氏藜光阁传抄本”十字。

此钞本所收,与传世刊本《衷圣斋文集》(索书号 110189,署“光绪癸卯刊于宜宾,半叶九行、行二十一字,以下简称刊本)不同,与昌福公司“刘杨合刊”所收《衷圣斋文集》(昌福公司民国三年铅印本,以下简称昌福本)也有所不同。通过文字校勘笔者发现,钞本固然有一些脱漏或笔误之处,但也具有独特的校勘价值。今择要略述如下。

(一)可补刻本、昌福本脱漏之处

《赵化镇牛痘局记》

刊本未收,昌福本收,但标题下脱夹注“代”字,此夹注为钞本独有。

---

① 见陈红彦、谢冬荣、萨仁高娃主编:《清代诗文集珍本丛刊》,国家图书馆出版社 2017 年版,第 1235 种。

《隆兴寺肖普贤像序》(此篇刊本未收)

"蒋心余说",此四字夹注,昌福本无。

《后汉三十二功臣赞》(此篇刊本未收)

"有序,不能寻稿矣",此题末夹注昌福本脱。

《胡恒豫君家传》(此篇刊本未收)

"而君以善饮病遂卒,光绪元年九月二十七日也","光绪元年九月二十七日也",昌福本脱。

《户科给事中洪公墓志铭》(此篇刊本未收)

"有请立孙星衍所辑《尚书马郑注》,更请以本朝儒臣所撰经疏送国子监颁发者。公先后驳之,俱不果行",《尚书马郑注》昌福本脱"郑"字。按《清史稿》卷四八一孙星衍本传载:"星衍博极群书,勤于著述。又好聚书,闻人家藏有善本,借钞无虚日。金石文字,靡不考其原委。尝病古文《尚书》为东晋梅赜所乱,官刑部时,即集《古文尚书马郑注》十卷、《逸文》二卷。"

《诰封奉直大夫补用州同彭君子文寿序》

此篇刊本未收,昌福本无"诰封奉直大夫补用州同"十字。

《挽田母王宜人文》

"为童载之作",此题后夹注为昌福本所无。

《苦雨纪怀偶书》

"在京作",此题后夹注为昌福本所无。

《与门人唐晋渊书》

此标题昌福本作"书赠唐晋渊",丢失了唐为刘光第门人这一信息。

(二)可校订刊本、昌福本疏误之处

《曾大父家传》

"因念吾高祖卒之十二年而大父始生","十二年",刊本、昌福本作“十三年”。按下文“光第之生去吾大父之卒亦十二年”,则以钞本为是。

《赠中宪公家传》

“忽栋瓦飞堕,击去其履”,“飞堕”,刊本、昌福本作“崩堕”。揆诸文义,瓦堕而能击去其履,则以横向之“飞”字较纵向之“崩”字为佳。

“市鬻权概,出赢入缩,乡里至今传为美谈”,“美谈”,刊本、昌福本作“笑谈”。按此家传称述先辈忠厚之德行,自当以“美谈”为是。

《湖广总督张公六十寿序》

“然尝观周之盛时,召公治西方,巡行乡邑,甚得民和”,“西方”,刊本、昌福本误作“四方”。按《史记·燕召公世家》:“其在成王时,召公为三公:自陕以西,召公主之;自陕以东,周公主之……召公之治西方,甚得兆民和。”

《庆芳翁寿序》

“吾宗人率丁壮以南,隘洋畲,而不虞贼之他道掩至也”,“隘”刊本、昌福本作“溢”,似以钞本为是。

(三)重要异文

《曾大父家传》

“乱观音崖津口踏沙路行”,“乱”字,刊本、昌福本皆作“繇”。按“乱”,横渡也。《诗·大雅·公刘》:“涉渭为乱,取厉取锻。”孔颖达疏:“水以流为顺,横渡则绝其流,故为乱。”朱熹集传:“乱,舟之截流横渡者也。”南朝齐谢朓《拜中军记室辞隋王笺》:“东乱三江,西浮七泽。”

《先大母事略》

“竟得儿女成立”,刊本、昌福本作“竟得儿子成立”。

《先伯泉溪公家传》

“监课太监黄金肆虐”,“监课”刊本、昌福本作“董课”。

“思欲为世用”,刊本、昌福本作“思欲为世有用”。

“持此书定天下有余耳”,“定”字昌福本作“治”,刊本作“之”盖“治”之音讹。

《赠中宪公家传》

“宜将寿考”,刊本、昌福本作“宜得寿”。

《王太恭人家传》

“视犹子妇如宾如客”,刊本、昌福本作“视犹子妇如宾,视子妇如客”。

“既复非礼诱逼”,“复”刊本、昌福本作作“忽”。

《胡恒豫君家传》

“盛衰动感,怅触今昔”,昌福本作“盛衰感动,枨感今昔”。

《户科给事中洪公墓志铭》

“公少端嶷”,“端嶷”昌福本作“端凝”。《南史·梁哀太子大器传》:“太子性宽和,兼神用端嶷,在贼中每不屈意。”《北史·崔悛传》:“悛有文学,伟风貌,寡言辞,端嶷如神,以简贵自处。”

《湖广总督张公六十寿序》

“若卫武公年九十,犹诏国人曰:‘无以老耋而弃予’”,“犹”,刊本、昌福本脱。

《近廉刘君寿序》

“虽其得天下,龙虎功先,扼始实基此焉”,“龙虎功先”,刊本、昌福本作“龙虎功多”,并有“制先”二字连下作“制先扼始”。

《余淑人寿序》

“伤己天亲而不敢视”,“视”,刊本、昌福本作“救”。

“此其关系岂浅鲜哉”，“鲜”，刊本、昌福本作“小”。

《冯母张太宜人八十六寿序》

“族戚子姓”，“子姓”，刊本、昌福本作“子侄”。

《送陈洛君先生序》

“负英略、抱忠志”，“抱”字昌福本作“握”。

《湖州道场山重建万寿寺记》

“洞庭之云月”，“云月”，刊本、昌福本作“云木”。

“钻蚀于蚁虫”，“蚁虫”，刊本、昌福本作“蚁蠹”。

该钞本所收文章，较刊本多出一倍不止，通过对比目前所见最为完备的中华书局整理本《刘光第集》可以发现，该钞本所收，有12篇为中华书局本所未收，乃刘光第未刊文稿。

二、刘光第未刊文稿史料价值略述

（一）可补生平研究之阙

尽管有关刘光第的纪念文章、传记作品不少，但称得上严谨的刘光第生平研究成果者并不多。中华书局版《刘光第集》是迄今为止最为完备的刘光第著述整理本①，其后所附《刘光第年谱简编》较有参考价值。大连大学教授王夏刚先生《戊戌军机四章京合谱》，以合谱形式将杨锐、刘光第、谭嗣同、林旭这军机四卿的生平汇为一编，是

---

① 该书由《刘光第集》编辑组整理，中华书局出版于1986年。关于此书的得失，笔者曾略加评述：“该集的编纂特点在相当程度上可视作新中国成立初期近代人物著述出版的范式，其编纂同样是以类相从，且不惜破坏原本编次，将革命史观下最具思想价值的《甲午条陈》置于卷首，带有鲜明的时代印迹。”见拙文《指归转换与范式演进：戊戌六君子著述的出版史考察》，第二届华中学术传播论坛参会论文，收《华中学术传播论坛》第二辑，华中师范大学出版社2019年版。

目前为止研究刘光第生平材料最为丰富的著作[①]。

《刘光第年谱简编》列述刘氏生平，简明扼要，材料多出自《刘光第集》所收刘氏著述及书后所附传记资料等附录。王夏刚《戊戌军机四章京合谱》在此基础上进一步考索，从已收入《刘光第集》的致刘安怀堂书札中勾稽生平活动之线索，同时广泛搜集其他史料，对刘氏生平多所补充，如利用赵熙日记补充了刘光第京官期间与乔树楠、赵熙等人之交游，颇有参考价值，堪称刘光第生平研究最为完备之成果。

这批刘光第未刊文稿，其中一些记述涉及刘光第生平，颇可与王谱相参，且有可补其未备者。

如《敖水娃传》载："敖水娃，荣昌人，敖蛮子子。世操小舟为业。……余在简州赁水娃船，闻其说而敬之。"考刘光第往返于家乡富顺与北京之间大体有两途。水路系东出重庆，走长江，一如《南旋记》中所记自京回川之路线。旱路则自富顺北上先至成都，或走西路经乐山峨眉而至成都，或走东路经资阳、简州至成都，再行北上。刘光第著述中虽有《游嘉峨日记》和其他诗文，但途经简州的记述不多，仅见《简州舟次》诗，《年谱简编》系于光绪八年壬午(1882)，今《敖水娃传》记述自简州赁船，恰可与此诗相参。光绪八年，王夏刚先生《年谱》中记述了刘光第秋季由廪生中举，冬季北上准备来年的科举考试，而对北上行踪未有记录，此篇《敖水娃传》可作为补充。

又如《感旧记》一文，虽隐去姓名，但对乡里前辈之记述颇为生动具体：

---

① 该书2009年9月由中国社会科学出版社出版。

余成童时，即相拜识，先生时来过赵化镇，余必趋候，讨论当世人情物理，乐亲其丰采。先生亦拳拳不衰。犹记余二人往复辨难，于时先生发声如洪钟，目光闪闪过炬，髯指耳热，一语无稍假借，又怡然而笑，寂然默对久之。旁人方切切以为怪，而余此时不知余之幼，先生又宁觉先生老哉？

特别是文中记载：

岁丁丑，余读书在外，一日先生来，登堂谒余母甚恭，慰问极至，自谓“我辈老朽，无裨于世，郎君英毅有材气，必为世用，无挠其读书，转瞬沟壑昂霄矣。我辈愧死愧死”。余自念近年攻苦，全赖吾母扶病理家政，无一毫事相绊，固吾母之贤，亦先生一时之语，默启潜助而不少也。

年谱等传记资料多据刘光第《先妣述略》勾勒刘早年勤学苦读多赖其母之勉力操持家务支持、鼓励读书，对这位乡先辈的记述则为他处所无。按丁丑年为光绪三年(1877)，刘光第十八岁，并于是年完婚，此事王夏刚先生《合谱》中有记载，而文中“读书在外”云云，则是婚后即外出求学，此未为他书所道。

文末署“癸未八月廿六日金陵舟次”。癸未年为光绪九年(1883)，刘光第二十三岁，由京返乡，期间著《南旋记》。《南旋记》中是日正记“晓过金陵”①。是日日记中刘光第发思古之幽情，多有感喟，而未及己身，《感旧记》则慨念先辈，反躬自省，发出“独恨余不加进，而忝通朝籍，无以自问于心，即何以副先生殷望？每一念及，弗胜战慄。因为志于此，以当严师之督”的心声。两相对照，所见更全。王夏刚先生《合谱》于本年八月所记较详，十日“由京返

① 中华书局本作“晚过金陵”，误，详见拙文《刘光第南旋记校证》，《国学》集刊第八集，巴蜀书社 2020 年版。

乡”，十八日“浮海至沪”，“居住六日后再溯江北上”。据此篇《感旧记》及《南旋记》则可再补二十六日到达南京。

（二）可补交游研究之阙

这批刘光第未刊文稿中，有《为胡正之题主赞》一篇，文字简短，全录如下：

浊世之芸芸，而得是子。皦如日，直如矢。士林之翘也。曾不禁乎刁刁之调调，使人之意志也消。

胡正之名世杰，生平无考，虽声明不彰，但与刘光第交往密切，在刘之著述中保留了不少与胡有关的作品。

早在光绪八年，刘光第北上赴京赶考，即有《北行诗柬正之四十韵》长诗，序云：“同心离居，忽忽数载。骛逐浮名，乃有万里之别。隔岁以来，音响疏阔，为述行况，少畲饥思。”可见二人友谊深厚。又《山居怀人诗》其二咏“胡正之世杰秀才”，诗云：“玉树临风醉好春，十年灯火共酸辛。击存温伯梅花韵，绰约藐姑冰雪身。眼月习书翻白近，面潮承谏涨红新。鹤声应醒扬州梦，（君与余同梦身在扬州。）灵石三生证夙因。”此诗已曾收入刘氏诗集钞本，文字略有不同，“应醒”钞本作“唤醒”，“夙因”钞本作“幻因”。胡秀才过世，刘光第又有《哭胡正之世杰秀才二首》，其一云：“昨来犹执手，恶耗忽悲传。怪梦汝为鬼，惊呼余问天。乱书堆作塚，良玉散如烟。不竟才人用，吾才更孰怜。”其二云：“五中竟摧酒，三叹到亡琴。重以别离恨，其如规劝心。妇来无暖席，子小未成音。搜取旧文在，嗟余尚苦吟。”国图钞本中的这篇赞文，同样是借悼惜友人离世而自嗟身世，笔调沉痛，从中不仅可以窥见两人友谊之深厚，亦可见刘光第其时思想状况之一斑。

还有一位在刘光第师友交往中发挥过重要作用的人物，即刘光第同乡的同族长辈盐商刘举臣。刘举臣为富顺三多寨乡绅，出身贫寒，先在自流井行医售药，三十岁之后开始煮盐，发家后在三多寨修建了一座西式洋楼——安怀堂并定居于此。刘光第能久任京官，多得刘举臣资助，他写刘举臣、刘庆堂父子的书信，也得到很好的保存，成为研究刘光第生平、思想的宝贵史料。茅海建先生《戊戌年徐桐荐张之洞及杨锐、刘光第之密谋》，即是以刘安怀堂所存刘光第书信为史料研究戊戌变法历史的重要成果①。

在已刊《刘光第集》中，除了这批书信外，还收有《封奉政大夫刘公举臣六十暨配黄宜人五十寿序》，可以考见两家交游。而在国家图书馆所藏钞本中，有一篇《诰封奉直大夫举臣刘君五十寿文》，为中华书局本所未收。据文中自述："乙酉孟春，为君五十寿辰"，则该文作于光绪十一年乙酉（1885）。文中不仅记述了"君父天顺公，以君出继荣贵公亡子昌礼为后"、"第尝侨居其家"等研究两家生平及交往的新资料，而且在文中，刘光第对刘举臣的描述提供了六十寿序所未载的许多内容，诸如："当第在自井时，万有重大公件，渺小才日者，固夷然不计，即彊鸷有身者，亦将脱然为事外人。君独与二三急公流，昼夜筹备……"刘举臣之急公好义跃然纸上。同时，刘光第进一步指出："使今天下食朝廷之禄，逃闲局外，与夫贪诈婾郁，苟图利禄者，闻君之风，而惕息，而汗僵，而皆兴起焉，未必非摩钝厉俗之教也。独惜君以乡人老耳。脱令出身加氏，为圣天子挟内地、绥远人，其尽心王事，鞠躬竭力，不当与古大臣同风并流，彪炳万禩哉？"前半段抨击了当时官场贪图利禄而逃闲局外的普遍风气，后半段惜其未能出而为官济世，与六十寿序中"安得如

① 刊于《中华文史论丛》2007年第4期。

君者厕枢府,或充封疆吏令”以厉精淬神、振兴刮刷的愿望如初一辙,如再联系刘安怀堂所藏书札中为刘氏探听封赠官诰之政策、价格的记述,则可对“乡贤资助—京官回馈”的交往模式有更具体可感的认识。

(三)可补思想研究之阙

在中华书局本《刘光第集》中,收有三通写给其弟的书札,分别为《上海与华弟书》《宜昌与华弟书》《京师与厚弟书》,而在国图钞本中则录存了另外一通《在省与华弟书》,夹注“辛巳三月”,则当写于光绪七年(1881)辛巳三月,其时刘光第二十二岁。而据书信中劝勉之语“时乎不再,忽忽已十九龄矣”,则华弟之生年亦可考见。此书更重要的价值在于对此时刘光第的为学与思想颇多记述,这位仅长三龄的兄长在与弟弟分享读书心得时说:“至于读经而外,不必多看杂书,总择其有益于身心德性世道人伦者,潜心玩之,当自有得。”又在教导华弟修身时说道:“总须识得人之所以为人者安在,由是得汰其气质之偏,以循合乎义理之正,一言一动,俱不可苟,存心既正,种子便先不坏矣。然后充之以学问,成大成小视乎其量,要不失为一个好人而已。”刘光第特地提醒其弟,四书五经与诗文的取舍:“故弟今日读书,吾不望弟能诗能文,但望弟谨言、敏事、养心。在馆之中,可以一年不作诗文,不可一日不读四书五经。”其价值取向,彰明较著。

这批未刊文稿中,对刘光第的阅读趣向,也有所记述,如前述书信中对“宋五子书”的推崇。按五子指北宋著名理学家周敦颐、邵雍、张载、程颢、程颐,他们对中国古代哲学思想的发展起了重要作用。又如《敖水娃传》中出现的“三鱼堂文”。按陆陇其(1630—1692)字稼书,浙江平湖人,清代著名理学家。学术专宗朱熹,排斥陆王，被清廷誉为“本朝理学儒臣第一”，与陆世仪并称“二陆”。乾隆元年（1736）追谥清献，加赠内阁学士兼礼部侍郎衔，从祀孔庙。著有《困勉录》《读书志疑》《三鱼堂文集》等。由此可见年轻时的刘光第在思想倾向上的成长过程。

刘光第诗文写本管窥
——“后写本时代”文学出版与传播的个案研究[①]

张玉亮

刘光第（1859—1898），字裴邨，汉族，四川富顺县赵化镇人，维新变法时期重要人物。光绪九年（1883）中癸未科殿试二甲第八十八名进士，授刑部候补主事。任京官期间，虽生活清贫，但廉洁自律，一尘不染，敬业勤慎，政绩甚佳。公余闭门读书，不事权贵。甲午战后，见国难当头，每自忧虑，筹思救国救民之策，曾上条陈备述改革弊政、力行新政，未得上达。光绪二十四年，光绪诏授其与谭嗣同、杨锐、林旭四人四品卿衔，在军机章京上行走，参预新政。后政变爆发，军机四卿与康广仁、杨深秀先后被捕，于八月十三日（9月28日）被杀害于菜市口，史称“戊戌六君子”。先葬于四川省富顺县赵化镇，后迁葬于富顺县城五府山。

---

① 本文系四川省社会科学重点研究基地中国近现代西南区域政治与社会研究中心项目“出版史视角下的近代人物地缘因素考察：以杨锐、刘光第为中心”（项目编号：XNZZSH1906）之成果。本文曾参加第三届华中学术传播论坛论坛，承张三夕教授提供宝贵意见，特此致谢。

戊戌六君子中思想性格较为稳健的刘光第，历来对其研究成果并不算丰富，主要以思想倾向、诗歌创作和清廉自守、勤慎不阿的人格为研究主题，对其著述的整理，也因早在1986年就出版的中华书局版《刘光第集》已能初步满足研究需要，多年来未有学人进一步考索勾稽，仅见一些出版社借戊戌年的纪念时点，将张元济先生编纂的《戊戌六君子遗集》原样重印而已。笔者不揣浅陋，多年前即拟重新编纂戊戌六君子集，并于2018年9月出版新编《谭嗣同集》，在重新编纂刘光第著述的过程中，发现问题较多，以致未能在戊戌年完成全部整理计划。但据以开展整理工作的一批刘光第诗文写本，使笔者颇受感触。今从文学出版与传播角度，对这批写本进行初步研讨。

一、写本、后写本时代与刘光第

写本，是文献学和出版史两个研究领域都颇为关注的研究对象。在前一领域，研究者对于建立区别于刻本时代文献学的写本文献学的呼声日益高涨，并取得了一系列成绩。在后一领域，陈静教授关于汉唐出版史特别是佣书的研究，或从传播学视角对抄本的传播特征进行整体性勾勒[①]，或对敦煌诗歌、《世说新语》等进行个案研究[②]，或从厘清概念入手、提出本学科对“抄本”“写本”术语采择的建议[③]，取得了可喜的收获。稍微令人感到遗憾的是，两个

---

① 参见《佣书与抄本传播》，《出版科学》2011年第5期；《书籍史研究中的传播视角———以抄本研究为例》，《济南大学学报》2011年第5期。

② 参见《敦煌诗歌写本的传播特征及其形成原因》，《首都师范大学学报》（社会科学版）2013年第3期；《中国抄本时代的书籍出版特征——以《世说新语》的出版为例》，《出版科学》2013年第1期。

③ 参见《“抄本”“写本”与汉唐出版史研究》，《中国出版史研究》2015年第1期。

研究领域虽然都对写本、对书籍史保持高度关注，也从各自角度进行研究并取得成果，但互相之间的观照还略显不足。陈静《“抄本”“写本”与汉唐出版史研究》辨析“抄本”“写本”两个术语，从考镜语词源流入手，也关注到文献学界对这两个术语的使用情况，并列举了张舜徽、王欣夫、杜泽逊、洪湛侯、陈宏年等多位文献学家论著中的术语使用，已算得对文献学领域关注颇多。但可惜的是，发表于2015年的这篇论文，对童岭在四年前发表的《“钞”“写”有别论——六朝书籍文化史识小录一种》未加注意①，若能结合这一在文献学界影响颇大的文章讨论，对此的研究将更加深入。当然，这也不能苛责于学人，即便在文献学界内部，童岭教授此文所依托之论题“钞写有别”，也是早在民国期间就由吕思勉先生提出②，只是一直未得到足够重视。由此可见，跨学科研究还需要不同领域的学者继续共同努力。这也是本文不揣浅陋进行尝试的初衷。

在整理“戊戌六君子”之一刘光第的著述的过程中，笔者接触到一批刘光第诗文写本，这里既有出自刘氏本人的稿本和抄本，也有出自其友人的抄本，具有相当的研究价值。故冒昧草成小文以就教于方家。

与前引两位学者细致入微的概念辨析不同，为行文方便，本文使用的“写本”概念，指以书写的方式形成的文本，包括稿本、清稿本、抄本。而为区别于前述两位为代表的学人措意的“汉唐”“六朝隋唐”这一“写本时代”，笔者采用“后写本时代”，用来指代与写本

---

① 该文首刊于《汉学研究》第29卷第1期，后收入《六朝隋唐汉籍旧钞本研究》，中华书局2017年版。

② 吕思勉在论两晋南北朝学术时屡次三番地强调：“钞字之义，今古不同。今云钞者，意谓誊写，古则意谓摘取。故钞书之时，删节字句，习为固然。”

时代有所关联但又有所区别，在刻本时代到来乃至铅印、石印等技术业已传入的晚清时期的写本。在出版史上，这一时期的写本以怎样的姿态存在、发展，在雕版印刷、石印、铅印并行的时代承担了怎样的功能，以往学者关注较少。本文正是以此为焦点，试图通过个案研究，粗略勾勒晚清写本对于文化传播特别是文学传播的独特作用。

以刘光第著述写本为研究对象，也不是实际承担文献整理任务的偶然选择。刘光第其人对于研究晚清时期文学出版与文学传播有一定的特殊意义。

首先，即便是在革命史观叙事下作为中国近代史“三大高潮八大事件”的戊戌变法中，刘光第也绝对算不上一个耀眼的人物。同为戊戌六君子，谭嗣同以其鲜明的性格、特殊的身份（晚清四公子之一）和传世的思想著作经典《仁学》，吸引了大部分学人乃至普通民众的注意力；林旭也因为其福建同乡陈衍是晚清诗坛重要的评论家，其《石遗室诗话》影响巨大，卷中不乏对林旭诗篇之称引，故此颇有诗名，其《晚翠轩集》版本不少①；杨锐则因与晚清重臣张之洞的密切联系，也得到学者的一定程度关注；康广仁则因是“南海圣人”“教主”康有为之弟，也有一定知名度和关注度。而刘光第在其中可以说是最没有存在感的一位。但也正因如此，他的代表性更强一些，具体说来，其著述的刊行更能反映当时一般知识分子的文化面貌、人脉资源、审美趣味等。

其次，刘光第虽然声名不彰，但文学创作水平却绝非等闲。在

① 参见周美玲《林旭晚翠轩集版本研究》，该文初刊于《美与时代》2016 年第 8 期时有所删节，后收入新编戊戌六君子集之《戊戌四子集》，浙江古籍出版社 2019 年版，第 455 页。

汪辟疆的《光宣诗坛点将录》中，刘光第被点为“天异星赤发鬼刘唐”，身为步军头领第三，位次在金和、黄遵宪之后，尚在丘逢甲、易顺鼎之前。杨达均《摅怀斋诗话》云：“余于近代人诗每喜搜览，然恒少称意者，散原诗之外，有富顺刘光第《介白堂诗》，亦为一时杰作。散原以古奥雄奇胜，介白堂则以清新俊逸胜也。”胡先骕在《评刘裴村介白堂诗集》亦云：“予独以为刘裴村之《介白堂诗》，不但为六家之冠，近世亦鲜有能过之者。”[①]对于这样一位在晚清诗歌史上有重要地位的诗人，其文学创作、出版的过程无疑具有相当的研究价值。

再次，刘光第虽然在戊戌六君子中人脉并非最广，但很有特色。虽然时人和后人的回忆文字中记录他性耿介、不事交游，但其实他的关系网中还是有不少晚近名人，如晚清诗坛西蜀派执牛耳者赵熙，被誉为近代四川开眼看世界第一人的宋育仁，近代著名篆刻家乔大壮之祖父、曾参与修建川汉铁路并提携刘鹗与罗振玉的乔树楠等。在现存刘氏诗文集写本中，保留了大量反映其交往的信息，颇具史料价值。

二、刘光第诗文写本情况及其内容

现存刘光第诗文写本有如下几种：

《古愚室诗钞》，绿格，四十五叶，半叶八行、行约二十八字，墨笔草书，有墨笔圈点及勾抹涂乙，当是手稿本。后有无格纸半叶。现藏富顺县档案馆，有影印本，见《刘光第手稿及研究》，四川人民出版社2015年版。

《裴邨诗钞》上部，无行格，二十二叶，半叶八行、行二十一字，墨笔

① 参见汪辟疆撰、王培军笺证《光宣诗坛点将录笺证》，中华书局2008年版，第371—376页。

颜体楷书,天头有行书"刻"字,当是预备付梓之清稿本。有朱笔、墨笔圈点,有改动,有墨笔评语。现藏富顺县档案馆,有影印本,见《刘光第手稿及研究》,四川人民出版社2015年版。

《裴邨诗钞》下部,绿格,四十二叶,半叶八行、行二十一字,墨笔欧体楷书,天头有行书"刻"字,当是预备付梓之清稿本。有朱笔圈点,无改动,无墨笔评语。现藏富顺县档案馆,有影印本,见《刘光第手稿及研究》,四川人民出版社2015年版。

《介白堂诗稿》,无行格,十七叶,半叶十一行、行二十八至三十字,墨笔行草,有墨笔圈点及勾抹涂乙,当是手稿本。天头有评语。现藏国家图书馆,有影印本,见《清代珍惜稿抄本丛刊》,国家图书馆出版社2018年版。

《介白堂诗集》,红格,钞本二册,上册八十三叶、下册三十叶,半叶九行、行二十一字。墨笔行楷,有墨笔圈点。天头、行间皆有评语,量颇多。上册卷末署"廿六年六月一日爨颂生先生赠送",下册卷末署"清光绪间宜宾爨氏传抄本"。现藏国家图书馆古籍馆,索书号29728。

《衷圣斋文集》,朱丝栏,钞本二册。墨笔行草,半叶十行、行二十五至三十字不等,版心有"藜光阁"三字。末署"宜宾刘氏藜光阁传抄本"十字。现藏国家图书馆古籍馆,索书号29726。

这批写本保留了丰富的出版史信息,特别是其中的点评。这些点评分布在页面天头、篇首题后、篇末以及正文字里行间(即夹评),有的无点评者署名,有的署名,署名有宋、芸子、杜、惺斋、城南、国宾等。一些未署名的评语从口气可判断为作者刘光第自评①。评语的内容主要有以下几个方面:

① 这在其律赋稿本中也可以得到印证,其中也保留了大量评语,有"自记"字样。

（一）修改

保存下来的这批写本，特别是稿本中，含有大量的字句修改。这些修改体现了作者在文学创作过程中的斟酌与锤炼。

比如七言古诗《洋芍药感赋》，其中有句云："仙人楼阁见分明，片片红波美清浅。中原芍药占春浓，何意海邦争妙选。"在《古愚室诗钞》本中就修改为："蛮花犵藤纷糅间，倭粉彝红杂深浅。中原仙药带春遥，流落海邦争妙选。"同诗又有句云："红冰镂雕罗粤馆，珠露摇曳滴吴艑。"此二句在《古愚室诗钞》本中改为六句："自从异种入中华，争使芳群避恇偄。过海时杂朝鲜参，隔岁犹黏吕宋藓。琼风蒸灼生夷舶，珠露摇曳滴吴艑。"

还有一些修改，可以清晰看出是经过点评后吸收意见后的产物。如五律《庚寅五月京师大雨水》其七尾联云："病深今在髓，还愿越人穷。"前句国图钞本作"病今在骨髓"，有夹评曰："句滞。"改后则确实避免了句法直白板滞之憾。

（二）甄选

作者生前编订著述，往往不愿不成熟的作品传世，故此在刊行之前严于取去，大加删汰，仅保存最能代表水平的作品。若轻易付梓，则有悖"敬惜字纸""爱惜羽毛"的文化传统，甚至遭到"灾梨祸枣"之讥[①]。在刘光第诗文写本中，不少作品天头批注"刻"，有的则作有"写在后"或删除的三角标记。从中可以看出，在以文学创作交流为指归的出版活动中，删是比较主要的特点。

当然，在友人传阅点评时，对于作品的取舍，会出现一些不同

① 可参见拙文《指归转换与范式演进：戊戌六君子著述的出版史考察》中所论列之杨深秀、林旭诗集序跋及相关记载，《华中学术传播论坛（第二辑）》，华中师范大学出版社 2019 年版。

的意见。如七律《送宋检讨育仁充英法等国参赞》六首的篇首天头处,有一条评语曰:“遣使为国家一大事,奉使为友朋一生所罕有,题甚大而才力足以副之,此可传也。”评者认为本诗主题关乎国家大事、又系友人生平罕见之际遇,从题材上具有重要意义,而作品本身的艺术水平也相当出色,因此提出了不同于“应酬之作不足存”这一传统观念的意见。另外一组七律《送杨挺之志立之官溧阳》四首,篇首也有评语曰:“此诗亦可存,无庸删。”其第二首之颔联云:“小宋醉骑红树上,子云笑倒绿樽旁。”城南评曰:“二语记朋友小事,亦宜存。”也表达了对甄选作品标准的不同看法。

(三)评论

关于作品的创作技巧和艺术效果的评价与探讨,是这批写本中评语的主要内容。这类评论又大体有如下几类:

1. 对作品艺术风格或效果的评价。如七律《峨眉山麓》篇末评曰:“有扶疏朴老之致。”又如七律《秋江怨别》篇末有城南评曰:“在京寄内一首,不如此首之感人也。一明说,一暗寓也。至诗之绵丽浑成,亦高于寄内一首也。”

2. 类比于古代诗人或作品。如《夜坐》五古首句:“冥色忽然堕,飞月投我前。”评曰:“起二句似太白。”同诗结篇:“候稽意已引,节往兴能还。坐览元化流,运之方寸间。”评曰:“颇似《选》诗。”《接引殿》五古篇末评曰:“此首遒丽处颇近明远。”

3. 具体技法的分析。如《夜坐》诗末评曰:“句句转换,亦五言句中跌宕者也。”又如《清音阁》五古句云:“回林与杳嶂,宛转分碧落。”评曰:“‘回林’十字插放得好。”同诗句云:“虚深得琴理,喷薄腾诗谑。”评曰:“对句中作转,法从谢客来。”

4. 创作者自己的夫子自道和直抒胸臆。如七律《金刚台》颔联云:“九叠屏风回日月,一螺苍翠见东南。”有作者关于此句的自白曰:“前人言峨眉绝顶天气晴明时,望见东南遥青一点,即是后山,纷纷相传,余未之能信也。”又如七律《携筑弟自成都归感赋》颔联云:“身似客来知母喜,家成旅寄见人生。”作者自加评语曰:“真情真景,如今不堪复忆矣。”

三、刘光第诗文写本的特点与学术价值

(一)刘光第诗文写本的特点

1. 主体多样,角度丰富

在录存的评语中,既有友人如宋育仁、杜惺斋等人的评语,又有刘光第自己的现身说法,又有转述他人之评价。如七律《古化成寺》颔联云:“到来云树生竽籁,上去烟萝挂石扉。”刘光第自评曰:“我爱下句写荒山景,然亦须上句衬托乃更妙。”又如七律《老松》颔联云:“灵气得天成虎魄,古心阅世脱龙鳞。”此联有评语曰:“澂弟赏此二句。”

2. 破除情面,直指问题

虽是友人之间的传阅评点,但评点者并非一味地夸奖赞许,对于一些作品的不足之处,也破除情面、直言不讳。比如五言律诗《罗汉寺》颔联、颈联云:“小桥存古树,远水见渔楂。战迹愁烽火,名心澹佛花。”宋育仁评曰:“中四联微嫌并脚。”五律《君子石》首联云:“傲气满天下,鞠躬能几时。”宋育仁评曰:“一起意深,而语嫌着相。”五律《悯忠寺》颔联云:“英雄无起日,空色有诸天。”宋育仁夹评曰:“二字未炼结。”

3. 互动性强,交锋碰撞

五律《碧云寺溪桥》颔联云:“古寺满京国,好溪无石桥。”夹评

曰:“直而无曲,体便少味。”天头评语则曰:“好溪五字倒句,尚不嫌直。”七律《由八十四盘阅沉香塔天门石诸胜渐达山顶》颈联云:“从来福地能遗世,上到名山转忆家。”对于其中“上”字,有评语提出疑问:“此字更为‘已’字可否?”后有解释云:“已则游山事毕,可以返矣。‘上’字最浑成。”又如七律《龙门峡》颈联云:“飞流远过康王鼓,记里曾言范石湖。”夹注曰:“记里事未详,待问。”关于读到友朋诗作中自己不熟悉之典故,先记录下来以便日后求教明白后再加以赏评,体现了较强的互动性。

(二)刘光第诗文写本的出版史价值

一方面,刘光第诗文写本是研究文学出版的第一手资料。

汪辟疆认为清末民初诗歌创作是中国诗歌史上的又一个高峰,晚清文坛名家辈出,流派纷呈,作品也汗牛充栋,为文学史的研究提供了丰富的素材。但传世的多为定本形态的作品本身,能够反映文学的创作过程、修改过程、出版过程的史料并不多见,且大多分散于诗话和传记性文字中,漫无统系。刘光第诗文写本虽仅为单人著述,但其中既有稿本,又有清稿本,还有供友人传阅、研讨、交流的传抄本。目前可见最早的刘光第诗文刊本,为光绪癸卯年(1903)宜宾刊本,其中有识语曰:

> 右裴邨刘先生诗二卷,吾师杜先生之所次也。诗旧分四体,自题衷圣斋。先生殁后,乡人在京者传迻写之,盖先生所尝用以示人者也。吾师初得写本后,自其家取所有真草诸本以校,大抵同,以为此先生所手定,过去非宜,乃用编年之法比之,而易之曰“介白堂”云。鉴窃闻之人,先生尝曰:“余与杜某论诗最合,他人不能及。”吾师与先生交最深,论诗又最合,其为订其遗诗,固先生之志也。独惜昊天不吊,写录未成,哲人

遂殒，其意旨无由达之人人为可喟也。九原可作，吾将起吾师而问之。光绪癸卯三月爨心鉴识。

这段识语为我们描述了刊本的由来，此识语的作者爨心鉴，正是国图藏《介白堂诗集》钞本的传抄者宜宾爨氏。从中也可看出前本之来历。不过值得注意的是，虽然识语中说写本为“先生所手定，过去非宜”但实际上此刊本仅存诗251题，较各写本保存之数为少。而此刊本亦有他本未见者，如五古《偕隐斋》，刊本有爨心鉴所加按语：“此诗为写本所无，故杜先生编次时亦不及。鉴从他草本得之，以其骨力气味与前无异，仍复录之。亦以见先生自为去取之严云。”可见此刊本之前写本、“草本”等丰富版本之间的复杂关系。

刘光第诗文写本，使稿本和刊本之间的文本系统保存得较为完善，处于不同环节、承载不同功能的版本串联起来，可以相对清晰、完整、系统地反映了从手稿本到传抄本到清稿本到刊本的创作出版过程，不仅篇目辑佚、异文校勘等方面具有极高的文献学价值，而且是难得的出版史料。

另一方面，刘光第诗文写本也是研究文学传播的重要资料。

一般认为，文学作品的创作过程不在传播研究范畴之内，或者说，文学作品在创作最终完成、定本出版后才得以传播。但通过对刘光第诗文写本的初步考察可以发现，不同于学术著作对真的追求，文学作品对美的追求，使其创作过程更为复杂，作者的修改完善使文学作品在常规意义上的“定本”的传播以外，还有一个“前传播”过程。

作者在正式刊行之前，还会进行修改完善，通过与友人考校艺术之得失、斟酌篇章之去取，以使作品最终呈现出更好的面貌。笔者以为，最终刊定之本，虽然也起到“以广其传”的横向传播的目的，但在相当程度上也有纵向传承维度的保存目的。而在作品修改完善过程中广泛征求友人意见，也应视为一种传播，而且由于传阅范围多为与此作品相关性颇高的受众，故此可视为“前传播”。这种“前传播”是一种更具有针对性和有效性的垂直化传播，其传播对象、传播目的、传播效果都具有鲜明特点，值得深入探究。如果我们承认其具有研究价值的话，那么，以刘光第诗文为代表的写本系统，无疑是丰富、拓展文学传播研究的重要资料。

结　语

这批写本产生的年代，是雕版刊印技术高度成熟、石印与铅印技术传入中国并大行其道的时期，在技术路径选择如此多样的情况下，写本仍然承担着重要的作用。特别是在所出版的内容为文学作品时，这种作用越发显得特殊而重要。关于文学的功能，我国古代有“兴观群怨”之说。“诗可以群”，直接揭示了文学创作活动本身的社交功能①。这种社交、联谊功能，形成了独具特色的文学活动形态和作品形态，如唱和、联句、雅集、诗社等。基于这种社交功能的文学出版和传播，比起“藏之名山传之后世”的出版传统来，更重视即兴、写意、真切、直接，互动性更强。因此，写本仍然承担起重要使命，并未被新技术取代。时至今日，在对近代文献特别是文学文献的辑佚工作中，书画作品上题写的作品，如题画诗、联语等，仍然是重点和难点之一。而一件名流荟萃、唱和颇众的长幅手卷，其实也可看作一个主题或一次活动为中心的写本。写本的时

① 吴承学、何志军：《诗可以群——从魏晋南北朝诗歌创作形态考察其文学观念》，《中国社会科学》2001 年第 5 期。

代虽已一去不返，但后写本时代里，写本在文学出版与传播中的作用仍不可低估。

如果再将视角进一步放开，还可将写本与特殊时期“手抄本”以及目前网络文学联系起来观照。由于特殊时期的出版活动基本停顿，难以满足读者的阅读需求，“手抄本”应运而生，在一定程度上满足了特定读者（“手抄本”读者的需求、心态有相当的特点，可以说是一个特征鲜明、颇为封闭的小圈子）的需求，这种需求不仅仅是以手抄代替铅字排印的技术，也包括传抄过程中发生的更贴近读者阅读趣味的文本变异，这种文本变异恰恰体现了写本形态不稳定性的另一面——对包容、吸纳读者反馈后进行修改提供了足够的便利①。这虽然是极端环境下的产物，但也从一个侧面体现了写本在特定读者范围内传播的优势与特点。而网络文学创作活动的互动性，诸如读者可以通过赞赏、点击影响作者的创作进度乃至走向，更是一个鲜明的例子。其实早在报刊纸媒时代，就有因读者反馈而影响已刊作品情节修改的案例。金庸的名作《神雕侠侣》初刊于 1959—1961 年的《明报》。在初刊本中，女主角小龙女本已身中剧毒无法医治，但发表后读者反对呼声十分强烈，最后作者迫于读者压力才改为服食寒潭白鱼慢慢化解、十六年后重见于绝情谷底。由此可见，以写本为代表的“未定本”，在文学出版与传播中其实也发挥着重要作用与功能，值得深入探讨。

以上就刘光第诗文写本展开讨论，通过梳理其主要内容及特点，试图发掘写本之于文学出版与传播的独特作用。如能进一步结合文献学界的对写本文献特殊性的研究成果、学习其研究方法，

---

① 参见刘虹：《“文革”时期中国另类传播研究——以“文革”手抄本为例》，辽宁大学硕士学位论文，2015 年。

出版史研究当仍有更为广阔的空间。本文仅仅是一个并不成功的粗浅尝试,期待更多的出版史与文献学研究者加以关注、通力合作。

出版史视角下的近代人物地缘因素考察:以杨锐、刘光第为中心①

张玉亮

出版史是一门学科交叉处的学问,目前近代史领域多从知识叠代、文化交互等角度着眼②,而编辑出版学领域则以技术革新、媒介变迁及其社会功能为热点③。近代人物研究则仍以一线的知名人物为主,虽略有扩充,也大都集中在近代史上位高权重的高层人物④。以上成果从书名即可见端倪,学者多从大处着眼,要人研究、宏观观照较多,且更关注政治史和传播史。对一些在近代史上也发生过较大影响的重要人物特别是相互关系之考察,则着力不多,从地缘关系、区域研究切入者相对不多。

一百二十多年前的戊戌政变时,以慈禧太后为首的封建顽固派大肆捕杀维新党人,维新志士谭嗣同、康广仁、林旭、杨深秀、杨

---

① 本文系四川省社会科学重点研究基地中国近现代西南区域政治与社会研究中心项目“出版史视角下的近代人物地缘因素考察:以杨锐、刘光第为中心”(项目编号:XNZZSH1906)之成果。本文曾参加第四届华中学术传播论坛。

② 如论文集《晚清民初的知识转型与知识传播》、曹南屏《阅读变迁与知识转型——晚清科举考试用书研究》。

③ 如台湾苏精先生的《铸以代刻——十九世纪中文印刷变局》等。

④ 如马忠文《荣禄与晚清政局》、谢俊美《翁同龢人际交往与晚清政局》等。

锐、刘光第六人于1898年9月28日(旧历八月十三日)在北京惨遭杀害,史称“戊戌六君子”。值得注意的是,戊戌六君子中,有两位来自四川。本文聚焦杨锐、刘光第两位来自四川的维新志士著述的出版情况,通过其著述生前身后出版历程中宜宾爨氏、泸州高氏等川内家族以及张之洞、高凌霨等清末民国重要人物在刘杨著述刊行中作用的梳理,探讨地缘因素在重要人物的著述刊行、社会评价与形象构建中所发挥的作用。

一、刘光第、杨锐及其著述刊行情况

刘光第(1859—1898),字裴邨,四川富顺人。早年就读于成都锦江书院。光绪九年(1883)中进士,授刑部候补主事。任京官期间,虽生活清贫,但廉洁自律,敬业勤慎,政绩甚佳。公余闭门读书,不事权贵。

杨锐(1855—1898),字叔峤,四川绵竹人。早年就读于成都尊经书院,受时任学政张之洞赏识,被列为院中翘楚“尊经五少年”之一。后入张之洞幕多年。光绪二十一年(1895)参与发起强学会。光绪二十四年(1898)创立蜀学会,参与著名的戊戌变法。

戊戌六君子被害后,其已刊著作被查禁,以致章太炎在政变三四年后都很难找到谭嗣同的诗文集。而此前未刊的著述,在很长时间内得不到公开出版的机会,散失不在少数。直到光绪二十九、三十年慈禧七十寿诞之际,维新党禁才有所放开,刘光第诗文集的刻本,也正是在此背景下开雕问世的。此后直到民国初年,有了成都出版的活字排印本《刘杨合刊》,以及出版重镇商务印书馆推出的《戊戌六君子遗集》。

目前所能见到的刘光第、杨锐著述,有如下几种:

（一）刘光第诗文写本

笔者在《后写本时代的文学出版与文学传播：刘光第诗文写本管窥》一文中，集中探讨了存世的几种刘氏诗文写本，主要有：

《古愚室诗钞》，绿格，四十五叶，半叶八行、行约二十八字，墨笔草书，有墨笔圈点及勾抹涂乙，当是手稿本。后有无格纸半叶。现藏富顺县档案馆，有影印本，见《刘光第手稿及研究》，四川人民出版社 2015 年版。

《裴邨诗钞》上部，无行格，二十二叶，半叶八行、行二十一字，墨笔颜体楷书，天头有行书"刻"字，当是预备付梓之清稿本。有朱笔、墨笔圈点，有改动，有墨笔评语。现藏富顺县档案馆，有影印本，见《刘光第手稿及研究》，四川人民出版社 2015 年版。

《裴邨诗钞》下部，绿格，四十二叶，半叶八行、行二十一字，墨笔欧体楷书，天头有行书"刻"字，当是预备付梓之清稿本。有朱笔圈点，无改动，无墨笔评语。现藏富顺县档案馆，有影印本，见《刘光第手稿及研究》，四川人民出版社 2015 年版。

《介白堂诗稿》，无行格，十七叶，半叶十一行、行二十八至三十字，墨笔行草，有墨笔圈点及勾抹涂乙，当是手稿本。天头有评语。现藏国家图书馆，有影印本，见《清代珍稀稿抄本丛刊》，国家图书馆出版社 2018 年版。

《介白堂诗集》，红格，钞本二册，上册八十三叶、下册三十叶，半叶九行、行二十一字。墨笔行楷，有墨笔圈点。天头、行间皆有评语，量颇多。上册卷末署"廿六年六月一日爨颂生先生赠送"，下册卷末署"清光绪间宜宾爨氏传抄本"。现藏国家图书馆古籍馆，索书号 29728。

《衷圣斋文集》，朱丝栏，钞本二册。墨笔行草，半叶十行、行二十五至三十字不等，版心有“藜光阁”三字。末署“宜宾刘氏藜光阁传抄本”十字。现藏国家图书馆古籍馆，索书号 29726。

这些写本保留了大量的点评，主要分布在页面天头、篇首题后、篇末以及正文字里行间（即夹评），有的无点评者署名，有的署名，署名有宋、芸子、杜、惺斋、城南、国宾等。也有不少是刘光第自评。对于这些评语的出版史价值，笔者别有考论，此不赘述。

（二）刘光第诗文刻本

《介白堂诗集》二卷，为目前可见最早的刘光第诗文公开发行的本子，光绪癸卯年（1903）宜宾俪峰书屋刊本，其中有识语曰：

> 右裴邨刘先生诗二卷，吾师杜先生之所次也。诗旧分四体，自题衷圣斋。先生殁后，乡人在京者传逡写之，盖先生所尝用以示人者也。吾师初得写本后，自其家取所有真草诸本以校，大抵同，以为此先生所手定，过去非宜，乃用编年之法比之，而易之曰“介白堂”云。鉴窃闻之人，先生尝曰：“余与杜某论诗最合，他人不能及。”吾师与先生交最深，论诗又最合，其为订其遗诗，固先生之志也。独惜昊天不吊，写录未成，哲人遂殒，其意旨无由达之人人为可喟也。九原可作，吾将起吾师而问之。光绪癸卯三月爨心鉴识。

此识语的作者爨心鉴，正是前述国图藏《介白堂诗集》钞本的传抄者宜宾爨氏。从中也可看出前本之来历。不过值得注意的是，虽然识语中说写本为“先生所手定，过去非宜”，但实际上此刊本仅存诗 251 题，较各写本保存之数为少。而此刊本亦有他本未见者,如五古《偕隐斋》,刊本有夔心鉴所加按语:“此诗为写本所无,故杜先生编次时亦不及。鉴从他草本得之,以其骨力气味与前无异,仍复录之。亦以见先生自为去取之严云。”

此外,尚有《衷圣斋文集》(国图索书号 110189),署“光绪癸卯刊于宜宾”,半叶九行、行二十一字,行款与前之《介白堂诗集》同。此本较前述之国图钞本,刊落文章 12 篇,笔者曾撰文《略论刘光第衷圣斋文集钞本的文献价值》予以揭载,此不赘述。

(三)《蜀秀集》所载杨锐诗文

《蜀秀集》九卷,谭宗浚辑,清光绪五年(1879)成都试院刻本。此本为继张之洞担任四川学政的谭宗浚纂辑,尊经书院监院张选青校印。全书共九卷,卷一至三为经学小学,卷四为史,卷五为文,卷六至七为赋,卷八至九为诗。本书系从四川全省学校和书院生员的上千篇作品中遴选,其中尊经书院诸生被选达 32 人,作品数量占一半以上,为“19 世纪一部四川知识分子的学术著作和文学创作总集”,“堪称研究近世蜀学的一部重要文献”①。

此本中录存杨锐于尊经书院求学时的诗文作品多篇,后来刊行的《说经堂诗草》《思旧集》中所收《说经堂诗录》,以及《刘杨合刊》中《杨叔峤诗集》《杨叔峤文集》等本,诗集之上卷皆不出此本藩篱。《杨叔峤文集》还刊落《蜀秀集》中专论文字学的《秦汉碑篆文考》一文,殆以铅字排印,篆文字模制作不易有关。

(四)杨锐《说经堂诗草》与《说经堂诗录》

《说经堂诗草》,二卷,国内多家图书馆有藏,然著录简略,仅言“光绪刻本”。此本前无牌记、序跋,后无校刻者姓名等,殊难考索。

---

① 屈守元:《蜀秀集跋》,《文史杂志》1996 年第 5 期。

上卷为尊经书院学生时代作品，较《蜀秀集》中所收者有所缺略；下卷为游宦时期诗作，北京、武汉、广州等地，游踪所到，莫不有作。

《说经堂诗录》，收入《思旧集》中，民国十七年戊辰(1928)天津高凌霨苍桧簃刻本。是书为张之洞怀念平生友人所辑，收录其知交好友、得意门生等著述而成。此本所收《说经堂诗录》与《说经堂诗草》大体相当，文句略有不同。

(五)《刘杨合刊》

《刘杨合刊》，民国三年(1914)昌福公司铅字排印本。此本汇集刘杨二家著述，流传甚广，新中国成立后《续修四库全书》所收即此本[①]。前有沈宗元癸丑(民国二年，1913)《刊缘》和《校余》各一篇。

(六)张元济主持的《戊戌六君子遗集》

是书为商务印书馆编译所所长张元济主编，民国六年丁巳(1917)铅字排印本。张元济(1867—1959)号菊生，浙江海盐人。清末中进士，入翰林院任庶吉士，后在总理事务衙门任章京。戊戌政变爆发后被革职永不叙用。1902年，进入商务印书馆历任编译所所长、经理、监理、董事长等职。新中国成立后担任上海文史馆馆长，继任商务印书馆董事长。《戊戌六君子遗集》所收刘杨著述，以刻本《介白堂诗集》《衷圣斋文集》《说经堂诗草》所收为主。

二、刘杨著述刊行的地缘因素

(一)刘光第的川南至交：杜氏、爨氏与俪峰书屋

宜宾地处云贵川三省结合部，金沙江、岷江、长江三江交汇处，

---

① 见《续修四库全书》集部第1568册，上海古籍出版社2002年版。

自古就是川南重镇。秦置僰道县，汉置犍为郡，后有戎州、叙州之设。明清以来，宜宾的木刻印刷在川南及滇东北一带以规模宏大素负盛名。官刻方面，清同治、光绪间，叙州府署刻印过《十三经注疏》《汉魏丛书》共640卷。叙州学署亦曾刊刻《五朝文铎》等三种共30余卷，影响较大。私刻方面，自道光至民初，宜宾城中先后有竹春堂、罗文远堂、崇报寺、俪峰书屋、擘红楼书坊、周氏玲珑山馆、韩氏荣昌堂、毛氏鸿章堂、曾氏大文堂以及宏文堂、宏德堂、儒兴堂、崇文堂、从兴堂、荣德堂等近30家木刻书坊营业。俪峰书屋就是其中的代表。

俪峰书屋在一些著录中记载为“杜氏”，在另一些著录中则记载为“爨氏”。其实这两家皆与刘光第交情至厚。

杜大恒，号惺斋，刘光第锦江书院时同窗，后又同年中举。刘光第《爨翁家传》云：“杜先生惺斋，光第之执友也。”惺斋的名号在刘氏的诗文作品中频频出现，现存刘光第诗文写本中，惺斋的评语也比比皆是，足见二人交情。前引刊本《介白堂诗集》的识语中记载，杜氏知刘光第最深，故为其诗文编次。

刘光第与爨氏之交往，亦是因杜大恒之故。《爨翁家传》云：“光第居京师，则闻宜宾北乡农家爨氏，待其塾师杜先生忠且敬，过士大夫家。于曾兵部树椿、梁大令亨吉云。杜先生惺斋，光第之执友也，来京主余，乃益闻爨君天玢贤，凡蹈礼趣义之为，唯杜先生是正。天玢者，爨翁正元之子，敬礼师儒，世有家法，故能名闻缙绅间。既而天玢子心鉴，寄其先祖之状，因惺斋以请，属光第次而传之。”由杜氏为纽带，刘光第得与爨氏结交。爨氏也是宜宾望族，于当地文教事业贡献颇多。爨氏子弟爨心鉴不仅师从杜大恒，而且于杜氏过世后继承乃师遗志，将刘氏诗文刊刻工作推进，并在原先基础上有所增补。同时，夔氏还留下不少刘光第诗文的钞本，为刘光第诗文的辑佚和校勘提供了珍贵材料。民国年间，夔氏子弟夔汝僖（字颂生）供职于北京图书馆，曾在梁启超逝世后作为接收专员接收梁氏家属捐赠的梁氏文稿藏书①。现存于国家图书馆的多种刘光第诗文写本，就是他所捐赠。

由此可见，刘光第结交的杜、夔二人，对他著述的流传、出版做出了重要贡献。

（二）追攀伪造的地缘因素：张之洞、高凌霨与杨锐诗集

前文已述及，杨锐诗文主要收录在其就学成都尊经书院时期刊行的《蜀秀集》中，这部四川学子诗文习作总集，体现了非常鲜明的地域特色，其中如《前蜀杂事诗》《后蜀杂事诗》等，以绝句形式咏史，非博通王、孟二朝史事不可②，而其中《剑阁赋》《浣花草堂赋》《拟王子安益州夫子庙碑》《蜀问》等，无不浸润着蜀文化的精神③。其课卷中也不乏《拟张孟阳剑阁铭》等地域色彩较强的作品④。这种训练对蜀地出生的杨锐影响很大，以至于在收录其非课业作品

---

① 《国立北平图书馆馆务报告》（民国十八年七月至十九年六月）载："去春，前馆长梁任公先生去世未久，其遗族仲策、思成、思永、思忠诸先生曾有将梁先生全部书藏寄存于本馆之建议。……本馆当即派定馆员夔汝僖、梁廷灿、范腾端、杨维新四人赴津点收，运送来平。除饮冰室全部藏书共二千八百三十一种约四万一千四百七十四册，新书一百〇九种一百四十五册外，尚有墨迹、未刊稿本及私人信札，均为重要史料，至可宝贵。"转引自李致忠主编：《中国国家图书馆馆史资料长编》，国家图书馆出版社 2009 年版，第 163 页。

② 《戊戌四子集》，浙江古籍出版社 2019 年版，第 95—107 页。

③ 《戊戌四子集》，浙江古籍出版社 2019 年版，第 191—194、215—224 页。

④ 《戊戌四子集》，浙江古籍出版社 2019 年版，第 246 页。

的诗集下卷，也有诸如《读杜工部入蜀五言古诗拟作十首》等诗作①。

可惜的是，杨锐入张之洞幕府较早，其所交游的张之洞幕下群僚，品流复杂，籍贯各异，因此地缘因素在其交际圈子里的影响并不甚大。这在相当程度上影响了其著作的刊行。幸好他平生效力的张之洞非常念旧，晚年动念刊行《思旧集》，收录了他的作品。张之洞为晚清重臣，不待细表，他重情念旧，刊行亡故友人门生之著作，也令人敬佩。而这部起于张之洞、成于高凌霨的《思旧集》的刊行过程，则曲折体现了地缘因素影响的复杂性。

高凌霨（1868－1940），直隶天津人，祖籍山东，举人出身。光绪庚子年（1900）义和团运动后，以捐班知府分发湖北候补，寓居武昌。此时，张之洞正任湖广总督。张之洞在之前担任两广总督时，与当时历任广东藩台、广西巡抚的青县同乡高崇基共事，相交最厚。初来报到的高凌霨获悉此事，在上司张之洞面前冒认高崇基为同族，骗取了张的信任，不断地被委以要缺，官至湖北提学使。提学使乃过去学政所改，张之洞即担任过四川学政，此要职按例当以进士出身者担任，高凌霨竟以举人获此要职，可称异数。

民国初年，直隶盐山（今属河北黄骅）人刘若曾任直隶民政长，高凌霨又以同乡与其交好，被任为民政司长，后进入北洋政府，结交徐世昌、曹锟等民国要员，从此扶摇直上，直至成为直系曹锟的红人。

高氏本是当地望族，其兄弟高凌霄、凌雯等皆有声于时，梓行著作尚属易事。但张之洞纂集《思旧集》最终成于高氏苍桧簃，却

---

① 《戊戌四子集》，浙江古籍出版社 2019 年版，第 108—111 页。

是受地缘因素曲折影响所致。他先以伪造的地缘关系，得到与张之洞密切接触的机会并进入官场，后在他本人直隶籍贯的朋友圈中获得政治资源成为北洋直系中炙手可热之人。《思旧集》书前，就有当时已卸任大总统的徐世昌所作序言①。杨锐由于早年入投入张之洞幕府，冲淡了自己交游圈的地缘因素，但这种影响曲折地在其身后著作刊行的过程中得到别样的体现，为我们研讨地缘因素在近代人物著述出版过程中的影响提供了另一种典型样本。

（三）乡邦文献刊行典范：沈宗元与《刘杨合刊》

《刘杨合刊》是第一部也是迄今为止唯一一部将刘光第、杨锐著述汇集在一起出版的图书，后来张元济纂辑《戊戌六君子遗集》也未能出此书搜罗之范围。对比后者，此书单单将戊戌六君子中的刘光第、杨锐著作汇集出版，本身就带有强烈的地缘暗示。而且，此书是作为“蜀藏”之一种刊行的，出版机构也是成都的昌福公司。可惜由于年代久远，关于昌福公司和“蜀藏”的资料及出版物，保留下来的甚少。我们只有从编者沈宗元入手进行探究。由于沈氏历来不为学人研究视野所及，故对其生平稍加钩沉。

沈宗元，字与白，四川省长宁县人。据长宁县档案馆保存的民国三十一年(1942)《长宁县政府造呈县临时参议员候选人评历表》(四川省第六区行政专员兼何安司令公署)，前清癸卯(光绪二十九年，)科举人、京师大学毕业，长宁韩家村人。清宣统元年(1909)七品内阁中书，民国革鼎后，历任四川教育司长(民国元年至二年)、省政务厅长(民国六年至七年)、四川省省长公署秘书长(民国十三年至十五年)、国民大会候选代表(民国二十六年)等公职。在“历

---

① 《戊戌四子集》，浙江古籍出版社 2019 年版，第 448—449 页。

年服务桑梓、特殊成绩及在县声望”一栏里评语为：“修撰《长宁县志》一部，修筑长江马路一段，举办私立育江中学，创办长宁民生工厂等事业。成绩卓著，声望隆重。”在“家庭组成及经济状况”一栏里共有四项：一、家世；二、人口；三、财产；四、目前生活情形。沈宗元在这四项中信息分别为——家世：“清白”；人口：“妻妾二人，子七人，女二人”；财产：“不动产约十万元，动产约四万元”；目前生活情形：“生活优裕”。由此可见其履历、阶层和生活之一斑。

通过公共图书馆系统在线查询和孔夫子旧书网等平台查询，沈宗元撰有《民国长宁县志》（民国二十六年）、《东坡逸事》、《东坡逸事续编》、《曾文正公学案》、《中国养生说集览》、《西藏风俗记》、《瀛海逸闻》、《社会学》等。其中后两种与《刘杨合刊》皆为昌福公司刊行。

沈宗元在《刘杨合刊刊缘》中开宗明义：

> 刘杨两君，文章风义，震迈一时，为中国革新先河。匪惟蜀士之菁英，抑亦国人所矜式，乃今访其学行，言者多不能详，甚或并不之悉。夫乡有贤而不彰，此后起之辱也，余所以有是书之辑也。

充分表明了彰乡贤遗德的初衷。同时，值得注意的是，与一般的乡贤著作整理出版事业有所不同的是，沈宗元进行了初步的考辨工作。在《刊缘》中，他通过书中附收的高楷《刘杨合传》以及黄尚毅的《杨叔峤先生事略》，并征引杨锐致弟书，指出流传甚广的梁启超《杨锐传》有所失实。抛开立场和思想倾向不谈，沈宗元可谓较早注意到梁启超为戊戌六君子所作传记可信度问题的学人。此外在《校余》中他也指出，杨锐诗作多为未定稿，一些作品存在语句雷同的情况。可见，沈宗元不仅是对乡贤著述的简单搜集与刊行，还对作者生平与著作文本做了认真细致的研究，堪称乡邦文献出版的典范。同时,书中附录资料的作者高楷、黄尚毅,也都是四川本地著名文士。泸州高氏为当地望族,一门数杰,高楷、高楠、高树兄弟与刘光第交好。黄尚毅为杨锐的绵竹同乡,以及门弟子自居,戊戌政变后杨锐尸身即是由其归葬乡梓。沈宗元通过这些切近作者本人的资料,对流行之说的不实之处加以辨证,可谓地缘因素在人物著述刊行过程中重要作用的集中体现。

三、著述刊行中地缘因素影响之特点

以上对刘光第、杨锐著述刊行情况及其中体现的地缘因素加以梳理,从中不难发现一些特点。

(一)基础性

出版是一个体量较小、门槛较低但内涵丰富的产业,受技术条件、信息传播、物质基础等多方面条件的限制。每一重限制,恰好都为我们观察当时社会发展提供了一个切入点。在清末民初的社会背景下,地缘因素成为影响著述刊行的基础性因素。对比刘光第、杨锐著述刊行的情况,对此可以有更鲜明的认识。

地缘因素发挥较为充分时,著述刊行的条件就相对成熟完善,著述刊行的效果就相对较好。如刘光第,虽然史载其任京官时不耻干谒,但亦自有其交游圈子。或许正是其耿介不阿,导致他的朋友圈相对局限于四川本地,特别是他的家乡川南叙府一带,富顺、宜宾等地的不少文士成为他的好友,如杜大恒、爨心鉴、宋育仁等,而这些人,对他的诗文创作与出版,产生了重要影响,发挥了重要作用。

反之,地缘因素发挥不够充分,则其著述刊行的条件就难免受到一些限制。杨锐著作的刊行就是如此,飘零游幕的生涯,使得其交友圈的稳定性和地缘因素难以发挥优势,其著作未能及时刊行,生前仅《说经堂诗草》付梓。《思旧集》中所收也多半是以此为蓝本,而其文集之刊行,若非早年收录于《蜀秀集》,身后重刊于《刘杨合刊》,多半也会湮没无闻。若无地缘因素这重羁绊,即便再好事的有心之人,在搜罗上也难称允当完备。对比名声不彰的沈宗元和声名赫赫的张元济,《刘杨合刊》可称尽心,诗、文搜罗也较完备,《戊戌六君子遗集》则仅收《说经堂诗草》、杨氏之文章概付阙如。

地缘因素影响发挥得充分程度,与人物著述出版情况,呈现出程度较高的正相关,可见在人物著述出版中地缘因素影响的基础性。

(二)复杂性

地缘因素作用于人物著述之出版,其形式是隐显各异的,呈现出复杂性的特点。

刘光第诗文之写本,多有友人之评语,且有稿本、钞本多件流传,刊本也是以这些流传友人间的稿本、钞本为基础,在宜宾爨氏俪峰书屋得以付梓。其间留下了稿本、钞本、誊清本、雕版刊本、活字排印本等不同形态的文本,随处可见杜大恒、宋育仁、爨心鉴等同乡的印迹,地缘因素体现得十分明显,贯穿于创作、讨论、修改、遴选、刊刻等整个出版过程中。

而在杨锐的著述中,作者本人的地缘因素无从发挥,但其诗集的出版,借由其所追随的张之洞,由其影响下的高凌霨,通过伪造地缘因素的方式,辗转刊成。从中可见,地缘因素在人物著述出版中的作用,不仅有显性的,也有隐性的,不仅有直接的,也有间接的,呈现出相当的复杂性。

(三)互动性

我们在关注地缘因素对人物著述出版的影响时也应该看到,这些受此因素影响的出版物,也对区域文化形象的构建发生影响,两者是相互作用的。

《刘杨合刊》作为四川乡贤著述刊行的典范，不仅受地缘因素影响较深，对作者形象乃至区域文化形象的塑造，也发挥着作用。此书有《刊缘》交代刊行缘起，有《校余》记录校勘心得，首尾完具，体例严谨，同时附录作者生平资料，对流行说法中的不实之处加以考辨，体现了蜀学朴实严谨的风格。而在这些考辨之下，刘光第、杨锐二人的精神面相，也从“烈士”而转向“乡贤”，被突出的不再是为变法而流血牺牲的“戊戌君子”，而是其稳健、厚重、沉静、内敛的一面，而这些与四川区域文化的特质高度吻合。对这些特质的强调，在很大程度上影响了后世对二人的评价。直到 20 世纪 80 年代，还有对“戊戌六君子”中激进、保守的划分，沈宗元此编可为其先导。《刘杨合刊》深受地缘因素影响，反过来也深深影响着作者形塑乃至地域文化形象的建构。

(四)局限性

地缘因素对人物著述出版的影响，也不可避免地具有各种局限。

首先，基于同乡交游的地缘因素，受作者本人经历的限制较大。刘光第的生平经历波澜不惊，中试，任职京官，不事交游而仅与同乡挚友交流，圈子相对封闭稳定，地缘因素影响就较为明显；杨锐游幕无定，兼之追随者是晚清官场的枢纽性人物张之洞，其麾下人物荟萃且流动性强，故此杨锐交友圈的稳定性很差，地缘因素的影响就受局限。

其次，地缘因素发挥得充分，从另一个角度来看，也往往容易陷入狭隘与封闭的视角。出版活动作为一项需要较高投入的文化生产活动，带有鲜明的目的性，其指向性和落脚点往往与出版物的形制、体例、内容呈现有着紧密联系，也就是说，出版活动的指归与出版物的范式是相互呼应密不可分的[①]。地缘因素发挥得越充分，区域文化特色体现得越鲜明，在一定程度上也就意味着，对著述本身文化内涵的开掘越单一。执其一端，难免顾此失彼。刘光第如此重视理学、性格稳健，也曾请同僚中有资格者代呈条陈针砭时弊；杨锐虽为张之洞在京坐探，书信中对康有为不以为然，但也发起强学会的分支机构蜀学会，等等。而《刘杨合刊》塑造的"蜀贤"形象，或多或少地冲淡了刘光第、杨锐在戊戌维新运动中的作用，使得对这两位重要人物的形象塑造稍嫌片面。刊本《介白堂诗集》中，也将讽刺慈禧、针砭时弊之作刊落[②]，使后世难以从此集中探寻这位忧国忧民的维新志士菩萨低眉之外金刚怒目的一面。

结　语

以上通过刘光第、杨锐现存主要著述版本的梳理，和其出版过程中重要史实的钩沉，初步总结了地缘因素在近代人物著述刊行、形象塑造中的作用与特点。值得指出的是，这里探讨的仅是地缘因素在清末民初这个前现代社会的影响。随着技术进步和社会发展，地缘因素在出版活动中的影响和作用有怎样的发展变化，其与技术迭代、观念更新有着怎样的关系，需要放在一个更长时段来观照。但无论如何，借助出版这一综合、复杂的文化活动为切入点，探究地缘因素在推动社会发展、塑造区域文化形象方面的作用，无疑是一个值得深入的课题。

---

① 参见笔者《指归转换与范式演进：戊戌六君子著作的出版史考察》，《华中学术传播论坛》第二辑，华中师范大学出版社 2019 年版，第 185—186 页。

② 胡先骕在《评刘裴村介白堂诗集》中摘引刘诗中"利风百窍中人身，国脉一丝悬鬼手"、"海军且扬威，嬉此明湖曲。仙人且弄姿，媚此西山绿"等句，以为"大非臣子所宜出者"，其实类似作品在刘氏诗文中尚不止此。